뿌리

뿌리

이광복 소설집

도화

■ 책머리에

피어린 참회록, 눈물어린 비망록
―이광복 소설가·(사)한국문인협회 명예회장

고향이 그리웠다. 조상님과 부모님께서 살았던, 우리 동기간이 이 세상에 태어나 탯줄을 묻고 성장한 곳이기 때문이었다. 그곳은 내 인생의 원점이었다. 동서고금을 초월하여 개인에게는 개인사가 있고, 가족 간에는 가족사가 존재하게 마련이었다. 나에게는 소설보다 더 소설 같은 인생사가 참 많았다. 그 숱한 사연들을 단순한 기록이 아닌, 오래 기억할 만한 문학 작품으로 승화시키고 싶었다.

한편, 필자는 객지로 나선 이후 단 한시반시도 부모님과 동기간과 고향을 잊은 적이 없었다. 특히 지난 몇 년 동안 문중과 고향에 집중적으로 몰입했다. 그러면서 일련의 자전적인 작품을 계속 발표하던 중 첫 번째 작품 「뿌리」로 지난해 연말 제61회 한국문학상을 수상했고, 두 번째 작품 「꾀꼬리」로 올해 정초 제21회 창조문예문학상을 받았다. 그 후 최근까지 몇 작품을 더 완성했다.

잠시도 한눈 팔 겨를이 없었다. 이들 작품을 쓰는 동안 고향에서 자라날 때의 아련한 옛 편린들을 소환하면서 기본적으로 사실에 충실하고자 심혈을 기울였다. 물론 여기에 약간의 허구를 가미했다. 예컨대 작품 속에 등장하는 몇몇 악질의 경우 전원 가상 인물로 설정했다. 빛이 어둠 속에서 더욱 빛나듯 선량한 민초들의 애환을 좀 더 입체적으로 도드라지게 부각하기 위해서는 부득이 무도한 악역을 차출하지 않을 수 없었다.

여기 15편의 소설을 한자리에 묶었다. 한 편 한 편 떼어 놓으면 독립된 단편이지만, 전체적으로 보면 동일한 주제를 관통하는 연작 형식이 잘 조화되도록 구성했다. 이런 가운데 왕년에 간행한 『송주임』과 『만물박사(전3권)』처럼 인물과 사건과 배경을 여러 각도에서 심층적으로 조탁했다. 일부 중복되는 부분이 있지만, 이는 여러 작품이 하나의 테두리 안에서 톱니바퀴처럼 맞물려 돌아가는 연작 소설의 특성상 불가피한 현상이라 할 것이다.

무심한 세월이 속절없이 흘렀다. 부모님이 돌아가셨고, 동기간 중에서도 벌써 사별 또는 와병 등 중대한 변고가 발생하는가 하면, 형제자매가 거의 모두 황혼에 들어섰다. 아들딸은 전부 장성했으며, 두 딸은 오래 전에 출가하여 귀여운 자녀를 두었다. 상전이 벽해 되듯 고향 또한 몰라보게 변모했다. 이 책은 부모님과 동기간과 가솔들을 향해 속죄하는 피어린 참회록이자 절절한 향수를 담아 고향에 바치는 눈물어린 비망록이라 하겠다.

문학을 필생의 천직으로 삼아 소설 창작에 종사한 지도 어언 반세기에 이르렀다. 춥고 배고팠지만, 그 대신 영광과 환희의 보람찬 시간도 있었다. 지금처럼 어려운 시절에 기꺼이 출판을 맡아주신 도화출판사 박지연 대표에게 감사하며 독자 여러분의 변함없는 성원을 기대한다.

2025년 가을

| 차 례 |

책머리에

뿌리 / 8
꾀꼬리 / 31
시루봉 / 54
고향집 / 78
태조산太祖山 / 100
개나리꽃 / 126
백제 왕릉 / 153
당산堂山 / 180
바느질 / 206
불화살 / 232
참외 / 257
용구새 / 282
고구마와 호박숙 / 308
쌍무지개 / 331
얘기꾼의 발자국 / 358

[부록] 소설가 이광복(李光馥) 연보

◆ 제61회 한국문학상 수상작

뿌리

    한식날이었다. 서울남부터미널을 떠난 버스는 고속 도로로 들어서자마자 전용 차로를 따라 휙휙 신바람나게 달려가고 있었다. 고향 부여로 성묘 가는 길이었다. 양지 바른 도로변 산기슭에는 산수유꽃이 노랗게 피어 있었다. 다른 나무들 중에서도 몇몇 부지런한 녀석들은 긴 겨울잠에서 깨어나 엷은 연둣빛으로 기지개를 켜고 있었다. 눈에 넣어도 아프지 않을 고향의 아우들과는 10시 50분 부여시외버스터미널에서 만나기로 약속되어 있었다.

    우리 동기간은 4남 3녀 7남매로 '향기 복馥' 자 돌림이었다. 나는 윤복允馥, 둘째는 차복次馥, 셋째는 선복善馥, 넷째 막내는 계복季馥인데, 전원 우리 한산이문韓山李門 대종회가 정해 놓은, 즉 시조로부터 28세 항렬 '향기 복' 자에 준거한 작명이었다. 4형제와 달리 3자매는 큰누님 연희蓮姬, 둘째누님 채희彩姬, 누이동생 옥희玉姬로서 그 이름에는 대종회 항렬과는 관계없이 임의의 돌림자인 '계집 희姬' 자가 들어 있었다. 한산은 지금의 서천군에 속해 있었다.

    나는 세 살 때 (큰)아버지 내외분에게로 출계했다. 종가인 큰집에 종통을 계대繼代해야 할 후사가 없기 때문이었다. 종가의 무후. 그 절박한 마당에 아버지 어머니께서 일생일대의 중대 결단을 내렸다. 친가 부모님은 둘째딸을 큰집으로 보낸 데 이어 나까지 어머니 젖을 떼자마자 입후, 즉 양자로 바친 것이었다. 이로써 나는 졸지에 종가의 종손이 되어 누대累代 선조님의 제사를 모셔야 할 사손祀孫으로 자리매김했다. 운명이 바뀐 것이었다. 나는 그 사실을 훨씬 나중에야 알았지만, 철모르는 코흘리개 어린 아들을 떠나보낸 아버지 어머니 입장에서는 억장이 무너지는 생이별이었다.

나는 유년 시절 (큰)아버지로부터 한글과 한문을 배웠고, 석양국민학교(지금의 석양초등학교) 들어가기 전 너덧 살 때 한글을 깨치고 천자문을 떼었다. (큰)아버지께서는 그런 나에게 틈만 났다 하면 세보世譜를 꺼내 놓고 가문의 역사와 전통을 가르쳐 주었다. 어떻게 보면 나는 그때부터 위선爲先과 보학譜學과 집안 내력에 처음으로 눈뜬 셈이었다. 어느 날인가 (큰)아버지가 내게 말했다.

"윤복아, 너는 어디를 가든 항상 한산이가라는 사실을 명심하거라. 우리는 시조 호장공戶長公으로부터 7세 되시는 목은牧隱 할아버지 자손으로 양경공파良景公派 후손이여. 사람이라면 반드시 제 뿌리를 알아야 하느니라. 니가 조금만 더 크면 목은 할아버지를 비롯하여 우리 선조님들이 얼마나 위대하신 어른들이신가를 저절로 알게 될 겨. 내 말 잊지 말거라."

진실이었다. 당신은 한산이문의 후예, 목은 자손으로서 무한한 긍지와 자부심을 가지고 있었다. 비록 끼니를 잇기 어려울 만큼 형편이 곤궁할지라도 가문의 명예와 자존심에 흠이 될 만한 일이라면 거들떠보지도 않았다. 선조님을 흠숭하는 당신의 일편단심은 타의 추종을 불허했다.

안방 뒷문 문설주 두어 뼘 위에는 가로로 퍼진, 뻘건 테두리에 금박 당초문을 두른 직사각형의 액자가 걸려 있었다. 어느 집에나 다 있는 아주

촌스런 싸구려 액자였다. 사진 찍기가 아주 어려웠던 그 당시 유리를 끼운 액자에는 두고두고 기념할 만한 진귀한 흑백 사진 몇 장이 들어 있었다.

(큰)아버지는 액자의 오른쪽 맨 위 상단에 한산 시향 참례 때 화수회에서 받아 오신, 관복 입고 관모 쓴 명함판 크기의 목은 선조님 영정 사진을 신주처럼 모셔 놓고 있었다. 보통 정성이 아니었다. 액자와 문설주 사이의 공간에는 당신의 좌우명 자필 '安貧樂道'가 적힌, 좁고 갸름한 한지가 표구되지 않은 채 누런 벽지처럼 붙어 있었다.

앞문 문설주 위를 가로지르는 시렁에는 여러 개의 버드나무 고리짝이 있었고, 그 큼지막한 고리짝에는 각종 목판본과 필사본 한적漢籍이 가득했다. (큰)아버지께서 귀에 못이 박히도록 가르쳐 주셨다시피 목은 선조님 자손인 우리는 8세 양경공과 9세 집의공執義公과 15세 병사공兵使公의 세계世系를 이어받았다.

선조님들은 대대로 과거에 급제하여 이런저런 벼슬에 올랐다. 당달봉사가 아닌, 역사와 보학에 조금이라도 관심 있는 식자층이라면 우리 한산이문이 어떤 가문인가를 어느 정도는 알고 있어서 구태여 긴 설명이 필요 없었다. 내 머릿속에는 족보에 기록된 직계 선조님들의 함자와 그 어른들이 역임했던 관직명이 정확히 각인돼 있었다.

근세에 들어와 21세 선조님 동기간은 두 형제분이었다. 형님은 휘諱 '낙洛' 자 '헌憲' 자, 아우님은 휘 '낙洛' 자 '일一' 자였는데 제씨弟氏가 큰집으로부터 분가한 이후 또 하나의 새로운 계보가 파생되었다. '낙' 자 '일' 자 선조님의 아드님 22세 휘 '세世' 자 '직稷' 자 선조님까지는 공주 탄천灘川에 살았고, 23세 휘 '엽曄' 자 '재在' 자 선조님께서 그곳으로부터 솔가하여 부여군 석성면石城面 증산리甑山里 237번지 연화蓮花 마을에 백년대계의 초석을 놓았다.

연화란 저 옛날 풍수지리에 정통한 어느 감여가堪輿家가 이곳 지형지세를 두루 상찰하고는 연화부수蓮花浮水, 즉 연꽃이 물 위에 떠 있는 형국의 길지라 경탄한 데서 유래한 명칭이었다. 선조님께서 정주하신 그 아늑한 양택은 결국 우리 대소가의 본적이 되었다. 그로부터 당내 후손들이 증산리 일대, 즉 연화와 시루메 마을 두 동네에서 세거해 나왔다. 시루봉 아래 형성된 시루메 마을의 한자 명칭은 원증산元甑山이었다. 증산리 중에서도 '원조 시루메' 또는 '원래의 증산'이라는 뜻이었다.

연화 입향조入鄕祖는 곧 우리 '향기 복' 자 형제들의 현조부님이신데, 어인 판국인지 24세 휘 '승承' 자 '연秊' 자 고조부님과 25세 휘 '명明' 자 '직稙' 자 증조부님이 내리 독자였던 터라 손이 귀했다. 그러다가 다행히도 증조부님께서 아드님 형제분을 두었다. 바로 26세 '구슬 규珪' 자 항렬의 조부님과 종조부님이었다. 조부님의 휘는 '철哲' 자 '규珪' 자, 종조부님의 휘는 '원元' 자 '규珪' 자였다.

조부님은 아드님 형제분, 종조부님은 아드님 3형제분을 포함해 4남매를 두었다. 조부님의 아들 형제분은 27세이신 (큰)아버지와 아버지, 종조부님의 4남매분은 역시 27세이신 큰당숙, 둘째당숙, 막내당숙 3형제분과 당고모 한 분이었다. 천우신조라고나 할까, 아슬아슬했던 벼랑 끝 혈맥의 불씨가 27세 '구할 구求' 자 항렬에 이르러 가까스로 되살아난 것이었다.

연화에는 조상님들의 유허가 있었다. 집터와 모정 밭이었다. 선대 어른들의 집터에는 장씨네가 들어와 살았는데 무슨 까닭에선지 오래 전부터 폐가로 방치돼 있었다. 모정 밭은 조상님들의 모정이 있던 곳으로, 가세의 쇠락과 함께 정자가 헐린 자리는 밭으로 변모했다.

사실 입향조 이래 증조부님 때까지 우리 조상님들은 권세와 부귀와 영화를 누리며 아주 풍요롭게 살았다. 하인과 머슴이 여럿이었다. 스님이 탁발을 나오면 예외 없이 가장 먼저 고래 등 같은 우리 증조부님 댁부터 찾았다. 사랑방에 묵어가는 길손도 한둘이 아니었다. 비렁뱅이 동냥아치들 또한 그냥 지나치지 않았다. 광에서 인심난다고 했다. 증조부님은 물론 그 식구들까지 마음 씀씀이가 후덕해서 어려운 사람들에게 무엇이든 베풀었다.

그런데 웬걸 영고성쇠가 무상했다. 조부님 때 갑자기 들이닥친 괴질로 가족들이 잇따라 죽어나갔고, 그 청천 날벼락에 위풍당당했던 가세가 눈 깜짝할 사이 급전직하로 곤두박질쳤다. 조부님이 연세 마흔넷에 급사했다. 8월 스무이튿날이었다. 겹복을 입고 있던 상주 자신의 죽음이었다. 잇따른 줄초상으로 안방과 대청에는 궤연이 셋이나 차려졌다. 소름 끼치는 기괴한 사건이었다.

조부님 내외분은 본래 쌍둥이를 연거푸 두 번씩이나 출산하는 등 총 12남매를 두었다. 하지만 우환이 들끓어 한 해 동안 무더기로 열 명을 잃고 종당에는 조모님 당신까지 타계했다. 처참하기 짝이 없는 희대의 풍비박산이었다. 최종적으로 겨우 두 사람이 살아남았다. (큰)아버지와 아버지 형제분이었다.

살아야 했다. 망할 대로 망한, 그리하여 알거지로 전락한 형제분은 저승사자가 똬리를 틀고 발호하는 죽음의 흉가를 빠져나와 부랴부랴 살길을 찾아 나섰다. 그때 (큰)아버지는 최종적으로 보첩을 비롯한 수십 권의 옛 서책만 고리짝에 챙겨 짊어졌다. 행선지는 시루메, 즉 원증산 마을이었다. 사지로부터 벗어나 멸문지화를 모면하려는 필사의 탈출이었다. 물에 빠진 사람이 지푸라기라도 잡는 심정이었다.

(큰)아버지는 병오생(丙午生, 1906)이었고, 아버지는 신해생(辛亥生,

1911)으로 다섯 살 연세 차이가 있었다. 형제분에게는 집도 절도 없었다. 심신은 황폐화되었고, 가슴 한복판에는 환란의 만고풍상이 피멍으로 얼룩졌다. 앉으나 서나 연화에서 겪은 참변들이 골수에 사무쳐 혀를 빼 물고 죽어도 시원찮을 판이었다.

살 길이 막막했다. (큰)아버지는 석성보통학교(지금의 석성초등학교)를 다니다가 중퇴한 터라 식자도 아니고 농사꾼도 아닌 어정쩡한 처지에 있었다. 붓대로 살기에는 학력이 짧았고, 몸으로 때우기에는 노동과 농사일에 서툴렀다. 까막눈인 아버지는 무슨 일이나 빈틈없이 감당해 내는 일꾼 중의 만능 일꾼이었다.

화불단행禍不單行이라 했던가, (큰)아버지 형제분의 행로에는 줄곧 말 못할 비애와 불운이 꼬리를 물고 따라왔다. 더군다나 무슨 업장인지 (큰)아버지 내외분에게는 자녀가 없었다. 탄식, 탄식, 장탄식… 비운의 주인공인 (큰)아버지는 일천간장 녹아나는 천추의 통한을 품은 채 피맺힌 세월을 살아가고 있었다. 그때 친가 부모님께서 둘째누님과 나를 큰집으로 보낸 것이었다.

불행 중 다행이라면 두 집이 멀리 타동네로 떨어진 것이 아니라 원증산 한동네에 존재한다는 사실이었다. 두 집 사이의 거리는 2백 미터쯤 되었다. 아버지 어머니는 근거리에서 내가 자라는 과정을 지켜볼 수 있었다. 나 또한 친가를 수시로 들락거리며 아버지 어머니를 자주 뵐 수 있었다.

양가는 시루봉 들머리 말랭이 부근 높은 곳에 있었고, 친가는 큰집에서 빤히 바라보이는 저 아래 낮은 곳에 있었다. 나는 지대의 높낮이에 따라 자연스럽게 양가를 '윗집', 친가를 '아랫집'이라 불렀다. 두 집의 부모님 호칭은 똑같이 아버지, 어머니였다. 부득이 두 집의 부모님을 구별해야 할 경우가 생기면 윗집 부모님은 '윗집 아버지'에 '윗집 어머니', 아랫집 부모님은 '아랫집 아버지'에 '아랫집 어머니'라고 불렀다.

혹자는 양부모 친부모 어쩌고저쩌고 콩이네 팥이네 갈래를 타가면서 주접을 떨었지만 나로서는 결코 그 따위 불경스런 언사를 입에 담은 적이 없었다. 낳아주신 부모님이야 영원한 부모님이었고, 키워주신 부모님도 또한 불변의 부모님이었다. 내가 구태여 두 집 부모님을 거론하면서 양가 부모님을 먼저 언급하는 이유인즉 그 어른들이 친가 부모님보다 연세가 많아 서열이 높기 때문이었다.

국민학교 3학년 때던가 4학년 때던가 내면에서 강한 의문이 솟구쳤다. 다른 아이들에게는 부모가 각각 한 사람인데 나에게는 아버지 어머니가 두 분이어서 영 이상했다. 단초는 그것만이 아니었다. 동네 어른들 중 더러는 윗집 아버지를 '윤복이 큰아버지'로, 윗집 어머니를 '윤복이 큰어머니'라고 부르는 사람들이 있었다. 나는 윗집 부모님을 그냥 아버지 어머니로 부르는데 그분들은 어찌하여 '큰' 자를 붙이는지 무척 의아했다.

아무리 생각하고 또 생각해도 정답이 나오지 않았다. 궁금증을 달래다 못해 하루는 윗집 부모님 내외분께 어찌된 사연인지 여쭈어 보았다. 그러자 그 어른들은 목멘 소리로 둘째누님과 나를 데려다 키운 입후의 비밀을 알려주었다. 당신들의 눈에서 닭똥 같은 눈물이 뚝뚝 떨어지고 있었다.

(큰)아버지는 이래저래 비참했다. 그 어른이 땅 한 뼘 없이 혹독한 빈곤 속에서 와신상담하는 동안 아버지는 극적으로 논 엿 마지기와 밭뙈기 두어 자리를 장만했다. 생양가 부모님 네 분은 한평생 5대 삭신 6천 마디가 물러나도록 뼈저린 고생을 하다가 곤고한 일기를 마치신 뒤 공동묘지나 다름없는 귀신보 국유지에 잠드셨다.

한편, (큰)아버지 형제분보다 한참 젊은 큰당숙이 연화에 살았다. 둘째당숙과 막내당숙은 몇 년 간 원증산에서 살다가 훗날 연화로 복귀했다. 정작 종가의 (큰)아버지 형제분이 향리를 떠났고, 지차之次의 당숙 3형제분이 영욕의 옛 터전을 지킨 셈이었다. (큰)아버지가 극빈, 아버지가 빈농으로 허덕이던 그때 그 시절 연화 당숙들은 잰걸음으로 가난의 굴레를 벗어던지고 있었다.

큰당숙은 매년 농토를 늘려 가며 풍작을 일궈냈다. 둘째당숙과 막내당숙도 먹고사는 데는 별 지장이 없었다. 큰당숙과 둘째당숙은 돌아가신 뒤 당신들이 살던 연화에 잠드셨고, 6·25전쟁 참전 용사로 국가 유공자 반열에 오른 막내당숙은 국립임실호국원에 안장되었다. 현재 연화에는 막내당숙모가 살아 계셨다. 생존한 친족 중 가장 높은 어른이었다.

허망했다. 나보다 열두 살 더 많은 큰누님은 몇 년 전 세상을 떠났고, 큰누님보다 세 살 아래 나보다 아홉 살 많은 둘째누님은 10년 전 몹쓸 병으로 쓰러진 뒤 지금은 경기도 인덕원의 한 요양 병원에서 투병하고 있었다. 둘째누님과 나 사이의 나이 차이가 크게 벌어진 것은 그 어간에 어린 3남매가 젖먹이 때 사망한 탓이었다.

7남매 중 통산 셋째이자 4형제 중 장남인 나는 스무 살 때 적수공권으로 상경했다. 그 뒤 산전수전 공중전 육박전 상륙전 세균전 화생방전 핵전을 겪으며 '눈물 없이는 감상할 수 없는 영화'처럼 살아왔다. 피눈물로 얼룩진 형극의 길이었다. 설상가상으로 부모님들이 앞서거니 뒤서거니 잇따라 돌아가시는 그 충격과 우여곡절 속에 나는 어찌어찌 마음씨 착한 여성을 만나 가정을 이루었다. 그때 내 나이 스물여덟, 아내는 스물일곱 살이었다. 우리 부부는 3남매를 두었다. 통산 다섯째이자 3자매 중 막내에 해당하는 누이동생 옥희도 일찍 서울로 올라와 결혼한 뒤 봉천동을 거쳐 이촌동에 정착했다.

고향에는 진실로 사랑하는, 내 분신이나 다름없는 아우들 세 사람이 살고 있었다. 둘째 차복 아우와 막내 계복 아우는 원증산에 살고, 셋째 선복 아우는 부여읍 쌍북리에 거주하고 있었다. 우리는 수시로 연락을 취하며 긴밀히 소통하고 있었다. 건강하게 장성한 조카들은 당진과 부여 일원에서 각각 직장생활을 하고 있었다.

돌이켜보면 선대 어른들 살아생전 원증산 두 집과 연화 세 집, 즉 (큰) 아버지 형제분과 당숙 3형제분은 자타가 공인할 만큼 우애가 극진했다. 설이나 추석 때 대소 일가가 종가인 우리 집에 모여 차례를 지냈다. 기제 때에는 제사를 받으시는 분이 누구냐에 따라 집결지가 달랐다. 종가 선조님일 때는 원증산 우리 집, 종조부님 내외분일 때는 연화 큰당숙 집에서 봉사했다.

선산으로 성묘 갈 때에는 반드시 원증산 친형제와 연화 종형제 다섯 분이 동행했다. 그 어른들 뒤에는 올망졸망한 우리 당내간 형제들이 따랐다. 어린 시절 우리는 추석 성묘 길에서 곧잘 아그배나 명감을 따먹곤 했다. 일가 전원이 단체를 이루어 성묘 다니는, 우리 집안 특유의 가풍을 보면서 타성들이 부러워했다.

알다시피 우리 친형제는 원증산에서 자랐고, 재종형제들은 대부분 연화에서 성장했다. 그들은 지금 중산리 이외에도 세종 서울 인천 창원 거제 등지에 뿔뿔이 흩어져 살고 있었다. 원증산의 우리 친형제보다 연화의 재종형제들이 훨씬 더 번창했다.

원증산의 '향기 복' 자 항렬이 네 사람인 데 비추어 연화의 '향기 복' 자 동항은 아홉 사람이었다. 원증산 친형제들에게 사촌이 없는 반면 연화 당숙 어른 자제들 사이에는 친형제 이외에도 사촌들까지 뒤섞여 있었다. 원증산과 연화의 '향기 복' 자 항렬, 즉 육촌 이내의 동항 형제간은 총 13명이었다. 우리는 선대 어른들처럼 사이좋게 지내왔고, 특히 집안 경조사에는 끈끈한 응집력으로 벌 떼처럼 뭉쳤다.

굳이 대소간 서열을 따지자면 21세 선조님 이래로 내가 종손이지만, 나이로는 큰당숙의 장남인 춘복春馥 형님이 나보다 네 살 더 많았다. 대전에서 동장을 지내고 정년퇴직한 그분은 지금 세종에 살고 있었다. 법 없이도 살 수 있는, 남한테 듣기 싫은 말 한마디 할 줄 모르는 무골호인이었다.

형님 이외의 다른 형제간은 전부 나보다 나이가 적었다. 나보다 한 살 아래이면서 국민학교 2년 후배인 육촌 근복近馥 아우는 둘째당숙의 장남이었다. 그는 고향을 지키며 축산과 특용 작물 재배 등 농업에 종사하고 있었다.

2019년 3월 12일 춘복 형님이 형수를 잃었다. 형수는 형님과 같은 동네인 연화 출신이자 나하고는 석양국민학교 동기 동창인데, 병명도 잘 알려지지 않은 해괴한 희귀병으로 수년 동안 병석에 누워 고초를 겪다가 세상을 떠났다. 비보를 듣고 대전의 장례식장으로 달려갔을 때 형수는 이미 이 세상 사람이 아니었다. 눈물이 앞을 가렸다.

형님은 고인을 화장하여 고향 연화에 안장한다는 방침을 세워 놓고 있었다. 물론 자녀들과 상의를 거친 결정이었다. 연화 초입에는 형님 소유의 임야와 전답이 있었다. 임야는 중산리 47-3, 전답은 각각 중산리 211-1, 212-1이었다. 이 땅은 모두 경계를 맞대고 있어서 사실상 한 필지나 다름없었다.

형님 동기간은 오래 전 큰당숙이 돌아가시면서 물려주신 집과 논밭을 모두 처분했다. 하지만 형님은 이 세 필지를 특별한 지성으로 관리하고 있었다. 당숙들 묘소가 자리한 땅이기 때문이었다. 형님이 내게 말했다.

"동생, 연화 입구에 내 산 있잖아. 이번 계제에 거기에다 가족 묘지를 만들까 하는데 어떻게 생각해?"

형님이 말하는 산이란 중산리 47-3 임야를 의미했다. 규모는 작지만 가족 묘지를 조성하기에는 안성맞춤인 땅이었다. 연화 진입로 갓길로 용머리처럼 뻗어 나온 야트막한 야산이었다. 내가 말했다.

"아주 좋은 생각입니다."

"현조 할아버지부터 전부 한자리로 모시면 어떨까? 직계 조상님들과 원중산 아저씨 아주머니들은 물론 우리 육촌들까지 합쳐서 당내간 가족 묘지를 만들자는 거야."

'원중산 아저씨 아주머니들'이란 나의 (큰)아버지 내외분과 아버지 내외분을, '육촌들'이란 우리 친형제들을 지칭하는 표현이었다. 나는 순간적으로 깜짝 놀랐다. 족보 계선으로 따지자면 21세 선조님부터 27세 (큰)아버지 내외분과 아버지 내외분까지는 명색이 종손인 내가 책임져야 할 조상님들이었다.

막말로 형님이 그 어른들을 빼놓고 26세 종조부님 이후 연화 쪽 당신의 직계 가족 묘지를 따로 만든다 한들 나로서는 할 말이 없었다. 그런데도 형님은 범위를 넓혀 입향조 이래의 일가 전체를 망라하자는 것이었다. 종손인 내가 해야 할 일을 방손인 형님이 먼저 그런 제안을 하다니 참으로 놀라웠다.

지난날에는 당숙들이 종가 대신 연화를 지켜왔는데, 이번에는 재종형님이 당내간 가족 묘지를 조성하자고 나선 터라 감동의 진폭이 더욱 컸다. 그저 고마울 따름이었다. 사실인즉 나로서는 그런 위선 사업을 하고 싶어도 실천에 옮길 수가 없었다. 간단히 말하자면 소유한 땅이 없기 때문이었다.

아무튼 형님의 그 말을 듣는 순간 나는 진정한 혈족의 의미를 거듭 확인했다. 어린 시절 어느 해 봄철 연화에 갔다가 형님과 함께 망태기 둘러메고 모정 밭 밭두렁에서 토끼풀 뜯던 옛 생각까지 떠올라 콧날이 시큰했다. 형님은 도보로 통학하는 나를 도로에서 만나면 자전거에 태워 주기도 했다. 잠시 생각을 가다듬은 뒤 내가 말했다.

"그렇게 할 수만 있다면 더 바랄 나위가 없지요."

"동의할 의향이 있어?"

"동의라니요?"

"우리 할아버지 할머니 아버지 어머니 작은아버지 작은어머니 산소 문제는 내 동기간들과 사촌끼리 합의하면 되지만 그 윗대 조상님들 산소 문제는 종손인 육촌 동생한테 최종 결정권이 있잖아. 그래서 상의하는 거야."

"아, 잘 알겠습니다. 저는 형님 뜻에 따르겠습니다."

형수의 장례를 치르고 나서 우리는 묘지 조성 계획을 의논하기 위해 부여읍의 한 음식점에 모였다. 정림사지 인근에 위치한, 주차하기 좋고 민물고기 매운탕으로 유명한 그 음식점은 내 단골집이었다.

그날 오찬 회동에는 춘복 형님을 비롯하여 우리 4형제와 근복 아우가 참석했다. 형님의 중대 결단으로 장지가 확정된 만큼 모든 수순이 일사천리로 진행되었다. 형수의 유해는 임시로 어느 사찰에 위탁해 놓고 있었다.

우리는 먼저 각 세대가 성의껏 공사비 분담을 약정했다. 그런 다음 포클레인을 동원한 지반 정지 작업, 신산 묘실 축조, 비석을 비롯한 석물 설치 등 공사 전반은 십자거리 석재 공장에 일괄로 용역을 주었다. 석재 공장 사장과 근복 아우는 평소 자주 어울리는 친구간이었다.

형님과 나는 묘지 조성의 기본 방향을 수립했다. 묘소 자체를 호화 분묘가 아닌, 검소하지만 옹졸하지 않은 초현대식 합동 납골묘로 시공하되 묘역의 면적을 줄이는 데까지 줄여 자연 훼손을 극소화하기로 의견을 모았다. 그러고 나서 주변에 좋은 꽃과 나무를 심어 궁극적으로는 꽃동산 묘원을 만들 구상이었다.

나는 비문을 근찬했고, 석재 공장에서는 오석에 각자까지 마쳤다. 이로써 만반의 준비가 완료되었지만 문제는 묘원 예정지 현장 사정이었다. 아직은 겨우내 꽁꽁 얼었던 땅이 녹느라 질척거려 손을 대기가 마땅치 않았다. 그리하여 4월 중순, 얼부풀고 들떴던 땅이 차분하게 가라앉아 제자리를 잡고 나서 날씨까지 푸근해졌을 때 본격적인 작업에 착수했다.

근복 아우의 주도 아래 석재 공장에서 보낸 포클레인이 임야 47-3 산기슭을 다듬기 시작했다. 석재로 묘실을 앉히고 그 전면에 널찍한 제절을 확보하기 위해 경사면을 평면으로 깎는 기반 정지 작업이었다. 포클레인은 본격적으로 땅을 파기 전에 부릉부릉 부르릉 부르릉 힘을 쓰면서 걸리적거리는 땅거죽의 잡목들을 삽날로 찍어 넘기고 있었다.

그때였다. 동네 주민 강씨 아내가 나타나 근복 아우에게 공사 철회를 요구했다. 마을 이장도 자전거를 타고 와서 가세했다. 인가 가까운 곳에 묘지를 조성할 수 없다는 주장이었다. 틀린 말은 아니었다. 하지만 그 언저리에는 이미 여러 기基의 분묘가 있었고, 당숙들의 묘소 또한 공사 현장과 맞닿은 전답 211-1에 있었다.

그런데도 그녀는 면사무소와 군청에 민원까지 제기하면서 바득바득 묘원 조성을 가로막았다. 피차 멀다면 멀고 가깝다면 가깝게 지내던 사람이 안면을 몰수하고 나서서 제동을 거는 데는 마땅한 대책이 없었다.

모든 일이 순풍에 돛을 달고 술술 잘 나가나 했는데 뜻하지 않은 암초를 만난 셈이었다. 어떻게 보면 시골 인심이 그전 같지 않다는 반증이기도 했다.

근복 아우는 공사를 중단했다. 부러뜨린 나무들을 한쪽 구석으로 긁어다 붙여 차곡차곡 쌓은 뒤 포클레인도 철수시켰다. 나는 원중산에 탯줄을 묻었지만 춘복 형님과 근복 아우는 본디 연화 태생이었다. 연화 출신이 연화 자기 마을에 묘지를 조성하는데 한동네 사람인 연화 주민이 막아서는 것도 이해하기 어려웠다.

4월 하순이었다. 춘복 형님은 이장을 설득하고 초장부터 시비를 걸었던 문제의 주민과 타협에 들어가 절충안을 마련했다. 임야 47-3 산기슭을 포기하는 대신 전답 211-1에 있는 기존 큰당숙 내외분의 쌍분을 헐고 그 자리를 재활용하는 방안이었다. 큰당숙 내외분의 쌍분은 마을길에서 조금 떨어진, 우리가 처음 손댔던 47-3 산기슭으로부터 몇 걸음 안쪽에 있었다.

춘복 형님은 우리 4형제와 근복 아우에게 거의 모든 업무를 일임했다. 나하고 선복은 구산 파묘를 맡았고, 차복과 계복은 화장과 신산 산역을 담당했다. 나는 이 분야에 내 나름의 전문성을 가지고 있었다. 성당에서 연령회 활동도 했지만, 지인들의 장례와 이장에 직간접으로 관여하면서 풍부한 경험을 쌓았기 때문이었다.

삽과 호미 등 연장은 말할 것도 없거니와 유해를 개렴할 한지까지 충분히 준비했다. 골판지 상자, 면장갑, 나일론 끈, 필기구, 생수 등 소품도 챙길 만큼 챙겼다. 나는 아우들과 머리를 맞대고 백지에 도면을 그려가면서 작업 순서를 논의했다.

현조부님 이하 선조님들의 유택은 연화 이외에도 귀신보와 원중산 등 여러 산록에 산재해 있었다. 큰당숙 내외분 산소를 제외한 다른 어른들 묘소의 현장은 어디라 할 것 없이 국유지 아니면 남의 땅이었다. 연화에는 현조부님 내외분, 고조부님 내외분 산소가 있었다. 그 묘역은 본래 우리 선조님 소유였다가 집안이 몰락할 때 누군가에게 넘어간 뒤 이 사람 저 사람 여러 사람 손으로 전전했다.

그해 4월 29일이었다. 우리는 연화에서 멀리 떨어진, 귀신보에 있는 증조부님 내외분 산소부터 파묘에 들어가 차례차례 유해를 수습했다. 포클레인으로 봉분을 헐고 호미로 살살 광중을 긁어내면 유골이 나왔다. 골편이 진토 되어 전혀 유골을 찾을 수 없는 곳도 있었다. 그런 묘소에서는 유해가 산화한 내광을 굴토하여 도자기 골호에 담았다.

산역은 거칠 것이 없었다. 우리 형제들의 손발이 척척 잘 맞았다. 차복 아우는 막노동이라면 못하는 것이 없었고, 계복 아우는 화물차로 이것저것 실어 나르면서 신속한 기동력을 발휘했다. 석재 공장 사장은 물론 포클레인 기사와 인부들도 적극 협조해 주었다.

원증산 종조부님 내외분 산소를 파묘할 때에는 근복 아우도 합세했다. 우리 4형제는 그 어른들의 종손자이지만, 춘복 형님과 근복 아우는 그 어른 내외분의 친손자였다. 새벽녘에는 짙은 안개가 흐느적흐느적 눈앞을 가리면서 오락가락했으나 새때쯤 해서 말끔히 걷혔다.

우리는 합장묘를 포함해 총 열네 기의 산소를 파묘했고, 현조부님 내외분부터 큰당숙 내외분까지 열여덟 분의 유해를 수습했다. 선조님 중에는 부인이 전배와 후배 두 분인 경우도 있었다. 화장할 유해는 화장하고 화장하지 않아도 될 유해는 원상대로 골호에 모셨다.

큰당숙 내외분 합장묘 위치에 새로 축조한 신산의 석곽 묘실은 모두 열두 칸이었다. 장방형의 석곽을 세로로 2등분하고 가로로 6등분하였다. 저 위 사성 쪽을 시작으로 균등하게 칸칸이 가른 광중에 현조부님부터 큰당숙까지 내외분끼리 나란히 앉혀 열여덟 분의 골호를 차례차례 하관하고 횡대를 얹었다. 두 말할 나위도 없이 골호와 횡대에는 잠드신 분의 휘와 배위配位의 성씨 명문을 넣었다.

묘실 두 칸은 당장 천묘하기 어려운 둘째당숙 내외분과 막내당숙, 생존해 계시는 막내당숙모의 훗날을 위해 공실로 남겨 두었다. 그러고는 이 아래 제절 쪽 두 묘실에는 칸막이를 사이에 두고 춘복 형님 내외분과 우리 부부가 들어갈 자리를 설정해 놓았다. 형님 내외분과 우리 부부는 죽은 뒤에도 가장 가까이 묻히게 될 것이었다.

이제 형수의 유해는 언제든지 이곳 유택으로 모실 수 있었다. 향후 형님이 세상을 뜨면 그 곁으로 입실하게 되리라. 장차 우리 부부가 맨 아래 가장 낮은 귀퉁이 칸에 들어가 두고두고 역대 선조님들을 잘 모시리라는 다짐과 함께 자식들에게 묘지 걱정을 덜어주게 되었다는 생각이 맞물려 매우 흡족했다. 형님 연세는 일흔셋이었고, 내 나이는 예순아홉으로 일흔에 턱걸이하고 있었다.

산역 작업자들은 교대로 십자거리 식당에 가서 점심을 먹고 돌아와 막판 공사에 박차를 가했다. 석곽 위에 흙을 올린 다음 떼를 입혀 봉분을 만들었고, 그 주변에 몽돌을 간 뒤 석재로 테를 둘러 마감했다. 상석 앞에는 잘 다듬어진 화강석을 널찍하고 미끈하게 깔아 전천후 제절을 만들었다.

아담한 묘비도 세웠다. 앞면에는 '한산이씨집의공파묘원조성기韓山李氏執義公派墓園造成記'를, 뒷면에는 '한산이씨집의공파세계일람韓山李氏執義公派世系一覽'을 새겼다. 묘원 조성기에는 가문의 내력과 묘원 조성 경위를 간략히 썼고, 세계 일람에는 시조로부터 출가외인을 제외한 28세까지의 직계 존속을 명시하는 한편 28세가 낳은 29세 '멀 원遠' 자 항렬 16남 12녀 28남매의 이름을 적었다. 여기에 새긴 지친은 총 73인이었다. 그 맞은편 한쪽에는 '묘실안치도墓室安置圖'를 세워 조상님들께서 잠드신 현실玄室의 위치를 도면으로 적시했다.

해가 서너 발쯤 남아 있을 무렵 공사가 마무리되었다. 당초 예정보다 일찍 끝난 셈이었다. 우리는 곧 상석 위에 간소한 제물을 차려놓고 성분제를 지냈다. 화강석이 깔린, 그러나 아직은 흙 부스러기가 남아 있는 제절에 우리 형제들이 넙죽 엎드려 절을 올릴 때 내 가슴속에서는 실로 만감이 교차했다.

현조부님부터 조부님까지는 뵙지 못했지만, 살아생전 나를 끔찍이도 아껴 주셨던 종조모님과 (큰)아버지 (큰)어머니 아버지 어머니와 큰당숙 내외분의 모습이 뇌리에 떠올라 심장이 멎는 듯 거의 미치고 환장할 지경이었다. 그 반면 다른 한편으로는 선대 조상님들을 이처럼 번듯한 한자리 유택에 모심으로써 감개가 무량했다. 형수가 작고한 지 딱 49일째 되는 날이었다.

저 안쪽 옛 집터가 호적의 본적이라면 여기는 육친의 원적이었다. 지난번 공사를 중단한 언덕받이에는 드문드문 진달래와 개나리가 피어 있었다. 며칠 후 형님 가족들이 형수의 골호를 이 묘소에 봉안했고, 형님과 재당질들이 수시로 들러 고인을 추모하며 슬픔을 달랬다.

역시 선대 어른들의 묘소를 한곳으로 이장 통합한 것은 아주 잘한 일이었다. 무엇보다도 남의 땅이 아닌, 우리 친족인 형님 땅이어서 그동안의 불안과 걱정을 말끔하게 씻어낼 수 있었다. 최소한 누군가 타의에 의해 분묘 개장을 강요받을 일은 없었다.

우리 후손들이 찾아오기도 용이했다. 종래에는 묘소가 여기저기 띄엄 띄엄 여러 산록에 거리를 두고 있어 실전의 위험이 컸다. 우리 세대가 죽고 나면 객지로 나간 차세대의 경우 십중팔구 묘소를 찾기 어려울 것이었다. 하지만 이 묘원은 눈 감고도 찾을 수 있을 만큼 좋은 입지 조건을 갖추고 있었다.

이로움은 그것만이 아니었다. 성묘도 단 한 번 행보로 일원화되었다. 과거에는 원중산에서 출발하여 귀신보로, 연화로 한 바퀴 돌아야 했는데 이제는 그럴 필요가 없어졌다. 더군다나 이 근래에는 산이 숲으로 우거져서 산길을 찾기도 힘들었다. 하지만 이 묘원은 산이 아닌 잔디밭에 조성되어 숲을 헤치지 않고서도 얼마든지 접근할 수 있었다.

마을 어귀인지라 교통까지 편리했다. 승용차든 화물차든 마음만 먹으면 제절 앞까지 자유롭게 드나들 수 있었다. 당초 공사를 시작했던 47-3 산기슭이 아닌 까닭에 다소 미련이 없었던 것은 아니지만 사실은 이 자리가 그 자리만 못한 것도 아니었다.

벌초도 쉬워졌다. 그전에는 벌초 때마다 아우들이 예초기를 짊어지고 근동의 여러 산소를 찾아다니며 중노동을 했다. 고역이었다. 하지만 이제 한두 시간이면 일거에 모든 작업이 끝났다. 여러 군데 구산 파묘한 자리가 본래의 형상으로 복원되었으니 자연 보호에도 일조한 셈이 되었다.

나는 지난 한 해 동안 여러 차례 묘소를 참배했다. 선친 기일인 음력 5월 열아흐렛날, 선비 기일인 7월 초닷새날은 말할 것도 없거니와 다른 일로 부여에 갈 때마다 반드시 아우들과 동행하여 먼저 가신 어른들의 영원한 안식을 빌었다. 여름철에는 봉분 잔디까지 파랗게 자라나 여간 보기 좋은 것이 아니었다.

발치 아래에는 또 하나의 밭이 있었다. 대추나무와 사과나무와 무화과나무와 매실나무가 드문드문 서 있는 그 땅은 아우들과 손아래 후손들의 몫이었다. 평장하기 딱 좋은 지형이었다. 부여의 아우들이야 수시로 만나지만, 전국 각지로 진출한 재종아우들은 어떻게 지내는지 몹시 궁금했다.

이런저런 상념에 젖어 그들을 그리워하는 동안 버스가 속력을 낮추면서 느린 동작으로 우회전하고 있었다. 부여시외버스터미널 입구였다. 아니나 다를까, 세 아우가 하차장에서 기다리고 있었다. 버스에서 내려 그들과 악수를 나누는 순간 얼마나 반가운지 눈시울이 화끈했다.

우리는 곧 각자 승용차에 분승하여 단골 음식점으로 이동했다. 차복 아우의 승용차에 계복 아우가 동승하고, 나는 선복 아우의 승용차에 편승했다. 길가에는 벚꽃이 활짝 만개해 눈이 부셨고, 주차장 언덕 위에는 하얀 목련이 소담스럽게 피어 있었다. 아직 시간이 좀 일러 할랑한 음식점에는 춘복 형님과 근복 아우가 먼저 도착해 있었다.

무릇 한식날 풍습을 따르자면 불을 삼가고 찬밥으로 끼니를 때우는 것이 합당하지만, 진작부터 현대식으로 살아가는 우리는 서로 정겨운 담소를 나누면서 식탁용 가스레인지에 메기 매운탕을 끓여 놓고 따뜻한 점심을 먹었다. 그 집 음식은 언제 먹어도 입에 착착 붙을 만큼 맛이 있었다. 그렇다고 속내까지 마냥 즐겁고 흔쾌한 것은 아니었다. 어중간한 연세에 홀로 되신 형님을 바라볼라치면 안쓰러운 마음에다 예상 밖으로 단명했던 형수가 떠올라 목울대가 뻣뻣해지면서 음식이 찌룩찌룩 목구멍에 걸렸다.

식사를 마친 뒤 선발대는 연화로 떠났고, 나는 선복 아우와 함께 금동대향로 조각상이 백제의 역사를 알려주는 로터리 부근 농협 하나로마트에 가서 조상님께 올릴 주과포혜酒果脯醯 등 기본적인 제수를 구매했다. 조율이시棗栗梨柹는 진열대에 올라와 있는 여러 품목 중에서 가장 싱싱하고 실팍한 최상품으로 선택했다. 차복 아우가 좋아하는 믹스커피 한 상자와 형님께 드릴 담배도 두어 갑 샀다.

선복 아우가 각종 물품을 골판지 상자에 다문다문 담아 승용차 트렁크에 실었고, 우리는 서둘러 로터리를 벗어난 뒤 수년 전에 새로 개통한 제4호 국도로 들어섰다. 왕년의 제4호 국도는 이제 제10호 군도로 하향 조정돼 있었다. 승용차가 십자거리를 지나 사비문 방향으로 치달을 때에는 왼쪽으로 고개를 돌려 원중산을 눈알이 빠지도록 쳐다보았다. 예전에는 없었던, 새로 지은 빨갛고 파란 건물들이 알록달록 시야에 들어왔다.

우리는 새다리를 지나 묘원에 다다랐고, 먼저 도착해 있던 선발대와 합류했다. 묘소 앞 좌우 화병에는 아직 생생한 조화가 꽂혀 있었다. 형님네 자녀들, 즉 재당질들이 최근 며칠 사이에 다녀갔다는 증표였다. 그 아이들은 아직도 모친 잃은 슬픔에서 헤어나지 못하는 듯했다.

우리는 곧 상석에 제물을 진설하였고, 여섯 사람이 일렬횡대로 도열했다. 내가 초헌, 형님이 아헌, 근복 아우가 종헌을 맡았다. 우리는 헌작과 동시에 일제히 절을 올렸다. 독축은 생략했다. 나는 바닥을 짚고 엎드릴 때마다 조상님들의 명복을 빌면서 자손만대의 창대한 번영을 발원했다.

우리는 그 오른쪽의 둘째당숙 내외분, 당고모부 내외분 산소에도 잔과 절을 올렸다. 누런 잔디 사이로 예쁜 제비꽃이 피어 있었고, 쑥과 냉이를 비롯해 자잘한 잡풀들이 파릇파릇 어린 싹을 내밀고 있었다. 모든 성묘 절차를 마친 뒤 우리는 반질반질한 화강석 제절에 둘러앉아 음복에 들어갔다. 과도로 저민 사과 한 조각을 젓가락으로 집어 들면서 형님이 내게 말했다.

"이 자리 참 좋지?"

"좋고 말구요. 천하 명당입니다."

"옛날 연화가 번창할 때 여기 이 자리에 안동권씨네 기와집이 있었대. 지금도 밭을 갈다 보면 기와 조각이 나와. 초가집 일색이던 시절 기와집을 짓고 살았다면 형편이 괜찮았다고 봐야지. 그 사람들이 주저앉은 다음에는 우리 선조님들이 그 뒤를 이어 떵떵거리며 가장 잘 살았다고 하는데…"

형님은 말을 잇지 못했다. 지금 이 마당에서 유쾌하지 못한 과거사를 소환해 봤자 별로 도움이 안 되기 때문이었다. 한때 저 밑바닥까지 거꾸러졌던 우리 가문은 조상님들의 망극한 은덕으로 마침내 오뚝이처럼 다시 일어섰다. 더욱이 꺼져가는 촛불처럼 간당간당했던, 백척간두의 절손 위기에 처했던 우리 일가가 이만큼이라도 번창한 것은 미상불 기적이라 해도 과언이 아니었다. 내가 형님에게 말했다.

"형님 고맙습니다."

"뭐가?"

"형님 결단으로 이런 묘원을 조성한 겁니다. 제가 해야 할 일을 형님께서 실행하셨으니 얼마나 고마운지 모릅니다."

날씨는 화창했고, 광활하게 탁 트인 전망이 참 좋았다. 해마다 벼가 누렇게 익어 황금물결을 이루는 곡창 저 건너편으로 논산 광석면 슴말이 보였다. 슴말은 섬말, 즉 섬마을을 일컫는 우리 고향 사람들의 독특한 발음이었다. 그 오른쪽으로는 성동면의 일각이 그림처럼 펼쳐져 있었다.

광석면과 성동면의 경계를 이루는 종래의 국도 제4호, 즉 현재의 군도 제10호는 지난 시절 내가 중고등학교 다닐 때 원중산에서 논산까지 6년 동안 도보로 통학하던 길이었다. 단언컨대 예나 지금이나 나만큼 연일 그 길을 걸어 다닌 사람은 찾아볼 수 없었다. 굶기를 밥 먹듯 하던 시절이었다. 형님이 내게 물었다.

"동생, 오늘 서울로 올라가야지?"

"그렇습니다."

"건강하게 잘 지내."

"제가 형님께 드릴 말씀입니다. 혼자 사시는 형님이야말로 조석 끼니 잘 챙겨 드시고 건강에 각별히 신경 쓰셔야 합니다. 가까이 살면 자주 찾아뵐 수 있을 텐데 그러지도 못하고 정말 송구합니다."

"산다는 게 다 그런 거지 뭐."

우리는 음복하고 남은 제물을 주섬주섬 정리했다. 해는 아직도 하늘 한복판에 둥둥 떠 있었다. 그전 같으면 여러 군데 흩어진 묘소를 찾아 산판 능선을 더듬고 다닐 시간이었다. 우리는 진입로 갓길 느티나무 쪽으로 내려와 작별 인사를 나누었다. 차복 아우에게는 믹스커피를 선물로 건넸다.

우리 형제들은 각자 자기 승용차에 올랐다. 먼저 춘복 형님이 떠나자 그 뒤를 따라 근복 아우도 자기 집으로 출발했다. 아까 부여읍에서 그랬던 것처럼 차복 아우의 승용차에 계복 아우가 탔고, 나는 선복 아우의 승용차에 올라 동네 안쪽으로 들어가 막내당숙모를 찾아뵈었다.

인기척을 하며 댓돌 쪽으로 다가가자 당숙모가 뒤뚱뒤뚱 맨발로 달려 나와 반겨주었다. 벌겋게 충혈된 당신의 눈에는 그렁그렁 이슬이 고이고 있었다. 허리는 굽을 만큼 굽었고, 치아가 다 빠져 합죽해진 두 볼에는 주름살과 검버섯만 자글자글했다. 병아리 눈물만큼 약소한 용돈을 드렸다. 당숙모는 팔순을 훌쩍 지나 구순을 바라보고 있었다.

그 어른이 부엌에서 떠다 준, 시원하면서도 꿀맛 같은 냉수 한 대접을 단숨에 들이켜고는 삽짝을 나섰다. 어디선가 바람이 불어왔고, 가랑잎과 지푸라기들이 풀풀 휩쓸려 날아다니고 있었다. 당숙모는 우리가 앞집 담장 모퉁이를 돌아설 때까지 댓돌 위에 서서 눈물을 훔치며 손을 흔들고 있었다.

우리는 곧 연화를 떠나 부여시외버스터미널로 직행했다. 며칠 전부터 한식 성묘에 무척 신경을 써왔는데 비로소 큰 숙제 하나를 간동하게 해결한 셈이었다. 홀가분하면서도 뿌듯했다. 나는 선복 아우가 사준 차표를 들고 버스에 올랐다. 내 좌석은 9번이었다.

버스가 승강장을 밀어내며 슬금슬금 뒷걸음질을 치자 아우가 내게 손을 흔들었다. 나도 창밖의 아우를 향해 손을 흔들어 주었다. 어머니 병환으로 유아기에 유난히 젖배를 많이 곯았던 아우도 어느새 환갑을 넘기고 노년으로 접어들었다 생각하니 속절없이 흐르는 세월이 야속하고 서러웠다.

그렇다. 나는 이다음에 죽어서라도 우리 집안의 뿌리가 박힌 부여군 석성면 증산리 선영으로 돌아와 조상님들 발아래 뼈를 묻으리라. 터미널 출구 골목을 벗어난 버스가 성왕상聖王像 로터리 방향으로 좌회전하면서 조금씩 속도를 높이고 있었다. (『월간문학』2024. 2월호)

◆제21회 창조문예문학상 수상작
꾀꼬리

  시루봉 아래 시루메 마을이 있었다. 나는 바로 그 마을에서 태어났다. 내 고향인 충남 부여군 석성면 증산리에는 우리 동네 시루메를 필두로 인근 십자거리, 마르디, 연화, 중락동 등이 포함되어 있었다. 모두 인심 좋고 평화로운 농촌이었다.

  부여는 백제의 도읍지이자 전국적으로 유명한 관광지이니까 굳이 설명할 필요가 없고, 석성石城 또한 삼국 시대 이래로 유서가 깊어 알 만한 사람은 다 알고 있었다. 돌[石]로 쌓은 성城, 즉 석성이라는 지명은 백제 시대에 돌로 축조한 옥녀봉 일대의 산성에서 유래하고 있었다.

  석성은 본래 백제 소부리군所夫里郡의 진악산현珍惡山縣이었다. 신라 신문왕 때 석산현石山縣으로 고쳤고, 고려 태조가 석성현으로 개칭한 이래 그 이름이 굳어졌다. 고려 시대에는 공주목의 속현으로 감무를 두었으나, 조선 왕조 태종 때부터는 현감이 관아에 상주하면서 넓은 지역을 관할했다.

  증산리의 증산은 '시루 증甑' 자와 '뫼 산山' 자를 조합한 한자 표기였다. 그중에서도 우리 동네 시루메 만을 딱 떼어 별도로 지칭할 때에는 '원래의 증산리' 또는 증산리의 모체랄까 원조라는 뜻으로 특별히 '으뜸 원元' 자를 붙여 원증산元甑山이라고 했다.

  을미년, 곧 1895년 종래의 석성현이 석성군으로 승격할 때 시루메 지역은 증산면으로 한 단계 올라섰다. 그 당시 증산면 면청은 당연히 우리 동네 시루메에 있었다. 석성군에는 증산면 이외에도 현내면縣內面 북면北面 비당면碑堂面 우곤면牛昆面 삼산면三山面 원북면院北面 병촌면甁村面 정지면定止面 등이 있었다.

그런데 웬걸 1914년 일제는 전국 군·면을 모조리 개편하면서 기존의 임천군 홍산군 전역, 공주군과 석성군 일부를 분할해 부여군에 통합했다. 석성군에서 부여군으로 통합된 지역은 증산면 현내면 북면 비당면이었다. 그때 조선총독부는 석성군의 5개 면, 즉 우곤면 삼산면 원북면 병촌면 정지면을 떼어 논산군(지금의 논산시)으로 붙이고 성동면城東面을 신설했다. 그 5개 면은 성동면 소속의 리里로 하향 조정되었다. '성동'이란 '석성의 동쪽'이라는 뜻이었다.

우리 동네의 행정 구역은 결국 지금처럼 충남 부여군 석성면 증산리로 결정되었다. 말하자면 석성군이 석성면으로, 증산면이 증산리로 강등된 셈이었다. 그런 변화 속에 언제부터인지 한자어가 순수한 우리말을 뒤로 밀어내면서 서서히 앞자리로 불거져 나왔다. 일제 강점기로 회귀하려는 것일까, 아니면 공무원들의 한자어 실력이 급격히 향상되어서 그런 것일까, 그것도 아니라면 일부러 유식한 척 괜히 문자깨나 쓰면서 허세를 부리려고 그러는 것일까, 아무튼 그렇게 된 까닭을 일부러 콩콩 따져 보지는 않았다.

말이 나왔으니까 얘기지만, 내가 아주 어렸을 때는 '시루메'가 '원중산'보다 훨씬 더 널리 통용되었다. 군대나 객지로 나간 사람들이 보내오는 편지 주소에도 대부분 '충남 부여군 석성면 증산리 시루메'라고 쓰여 있었다. 그러다가 대충 우리 또래들이 석양국민학교(지금의 석양초등학교)에 들어갈 무렵부터는 '시루메' 대신 '원중산'을 더 선호하는 경향이 나타났다.

가령 면민들이 학교 운동장에 집결하여 3·1절과 광복절 경축식을 거행할 때는 물론이고 재일 교포 북송 반대, 무장 공비 남파 규탄 등 한바탕 궐기 대회를 벌일 때에도 우리 동네 주민들은 '시루메'가 아닌 '원증산'이라는 팻말을 들고 참가했다. 학교 운동회 날 마을끼리 대항전을 벌일 때에도 십자거리는 '십자가十字街'로, 마르디는 '종북宗北'이라는 깃발을 들었다.

그때쯤 해서는 마을 이름 뒤에 '마을'보다는 '부락'을 붙이는 사례가 훨씬 더 많아졌다. 운동 경기를 할 경우에도 '부락 대항'이라고 했지 '마을 대항'이라고 하지는 않았다. 관공서의 공문에서도 '시루메 마을'이 아닌 '원증산 부락'으로 명기되었다. 결국 우리말 이름인 '시루메'가 서서히 저물어 갔고, 그 대신 한자어 명칭인 '원증산'이 더 익숙하게 떠올랐다. 이 근래 동네 입구 잿무덤부리에 세운 안내 표지석에는 '원증산 마을'이라고 새겨졌다.

우리 동네 원증산은 예부터 그림 같은 마을이었다. 시루봉에서 흘러내린 능선이 잠깐 잘록하게 가라앉았다가 다시 일어나면서 당산 쪽으로 반달처럼 휘돌아 나가고 있었다. 당산 끄트머리에는 도라무텡이가 있었다. 시루봉과 당산 사이의 동그란 능선을 등에 업고 도라무텡이까지 20여 호의 농가가 오순도순 눌러 앉아 마치 삼태기나 말발굽 같은 형상을 하고 있었다. 어떻게 보면 새둥우리 같기도 하였다.

매년 봄 동네 곳곳에 개나리꽃 살구꽃 복숭아꽃이 흐드러지게 피었고, 산제당이 있는 당산 너머 광대골이나 사기장골에서는 종달새가 수직으로 높이 떠올라 파르르 파르르 날갯짓하며 재재골재재골 지저귀었다. 바람이 불면 파랗게 자란 보리가 살랑살랑 물결 쳤고, 시루봉이나 당산 소나무에서는 노란 송화가루가 인개처럼 흩이졌다.

여름에는 산야가 온통 녹음방초로 우거졌다. 산에서 소쩍 소쩍 소쩍쩍 소쩍새가 울었고, 들에서 뜸뜸 뜸뜸 뜸뜸 뜸부기가 울었다. 마당 한가운데 감나무와 말랭이 쥐엄나무와 부엌 모퉁이 골담초 언덕 은행나무에서는 매미가 맴맴 매앰 매앰 쏴르르 쏴와 자지러지게 울었다. 이쪽 시루봉에서 꾀꼬리가 꾀꼴 꾀꼴 꾀꾀꼴 꾀꼴 노래를 부르면 저쪽 당산에서 뻐꾸기가 뻐꾹 뻐꾹 뻑뻑꾹 뻑꾹 장단을 맞추었다.

그 시절, 우리 동네 주민들은 자전거를 타고 나타난 지서 말단 경찰관만 봐도 무슨 죄나 지은 듯 괜히 쩔쩔매고 벌벌 떨 만큼 순박했다. 외지에서 처가살이 들어온 정 서방처럼 몰상식한 악질이 전혀 없었던 것은 아니지만, 우리 동네에 탯줄을 묻고 살아온 본바닥 토박이들은 한결같이 착한 사람들이었다.

잘 알려져 있다시피 원중산 일대는 임야와 전답을 가릴 것 없이 뺑뺑 돌아가면서 거의 모두 윤구병씨네 땅이었다. 어느 누구라도 원중산에서 윤씨네 땅을 밟지 않고서는 함부로 돌아다닐 수가 없었다. 그분의 땅은 문전옥답 이외에도 태조산 아래 정각천 냇가의 자갈논에 이르기까지 여러 곳에 광범위하게 산재해 있었다. 윤구병씨는 우리 또래의 아이들이 설날 세배를 가면 미리 준비해 두었던 빳빳한 새 지폐로 어김없이 얼마간의 세뱃돈을 주었다.

한편, (큰)아버지는 일찍이 그런 윤구병씨의 특별한 배려와 호의로 시루봉 들머리 우람한 감나무 곁 한 자락을 깎아 몸소 집을 지었다. 단칸 오두막집으로 추녀조차 없는, 방 한 칸에 부엌이 딸린 모말처럼 생긴 말집이었다. 울도 담도 번지도 없었다. 다른 집들과의 거리가 조금 떨어진 외딴집이었다. 감나무와 집을 한덩어리로 결부시킨다면 우리 집은 일견 감나무집이라고 말할 수 있었다.

부엌 모퉁이에는 참나무 가지 섶 울타리로 둘러친 뒷간이 있었다. 뒷간에는 두 개의 항아리가 묻혀 있었다. 한쪽에는 대변을, 또 다른 한쪽에는 소변을 보았다. 밤에는 요강에 대소변을 보았고, 분뇨를 모아 논밭 거름으로 쓰던 시절이었다. 뒷간 쪽은 시루봉과 잇닿아 있었으며, 굴뚝 모퉁이 쪽에는 말랭이와 이어지는 작은 오르막길이 있었다. 우리는 집 언저리의 손바닥만 한 밭 몇 뙈기를 경작했다.

(큰)아버지보다 예닐곱 살 연상인 윤구병씨는 자타가 공인하는 덕인이었다. 재산도 겁나게 많았지만 덕망이 눈부실 만큼 높았다. 부전자전이라고나 할까, 최고 학부를 나와 한때 대전에서 공무원으로 근무하다가 돌아온 외아들 현중씨 또한 도량이 넓고 인정이 많았다. 윤구병씨가 작고한 뒤에는 현중씨가 모든 재산을 물려받았다.

(큰)아버지는 오두막집 텃도지와 밭뙈기 소작료로 윤씨네 집에 해마다 품 네 개씩을 물었다. 우리 형편상 현금이나 곡물 부담이 어려웠던지라 품으로 대신한 것이었다. 과도하지 않은 헐한 조건이었다. 윤씨네는 농토가 방대한 만큼 품도 많이 필요했다. (큰)아버지 내외분은 농번기 때 윤씨네 집에 가서 한 해 나흘씩 농사일을 해주었다.

그전에도 밝혔다시피 나는 세 살 때 큰집, 즉 (큰)아버지 내외분 슬하로 출계하여 성장했다. 나보다 아홉 살 많은 둘째누님, 즉 작은누님은 훨씬 이전에 들어가 있었다. 우리 남매는 (큰)아버지 (큰)어머니를 부를 때 굳이 '큰' 자를 붙이지 않고 그냥 아버지 어머니라 부르며 자랐다. 친가에도 당연히 아버지 어머니가 계셨나.

우리 동기간은 본래 10남매였다. 영아 사망률이 높았던 시절 작은누님 밑으로 내리 3남매가 태어나자마자 숨지는 9년 동안의 비운과 우여곡절을 거쳐 내가 태어났다. 신해생(辛亥生, 1911)인 아버지의 연세 마흔한 살이었다. 환갑에 잔치를 벌이던, 즉 장수 시대가 아니었던 그 당시 상황을 감안한다면 나는 가위 늦둥이라고 말할 수 있었다. 우리 동기간은 최종적으로 4남 3녀 7남매가 성장했다.

(큰)아버지는 아버지보다 5년 연장이었다. 당신께서는 병오생丙午生으로 일찍이 대한제국 광무 10년, 즉 1906년에 태어나 어느덧 지천명에 다가서 있었다. 신묘생辛卯生, 즉 6·25전쟁 중이던 1951년에 태어난 나하고는 무려 45년이라는 간극이 있었다. 더군다나 당신은 수염까지 부얼부얼해서 연세가 실지보다 훨씬 더 높아 보였다.

그런 (큰)아버지는 일찍이 석성보통학교(지금의 석성초등학교)를 다닌, 양가와 친가의 부모님 네 분 중 유일하게 학교 문턱을 밟아 보신 분이었다. 너 나 할 것 없이 까막눈 일색이었던 그때, 비록 졸업을 못하고 중퇴로 끝났을지언정 다른 문맹자들과는 차원이 달랐다.

누구나 다 아는 얘기지만, 부모가 자식을 잃으면 땅이 아닌 가슴에 묻는다고 했다. 자라 보고 놀란 소가 솥뚜껑 보고 놀란다던가, 아버지는 3남매를 내리 잃고 나서 나를 얻었던 터라 긴가민가 출생 신고도 뒤로 미루면서 이 핏덩이의 싹수를 유심히 지켜보았다.

어쩌면 형들이나 누나의 뒤를 따라 곧 죽을지도 모를 기저귀 찬 젖먹이 갓난아기. 그런데 나는 죽지 않고 새록새록 자라났다. 아버지는 2년 뒤 비로소 면사무소에 가서 출생 신고 수속을 밟았다. 그 바람에 내 호적 나이는 실제보다 두 살이나 줄어 1953년생으로 등재되었다. 물론 생일도 진짜 생일과는 얼토당토않은 엉터리 날짜로 기록되었다. 도대체 종통 세습이 뭔지 아버지 어머니는 그렇게 귀한 맏아들을 큰집에 양자로 들여보냈다.

나는 갓 태어난 형들의 잇따른 죽음으로 졸지에 장남이 되고, 이 무슨 운명인지 어느 날 갑자기 종가의 종손으로 들어가게 된 것이었다. 인습을 중시한 어른들의 결정이었다. '아랫집' 친가 아버지 어머니는 나로 말미암아 이래저래 한평생 가슴에 피못을 박고 살았다. 나는 나대로 일약 문중의 종손으로 막중한 책무를 짊어지고 있었다. 나중에는 내 호적까지 아예 큰집으로 옮겼다. 나는 석양국민학교에 들어가 3,4학년 쯤 되었을 때 비로소 양가와 친가가 무엇인지를 깨닫게 되었다.

양가에서 바라보면 저 아래 친가가 있었다. 우물에서 작은 도랑 하나를 사이에 둔 강도현씨네 뒷집이었다. 그 옆 갓집을 돌아나간 도라무텡이 쪽 용보들 건너로는 채종말과 고추골이 있었다. 친가에는 아버지 어머니와 5남매의 동기간이 살고 있었다. 큰누님과 동생들 넷이었다. 양가인 윗집은 북향이었고, 친가인 아랫집은 남향이었다. 두 집은 손에 잡힐 듯 빤히 보였다. 나는 그 두 집, 즉 윗집과 아랫집을 책임져야 할 입장이었다. 나는 주로 윗집에서 살고 있었지만 아랫집 친가에도 거의 매일 드나들었다.

윗집과 가까운 말랭이에 앞재너머가 있었다. 앞재너머는 '앞'과 '재'와 '너머'가 합쳐진 말이었다. 앞재너머와 당산 사이에 질빵너머가 있었고, 당산 너머 십자거리 쪽으로는 광대골과 새뱅이가 있었다. 말랭이 앞재너머에는 윤구병씨네 집과 두어 채의 농가가 더 있었다. 모두가 초가집 일색이었던 반면 윤씨네 가옥만 함석집이었다. 말랭이에서 남쪽을 바라볼 경우 시루봉에서 제4호 국도, 즉 신작로 쪽으로 뻗어나간 한 자락이 좌청룡이라면 질빵너머에서 잿무덤부리로 뻗어나가 신작로와 맞닿은 또 다른 한 자락은 우백호에 해당되었다.

앞재너머는 신작로 넘나드는 원중산의 관문이있다. 여기저기 사통오달로 좁다란 샛길들이 있었지만, 이 앞재너머야말로 사람은 물론 우마차까지 왕래하는 원중산의 요충이라고 말할 수 있었다. 상여가 나갈 때에도 이 앞재너머에서는 일단 멈춘 뒤 정든 마을을 영원히 떠나가는 망자의 심정을 대변하듯 고개를 넘지 않으려고 제자리걸음을 반복하면서 뜸을 들였다. 이제 가면 언제 오나 못 가겠네 못 가겠어 정을 두고 못 가겠네, 어허, 어허이, 어허, 어허이, 어허, 어헤 상엿소리도 구슬펐다.

시야가 탁 트인 말랭이는 동네의 망루 같은 곳이었다. 동네에 중요한 일이 있을 때에는 주민들이 이곳으로 집결했다. 어느 집에 불이 나거나, 부역 또는 공동 작업을 하기 위해 동네 사람들을 일제히 불러 모을 때에도 구장이든 반장이든 누군가가 이 말랭이에서 징을 쳤다. 그러면 동네 사람들이 재빨리 행동에 들어갔다.

앞재너머로는 타동네 사람들도 자주 드나들었고, 길목을 사이에 둔 양쪽 언덕에는 쥐엄나무가 각각 한 그루씩 서 있었다. 별로 크지 않은, 그렇다고 아주 작지도 않은 쥐엄나무는 마치 동네 어귀를 지키는 수문장처럼 서 있었다. 동쪽 말랭이에 있는 나무는 오톨도톨한 밑둥 두 갈래를 꽈배기 꼬듯 8자 모양으로 몸을 비틀어 꼬면서 용트림을 하고 있었다.

길 건너에서 마주 보고 있는 서쪽 나무는 그보다 약간 작았고, 밑바닥 토양이 메말라서 그런지 시들뻬들 자주 몸살을 앓았다. 누군가가 나무뿌리 다치지 않도록 멀찌감치 둥그렇게 구덩이를 파고 퇴비를 듬뿍 넣어 주었지만 별로 나아지는 것 같지 않았다.

어쨌든 말랭이 쥐엄나무 언저리는 우리 또래 아이들에게 가장 좋은 놀이터였다. 여름철에는 시원하고 겨울철에는 따뜻했다. 우리는 딱지치기, 구슬치기, 못치기, 공치기, 연날리기, 술래잡기, 제기차기, 굴렁쇠 굴리기, 기차놀이, 땅따먹기, 윷놀이 등등을 하면서 재미있게 놀았다. 누군가는 Y자 모양의 작은 나뭇가지에 고무줄을 매달아 새총이랍시고 공깃돌을 매겨 쏘아대기도 했다. 말랭이는 사시사철 전천후 놀이터라고 말할 수 있었다.

동네 안쪽 방향으로는 좁고 밋밋한 언덕이 있었다. 소나무 서너 그루가 듬성듬성 서 있는 그 경사면에 쪼그리고 앉아 쭐쭐 미끄럼을 타면 더욱 신바람이 났다. 고무신이 닳거나 바지 엉덩이에 흙이 묻는 줄도 몰랐다. 날씨가 따뜻한 어느 봄날이었다. 우리 또래는 마치 세련된 합창단처럼 음정과 박자를 맞추어 노래를 불렀다.

"원숭이 엉덩이는 빨개, 빨가면 사과, 사과는 맛있어, 맛있으면 바나나, 바나나는 길어, 길으면 기차, 기차는 빨라. 빠르면 비행기, 비행기는 높아, 높으면 백두산… 백두산 뻗어내려 반도 삼천리, 무궁화 이 강산에 역사 반만년, 대대로 이어 사는 우리 삼천만, 복되도다 그 이름 대한이로세. 삼천리 아름다운 이 내 강산에, 억만년 이어 나갈 배달의 자손, 길러온 힘과 재주 모두 합하니, 우리들의 앞길은 탄탄하도다. 보아라 이 강산에 날이 새나니, 삼천만 너도 나도 함께 나가자, 광명한 아침 해가 솟아오르니, 빛나도다 그 이름 대한이로세."

우리는 종종 다람쥐나 고양이처럼 살금살금 쥐엄나무에 올라가서 놀았고, 쥐엄나무 열매가 어느 정도 통통하게 여물면 우리는 그걸 뭐 대단한 과일이나 되는 줄 알고 기분 좋게 따먹었다. 먹을 것이 워낙 귀하다 보니 우리들에게는 비리치근한 그 열매까지도 일종의 군것질거리라고 말할 수 있었다.

두 쥐엄나무는 그 나름의 정자나무였다. 여름에는 동네 사람들이 서쪽 쥐엄나무가 아닌, 좀 더 넓고 평평한 동쪽 쥐엄나무 아래에서 쉬거나 낮잠을 즐기곤 했다. 거기 쥐엄나무 밑에는 묵직한 들독이 있었다. 동네 이른들은 이따금 심심풀이 삼아 들독을 들었다 놓았다 하면서 근력을 키웠다. 나도 열예닐곱 살쯤 되었을 때 들독을 앞가슴까지 번쩍번쩍 들어 올리면서 내심 힘자랑을 한 적이 있었다.

두레 때에는 말랭이에 농기를 높이 세웠고, 주민들이 꾸다당 꾸다당 퉁탕퉁탕 풍장을 치며 덩실덩실 춤을 추었다. 십자거리 주민들까지 농기와 농악대를 앞세우고 와서 합세한 적도 한두 번이 아니었다. 쥐엄나무 아래 공터에서 열두 발 상모가 휘휘 땅바닥을 쓸며 눈부시게 돌아갈 때에는 저절로 박수가 쏟아져 나왔다.

쥐엄나무는 국기 게양대나 안테나 역할도 했다. 3·1절 제헌절 광복절 개천절 같은 국경일에는 구장이나 반장이 태극기를 장대에 매달아 가장 높이 치솟은 쥐엄나무 맨 꼭대기 우듬지에 새끼줄로 묶어 세웠다. 훗날 유선 방송이 보급되었을 때 쥐엄나무에 거미줄 모양의 안테나를 세웠고, 동네의 자체 방송이 개시되었을 때에는 서쪽 쥐엄나무 꼭대기에 확성기를 높이 매달았다.

굳이 쥐엄나무에 올라가지 않더라도 말랭이에서는 잿무덤부리 쪽의 제4호 국도가 잘 보였다. 우리는 자갈과 흙으로 다져진, 여기저기 움푹움푹 파여 울퉁불퉁한 국도를 통상 신작로라 불렀다. 큰 차량이 지나갈 때에는 우당탕 퉁탕 자갈이 튀어 올랐고, 한여름 장마철에는 웅덩이에 고인 물이 좌악좌악 물벼락을 날렸다. 그 도로는 십자거리를 거쳐 부여로, 새다리를 거쳐 논산으로 나가는 길이었다.

버즘나무와 개가죽나무가 높이 서 있는 신작로 건너 마르디 일부와 꾸억산이나 귀신보가 시야에 들어왔다. 잿무덤부리 길가에 외딴집 한 채가 있었다. 어른들이 부여나 논산으로 내왕할 때에는 잿무덤부리 앞에서 버스를 타고 내렸다. 아주 어렸을 때 우리는 잿무덤부리 분묘 편데기에 모여 어쩌다 한 번씩 지나가는 버스와 트럭 같은 자동차를 구경했다.

우리 또래라면 누구나 저 신기한 자동차를 언젠가는 꼭 타보고 싶어 했다. 어떤 녀석은 버스가 잠깐 멈춘 사이 뒤쪽에 장착한 스페어타이어를 붙잡고 범퍼에 아슬아슬 발을 디딘 채 매달려 새다리나 십자거리까지 갔다가 거기에서 내린 뒤 터덜터덜 되짚어 걸어왔다. 그런가 하면 어느 별쭝맞은 아이는 버스가 멈추지 않고 줄곧 달리는 바람에 손을 놓으면 떨어져 죽을까 봐 기를 쓰면서 저 멀리 논산까지 매달려 갔다가 되돌아오는 졸경을 치르기도 했다. 죽을 줄 모르고 벌인, 철딱서니 없는 개구쟁이의 모험이었다.

너덧 살 때였다. 나는 (큰)아버지한테 한글과 천자문을 배웠다. 번갯불에 콩 굽듯이 며칠 만에 뚝딱 한글을 깨친 나는 곧바로 한자 공부에 몰입했다. 하늘천天 따지地 검을현玄 누를황黃 집우宇 집주宙 넓을홍洪 거칠황荒… (큰)아버지는 잣대처럼 생긴 서산대로 책에 있는 글자들을 한 자 한 자 짚으면서 그 뜻을 가르쳐 주었다.

나는 벼루에 먹을 갈아 그 글자들을 다문다문 붓으로 썼다. 종이가 귀해 분판 위에 쓰고 지우기를 반복하면서 여러 한자들을 속속 익혀 나아갔다. 그러던 어느 날 (큰)아버지가 담뱃대 대꼬바리에 불을 붙이고 나서 내게 말했다.

"윤복아, 너는 재주가 참 비상하구나. 총기가 있어. 열심히 공부해서 장차 훌륭한 사람이 되거라. 자고로 될성부른 나무는 떡잎부터 알아본다고 했느니라. 내가 볼 때 너는 아주 괜찮은 떡잎이다. 언젠가는 반드시 성공할 날이 있을 것이다."

당신께서는 기회 있을 때마다 나를 격려해 주었다. 기분이 좋았다. 고백하건대 나는 당신과 동네 어른들의 칭찬을 먹고 살았다 해도 과언이 아니었다. 지방과 축문 쓰는 법을 배우던 날이었다. 공부를 마치고 나서 잠시 쉴 때 내가 (큰)아버지에게 직접 여쭤 보았다.

"우리 동네는 언제 생겼어유?"

"글쎄, 그건 나도 잘 모르겠구나. 감나무하고 샴을 보면 수백 년 전에 생긴 건 분명하지. 맨처음 윤구병씨네 선조가 들어와 살았다고 하더라만…"

'샴'은 '샘'을 일컫는 우리 고장 말이었다. 앞에서도 말했다시피 우리 집 마당에는 윤구병씨네 소유의 아름드리 감나무가 있었다. 우리 동네에서 가장 크고 오래된, 몸통이 조금씩 삭아 내리면서 수피樹皮에 숭숭 구멍이 나 있는 고목이었다. (큰)아버지가 시루봉 끝자락 감나무 가까운 곳에 오두막집을 짓고 그 언저리를 마당으로 삼은 것이었다. 감나무 언덕 아래에는 정 서방네 밭이 펴져 있었다.

나는 감나무에서 톡톡 떨어져 마당에 나뒹구는 감꽃을 풀대에 꿰어 바지랑대나 마당가 개복숭아나무 가지에 길다랗게 걸어놓고 꼬들꼬들해질 때까지 잘 말려서 한 톨 한 톨 쏙쏙 빼먹었다. 띠 뿌리든 뭐든 독성 있는 것이 아니면 닥치는 대로 먹어치우던 허기진 시절이었다. 감꽃은 약간 떫었고 시장기가 근본적으로 해결되는 것도 아니었지만, 그걸 입에 넣고 자근자근 씹으면 간에 기별이 간다고나 할까 어쨌든 쫄쫄 굶는 것보다는 눈곱만큼 나았다.

감꽃이 지고 나면 이번에는 감이 떨어졌다. 감은 콩알만 한 것부터 시작해서 하루하루 조금씩 굵어졌다. 그건 감꽃과는 비교할 수 없을 만큼 제법 그럴싸한 '과일'이었다. 땡감을 구정물통에 며칠 동안 담가 놓고 우려내면 떫은맛이 사라졌다. 위생이니 뭐니 그런 것은 배부른 사람들의 잠꼬대에 지나지 않았다.

태풍이 부는 날에는 감이 더 많이 쏟아졌다. 휘익휘익 비바람이 휘몰아칠 때마다 툭탁툭탁 떨어지는 감. 가을날 소슬바람이 불어올라치면 가지마다 주렁주렁 매달린 홍시들이 그네 타듯 흐늘흐늘 흔들거렸다. 그때쯤 해서는 동네 아이들이 벌겋게 떨어진 감을 주우러 왔다. 어떤 애들은 감을 떨어뜨리고 말랭이에서 감나무을 향해 돌팔매질을 퍼부었다. 나는 그런 아이들에게 그러지 말라고 핏대를 올리곤 했다.

우물은 세 군데에 있었다. 저쪽 당산 기슭 대식이네 집 앞, 저 아래 강도현씨네 집 앞, 앞재너머 윤구병씨네 집 앞에 있었다. 그중에서도 향나무가 늘어진, 강씨네 집 앞에 있는 우물이 가장 크고 깊었다. 기미년 가뭄에도 마르지 않은 샘이었다. 우물가의 빨랫돌이 매끈했고, 확독 또한 반들반들하면서도 우멍하게 닳아 있었다. 어른들은 대개 7월 칠석날 샘을 품어 내부의 이끼를 깨끗이 닦아냈다. 우물 청소가 끝나면 진입로를 닦고 길가의 풀을 깎는 등 동네 안팎을 말끔하게 손질했다. 내가 또 여쭤 보았다.

"그럼 우리는 언제부터 이 동네에 들어와 살기 시작했어유?"

"우리 가문은 본래 연화에서 살았느니라. 그러다가 가세가 급격히 기우는 바람에 우리 형제가 이 동네로 이사 왔지. 연화에 살 때에는 남부럽지 않은 부자였는디…"

'우리 형제'란 두 말할 나위도 없이 (큰)아버지와 아버지를 의미했다. 그 어른들의 동기간은 모두 12남매였는데 집안이 결딴날 때 10남매가 잇따라 몰사하고 단 두 분이 간신히 살아남은 것이었다. 명절에 연화로 성묘 갈 때마다 (큰)아버지가 선대의 유허를 알려 주었다. 연화에는 당신의 사촌 동생, 즉 나의 당숙 어른 세 분과 당숙모 한 분이 살고 있었다.

(큰)아버지는 학벌에 비해 학식이 높았고, 가문의 역사와 전통에 관해서는 더 말할 나위가 없었다. 당신은 과거 연화를 떠나올 때 집이되 뭐다 다른 것은 다 포기했으면서도 보첩을 비롯한 수십 권의 고서만큼은 끝까지 큼지막한 고리짝에 챙겨 짊어지고 나섰다. 안방 시렁의 고리짝에는 당신께서 애지중지하는 각종 복판본과 필사본 한적漢籍이 가득 했다. 시렁

위를 올려다보면서 내가 다시 여쭈었다.

"저 책들은 옛날부터 우리 집에 있었나유?"

"당연하지. 선조님들께서 물려주신 책이란다. 가문의 연원을 멀리 거슬러 올라가 보면…"

우리 한산이문은 일찍이 한산(지금의 서천군 한산면)에서 발원했다. 시조 호장공戶長公 선조님과 6세 가정稼亭 선조님과 7세 목은牧隱 선조님의 묘소가 그곳에 있고, 후손들이 대대손손 번창하면서 전국 각지로 퍼져 나갈 때 그 일파가 공주 탄천에 정착했다. 15세 병사공兵使公 자손인 21세 선조님 두 형제분 중 제씨 되시는, 휘諱 '낙洛'자 '일一'자 할아버지께서 큰 집으로부터 분가한 이후 또 하나의 새로운 지파가 형성되었다. 27세 (큰) 아버지는 그 계보를 잇는 종손이었다. 내가 말했다.

"잘 알겠어유. 저도 아부지처럼 분명하게 가문의 역사와 전통을 이어받 겠구먼유."

'아부지'는 아버지를 일컫는 말이었다.

"암, 그래야지. 특히 가정 선조님의 유훈 아지자손백대지친我之子孫百代至親과 목은 선조님의 정훈 시예전가충효입신詩禮傳家忠孝立身을 잘 명심하거라. 아지자손백대지친이란 '내 자손은 백대에 이르도록 친족'이라는 뜻이니 어디를 가든 한산이씨를 만나면 초면이라 하더라도 반드시 한 가족으로 예의를 갖추어야 하느니라. 항렬을 따져서 '구슬 규珪' 자면 대부, '구할 구求' 자면 아저씨로 모시는 것은 물론, 너하고 동항인 '향기 복馥' 자면 나이를 알아본 뒤 즉석에서 형님 아우로 응대하거라. 우리 한산이문에서는 촌수가 가깝거나 멀거나 일가 간에 '종씨'란 말을 쓰지 않는다는 것도 잘 유념하거라. 시예전가충효입신이란 문자 그대로 '시와 예를 대 대손손 가문에 전하고 충과 효로써 입신하라'는 뜻이니 시와 예를 중시하고 충과 효를 다하여 훌륭한 인물로 우뚝 서기 바란다."

나는 그 금과옥조를 가슴 깊이 새겼다. 내가 우리 집으로 마실 오는 동네 어른들에게 거의 매일이다시피 『춘향전春香傳』『심청전沈淸傳』『흥부전興夫傳』『홍길동전洪吉童傳』『삼국지三國志』『유충렬전劉忠烈傳』『장국진전張國振傳』같은 소설을 읽어드린 것도 그 무렵이었다. 단골 마실꾼 중에는 강도현씨도 있었다.

어느 집이나 대가족이 버글거리던 그때, 우리 윗집은 식구가 단출해서 마실꾼들 모이기에 딱 좋은 조건을 갖추고 있었다. 다른 집과 달리 시루봉에서 긁어온 불땀 좋은 솔가리와 삭정이 같은 땔감이 흔한 편이어서 초저녁에는 온돌방이 절절 끓었다. 방이 식어가는 동안 나는 가물가물한 등잔불 아래 여러 활자본을 읽었다. 우리 동네에 전기가 들어온 것은 훨씬 뒤의 일이었다.

어른들은 나에게 '수재'니 '천재'니 '신동'이니 하면서 칭찬을 아끼지 않았다. 어떤 어른은 '우리 동네에 문장 났다'는 소문을 퍼뜨렸고, 또 어떤 어른은 나를 가리켜 '애어른'이라 부르면서 여느 아이들과 달리 조숙하다고 말했다.

한편, 그 당시 우리 동네에서 어른들을 입에 올릴 때에는 통상 그 집 자녀의 이름 뒤에 '을씬네'를 붙였다. '을씬네'는 '어르신네'의 줄임말 된 발음이었다. 춘삼이 아버지는 '춘삼이 을씬네'였고, 복순이 아버지는 '복순이 을씬네'였다. 만일 (큰)아버지께서 다른 사람들처럼 정상적으로 후사를 두었더라면 당연히 '아무개 을씬네'라는 호칭으로 지칭되었을 것이었다.

하지만 (큰)아버지는 오랜 세월 자녀를 두지 못했고, 개나 걸이나 남들에게 다 회자되는 '아무개 을씬네'라는 호칭을 가질 수가 없었다. 그것도 자녀를 두지 못한 그 어른의 비애이자 통한이었다. 당신은 보통 '안골 양반'이나 '안골 어른'으로 널리 알려져 있었고, 훗날 내가 자라나면서 마지못해 '윤복이 을씬네'로 부르는 사람이 생겨났다.

그러나 따지고 보면 '윤복이 을씬네'도 마땅한 호칭은 아니었다. 저 아랫집 친가에 우리 아버지가 또 계시기 때문이었다. 그런 연고로 몇몇 어른들 중에 더러는 '윤복이 큰아버지'로 부르는 사람들까지 있었다. (큰)어머니에 대한 호칭은 당연히 '안골댁' '안골 아주머니' 또는 '윤복이 어머니' '윤복이 큰어머니' 등 여러 명칭들이 그때그때 편리한 대로 통용되었다.

집안의 과거사를 좀 더 깊이 들여다보면 (큰)아버지가 '안골 양반' '안골 어른'으로, (큰)어머니가 '안골댁' '안골 아주머니'로 불리는 데에도 뼈아픈 사연이 있었다. (큰)아버지가 말을 타고 가서 맞이한 첫 부인 무안박씨의 친정이 저 논산 땅 노성면 안골이었다.

그런 연유로 '안골 양반' '안골 어른' '안골댁'이라는 택호가 생겨났던 것인데, 명문가 출신의 새댁이었던 그 무안박씨는 아기를 낳던 중 극심한 산고로 목숨을 잃었다. 산모와 신생아가 동시에 숨을 거둔 처절한 참극으로 무안박씨의 제삿날은 음력 3월 스무사흗날이었다.

(큰)아버지는 현재의 (큰)어머니 진주강씨를 두 번째 부인으로 맞이했다. 하지만 (큰)아버지 내외분에게는 여전히 자손이 없어 그 흔해빠진 '아무개 을씬네' '아무개 어머니'라는 호칭을 얻지 못한 터라 종래부터 써오던 무안박씨 시절의 택호를 그대로 승계한 것이었다.

우리 동네에는 앞냇갈 뒷냇갈이 있었다. 냇갈은 우리가 흔히 쓰는, 냇물과 냇둑과 냇가를 통째로 아우르는 말이었다. 앞냇갈은 초촌면 신암리에서 발원하여 우리 동네와 연화 사이로 흐르는 중산천이었고, 뒷냇갈은 정각리 지경고개 감나무골에서 발원하여 십자거리를 거쳐 우리 동네와 마르디 사이로 흐르는 정각천이었다. 두 하천은 새다리에서 만나 석성천 쪽으로 흘러가고 있었다.

앞냇갈은 우리가 멱 감는 곳이었다. 물이 깊지 않고 바닥이 고운 모래 밭이어서 물장구치며 놀기에 안성맞춤이었다. 모래 바닥에는 돌이나 사금파리 따위가 없어 맨발로 들어가더라도 전혀 찔리거나 다칠 일이 없었다. 물이 얼마나 맑은지 물속에서 이리저리 헤엄치는 붕어 떼와 송사리 떼는 물론이고 밑바닥의 모래알까지 훤히 드러나 보였다. 비단결보다 더 고운 윤슬이 반짝거렸다.

우리는 냇물 가득 채운 고무신에 붕어나 송사리를 잡아 놓았고, 어떤 녀석은 대나무 동가리를 잘라 만든 물총으로 물을 찍찍 쏘아댔다. 배가 고플 때에는 개구리를 잡아 구워 먹었다. 넓고 길게 펼쳐진 둔치에는 보리나 밀이 자랐고, 잔디와 부드러운 잡초들이 뒤섞여 융단처럼 깔린 냇둑에서는 밧줄에 매인 소들이 한가로이 풀을 뜯거나 땡볕에 비스듬히 누워 게슴츠레한 눈으로 끄덕끄덕 졸면서 질근질근 되새김질을 하고 있었다.

뒷냇갈은 앞냇갈보다 약간 멀었다. 뒷냇갈로 가려면 앞재너머를 넘어 신작로를 건넌 뒤 논두렁길을 지나야 했다. 뒷냇갈은 앞냇갈에 비해 폭이 좁고 모래도 다소 거칠었다. 우리는 그런 뒷냇갈보다 강도현씨네 집 앞 샘터만 지나면 되는, 동네에서 훤히 바라보이는 앞냇갈에서 해가 저물 때까지 마음껏 놀았다.

강도현씨네 집 앞 우물가에 수랑논이 있었다. 앞냇갈이 여름철 놀이터라면 수랑논은 겨울철 놀이터였다. 수랑논은 수랑이 있는 논이라는 뜻으로 우리 고장 사람들이 말하는 수랑이란 수렁을 의미했다. 수랑논은 너덧 마지기 정도의 제법 큰 논인데 모내기철 쟁기로 논을 갈고 써레로 써레질을 할 때에는 멍에를 짊어진 소가 수렁으로 푹푹 빠져 애를 먹곤 했다.

수랑논 임자는 벼를 베고 추수를 마친 뒤 꼭 논에 물을 가뒀고, 날마다 우물 쪽에서 끊임없이 흘러드는 물 또한 적지 않은 터라 그 논에는 항상 물이 고여 있었다. 겨울철에 논물이 얼면 저절로 빙판이 형성되어 썰매 타고 팽이 치며 놀기에는 그만이었다. 우리는 겨울 내내 그 얼음판에서 놀았고, 수도 없이 엉덩방아를 찧으면서 깔깔댔다. 샘가와 잇닿은 수랑논 귀퉁이에는 미나리꽝이 있었다.

그렇다고 우리가 시도 때도 없이 놀기만 한 것은 아니었다. 어른들 심부름과 학교생활은 기본이고 농번기에는 논밭에 나가 부모님을 도와 드렸다. 나는 낫으로 보리를 베고 호미로 콩밭을 매기도 했다. 가끔은 지게질을 했고, 겨울철에는 시루봉에서 땔나무를 해가지고 집으로 가져왔다.

국민학교 5학년 때였다. 원중산4-H구락부 서기를 맡고 있던 나는 부여군4-H구락부를 통해 보급되던 은행나무 묘목 두 그루를 사서 한 그루는 마당가에 심고 또 한 그루는 부엌 모퉁이와 뒷간 사이의 골담초 언덕에 심었다. 은행나무 두 그루 값은 그때 돈으로 5원이었다. 훗날 웬만큼 성목이 되었을 때 학비에 보태려고 마당가의 나무 한 그루를 논산의 어느 조경 회사에 팔았다.

우리 집은 아주 곤궁했다. 농토라고는 아예 송곳 꽂을 땅조차 없었다. 농촌에서 농토를 갖지 못했다면 마땅히 소작농 아니면 머슴으로 살아갈 수밖에 없었다. 하지만 (큰)아버지는 소작농도 머슴살이도 할 수 없는 어정쩡한 처지에 있었다. 농사일이나 막노동에 서툴기 때문이었다.

(큰)아버지의 사전에는 아예 품앗이 같은 것도 존재하지 않았다. 논밭을 소유하고 있어야 다른 농민들과 어우리를 하든 품앗이를 할 텐데 농토 자체를 갖지 못했으니 누군가와 품을 주고받을 사정이 아니었다. 그렇다고 하루 벌어 하루 먹는 날품팔이를 할 수도 없었다. 촌간에는 아예 그럴

만한 일거리 자체가 존재하지 않았다. 가뭄에 콩 나듯 간혹 품삯을 받을 수 있는 일감이 생기는 실정이었다.

무슨 장사를 할 수 있는 것도 아니었다. 자본도 자본이지만 그 방면에는 소질이나 관심조차 두지 않았다. 사무직은 감히 쳐다보지도 못했다. 보통학교 중퇴 학력만으로는 그 어디 발붙일 데가 없었다. 가난은 도저히 벗어날 수 없는 숙명이었다.

(큰)아버지 내외분과 친가 부모님은 내 학비를 마련하느라 피를 말리고 뼈를 깎았다. 나는 아주 어렵게 학창 시절을 보냈고, 1970년 1월 가까스로 논산대건고등학교를 졸업했다. 그러고는 그해 여름 논산역에서 서울행 기차를 타고 상경 길에 올라 영등포역에서 내렸다. 고향을 떠나오던 날 잿무덤부리에서 멧비둘기가 얼마나 슬피 울던지 미상불 내가 객지에서 흘려야 할 피눈물을 예고해 주는 듯했다.

집도 절도 없는, 사돈의 팔촌도 살지 않는 서울은 당초 예상보다 훨씬 잔인했다. 눈 감으면 코 베어 먹는다는 서울. 달랑 불알 두 쪽 차고 집을 나선 촌놈이 서울특별시민으로 신분을 바꾸는 데에는 강고한 정신 무장이 필요했다. 빼지도 박지도 못할 절박한 상황에서 죽지 않고 최후의 일각까지 살아남기 위해서는 악으로, 깡다구로 버틸 수밖에 없었다. 죽기 아니면 까무러치기라는 식이었다. 고생이 심하면 심할수록 고향 생각이 더욱 간절했다.

그러면서도 마당의 감나무가 흔적도 없이 사라진 저간의 경위를 돌아보면 정나미가 확 떨어졌다. 하긴 시루봉 계단식 개간이다 뭐다 해서 실패를 거듭한 윤현중씨가 자포자기에 빠져 임야와 전답 관리를 방치한 채 어디론가 이사 갈 준비를 서두른 것이 화근이었다. 윤씨는 감나무 따위를 거들떠볼 여력이 없었다.

그때였다. 무슨 억하심정인지 호시탐탐 감나무를 노리던 정 서방이 이 기회를 놓칠세라 기습적으로 감나무를 뿌리째 캐서 없애버렸다. 구실인즉, 자기네 밭에 감나무 그늘이 들어 작물 피해가 막심하다는 것이었다. 날강도 같은 수작에다 말도 안 되는 엉터리 궤변이었고, 수령이 높은 노거수를 잘 보호하지는 못할지언정 뿌리까지 캐 없앤 무지막지한 폭거는 천벌을 받아 마땅한 악행이었다.

아니나 다를까, 감나무를 무참히 살해한 그는 얼마 안 가 폭삭 망했고, 그 밭을 헐값에 팔아먹은 뒤 도망치듯 대전으로 이사 가자마자 병들어 죽었다. 그 꼴난 밭뙈기를 대대손손 마르고 닳도록 수백 년 지어 먹을 줄 알았겠지만 그건 천만의 말씀이자 개꿈일 따름이었다. 그는 어리석고 멍청한, 천하의 바보 천치 멍텅구리일 뿐이었다.

그동안 나는 원중산을 종종 내왕했다. 그곳에는 우리 4형제 중 둘째, 즉 내 바로 밑의 차복 아우와 계복 막내아우가 거주하고 있었다. 그들은 착하고 순박했다. 새로 지은 2층집에서 남부럽지 않을 만큼 야무지게 살던 두 아우는 몇 해 전 돌연 빚구덩이에 빠져 어느 날 갑자기 파산했다. 전연 예기치 못한, 그야말로 마른하늘에서 떨어진 날벼락이었다.

나는 정확한 내막을 알지 못하지만, 사태가 이렇게 되기까지에는 사기를 당했든지 아니면 부채가 과도했든지 필경 무슨 원인이 있을 것이었다. 그러나 나는 차마 그 경위를 꼬치꼬치 캐물을 수가 없었다. 이제 와서 그 원인을 밝혀본들 한들 아무런 소용이 없었다. 아우들의 파탄은 이미 엎질러진 물이자 시위 떠난 화살이었다. 아우들이 자발적으로 입을 열지 않는 이상 내가 괜히 수사관처럼 자초지종을 파헤칠 경우 도리어 그들의 아픈 상처를 박박 후비는 꼴이 될 수도 있었다.

아우들이 무척 딱했다. 그들은 말 못할 모진 풍파를 겪은 뒤 2층집과 먼젓번에 살던 집터 등 모든 토지를 외지인에게 몽땅 넘겨주고 맨손으로 빠져나와 잠시 말랭이 남의 빈집에 들어가 몸을 의탁하고 있었다. 운명의 장난이라기에는 그 충격을 감당하기 어려웠다. 그 성실한 아우들이 어쩌다 이렇게 절망의 나락으로 곤두박질쳤는지 정말 귀신이 곡할 노릇이었다.

어차피 인생이 남가일몽이라지만, 나는 아우들의 처절한 낭패를 도저히 이해할 수가 없었다. 법 없이도 살 수 있는, 호인 중의 호인인 아우들에게 그토록 가혹한 곤경이 닥치리라고는 꿈에도 생각 못한 일이었다. 슬프고 서글펐다. 그동안 사랑하는 아우들이 헤쳐 나온, 차마 필설로 형언할 수 없는 파란과 신산고초를 생각할라치면 앞이 캄캄해지면서 뼈마디가 녹아내릴 지경이었다.

굉장히 강인한 아우들의 정신력. 그들은 그 어마어마한 환난 속에서도 결코 좌절하지 않고 굳건히 버티는 가운데 육신의 건강까지 잘 유지하고 있었다. 그러면서 날품을 팔아 근근이 생계를 이어가고 있었다. 이제까지의 손상이 너무 커서 재산상 원상회복은 사실상 불가능했다. 막막했다. 간혹 동네 사람들과 마주치면 낯이 뜨거워 쥐구멍에라도 들어가 숨고 싶었다.

설상가상으로 차복 아우는 연전에 제수와 사별까지 했다. 하지만 장성한 조카 형제는 당진에서 직장생활을 하며 가솔들과 더불어 오순도순 행복하게 잘 살고 있었다. 불행 중 다행이었다. 그 반면 계복 아우는 무슨 까닭에선지 결혼을 외면한 채 비혼으로 늙어가고 있었다. 몹시 안타까운 노릇이지만 아무리 형제간이라 해도 나로서는 그의 인생에 관해 섣불리 따따부따 왈가왈부할 수가 없었다.

한편, 내가 객지로 나온 지 반세기를 훌쩍 뛰어넘는 동안 원증산은 대폭 변모했다. 특히 신작로와 인접한, '원중산 마을' 표지석이 서 있는 동네 입구 도로변이 몰라보게 달라졌다. 과거 버즘나무와 개가죽나무가 있던 신작로 옆의 논을 메우고 '경화궁가든'이 들어선 것을 시작으로 시루봉 끝자락에서부터 질빵너머와 광대골 어귀는 물론 사기장골에 이르기까지 각종 건물들이 우후죽순처럼 생겨났다. 신작로를 따라 중국 음식점, 노인 복지 센터, 공장, 중장비 검사장, 모텔, 뷔페 식당, 요양원, 주유소가 들어와 있었다.

윤현중씨네가 살던 집터는 폐허나 다름없었고, 말랭이 쥐엄나무는 두 그루 모두 시름시름 앓다가 고사해서 흔적조차 찾을 길 없이 사라졌다. 우리가 신나게 놀던 놀이터에는 '시루뫼정'이라는 정자와 마을 회관과 농산물 집하장이 들어섰다. 전국의 다른 마을들이 전부 다 그렇듯 우리 원중산도 아주 오래 전부터 저출생 인구 절벽과 노령화에 들어가 놀이터에서 귀염둥이 어린이를 찾아볼 수가 없었다.

앞냇갈 뒷냇갈은 냇물이 부쩍 줄어 발목이 찰까말까 할 정도의 작은 개울 또는 실개천 같은 모양으로 쫄아 있었다. 물가의 돌멩이에 엉겨 붙은 이끼가 거무칙칙하였다. 붕어와 송사리는 찾아볼 수 없었고, 달뿌리풀과 억새와 엉겅퀴와 갖가지 거칠거칠한 잡초들이 심란하게 뒤엉켜 있었다.

동네 안쪽도 크게 달라졌다. 왕년의 초가집은 전부 현대식 주택으로 바뀌었고, 여기저기 큼직큼직한 양송이 재배사와 축산업 축사가 들어서 있었다. 일찍이 시궁창으로 추락한 정 서방네 집터에는 온갖 쓰레기와 오물이 그들먹하게 쌓여 코를 찌르는 악취가 등천하고 있었다.

헐린 집과 빈 집도 한둘이 아니었다. 집이 헐린 곳은 남새밭 아니면 풀밭으로 변했고, 빈 집은 폐가가 되어 폭삭 찌그러진 채 흙먼지를 뒤집어쓰고 있었다. 가구 수도 많이 줄었다. 토박이들이 속속 사망하거나 타지로 떠나는 대신 외지인들이 많이 들어와 마을 인심도 그전 같지 않았다.

작년 여름이었다. 다시 원증산을 찾았다. 윗집 집터는 누군가가 왕창 밀어다 붙인 흙무더기로 뒤덮인 채 완전히 땅에 파묻혔고, 내가 부엌 모퉁이에 심었던 은행나무만 거목으로 자라 흙무더기 경계 지점에서 하늘을 찌르고 있었다. 울창한 가지마다 은행 열매가 포도 알처럼 다글다글 맺혀 있었고, 저 밑 수랑논에서부터 도라무텡이를 지나 채종말과 고추골에 이르는 용보들에는 거름을 듬뿍 머금은 벼가 거무룩하게 자라고 있었다.

내가 말랭이에 서서 동네를 물끄러미 내려다보고 있을 때 시루봉 정상 쪽으로부터 포물선을 그으며 날아온 노란 꾀꼬리 한 마리가 허공을 박차고 하늘 높이 치솟는 듯 하더니 은행나무 꼭대기에 사뿐히 내려앉았다. 그러고는 만감이 뒤죽박죽으로 교차하는 내 심정을 아는지 모르는지 꾀꼴꾀꼴 꾀꾀꼴 꾀꼴 큰 소리로 무정한 노래를 불렀다. 때마침 당산 쪽에서는 산비둘기가 애절하게 울고 있었다.

잘 알다시피 하늘이 무너져도 솟아날 구멍이 있게 마련이었다. 나는 하늘을 올려다보며 내 분신이나 다름없는 아우들이 경천동지할 대역전 드라마의 주인공으로 우뚝 서기를 빌고 또 빌었다. 시루메, 즉 원증산은 몽매에도 잊지 못할 영원한 내 고향이었다. (『창조문예』 2024. 6월호)

시루봉

 시루봉은 야트막한 야산이었다. 산의 형국이 마치 시루를 엎어놓은 것 같았다. 들판 건너 연화 마을이나 새다리에서 멀리 바라보면 다른 야산과 다를 바 없지만, 시루봉 정상에 서면 이 산이 왜 시루봉이라는 이름을 갖게 되었는지 곧바로 실감할 수 있었다.
 봉우리 정상은 평퍼짐한 평지였고, 둥그런 가장자리에는 시룻번을 붙인 것처럼 밭두렁 모양의 테두리가 있었다. 그 안에는 일정한 간격을 두고 몇 기의 움푹움푹한 파묘 구덩이들이 있었다. 그 구덩이들은 마치 시루 밑바닥에 숭숭 뚫린 시루구멍을 연상케 했다. 거기 있던 무덤들을 이장하느라 봉분을 헐자 난데없이 무지개가 치솟고 학이 날아갔다는, 하지만 아직도 시루봉의 정기가 끝나지 않았다는 속설이 전해지고 있었다. 근동에 임야와 전답을 가장 많이 소유한 부호 윤구병씨네 땅이었다.
 그 시루봉 아래 아주 오랜 옛날부터 우리 동네가 형성돼 있었다. 시루메 마을이었다. 시루메는 당연히 시루봉에서 나온 말이었다. 타동네 사람들은 우리 동네를 부를 때 시루뫼, 시르메, 시루미, 시르미, 스리미, 수루메 등 여러 이름을 혼용했지만 그 이름들이 모두 시루봉에서 유래한 명칭이라는 사실에는 의심할 나위가 없었다.
 시루봉이 산봉우리 이름이라면 시루메는 그 산봉우리 아래 펼쳐진 마을 이름이었다. 한자 명칭은 원중산元甑山으로 '원조 시루메' 또는 '원래의 중산'이라는 뜻이었다. 지난번에도 밝혔다시피 우리 일문은 본래 입향조入鄕祖이신 현조부님 이래 조부님 때까지 시루봉 저쪽 연화에서 세거하던 중 가세가 급격히 곤두박질치는 바람에 (큰)아버지와 아버지 형제분께서 부랴부랴 들판을 가로질러 이 원중산 마을로 피접했다.

(큰)아버지께서는 일찍이 윤구병씨의 특별한 배려와 호의로 시루봉 감나무 곁 한 자락을 깎아 몸소 단칸 오두막집을 지었다. 추녀조차 없는, 방 한 칸에 부엌 하나가 딸린 모말처럼 생긴 말집이었다. 울도 담도 번지도 없었다. 부엌 모퉁이에는 참나무 가지 섶 울타리로 둘러친 뒷간이 있었다.

(큰)아버지보다 연상인 윤구병씨는 보기 드문 덕인이었다. 학식이 높은 것은 아니었지만, 다른 사람들보다는 일찍 개명한 편이었다. 부전자전이라고나 할까, 좋은 학교를 나와 한때 대전에서 경찰관으로 근무하다가 돌아온 그 외아들 현중씨 또한 도량이 넓고 인정이 많았다.

2019년 4월이었다. 가정稼亭 선조님과 목은牧隱 선조님의 혈통을 이어받은 우리 한산이문韓山李門 일족은 연화 마을 입구에 문중 묘원을 조성하고 현조부님 이래의 직계 조상님들을 한자리로 모셨다. 과거 여러 산록에 산재해 있던 조상님들의 유택을 이장 통합한 납골묘 형식의 아담한 묘원이었다. (큰)아버지 형제분도 이 묘원에 안치되었다. 우리 형제들은 한식과 조상님 기일 때 묘원에서 간소한 묘사를 지내기로 합의했다.

(큰)아버지의 휘諱는 '창성할 창昌' 자 '구할 구求' 자였고, 아버지의 함자는 '별 진辰' 자 '구할 구求' 자로 일명 '기쁠 희喜' 자 '이룰 성成' 자였다. 형제분은 남달리 우애가 좋았다. 두 분 모두 말수가 적었고, 풍채로 말하자면 석대하지도 왜소하지도 않은 한국인 평균 체형이었다. 비록 가

난했지만, (큰)아버지와 아버지에게서는 조선 선비의 풍모와 체취가 흘러 나왔다.

(큰)아버지가 석성보통학교(지금의 석성초등학교)에 들어갔다가 풍비박산의 와중에 중퇴한 반면 아버지는 학교 문턱조차 밟아 보지 못한 까막눈이었다. 학교 공부보다는 입에 풀칠하기가 바쁜 시절이었다. 문맹자가 넘쳐나던 현실에 비추어 당신은 학교에 다니지 못한 것을 크게 한탄하지도 않았다.

(큰)아버지는 일제 강점기 일본 오사카[大阪]로 징용 나갔던 적이 있었고, 귀국 후에는 종종 여기저기 타관 객지를 드나들어 비교적 견문이 넓은 편이었다. 나는 석양국민학교(지금의 석양초등학교)에 들어가기 전, 다른 아이들보다 훨씬 어린 나이에 당신으로부터 한글과 한자를 배웠다. 어느 날 당신께서 내게 말했다.

"윤복아. 내 말 잘 들어라. 너는 앞으로 우리 집안을 잘 이끌어 가야 할 종손이여. 그렇께 다른 애들보다 더 공부를 열심히 해야 되는 거. 알었지?"

(큰)아버지 내외분에게는 후사가 없었다. 나는 나보다 아홉 살 많은 둘째누님, 즉 작은누님의 뒤를 이어 세 살 때 (큰)아버지 내외분 슬하로 출계했다. 종가의 종통 세습을 중시하던 인습으로 그렇게 된 것이었다. 작은누님도 그랬지만, 나 역시 (큰)아버지와 (큰)어머니에게 '큰' 자를 붙이지 않고 그냥 아버지 어머니라 불렀다. (큰)아버지 내외분도 작은누님과 나를 조카라고 부른 적이 없었다. 나는 양가를 윗집, 친가를 아랫집이라 부르며 자랐다.

그 당시 우리나라는 자타가 공인하는 후진국 중의 후진국이었다. 정치 경제 사회 문화 등 모든 분야가 선진국에 비해 크게 뒤떨어져 있었다.

더군다나 6·25전쟁을 겪은 뒤로는 전국토가 잿더미로 초토화되어 있었다. 몇몇 특권층과 자본가들이 위세를 부리며 떵떵거리고 있었지만, 도시든 농어촌이든 가릴 것 없이 전국 어디를 가나 헐벗고 굶주리는 빈민들이 지천으로 넘쳐났다.

권력이든 자본이든 뭘 좀 가진 놈들이 싸가지 없이 개지랄을 하든 말든 경제만 똑 떼어놓고 본다면 우리나라야말로 세계 최빈국이었다. 워낙 먹을 것이 없다 보니 겨울철에는 쓰레기통을 뒤져 복어 알을 꺼내 잘못 먹고 사망하는 사람들까지 속출하는 실정이었다. 미국을 비롯한 선진 각국에서 밀가루와 강냉이 등 일부 식량을 원조해 주었지만, 그러나 그것만으로는 양식이 턱없이 부족하여 대부분의 국민들이 초근목피로 근근이 연명하며 기아선상에서 허덕였다.

그중에서도 윗집 (큰)아버지는 동네에서 가장 곤궁했다. 땅 한 뼘 없고 소득이 전무한 극빈 중의 극빈으로 이름조차 듣기 거북한 '구호 대상자'였다. 가난 구제는 나라도 못한다고 했던가, 우리 집안은 과거 연화에서 완전히 결딴난 뒤 절망의 나락에서 헤어나지 못하고 있었다. 개인이든 국가든 한 번 무너진 뒤에는 사실상 옛 영화를 되찾기가 불가능한 법이었다.

이따금 면사무소에서 배급이 나왔다. 밀가루와 강냉이와 납작보리 같은, 입에 풀칠할 만큼의 얼마 안 되는 구호양곡이었다. 구장(지금의 이장)을 통해 '배급 수령 통지서'가 나오면 (큰)어머니와 나는 빈 왜포 자루를 새끼줄로 돌돌 말아 묶어 가지고 마르디, 구수뫼를 지나 석성읍내 옛 현청 동헌에 들어 있는 면사무소에 가서 그걸 받아왔다. (큰)어머니는 짐을 머리에 이고, 나는 새끼줄로 멜빵을 만들어 어깨에 짊어졌다. 우리 동네에서 면사무소까지의 거리는 시오리쯤 되었다.

(큰)어머니는 배급을 탈 때마다 이게 웬 떡인가 싶어 기뻐했지만, 내 느낌에는 남루한 배급 자루가 마치 비렁뱅이 동냥자루 같아서 여간 씁쓸한 것이 아니었다. 누가 알까 두려울 만큼 부끄러웠다. (큰)아버지의 경우 술 마시러 석성에 간 적은 있어도 구호양곡 타러 그곳에 간 적은 없었다. 심기가 불편하다는 반증이었다.

남에게 뭔가를 베풀어도 시원찮을 마당에 육신 멀쩡한, 왕년에 행세깨나 하던 지체 높은 양반 가문의 잔반에게는 구호 대상자라는 사실이 결코 용납하기 힘든 치욕이었다. 양반은 얼어 죽어도 겻불을 쬐지 않는다고 했던가, (큰)아버지는 피골이 상접하는 극한의 빈곤 속에서 이른바 계륵이라고나 할까 성에 차지 않는 그 알량한 배급을 사양하지도 거부하지도 못한 채 온갖 수치와 모멸을 감내하고 있었다.

누구나 다들 알다시피 (큰)아버지는 하인을 거느린, 머슴을 여럿 둔 넉넉한 집에서 호의호식하며 손에 흙 한 점 묻히지 않고 곱게 성장했다. 장가 갈 때에는 말을 탔고, 젊은 날에는 기세등등하게 기방에도 출입하던 분이었다. 그렇게 부귀와 호사를 누리던 귀골이랄까 귀공자 출신이었던지라 애당초 농사일이나 마구잡이 막노동과는 거리가 멀었다.

(큰)아버지에게는 유일한, 당신에게 딱 어울리는 천부적인 주특기가 있었다. 사방 공사 감독이었다. 사방 공사야말로 더도 덜도 없는, 당신에게는 없어서는 안 될 단연 최적의 직역職域이었다. 당신 역시 사방 공사 감독을 필생의 천직이라 인식하고 있었다. 그러나 공사는 통상 봄과 가을 두 차례만 시행되었고, 감독은 공사가 있을 때만 한시적으로 고용되는 비정규직이었다.

내가 태어나기 훨씬 이전부터 우리 집을 찾아주는 진객이 있었다. 사방관리소(사방사업소의 전신) 나민식 주임이었다. 얼굴이 희고 갸름했던, 말끔한 양복이 아주 잘 어울리던 그분은 매년 겨울이 끝나갈 때와 여름이 끝나갈 무렵 누추한 우리 집에 찾아와 (큰)아버지에게 사방 공사 감독을 맡아 달라고 주문했다. 참으로 점잖고 고마운 분이었다.

내가 국민학교에 들어가기 전 어느 해 봄이었다. 아직은 조석으로 바람 끝이 쌀쌀했다. (큰)아버지께서는 드디어 사방 공사에 다니기 시작했다. 말하자면 일자리가 생긴 것이었다. 그러던 어느 날 저녁 당신께서 내게 말했다.

"윤복아. 내일은 나랑 사방 공사 현장에 가보자. 견학을 해보는 게 나쁘지는 않을 겨."

"야."

"나 주임을 만나걸랑 인사 잘 하거라. 알었지?"

"야."

'야'는 '예'를 일컫는 우리 고장 답변이었다. 그 이튿날 나는 새벽밥을 먹은 뒤 (큰)아버지를 따라나섰다. 그때 저 아래 친가에서 아버지도 올라오셨다. 보자기로 싸맨 바가지 도시락을 든 형제분. 나는 그 어른들을 따라 앞재너머를 벗어났고, 아랫집 친가 아버지께서 경작하는 '질안배미'의 논두렁길을 지나 마르디 뒷길로 들어섰다. '질안배미'란 '질(길)' '안(쪽)'에 있는 '(논)배미'를 일컫는 말이었다.

사방 공사 현장은 현내리 탑동으로 석성읍내와 가까운, 우리 동네에서 세법 밀리 떨어진 마을이었다. 그곳에는 기계유씨와 함평이씨 여러 세대가 살고 있었다. 아랫집 친가 아버지는 삼거리 길목에서 곧장 공사가 벌어진 옥녀봉으로 향했고, (큰)아버지와 나는 마을 안길을 우회하여 현장 사무소에 들렀다.

현장 사무소는 그 동네에서 가장 규모가 큰, 지역 유지로 널리 알려진

유병철씨네의 기와집 대청에 차려져 있었다. 사무실 윗자리에 나 주임이 정좌하고 있었다. 찔끔 눈물이 나올 만큼 반가웠다. 나는 그 어른에게 공손히 인사했다.

"안녕하세유?"

그분이 머리를 쓰다듬어 주면서 내게 말했다.

"귀여운 천재 윤복이, 아주 반갑구나. 아직 어리지만 사방 공사가 뭐 하는 건지 잘 살펴보거라. 너는 신동이니까 한 번 눈여겨보기만 하면 무엇이든 똑똑히 기억할 것이니라."

그 사무실에는 집에서 보던 인주 이외에도 줄자와 삼각자와 주판 등 난생 처음 보는 사무용품들이 즐비했다. 벽면에 큼지막한 현내리 일대의 지도와 공사 현황판이 걸려 있었고, 대청과 댓돌에는 화학 비료 부대가 층층이 무더기로 쌓여 있었다. 대청 난간 아래 부뚜막 가마솥 밑에는 아궁이가 커다란 아가리를 떠억 벌리고 있었다.

주위를 둘러보자 동서남북 사방팔방 시야에 들어오는 산이란 산은 모두 벌거숭이 민둥산 일색이었다. 여기저기 홀딱홀딱 헐벗은 산판이 벌건 속살을 드러내고 있었다. 나무꾼들이 날이면 날마다 땔감을 구하느라 초목을 싹싹 베어냈기 때문이었다.

하기야 그 시절에는 나무꾼 아닌 사람이 없었다. 너 나 할 것 없이 나무를 마구 베어 장작을 만들고 청솔가지를 분질러다 아궁이에 밀어 넣었다. 솔가리와 가랑잎은 물론이고 삭정이도 모자라 나무 등걸 고주박이를 캐고 솔방울까지 주워다가 땔감으로 썼다. 우리 동네 사람들은 지게를 지고 멀리 신암 망월산이나 군장동처럼 깊은 산골로 '먼 산 나무'를 다녔다.

몇몇 부농이 볏짚이나 왕겨를 연료로 썼지만, 보릿대와 깻대하며 아무튼 콩깍지라든가 불에 타는 것이면 안 때는 것이 없었다. 연탄이 대중화되기 이전까지는 부여나 논산 같은 군소 도시에서도 땔나무, 즉 산에서 나오는 땔감으로 밥을 짓고 온돌방을 덥혔다. 장날이면 남부여대로 땔나무를 팔러 나가는 '나무장수'들도 한둘이 아니었다.

(큰)아버지는 나 주임과 이것저것 뭔가를 의논한 뒤 곧 나를 데리고 옥녀봉 쪽으로 이동했다. 백제 시대의 산성과 치소가 남아 있는 옥녀봉에서는 소설 『전우치전田禹治傳』의 주인공 전우치가 도술을 배웠다는 파진산도 보였다. 시루봉이 중산리의 원점이라면 옥녀봉은 현내리의 진산이었다.

나는 머리에 털 난 이후 처음으로 사방 공사 현장을 목도했다. 양지바른 산기슭 바람 덜 타는 오목한 곳에 수십 명의 남녀 인부들이 집결해 있었다. 그곳에는 조금 전 삼거리에서 갈라섰던 아랫집 아버지도 먼저 도착해 있었다. 잠시 후 (큰)아버지가 높은 언덕에 올라 큰 소리로 작업 지시를 내렸다. 당신의 지시가 끝나자 인부들은 기민하게 움직였다.

그들은 호미와 삽으로 구덩이를 파고 묘목을 심거나 곡괭이와 가래로 계단을 만들고 풀씨를 솔솔 뿌린 뒤 흙을 덮었다. 어떤 사람은 메꾸리에 광목천을 달아 북처럼 목에 걸고는 휘익휘익 화학 비료를 살포했다. 누군가는 지게를 지고 저 아래 도로 쪽으로부터 뗏장을 날라 오기도 했다.

(큰)아버지는 나무 심을 자리와 풀씨 뿌릴 계단 위치를 작대기로 북북 그려주는 등 인부들을 능수능란하게 통솔하고 있었다. 몸이 펄펄 날았고, 그 위엄과 권위가 대단했다. 나는 그날 (큰)아버지의 또 다른 일면을 보았다. 어디에서 그런 열정과 능력이 나오는지 탄복하지 않을 수 없었다. 당신은 어쩌면 애오라지 사방 공사 감독이 되기 위해서 태어났는지도 몰랐다.

나는 아랫집 아버지가 일하는 골짜기로 내려갔다. 오래 가물어 바싹 마른 골짜기에는 가랑잎 몇 점이 버스럭거리고 있었다. 아버지는 그곳에서 석축을 하고 있었다. 한여름 장마철의 산사태를 막기 위해 일단 계곡의 급류를 꺾는, 그와 동시에 떠밀려 내려오는 토사까지 가둘 수 있는 옹벽을 축조하는 작업이었다. 내가 아버지에게 여쭈었다.

"아부지, 힘드시지유?"

"나는 괜찮다. 산에서 돌아댕길 때는 조심하거라. 돌부리나 나무 등걸이 위험항께 하는 말이여."

"조심할게유."

"그래야지."

놀라웠다. 아버지의 손기술이야 널리 알려져 있었지만, 돌을 다루는 데에도 남들이 모방할 수 없는 달인의 경지를 보여주고 있었다. 큰 돌은 큰 돌대로 작은 돌은 작은 돌대로 자유자재로 다루었다.

명장名匠이 따로 없었다. 아버지가 바로 천하 명장이었다. 돌을 해머로 깨고 망치로 다듬고 정으로 쪼아 각을 세운 뒤 그 돌을 차곡차곡 쌓아 올리면 아귀와 아귀가 절묘하게 맞물리면서 축대 전면에 반듯반듯한 마름모꼴이 나타났다. 부자유친이랄까, 나는 아버지에게 망치와 해머를 번갈아 가며 그때그때 연장을 챙겨드렸다.

점심시간이었다. 인부들은 집에서 가져온 도시락을 꺼내놓고 밥을 먹었다. 도시락 그릇은 바가지가 대부분이었다. 나는 (큰)아버지 형제분 곁에 붙어 앉아 점심을 먹었다. 밥은 꽁보리밥이었고, 반찬이라야 꽁꽁 언 무장아찌가 전부였다. 일을 하느라 땀을 흘리다가 차가운 밥을 먹자 몸이 으실으실 떨리면서 온몸에 소름이 찬물처럼 쫙 올라붙었다.

누군가가 양동이를 가지고 현장에서 가장 가까운 저 아래 토담집에 내려가 끓인 물을 얻어 왔다. 인부들이 그 따뜻한 물을 조금씩 나눠 마시면서 몸을 녹였고, (큰)아버지 형제분과 나 또한 그 물로 한기를 달래면서 추위를 누그러뜨렸다. 인부들끼리 손발을 맞추어 서로 돕는 광경이 인상적이었다.

하루 일과가 끝날 무렵이었다. 인부들은 일렬종대로 줄을 섰고, (큰)아버지는 몽당연필 같은 도장에 인주를 콕콕 묻혀 가면서 그들의 작업 전표 빈칸에 하나하나 '품빵'을 날인해 주었다. 당신의 그 날인은 하루 일과를 마쳤다는 확인으로 도장 한 방에 하루 일당이 증빙되는, 즉 보름마다 한 번씩 지급하는 '간조(かんじょう, 勘定)'의 산출 자료라고 말할 수 있었다.

도처에 일제의 잔재가 깊이 뿌리박고 있던 그 시절에는 공사 현장에서 아무런 분별없이 일본어 또는 왜색이 짙은 말을 예사로 쓰고 있었다. 나는 어른들이 주고받는 '가이당[階段]' '가다[型]' '하꼬[箱]' '이빠이[一杯]' '기스[傷]' '오야[親]' '와꾸[枠, 框]' '시아게[仕上]' '시마이[仕舞, 終]' 등 일본어를 눈치로 알아챘다. (큰)아버지는 아랫집 친가 아버지의 전표에도 도장을 찍어 주었다.

인부들은 낮에 따뜻한 물을 얻어왔던 토담집에 연장을 맡겨 놓고 뿔뿔이 흩어졌다. 그들은 내일 다시 출근해 그 연장으로 공사를 속행할 것이었다. 아버지도 무거운 도구들을 그 집에 맡기고는 빈 도시락만 간동하게 챙겨 들었다. 그러고는 헌징을 벗이니 되근했디.

(큰)아버지는 나를 데리고 현장 사무소에 들러 나 주임에게 이런저런 보고를 마친 뒤 그곳에서 나왔다. 해가 저물면서 날씨가 끄무레해지고 있었다. (큰)아버지와 나는 잰걸음으로 걸었고, 구수뫼 냇둑에 이르러 먼저 출발했던 아버지를 따라잡았다. 저녁연기 속에 청솔가지 타는 매캐한

냄새가 풍겨오고 있었다.

두 어른과 나는 마르디를 거쳐 어둑어둑 땅거미가 내릴 때 우리 동네로 돌아왔다. 얼마나 바삐 걸었던지 몸에서는 끈적끈적 땀이 묻어나고 있었다. 그날 저녁 (큰)어머니가 차려준 꽁보리밥과 고추장은 꿀맛 중의 꿀맛이었다. 석유 등잔 호롱불 꼬투리 불꽃에서 추썩추썩 불춤이 일어나고 있었다.

사기로 만든 예쁘장한 등잔의 하얀 몸통에는 '山林'이라는 두 글자를 완자문으로 동그랗게 테둘림한 초록색 도안이 들어가 있었다. 아마도 (큰)아버지가 어디에선가 받아온, 산림청이나 산림녹화 유관 기관에서 만든 기념품인 듯했다. 나는 그 등잔불 아래에서 한자 공부를 하다가 스르르 잠이 들었다.

그로부터 한 달쯤 지나 현내리 사방 공사가 끝났다. (큰)아버지는 또다시 실직자가 되었고, 여름철 내내 십자거리나 새다리 주막을 출입하며 막걸리로 소일했다. 당신은 통 큰, 헌걸찬 활수 또는 한량 기질을 타고난 터라 의기투합하는 벗님네와 어울렸다 하면 대취할 때까지 두주를 불사했다.

(큰)아버지는 쩨쩨하고 오종종한 좀생이들을 경멸했다. 비록 쌀독에 쌀 한 톨 없을지라도 취기가 한껏 도도해지면 이 세상에 부러울 것이 없었다. 그러다 보니 (큰)어머니의 고생은 말이 아니었고, 나의 내면에는 그 어른에 대한 반감과 저항이 싹텄다. 말하자면 철부지의 반항이었다.

(큰)아버지는 그해 가을 청양군 정산면, 그 이듬해 봄에는 금산군 추부면 사방 공사에 감독으로 나갔다. 물론 나 주임이 초빙한 것이었다. (큰)아버지는 외지로 나갈 때마다 현지에서 하숙했고, 공사가 길어질 때에는 (큰)어머니가 새 옷가지를 챙겨다 드리고는 빨랫감을 가져왔다.

아무튼 (큰)아버지는 천생 사방 공사 감독이었다. 일단 현장에 들어섰다 하면 상상을 초월하는, 여기 번쩍 저기 번쩍 마치 신들린 사람처럼 특유의 노련한 역량을 발휘했던 당대 최고의 역대급 사방 공사 감독. 인부들도 수염이 부얼부얼한 그 어른을 존경했고, 좀 더 과장해서 말하자면 산신령 모시듯 했다.

그 반면 공사가 뚝 끊어진 계절에는 하릴없이 주막을 드나들며 막걸리 대폿잔에 몰락의 울분과 비운의 통한을 달랬던 (큰)아버지. 하지만 당신은 돌연 심경 변화를 일으켜 서너 달씩 칼같이 금주할 때도 있었다. 음주를 멈춘 동안에는 십자거리나 새다리로 나가는 발길조차 끊고 칩거했다. 만취했을 때는 꽝꽝 큰소리를 쳤지만, 술을 한 모금도 입에 대지 않고 평정심을 회복했을 때에는 한없이 조용하고 섬세했다.

당신은 윤구병씨 집에서 볏짚을 얻어다 새끼를 꼬거나 짚신을 삼았다. 여름철에는 밀짚 방석을 엮고, 가을철에는 시루봉에서 잘라온 싸릿대로 싸리 삼태기를 만들었으며, 겨울철에는 볏짚을 착착 휘어감아 맷방석을 제작했다. 어느 해 여름철에는 멍석을 만들었고, 또 어느 해 겨울철에는 청올치로 노끈을 꼬아 왕골로 돗자리를 짰다. 달그락달그락 고드랫돌 넘기는 손놀림이 신기에 가까웠다. 오죽하면 긴 막대기의 'ㄴ' 자로 휜 끝부분에 솔뿌리로 바가지를 꿰어 매달아 뒷간에서 분뇨 푸는 똥바가지까지 조립했다.

날씨가 약간 풀린 날이었다. (큰)아버지는 신안에 있는 대장간에 가서 호미와 낫을 벼리고 손수 송곳을 제작해 가지고 왔다. 쇠붙이를 녹여 날을 세운, 그러고는 매끈하게 깎은 반 뼘 크기의 목제 손잡이에 뒤꼭지를 박아 고정시킨 탄탄한 송곳이야말로 그 어른의 면모가 농축된 명품 중의 명품이었다. 열두 가지 재주 가진 사람 저녁거리 간 데 없다는 말은 당신을 두고 생긴 말이 아닌가 싶었다.

　잘 알려져 있다시피 윤구병씨는 땅 부자였다. 그분의 토지는 도로변 마을 입구 잿무덤부리에서부터 질빵너머를 거쳐 광대골까지, 우리 동네뿐만 아니라 더 나아가 멀리 십자거리와 정각리 등 여러 곳에 분포돼 있었다. (큰)아버지는 말랭이 집을 지을 때 호의를 베풀어 준 윤구병씨의 그 고마움에 보답하고자 텃도지에다 가외로 시루봉 관리까지 자청했다.

　(큰)아버지는 진정으로 산을 사랑했다. 그 시절 짚세기를 밀어낸 고무신이 선풍을 일으키고 있었다. 부여 장이나 논산 장에 가면 신발 가게에서 주로 '말' 표와 '만월' 표와 '왕자' 표 고무신을 볼 수 있었다. 어른들은 주로 흰 고무신을 신었고, 아이들은 대개 검정 고무신을 신었다. 대통령 또는 국회의원 선거 때마다 후보자들이 유권자들에게 흰 고무신을 나눠 주면서 선심 공세를 폈다. 얼마 후에는 '보생 타이어' 표 검정 고무신이 나와 큰 인기를 끌었다.

　한편, 잔칫집이나 초상집처럼 사람이 많이 모이는 곳에서 고무신을 분실하거나 바뀌는 일이 허다했다. 모양과 크기가 거의 같았기 때문이었다. 신발을 잘 식별하려면 뭔가 특별한 표시가 필요했다. (큰)아버지는 새 고무신이 생겼다 하면 도장 파듯 예리한 창칼로 고무신 바닥에 '山' 자를 새겨 넣었다.

　어디를 가든 바닥에 '山' 자가 들어간 고무신은 우리 가족 신발이었다. 당신은 누군가의 물건과 바뀔 개연성이 있는 소유물에는 모두 '山' 자를 표기했다. 말하자면 그 '山' 자야말로 우리 집을 대표하는 고유 명문인 셈이었다. 그만큼 당신과 산은 불가분의 관계라고 말할 수 있었다.

　아무튼 (큰)아버지가 관리를 떠맡은 이후 시루봉은 우리 산 아닌 우리 산이 되었다. 소유권이야 윤구병씨에게 있었지만, 우리 식구들은 시루봉

지킴이가 되어 우리가 곧 시루봉의 주인이라는 생각으로 하루에 두어 차례씩 산허리를 오르내리며 나무꾼이 발을 붙이지 못하도록 철저히 감시했다. 나무꾼은 당국에 고발될 경우 형사 처벌을 받을 수도 있었다.

그 무렵 우리 집에는 '메리'라는 개가 있었다. 나는 산으로 나무꾼을 말리러 갈 때 통상 메리를 데리고 다녔다. 혼자 산으로 들어가서 죽은 아이가 묻힌 애장 옆을 지나려면 머리끝이 찌풋거릴 만큼 약간은 무서웠기 때문이었다. 나무꾼 단속은 귀찮고 성가신, 솔직히 말해서 영 내키지 않는 일이었다.

내가 국민학교 들어가던 해 아랫집 큰누님이 출가했고, 4학년으로 올라가던 해에는 작은누님이 결혼했다. 그날도 나는 메리를 데리고 시루봉으로 들어갔다. 다복솔이 올망졸망한 정상을 가로질러 양지 바른 비탈 쪽으로 내려갔을 때 누군가가 둔덕에 바지게를 받쳐 놓은 채 갈퀴로 북북 솔가리를 긁고 있었다. 연화 사람이었다. 내가 나타나자 그는 쓰윽 계면쩍은 웃음을 흘렸다. 내가 말했다.

"아저씨, 여기서 나무 하시면 안 돼유. 이 시루봉은 우리가 지킨다는 거 잘 아시잖어유."

"알고 있어. 오매, 어쩌다 보니께 부엌 나뭇간에 나무가 떨어졌더라구. 당장 오늘 때야 할 나무가 없더랑게. 한 번만 봐 줘. 내가 윤복이한테 단단히 걸렸구먼. 허허허… 이 겁나게 추운 날 윤복이가 산 말리느라 고생하는 길 봐서라도 다시는 안 올 껴."

그는 내 이름까지 알고 있었다. 나는 사실 그의 얼굴만 알고 있었을 뿐 성함까지는 잘 모르고 있었다. 그는 갈퀴질로 솔가리를 긁어모아 척척 전을 치더니 한 아름씩 바지게에 얹었다. 그가 지게를 지고 일어서자 나도 돌아섰다. 피차 안면 있는 사람들끼리 서로 멋쩍은 노릇이었다.

앙상한 자귀나무 앞을 지나면서 너럭바위를 살펴보았다. 거기 울퉁불퉁하고 너부데데한 귀퉁이 틈새에 마치 환약 같은 산토끼 배설물이 오글오글 뒹굴고 있었다. 나는 그곳을 지나쳐 길 쪽으로 나오다가 톡 불거져 나온 나무 꼬챙이에 걸려 앞으로 폭삭 고꾸라졌다. 눈 깜짝할 사이에 일어난 사건이었다.

아이고머니나, 그런데 이게 웬일일까, 오른쪽 고무신 운두가 칼로 벤 듯 쭈욱 찢어져 나뒹굴었다. 나도 모르게 눈물이 왈칵 쏟아졌다. 새로 산 신발 바닥에는 '山' 자가 선명했다. 메리는 뭐가 뭔지도 모르면서 꼬리를 살랑살랑 내두르고 있었다.

사실 산을 관리한다는 것은 쉬운 일이 아니었다. 그 대신 우리 집만 땔나무를 시루봉에서 마련할 수 있는 독점적 특혜를 누렸고, 산에 들어가 한 바퀴 순찰을 하다 보면 철따라 소소한 잔재미도 없지 않았다. 나는 시루봉에서 진달래꽃과 아까시꽃으로 허기를 달랬고, 삘기를 뽑아 먹거나 산뽕나무 오디와 산딸기와 까마중 열매를 따먹기도 했다. (큰)아버지가 간혹 고사리나 버섯을 채취해 오면 밥상에 별미 된장찌개가 올라왔다.

그뿐이 아니었다. 나는 해마다 꿩을 한두 마리씩 꼭 줍곤 했다. 언젠가는 장끼를, 또 언젠가는 까투리를 주웠다. 누군가가 몰래 모이로 속여 깔아놓은 청산가리 독극물을 먹고 죽은 꿩이었다. (큰)어머니는 물을 끓여 털을 뽑고 내장을 박박 긁어낸 뒤 몸통 살코기만으로 꿩 요리를 만들어 이웃과 나눠 먹었다. 위험천만한 일이었지만, 독극물 따위는 괘념치 않았을 뿐더러 폐사한 꿩이라 해도 없어서 못 먹던 시절이었다.

원증산 사람들은 서로 약속이라도 한 듯 겨울철마다 연례행사처럼 시루봉에서 토끼몰이를 했다. 그물을 치는 자리도 정해져 있었다. 나무가 별로 없는, 산을 오르내리는 길에 그물을 쳐놓고 비탈을 돌며 워이워이

소리를 지르면 깜짝 놀라 똥줄이 빠지게 달아나던 토끼가 외통으로 걸려들게 마련이었다.

재수가 없을 때는 허탕을 치기도 했지만, 토끼를 서너 마리쯤 포획한 날에는 한바탕 동네잔치가 벌어졌다. 어느 누구도 토끼 고기를 싫어하는 사람은 없었다. 시루봉의 토끼와 꿩은 허기진 원증산 주민들에게 이따금 입에 착착 달라붙는 별미를 선사해 주는 고마우면서도 불쌍한 야생 동물들이었다.

하여간 우리가 관리하기 시작한 이후 시루봉에는 나무꾼이 얼씬거리지 못했다. 봄에는 진달래꽃 사이로 장끼가 꿩꿩 소리 지르면서 날아다녔고, 여름철이 되면 백로 떼가 날아와 짙푸른 산을 하얗게 뒤덮었다. 백로의 무리가 휘휘 날아다니며 두둥실 두둥실 군무를 이룰 때에는 참으로 장관이었다.

백로는 당산이며 용보들 건너 채종말이나 고추골 뒷산, 연화 뒷산에도 희뜩하게 내려앉았다. 하지만 개체수로 따졌을 때 시루봉과는 비교할 수도 없었다. 시루봉 백로 집단이 대규모 본대라고 한다면 다른 곳 백로들은 예하 소규모 파견대 정도라고 말할 수 있었다.

이제 시루봉은 명실공히 중산리의 연원이자 근거지로서의 그 이름값을 더욱 확실하게 부각시켜 주고 있었다. 바야흐로 시루봉이 부흥을 맞이한 셈이었다. 백로들은 시루봉 숲에서 한여름 더위를 즐기다가 어디론지 빌아갔다.

그때쯤 (큰)아버지는 단칸방 들창문 쪽에 방 하나를 더 달아냈다. 벽은 수수깡으로 외를 엮어 황토를 발랐고, 새로 생긴 윗방과 부엌 쪽 지붕에 추녀를 둘렀다. 모든 작업은 (큰)아버지께서 몸소 혼자 해냈다. 우리 집은 마침내 단칸 말집에서 대망의 초가삼간으로 다시 태어났다. 좀 거창하게 말하자면 입이 떡 벌어지고도 남을 획기적인 증축이었다.

새로 생겨난 윗방은 내 공부방이었다. 내가 처음으로 독방을 쓰기 시작하던 첫날, 방안에서는 아직도 산뜻한 흙냄새와 장판 콩댐 냄새가 솔솔 묻어나고 있었다. 하늘로 날아오를 듯 기뻤다. 시루봉 숲이 무성해지고 백로가 떼거리로 몰려와서 우리 집에 이런 경사가 생기는 것 같았다. 윤구병씨네 암소도 잘 생긴 송아지 쌍둥이를 낳았다. 공부를 더 열심히 해야겠다는 각오가 새로워졌다.

그 당시 정부는 식량 증산을 외치며 농지 확장을 위해 개간과 간척에 열을 올리고 있었다. 윤구병씨가 노환으로 세상을 떠나자 그 상속자인 산주 윤현중씨가 시루봉 개간에 착수했다. 그는 시루봉의 약 절반, 동네 쪽 경사가 완만한 기슭의 숲을 모조리 벌채한 다음 계단식 밭을 일구었다. 그 대신 경사가 급한 연화나 새다리 방향은 손을 대지 않았다. 그쪽 깎아지른 낭떠러지 절벽에는 물총새가 살고 있었다.

시루봉에서 베어낸 나무들이 숨을 거둔 채 곳곳에 산더미처럼 드러누워 있었다. 안타까웠다. 우리가 애써 지킨 그 나무들이 일거에 베어진 이후로는 시루봉 관리도 하나마나 흐지부지되었다. 저 너머 너럭바위가 있는, 내가 새 고무신을 찢어먹은 그 자귀나무 비탈만 건성으로 잠깐씩 둘러보면 그만이었다. (큰)아버지는 시루봉을 바라볼 때마다 홀홀 한숨을 내쉬었다.

윤현중씨는 개간한 밭에 감자를 파종했다. 작황이 신통치 않았고, 소출도 별 볼일 없었다. 시루봉 숲이 치명상을 입고 반토막 나자 꿩이 부쩍 줄었다. 그 엄청났던 백로들이 여름철 내내 발길을 딱 끊었다. 백로는 채종말, 고추골 뒷산, 연화 뒷산에만 드문드문 몇 마리씩 내려앉았다. 산토끼들도 눈에 띄지 않았다. 윤현중씨네 집 뒤꼍 대밭이 누렇게 시들어가고 있었다.

　국민학교 졸업 직전이었다. 나는 중학교에 들어가느냐 마느냐 기로에 서 있었다. (큰)아버지는 요때나 조때나 나 주임의 내방을 기다렸지만 감감무소식이었다. 당신은 참다못해 그분을 찾아갔다. 그런데 웬걸 당분간 사방 공사가 대폭 축소되거나 중단된다는 절망적인 언질만 받고 돌아왔다. 청천 날벼락이었다.

　우리 집 살림은 더욱 곤궁해졌다. 오죽하면 뒤웅박에 담아 두었던 호박씨까지 다 까먹어 더 이상 먹을 것이 없었다. 시루봉이 무자비하게 망가지자 우리 집에도 망조가 드는 모양이었다. 그 착한 메리까지도 포악하기 짝이 없는 악질 정 서방이 놓은 쥐약을 잘못 먹고 비참하게 죽었다. 날씨가 점점 추워지면서 살기 힘든 혹한의 시간이 성큼성큼 다가오고 있었다.

　엄동설한이었다. 산천과 논밭이 모두 희뜩한 눈으로 뒤덮여 있었고, 거의 매일이다시피 살을 에는 칼바람을 타고 매서운 눈보라가 휘몰아쳤다. 엄청난 한파였다. 언젠가 하루는 자고 일어났을 때 자리끼가 꽁꽁 얼어 있었다. 바람이 어떻게나 센지 문풍지가 부르르 부르르 떨었고, 마당의 감나무도 쉬익쉬익 휘파람 소리를 내며 위잉위잉 울부짖고 있었다.

　감나무 꼭대기에는 지난가을에 남겨 두었던, 새까맣게 쪼그라든 까치밥 몇 개가 간당간당 강풍에 휘둘리고 있었다. 추녀 끝에 매달린 고드름이 딜링거리다가 툭툭 부러져 떨어졌다. 우리 집의 경우 지대가 높은 데다 전후좌우 바람막이가 없는 팔풍받이여서 바람 소리가 더욱 요란하고 살벌했다.

　춥고 배가 고팠다. 추워서 배가 고픈지 배가 고파서 추운지 분간할 수조차 없었다. 뱃가죽이 등가죽에 들러붙는 느낌이었고, 힘이 없어 어질

어질 현기증까지 일었다. 구들장이 식어 방바닥마저 싸늘했다. (큰)아버지가 화롯불 불씨를 꺼트리지 않으려고 불손으로 자근자근 잿가루를 다독여 알불을 덮으면서 내게 말했다.

"윤복아, 배고프지? 참 미안하구나. 조금만 견뎌보자. 무슨 수가 생기겠지. 목구멍이 포도청이라지만 설마 산 목구멍에 거미줄이야 치겠냐? 하늘이 무너져도 솟아날 구멍이 있겠지."

나는 그 말씀을 도저히 이해할 수가 없었다. 그동안 (큰)어머니가 이 집 저 집에서 쌀이나 보리쌀이나 밀가루를 꾸어다가 느루 먹느라 죽을 쑤어 근근이 연명해 왔다. 이제는 뭘 더 꾸어 달라고 손을 내밀 데도 없었다. 아랫집 역시 오래 전에 식량이 떨어져 겨우 담장 밑에 볏짚으로 엮어 길다랗게 매달아 놓은 무시래기를 아끼고 아끼면서 조금씩 빼내 삶아 먹고 있었다. 앞으로 보릿고개를 넘을 일이 아득했다.

사정이 이렇건만 (큰)아버지는 말 못할 신산고초를 겪으면서도 여유만만이라고 할까 무사태평이라고나 할까 도리어 느긋했다. 며칠째 물만 마신, 곡기를 맛 본 지 오래된 당신의 뱃속에서 꼬르륵 꼬르륵 피라미 여울 넘는 소리가 새어 나오고 있었다. 그 어른은 거의 습관적으로 뒷문 문설주 위 벽면을 올려다보았다.

거기, 문설주와 높이 걸린 사진 액자 사이의 두어 뼘 되는 공간에는 사방 공사 전표 크기의 작고 갸름한 한지 쪼가리에 당신께서 자필로 써 붙인 '安貧樂道'라는 문구가 선명했다. 일필휘지라고 하기에는 너무 초라하고 획이 제멋대로 삐뚤빼뚤한 글씨. 당신에게는 매우 죄송한 입놀림이지만, 서체 자체가 매우 조잡하고 볼품이 없었다.

편안 안安 가난할 빈貧 즐길 낙樂 길 도道… 빈한하게 살면서도 편안하게 도를 지켜 즐긴다는 뜻이었다. 해석하기에 따라서는 재물에 대한 탐

욕을 버리고 가난을 즐겁게 받아들이며 편안한 마음으로 살아간다는 의미까지 내포하고 있었다.

과연 그럴까. 딱하기 짝이 없었다. 당장 끼니거리가 없었다. 나는 지금 배고파 숨 쉴 힘조차 없었고, 우리 세 식구가 굶어죽는 것은 시간 문제였다. 죽느냐, 사느냐 막다른 골목이었다. 그런데도 안빈낙도라니, 불길 같은 분노가 확확 치솟았다. 아니, 톡 까놓고 말해서 분노라기보다는 차라리 증오에 가까운 분통이었고, 나중에는 천불이 나서 못 견딜 지경이었다.

수염이 석 자라도 먹어야 양반이라 했고, 사흘 굶어 도둑질 않을 놈 없다는데, 아사餓死 직전의 이런 극한 상황을 초래한 그 어른이 정말 싫었다. 마음 같아서는 당장 그 '安貧樂道'를 떼어서 확 찢어버리고 싶었다. 당신을 향한 원망과 적개심이 머리끝까지 솟구쳤다.

(큰)어머니가 솥에 물만 철렁하게 붓고 아궁이에 군불을 지필 때 마침 구장이 와서 면사무소의 '배급 수령 통지서'를 전해 주었다. 눈물이 핑 도는, 빈 집에 소 들어온다는 소식이었다. 그 이튿날 날이 밝자마자 (큰)어머니와 나는 그전에 그랬던 것처럼 빈 자루를 거머쥐고 면사무소로 득달같이 달려가 분유와 강냉이와 보리쌀을 받아왔다. 우리는 그 기적 같은 구호양곡으로 간신히 목숨을 지탱할 수 있었다. 설이 다가오고 있었다.

가난은 끝이 없었다. 나는 논산대건고등학교를 졸업한 뒤 원중산을 떠났고, 서울에 올라와 맨망에 박치기하며 밑바닥을 박박 기었다 상경 이후 내가 영등포 바닥에 쏟은 땀과 눈물과 피의 분량은 나 자신조차 합계를 가늠할 수가 없었다. 서울은 험지 중의 험지였다. 죽을 고비를 넘긴 것도 한두 번이 아니었다. 부모님과 동기간과 동네 사람들과 시루봉이 그리웠다.

진퇴양난이었다. 고향으로 되돌아가자니 희망이 없었고, 난관을 헤쳐 나가자니 등골이 휘었다. 여러 차례 자살을 생각했지만, 고향의 부모님과 동기간을 생각하면 차마 그럴 수가 없었다. 당장 부모님의 생계가 발등의 불이었다. 나는 풍찬노숙으로 생존하면서 내가 할 수 있는 일이라면 무슨 일이든 닥치는 대로 대들었다. 그러면서 매월 몇 푼씩 부모님 앞으로 가용을 송금했다. 살점이 묻어나고 뼈가 으스러져도 그런 것은 돌아볼 겨를조차 없었다.

고향을 떠나온 지 3년째 되던 해였다. 추석 명절을 맞아 고향에 갔을 때 동네가 달라진 것을 보고 깜짝 놀랐다. 저 아래 여러 농가의 초가지붕이 슬레이트 지붕으로 바뀌어 있었지만, 농사를 짓지 않고 묵힌 시루봉 계단식 밭은 푸석하게 말라비틀어진 잡초로 뒤덮여 있었다. 황량했다. 우리 집 옆 앞재너머 말랭이 마을 회관 마당 깃대에서는 흙먼지 찌든 태극기와 함께 새마을 깃발이 펄럭거리고 있었다.

나는 그날 가만히 앉아서도 연신 식은땀을 흘리는 (큰)아버지의 안색이 영 심상치 않다는 것을 직감했다. 불길한 예감이 꼬리를 물었다. (큰)어머니에게 얼마간의 약값을 맡겼고, 아랫집 부모님에게도 낯간지러울 만큼 아주 미약한 용돈을 드렸다. 그리고는 곧 십자거리와 새다리에 있는 (큰)아버지 단골 주막에 들러 당신께서 치부책에 달아놓은 외상값을 모두 갚았다.

(큰)아버지 내외분은 지붕 개량을 간절히 소망하고 있었다. 농사를 짓지 않아 이엉 엮을 볏짚조자 구하기 힘든, 더구나 (큰)아버지 내외분이 지붕에 올라갈 수도 없는 노인들이어서 우리 집이야말로 지붕 개량이 시급한 실정이었다. 특히 동네별 새마을운동 실적 경쟁이 벌어져 구장까지 가가호호 지붕 개량을 종용하고 있었다. 하지만 가진 돈이 없어 당장은

어떻게 해볼 도리가 없었다.

이태 뒤 초봄이었다. 병환이 깊어진 (큰)아버지 칠순을 맞아 고향에 내려갔다. 쇠잔해질 대로 쇠잔해진 (큰)아버지의 병세가 아주 위중했다. 당신은 베개를 베고 똑바로 누워 간신히 숨만 쉬고 있었다. 작년부터 요강으로 대소변을 받아냈던, 병구완에 지쳐서 아주 담담하고 자연스럽게 대처하고 있던 (큰)어머니의 말에 따르면 (큰)아버지는 며칠 전부터 식음을 전폐했다는 것이었다. (큰)아버지가 가느다란 목소리로 내게 떠듬떠듬 말했다.

"오랜만에… 니가 왔으믄…· 벌떡… 일어나야 할 텐디… 그럴 수가… 없구나…. 이해하거라…."

"괜찮아요. 그냥 누워 계세요. 아버지, 이 돈으로 지붕을 개량하시지요."

나는 점퍼 안주머니에 들어 있던 봉투를 꺼내 (큰)아버지 머리맡에 놓아드렸다.

"네가… 어떻게… 이 큰돈을…· 모았냐?"

"덜 입고 덜 먹고 덜 쓰고 그랬지요 뭐."

"고… 맙… 다."

악수를 하려고 손을 내미는 (큰)아버지의 눈에 이슬이 고이고 있었다. 나는 당신의 손을 꼭 잡았다. 힘이 없고 차가웠다. 과거 사방 공사 현장에서 번쩍번쩍 뛰어나니니 수십 명의 인부들을 일사불란하게 진두지휘했던 통솔력, 막걸리를 억병으로 통음하고 고르지 못한 세상을 질타하며 사자후를 토하던 그 어마어마했던 결기와 기개는 대관절 어디로 갔을까.

잠시 후 당신은 갑자기 가쁜 숨을 두어 번 헐떡헐떡 몰아쉬다가 베갯머리에 고개를 푹 떨구었다. (큰)어머니가 그 어른의 눈두덩을 쓰다듬어 눈을 감겨드렸다. (큰)아버지의 한 많은 일생은 그렇게 막을 내렸다. 향년 70세, 1975년 음력으로 2월 스무아흐렛날이었다. 당신의 생신날이 바로 제삿날이었다. 그때 내 나이는 스물다섯 살이었다.

장례를 마치고 나서 삼우제까지 지낸 뒤 다짜고짜 초가지붕을 헐어내고 슬레이트 지붕으로 개조했다. (큰)어머니가 그 집에서 혼자 살았고, 나는 다시 서울로 올라와 밥벌이에 복귀했다. 세월이 흐르는 동안 여러 애사들이 있었다. 아랫집 부모님과 (큰)어머니가 돌아가셨고, 동기간 중에서는 큰누님이 가장 먼저 세상을 떠났다. 손꼽아 헤어볼 때 나 주임이 지금까지 살아 있을 가능성은 희박했다. 원증산을 떠나 경기도로 이주했던 윤현중씨도 남양주 진접인가 포천 소흘인가 어디에서 작고했다.

엊그제 (큰)아버지 기일이었다. 연화 묘원에 가서 아우들과 함께 묘사를 지냈다. 당신은 나를 길러주신 양아버지이면서 나에게 최초로 글을 가르쳐 주신 스승이자 은인이었다. 나는 당신께서 그렇게나 애음하셨던 막걸리를 대폿잔에 가득 부어 제주로 올리면서 무릎 꿇고 넙죽 엎드려 내가 저지른 되돌릴 수 없는 죄과를 이실직고했다. 어린 시절 당신에게 품었던 반감과 저항, 분통과 증오, 원망과 적개심은 석고대죄하고도 남을 막심한 불효였다. 후회, 후회, 후회막급으로 억장이 무너졌다.

安·貧·樂·道… 그것은 엎어지고 잦혀지고 뒤집어지고 고꾸라지는 가운데 온갖 고난을 극복하면서 파란만장하게 살아온 당신께서 자기 최면을 훌쩍 뛰어넘어 실증적으로 통찰한 인생철학이었다. 더 나아가 일찌감치 내 인생행로를 예견하고 어린 나에게 던져준, 헐벗고 굶주리는 어떠한 난관이나 만고풍상 앞에서도 좌절하지 말고 의연하게 대처하라는 원견명찰의 계시이자 교훈이었다.

그러나 나는 그 깊은 뜻을 헤아리지 못한 채 정말 천치 숙맥처럼 살아왔다. 한마디로 말해서 철딱서니가 없었다. 내가 오늘날까지 살인적인 형극의 험로에서 졸경을 치른 것은 결코 우연이 아닌 필연이었다. 당신께 지은 죄업 때문이었다. 내가 스스로 밥벌이를 할 때까지 지극정성으로 키워주신 집안의 최고 어른에게 신명을 다 바쳐 효도하기는커녕 감히 반감을 품고 불경죄를 저질렀으니 나 같은 놈은 진작 벼락을 맞고 죽었어도 싸다는 참회와 함께 묘원에 엎드려 용서를 빌고 또 빌었다.

묘사를 마치고 모처럼 원중산에도 들렀다. 그곳은 내가 태어나서 자란 어머니 품 같은 마을이었다. 시루봉 정상 부근에는 웃자란 잡목 몇 그루가 삐쭉삐쭉 서 있었지만, 계단식 밭을 까뭉갠 평지에는 한우를 사육하는 여러 동의 큼직큼직한 축사가 이마를 맞대고 있었다. 이제 시루봉은 더 이상 본래의 시루봉이 아니었다. 내가 어느덧 늙은이로 변모했듯 시루봉에도 쭈글쭈글 주름살이 가득했다. 내 고향 원중산 상공에는 하얀 구름이 백로 떼처럼 뭉실뭉실 몰려와 본래의 시루봉과 닮은 진귀한 형상을 그려내고 있었다. (『낙강문학』2024. 제5호)

고향집

내 고향 충남 부여군 석성면 증산리 원중산 마을에는 내가 살던 집이 무려 네 군데나 있었다. 옛적에 시루메라 불렸던 그 우리 동네에는 20여 호의 농가가 옹기종기 모여 있었다. 앞재너머와 광대골에도 몇몇 농가가 더 있었지만, 어디까지나 시루봉과 당산 사이의 안동네가 원중산의 중심이라고 말할 수 있었다. 구장(지금의 이장)과 반장이 행정 관청에서 나오는 무슨무슨 고지서나 통지문을 전달할 때에는 거리상으로 제법 떨어진 앞재너머와 광대골까지 왕복하느라 상당히 더 걸어야 하는 수고를 치렀다.

우리 동네는 전통적으로 인심 좋고 평화로운 마을이었다. 외지에서 처가살이 들어온 말썽꾼 정 서방이나 야바위꾼 최씨처럼 밥맛 떨어지는 저질이 없었던 것은 아니지만 동네 토박이들 대부분은 순박한 사람들이었다. 인정이 넘치는, 이웃끼리 서로 돕고 살아가는 그 마을에서 나는 여러 군데로 옮겨 다니며 자랐다. 모두 애환이 서린 곳이었다. 내가 어렸을 때 정 서방과 최씨는 처자 권속을 거느린 가장으로서 불혹을 훌쩍 넘긴 꼰대들이었다.

우리 부모님은 당초 작고 허름한 토담집에서 살았다. 말랭이에서 바라보면 우물과 가까운, 마을의 중심에서 약간 오른쪽으로 치우친 곳이었다. 증산리 766번지, 바로 내가 태어난 집이었다. 그곳은 내 인생의 원점이라고 말할 수 있었다. 그 뒤에 바로 정 서방네 집이 있었고, 오른쪽으로는 이훈배씨네 집이 있었다. 말도 많고 탈도 많은 정 서방보다 연세가 여남은 살 높은 이씨는 마음씨가 남달리 너그러운 데다 장구 잘 치기로 유명했다. 우리 아버지와 친하게 지냈다.

내 위로 큰누님과 작은누님이 있었고, 3남매가 태어나자마자 잇따라 숨을 거두었다. 그런 우여곡절 끝에 내가 태어났다. 신묘년 늦봄이자 초여름, 즉 1951년 음력으로는 4월 그믐날, 양력으로는 6월 4일이었다. 갓 세이레 지났을 때였다. 탁발 나온 어느 스님이 우연히 우리 집에도 들렀다. 목탁을 두드리고 나서 그분이 말했다.

"나무아미타불 관세음보살… 어허, 이렇게 딱한 일이 또 있을까, 이 집에서는 이 갓난아기를 제대로 키울 수가 없으니 얼른 다른 곳으로 이사 가셔야 합니다."

예언인지 망언인지 우리 부모님은 그 말을 듣는 순간 까무러치게 놀랐다. 독실한 불교 신자이신, 매년 초파일마다 계룡산 신원사에 가서 불공드리시던 어머니는 승복 입은 사람이라면 진짜 중인지 땡추인지 그런 것은 관계없이 그 말을 무조건 다 법문으로 받아들였다. 그러잖아도 이미 어린 3남매를 잃은 터에 갓 태어난 젖먹이까지 제대로 키울 수가 없다니 가슴이 철렁하면서 앞이 캄캄했다. '전설의 고향' 또는 '야담과 실화'에나 나올 법한 이야기였다.

본래 자라 보고 놀란 소는 솥뚜껑 보고도 놀라는 법이었다. 스님의 말에 기겁한 우리 부모님은 당장 이사하기로 마음먹었다. 그리하여 얼른 토담집을 벗어났고, 저 위쪽 이영우씨네 집 행랑채로 들어가 곁방살이를 시작했다. 내가 두 번째로 살던 집이었다.

그 무렵 강경에서 자전거포를 열어 크게 성공한 외삼촌이 찾아와 꿈인

듯 생시인 듯 우리 부모님에게 '질안배미' 논 엿 마지기를 사주었다. '질안배미'란 '질(길)' '안(쪽)'에 있는 '(논)배미'를 일컫는 말이었다. 논이 마르디 마을로 건너가는 길 안쪽에 있는 터라 남녀노소가 다들 그렇게 부르고 있었다. 아주 기름진 논이었다.

　외삼촌 덕택에 살림이 조금씩 나아지고 있을 때 아버지는 상당한 무리를 해가면서 우물 쪽에 있는 다른 집을 서둘러 장만했다. 우리와 절친했던 윤점병씨네가 태조봉 너머 갓점으로 이주하게 되자 쌀 몇 가마를 주고 그 집을 인수한 것이었다. 지번으로는 중산리 764번지, 토담집과는 비교할 수 없을 만큼 훨씬 크고 좋았다. 나에게는 세 번째 집이었다.

　부모님께서 가솔들을 이끌고 그 집으로 이사하던 그 어간에 나는 나보다 아홉 살 많은 둘째누님 뒤를 이어 후사를 두지 못한 (큰)아버지 내외분 슬하로 출계했다. 내가 자란 양가는 앞재너머 말랭이 시루봉 들머리에 있었다. (큰)아버지가 윤구병씨네 땅에 손수 오두막집을 짓고는 주변에 딸린 작은 밭뙈기를 경작하면서 도지를 물고 있었다. 나에게는 네 번째 집이었다.

　나는 주로 지대가 높은 '윗집' 양가에서 살았지만 빤히 건너다보이는 '아랫집' 친가에도 자주 드나들었다. 어떤 때는 자전거 바퀴 굴렁쇠를 굴리며 양가와 친가를 왕복하기도 했다. 아랫집에 가면 언제나 아버지 어머니가 따뜻이 맞아 주셨고, 나보다 열두 살 많은 큰누님과 어린 동생들이 있어서 참 좋았다. 다른 집들과 마찬가지로 양가와 친가 또한 모두 초가집이었다.

　남향인 친가의 경우 상기둥 기준으로 오른쪽에 부엌과 사랑방, 왼쪽에는 안방과 윗방이 있었다. '뜰팡' 위에 마루로 오르내리는 댓돌이 있었다. '뜰팡'이란 문지방 너머 마루 놓는 자리와 추녀 끝에서 낙숫물 떨어지는 사이의 공간을 아우르는 우리 고장 말이었다. 어떤 때는 댓돌을 놓거나 신발 벗는, 마루를 따라 가로로 길게 펼쳐진 언덕 모양의 층계만을 지칭할 때도 있었다.

왼쪽 마당가에 돼지우리, 느릅나무와 수수깡 울타리를 사이에 두고 갓집이 있었다. 사립문 밖 오른쪽에 복숭아나무가 있었고, 마을안길 위쪽에는 최씨네 집이 있었다. 복숭아나무 가까운 곳 아래 위로 우리 퇴비장과 최씨네 퇴비장이 잇닿아 있었다. 퇴비장이란 두엄자리를 의미했다.

친가 마당 전면 강씨네 집과의 경계에 '한 일一' 자로 쭉 뻗은 담장이 있었다. 그 담장 밑에는 자그마한 닭장, 갓집 쪽 돼지우리 앞에는 개숫물 버리는 수채가 있었다. 뒤꼍에는 장독대가 있었고, 그 뒤 언덕 울타리에는 구기자나무와 노간주나무가 뒤섞여 있었다. 여름이면 장독대에 맨드라미와 도라지꽃이 곱게 피었다.

아버지는 별로 쓸모없는 저쪽 토담집을 허물고 그 자리를 남새밭으로 일군 뒤 무와 배추 이외에도 상추 쑥갓 마늘 고추 콩 강낭콩 완두콩 고구마 등을 골고루 심었다. 남새밭은 흙이 걸어 어떤 작물들이든 모두 잘 자랐다. 우리 식구들은 '질안배미'에서 수확한 쌀을 주식으로, 남새밭에서 나오는 채소류를 부식으로 삼아 기본적인 생계를 이어갔다.

내가 너덧 살쯤 되었을 때, 좀 더 구체적으로 말하자면 (큰)아버지로부터 한글을 배운 뒤 천자문을 학습할 즈음이었다. 나는 곧잘 동네 아주머니와 누나들이 빨래하는 샘터 언덕에 서서 노래를 부르곤 했다. 부녀자들은 나만 보면 노래를 부르라고 꼬드겼다. 순진하기 짝이 없던 나는 어른들 말이라면 곧이곧대로 잘 따랐다. 그날도 나는 신나게 노래를 불렀다.

"죽장에 삿갓 쓰고 방랑 삼천 리 흰 구름 뜬 고개 넘어 가는 객이 누구냐 열두 대문 문간방에 걸식을 하며 술 한 잔에 시 한 수로 떠나가는 김삿

갓. 세상이 싫던가요 벼슬도 버리고 기다리는 사람 없는 이 거리 저 마을로 손을 젓는 집집마다 소문을 놓고 푸대접에 껄껄대며 떠나가는 김삿갓. 방랑에 지치었나 사랑에 지치었나 괴나리 봇짐 지고 가는 곳이 어디냐 팔도강산 타향살이 몇몇 해던가 석양 지는 산마루에 잠을 자는 김삿갓."

어린 시절 나의 애창곡 〈방랑 시인 김삿갓〉이었다. 때마침 연세 많으신, 쪽진 머리에 백발성성하신 이영우씨 자당님이 도라무텡이 쪽에서 나타났다. 남달리 인자하신 그 어른이 우물가 부녀자들에게 말했다.

"윤복이 얘는 얼마나 착한지 몰라. 우리 집에 살 때 마당에 있는 가지 한 개를 안 땄당게. 오매, 다른 애들은 가지만 따는 게 아니라 아예 가지꽃을 똑똑 따내는 것은 물론 가지 순까지 작신작신 분질러 놓았는디 얘는 단 한 번도 가지에 손대는 걸 못 봤어."

사실 나 자신 가지를 땄는지 안 땄는지 그건 알 수가 없었다. 다만, 그 집 안마당 자그마한 텃밭에 팔뚝만 한 가지가 탐스럽게 주렁주렁 열려 있었다는 것만은 분명히 기억하고 있었다. 그때 누군가가 말했다.

"그뿐이 아녀유. 얘는 천재랑께유. 한글은 모르는 게 없구 한문까지 겁나게 잘 알아유."

내가 천자문을 떼자 동네 어른들은 나에게 별것을 다 부탁했다. 전부는 아니지만, 동네 어른들의 경조사 겉봉은 거의 대부분 내가 도맡다시피 썼다. 벼루에 먹을 갈아 세필로 봉투 앞면에 '祝結婚' 또는 '祝回甲'이라거나 '賻儀'라 쓰고, 뒷면에 '本洞 洪吉童' 혹은 '元甑山 李夢龍'이라고 존함까지 똑 떨어지게 써드릴라치면 어른들은 그렇게 좋아할 수가 없었다.

편지를 읽거나 쓰는 일도 마찬가지였다. 붉은 잉크로 '군사우편'이라 찍힌, 간혹 군대 간 아들이 보내온 편지를 읽어드리는 것은 물론 답장도 대필해 드리곤 했다. 그럴 때마다 어른들은 '신동'이니 '수재'니 '천재'니

하면서 나를 띄워주었다. 칭찬은 고래도 춤추게 한다던가, 아무튼 나는 어린 시절 동네 어른들의 칭찬을 먹고 자라났다.

하지만 양가도 그렇고 친가도 그렇고 이만저만 빈한한 것이 아니었다. 양가 (큰)아버지는 근동에서 가장 곤궁했고, 친가 아버지는 빈농으로 여러 식구들을 먹여 살리느라 등골이 휠 지경이었다. 그래도 아버지 어머니는 전혀 군말이 없었다. 어느 해 보릿고개였다. 친가 어머니가 내게 말했다.

"윤복아. 배가 고파도 조금만 참어라. 너는 전쟁 중에도 복뎅이로 태어났느니라. 너를 낳고 좋은 일이 참 많이 생겼다. 면사무소에서 담요와 광목, 보리쌀에다 밀가루까지 나왔단다. 누가 그러는디 담요는 미군 군수 물자라고 하더라. 광목으로는 기저귀를 만들었구… 니 누나들은 포대기가 없어 알몸으로 자랐지만 너는 미군 담요 속에서 깨끗한 광목 기저귀 차고 자랐어. 어디 그뿐이더냐. 니가 태어나자마자 니 외삼촌이 오셔서 논도 사주셨지. 너는 4월 토끼닝께 어쨌거나 굶어 죽는 일은 없을 거다. 4월에는 토끼 좋아하는 풀들이 많잖녀. 칡넝쿨도 있구… 토끼는 순하고 영리하고 동작이 빠르닝께 네 앞길이 잘 풀릴 겨."

'4월 토끼'란 내 띠가 토끼띠인 데다 4월에 태어났다는 뜻이었다. 얼마나 먹을 것이 없고 삶이 곤고했으면 4월과 토끼를 결부시켜 당신 스스로 기대와 위로를 찾으려 했을까. 비록 글을 배운 적이 없는 까막눈이었지만, 어머니는 많이 배운 사람 찜 쪄 먹고도 남을 만큼 두뇌 회전과 언변이 뛰어났다. 참으로 놀라웠다. 당신은 우리 동기간들에게 절망이 아닌 희망을 가르쳐 주었다. 내가 말했다.

"엄니, 너무 걱정하지 마세유. 저는 열심히 공부해서 반드시 훌륭한 사람이 될 거예유."

"암, 그래야지. 우리 집안은 본래 손이 귀한 데다 니가 늦둥이로 태어났웅께 너는 스무 살만 먹거들랑 장가가거라. 며느리를 보고 손자를 봐야 니 아부지와 이 에미가 죽더라도 눈을 감지 않겄냐. 너는 우리 집의 장남이자 가문의 장손이여. 옛날에는 열서너 살에 장가를 갔다. 지금도 스무 살이든 얼마든지 장가를 갈 수 있는 겨."

어머니는 그 뒤에도 기회 있을 때마다 노래 부르다시피 '스무 살'을 강조했다. 빈말이나 농담이 아닌 진담이었다. 문제는 학업과 가정 형편이었다. 나는 십자거리에 있는 석양국민학교(지금의 석양초등학교)를 제7회 전교 수석으로 졸업했다. 내가 중학교에 들어가면 자전거를 마련해 주겠노라고 언약했던 외삼촌은 그 약속을 지키지 못한 채 돌연 위암으로 작고하셨다.

나는 논산읍 부창동까지 30리 길을 장장 6년 동안 도보로 통학하면서 논산대건중학교 제17회, 논산대건고등학교 제19회 졸업장을 받았다. 1970년 1월이었다. 재학 중에는 연습 문제 필경이며 협동조합 관리며 뭐며 1인2역 또는 1인3역의 고학을 하느라 다른 학우들과는 달리 학업에 전념할 수가 없었다.

하여간 내가 고등학교 졸업장을 받아든 것은 문자 그대로 천행 중의 천행이라고 말할 수 있었다. 더군다나 국민학교 6년, 중고등학교 6년을 합쳐 12년 개근이라는 불멸의 대기록까지 작성했다. 하지만 대학 진학은 일찌감치 포기했다. 시험 성적이 못 미쳐서가 아니라 당장 먹고살 길 없는 가정 형편 탓에 어찌할 방법이 없었다.

사실 나는 중학교에 들어간 이후 아무도 모르는, 나만이 아는 괴로운 죄의식을 떨쳐버릴 수가 없었다. 동생들 때문이었다. 내가 교복 입고 억지춘향으로 높은 학교를 다니는 동안 바로 밑의 동생 차복 아우와 옥희 누이는 겨우 석양국민학교를 졸업하고는 학업을 접어야 했다. 그들의 재주나 향학열이 모자라서 상급 학교로 진학하지 못한 것은 아니었다. 오직 가난으로 말미암아 그렇게 되었다. 가슴이 아려왔다. 특별한 존재도 아닌 나는 그들의 희생 위에서 과분하게도 고등학교를 졸업한 것이었다.

　내 생각은 확고했다. 모름지기 동기간이라면 살아도 같이 살고 죽어도 같이 죽고 먹어도 같이 먹고 굶어도 같이 굶어야 하지 않을까. 그럼에도 동생들이 논일이다 밭일이다 뭐다 죽도록 고생할 때 나만 귀공자처럼 공부네 뭐네 학교에 다닌다는 사실이 괜히 사치스럽고 모종의 특권을 독점하는 것만 같아 평생 두고두고 벗어날 수 없는 원죄처럼 느껴졌다. 그거 참 면목 없는 노릇이었다.

　나이 차이가 적잖이 벌어지는 그 밑의 선복 아우와 계복 아우는 내가 그런대로 밥벌이를 시작한 이후 얼마간의 학비를 보탤 수 있었지만, 거의 같은 시기에 학교를 다녀야 하는 차복 아우와 옥희 누이에게는 어떻게 해볼 재간이 없었다. 지금도 그 동생들을 만날 때마다 나는 원죄 의식을 떨칠 길 없어 뒤가 구린 사람처럼 슬금슬금 그들의 눈치를 보고 있는 것이다.

　내가 국민학교 다닐 때 큰누님과 작은누님이 차례차례 결혼해 출가외인이 되었다. 나는 고등학교 졸업 후 집을 떠나기로 결심했다. 원중산에는 농토와 일자리가 없어 살 길이 막연했고, 미래를 개척하기 위해서는 미지의 세상을 향한 도전 이외에는 달리 선택의 여지가 없었다. 그렇다고 객지에서 누군가가 기다려 주는 것도 아니었다.

　그해 6월 3일은 음력으로 내 생일이 4월 그믐날이었다. (큰)어머니께서 특별히 차려주신, 명절과 제사 때나 구경할 수 있는 그 귀한 쌀밥에다 따뜻한 미역국을 잘 먹은 나는 (큰)아버지를 따라 윗집 뒤꼍 언덕 위 갸름한 텃밭에서 보리를 베었다. 양력 생일이 그 이튿날 6월 4일에는 아버지를 모시고 어른들 틈에 끼어 아랫집 친가 '질안배미' 모내기를 도왔다. (큰)아버지가 못줄을 잡았고, 차복 아우는 모쟁이를 했다. 이제 봄철 농번기 중 윗집과 아랫집의 가장 큰 농사일이 일단 마무리된 셈이었다.

　6월 5일 금요일, 음력으로는 5월 초이튿날이었다. 나는 아침밥을 먹자마자 타관 객지에로의 출발을 서둘렀다. 네 분 부모님께 하직 인사를 드리고 원중산을 떠날 때 가슴이 미어지는 것 같았다. 언제 뵙게 될지 모르는 부모님, 죽으나 사나 함께 동고동락하고 싶었던 사랑하는 동생들 앞에서 발길이 잘 떨어지지 않았다.

　이별의 슬픔과 서러움, 외지에 대한 두려움과 비장한 각오 따위가 뒤죽박죽으로 뒤엉켜 뒷골이 땡기다가 나중에는 머리 전체가 뽀개지는 것 같았다. 하지만 나는 어쩔 수 없이 고향을 떠나야 했다. 내 나이는, 어머니께서 진작부터 날더러 장가가라고 말씀하셨던 우리 나이로 '스무 살'이었다. 만으로는 열아홉 살, 호적상으로는 열일곱 살이었다.

　사돈의 팔촌도 살지 않는, 의지가지없는 타관으로 나를 떠나보내는 부모님의 심정인들 어떠했을까. 사실 그건 물어볼 필요조차 없었다. 겉으로 드러내지만 않았을 뿐 당신들은 속으로 피보다 더 진한 눈물을 흘리고 있을 것이었다. 내 작은 손가방에는 옷가지 두어 벌과 양말 서너 켤레와 치약과 칫솔 등 몇 가지 세면도구가 들어 있었다.

　그날 나는 잿무덤부리 신작로에서 버스를 타고 논산으로 나온 뒤 논산역에서 서울행 완행열차에 올라 영등포역에서 내렸다. 내 인생의 변곡점이었다. 영등포에는 앞이 안 보일 만큼 엄청난 폭우가 쏟아지고 있었다. 갈 곳이 없어 막막했다.

　논산대건중고등학교 다닐 때 매년 교내 미술 실기 대회가 열렸다. 그때마다 나는 서예 작품을 출품했다. 중학생 때에는 주로 이순신李舜臣 장군의 시조 '한산섬 달 밝은 밤에…' 아니면 양사언楊士彦의 시조 '태산이 높다 하되…'를 썼고, 고등학생 때에는 주자朱子의 주문공문집朱文公文集에 나오는 권학문勸學文 '少年易老學難成 一寸光陰不可輕 未覺池塘春草夢 階前梧葉已秋聲' 또는 월성화상月性和尙의 장동유제벽將東遊題壁 '男兒立志出鄕關 學若不成死不還 埋骨何期墳墓地 人間到處有靑山'을 써서 여러 차례 입상했다.

월성화상의 장동유제벽 '사나이 뜻을 세워 고향을 떠났으면, 배워서 뜻을 이루지 못할 바에야 죽어도 돌아가지 않으리. 뼈 묻을 땅이 어찌 거기 뿐이랴, 인간이 가는 곳 어디에나 청산이 있느니라'는 내 운명을 예고해 주는 듯했다. 그걸 반복해 쓰고 읊조리는 동안 그게 내 스스로의 언참言讖이 되었던 것일까, 좌우간 나야말로 뭔가를 이루지 않고서는 고향으로 돌아가고 싶어도 돌아갈 수가 없었다.

막막했다. 누군가가 말하기를, 집을 나서면 그때부터 고생길이라고 했다. 나는 풍찬노숙을 감내하면서 끝까지 살아남으려고 발버둥쳤다. 그렇다고 양아치가 될 수는 없었다. 살점을 저미고 뼈마디를 깎으며 골병이 들도록 맨땅에 박치기를 거듭했다. 쓸개를 씹었고, 피눈물을 삼켰다.

사업은 언감생심 꿈도 꿀 수 없었고, 이렇다 할 직장을 구하지 못한 채 영등포의 밑바닥을 박박 기었다. 호적 나이가 두 살 줄어 연령 미달인지라 그 어디 직장다운 직장에 취업을 할 수가 없었다. 생활이 아닌, 생존 자체가 어려웠다. 어떻게 보면 굶어 죽지 않고 하루하루 산다는 것이 기적이었다. 겨우 입에 풀칠이나 하다가 간신히 밥벌이다운 밥벌이를 하기까지에는 상당한 시간이 필요했다.

이런저런 변화들이 꼬리를 물고 따라왔다. 새마을운동 열풍이 세차게 불어 닥치면서 고향의 주민들이 속속 초가지붕을 슬레이트 지붕으로 개량했다. 초가집 없애기는 새마을운동의 중점 과제 중 하나로 어느 누구도 거역할 수 없는 시대적 대세라고 말할 수 있었다. 아랫집 친가가 먼저 지붕의 이엉을 걷어내고 슬레이트를 얹었다.

나는 1975년 (큰)아버지 칠순 기념으로 윗집 지붕 개량을 준비했다. 그런데 웬걸 병고에 시달리던 (큰)아버지께서 그해 음력 2월 스무아흐렛날 향년 70세를 일기로 영면하셨다. 하필이면 당신 칠순 생신날이었다. 장례를 치르고 유품을 정리할 때 당신의 쌈지에서 100원짜리 백동화 한 닢이 나왔다. 현금으로는 유일한 유산이었다. 선산이 없어 부득이 동구 밖 뒷냇갈 건너 귀신보 국유지에 장지를 마련했다. 지붕은 장례 후 예정대로 개량했다. 그 집에서는 (큰)어머니가 혼자 사셨다.

그로부터 이태 뒤인 1977년 초여름, 이번에는 두어 해 동안 줄곧 병석에 누워 바깥출입을 못하던 아랫집 친가 아버지께서 일기를 마치셨다. 음력으로 5월 열아흐렛날이었다. 향년 67세. 역시 귀신보 국유지에 모셨다. (큰)아버지 산소에서 그리 멀지 않은 양지 바른 곳이었다. 한평생 발바닥 굳은살과 발가락 티눈으로 늘 걸음걸이가 불편했던 아버지 생각을 하면 뼈마디가 녹아나는 것만 같았다.

고향의 시계와 서울의 시계는 동시에 돌아가고 있었다. 나는 누군가의 소개로 짝꿍을 만나 어찌어찌하여 결혼했다. 1978년 봄이었다. 내 나이는, 아랫집 친가 어머니께서 그렇게나 노래 부르듯 장가가라고 신신당부 하셨던 '스무 살'을 훌쩍 넘긴 스물여덟 살이었다. 아내는 스물일곱 살이었다. 그래도 어머니 살아계실 때 '장가간' 것이 다행이라면 다행일 수 있었다. 내 뒤를 이어 차복 아우와 옥희 누이도 성혼했다. 중랑구 면목동 셋방에서 첫 살림을 시작한 우리 부부는 곧 성동구 자양동 낮에도 형광등을 밝혀야 하는 한층 더 남루한 어느 지하실로 밀려났다.

1979년 여름, 이번에는 소싯적 이래 속병으로 끊임없이 고통 받던 어머니께서 한 많은 일생을 마치셨다. 음력 7월 초닷새날이었다. 향년 58세. 세상을 떠나기에는 너무 이른 연세여서 억장이 무너졌다. 당연히 귀신보에 모셨다. 어머니는 논산 장 혹은 부여 장에 가서 자장면이나 라면 한 그릇 못 사 드시고 죽을 고생만 하다가 그렇게 돌아가셨다.

이렇듯 2년 주기로 네 분 부모님 중 세 분이 세상을 떠나셨다. 상사와 혼사가 톱니바퀴처럼 연속적으로 맞물리며 격변의 쌍곡선이 숨가쁘게 치닫는 그 와중에서는 정말 정신이 혼미할 만큼 경황이 없었다. 신혼의 행복이 뭔지 그런 것은 팔자 좋은 사람들의 잠꼬대에 지나지 않았다. 엉겁결에 귀여운 두 딸이 연년생으로 태어났고, 늦둥이 아들이 태어난 것은 그보다 훨씬 뒤의 일이었다.

우리 부부는 허리띠를 졸라매고 장안동에 있는 작은 아파트를 장만한 이후 신길동과 대림동을 거쳐 1986년 가을 목동으로 이사했다. 우리나라에서 아시아 경기 대회를 개최하던 해였다. 그동안 나는 어느 정도 생활 기반을 닦아 최소한 밥술은 먹게 되었다. 비록 남이 타던 중고품이긴 하지만 배기량 1600시시짜리 승용차도 한 대 굴러들어왔다. 널찍하고 깨끗한 새 아파트로 입주했을 때 여간 뿌듯한 것이 아니었다.

하지만 그것도 잠시뿐이었다. 두어 달 뒤인 1987년 1월 폐암으로 투병하시던 (큰)어머니가 우리 집에서 돌아가셨다. 음력으로는 섣달 초여드렛날이었다. 향년 77세. 네 분 부모님 중에서 막차를 타고 이승을 떠나셨다. 서울에서 발인한 뒤 고향으로 운구하여 귀신보 국유지에 모셨다.

장지에서 산역할 때 뼛속까지 파고드는 북풍한설이 휘몰아쳐 거기 모여 있던 사람들 모두가 윗니 아랫니를 딱딱거리며 으스스 떨었다. 얼음물을 끼얹은 듯 전신에 닭살 같은 소름이 올라붙었고, 팔다리의 솜털과 머리카락을 비롯해 온몸의 털이란 털은 모조리 하늘로 내뻗쳤다. 나는 본래 건강한 체질이지만, 그날 얼마나 떨었던지 장례를 마치고 돌아온 뒤 열흘 이상 꼼짝 못하고 드러누워 끙끙 앓았다.

잘 알다시피 나는 객지로 나온 이후 원중산을 자주 내왕했다. 설이나 추석 같은 명절에는 고향의 아우들이 차례를 지내기 위해 서울 우리 집으로 모였다. 하지만 그 밖의 무슨 일이 있을 때마다 내가 직접 고향을 찾았는데, 언제부턴가 후덕했던 동네 인심이 야박하게 변질되고 있음을 감지할 수 있었다. 기분이 몹시 언짢았다. 좁쌀보다도 더 하잘것없는 눈앞의 작은 이익을 챙기느라 이웃을 살살 알겨먹는 사례가 잦아져서 여간 실망스러운 것이 아니었다.

그중에서도 정 서방은 이웃들에게 말할 수 없는 해코지를 일삼고 있었다. 그는 일찍이 윗집 마당에 있던 수백 년 묵은 감나무를 제멋대로 뿌리째 캐서 없애버리는 무지막지한 폭거를 자행했다. 그것도 모자라 그는 암생이처럼 더럽고 치사한 수법으로 토담집이 있던 766번지 우리 남새밭을 야금야금 갉아 먹고 있었다. 제 버릇 개 못 준다는 말은 역시 불변의 진리였다.

남새밭은 원래 내가 태어난 집터로서 지형으로 보자면 직사각형이었다. 4면 중 3면은 도랑으로 둘러싸여 있었고, 한 면은 정 서방네 마당과 경계를 이루고 있었다. 3면의 도랑 가운데 하나는 정 서방네 집으로 드나드는 샛길 쪽에 있었다. 말하자면 4면 중 2면이 직각을 이루면서 정 서방네 땅과 맞닿은 셈이었다. 그것 또한 악연이었다.

정 서방은 자기네 마당과 우리 남새밭 사이의 경계에 참나무 가지로 섶울타리를 쳤다. 그러고는 시도 때도 없이 울타리를 살금살금 밀어내 남새밭을 지속적으로 침범하는 한편 샛길 쪽으로는 도랑을 쳐서 미나리꽝으로 만들어 놓은 뒤 계속 땅따먹기를 하고 있었다. 동네 사람들 모두가 두 눈 뻔히 뜨고 있는데도 그는 백주 대낮에 이런 천인공노할 만행을 저지르고 있었다. 더럽고 치사한 놈이었다.

아버지 어머니는 일생을 마치실 때까지 정 서방의 구역질나는 작태를 똑똑히 보고 있으면서도 그에게 아무런 이의를 제기하지 않았다. 당신들은 평소 우리 동기간에게 이웃과는 소 한 마리를 가지고도 다투지 말라고 가르치셨다. 정 서방이 그걸 모를 리 없었다. 그는 부처님 같은 우리 부모님을 봉으로 알고 남새밭을 마구 난도질하여 저저 제 땅으로 싸잡아 넣고 있었다. 그리하여 직사각형으로 반듯했던 땅이 사다리꼴로 형편없이 찌부러지는 것은 물론 그 면적 또한 확연하게 줄어들고 있었다.

한편, 차복 아우는 부모님께서 물려주신 '질안배미' 논을 팔아 상당한 자금을 마련한 뒤 764번지 가옥을 허물고 그 자리에 양송이 재배사와 살림집을 잇댄 복합 건물 신축 공사에 착수했다. 벼농사 대신 그보다 좀 소득이 나은 양송이 재배로 영농 방향을 전환한 것이었다. 양송이는 우리 석성면을 대표하는, 전국적으로 명성을 떨치는 최고의 특산물이었다.

그런데 공사가 순조롭게 진행되던 중 전혀 예기치 못한 해괴망측한 사건이 발생했다. 몹시 무더운 날이었다. 나는 아우의 전화를 받고서야 이번 사태가 심상치 않다는 것을 직감했다. 전화기의 저쪽에서 아우가 말했다.

"땅 때미 측량을 했어유."

'때미'는 '때문에'를 뜻하는 우리 고장 특유의 표현이었다. 낭도 그렇고 측량도 그렇고 금시초문이라 무슨 얘기인지 종잡을 수가 없었다. 내가 되물었다.

"측량?"

"예. 형님이 꼭 오셔야겠어유. 이거 보통 일이 아니랑께유. 얼른 오셔서 저를 좀 도와주세유."

아우의 목소리가 떨리고 있었다. 무슨 일인지 매우 궁금했다. 나는 이것저것 자세히 물었으나 아우의 설명만으로는 사건의 전모를 잘 이해할 수가 없었다. 누군가와 다툼이 생긴 것은 분명한데 아우 혼자 해결하기에는 버거운 모양이었다. 전화를 끊은 뒤 나는 만사 제쳐 놓고 고향으로 달려갔다.

짐작했던 대로 집을 허문 자리에 복합 건물 신축 공사가 한창이었다. 아우네 가족은 집안에 있던 세간을 헛간으로 모두 옮겨 놓고 거기에서 피난민처럼 기거하고 있었다. 헛간 앞에는 비닐로 둘러친 임시 천막이 설치돼 있었다. 차복 아우 부부는 물론 아직 미혼인 선복 아우와 계복 아우까지 한자리에 모였다. 내가 차복 아우에게 물었다.

"도대체 어떻게 된 거야? 자세히 말해 봐."

"최씨에게 쌀 두 가마를 주고 퇴비장을 샀어유."

"퇴비장을 사다니…?"

"사립문 밖에 최씨네 퇴비장 있잖어유. 집을 짓다 보니께 그쪽으로 출입문을 내야 하는지라…"

아우의 설명을 듣고 현장을 살펴보자 일거에 모든 의문이 확 풀렸다. 새 건물의 구조상 재배사 출입구가 마을 안길, 즉 최씨네 퇴비장 쪽으로 나게 되어 있었다. 보아하니 만일 그 퇴비장을 그대로 둘 경우 재배사 출입이 매우 불편할 뿐만 아니라 두엄더미에서 발생하는 잡균으로 말미암아 양송이 재배 자체가 불가능했다. 동티났다고나 할까, 아우는 초장부터 기상천외의 암초를 만난 것이었다. 난감하기 짝이 없었다.

아우는 최씨에게 그런 사정을 이야기했다. 그러자 최씨는 기다렸다는 듯이 그 땅을 양도하는 조건으로 쌀 두 가마를 요구했다. 아우는 본래 법

없이도 살 수 있는 호인이었다. 마음이 여린 데다 말수가 적었고, 웬만한 것은 시시콜콜 계산하지 않은 채 대충 양보하고 넘어갔다. 어머니가 승복 입은 사람을 보면 진짜 중인지 땡추인지 따지지 않았던 것처럼 아우 또한 이웃 사람 말이라면 콩인지 팥인지 그 실상을 잘 알아보지도 않고 그저 순수하게 받아들이는 편이었다. 최씨는 아우의 그런 심성을 교묘하게 역이용하여 턱없이 비싼 값을 부른 것이었다.

불과 두세 평 될까 말까 한 그의 퇴비장은 당시 시세로 쳐서 쌀 서너 말이면 썼다 벗었다 하고도 남았다. 그러나 최씨의 계산은 달랐다. 그는 아우의 약점, 즉 거기 퇴비장이 존속하는 한 재배사 출입 문제에다 잡균 피해까지 꼼짝없이 빼지도 박지도 못할 상황에 직면하리라는 것을 잘 알고 있었다. 달리 말하자면 그가 아우의 멱살을 거머쥔 형국이었다. 최씨는 '갑' 중의 '갑'이었고, 아우는 '을' 중의 '을'이었다.

본래 샘은 목마른 사람이 파게 마련이었다. 아우는 쌀 두 가마 값을 건네고 최씨의 퇴비장을 넘겨받았다. 아우가 상대방의 잔꾀에 걸려들어 바가지를 옴팍 뒤집어쓴 반면, 상대방은 어렵쇼 개뿔이나 별 볼일 없는 두엄자리를 소위 알박기로 삼아 금싸라기 땅인 양 포장하고 뻥튀기까지 하여 몇 곱절로 비싸게 팔아먹은 것이었다. 그 어처구니없는 거래를 비난하는 동네 여론의 화살이 최씨를 향해 빗발치듯 날아가 팍팍 꽂히고 있었다.

그때 똑똑한 선복 아우가 군청 민원실 지적과에 가서 764번지와 766번지 일대의 지적도를 발급받아 확인을 거듭했다. 아무리 살펴봐도 예의 퇴비장은 764번지의 일부일 뿐 최씨네 땅이 아니었다. 남새밭도 마찬가지였다. 지적도에 나타난 필지의 생김생김으로는 남새밭의 면적이 정 서방네 집터보다 훨씬 더 넓었다. 그런데 현장을 보면 남새밭이 정 서방에 집터에 작은 혹처럼 붙어 있는 형국이었다.

본래 지렁이도 밟으면 꿈틀하는 법이었다. 항차 만물의 영장인 사람으로 태어나 그렇게 억울한 일을 당한 뒤 우두커니 죽치고 앉아 묵과하면서 누이 좋고 매부 좋고 너 좋고 나 좋고 다 좋다고 두루뭉술 넘어갈 수는 없었다. 아우는 참다못해 정식으로 측량을 신청했고, 측량 기사가 나와 764번지와 766번지를 정확히 측정했다. 그 결과 동네가 발칵 뒤집혔다.

측량 기사가 꽂아 놓은 말뚝이 여기저기 꽂혀 있었다. 두 말할 나위도 없이 쌀 두 가마짜리 퇴비장은 최씨 땅이 아닌 우리 땅으로 판명되었다. 결과적으로 최씨는 자기 땅도 아닌 남의 땅을 턱없이 비싸게 팔아먹었고, 아우는 우리 땅을 최씨네 땅인 줄 알고 적정 가격보다 훨씬 더 비싼 금값에 사들인 것이었다. 최씨는 대동강 물 팔아먹었다는 봉이 김선달을 뺨치고도 남을 희대의 잡놈이었다.

정 서방네 집 굴뚝 모퉁이와 마당이며 미나리꽝의 거의 대부분도 766번지 우리 남새밭의 경계 안에 있었다. 우리 땅이 코라면 그의 땅은 코딱지에 지나지 않았다. 그동안 그 도적놈이 얼마나 우리 땅을 훔쳐 먹었는지 그의 죄상이 만천하에 드러났다. 그렇건만 적반하장도 분수가 있지 그는 부끄러운 줄도 모르고 되레 차복에게 땅을 빼앗기게 되었다고 개나발을 불었다. 그는 역시 자타가 공인하는 천하의 악질이었다.

그런가 하면 이훈배씨네 집 헛간 옆으로도 경계가 지나고 있었다. 이씨는 오래 전에 세상을 떠났고, 그 집에는 차복 아우의 친구이자 내 후배인 이씨의 장남 준찬이가 살고 있었다. 왕년의 이훈배씨는 결코 남의 땅을 훔쳐 먹을 분이 아니었다. 아마도 우리 아버지한테 사전 양해를 구하고 헛간을 지은 듯했다. 문제는 최씨와 정 서방이었다.

그들이 한물간 늙다리들인 반면 차복 아우는 앞길 창창한 청년이었다. 그들의 소행은 야비하고 치사하기 짝이 없었다. 남의 재물을 훔쳐 먹어도 분수가 있지, 그들은 벼룩의 간을 꺼내먹거나 문둥이 콧구멍의 마늘을 빼먹고도 남을 작자들이었다. 나잇값도 못하는, 빈곤하고 힘없는 이웃을 상대로 얄팍한 꼼수를 쓰다가 백일하에 들켜버린 그들이 한심했다.

　마침 잘 되었다. 이번이야말로 지난 세월 꾹꾹 참으며 벼르고 별렀던 그들에게 본때를 보여줄 절호의 기회였다. 그들은 더 이상 우리의 이웃이 아닌, 뿌리까지 뽑아 아작을 내서 타도해야 할 공공의 적이었다. 나로서는 출향 이후 이제껏 험난한 객지 생활을 하면서 독종으로 변신했고, 어느 놈이든 수틀리면 한칼에 버르장머리를 고쳐 놓을 용의가 있었다. 외통으로 걸려든 그들에게는 빠져 나갈 구멍이 없었다. 나는 일전을 불사할 작정으로 차복 아우를 대동하고 측량 문제 처리에 나섰다. 그날따라 원증산 일대에는 앞이 보이지 않을 만큼 굵은 빗줄기가 좍좍 쏟아지고 있었다.

　나는 전의에 불타고 있었지만, 그 무지렁이들과의 담판은 의외로 싱겁게 끝났다. 최씨도 그렇고 정 서방도 그렇고 그들은 내 앞에서 꼬랑지를 축 내리고 깨갱한 뒤 작살 맞은 구렁이처럼 벌벌 기었다. 최씨로부터는 쌀 두 가마 값을 되돌려 받는 한편 정 서방과 준찬에게도 적절한 해법을 제시해 저간의 분쟁을 말끔히 정리했다. 이로써 측량에 따른 후속 조치가 일단락되었고, 차복 아우의 복합 건물 신축 공사도 정상적으로 재개되기에 이르렀다.

　불쾌했다. 최씨와 정 서방의 그 얄팍한 개수작을 도저히 이해할 수가 없었다. 그들은 날강도보다 더 나쁜 악질들이었다. 알량한 탐욕에 일말의 양심까지 내던진 그 시러베 잡것들의 후안무치를 어떻게 받아들여야 할까. 남한테 듣기 싫은 말 한마디 못하는, 그 착하디착한 손아랫사람이 새로이 양송이 재배를 주업으로 삼고자 건축 공사를 시작한 이 마당에 진심으로 부조와 격려를 해주지는 못할지언정 도리어 그를 홀라당 알몸으로 발가벗겨 놓은 채 사그리 등쳐먹으려고 마음껏 농락한 그 모리배들이 인간으로 보이지도 않았다.

우리 동네가 어쩌다 이 지경으로 저급하고 몰상식하게 추락했는지 개탄을 금할 수 없었다. 나는 한때 이다음에 나이 들면 고향으로 돌아가 옛말하며 편안한 노후를 보낼까 생각한 적이 있었다. 하지만 그 사건을 겪고 난 뒤에는 정나미가 확 떨어져 귀향이고 나발이고 그럴 마음이 싹 달아나고 말았다.

공사가 끝나자 차복 아우는 헛간에 있던 살림살이를 새 복합 건물로 옮기고 막내 계복 아우와 함께 양송이 재배에 주력했다. 그 무렵 선복 아우가 결혼해 제금났다. 맨 처음 광대골 셋방에서 신접살림을 시작한, 천성적으로 성실한 그 아우는 열심히 직장생활을 하면서 부여읍 쌍북리로 진출했다. 내가 적수공권으로 집을 나섰듯 그 아우 또한 맨몸으로 분가한 뒤 차근차근 야무지게 자기 앞길을 다져 나아갔다.

결과적으로는 우리 4형제 중 장남인 나하고 셋째인 선복 아우가 객지로 나섰고, 둘째인 차복 아우와 막내인 계복 아우가 원증산 터줏대감으로 남게 되었다. 가정을 이룬 아우들에게서 연줄연줄 조카들이 태어났지만, 유독 막내 계복 아우만 비혼으로 살아가고 있으니 대관절 이 무슨 까닭인지 알 수가 없었다.

한편, (큰)어머니께서 돌아가신 지 몇 해 지나 삐뚜름하게 쓰러져 가던 윗집 양가를 완전히 철거했다. (큰)아버지 내외분의 숨결이 스민 그 집은 내가 세 살 때 후사로 들어가 객지로 떠나오던 스무 살까지 약 18년 동안 살던 집이었다. 객지로 나온 뒤 고향에 갈 때에는 그 집에서 머물렀고, 그 집을 헐어버린 뒤에는 당연히 차복 아우의 복합 건물에서 유숙했다.

그 후 차복 아우가 다시 766번지 남새밭에 번듯한 2층집을 짓고 입주했다. 내가 태어난 집터에 이렇듯 훌륭한 현대식 양옥이 들어서다니 실로 감개가 무량했다. 새 집으로 입주하던 날에는 동네 주민들이 축하의 풍장을 쳐주었다. 차복 아우 4인 가족이 1층에, 독신인 계복 아우가 2층에 살았다. 나중에는 장성한 조카들이 당진으로 직장을 잡아 떠나자 식구가 대폭 줄었다. 아우들은 잘 나가고 있었다.

 이제 우리 형제 모두가 어느 정도 기반을 닦은 셈이었다. 그런데 아뿔싸 이게 웬일일까, 차복 아우와 계복 아우가 쥐도 새도 모르는 사이 무참히 도산했다. 세인이 다 알다시피 나 자신 무쇠 같은 강골이지만, 내 분신이나 다름없는 아우들과 내 고향이 크게 융성하기를 일구월심으로 간구하며 살아온 나로서는 도저히 그 충격을 감당할 길이 없었다. 나는 기절해서 쓰러졌고, 병원으로 실려가 응급 치료를 받은 뒤 간신히 되살아났다.

 선복 아우가 최악의 상황을 막아 보려고 백방으로 노력했으나 난마처럼 얽히고설킨 복잡한 문제들을 근본적으로 수습하기에는 역부족이었다. 원중산 아우들이 어쩌다 그런 낭패를 겪게 되었을까. 미루어 짐작컨대 아우들 자신이 짊어진 농가 부채 이외에도 남의 채무 보증이다 뭐다 금전 사고가 종횡으로 난마처럼 얽혀 있는 듯했다.

 답답했다. 내가 뭐 아무리 맏형이라지만 상호 잔뼈가 굵을 만큼 굵은 처지에 아우들의 생활 문제를 놓고 괜히 배 놔라 감 놔라 일일이 참견하는 것은 윗사람으로서의 도리가 아니었다. 더욱이 그들은 그들대로 잘 살려고 노력하려다가 그렇게 되었을 터인즉 이제 와서 따따부따 왈가왈부한들 무슨 소용이 있겠는가. 지금까지 아우들에게 얼마간의 경제적 도움을 주지 못한, 형 노릇을 올바로 수행하지 못한 나의 무능이 사뭇 부끄럽고 송구할 따름이었다.

 이번 기회에 툭 까놓고 고백컨대 사실 아우들을 도와주고 싶어도 내게는 그럴 만한 여력이 없었다. 목동으로 이사한 이후 나는 나대로 고전을 면치 못했다. 일이 자꾸 이상하게 꼬이는 바람에 처음 분양받아 입주했던 아파트를 줄여가지고는 작은 아파트로 후퇴했다. 고향의 아우들 역시 내 사정을 잘 아는지라 굳이 도움을 요청하지도 않았다.

결국 고향집 두 채, 즉 764번지 복합 건물과 766번지 2층집이 하루아침에 남의 손으로 넘어갔다. 설상가상으로 차복 아우는 제수씨와 사별하는 아픔까지 겪었다. 내둥 고공 행진을 거듭하던 두 아우가 어쩌다 이처럼 속절없이 추락했는지 미치고 환장해서 팔딱 뛰다가 뒤로 나자빠질 지경이었다.

제행무상諸行無常이라, 얻고 잃음이 한바탕 꿈이라지만 두 아우가 이렇듯 허망하게 무너질 줄이야 어찌 꿈엔들 짐작이나 했으랴. 비통하기 짝이 없었다. 모진 풍파를 겪은 원중산의 두 아우, 그들은 현재도 향리를 지키며 재기의 발판을 마련하기 위해 죽을 동 살 동 절치부심하고 있었다. 어머니 살아생전 4월과 토끼를 결부시키며 당신 스스로 기대와 위로를 찾았듯, 나는 이 시점에서 아우들 몸 건강하고 당진 조카들이 남부럽지 않을 만큼 잘 풀린 것을 위안으로 삼으며 고향의 변고를 현실로 받아들일 수밖에 없었다.

지난 2019년 봄, 우리 당내간 형제들이 합심하여 들판 건너 연화 마을 입구에 문중 묘원을 조성하고 여러 조상님 산소를 이장 통합했다. 물론 귀신보 국유지에 잠드셨던 네 분 부모님도 문중 묘원으로 옮겨 모셨다. 이로써 조상님들은 국유지를 벗어나 우리 소유의 한결 더 좋은 유택에서 영원한 안식을 취하게 되었다.

먼젓번 가을이었다. 우리 형제들은 연화 문중 묘원에서 묘사를 지냈다. 그런 다음 나는 선복 아우의 승용차에 편승하여 원증산으로 향했다. 차복 아우와 계복 아우의 승용차가 뒤를 따르고 있었다. 선복 아우는 말랭이 두 형제가 거처하는 셋집 마당에 승용차를 세웠고, 우리가 차에서 내릴 때 차복 아우와 계복 아우도 뒤미처 도착했다.

나는 거의 습관적으로 지난날의 내 발자취를 살펴보았다. 내가 태어난 766번지에 지은 2층집과 두 번째로 잠시 곁방살이를 했던 이영우씨네 집에는 외지인이 들어와 살고 있었다. 세 번째 집인 764번지 복합 건물은 새로 차지한 주인이 공가로 방치해 놓고 있었다. 네 번째 집이자 내가 객지로 떠날 때까지 가장 오래 살았던, 그러고 나서 (큰)어머니 타계 후 철거했던 시루봉 자락 양가 집터는 누군가가 왕창 밀어다 붙인 흙무더기로 뒤덮인 채 완전히 땅에 파묻혀 있었다. 두 눈에 뿌연 안개가 서리나 했더니 뜨거운 눈물이 뺨을 타고 흘러내렸다.

시루봉과 당산에는 단풍이 벌겋게 물들어 있었다. 요 며칠 사이 조석으로 부는 바람이 꽤 써늘해졌다. 어린 시절 내가 양가 부엌 모퉁이에 심었던, 하늘 높이 거목으로 자란 은행나무에서 노란 낙엽이 우수수 쏟아지며 팔랑팔랑 나부끼고 있었다. 이제 나는 고향의 옛집 네 군데 중 어느 집에도 발길조차 들여놓을 수 없게 되었다. 입맛이 썼고, 일천간장 찢어지는 탄식이 터져 나왔다. 여러 가지로 부족한, 지지리도 못난 이 백면서생은 동네 안팎을 눈이 뚫어져라 주시하면서 두 아우가 용기백배하여 하루속히 눈부신 인생 역전 드라마의 주인공으로 장엄하게 굴기하기를 빌고 또 빌었다. (『PEN문학』 2024. 5·6월호, VOL 179)

태조산太祖山

　백두대간白頭大幹의 일맥인 금남정맥錦南正脈은 전북 무주 주화산珠華山을 떠나 북서쪽 충남 지역으로 달리면서 왕사봉王師峰 배티[梨崎] 대둔산大屯山 개태산(開泰山, 또는 天護峰) 계룡산鷄龍山에 이르고, 계룡산에서 다시 서쪽으로 널티[柄崎] 망월산望月山을 거쳐 부소산扶蘇山 조룡대釣龍臺에 도달하는 한편, 다른 한 갈래는 망월산으로부터 태조산 국사봉國師峰 용머리산 옥녀봉玉女峰을 일으킨 뒤 파진산波鎭山 발밑에서 유장히 흐르는 금강과 마주쳐 대미를 장식하고 있었다. 태조산과 태조봉太祖峰은 천안 등 전국 다른 지역에도 있지만, 여기 부여군 석성면 태조산은 부여군 내 백마강 동쪽에서 가장 높은 우리 고장의 진산이었다. 면적도 넓었다. 산의 뿌리가 정각리와 증산리와 현내리 등 3개 리里에 걸쳐 있었다.
　그런데 이 태조산의 명칭은 고지도에서 근현대 지도에 이르기까지 각 지도마다 약간의 차이를 보여주고 있었다. 어떤 지도에는 태조산, 또 어떤 지도에는 태조봉이라 표기되어 있었다. 말하자면 '태조'라는 공통의 고유 명사에 '산山'과 '봉峰'이라는 각기 다른 보통 명사를 붙여 또 다른 고유 명사 '태조산' '태조봉'이라는 이름을 지은 셈이었다. 국토교통부 국토정보지리원 지도에는 '태조봉'이라고 나와 있었다.
　나는 과거 수박 겉핥기라고 할까, 주마간산 격으로 '산'과 '봉'과 '대臺'

와 '좌座'에 관해 대충대충 살펴본 적이 있었다. 대개 아주 큰 산에는 여러 개의 작은 '산'과 높은 '봉'과 바위로 된 '대'와 지위가 높은 '좌'들이 있고 거기에 고유의 명칭이 붙여지게 마련이었다. 예컨대 1만 2천 봉이라는 금강산에는 오봉산 상등봉 선창산 금수봉 영랑봉 월출봉 일출봉 백마봉 세존봉 등 여러 이름의 '산'과 '봉'이 있었다. 계룡산의 경우 능선과 능선을 사이에 두고 관음봉 문필봉 연천봉 수정봉 삼불봉을 거느리고 있었다. '대'를 붙이는 곳으로는 무등산 입석대, 설악산 비선대, 속리산 문장대, 관악산 연주대와 영주대, 인수봉 백운대 등이 있었다. 저 유명한 히말라야 산에는 14좌가 있었다.

내 나름대로 쭉 알아본 결과 국내외 어디든 '산' 안에 '봉'은 있어도 '봉' 안에 '산'은 없었다. 간단하게 두어 군데만 예를 들자면 지리산과 월출산에 천왕봉이 있고, 설악산에 대청봉과 중청봉과 소청봉이 있었다. 히말라야 산의 14좌도 결국은 봉우리를 뜻하는 말이었다. 하지만 성인봉이나 향로봉이나 무슨 '봉'에 무슨 '산'이 있는지 여부는 아직 확인하지 못했다. 이 분야의 권위자를 만나면 정확하게 배워야겠다는 생각을 가슴에 품고 다녔지만 아직까지는 속 시원히 설명해 주는 선학을 만나지 못했다.

'뫼 산山' 자를 보면 봉우리 셋이 솟아 있는 형상이었다. 산과 봉을 합친 자순字順으로 '산봉山峰'이라는 말은 들어보았지만 '봉산峰山'이라는 말은 들어보지 못했다. 인터넷에 들어가 여러 자료들을 뒤적거렸더니, 누군가의 견해인즉 '산'은 봉우리의 집합체이거나 독립된 봉우리를 의미하고, '대'는 큰 바위로 형성된 봉우리 가운데 특별히 경관이 좋은 곳에 붙이며, '봉'은 여러 개로 이루어진 산의 각 봉우리에 사용하는 것으로 추정한다고 서술되어 있었다. 내 생각과 대동소이한, 꽤 설득력 있는 해석이었.

어느 해 연말 아주 추운 날이었다. 재경 향우들의 송년회가 열리는 시내 한 음식점으로 나갔을 때 몇몇 부지런한 후배들이 먼저 도착해 있었다. 약간의 시간적 여유가 있었던 터라 우리는 일단 추위에 떨었던 몸부터 녹일 겸 방에 들어앉아 다른 향우들을 기다리며 이런저런 환담을 나누었다. 창밖의 나무들이 칼바람에 떨고 있었다. 화제가 자연스럽게 고향 추억으로 전개되던 중 약속이라도 한 듯 저절로 태조산 이야기가 나왔다. 후배 한 사람이 내게 물었다.

"선배님, 태조산과 태조봉 중 어떤 이름이 맞아요? 공식 명칭이 좀 애매하지 않은가요?"

날카롭고 까다로운 질문이었다. 어린 시절부터 아주 똑똑했던, 남달리 학구열이 뛰어나 마침내 박사 학위까지 취득한 그는 현재 정부 투자 기관 고위 임원으로 깃발을 날리고 있었다. 내가 말했다.

"두 가지 다 맞아."

"하하하… 선배님께서도 알쏭달쏭하게 말씀하실 때가 있습니까. 선배님은 원래 면도날처럼 예리하시잖아요. 두 가지 다 맞는다면 정답이 두 개라는 뜻인가요?"

"그렇지."

"정말요?"

"그럼 정말이지. 설명하자면 좀 길지만 약간의 개념 차이만 있을 뿐이야."

"왜 그렇죠? 잘 이해가 안 가네요. 차제에 한 수 가르쳐 주세요."

"딱딱해서 별로 재미가 없을 텐데… 왜냐하면…"

나는 조심스럽게 슬금슬금 다른 향우들의 눈치를 살피면서 태조산과 태조봉에 관해 입을 열었다. 이를테면 특강 아닌 특강이 시작된 셈이었다. 향우들이 지루하게 여기지 않을까 염려했지만 그건 기우에 지나지 않앉다. 그 자리에 모인 향우들은 천만뜻밖에도 두 눈 똥그랗게 뜨고는 내 말에 귀를 기울였다. 그만큼 태조산에 관심이 많다는 증거이기도 했다.

『신증동국여지승람新增東國輿地勝覽』(권18) 충청도 석성현 '산천山川' 조에 '망월산望月山 : 현 북쪽 13리에 있다' '태조봉太祖峯 : 현 북쪽 9리에 있다' 했고, '불우佛宇' 조에 '정각사正覺寺 군각사郡覺寺 도솔암兜率庵 모두 망월산望月山에 있다'고 했다.

『여지도서輿地圖書』 석성현 '산천' 조에는 '계룡산鷄龍山 : 공주에 있다. 계룡산의 줄기가 뻗어 와 석성의 산들을 이룬다' '망월산 : 현 북쪽 13리에 있다' '태조봉 : 관아의 북쪽 9리에 있다. 망월산 내룡來龍의 왼쪽 가지이다'라 했고, '봉황암鳳凰巖 : 관아의 동쪽 5리 태조산 아래에 있다'고 했다.

『석성읍지石城邑誌』 '산천' 조에는 '계룡산이 서쪽으로 와서 진산이 되었다' '망월산 : 현 북쪽 13리에 있다' '태조산 : 현 북쪽 9리에 있다. 전설에 백제 태조가 이 산에 와서 놀면서 은배銀杯로 샘물을 떠 마셨으므로 이름이 되었다 하는데 지금도 우물이 상존하고 있다'고 기술되어 있었다.

여기에 중요한 단서와 시사점이 있었다. 『신증동국여지승람』에서 망월산에 있다고 적시한 정각사가 실지로는 태조봉에 있었다. 그렇다면 『신증동국여지승람』의 경우 태조산을 망월산의 일부인 태조봉, 즉 망월산에 부속된 한 봉우리로서의 태조봉으로 인식했다고 풀이할 수 있었다. 『여지도서』는 아예 태조봉을 망월산 내룡의 왼쪽 가지라고 했지만, 그러나 봉황암을 설명할 때에는 태조봉이 아닌 태조산이라고 했다. 『석성읍지』 또한 태조봉이라 아니하고 태조산이라 명시했다.

대부분의 고지도에도 '태조산'으로 명시돼 있었고, 일부 몇몇 지도에만 '태조봉'으로 표기되어 있었다. 내가 고찰하건대 태조산을 망월산의 내룡으로 보기에는 여러 모로 무리가 있었다. 높이는 태조산이 224.4미터이고, 망월산이 204.0미터였다. 면적도 태조산이 훨씬 더 방대했다. 태조산의 '태조'는 본래 옛 석성현을 중심으로 한 이 일대의 주룡主龍이어서 생겨난 이름이었다. 우리 고장 사람들은 이 산을 태조산 대신 흔히 태조봉이라 불렀다. 오랜 관행이었다.

앞에서도 살펴보았듯이 통상 '산'이 '봉'을 거느릴 수는 있어도 '봉'이 '산'을 거느릴 수 없음을 전제로 한다면 높이로 보나 면적으로 보나 명칭으로 보나 어느 모로 보든지 간에 망월산을 태조산의 내룡으로 볼 수는 있을지언정 태조산을 망월산의 내룡으로 보는 것은 온당치 않아 납득하기 어려웠다. 백보를 양보해서 옛날에는 그렇게 인식했을지라도 항공 촬영 등 과학 기술이 극도로 발달한 작금에 이르러서는 사실에 부합하도록 올바로 보정 또는 재정립할 필요가 있었다.

어느 문헌에서나 망월산은 현 북쪽 13리, 태조산은 현 북쪽 9리라고 되어 있듯이 초촌면의 망월산과 석성면의 태조산은 거리상으로도 꽤 떨어져 있었다. 석성현 동헌에서 볼 때 전북 주화산에서 시작한 금남정맥이 계룡산을 거쳐 망월산 태조산 국사봉 용머리산 옥녀봉 파진산으로 들어오는 것은 맞지만, 그 줄기에 엄연히 '봉'이 아닌 '산'으로서의 용머리산과 파진산이 있었다.

그렇다면 태조산은 어디까지나 망월산의 태조봉이 아닌 독립된 태조산이고, 태조봉은 태조산을 대표하는 가장 큰 봉우리이니까 '태조산 태조봉'이었다. 태조산에 태조봉이 있지만, 태조봉에 태조산이 존재하는 것은 아니었다. 따라서 산 전체를 아우를 때에는 태조산, 태조산의 가장 높은 주봉主峰을 일컬을 때에는 태조봉, 이게 정답이었다. 즉, 태조산의 상봉이 곧 태조봉이었다. 결론은 간단명료했다. 태조산은 산명山名, 태조봉은 봉명峰名이었다. 후배가 말했다.

"그렇군요. 잘 알겠습니다. 아주 명쾌합니다."

"설명이 너무 장황해서 미안하군."

"아닙니다. 그렇지 않습니다. 역시 선배님은 최고이십니다. 이제 확실하게 개념이 잡혔습니다."

"내 견해가 그렇다는 뜻이지 아직 정부나 학계로부터 공인 받은 것은 아니야."

"선배님은 너무 겸손해서 탈입니다. 선배님의 연구와 고견은 공인을 받고도 남습니다. 태조산에 태조봉과 자웅을 겨룰 만한 다른 봉우리가 복수로 있는 것도 아니잖습니까. 1산 1봉, 태조산에 태조봉… 태조산 정상이 곧 태조봉 꼭대기… 산은 태조산이요 봉은 태조봉이로다! 하하하… 만물박사 대석학이신 선배님의 이론은 명약관화합니다. 저는 앞으로 태조산과 태조봉을 잘 구분해서 부를 겁니다. 고맙습니다."

내 설명에 귀를 기울이던 향우들 모두가 고개를 끄덕이며 기뻐했다. 우리는 곧 태조산 정기를 받고 태어난 사람들이었다. 까마귀도 고향 까마귀가 반갑다던가, 하여간 고향 사람들을 만나면 그 반가움의 무게와 부피를 가늠하기 어려웠다. 그날 밤이었다. 나는 향수에 젖어 엎치락뒤치락 잠을 이루지 못했다. 마음이 여린 탓일까, 아니면 내면에 얽힌 한이 많아서 그런 것일까, 내 뇌리에는 어린 시절 고향에서의 추억들이 흑백 영화처럼 쫙쫙 흘러가고 있었다.

내가 아직 학교에 들어가기 전 겨울철 농한기가 되면 '윗집'에는 밤마다 동네 어른들이 모여들었다. 윗집이란 큰집, 즉 내가 (큰)아버지 내외분에게 양자로 들어가 자란 집이었다. 나에게는 그 윗집과 또 하나의 '아랫집'이 있었다. 그곳은 부모님과 동기간들이 사는 저 아래 친가였다.

어느 집이나 대가족이 버글거리던 시대, 윗집은 식구가 단출해서 마실꾼들 모이기에 딱 좋은 집이었다. 땔감이 부족해 쩔쩔맸던 다른 집과 달리 우리 집의 경우 시루봉에서 확보한 솔가리와 삭정이 같은 땔나무가 넉넉한 편이어서 엄동설한에도 초저녁에는 아랫목이 절절 끓을 만큼 방 전체가 따끈따끈했다. 일찍이 (큰)아버지의 가르침을 받아 한글을 깨치고 천자문을 뗀 나는 그 마실꾼들에게 거의 매일이다시피 얘기책을 읽어드렸다. 어느 날 동네 어른 누군가가 말했다.

"윤복이 너는 총기가 참 비상하구나. 우리 동네에서 수재가 나왔어. 장차 문장을 닦아 고관대작이 되거라."

1958년 3월이었다. 나는 이웃 십자거리 마을 태조산 들머리에 있는 석양국민학교(지금의 석양초등학교)에 입학했다. 내 나이는 우리 나이로 여덟 살, 만 여섯 살, 호적 나이로 다섯 살이었다. 운이 좋았다. 그 이전에는 학령 아동들이 저 멀리 석성리에 있는 석성국민학교(지금의 석성초등학교)로 입학했다.

물론 석성리 인근 학생들이야 좋았겠지만, 우리 증산리 쪽 학동들은 거리가 워낙 멀어 통학에 큰 어려움을 겪었다. 원증산에서 십자거리 학교까지는 걸어서 약 20분 정도면 닿을 수 있었다. 종래의 아동들이 석성리까지 한 시간 이상 걸어 다니던 현실에 비추어 석양국민학교로 입학하게 된 것은 큰 행운이 아닐 수 없었다.

널리 알려진 것처럼 1908년에 개교한 석성국민학교는 부여군 최초의 근대식 교육 기관이었다. 역사와 전통을 자랑하는 그 학교에서 배출한, 우리 현대사를 빛낸 걸출한 인물들은 한둘이 아니었다. 석성국민학교야말로 우리 고장 교육의 중심이자 인재 양성의 요람이었다.

내 모교 석양국민학교는 1957년 4월 1일 학교 설립 인가를 받아 그해 6월 10일 석성국민학교로부터 분리 독립했다. 우리보다 1년 선배들은 기존 석성국민학교로 입학했다가 석양국민학교가 분리 신설되자 소속을 바꾸어 임시 교사校舍였던 십자거리 정미소 창고 봉당에 멍석을 깔아 놓고 앉아 수업했다. 그 건물 추녀 밑에는 직사각형 비둘기집이 걸려 있었다. 나란히 뚫어 놓은 두 개의 동그란 구멍으로 비둘기들이 들락거렸다.

그러나 나는 태조산 발치 아래 신축 교사로 직접 입학했다. 굳이 꼭 집어서 말하자면 우리 동기생들이야말로 석양국민학교 개교 이래 최초의 '입학 1기생'인 셈이었다. 그 시점에는 본관 교사 현관을 사이에 두고 절반의 교실 몇 칸만 조기 완공된 상태였다. 학교 전체의 신축 공사는 아직도 진행 중이었고, 본관에서 변소를 지나 'ㄱ' 자로 꺾어진 언덕에 또 하나의 별관 교사를 짓기 위해 대지 조성 작업이 한창이었다.

그곳 산기슭에는 마을별로 할당한 작업 구역을 새끼줄을 띄워 구분해 놓고 있었다. 부역 나온 관내 주민들은 낫과 톱으로 잡목을 쳐낸 뒤 며칠 동안 삽과 괭이와 가래로 산을 깎아 거기에서 나오는 흙을 삼태기와 지게와 담가와 손수레를 이용해 운동장으로 밀어붙였다. 작업 구조는, 산기슭이 깎아져 평지로 다듬어질수록 거기에서 파낸 흙이 운동장으로 이입됨으로써 교정의 표면이 조금씩 돋아지는 형식이었다. 우리 재학생들도 어른들 틈에 끼어 삼태기로 흙을 나르거나 운동장에 깔린 주먹덩이만 한 돌멩이들을 골라내곤 했다.

툭 터놓고 고백하건대 나는 석양국민학교에 들어간 뒤 비로소 이제까지 보지 못했던 또 다른 세계를 발견했다. 지난번 논산 장에서의 체험과는 전혀 달랐다. 논산 장이 점포와 인파로 복작복작했다면 우리 학교의 경우 전후좌우가 사통오달로 시원하게 트여 있었다. 우선 운동장이 어마어마하게 넓어서 입이 떡 벌어졌다.

교사는 그때까지 내가 보아온 건물 중에서 가장 몸집이 컸다. 겹겹으로 포개진 물고기 비늘 모양의 목제 외벽에는 검은 콜타르가 칠해져 있었고, 마루 형태의 교실 바닥과 '우물 정#' 자로 마감된 베니어판 천장이며, 심지어 긴 복도나 신발장에 이르기까지 모든 것이 신기하고 경이로웠다. 출입문에 빗장까지 장치한 변소 또한 집에서 마구잡이로 드나들던 뒷간과는 차원이 달랐다. 내가 이처럼 좋은 학교에 다닌다는 것이 얼마나 자랑스러웠던지 어깨가 으쓱해지면서 흥얼흥얼 콧노래까지 흘러나왔다.

기뻤다. 집에서 (큰)아버지로부터 배운 한글이나 한자만이 아닌, 국어 산수 사회생활 자연 도덕 보건 등 여러 과목을 골고루 공부하게 되어 여간 즐거운 것이 아니었다. 새로 만난 타동네 아이들도 반가웠다. 학교 현관에는 삵과 꿩 박제도 있었다. 우리는 처음 보는 삵을 호랑이라느니 또는 표범이라느니 서로 우겨대면서 내기까지 하였다. 거기 박제된 삵과 꿩은 태조산에서 살다가 폐사한 채 발견된 녀석들이었다.

나는 등하교 때 우리 동네 다른 아이들과 어울려 당산을 지나 사기장골 서낭당 고개를 넘어 다녔다. 십자거리 한복판에는 석성지서와 버스 정류장과 '칠이옥'과 '논산옥'이 있었다. 그곳을 지나면 신작로 왼쪽으로 정각리 지경고개 감나무골로부터 흘러 내려오는 정각천이 있었다. 그 하천 위에는 주민들이 자체적으로 시공한, 통나무로 교각을 세우고 나뭇가지와 뗏장으로 상판을 얹은 재래식 다리가 있었다. 수정처럼 맑은 시냇물에는 소금쟁이와 송사리와 피라미와 붕어가 한가로이 노닐었다.

다리를 건너면 오른쪽으로 금방앗간이 나왔고, 그 위 정각천 상류 쪽 아랫숯골에는 삼신보육원이 있었다. 금방앗간에서는 감돌을 빻아 금을 추출하고 있었다. 학교까지 일직선으로 쭉 뻗은 길가의 기름진 밭에는 메밀 콩 수수 고구마 무 배추 등 다양한 작물들이 자라고 있었다. 학교 길 좌우 가장자리에는 가을마다 백색 연분홍색 진홍색 코스모스가 흐드러지게 피어 바람에 일렁거렸다.

　1학년 때 우리 담임 선생님은 인기 만점의 유진곤 선생님이었다. 아이들이 수업 시간에 핼핼 하품을 하거나 끄덕끄덕 졸거나 짓궂은 장난을 치거나 소곤소곤 잡담이라도 하게 되면 선생님은 "얘들아, 옛날옛날 한 옛날 호랑이 담배 피우던 시절에…"로 시작하면서 이야기보따리를 풀었다. 그럴라치면 누구라 할 것 없이 우리 모두가 두 눈 말똥말똥 뜨고는 넋을 빼놓다시피 선생님의 구수한 옛날이야기에 흠뻑 빠져들었다. 선생님의 보따리 안에는 흥미진진한 옛날이야기들이 무궁무진했다. 선생님에게는 어린 학생들의 마음을 자유자재로 사로잡는 특유의 마법이 있었다.

　우리는 선생님의 가르침 아래 뭔가를 조금씩 배워 가고 있었다. 아무것도 모르던, 뒤처진 철부지들까지 서서히 한글을 깨치고 급기야 국어 교과서를 읽을 정도는 되었다. 물론 서너 사람은 뒤처져서 진도를 따라오지 못하고 있었다. 날씨가 점점 무더워지던 어느 날이었다. 태조산 쪽에서 날아온 노란 꾀꼬리 한 마리가 교실 밖 화단의 살구나무 가지에 사뿐히 내려앉아 한바탕 신나게 지저귀었다. 꾀꼴 꾀꼴 꾀꾀꼴 꾀꼴… 그때 선생님이 우리에게 말했다.

　"얘들아, 저 새 이름이 무엇인지 쓸 수 있는 사람 손들어 봐."

　"저요, 저요!"

　선생님의 난데없는 돌발 출제에 아이들은 경쟁적으로 손을 들었다. 물론 자신 없는 아이는 손을 들지 못한 채 이 눈치 저 눈치 눈치만 보고 있었다. 선생님한테 지명을 받은 아이가 한 사람씩 나가 고개를 갸우뚱거리며 칠판에 백묵으로 새 이름을 쓰기 시작했다. '깨꼬리' '께꼬리' '게꼬리' '깨꼴이' '개꿀이' '깨꼴새' '노란새' '우는새' 등등 구구각각이었다. 나는 정답을 알고 있었지만, 자발머리없게 초싹거리기도 뭣해서 가만히 앉아 있었

109

다. 선생님이 고개를 가로저으며 말했다.
"하하… 다 틀렸구나. 누가 정답을 쓸 수 있을까. 윤복아, 너는 올바로 쓸 수 있냐?"
선생님은 최종적으로 나를 호명했다. 다른 아이들의 눈길이 나에게 집중되고 있었다. 나는 당당히 앞으로 나갔고, 백묵을 들어 칠판에 또박또박 '꾀꼬리'라 썼다. 내가 선생님께 말했다.
"선생님, 이렇게 쓰는 것 아닌가유?"
"맞았다. 정답이다!"
선생님이 무척 기뻐하셨다. 그날 이후 우리 반 아이들이 나를 우러러 보기 시작했다. 어느 사이엔가 나는 '공부 왕'으로 알려졌고, 다른 아이들은 이것저것 궁금한 것이 있으면 무조건 나에게 물어왔다. 나는 그들이 아직 잘 모르는 부분을 최대한 친절하게 알려 주었다.
하지만 나의 내면에는 말 못할 고민과 아픔과 서러움이 있었다. (큰)아버지 내외분의 연세가 워낙 많은 데다 집안이 하도 가난해서 기를 펼 수가 없었다. 학창 시절 내내 선생님 입에서 학부형(학부모를 일컫는 그 당시의 표현) 또는 가정 방문이나 가정 환경 조사 같은 어휘가 나왔다 하면 괜히 야코가 죽어 어디론가 기어들어가고 싶었다.
언젠가 하루는 다른 아이들과 어울려 하교하던 길에 십자거리에서 우연히 (큰)아버지와 마주쳤다. 그때 타동네 아이들이 (큰)아버지에게 "윤복이 할아버지, 안녕하세요" 하고 앞다투어 인사했다. 난감하고 황당했다. 그런 일은 그날 이후에도 여러 차례 반복되었다. 나에게는 아버지인 (큰)아버지가 다른 애들의 눈에는 할아버지로 비친 것이었다.
내가 신입생일 때 (큰)아버지는 다른 집 '아빠'들보다 20여 년이 더 많은 지천명을 넘어서서 노인 대우를 받고 있었다. 지금처럼 백세시대가 아닌, 환갑만 되어도 장수 기념으로 잔치를 벌이던 시절이었다. 더군다나 (큰)아버지는 수염까지 부얼부얼하였고, 우리 원중산 사람들도 나를 일컬어 공공연히 '노인자제'라고 말하는 실정이었다.

내가 남몰래 눈물을 훔친 사연은 또 있었다. 우리 집에는 농토가 없었고, (큰)아버지는 극빈의 구호 대상자였다. 추계 운동회를 앞두고 예행연습을 하던 어느 날이었다. 학교 정문에는 벌써 '추계 운동회'라 적힌 커다란 표지판이 내걸렸고, 운동장에는 청군 백군의 경계선과 '용진문' '개선문'도 세워져 있었다. 어느덧 태조산에는 벌겋게 단풍이 들고 있었다. 나하고 친하게 지내던, 아랫숯골에 사는 병오가 내게 물었다.

"윤복아, 추계가 뭐냐?"

"어, 그건 가을이라는 뜻이여. 춘계는 봄, 하계는 여름, 추계는 가을, 동계는 겨울…"

일찍이 (큰)아버지한테 천자문을 뗀 나는 병오에게 한자 어휘 풀이를 해주었다. 병오는 '태조봉 다람쥐'라는 별명을 갖고 있었다. 내가 야산에 지나지 않는 시루봉과 질빵너머와 당산과 사기장골에서 놀았던 반면 걔는 하늘 높이 우뚝 솟은 태조산 태조봉을 다람쥐처럼 뻔질나게 오르내리며 자랐다. 부여 방면의 감나무골과 윗숯골처럼 아랫숯골에도 감나무가 많았다. 윗숯골은 정각리, 아랫숯골은 중산리였다. 병오가 말했다.

"그럼 가을 운동회라고 하면 되지 왜 추계 운동회라고 할까."

나는 추계 운동회를 아무런 이의 없이 당연한 것으로 받아들였지만 병오에게는 그 말이 다소 불편하게 느껴진 모양이었다. 평소 착하고 솔직한 걔는 나보다 한 살 더 많고 키도 한 뼘 이상 컸다. 병오가 다시 물었다.

"예행연습은 또 뭐냐?"

"실지로 하게 될 일을 앞두고 미리 연습한다는 뜻이지."

"오매, 그것 참 이상하네. 그러면 '미리연습'이라고 하지 왜 예행연습이라고 할까."

"그전부터 그렇게 써 와서 그런개벼."

'그런개벼'는 '그런가 봐'의 우리 고장 '표준말'이었다.

"윤복아, 그럼 용진문은 뭐냐?"

"용감하게 진군하는 문이라는 뜻이여."

"개선문은?"

"이기고 돌아오는 문이라는 뜻이지."

"아, 알았어. 용진문은 시합하러 용감하게 나가는 문이고, 개선문은 시합에서 이기고 돌아오는 문이라는 뜻이구나."

"그렇지."

"고마워. 윤복아, 우리 함께 메칠 안으로 태조봉에 올라가 볼까."

병오가 씨익 웃었다. '메칠'은 '며칠'을 일컫는 말이었다. 걔가 어떻게 내 마음을 알았는지 정말 귀신이 곡할 노릇이었다. 나는 사실 입학 직후부터 태조산 정상 태조봉에 올라가 보고 싶었다. 나 또한 병오 못지않게 호기심이 많았지만, 그곳에 올라가고 싶어도 혼자서는 감히 엄두를 낼 수가 없었다. 산에 올라갔다가 자칫 길을 잃거나 호랑이를 만나면 어쩌나 하는 두려움 때문이었다. 그러던 차에 병오가 함께 가자고 하니 귀가 번쩍 띄었다. 내가 말했다.

"그래. 그거 아주 좋아."

"윤복아, 그럼 반굉일 날 운동회 마치고 돌아오는 굉일날 아침 저 뒤 샘에서 만날까."

'반굉일'은 '반 공휴일' 즉 절반만 쉬는 토요일, '굉일날'은 통째로 쉬는 '공휴일 날'인 일요일을 의미했다. 병오가 말하는 '돌아오는 굉일날'이란

'요번에 맞이하는 다음 일요일'을 뜻하는 것이었다. '샴'이란 샘을 일컫는 말이었다. 우리는 운동회를 마치고 나서 그 이튿날 태조산에 오르기로 굳게 약속했다.

토요일이었다. 이른바 추계 운동회가 열렸다. 만국기가 펄럭이고 아이들이 가지고 놀다가 놓친, 손잡이 실을 꼬리처럼 매단 5색 풍선이 하늘 높이 날아오르는 가운데 운동장에서는 한바탕 대규모 축제가 벌어졌다. 확성기가 와글와글 시끌시끌 고성을 질러댔다. 날씨까지 청명했던 그날 각 학년별 청군과 백군이 달리기, 이어달리기, 오자미 던지기, 줄다리기, 장애물경기, 공굴리기, 이인삼각, 기마전 등 각 경기 종목에 따라 차례차례 용진문으로 씩씩하게 나가서 힘껏 기량을 겨룬 뒤 당당하게 개선문으로 들어왔다. 청군과 백군 진영의 응원 경쟁도 치열했다. 학생들은 학생들대로, 어른들은 어른들대로 흠뻑 행복에 젖었다.

점심시간이었다. 운동장 가장자리 곳곳에 학생들과 학부모들이 가족 단위로 모여서 밥을 먹을 때 나는 가난이 무엇인가를 뼈저리게 통감했다. 다른 아이들은 기름기 잘잘 흐르는 하얀 쌀밥에다 떡에다 고기에다 사과에다 꽈배기에다 박하사탕에다 엿에다 별별 좋은 음식류와 과일류와 과자류와 주전부리까지 다 먹고 있었건만 나는 연로하신 (큰)아버지 내외분 앞에 쪼그리고 앉아 삶은 햇고구마 두 개로 끼니를 때우고는 우물에 가서 두레박으로 샘물을 퍼마시며 남몰래 눈물을 훔쳤다.

원통했다. (큰)아버지 내외분 연세가 많아 '윤복이 할아버지' '윤복이 할머니'라 불리는 것도 나에게는 영 쑥스럽고 멋쩍고 언짢았는데 만인이 모인 자리에서 최악의 빈곤을 알몸으로 드러내 보인다는 것이 너무 남부끄럽고 창피하여 콱 죽어버리고 싶었다. 직접 겪어보지 않은 사람은 그 쓰라린 심정을 알지 못할 것이었다.

문제는 자존심이었다. 그까짓 굶주림 따위는 아무것도 아니었다. 나는 시험을 치를 때마다 전 과목 만점을 기록하며 전체 수석으로 독주했지만, 가정 형편이 꼴등을 면할 길 없다는 그 사실을 거짓말 아닌 현실로 받아들이기가 어려웠다. 운동회고 나발이고 기분이 잡칠 수밖에 없었다. 병오가 찐빵 한 개와 단감 두 개를 주었지만, 그걸 먹으면 금세 체할 것 같아 슬그머니 (큰)어머니에게 맡겼다.

그 이튿날이었다. 나는 학교 뒤 샘으로 나갔다. 병오가 먼저 나와서 기다리고 있었다. 맑고 높은 하늘에는 흰구름 몇 조각이 점점이 흩어져 있었다. 우리는 곧 나무꾼들이 드나드는 오솔길을 따라 태조봉 꼭대기를 향해 한 발 한 발 올라갔다. 병오는 역시 태조봉 다람쥐였다. 발걸음이 사뿐사뿐 가벼웠다. 그동안 태조산을 수도 없이 자주 오르내려 그만큼 산행에 숙달되어 있었다.

산길에는 원중산 주변의 야산과는 비교할 수도 없을 만큼 아그배와 명감이 지천으로 널려 있었다. 칡넝쿨도 흔했다. 배고파 죽을 지경이면 칡뿌리를 캐먹을 수도 있겠다는 생각이 들었다. 내가 말했다.

"병오야. 너는 도대체 이 산을 몇 번이나 올라댕겼냐?"

"글쎄… 그걸 세어 보지 않았응께 잘 모르겠구나. 아마 수백 번은 댕겼겠지. 자, 저기 봐라."

병오가 길가의 희뜩한 바위 쪽을 가리켰다. 거기, 바위 밑으로 휑한 동굴이 아가리를 떠억 벌리고 있었다. 그걸 보는 순간 약간은 무서워 머리끝이 찌풋찌풋했다. 내가 물었다.

"호랑이 굴이냐?"

"아니, 금 캐던 굴이란다."

오래 전 폐광되었지만, 그 아가리는 한창 활발하게 금을 캐던 시절의 금광 갱구였다. 실지로 일제 강점기 태조산에서는 노다지가 자주 쏟아져 나왔다. 삼신보육원 쪽 깎아지른 암반 기슭에는 바위를 굴착하여 방공호처럼 축조한 화약고도 있었다. 과거 금광 채굴 발파용 화약을 저장해 두던 창고였다. 지금은 오갈 데 없는 어느 빈민이 그곳을 살림집 삼아 기거하고 있었다. 아직도 저 아래 다리목에 금방앗간이 존재하는 것은 여전히 이 근동에서 금이 나오고 있다는 결정적 증좌였다.

우리는 마침내 태조봉 꼭대기에 다다랐다. 별천지가 따로 없었다. 이곳 태조봉에서 천지사방으로 눈에 들어오는 일망무제의 저 광활한 대지가 곧 별천지였다. 우리는 그 후 태조산을 자주 오르내리면서 태조봉의 빛과 향기와 험덕을 듬뿍 받았다. 여름철에는 오디와 산딸기를, 가을철에는 감과 아그배와 명감과 까마중을 따먹었다.

원래 산이 높으면 골도 깊은 법이었다. 태조산은 그 높이만큼 깊은 골짜기를 품고 있었다. 나는 그 산을 오르내리는 동안 이 세상에는 아직 내가 알지 못하는 높고 크고 웅대한 산이 엄청나게 많다는 진리를 깨달았다. 높은 곳에 올라서면 저 멀리까지 더 넓게 바라볼 수 있었다.

3학년 때의 담임은 몸매 날씬하고 단발머리가 산뜻한, 그러나 일단 화가 났다 하면 거침없이 야단 치고 회초리를 휘두르는 이일영 선생님이었다. 학생들 사이에서 무서운 선생님으로 널리 알려져 있었다. 그해 봄 우리는 며칠 후 정각사로 소풍 길에 올랐다.

선생님이 맨 앞에서 뒷걸음질을 하며 '하나 둘!' 구령을 붙이면 우리는 '셋 넷!'으로 복창하면서 발을 맞추어 교문을 벗어났다. 그러다가 길이 좀 휘어진 위험한 곳에 이르자 선생님은 앞을 살피면서 똑바로 걷는 가운데 자주 우리들을 돌아보고는 호루라기로 후루룩후루룩 신호를 보내 안전하게 인솔했다. 우리는 어미닭 곁을 벗어나지 않는 병아리들처럼 선생님 뒤를 졸래졸래 따라갔다. 나는 급장(지금의 반장)이었다.

태조산이 수면에 얼비치는 청룡저수지를 지나 갓점과 절골을 거쳐 정각사 입구에 들어서자 그곳 계곡에는 바글바글 버글버글 요란한 벚꽃 잔치가 벌어져 있었다. 눈이 부셨다. 우리는 사찰 경내를 한 바퀴 돌아보고 나서 안전한 잔디밭에 둥그렇게 둘러 앉아 장기자랑을 한 뒤 보물찾기에 들어갔다.

나는 선생님이 숨겨둔 보물을 찾느라 개울 건너 저쪽 다복솔 언저리를 샅샅이 뒤졌다. 결국 내가 찾은 보물은 공책 한 권이었다. 대박이었다. 워낙 빈곤해서 학용품 한 가지 마음 놓고 사 쓰기 어려운 마당에 그건 엄청난 횡재가 아닐 수 없었다. 태조산에서는 산새들이 쉴 새 없이 기쁜 노래를 부르고 있었다.

아, 그런데 이걸 어쩌면 좋아, 여기에서도 그 고통스러운 점심시간이 어김없이 다가왔다. 다른 아이들은 김밥에다 계란에다 찐빵에다 오징어에다 사이다에다 초콜릿에다 밀크캐러멜에다 건빵에다 양갱에다 눈깔사탕에다 별별 좋은 것을 다 가져왔지만 나는 '회푸대' 종이로 둘둘 말아 싼 '감밥' 한 뭉치로 배를 채웠다. '회푸대'란 '회灰'와 '부대負袋'를 합친 말로 '회푸대 종이'는 석회와 백회 또는 쌀과 비료 등을 담으려고 약간 두껍게 만든 누르딩딩한 종이를 일컫는 말이었다.

'감밥'은 밥을 짓고 나서 솥바닥에 눌어붙은 누룽지를 달챙이, 즉 모지랑숟가락으로 닥닥 긁어 둘둘 뭉친 주먹밥을 일컫는 우리 고장 표현이었다. 도시락은 그릇에 밥과 반찬을 담는 반면 '감밥'의 경우 따로 그릇이나 반찬이 필요하지 않았다. 다른 지역에서는 '감밥'을 '깡밥' 또는 '깜밥'이라고도 한다는데 과문한 탓인지는 몰라도 내가 직접 그런 말을 들어본 적은 없었다.

다른 아이들이 모두 다 기다리고 기뻐했던 운동회와 소풍이 정말 싫고 두려웠다. 6학년 2학기 가을에는 계룡산 갑사로 1박 2일 수학여행을 다녀 왔다. 1964년 1월, 나는 당해 학년도 우등상과 개근상에다 충청남도교육 감상과 통산 6년 개근상까지 수상하면서 석양국민학교 제7회 전교 수석 으로 졸업했다. 5학년 때에는 재학생 대표로 송사를 낭독했는데 이번에는 졸업생 대표로 답사에 나섰다. 미리 준비한 원고를 읽는데도 무척 떨리고 목이 메었다.

"잘 있거라 아우들아 정든 교실아 선생님 저희들은 물러갑니다 부지런 히 더 배우고 얼른 자라서 우리나라 새 일꾼이 되겠습니다…" 풍금 반주 에 맞추어 〈졸업식 노래〉를 부를 때에는 폭포처럼 흐르는 눈물을 주체할 길이 없었다. 특히 운동회 때와 소풍날의 그 뼈저린 추억들이 피눈물로 멍 든 상처를 마구 헤집고 달려들었다. 졸업식장은 순식간에 눈물바다로 변 했다.

2008년 봄이었다. 나는 석성국민학교 출신 어느 원로로부터 '석성초등 학교 개교 100주년 기념비' 비문 청탁을 받았다. 남들은 글이 거미 꽁무니 에서 거미줄 나오듯 쉽게 술술 나오는 줄 알지만 사실은 아주 힘든 작업이 었다. 내가 공들여 작성한 음기陰記 문안을 건네자 그 원로는 매우 만족해 하면서 기쁨을 감추지 못했다. 그 문안은 한 자 수정 없이 빗돌에 그대로 새겨졌다. 무기명인지라 내 이름이 명시된 것은 아니지만 그래도 보람 있 는 일이었다.

석성초등학교 개교 100주년 기념식 행사 당일 나는 내빈으로 초대 받 아 그 자리에 참석했다. 교정에 마련된 행사장에는 전국적으로 예간다 제 간다 내로라하는 거물급 저명인사들이 대거 왕림해 있었다. 그분들은 대 부분 석성국민학교 출신들이었다.

의전 행사가 끝나고 자유롭게 학교 현장을 둘러볼 때였다. 어느 노인이 내게 가만가만 다가왔고, 그 어른이 바로 유진곤 선생님이라는 사실을 알아차린 순간 나는 얼마나 놀랐던지 하마터면 기절해서 뒤로 나자빠질 뻔했다. 선생님이 먼저 나를 알아보시고는 이쪽으로 다가오신 것이었다. 나는 선생님 앞에서 허리를 90도로 꺾었다.

"아이구 선생님, 안녕하셨습니까."

"윤복이지? 나 유진곤이여. 여러 사람을 통해서 윤복이 동향은 잘 알고 있었어. 쯧쯔… 어렸을 때 눈물겹도록 배를 곯더니만… 그래도 머리가 명석해서 꼭 성공할 줄 알았어. 칠판에 '꾀꼬리'를 쓰던 생각이 나네그려. 잘 지냈어?"

"그러믄요. 저야 선생님 덕택에 잘 지내고 있습니다. 선생님께서는 어떻게 지내셨습니까."

"나야 아주 잘 지냈지. 현재 부여에서 게이트볼협회 회장을 맡고 있어. 내가 이 학교 졸업생이잖어. 모교 행사에 안 올 수도 없구 해서 이렇게 왔구먼. 주최 측에서 우리 고장 출신 유명 인사들을 초청한다기에 사실은 여기서 혹시 윤복이와 해후할 수도 있지 않을까 기대했었어."

석양국민학교를 졸업한 지 어언 44년 만이었다. 나는 그 자리에서 선생님을 뵙게 될 줄이야 꿈에도 생각하지 못했다. 좀 더 노골적으로 실토하자면 의전 행사가 진행되는 동안 선생님께서 어느 자리에 앉아 계신지도 몰랐다. 그렇건만 선생님께서는 나를 먼저 발견하고는 동선까지 눈여겨보신 것이었다. 낯이 뜨거워 몸 둘 바를 몰랐고, 태조산 아래 석양국민학교 시절의 운동회가 떠올라 눈시울이 화끈하면서 유리구슬 같은 눈물이 뚝뚝 떨어졌다.

그해 가을이었다. 고향의 길벗산악회 고문으로부터 전화가 걸려왔다. 길벗산악회는 우리 고장을 대표하는 산악인들의 모임이었다. 고문의 말씀인즉, 태조산 정상 태조봉에 곧 '금관루錦觀樓'를 건립할 예정인데 현액縣額으로 게시할 '금관루기錦觀樓記'를 써 달라는 것이었다. 미루어 짐작컨대 내가 석성면 출신 묵객인 점을 고려하여 이 같은 요청을 하는 것 같았다.

문득 다정했던 옛 친구 태조봉 다람쥐 병오가 떠올랐다. 그는 몇 해 전 목포라든가 나주라든가 전라남도 어디쯤 외지에 나가 일하다가 산재 사고로 객사했다. 안타깝기 짝이 없었다. 무릇 삶과 죽음의 경계가 따로 없다지만, 이승에서 좋은 친구를 다시 만날 수 없다는 사실이 슬픔으로 다가왔다.

나는 곧 고향으로 가서 부여읍 쌍북리에 거주하는 선복 아우와 함께 다시 한 번 태조산을 정밀 답사했다. '금관루기' 집필에 앞서 태조산으로부터 뭔가 번쩍 떠오르는 영감을 얻기 위한 발길이었다. 정각리와 중산리와 현내리에 걸쳐 장중하게 눌러 앉은 태조산은 역시 명산 중의 명산이었다. 여기저기 단풍이 붉게 물들어 있었다.

나는 집으로 돌아오자마자 '금관루기' 초안을 잡은 뒤 며칠 동안 고치고 다듬고 매만져서 현지로 송고했다. 그해 연말 마침내 번듯한 금관루가 준공되었다. 내가 찬문한 '금관루기'는 목판에 새긴 뒤 옻칠까지 입힌 편액으로 제작되어 금관루 내부 상단에 높이 걸렸다.

금관루기錦觀樓記

백두대간白頭大幹의 웅장한 기운이 금남정맥錦南正脈을 타고 와서 여기 우뚝한 태조산太祖山을 일으켰다. 그중에서도 이곳 태조봉太祖峰은 태조산의 상봉이다. 태조산은 그 명칭이 말해주듯 역사적으로 매우 유서 깊은 명산이며, 태조봉은 해발 224.4미터로 우리 석성면石城面은 물론이려니와 백마강白馬江 동쪽 주변에서 가장 높다.

잘 알려진 바와 같이 부여扶餘의 옛 이름은 사비(泗沘, 所夫里라고도 함)로서 백제百濟의 도읍지였다. 일찍이 고구려高句麗·신라新羅를 앞질러 삼국 중에서 국력이 가장 강성했던 백제는 성왕聖王 16년(서기 538년) 웅진(熊津, 지금의 公州)에서 사비로 천도遷都한 이후 의자왕義慈王 20년(서기 660년) 국운이 다할 때까지 6대 왕 123년간에 걸쳐 찬란한 역사를 꽃피웠다.

이 과정에서 태조산은 인근의 석성산성石城山城·청마산성靑馬山城과 함께 도성都城을 굳건히 옹위하면서 백제의 영화를 지켜보았다. 특히 석성면 지역은 왕도王都로 드나드는 요충要衝이었다. 금강錦江 뱃길이 조운漕運의 중심이었다면, 태조산 기슭 저 아래로 뻗어나간 도로는 육운陸運의 관문이었다. 이 길목에 능안골 고분군·왕릉원王陵苑·나성羅城·동문東門을 거쳐 백제 고도古都 부여 중심지에 이르기까지 곳곳에 산재해 있는 각종 문화재가 이를 웅변으로 입증한다. 그런가 하면 불멸의 영웅 계백 장군階伯將軍이 5천 결사대를 이끌고 최후의 격전지 황산벌로 진군한 길도 이 길이었다.

태조봉에 오르면 가까이로는 석성면의 또 다른 명산인 국사봉(國師峰, 181.2미터)·파진산(波鎭山, 185.5미터)을 비롯하여, 멀리로는 계룡산(鷄龍山, 845.1미터)과 금강 하구까지 산자수명山紫水明한 이 일대의 경관이 손에 잡힐 듯 한눈에 들어온다. 저 옛날 우리 조상들은 이렇듯 수려한 태조산을 중심으로 살기 좋은 환경에 뿌리를 내렸고, 그 후손들은 넉넉한 인심을 바탕으로 눈부신 번영을 기약하며 이 터전에서 줄기차게 살아왔다. 따라서 태조산 태조봉이야말로 근동의 주민들에게는 영원한 정신적 지주

支柱요 객지로 떠난 출향인出鄕人들에게는 몽매에도 잊지 못할 고향의 상징이라 하겠다.

이제 부여군扶餘郡이 주민들의 간절한 염원을 담아 태조봉 정상에 이처럼 훌륭한 금관루를 건립했다. 이로써 우리의 자랑인 태조봉이 새로운 명소로 거듭나는 한편, 주민들은 새해 첫날 해맞이를 시작으로 이 봉우리를 더욱 친밀히 오르내리게 되었다. 아무쪼록 조상 전래의 빛나는 역사와 전통이 희망찬 미래를 향해 더욱 확대 발전되고, 태조산 태조봉의 늠름한 기상이 후손들에게 영원무궁토록 길이 이어지기를 기원한다.

기문 말미에는 '기축년 새해 아침'이라는 태세太歲와 세시歲時 이외에도 그 당시의 내 직명과 성명을 명기했다. 기축년은 서기 2009년이었다. 석성면 출신이자 유년 시절 태조산 아래에서 공부한 나로서는 매우 뜻 깊고 보람찬 작문이었다. 내 '금관루기' 옆에는 길벗산악회 고문의 또 다른 '금관루기'가 걸렸다.

금관루는 본래 사다리 모양의 층계를 타고 오르는 2층짜리 누각이었다. 하지만 서서히 목재가 부식되고 있었다. 산이 높아 사시사철 풍우에 시달린 탓이었다. 그리하여 부여군은 2021년 종래의 구조물을 해체하고 단층으로 중건하였다. 잘 알다시피 태조산 태조봉은 이미 오래 전부터 석성 면민들의 정월 초하루 첫새벽 해맞이 명소로 자리매김했다. 석성 면민들의 새해기 이곳 태조산 상봉에서 장엄하게 열리는 것이다.

한편, 석성면 주민들은 2020년 5월 석성면지편찬위원회를 구성하고 『석성면지石城面誌』 편찬을 본격적으로 추진하는 과정에서 석성 10경을 선정했다. 제1경 석성 관아와 탱자나무, 제2경 석성 연지蓮池와 정우정淨友亭, 제3경 석성향교와 소나무, 제4경 석성산성과 낙조, 제5경 태조봉과 일출, 제6경 파진산과 비단금강, 제7경 봉황산鳳凰山과 비당들 황금물결, 제8경 정각사와 운무, 제9경 경찰충혼탑과 정각제正覺堤, 제10경 부여의 관문 사비문泗沘門이었다. 이렇듯 태조봉과 일출은 제5경에 올랐다. 제1경부터 제4경까지가 역사의 현장이라면 제5경 태조봉과 일출은 천혜의 자연 경관이라고 하겠다. 나는 석성 10경 예찬 집필을 맡았다.

자고로 아는 길도 물어 가라고 했다. 나는 석성 10경을 대체로 잘 아는 편이지만, 만에 하나 사소한 오류라도 저지르면 우리 고향의 대사를 송두리째 그르치는 결과를 초래하게 되는지라 원고 집필 착수 전 석성면장과 길동무하여 제1경부터 제10경에 이르기까지 일일이 현장을 답사했다. 가을 햇살이 따사로웠고, 창공 가득한 공기 또한 상큼했다. 아니나 다를까, 발길 닿는 곳마다 석성의 향기가 농밀한 감동으로 다가왔다.

풀 한 포기 나무 한 그루까지도 정겨웠다. 산에서는 새들이 평화를 노래했고, 물에서는 물고기들이 행복하게 노닐었다. 나는 석성 10경의 가치와 위상을 한 곳 한 곳 차례차례 장문의 각론으로 예찬하기에 앞서 개론이라고나 할까 총론에 해당하는 짤막한 전문前文을 이렇게 기술했다.

우리 석성면은 산과 강과 들이 절묘하게 어우러진 천혜의 땅이다. 백두대간의 웅장한 기운이 금남정맥을 타고 와서 태조산太祖山 태조봉太祖峰과 파진산波鎭山을 일으켰고, 이 두 명산이 마주 보는 산줄기를 따라 국사봉國師峰과 용머리산과 옥녀봉玉女峰이 서로 조응하면서 길지 중의 길지를 이루었다. 태조산 태조봉의 자태가 우뚝하고, 늠연한 파진산을 휘돌아 감도는 금강錦江이 짙푸르다.

우리 조상들은 일찍이 이렇듯 풍광 수려한 터전에 뿌리를 내렸다. 인심이 후덕한 것은 더 말할 나위도 없거니와 발길 닿는 곳마다 역사가 살아

숨 쉬고 눈길 스치는 곳마다 절경이다. 이번에 석성면지편찬위원회가 심혈을 기울여 선정한 석성 10경은 그야말로 조상들의 뒤를 이어 우리가 살고 우리 후손들이 살아가야 할 석성면의 표상이요 금자탑이라 하겠다.

이 머리글을 시작으로 제1경부터 제10경까지 따로따로 작성한 10편의 문안을 묶어 석성면지편찬위원회로 전송했다. 이는 극히 일부 시작에 지나지 않았다. 면지에 수록할 내용은 한도 끝도 없었다. 역시 뜻이 있는 곳에 길이 있었다. 석성면지편찬위원회는 자료 수집 등 장장 2년여에 걸친 대역사 끝에 급기야 방대한 『석성면지(전4권)』 간행에 성공했다.

2022년 7월 25일이었다. '석성면지 편찬 기념행사'가 석성면행정복지센터 회의실에서 개최되었다. 이 행사는 한창 기승을 부리던 신종 코로나바이러스 감염증(코로나19)이 잠시 꺼끔한 틈새를 이용하여 잽싸게 열린 것이었다. 그날 행사는 어느 행사 못지않게 알차고 짜임새가 있었다. 내빈과 관내 유지 등 많은 분들이 두루 참석했다.

긴 설명이 필요 없었다. 세상에 갓 태어나 첫 선을 보인 대망의 『석성면지』는 역대급 압권이었다. 글 그림 사진 통계 자료 편집 용지 인쇄 제본 장정 등 모든 결과가 단연 세계 최고 수준이었다. 이 사업에 투입한 예산은 총 4억 원이었다. 실물을 마주한 부여군수를 위시하여 충청남도의회 의장과 의원, 부여군의회 의장과 의원들, 석성면장과 관계 공무원이며 주민들과 출향 인사들이라든가 좌우간 각계각층 참석자 전원이 탄복했다.

전문가들은 『석성면지』를 가리켜 과거에도 없었고 미래에도 기대하기 힘든 당대 최고의 명품 향토지라면서 극찬을 아끼지 않았다. 나 자신 지난 세월 출판계 안팎에서 청춘을 다 바쳤지만, 도지道誌든 시지市誌든 군지郡誌든 읍지邑誌든 면지든 뭐든 여하튼 이렇듯 모든 정보를 치밀하게 종합하고 집대성한 특정 지역 문헌을 본 적이 없었다. 면지 완간은 바야흐로 우리 석성 면민들이 일궈낸 위대한 승리이자 역사적 사건이었다. 한마디만 더 보태자면, 석성면지편찬위원회의 저력과 업적이 태조산처럼 높고 크고 넓고 뛰어났다.

이 대작이 탄생하기까지 나는 별로 한 일이 없지만, 면지에는 내가 쓴 '석성 10경 예찬(제Ⅱ권)' 이외에도 '조선후기 주요 문중-한산이씨(제Ⅰ권)' '석성의 현대인물 : 부여 100년을 빛낸 인물(제Ⅰ권)' '마을 이야기 : 증산4리(제Ⅱ권)' '기문 : 금관루기(제Ⅲ권)' '문화 : 문인 생가 및 시비(제Ⅳ권)' 등 각 권에 나하고 관련된 기사들이 골고루 게재되어 있었다. 석성 면지편찬위원회 관계자들의 노고와 공로를 뭐라 위로하고 어떻게 치하해야 할지 뾰족한 묘안이 떠오르지 않았다.

그동안 나는 매년 대여섯 차례씩 고향을 내왕했고, 그때마다 태조산을 바라보며 하늘이 맺어준 태조봉과의 특별한 인연을 가슴 깊이 되새겼다. 객지로 나온 이후 피눈물로 얼룩진 죽을 고비가 참 많았지만, 나는 태조산 태조봉에서 보고 배운 불퇴전의 기백으로 생사의 기로를 가로질러 오늘 여기까지 숨가쁘게 달려왔다. 뼛속까지 충남 부여군 석성면 사람인 나는 몇 해 전 증산리 연화 마을 선영에 묻힐 자리까지 마련해 놓았다.

이를 계기로 나는 종래의 자호 '청남淸南'에다 새로운 자호 '석산石山'을 하나 더 쓰기로 했다. 청남은 '충청남도' 넉 자 중 가운데 두 글자를 발췌한 것인데, 석산은 '석성면'의 첫 글자와 '증산리'의 가운데 글자를 조합하여 지은 것이었다. 이로써 나는 고향과 직결된 '청남'과 '석산'이라는 두 자호를 갖게 되었다.

엊그제 새벽, 기념비적인 『석성면지』를 서가에서 꺼내 다시 읽었다. 예나 지금이나 애향심의 발로가 곧 애국심의 토대라는 생각에는 변함이 없었다. 여러 기록과 사진들을 샅샅이 살피는 동안 내 마음은 어느덧 태조산 태조봉 정상으로 달려가 금관루에 올랐다. 그 순간 저 멀리 계룡산 너머에서 대지를 박차고 불끈 떠오르는 거대한 태양이 눈앞에 어른거렸다. 찬란한 새 아침이었다. (『문학저널』 2024. 여름호)

개나리꽃

내 고향 원중산 마을에는 내가 태어난 곳, 부모님을 따라 잠시 곁방살이하던 곳, 부모님과 동기간이 살던 아랫집, 후사로 들어가서 자라난 윗집이 있었다. 그중에서도 가장 연고가 깊은 곳은 아랫집과 윗집이었다. 아랫집은 친가였고, 윗집은 양가로서 (큰)아버지 내외분이 사시던 곳이었다. 윗집이 앞재너머 말랭이 시루봉 들머리 약간 외딴집인 데 비하여 아랫집은 저 아래 향나무 우물 안쪽 두 번째 집이었다. 전후좌우에 다른 이웃들이 거주하고 있었다.

잘 알다시피 아랫집은 아버지께서 피땀 흘려 매입한 구옥이었다. 볏짚이엉으로 지붕을 덮은 초가인데, 안방 윗방에다 부엌을 사이에 두고 사랑방까지 딸려 있었다. 윗집은 (큰)아버지께서 시루봉 주인인 윤구병씨의 양해를 얻어 몸소 산자락을 도려낸 뒤 그 택지에 지은 오두막집이었다. 울도 담도 없는 무허가 누옥이었다. (큰)아버지는 지주 윤씨에게 텃도지로 한 해 동안 품 네 개를 바치고 있었다. 결코 과하지 않은, 어떻게 보면 명목뿐인 헐값 텃도지라고 말할 수 있었다. 윤씨는 우리 동네 갑부였다.

나는 끼니를 잇기 어려운, 먹는 날보다 굶는 날이 더 많은 극빈 속에서 자랐다. 얼마나 배를 많이 곯았던지 후각이 가축이나 야생 동물처럼 발달해 음식 냄새에 민감했다. 가령 코끝만으로도 쇠고기 냄새, 돼지고기 냄새, 닭고기 냄새 등등을 단박에 식별할 수 있었다. 그런가 하면 나에게는 식사에 관한 몇 가지 독특한 습관과 금기와 불문율이 있었다. 대식가는 아니지만, 나는 일단 내게 주어진 밥이라면 쌀 한 톨 보리 한 톨 남기지 않았다. 밥이 아닌 죽이라 해도 마지막 남은 찌꺼기 한 방울까지 숟가락으로 닥닥 긁어 먹었다.

먹성 좋은 개가 뚝배기든 양재기든 밥그릇을 싹싹 핥듯이 나 또한 사발이든 대접이든 보시기든 뭐든 내 앞에 놓인 식기를 깨끗이 비웠다. 밥 한 톨 반찬 한 점 허투루 흘린 적이 없었다. 음식을 앞에 놓고 달다 쓰다 품평을 하거나 투정을 부린 적도 없지만, 그걸 남기거나 함부로 버리면 언젠가는 하늘의 노여움을 받아 비참하게 멸망하는 줄 알고 살아왔다. 음식점이나 남의 집에 가서도 예외가 아니었다.

여럿이 단체로 식사를 마치고 나면 어느 누구라도 대뜸 내가 앉았던 자리를 알아차렸다. 내 자리에는 전혀 남긴 음식이 없었고, 밥그릇이든 국그릇이든 깔끔하게 비워져 있기 때문이었다. 나는 언젠가 윤구병씨네 집에 가서 잔심부름을 하고 모처럼 하얀 쌀밥을 얻어먹은 뒤 그 어른으로부터 과분한 상찬을 받았다. 그 어른이 내게 말했다.

"윤복이 너는 참 신통하구나. 머리가 명석한 데다 말만 잘 듣는 것이 아니라, 밥도 참 깔끔하게 잘 먹네. 암, 그래야지. 그렇고 말구… 밥을 귀하게 여겨야 복이 들어오는 겨. 옛다, 이거 받아라."

그 어른이 빳빳한 지폐 신권을 내밀었다. 나는 너무 송구해서 몸 눌 바를 모르고 쩔쩔 맸다. 낯이 후끈했다. 밥그릇 잘 비웠다고 극찬을 해주시는 것만 해도 감지덕지할 일인데 현금까지 주시려 하다니 이런 경우는 처음이었다. 내가 말했다.

"괜찮어유."

"괜찮기는… 어서 받어."

"밥을 먹은 것만 해도 고마운디 어찌 돈까지 받어유?"

"어허, 어서 받으랑께. 어른이 주는 것이면 무엇이든 얼른 받는 겨."

나는 그 어른의 강권에 못 이겨 산뜻한 지폐를 받았다. 그 돈은 이를테면 상금이랄까 격려금이라고 말할 수 있었다. 심부름하고 쌀밥 먹고 칭찬 듣고 용돈까지 받다니 좌우간 호박이 덩굴째 굴러들어온 셈이었다. 나는 그 뒤에도 윤씨네 집에 가서 여러 차례 잔심부름을 했다.

윤구병씨는 누가 뭐래도 덕망이 높은 분이었다. 그분은 내로라하는 거부이면서도 전혀 부자 티를 내지 않았다. 더 나아가 우리처럼 가진 것 없는 이웃들에게는 뭔가를 베풀려고 애썼다. 덕불고필유린德不孤必有隣이라, 그분에게는 언제나 많은 사람들이 모여들면서 칭송과 찬사를 아끼지 않았다.

(큰)아버지 내외분은 오두막집에 딸린 말랭이 언저리 그분 소유의 밭뙈기까지 경작했다. 윤구병씨의 외아들 현중씨도 부친의 유전 인자를 이어받아 인품이 출중했다. 왕대밭에서 역시 왕대가 나는 법이었다. 현중씨는 효자로 널리 알려져 있었다. 윤구병씨가 천수를 누리고 별세한 뒤로는 유일한 후계자인 현중씨가 모든 토지를 상속받아 재산권을 행사했다.

과거 윤구병씨가 그랬던 것처럼 현중씨 또한 물심양면으로 우리 윗집에 많은 도움을 주었다. 항용 권력이든 재산이든 뭣 좀 가진 자들은 못 가진 자들을 억누르면서 얕잡아 보게 마련이었다. 더 나아가 약자들을 상대로 고혈을 빨아대는 거머리 같은 흡혈귀들은 예나 지금이나 도처에 널려 있었다.

하지만 현중씨는 보기 드문 덕인이었다. 남달리 건장했던 그는 어느 누구 앞에서도 목에 힘을 주거나 뻐기는 적이 없었다. 아니, 그는 약자 앞에서 겸손했다. 그분이 집터 임자이고, (큰)아버지 내외분이 당신에게 텃도지를 물며 근근이 살아가는 처지인 점을 감안한다면 괜히 위세를 부리며 군림할 법도 하련만 그는 결코 그렇지 않았다.

그는 우리 (큰)아버지 내외분을 '안골 어른' '안골 아주머니'라 불렀다. 그러면서 당신 부모님 섬기듯 반듯한 예의를 갖추었다. (큰)아버지 내외분은 그 집안의 일이라면 텃도지 이외에도 무엇이든 적극적으로 도우려고 최선을 다했다. 윤씨네와 우리는 가까운 친척처럼 각별하게 지냈다. 어느 날이던가 현중씨가 내게 말했다.

"윤복아. 나는 항상 너를 눈여겨보고 있단다. 장차 훌륭한 사람이 될 거여. 그렇께 몸 다치지 않도록 조심하구 열심히 공부하거라."

"야."

'야'는 '예'를 일컫는 우리 고장 표현이었다. 최고 학부를 나와 한때 대처에서 공직 생활을 했던, 그러다가 부친의 뒤를 이어 가업을 경영하기 위해 고향으로 돌아온 윤씨는 늘 나에게 자상한 배려와 응원을 아끼지 않았다. 헐벗고 굶주리는 나에게는 따뜻한 말씀 한마디가 그 어떤 보약보다도 더 큰 격려와 위안으로 다가왔다. 그분이 내게 말했다.

"네가 어른들을 도와 밭 매는 것도 잘 보았다. 기특한 녀석… 네가 맨 밭은 잔챙이 잡초 한 포기 없이 참 깨끗하더구나."

"저는 일을 잘 할 줄 몰라유. 아부지 엄니가 다 하신 거구먼유."

"너도 호맹이 들고 풀을 뽑았잖어."

'호맹이'는 '호미'를 일컫는 말이었다. 그분은 학벌 높은 먹물 행세를 하지 않으면서 이웃들과 격의 없이 교감하고자 일부러 '서울 사투리'가 아닌 '충청도 표준말'을 썼다. 어쩌다 서울 구경 한 번 하고 돌아온 얼치기가 '그랬니?' '저랬니?' 하면서 '니' 자로 주접떠는 꼬락서니를 돌아볼 때 현중씨는 아주 소탈하고 흉허물 없는 지식인이었다.

각설하고, 우리가 경작하는 밭 두 필지는 몇 뙈기로 조각조각 쪼개져 있었다. 한 필지는 윗집 뒤로 갸름하게 뻗쳐 있었고, 그보다 작은 또 다른 한 필지는 뒷간 옆 시루봉으로 드나드는 길목에 아래 위 두 뙈기로 눌러앉아 있었다. 지대의 높낮이만 다를 뿐 두 밭이 서로 밭두렁 귀퉁이를 맞물고 있어서 사실은 한 필지나 다름없었다.

(큰)아버지는 윗집 뒤의 갸름한 밭에 해마다 보리농사를 지은 뒤 콩을 심었고, 뒷간 쪽 손바닥처럼 작은 밭에는 소꿉장난하듯 고추 오이 가지 감자 토마토 따위를 조금씩 골고루 재배했다. (큰)아버지 내외분이 밭을 맬 때에는 나도 호미를 들고 잡초를 뽑아냈다. 윤씨가 그걸 그냥 지나치지 않고 유심히 눈여겨본 것이었다.

톡 까놓고 말하자면 뒷밭도 그렇고 뒷간 옆 작은 밭도 그렇고 토질이 좋은 편은 아니었다. 농부가 땅을 탓해서는 안 되는 법이고, 남의 토지를 빌려 긴요하게 작물을 가꾸는 주제에 이렇다 저렇다 토질을 운위하는 것이 가당치 않지만, 우리 윗집 일대의 땅은 촉촉하고 부들부들한 옥토가 아니라 메마르고 테슥테슥한 박토였다. 인분이다 퇴비다 거름이 될 만한 것이면 무엇이나 밭에 집어넣었지만 여간해서 토질 자체가 바뀌지 않았다.

감나무 밑 마당가 텃밭에는 배추 무 상추 아욱 쑥갓 따위를 심었다. 아무리 공을 들여도 작물 성장이 더뎠고, 작황 또한 우리 윗집 형편만큼이나 신통치 못했다. (큰)아버지 내외분이 빈곤한 원인은 간단했다. 자급자족할 만한 농토를 소유하지 못한 탓이었다.

누차 말했듯 현조부님 이래 우리 당내간은 이웃 연화 마을에 세거했다. 양반 가문의 잔반殘班이었다. 농토가 많았고, 하인과 머슴을 여럿 거느렸다. 사실은 나도 (큰)아버지와 다른 어른들한테 자주 들어서 과거 연화 시절의 권세와 위상을 잘 알고 있었다. 실지로 연화 본적지에는 옛적의 위세를 입증해 주는 선대의 유허가 있었다. 대대로 행세깨나 하며 살았지만, 가세가 벼락 치듯 급전직하로 결딴나는 바람에 가문 전체가 나락으로 곤두박질친 것이었다.

걷잡을 수 없는 몰락이었다. (큰)아버지 형제분은 그 많던 재산을 다 잃고 천신만고 끝에 간신히 목숨만 건져 살아남은 분들이었다. 사정이 그렇다 보니 (큰)아버지 형제분은 당초 적수공권으로 연화를 떠나 원증산에 들어왔다. 하지만 어느 누구도 당신들을 능멸하거나 괄시하는 사람이 없었다. 원증산 주민들의 대부분은 두 어른을 귀족으로 예우하면서 깍듯이 받들고 있었다. 반상班常의 구별이 잔존하던 시절이었다. 내가 석양국민학교(지금의 석양초등학교) 2학년 재학 중일 때였다. 하루는 우물 안집에 사는 강도현씨가 내게 조용히 말했다.

"윤복아, 어떠네 저떠네 해도 너희 집안은 정말 대단했었다. 연화에 살 때 엄청난 부자였는디 그만 하루아침에 허무하게 망했어. 그 바람에 지금처럼 됐당께. 네 큰아부지는 한때 말 타고 다니던 분이었어. 그런디 아참…"

그분은 차마 말을 잇지 못했다. 특히 (큰)아버지는 명문대가의 종손으로서 한때나마 호의호식하면서 누릴 것 다 누리고 존대를 받을 만큼 받았던 지위에 있었다. 하지만 당신은 재기의 발판조차 마련하지 못한 채 그 뼈저린 밑바닥의 질곡에서 허덕였다. 내가 말했다.

"지금은 너무 가난하잖아유?"

"그렁께 니가 앞으로 집안을 일으켜야지."

그분의 말씀에 두 어깨가 갑자기 무거워지고 있었다. (큰)아버지를 중심으로 우리 식구들이 겪고 있는 현실을 생각할라치면 가슴이 아프고 쓰라렸다. 농촌에서 농토를 갖지 못한 사람들은 대개 소작농이나 머슴으로 살아갈 수밖에 없었다. 하지만 그걸 아무나 할 수 있는 것은 아니었다.

일찍이 부잣집에서 태어나 손발에 흙 안 묻히고 호강했던 (큰)아버지. 당신은 소싯적 귀공자로 살았던 터라 농사꾼의 길에서 크게 벗어나 있었다. 일본말로 '노가다(どかた)'라고 하는 막노동에도 소질이 없었다. 설령 머슴살이를 하고 싶어도 일꾼다운 일꾼이 아닌 이상 그 어디 써주는 데가 없었다.

당신께서는 이래저래 생래적으로 돈벌이를 하지 못했다. 이제 와서 자꾸 풍족하게 살던 시절의 과거사를 곱씹어 본들 그건 죽은 자식 나이 세기나 다를 바 없었다. 단도직입적으로 말하자면 (큰)아버지가 옛 부귀영화를 재창출한다는 것은 사실상 불가능했다. 붓대로 살아가기에는 학력이 거기에 못 미쳤다.

그렇다고 당신의 기질마저 꺾인 것은 아니었다. 당신은 본래 활수 또는 한량으로 태어나 근동의 술친구들과 자주 어울렸다. 발이 넓은 만큼 지인도 많았다. 비록 중퇴로 끝나긴 했지만, 석성보통학교(지금의 석성초등학교) 다닐 때 사귄 친구들을 비롯하여 사방 공사에서 만난 인근 주민들은 한둘이 아니었다. 당신은 봄가을 비정규직 사방 공사 감독으로 나가 일하는 동안 현장 인부들과도 대거 교분을 쌓은 것이었다.

따라서 인근 십자거리나 새다리에 나가면 언제든지 누군가를 만나 주막에서 권커니 잣거니 막걸리를 즐길 수 있었다. 당신은 다른 사람으로부터 술을 얻어 마실 때도 많았지만, 품앗이하듯 당신께서 상대방에게 대접할 때도 있었다. 주머니가 늘 탈탈 비어 있었던 터라 거의 예외 없이 술값을 외상으로 달아놓았다가 사방 공사 '간조(かんじょう, 勘定)'가 나오면 즉시 갚아주곤 했다. 당신은 술을 한 번 입에 댔다 하면 두주를 불사했다.

사실 (큰)아버지는 선천적 팔방미인이었다. 손기술이 뛰어나 뭔가를 잘 만들고 잘 고치는 능력을 비롯해서 다방면에 걸쳐 비상한 재능을 가지고 있었다. 하지만 운명인지 팔자인지 아무튼 시대를 잘못 타고나는 바람에 이루 형언할 수 없는 고난의 가시밭길을 걷고 있었다. 그러던 중 윤씨의 호의로 말랭이에 겨우 두어 식구 몸뚱이 들여놓을 만한 작은 초옥을 지은 것이었다.

윗집의 방위는 북향이었다. 어차피 내 땅이 아닌 남의 땅에 짓는 집, 같은 값이면 좋은 땅을 골라 윤씨에게 동의 내지 사용 허락을 구해도 좋았으련만 어찌하여 평평한 남향판 쌩게 놔두고 하필이면 팔풍받이 북향판을 선택했는지 몹시 궁금했다. 하지만 겉으로 드러난 현상만으로는 섣불리 당신의 속내를 예단할 수 없었다. 그 어른의 내면을 곰곰이 잘 들여다보면 거기 심오한 사상이 깃들어 있는 듯했다.

당신은 비록 이 근방에서 가장 힘겹게 살아가는 극빈 중의 극빈이었지만 양반의 후예라는 자부심이 대단했다. 다른 사람들을 한 수나 두 수쯤 내려다봐야 직성이 풀리는 것이었다. 누구한테 드러내놓고 말하지는 않았지만, 당신은 고르고 골라 동네 전체를 한 발 아래로 굽어볼 수 있는 그 자리를 선택한 것이 거의 명확했다. 언젠가 (큰)아버지가 내게 말했다.

"이 집터를 나 혼자 닦었다. 그전에는 여기 이 언저리가 온통 가시덤불로 뒤덮여 있었느니라. 그걸 낫으로 다 쳐낸 다음 삽과 곡괭이로 흙을 파냈지. 가끔온 느이 아버지가 와서 도와주기도 했다마는… 나 혼자 죽을 고생을 했어."

'느이'는 '네'를 일컫는 말로 '느이 아버지'란 '네 아버지', 즉 나를 낳으신 아랫집 친가 아버지를 의미했다. (큰)아버지는 나에게 당신의 아우, 즉 친가 아버지를 지칭할 때 꼭 '느이 아버지'라고 말했다. 그런 표현을 통해서도 나는 큰집에 양자로 들어갔다는 사실을 재삼 확인할 수 있었다. 어쨌거나 (큰)아버지는 집터 닦기에서부터 지붕 꼭대기 용구새 마감에 이르기까지 순전히 혼자 힘으로 윗집을 장만한 것이었다.

그 윗집을 아랫집에서 바라볼 경우 왼쪽은 동쪽이고 오른쪽은 서쪽이었다. 만약 그림으로 그린다면 왼쪽부터 잿간과 섶 울타리 뒷간, 집, 감나무가 일직선을 이루며 마을길로 이어지는 구도였다. 왼쪽 잿간과 뒷간을 지나면 곧장 시루봉으로 들어갈 수 있었다. 지붕이 없는 노천 잿간에는 부추가 자라고 있었다.

윗집 뒤꼍은 언덕이었고, 앞으로는 작대기 한 자루 너비의 좁다란 마당 가장자리에 허름한 닭장이 있었다. 그 뒤쪽 나지막한 언덕 아래 박 서방네 밭이 있었다. 다른 사람들은 고무신을 신고 다녔지만, 박 서방은 어디서 슬쩍 훔쳐 왔는지 군화를 신고 폼을 재며 거들먹거렸다. (큰)아버지 내외분은 암탉들이 낳는 달걀을 팔아 알뜰살뜰 요긴하게 가용에 보태고 있었다.

원증산 사람이라면 모두가 잘 아는 것처럼 나는 말랭이 윗집에서 세 살 때부터 스무 살 때까지 살다가 객지로 나왔다. 물론 그 후에도 고향에 가면 (큰)아버지 내외분이 계시는 그 윗집에서 묵었다. 그 윗집은 내 잔뼈가 굵어진, 가장 오래 살았던 내 성장기의 본거지로서 그곳에 얽힌 사연은 한두 가지가 아니었다.

윗집에서는 동네의 전모가 한눈에 들어왔다. 원래 우리 고장 전체의 지형이 비산비야였다. 집터의 지대가 아무리 높다 한들 따지고 보면 거기가 거기라고 말할 수 있었다. 눈대중으로 볼 때, 저 건너편 당산 기슭에 자리잡은 오쟁이네 집과 대식이네 집의 표고가 높아 보이기는 했지만 우리 윗집처럼 전망이 좋은 것은 아니었다.

윗집 마당에 나서면 일단 사각지대가 없었고, 시야가 탁 트여 도라무텡이 용보들 건너 채종말과 고추골이 보였다. 채종말에서 고추골을 거쳐 연화 매봉재에 이르기까지 일자문성이 미끈하게 뻗쳐 있었다. 고개를 들어 멀리 오른쪽으로 눈길을 던지면 노성산 저 너머로 계룡산이 우뚝 치솟아 있었다. 노성산은 마치 계룡산의 품에 안겨 있는 형국이었다.

나는 그동안 향수에 젖을 때마다 줄곧 윗집이든 아랫집이든 사진 한 장 똑바로 촬영해 놓지 못한 것을 뼈저리게 아쉬워했다. 하기야 엄밀히 따지고 보면 내가 고향에 살 때는 사진을 찍는다는 것이 쉽지 않았다. 식구들은 사진 촬영보다 입에 풀칠하기가 더 다급했다. 사진을 확보해 놓았더라면 나중에라도 누군가 우리 후손이 아랫집과 윗집을 복원할 때 가장 근사하게 참고할 수 있을 텐데 그럴 수 없는 사정이 자못 안타깝기 짝이 없었다.

사실인즉 (큰)어머니와 누님과 내가 윗집 마당에 나란히 서서 촬영한, 노랗게 빛바랜 명함판 크기의 작은 사진이 딱 한 장 있기는 있었다. 그런데 어느 여성지 기자가 내 일대기를 기사화할 때 곧바로 돌려준다면서 그걸 챙겨가더니 그만 흐지부지 분실하고 말았다. 어처구니가 없었다. 재수 없으면 비행기 안에서도 독사 물린다는 말이 있지만, 무책임한 기자를 철석같이 믿고 희귀 자료를 내주었다가 돌이킬 수 없는 참화를 입었다. 나중에 듣자하니 그 기자 녀석은 자기네 집 족보까지 잃어버렸다는 것이었다.

사진이나 영화를 관람하듯 꼼꼼히 회상하건대 우리 윗집의 구조는 아주 단조로웠다. 방 하나에 부엌 하나 딸린 맞배지붕의 맡집이었다. 추녀를 집 전체에 뼁 둘렀더라면 더 좋았을 텐데 부엌 쪽에만 추녀를 두르고 방 쪽에는 추녀를 두르지 않아 가옥 모양이 비대칭으로 되어 있었다. 누가 보더라도 외견상 궁색이 졸졸 넘쳐흘렀다.

그나마 부엌 쪽에 애써 천막처럼 추녀를 두른 것은 농기구와 그 밖의 잡다한 가재도구를 보관하는 헛간이 따로 없기 때문이었다. 그 추녀 밑 뒤쪽에는 눈비를 맞아서는 안 될 지게를 비롯하여 장작 고주박이 솔가리 깻대 콩깍지 등 바싹 마른 땔나무들이 쌓여 있었고, 그 앞쪽에는 수시로 꺼내 써야 하는 삼태기 키[箕] 메꾸리와 호미 낫 갈퀴 삽 쇠스랑 괭이 곡괭이 도끼 가래 넉가래 도리깨 홀태 따위의 몇몇 농기구들이 있었다.

초라했다. 남의 손이 미칠 수 있는, 즉 분실 우려가 있는 망치 자귀 장도리 끌 펜치 못 따위의 철물을 담은, 군대에서 흘러나온 국방색 철제 탄통 연장 그릇은 따로 챙겨 부엌에 보관했다. 톱은 안방 시렁 위에 있었다. 말하자면 각종 연장 중에서도 귀중품이었다.

굴뚝 모퉁이 쪽에는 추녀가 없었고, 그 대신 수직의 바람벽에 밀짚을 이엉으로 엮어 만든 거적때기 들창문이 있었다. 무더운 여름에는 들창문을 활짝 열어 제치고 환기와 통풍을 도모할 수 있어 좋았지만 소나기가 들이치거나 폭설이 쏟아질 때에는 빗물과 눈물이 스며들어 여간 불편한 것이 아니었다. 게다가 북풍한설 휘몰아치는 한겨울에는 그곳으로 파고드는 외풍이 무척 극심했다.

이렇듯 부엌 모퉁이에만 추녀가 있었고, 굴뚝 모퉁이 쪽에는 추녀 없이 들창문만 삐져나온 터라 윗집은 마치 짓다 만 구조물처럼 찌그러진 형상을 보여주고 있었다. 아마 우리 윗집처럼 희한한 주택은 세계에서 둘도 없을 것이었다. 나중에 굴뚝 모퉁이 쪽으로 방 한 칸을 더 달아냄으로써 이른바 대망의 초가삼간이 완성되기는 했으나 옹색한 초막집의 한계를 벗어나지는 못했다.

방 한 칸이 더 생긴 이후 윗집의 모양이 다소 그럴싸하게 개선된 것은 사실이었다. 하지만 윗방 쪽의 추녀가 정상인 반면 부엌 모퉁이 쪽의 추녀는 거의 땅바닥에 닿을락 말락 축 처져 있어서 윗집 전체의 형상은 좌우 대칭이 아닌 사다리꼴이라고나 할까 아무튼 여전히 기형이었다. 우리 식구들이 언제 굶어 죽을지 모르는 것처럼 우리 윗집 또한 언제 무너질지 모를 만큼 위태롭기 짝이 없었다.

안방에 덧대어 새로 달아낸 윗방은 내 방이었다. 들창문은 새로 지은 맨 오른쪽 벽으로 옮겼다. 어느 집이나 방 한두 칸에서 대가족이 버글거리던 시대에 나는 (큰)아버지 내외분의 특별한 배려로 독방을 차지할 수 있었다. 가슴이 미어지도록 고마웠다. 똥구멍이 찢어지게 궁핍한 현실을 감안할 때 그런 독방에서 공부할 수 있었던 것은 큰 행운이었다. 나는 이 나이 되도록 (큰)아버지 내외분의 그 고마움을 잊은 적이 없었다.

안방으로 드나드는 문 앞 '뜰팡'에 허약한 상기둥이 있었다. 어느 집이든 통상 상기둥으로는 가장 우람한 목재를 세웠다. 지붕의 하중을 감당해야 하기 때문이었다. 하지만 우리 윗집 상기둥은 어른들 종아리 굵기의 부실한 원목圓木이었다. (큰)아버지께서 돈 들이지 않고 가장 손쉽게 마련한 목재였던 것이다.

뜰팡과 댓돌 또한 특이했다. 다른 집의 경우는 상기둥을 중심으로 마루와 뜰팡과 댓돌이 있었다. 우리 윗집은 달랐다. 문지방 너머 뜰팡에 흙을 쌓고 시멘트를 매끈매끈하게 발라 마루 아닌 짝퉁 마루를 만들었다. 안방 문 앞과 뜰팡 사이, 부엌으로 드나드는 통로에 신발을 벗어놓게 되어 있었디.

별도의 발판이 없었다. 주춧돌 위에 올라앉아야 할 상기둥이 흙으로 갇혀 휩싸인, 즉 공기가 차단되어 항온 항습과는 정면으로 배치되는 구조인지라 목재 자체가 내구력을 잃고 쉬이 부식될 수밖에 없었다. 오직 우리 윗집에만 존재하는 변형 공법이었다.

(큰)아버지는 언젠가 뜰팡의 시멘트 거죽을 걷어내고 흙을 파낸 다음 부식할 대로 부식한, 만지기만 해도 버슬버슬 부스러지는 상기둥 하체를 톱으로 잘라 다른 목재로 이어 붙인 뒤 거멀못으로 고정시켰다. 그러고는 또 다시 흙으로 상기둥 언저리를 메워 뜰팡을 원상으로 복구했다. 상기둥의 부식을 원천적으로 막으려면 뜰팡의 흙을 통째로 파내고 마루 아닌 마루를 근본적으로 고쳐야 할 텐데 (큰)아버지에게는 그럴 마음이 없는 듯했다.

윗집은 외형만 괴상한 것이 아니었다. 집을 지을 때 자재로 사용한, 즉 시루봉에서 베어다 자체 조달한 목재가 전부 원목 일색이었다. 원목이란 껍질만 벗긴 나무, 즉 둥글이를 일컫는 말이었다. 대개 원목原木이라 하면 항구나 목재상에 쌓여 있는 거대한 통나무를 연상하게 마련이지만 그건 가공하지 않은 나무를 뜻하는 것이었고, 여기에서 내가 말하는 원목이란 산에서 갓 베어와 겨우 껍질만 슬슬 벗김으로써 본래의 형태를 그대로 간직한 둥글둥글한 나무를 의미했다.

기둥과 중방, 대들보와 서까래가 모두 그런 원목이었다. 튼실한 원기둥은 주로 궁궐이나 사찰에서 쓰지만, (큰)아버지의 능력으로는 그렇게 크고 좋은 목재를 구입할 형편이 못 되었다. 그리하여 본의와는 관계없이 제재소에서 잘 다듬은 각재가 아닌, 산에서 갓 베어온 가늘고 보잘 것 없는 원목을 쓴 것이었다. 그런 원목을 보고 나서 누군가가 우스갯소리로 장차 이 집에서 큰 인물이 나올 거라고 비아냥거린 적도 있었다.

원목 중에서도 서까래는 모두 소나무가 아닌 오리나무였다. 방 안에서 천장을 올려다보면 모든 서까래가 유선형의 물고기 배때기처럼 축축 늘어진 곡선을 그으며 완만하게 휘어 있었다. 그런 서까래들이 지붕의 무게를 견디지 못해 곧 툭툭 부러질 것만 같아 불안하기 짝이 없었다.

뜰팡 상기둥 왼쪽 부엌에는 나뭇간과 부뚜막이 있었다. 아궁이 하나에 솥 두 개가 걸려 있었다. 큰솥은 밥을 짓거나 물을 데우는 솥이었고, 나란히 걸려 있는 작은 솥은 국을 끓이거나 나물을 삶을 때 쓰는 솥이었다. 아궁이는 항상 입이 떡 벌어져 있었는데 훗날 새마을운동이 시작되면서 개폐식 철제 아궁이문을 달았다. 부뚜막은 (큰)어머니의 성품 그대로 언제나 미세한 재티 한 점 없이 반들반들했다.

　출입구 왼쪽 벽 밑에 방고래와 전혀 상관없는 딴솥 하나가 더 있었다. 부뚜막에 걸린 솥이 무쇠 솥인 반면 딴솥은 양은솥이었다. 이 솥은 방을 시원하게 유지해야 할, 즉 방고래에 화기를 넣지 말아야 할 여름에 사용하는 특별한 솥이었다. 불을 때면 벽 틈에 박힌 깔때기 모양의 연통이 밖으로 연기를 빨아냈다.

　이와는 별도로 드럼통을 잘라서 만든 약간 껑충한 화덕과 유약을 바르지 않고 흙으로 빚어 구운 질그릇 풍로도 있었다. 한여름 불볕더위가 기승을 부릴 때에는 화덕과 풍로를 마당에 내놓고 불을 지펴 음식을 마련했다. 무릇 인간이 자연과 더불어 살아가는 지혜는 이루 헤아릴 길이 없었다. 아궁이나 화덕에 불 땔 때 사르랑사르랑 바람을 불어넣는 '불무'도 있었다. 특히 왕겨나 잘 타지 않는 나무를 땔 때에는 불무가 꼭 필요했다. 불무란 풀무를 가리키는 말이었다.

　우리 윗집에는 솥이나 불무 같은 공산품 이외에도 (큰)아버지께서 손수 만드신 수제품이 훨씬 더 많았다. 부엌에는 (큰)아버지께서 만든, 원목 얼개에 대나무를 쪼개 노끈으로 단단하게 엮어서 받침대를 고정시킨 야무진 살강이 있었다. 살강 밑에서 숟가락 줍는다는 말이 있지만, 살강에는 사발 대접 보시기 접시 종발 주전자 냄비 주걱 국자 숟가락 젓가락 등등 부엌에서 쓰는 살림살이들이 가지런하게 제자리를 차지하고 있었다.

살강 아래에는 크고 검붉은 두멍이 있었다. 안팎으로 유약을 발라 가마에서 구워낸, 절반쯤 땅에 묻고 절반쯤만 몸통을 밖으로 노출시킨 꽤 큼지막한 항아리였다. (큰)어머니는 매일 손잡이 달린 물동이로 샘물을 길어다 두멍에 부어 놓고 그때그때 적정량을 덜어서 썼다. 두멍 밑바닥을 잘 들여다보면 더러는 어쩌다 가라앉은 쌀이나 보리쌀 한두 톨이 곰팡이를 피우면서 뽀얗게 불어터지는 것을 발견할 수 있었다.

우리 동네에는 우물이 세 군데 있었지만, 대부분의 동네 사람들은 저 아래 강도현씨네 집 앞에 있는 우물을 가장 선호했다. (큰)아버지는 술 마신 그 다음날 아침이면 먼동이 틀 무렵 부리나케 그 우물로 가서 샘물을 떠 마셨다. 그 우물은 수량이 풍부하고 물맛이 좋기로 유명했다. 기미년 가뭄에도 마르지 않아 고추골 사람들까지 물을 길러 왔다는 일화가 전설처럼 남아 있었다.

더욱이 사시사철 물이 시원하면서도 달착지근하였다. 나는 지금까지 국내외 여러 곳을 다녀봤지만, 그 우물에서 나오는 물처럼 좋은 물맛을 체험한 적이 없었다. 그 언덕에는 샘을 향해 맵시 있게 휘늘어진 향나무가 있었고, 향나무 언저리 자투리땅에는 해마다 도라지꽃과 접시꽃이 화사하게 피었다.

말이 나왔으니까 얘기지만, (큰)어머니의 임질은 어느 누구도 따를 수가 없었다. 임질이란 물건을 머리에 이는 일을 말하는데, (큰)어머니의 경우 무엇이든 얼마나 머리에 잘 이는지 동네 사람 모두가 탄복을 아끼지 않았다. 가령 우물에서 물동이를 일 때에도 놀라운 능력을 발휘했다. 당신은 정수리에 똬리를 얹고 살그머니 자세를 낮추면서 일단 물동이를 우물 테두리 난간까지 살짝 들어 올렸다가 순간적으로 그 탄력을 이용하면서 다시 들어 올려 가뿐하게 머리에 이는 것이었다.

그걸 이고 윗집까지 오는 동안 반질반질한 물동이 겉면에 송알송알 맺힌 물방울이 이마와 눈으로 흘러내릴라치면 손바닥으로 쓰윽 훑어 길바닥에 휘휘 뿌렸다. 어떤 때는 물동이 손잡이를 붙잡지도 않은 채 양쪽 팔을 휘적휘적 저으며 걸었다. 기술도 보통 기술이 아니었다. 내가 볼 때에는 물동이가 머리 위에서 굴러 떨어지지나 않을까 아슬아슬했지만, 당신은 곡마단의 곡예사나 약장수 패거리의 마술사처럼 아무렇지도 않게 당당히 걷는 것이었다.

내가 논산대건중학교에 들어갈 무렵 (큰)아버지께서 물지게를 장만했다. 그때부터는 나도 물지게에 양철 물통을 걸고 샘으로부터 물을 져 날랐다. 물동이로 머리에 여 나를 때와는 비교할 수 없을 만큼 물을 확보하기가 용이했다. 밥을 짓고 아침저녁으로 마시는 식수와 세숫물에다 한여름 등목 물에 이르기까지 생활용수를 두멍에 가득 담아 놓고 풍족하게 쓸 수 있어서 참 좋았다.

(큰)어머니가 물동이로 임질을 할 때에는 물을 아끼는 데까지 아껴 써야 했는데, 이제는 화단에 물을 주거나 마당에 일어나는 먼지를 잠재울 때에도 물지게로 샘물을 길어다 '물 쓰듯이' 펑펑 쓸 수 있을 만큼 여유가 생겼다. 떡 본 김에 제사 지낸다는 말도 있지만, 나는 물지게를 지고 나선 김에 가끔은 물을 길어다 아랫집 두멍도 가득 채워 놓곤 했다. 그러나 아랫집은 우물에서 가깝기도 했거니와 아버지 어머니 동생들이 하도 부지런해서 두멍이 비어 있는 경우는 드물었다.

윗집 부엌 뒷문으로 나가면 보리밭 언덕 밑으로 장독대가 있었다. 납작납작한 돌을 깔아 흙물이 튀어 오르지 않도록 바닥을 다진 장독대에는 간장독 된장독 고추장독 소금독 이외에도 크고 작은 옹기들이 집단을 이루고 있었다. 장독으로 오르내리는 층계가 있었고, 그 정면 한복판에는 다듬잇돌보다 약간 작은 박석이 있었다. 그것은 (큰)어머니가 정화수를 떠놓고 천지신명께 기도를 올리는 일종의 제단이었다.

장독대 오른쪽에는 밭 언덕 밑을 뚫고 들어간 방공호가 있었다. 폭격기 공습 때 대피하던 6·25전쟁의 잔재였다. 그 안으로 엎드려 기어 들어가면 등잔을 얹어 놓을 자리까지 마련돼 있었다. 여름에는 시원했고, 겨울에는 다소 안온했다. (큰)아버지는 그 앞에 김장독을 묻었고, 구덩이를 파서 가을에 무와 배추를 뽑아 저장했다. 그곳 입구 위쪽에는 앵두나무 한 그루가 있어 마치 방공호 출입구를 위장해 놓은 것 같았다.

그 방공호 오른쪽 언덕 밑에 내가 만든, 두어 평이 채 못 되는 작은 화단이 있었다. 나는 동네 친구들 집에서 군자란 백합 칸나 다알리아 접시꽃 등등 보기 좋은 화초를 한두 포기씩 분양받아 모종삽으로 옮겨 심었다. 그런가 하면 시루봉에서 도라지 원추리 할미꽃 제비꽃을 캐다 심기도 했다.

(큰)어머니는 오래 전 계룡산에 다녀오실 때 산나리를 캐가지고 와서 심었다. 봄이 되면 군자란 산나리 원추리 칸나 등 여러해살이 화초들이 땅거죽을 비집고 뾰족뾰족 싹을 내밀었다. 나는 매년 한해살이 식물인 봉숭아 맨드라미 분꽃 해바라기 나팔꽃의 씨를 잘 받아 두었다가 파종했다. 꺾꽂이를 해도 잘 자라는 채송화의 경우 비 내리는 날 한 치 정도의 길이로 똑똑 분질러서 물기 머금은 땅을 헤집고 잘 꽂았다.

화단 맨 위쪽 언덕바지에 개나리나무가 있었다. 내가 석양국민학교 울타리에서 한 가지를 꺾어다 사선으로 뾰족하게 엇비껴 삐져가지고는 삽목한 것인데 매년 곁가지를 치면서 부쩍부쩍 무성하게 자라더니 언제부턴가 제법 우람한 떨기를 이루었다. 거름을 주지 않아도 잘 자라 몸집 키우며 우거지는 것을 보면 개나리의 생명력이 얼마나 강인한가를 능히 짐작할 수 있었다.

개나리나무와 함께 방공호 머리맡의 앵두나무가 앞서거니 뒤서거니 꽃을 피우면 참 아름다웠다. 봄꽃이 지나가면 여름꽃이 그 뒤를 잇고, 여름꽃이 지면 가을꽃이 피어나 이어달리기를 하면서 빈곤의 삭막함을 달래주었다. 그토록 곤궁한 가정인데도 부잣집과 다를 바 없이 각종 꽃이 아름답게 피는 것을 보면 그저 고마울 따름이었다.

한편, 나는 석양국민학교에 들어간 이후 원중산4-H구락부 회원으로 활동했다. 네잎 클로버, 즉 '지덕노체'로 대변되는 4-H구락부의 회원이라면 뭔가를 행동으로 실천해야 되기에 일단 토끼를 키우리라 계획하고는 십자거리에서 주워온 사과 궤짝에 문을 달아 토끼장부터 만들었다. 그리고는 닭장 안에 토끼장을 집어넣은 뒤 논산 장날 토끼 새끼 세 마리를 사다가 길렀다. 흰 토끼가 아닌, 까만 털이 회색 잿빛으로 변해 가는 재토끼였다.

정말 토끼 키우는 재미가 쏠쏠했다. 클로버와 씀바귀를 비롯해 연한 풀을 뜯어다 토끼장에 넣어 주면 토끼들이 오물오물 갉작갉작 귀엽게 잘 먹었다. 나는 토끼들이 자라는 과정을 관찰하며 일기를 썼고, 4-H구락부 월례회의 때 그 내용을 발표했다. 나는 동네 형들이 시키는 대로 일찍부터 서기 직분을 맡았다. 회의록 작성은 물론 우리 동아리에서 일어나는 모든 일들을 기록하는 역할이었다.

나는 저학년 때부터 동네 형들의 말을 고분고분 잘 따랐다. 형들은 그런 나를 부려먹기 좋아서 그랬는지 여기저기 잘 끼워 주었다. 내 쪽에서는 형들을 따라다니는 기회가 많았던 반면 동기들이나 후배들과는 별로 어울리지 않았다. 좀 조숙했다고나 할까, 하여간 나는 언제나 서너 살 많은 형들과 어울려 다녔다.

국민학교 3학년 때 식목일을 맞아 뒷간 쪽 감자밭 언덕 대추나무와 나란히 소나무 묘목 대여섯 그루를 심었다. 그로부터 며칠 후 4·19혁명이 일어났다. 5학년 때에는 은행나무 묘목 두 그루를 사서 마당가와 부엌 모퉁이 골담초 언덕에 심었다. 대추나무에는 매년 왕방울만 한, 썩 달고 맛있는 대추가 다닥다닥 열렸다. 일렬로 도열한 나무들 밑으로는 작은 도랑이 있었다.

원중산은 인심 좋고 평화로운 고장이었다. 하지만 옥에도 티가 있듯 우리 마을에는 평생 구제 받지 못할 천하잡놈이 있었다. 박 서방이었다. 그는 동네 토박이가 아닌, 몇 년 전 갑자기 외지에서 흘러 들어온 뜨내기였다. 시도 때도 없이 '묻지 마 범행'을 일삼던 박 서방. 그는 인상이 산적처럼 험상궂어 오죽하면 철모르는 아이들까지 그 흉물과 마주치지 않으려고 슬금슬금 피해 다니곤 했다.

한마디로 말하자면 그는 천벌을 받아 마땅한 악질이었다. 어쩌다 그런 불상놈이 우리 동네에 흘러들어왔는지 알다가도 모를 일이었다. 윗집 집터가 그의 밭과 경계를 맞대고 있다는 그 자체가 악연 중의 악연이었다. 그 날강도 같은 놈의 두 눈깔에는 항상 시뻘건 핏발이 서 있었다. 그놈 집은 저 아래 우물로 가는 삼거리 길목에 있었다.

어느 해 여름이었다. 한껏 푸르렀던 대추나무 이파리가 시들시들 말라가고 있었다. 처음에는 무슨 병충해 때문에 그런 줄 알았는데, 웬걸 자세히 살펴보니 놀랍게도 그 언저리 넓적한 머위 이파리에 노란 톱밥이 강냉이가루처럼 오소소 흩어져 있었다. 나무 밑둥에 톱자국이 있었고, 풀이 자라지 않은 도랑 밑바닥 모래흙에 흔치 않은 군화 발자국이 찍혀 있었다.

삼척동자도 알다시피 부드러운 고무신은 여간해서 발자국이 남지 않았다. 그러나 자동차 타이어처럼 딱딱한 군화 밑바닥은 발자국이 잘 박힐 수밖에 없었다. 나는 어느 놈 수작질인지 직감했다. 우리 동네에서 군화를 신고 다니는 작자는 딱 한 놈이었다. 그 파렴치한이 계획적으로 대추나무의 생명을 앗아간 것이었다. 무슨 억하심정인지 도저히 이해할 수가 없었다.

대추나무는 이제껏 어느 누구에게도 피해를 끼치지 않았다. 그렇다면 하등 인간의 공격을 받아야 할 이유가 없었다. 대추나무의 타살은 아무런 이유 없이 저질러진, 해코지를 위한 해코지로 무차별 '묻지 마 범행'이었다. 빼곡하게 매달린 가녀린 대추알도 속절없이 말라비틀어지고 있었다. 대추나무는 가을이 오기도 전에 완전히 숨을 거두었다.

바로 그해 겨울 한복판이었다. 어떤 도둑놈이 우리 닭을 훔쳐 갔다. 문둥이 콧구멍의 마늘을 빼먹어도 분수가 있지 우리처럼 극빈으로 살아가는 집에 뭔가를 보태주지는 못할망정 재산목록 1호나 다름없는 닭을 약탈하다니 참 어이가 없었다. 벼룩의 간을 꺼내 먹고도 남을 만큼 더럽고 치사한 좀도둑. 그놈이야말로 인정머리라고는 눈곱만큼도 갖추지 못한, 최소한의 양심조차 저버린 인간 이하의 야만적 악당이었다.

평소 (큰)아버지는 잠이 적은 데다 잠귀마저 밝았다. 그뿐 아니라 장죽에 담배를 쟁여 피운 뒤 재를 털 때에는 대꼬바리로 놋쇠 재떨이가 쩌렁쩌렁 울리도록 두들겼다. 그런 날에는 제아무리 간 큰 도둑놈이라도 감히 범접할 수가 없었다.

그런데 그날은 참 이상했다. (큰)아버지께서 대취하셨고, (큰)어머니 또한 여느 날과 다름없이 일찍 주무셨다. 도둑놈은 호시탐탐 (큰)아버지가 만취해시 깊은 잠에 빠지기를 노리고 있다가 절도를 행동으로 옮긴 것이었다. 범인은 분명 (큰)아버지의 동태와 (큰)어머니의 취침 시간을 떠르르하게 잘 아는 놈이었다.

나는 원래 잠귀가 어두웠다. 한 번 잠들었다 하면 누가 업어 가도 모를 만큼 꽉 곯아떨어져버리는 잠꾸러기였다. 번개 천둥이 지축을 흔들어도 감지하지 못하는 체질인 터라 밤새 도둑놈이 들어왔는지 닭이 없어졌는지 전연 낌새조차 채지 못했다. 분통이 터져서 속병을 앓다가 거꾸러질 노릇이었다.

그날 아침 (큰)어머니가 모이를 주면서 닭 여덟 마리 중 하필이면 알 잘 낳는 황계 암탉 두 마리가 없어진 것을 알았다. 고양이 죽 쒀 줄 것은 없어도 도둑맞을 것은 있다더니 그 말은 결코 우스갯소리가 아니었다. 우리처럼 곤고한 집 암탉 두 마리는 부잣집 암소 두 마리와 다를 바 없었다. (큰)어머니가 (큰)아버지에게 말했다.

"오매, 이리 좀 와 봐유. 암탉이 두 마리나 없어졌슈."

"뭐여?"

(큰)아버지는 뜰팡으로 내려온 뒤 고무신을 신고 닭장 앞으로 다가섰다. 꼭두새벽에 일어나 샘물을 떠 마시고 돌아온 당신의 몸에서는 아직도 막걸리 냄새가 풀풀 풍겨 나오고 있었다. 아니나 다를까, 닭은 아무리 세어도 여섯 마리밖에 되지 않았다. (큰)어머니가 닭장 안쪽을 가리키며 말했다.

"아이구머니, 저기 좀 봐유."

닭장 저 뒤쪽에 개구멍이 뻥 뚫려 있었다. 도둑놈이 들어와 닭을 훔쳐 가지고 달아난 자리였다. 무서웠다. 금방이라도 무지막지한 도둑놈이 흉기를 들고 뛰쳐나올 것 같은 휑뎅그렁한 그 개구멍을 바라보는 순간 온몸에 쫘악 소름이 올라붙으면서 머리끝이 찌풋거렸다.

그 시절 소위 '서리'라는 것이 있었다. 여러 사람이 떼 지어 남의 과일 곡식 가축 따위를 훔쳐 먹는 얄궂은 장난질이었다. 무엇을 훔치느냐에 따라 서리의 종류도 다양했다. 콩서리 보리서리 참외서리 수박서리는 예사처럼 흔했다. 물론 닭서리도 있었다. 서리꾼들은 주인에게 치명적 타격을 주지 않는 범위 안에서 필요한 만큼 적당히 훔쳤고, 그 피해 당사자 또한 얼마간 서리를 당했다 하더라도 적당히 눈감고 묵인해 주는 일종의 세시 풍속이었다.

그런데 이건 뭐 풋내기 서리꾼들의 어설픈 장난이 아니라, 현장에 드러난 수법만 보더라도 아주 닳고 닳은 노련한 절도범의 소행이었다. 죄질이 매우 나빴다. 순수한 서리꾼들이라면 애당초 우리처럼 불쌍한 집에 달라붙을 까닭이 없었다. 대개 서리꾼들은 살림에 여유 있는 부잣집을 표적으로 삼았다. (큰)아버지가 말했다.

"어떤 후레자식이 이 따위 짓을 했댜, 참…"

(큰)아버지는 구멍 뚫린 닭장 뒤쪽 언덕으로 다가갔다. 도둑놈은 닭장 벽돌을 허물고 닭을 잡아 빼내간 것이었다. 거기, 중요한 단서가 있었다. 박 서방네 밭으로 흘러내린 언덕 잔설 위에 군화 발자국이 선명하게 찍혀 있었다.

도둑놈은 미상불 캄캄한 밤에 발을 잘못 디뎠다가 부상이라도 당할까 봐 얇은 고무신 대신 튼튼한 군화를 신고 도적질에 나선 것이 거의 확실했다. 군화 발자국만 보더라도 이번 절도 용의자는 지난번 톱질 만행으로 대추나무를 무자비하게 살해한 '묻지 마 범행'의 범인과 동일범일 가능성이 매우 높았다. (큰)어머니가 직감으로 말했다.

"어떤 놈 짓인지 알겠네유. 이런 짓거리 할 놈이 한 놈밖에 더 있남유."

"이거 참, 그놈을 불리다 주리를 틀어버릴 수도 없구… 쯧쯧…"

(큰)아버지는 혀를 끌끌 찼다. 굳이 뒷조사를 하지 않더라도 간밤의 암탉 절도 행각은 어느 놈의 수작질인지 개략적인 심증과 윤곽이 뚜렷하게 드러나 있었다. 하지만 (큰)아버지 내외분도 그렇고 나도 그렇고 범행을 직접 목격하지 못한 데다 동네에 좋지 않은 소문이 번질까 봐 입을 다물었

다. 괜히 어설피 잘못 나섰다가 그 흉악한 놈으로부터 얼마나 무지막지한 보복을 당할 것인지 그게 두려운 것도 사실이었다.

그날 시래기죽으로 대충 점심을 때운 뒤 나는 물지게를 지고 물을 길러 나섰다. 찬바람이 불고 있었다. 우물로 가는, 박 서방네 집과 갈라지는 삼거리 길바닥에 닭털 몇 점이 풀풀 흩날리고 있었다. 닭털이라고 해서 똑같은 닭털이 아니었다. 바람에 날려 나뒹구는 닭털은 붉은 기운이 도는 황계 암탉의 누런 털이었다.

때마침 박 서방네 집구석으로부터 닭 삶는 냄새가 등천하고 있었다. 박 서방의 경우 닭은커녕 병아리도 키우지 않았을 뿐더러, 그 모리배의 소갈머리는 밴댕이보다 나을 것이 없을 만큼 옹졸했다. 그렇게 비루한 아랫것 노랑이 주제에 개뿔이나 논산 장 또는 부여 장에 가서 제 돈 주고 닭을 사다가 삶아 먹는다는 것은 상상할 수도 없었다. 물 긷기를 마친 뒤 내가 (큰)아버지 내외분께 말했다.

"박 서방을 지서에 고발할까유?"

"냅둬라. 그 나쁜 놈이 필경은 날벼락을 맞아 죽을 것이니라."

'냅둬라'는 '내버려두어라' 또는 '관두어라'는 뜻이었다. '날베락'은 '날벼락'이었다. (큰)아버지는 평소 과묵했다. 여간해서 입을 열지 않았고, 안면에 아무런 표정 변화가 없어 내면으로 무슨 사색을 하는지 전혀 짐작조차 할 수 없었다. 장부일언중천금丈夫一言重千金을 선험적으로 통찰하신 어른이었다.

문제는 술이었다. 당신은 애주가 중의 애주가였다. 주로 막걸리를 드셨지만, 소주든 과일주든 뭐든 술이라면 사양하지 않았다. 청탁清濁과 다소多少를 불문했다. 거짓말 좀 보태자면 밥보다 술을 더 좋아하셨다. 술을 드시고 거나하게 취기가 오르면 침묵이 웅변으로 돌변했다. 당신은 술의 힘을 빌려 무슨 말이든 거침없이 내질렀고, 작취미성으로 감정이 폭발할 때에는 물불 가리지 않고 사자후를 토해냈다.

그러나 아무리 취중이라 하더라도 하실 말씀만 하셨지 못 하실 말씀까지 하신 것은 아니었다. 세상을 원망하고 아니꼬운 작태를 사정없이 질타할지라도 사감을 앞세워 어느 개인을 비방하지는 않았다. 예컨대 당신은 박 서방을 마음속으로만 증오했을 뿐 그놈의 패악질에 관해서는 일절 발설하지 않았다. 똥이 무서워서 피하는 것이 아니라 더러워서 피하는 이치와 같았다.

그 대신 당신은 박 서방을 아예 금수나 하등 동물 정도로 간주하면서 인간으로 취급해 주지 않았다. 오다가다 길에서 만난 그놈이 먼저 인사를 건네도 가차 없이 묵살해 버리곤 했다. (큰)아버지가 그놈을 대하는 자세는 술을 마셨을 때나 안 마셨을 때나 똑같았다. 박 서방은 극악무도한, 스스로 인간이기를 포기한 괴물이었다. 그놈은 지속적으로 다른 이웃들에게 위해를 가했다. 백해무익한 인간 말종이었다.

그건 그렇고, 재작년 가을 대통령 직속 정부 투자 기관 주최 저명인사 초청 비공개 간담회에 참석한 적이 있었다. 내가 저명인사인지 아닌지는 잘 모르겠으나, 주최 측에서는 사회 발전 전반에 관한 각계의 포괄적 의견을 수렴하고자 그런 자리를 기획한 것이었다. 그 기관 대표 이사가 주재한 그날 회의에는 각계각층 인사 일곱 명이 참석해 다양한 의견을 개진했다.

나야 뭐 초야에 묻혀 살아가는 일개 백면서생일 뿐이었다. 그러나 나 이외의 나머지 여섯 분은 그야말로 이름만 대면 초등학생도 금세 알 수 있을 만큼 유명한 분들이었다. 나는 우리 사회가 당면한 일련의 병리 현상을 지적한 뒤 인문학 육성을 통한 백년대계 삶의 질 향상 방안을 제시했다. 간담회는 오전 내내 진지하게 진행되었고, 점심시간이 되자 주최 측에서 준비한 개인별 도시락이 앞앞이 배달되었다. 주최 측 실무 책임자가 말했다.

"지금 코로나19가 심각합니다. 참석하신 여러 선생님을 좋은 음식점으로 잘 모시려고 했으나 어쩔 수 없이 도시락을 주문했습니다. 양해 바랍니다."

도시락 덮개를 열자 맛있는 냄새가 확 풍겼다. 밥에 기름기가 잘잘 흐르고 반찬이 푸짐했다. 갈비 불고기 돼지고기 닭다리 전복 낙지 해삼 등 육류와 해산물 요리가 골고루 들어 있었다. 물론 김치와 나물류도 있었고, 국물이 플라스틱 용기에 담겨 있었다.

나는 어쩔 수 없는 촌놈이었다. 최고급 도시락을 대하는 순간 조건 반사처럼 고향에서의 어린 시절이 불쑥 떠올랐다. 이토록 뻑적지근한 진수성찬을 앞에 놓고 보니 과거 굶주림에 시달리던 네 분 부모님과 동기간들이 생각나 목울대가 울컥하면서 가슴이 먹먹해졌다. 흘러간 옛일들이 골수에 사무쳤다. 항상 호의를 베풀어 주었던 윤구병씨 부자父子의 모습도 스쳐 지나갔다.

나는 밥 한 톨 반찬 부스러기 한 조각 남기지 않고 싹싹 긁어서 꼬약꼬약 다 먹어 치웠다. 남들이 흉을 보거나 말거나 체면이고 뭐고 그런 것은 따질 계제가 아니었다. 미련하고 멍청한 짓이었다. 평소 식사량의 두 배는 되는 것 같았고, 나중에는 배꼽이 배 밖으로 툭 불거져 나와 발랑발랑하였다. 여북하면 헉헉 숨까지 가빠지고 있었다.

식사 후 차를 마시자 간담회도 자동 종료되었다. 얼마나 포식을 했던지 갑작스럽게 체중이 왕창 불어난 듯했다. 음식을 남기지 못하는 습성이 과식을 불러왔고, 그곳 청사를 나올 때에는 뒤뚱뒤뚱 몸을 움직이기조차 불편했다. 근처 약국에 가서 소화제를 사먹었지만, 그날 늦게까지 뱃속이 빵

빵하여 저녁식사는 아예 건너뛰었다.

지난 봄철이었다. 부여에서 열린 출향 인사 모임에 참석했다가 일부러 시간을 쪼개어 몽매에도 그리웠던 원중산에 들렀다. 세월이 무상했다. 네 분 부모님과 큰누님은 이미 오래 전에 돌아가셨고, 우리 동기간들 또한 어느덧 늙마에 들어섰지만, 동네 또한 몰라보게 변모해 있었다.

10년이면 강산이 변한다고 했다. 그 10년이 다섯 바퀴 이상 흘러간 이 마당에 고향 산천이 변화한 것은 당연한 귀결이었다. 내가 태어난 곳, 부모님을 따라 잠시 곁방살이하던 곳, 부모님과 동기간이 살던 아랫집, 후사로 들어가 자라난 윗집 모두 뿌리째 뽑혀 사라지거나 아니면 원래의 형체를 알아볼 수 없을 정도로 천지개벽되어 있었다. 윤구병씨네 저택도 어디론가 자취를 감추었다. 가슴이 아려오면서 눈물이 앞을 가렸다.

예부터 공은 닦은 데로 가고 죄는 지은 데로 간다고 했다. 적악지가필유여앙積惡之家必有餘殃이라, 천인공노할 악행을 일삼던 박 서방은 폭삭 망해 도망치듯 대전으로 이사 간 뒤 급살을 맞았다. 그의 자녀들 또한 습관적으로 범행을 일삼아 교도소를 제 집 안방처럼 들락거리고 있었다. 박 서방 일족이 살던 집 자리는 온갖 쓰레기와 오물이 시커멓게 썩어가는 시궁창으로 둔갑해 살인적인 악취를 내뿜고 있었다. 어쩌면 저승으로 떠난 박 서방의 사후 세계를 현실로 보여주는지도 몰랐다.

그 반면 윗집 옛터 언덕에는 개나리꽃 한 무더기가 샛노랗게 피어 있었다. 아! 얼마나 횡흘했던지 저절로 탄성이 나왔다. 많은 사람들이 불귀의 객이 되거나 외지로 떠나는 동안 아직 인간의 공격을 받지 않은 개나리는 비좁고 척박한 땅에서도 계속 번창하면서 와글와글 시끌벅적 휘황찬란한 꽃 산치를 벌여 놓고 있었다. 신선한 충격이었다. 좌우간 천지만물 대자연의 오묘한 섭리 앞에서는 그저 옷깃을 여미고 고개를 숙이지 않을 수 없었다.

　그러나 다른 한편으로는 바야흐로 전성시대를 맞이한 이 개나리나무가 저 멀쩡했던 대추나무처럼 언제 어느 악마로부터 무슨 참사를 당할지 몰라 사뭇 걱정되었다. 앵두나무는 누가 캐갔는지 보이지도 않았다. 나는 얼마 동안 말랭이에서 하염없이 서성거리다가 무거운 발길을 돌렸다. 저 높은 하늘로부터 눈부신 햇살이 펑펑 쏟아지고 있었다. (『자유문학』 2024. 여름호)

백제 왕릉

태조산太祖山은 해발 224.4미터로 석성면, 더 나아가 부여군 내 백마강 동쪽에서 가장 높았다. 몸집이 웅장한 우리 고장의 진산이었다. 봉우리가 높은 만큼 골짜기도 깊었다. 산자락이 정각리와 증산리와 현내리 등 3개 리里에 뻗쳐 있었다. 태조산의 상봉은 태조봉太祖峰이었다. 주민들은 통상 산명山名인 태조산이라는 명칭 대신 봉명峰名인 태조봉이라 불렀다. 험준한 산악 지대가 아닌, 주변의 표고 자체가 전반적으로 낮은 비산비야의 완만한 구릉인지라 태조산은 더욱 듬직하고 우람했다. 금남정맥錦南正脈의 일맥이었다.

태조산 서쪽에 아담한 사찰 정각사正覺寺가 있었다. 1929년 간행『부여지扶餘誌』에는 이 절의 동쪽에 도솔암兜率庵이 있고, 현내리 부도탑 가까운 곳에 명적암明寂庵이 있다고 기록되어 있었다. 석성현을 작도한 각종 고지도에도 도솔암과 명적암이 명시돼 있었다. 하지만 내 어린 시절에는 고찰이나 암자 중 유일하게 정각사만 남아 있었다. 도솔암과 명적임은 이미 역사의 저편으로 묻힌 것이었다. 조선 시대에 창건한 정각사는 대웅전 나한전 요사 등 세 채의 건물로 이루어져 있었다. 정각리라는 행정 구역 명칭은 바로 이 정각사에서 유래되었다.

태조산 아래 국도 제4호와 지방도 제799호가 '열 십十' 자로 교차하는 십자거리가 있었다. 제4호 국도는 부여와 논산, 제799호는 공주와 강경을 잇고 있었다. 그 가로변에 가촌이 형성돼 있었고, 그 안쪽으로 조금 들어간 태조산 들머리에 석양국민학교(지금의 석양초등학교)가 있었다. 다른 동네에서 석유 등잔으로 호롱불을 밝히던 그때 그 시절 십자거리에는 진작 전기가 들어와 근동에서 가장 번화했다. 부여와 논산, 공주와 강경은 역사적으로 유명한 지역이었다.

나는 1958년 3월 석양국민학교에 들어갔다. 난생 처음 학교 문턱을 밟은 것이었다. 원중산 우리 집에서 십자거리 학교까지 가려면 도보로 약 20분가량 소요되었다. 십자거리 학생들에 비하면 먼 편이었고, 우리 동네보다 더 떨어진 연화 마을이나 비당리 소반촌 학우들에 비하면 가까운 편이었다. 정각리나 탑동과는 어슷비슷한 거리라고 말할 수 있었다. 석양국민학교는 바야흐로 내 유년의 요람이자 희망의 시발점이었다.

십자거리에는 교차로를 중심으로 지서와 차부집과 '칠이옥'과 '논산옥'이 있었다. 공주 방면 좌측 모퉁이에 지서가 있었고, 강경 방면 우측 모퉁이에 차부집이 있었다. 지서 앞에는 부여행 버스 정류장, 차부집 앞에는 논산행 버스 정류장이 있었다. 차부집에서는 차표 이외에도 식음료 건어물 비누 성냥 양초 등 각종 잡화를 비롯해 연필 공책 크레용 책받침 등 학용품까지 팔고 있었다. 인근 주민들은 수시로 신작로에 물을 뿌려 시도 때도 없이 풀풀 날아오르는 희뿌연 흙먼지를 촉촉하게 잠재웠다.

칠이옥은 공주 방면 우측 모퉁이에 있었고, 논산옥은 강경 방면 좌측 모퉁이에 있었다. 칠이옥 주인은 최칠권씨로 그의 부인은 남달리 인정 많은 임천댁이었다. 백마강 건너 임천은 백제 시대의 가림성으로 아주 유서 깊은 고을이었다. 나는 그 내외분을 뵐 때 그냥 '아저씨' '아주머니'라 불렀다. 논산옥 주인은 논산에서 시집 와 청춘에 홀로 된 논산댁이었다. 그 집 아들 형제는 나처럼 모두 석양국민학교에 다니고 있었다.

칠이옥의 경우 출입구 좌우에서 높이 자라 오른 등나무가 큼지막한 간판까지 에워싸고 있었다. 페인트로 굵게 쓴, 글자마다 한 획 한 획 그림자를 입혀 입체적으로 멋을 부린 해서체 간판 글씨가 자못 명필이자 예술적이었다. 논산옥 간판도 마찬가지였다. 나는 두 음식점 간판의 서체를 잘 눈여겨보았다가 붓으로 흉내 내며 습자한 적도 있었다. 간판 상단에는 전등이 매달려 있었다.

칠이옥과 논산옥의 간판 좌우에는 공통적으로 '大衆食事' '按酒一切'라 쓰여 있었고, 출입문 지네발처럼 축축 늘어진 검정색 가림막 가닥에는 흰 글씨로 '백반' '국밥' '국수' '왕대포' '소주' '정종' 등 여러 음식과 주류가 명시돼 있었다. 나는 훗날 성년이 되었을 때 '정종'이 일본식으로 빚어 만든 맑은술로서 일본 상품명이라는 것을 깨달았다.

그건 그렇고, 칠이옥은 색시를 고용한 이른바 '색싯집'으로 사과 배 복숭아 포도 등 과일을 비롯하여 떡과 빵은 물론 초콜릿 캐러멜 비스킷 껌 눈깔사탕 박하사탕 등 일련의 과자류까지 팔고 있었다. 논산옥도 색싯집이었지만, 칠이옥과는 달리 과일류나 과자류는 취급하지 않고 음식과 주류만 팔았다.

색시란 주객들의 술시중 드는 여성을 의미했다. 어른들은 그 당시 색시, 기생, 작부, 술집 여자, 접대부, 고용자, 화류계 등 좀 여러 가지 요상한 호칭을 끌어다 붙였다. 종업원이니 직업여성이니 뭐니 하는 좀 점잖고 고상한 용어들은 나중에 등장했다. 그 여성들은 예쁜 얼굴에다 야한 화장과 화려한 옷차림으로 돈깨나 있는 남정네들의 눈길을 끌어당기고 있었다.

나는 그 여성들이 구체적으로 무슨 일을 하는지 잘 몰랐다. 다만, 손님들이 술 마시며 노래 부를 때 함께 '닐리리야 닐리리야 니나노…' 젓가락

장단으로 흥을 돋우지 않나 어렴풋이 짐작했을 따름이었다. 칠이옥과 논산옥은 평소 경쟁 관계이면서 가끔 손님이 넘쳐날 때에는 서로 방을 빌려주거나 식음료 등 물품까지 긴급 지원해 주는 공존공영의 공생 관계라고 말할 수 있었다.

나는 국민학교 재학 중 줄곧 교복 가슴에 기성품 비닐 명찰과 제비꼬리 모양의 리본을 패용했다. 그것은 차부집에서 산 것이었다. 명찰도 그렇고 리본도 그렇고 비닐 창에 성명과 문안을 끼워 넣도록 제작돼 있었다. 명찰에는 연필로 이름을 써서 비닐 창 안으로 밀어 넣었고, 리본 안의 접지에는 '삼일절' '제헌절' '광복절' '개천절' 이외에도 '불조심' '교통안전' '반공방첩' '준법정신 앙양' '구강 위생 보건 주간' '국산품 애용' '기생충 박멸' '쥐잡기 주간' 등 여러 경축일과 표어와 경구들이 골고루 인쇄돼 있었다. 그걸 시의에 맞게끔 그때그때 적절히 뒤집고 잦히고 다시 접어서 갈아 끼우면 되는 것이었다.

4학년 때의 담임은 정진후 선생님으로 미혼 꽃미남이었다. 선생님은 칠이옥에서 하숙 생활을 하고 있었다. 새 학년 새 학기가 시작되었을 때 선생님은 남학생과 여학생을 1:1로 짝지어 좌석을 배치했다. 내 짝꿍은 남옥혜였다. 겉으로 드러낼 수는 없었지만, 예쁜 아이와 나란히 앉게 되어 기분이 썩 좋았다. 걔는 교장 선생님의 딸이었다.

지난번에도 말했다시피 나는 1학년 때부터 급우들 사이에 '공부 왕'으로 알려져 있었다. 시험을 쳤다 하면 거의 만점으로 질주했고, 선생님들 사이에서는 모범생으로 공인돼 두터운 신임을 받고 있었다. 선생님께서는 교장 선생님의 딸인 남옥혜를 특별 배려한 나머지 내 짝꿍으로 앉혀준 것이었다. 나는 입학 이후 한 해도 거르지 않고 학년말이 되면 꼬박꼬박 우등상과 함께 개근상까지 받았다.

좌석 배치가 끝난 뒤 선생님의 주도 아래 급장(지금의 반장) 선출에 들어갔다. 나는 이미 3학년 때 급장을 지내면서 선생님과 급우들로부터 과분한 칭찬을 들었다. 학급 신문을 발행해 호평을 받았고, 환경 미화든 뭐든 우리 반이 언제나 으뜸이었다. 나는 다시 급우들의 만장일치 지지를 받아 몇 해 연속 급장으로 선출되었다. 부급장에는 내 짝꿍인 남옥혜가 뽑혔다. 역시 기분 좋은 일이었다. 선생님께서 내게 말했다.

"윤복아, 너 원증산에서 다니지?"

"네, 그렇습니다."

나는 교과서에 나오는 표준어로 대답했다. 학교에서 배운 '네'는 우리 고장 말로 '야'라 했다. '그렇습니다'는 '그려유' 또는 '그류'이거나 '그렇구먼유'가 딱 맞는 말이었다. 약간 성가셔서 반감을 섞을 때에는 '그렇당께유'라고 되받아칠 경우도 있었다. 아무튼 나는 학교에 들어간 이후 우리 고장 말 이외에도 표준어까지 배움으로써 때와 장소에 따라 그때그때 두 가지 말을 자유자재로 구사했다. 선생님이 물었다.

"내가 칠이옥에서 하숙하고 있는 거 알지?"

"네."

"그러면 말이야… 등굣길에 칠이옥에 들러서 내 점심 도시락을 받아 가지고 교무실에 가져다 줄 수 있겠니? 내가 너희들보다 일찍 학교에 나와야 하니까 특별히 부탁하는 거다. 알겠지?"

우리 마을 원증산에서 등교하려면 반드시 십자거리 칠이옥 앞을 지나야 했다. 칠이옥의 위치가 원증산과 학교 사이의 길목이기 때문이었다. 가령 정각리나 탑동, 청룡이나 마르디 학생들은 등교하는 방향이 달라 칠이옥과는 무관했다. 내가 말했다.

"잘 알겠습니다."

나는 그 이튿날 아침 등굣길부터 칠이옥에 들러 선생님의 도시락을 학교로 날랐다. 별로 힘든 일이 아니었다. 어떻게 보면 선생님을 위해 작은 힘이라도 보탤 수 있어서 기쁘기도 했다. 빈 도시락은 방과후 선생님께서 직접 챙겨 들고 퇴근했다. 내가 아침마다 칠이옥에 들르면 임천댁이 미리 잘 준비해 놓았던 도시락을 툇마루 앞까지 들고 나와서 내게 넘겨주었다. 임천댁이 내게 말했다.

"윤복아. 너는 내가 누구인지 잘 모르겠지만 나는 너를 잘 알고 있다. 너는 큰아부지 큰엄니한티 양자 가서 자라는 아이 아니냐. 느이 큰아부지는 안골 어른, 느이 큰어머니는 안골댁이잖어."

그 말을 듣는 순간 눈물이 핑 돌았다. '…한티'는 …한테를, '아부지'는 아버지를, '엄니'는 어머니를, '느이'는 너의(네)를 일컫는 우리 고장 특유의 발음이었다. 그분 말씀대로 나는 세 살 때 출계했다. 친가를 떠나 연로하신 (큰)아버지 내외분 슬하로 입후한 것이었다. 내 의지와는 전혀 무관한, 종가의 후사를 걱정하던 어른들의 일방적인 결정이었다. 친가와 양가가 모두 원증산에 있었다. 친가에는 아버지와 어머니, 그리고 여러 동기간이 있었다.

희한했다. 임천댁이 어떻게 우리 집 속사정을 알았을까. 원증산과 십자거리는 사기장골 서낭당을 사이에 두고 꽤 떨어져 있었다. 따라서 두 마을은 한동네가 아닌, 피차 남의 동네라고 말할 수 있었다. 대개 자기 동네 사람들끼리야 서로 속속들이 잘 알지만 남의 동네 주민들 속사정까지 안다는 것은 극히 드문 일이었다.

임천댁의 놀라운 면모는 그것만이 아니었다. 선생님의 점심을 준비하는 정성 또한 아주 대단했다. 알루미늄 도시락을 보자기로 간동하게 묶어서 손잡이 매듭까지 나비 모양으로 예쁘게 만들어 낸 솜씨가 여간 정갈하지 않았다. 나는 한 손에 책가방, 다른 한 손에 도시락을 들었다. 학교까지 이동하는 동안 혹여 반찬 국물이 흐를까 봐 도시락을 언제나 수평으로 유지했다.

앞에서 잠깐 내비친 것처럼 나는 1학년 때부터 줄곧 학업 성적 전교 1등을 기록했으나, 다른 한편으로는 집안이 가난하기로도 전교 1등이라는 불명예를 안고 있었다. 매우 부끄러웠다. 잘 알다시피 보릿고개에는 여기저기 절량농가가 속출했지만, 우리 집의 가난은 그런 차원의 통상적 가난이 아니라 근본적으로 식량을 마련할 대책이 전무한 빼지도 박지도 못할 요지부동의 '절대 빈곤'이었다. 우리 집의 가장이신, 나를 데려다 후사로 삼으신 (큰)아버지께서 농토와 일자리를 갖지 못한 탓이었다.

본래 사방 공사 감독이었던 당신은 이 근래 공사 규모가 부쩍 줄어들어 일을 하고 싶어도 편편 놀 수밖에 없었다. 그렇다고 무슨 희망이 보이는 것도 아니었다. (큰)아버지는 자타가 공인하는, 처참하기 짝이 없는 극빈 중의 극빈으로 정부의 구호 대상자였다. 당신은 연세가 높아 벌써부터 노인 대우를 받고 있었다.

누구나 알다시피 학업 성적은 시험 때 한 번만 삐끗하면 언제든지 1등을 빼앗길 수 있었다. 하지만 가난 1등은 아무리 발버둥쳐도 벗어날 길이 없었다. 우리 집이 얼마나 빈곤했던지 학교에서 가정 환경이나 가정 방문 등 가정과 관련된 이야기만 나와도 나는 어디론가 쥐구멍에라도 기어 들이가고 싶었다. 오죽하면 재학 중 가정의 '가' 자, 가난의 '가' 자만 들어도 머리끝부터 발끝까지 닭살이 돋는 느낌이었다.

사실 내 어린 시절은 무척 불우했다. 가난이 결코 죄가 아니라는 것을 잘 알면서도 집안 형편을 생각할라치면 무슨 잘못이나 저지른 것처럼 괜히 야코가 죽어 기를 펴지 못했다. 친가의 부모님도 내가 배곯는 것을 무척 안타깝게 여기고 있었지만, 가난 구제는 나라도 못한다는 말처럼 친가 또한 빈농 중의 빈농인 터라 어떻게 해볼 재간이 없었다.

나는 꼼짝없는 결식아동이었다. 빈곤이 우울한 비극일 수는 있어도 명랑한 희극일 수는 없었다. 나는 어렸을 때부터 뼈저린 곤궁을 통감했고, 그것은 장차 내가 정면으로 맞닥뜨릴 '눈물 없이는 감상할 수 없는' 밑바닥 인생의 예고편이라 해도 과언이 아니었다. 가난이라면 정말 이가 갈렸다.

학교 현관 정문 앞 'ㄱ' 자로 된 철제 구조물에 청동으로 만든 예쁘장한 종이 매달려 있었다. 수업 시간을 알려 주는 종이었다. 수업이 시작될 때에는 땡땡땡 세 번, 수업이 끝날 때에는 땡땡 두 번이었다. 한쪽 다리를 절쑥절쑥 절던 소사 권씨가 종을 쳤지만, 어떤 때는 선생님들이 직접 끈을 잡아당겨 세 번 또는 두 번 타종함으로써 수업의 시작과 끝을 알렸다. 권씨는 마음씨 좋고 부지런한 분이었다.

오전 수업 4교시가 끝나면 점심시간이었다. 다른 아이들이 도시락 뚜껑을 열면 반찬 냄새가 진동했다. 나는 얼른 교실을 벗어나 숙직실 옆으로 달려갔다. 그곳에 간이 급식장이 있었다. 강냉이 죽을 끓여 나누어 주는, 영세민 자녀들의 굶주림을 조금이라도 덜어주기 위한 구휼 현장이었다. 권씨가 오전 내내 강냉이 죽을 끓였고, 점심시간이 되면 양재기를 들고 길게 줄 선 결식아동들에게 손잡이가 길쭉한 알루미늄 국자로 그걸 1인분씩 떠주었다. 반찬은 없었다.

개중에는 집안 재력이 괜찮은데도 도시락을 가지고 다니기가 성가시고 귀찮아서 편법으로 어물쩍 빌붙어 끼어드는 아이도 있었다. 그건 야비한 착취였다. 말하자면 부잣집 아이들이 저희들보다 현저히 가난한 어린 아이 짬지에 붙은 보리밥풀을 떼어먹는 형국이었다. 치사한 녀석들이었다.

속담에 이르기를, 아흔아홉 섬 가진 자가 백 섬을 채우기 위해 한 섬 가진 자로부터 전 재산인 한 섬을 빼앗는다고 했다. 가진 자들은 어른이나 아이나 가릴 것 없이 더 지독하고 악착같았다. 우리는 우물 가 솔밭에 드문드문 흩어져 앉아 겨우 간에 기별이나 갈까 말까 할 만큼의 강냉이 죽으로 끼니를 때웠다.

그러던 어느 날이었다. 나는 그날도 아침 일찍 칠이옥에 들러 도시락을 챙겼다. 그때였다. 임천댁이 점포에 진열해 놓은, 꿀단지 모양의 큰 유리그릇에 담아 놓고 파는 눈깔사탕 한 움큼을 꺼내더니 내게 주었다. 투명한 '빤작종이'로 포장한, 알록달록한 무지갯빛 눈깔사탕이었다. 그분이 말했다.

"이거 받어라. 다른 아이들은 사탕도 잘 사 먹더라만 너는 군것질 한 번 하는 걸 못 봤다."

"괜찮어유."

"어서 받어. 어른이 주는 것은 받는 벱이여."

'벱'은 '법'을 뜻하는 말이었다. 사실 나는 아무리 배가 고파도 그 집에 진열해 놓은 사탕이나 과일을 그냥 예사로 지나쳤다. 결코 군침을 삼킨 적이 없었다. 나는 눈깔사탕을 받지 않으려고 애써 사양했지만 임천댁은 거의 강제로 떠맡기다시피 그걸 주머니에 찔러 넣어 주었다. 난생 최초 최고 최대의 횡재였다. 내가 말했다.

"아주머니, 고맙습니다."

"그려. 니가 아주 착하다는 걸 잘 알고 있었지만, 정진후 선생님한티 들옹께 천재라고 하더구나. 공부 열심히 해서 이다음에 훌륭한 사람이 되거라."

등교 시간에 늦지 않으려면 더 이상 충그릴 여유가 없었다. 나는 도시락을 챙겨 든 뒤 이내 학교 쪽으로 발걸음을 재촉했다. 정각천 나무다리를 건너고 금방앗간을 지나 학교까지 가는 동안 줄곧 주머니 속의 눈깔사탕으로 신경이 쏠렸다. 마음 같아서는 그걸 직접 만져보고 싶었으나 양쪽 손에 각각 책가방과 도시락을 들고 있어서 그게 여의치 않았다.

나는 언제나 그랬듯이 학교에 도착하자마자 먼저 선생님 테이블에 도시락을 반듯하게 놓아드렸다. 그리고 나서 얼른 복도로 나와 주머니 속의 눈깔사탕을 재빨리 세어 보았다. 모두 일곱 개였다. 수업 시작 전, 나는 다른 급우들 눈을 피해 남옥혜와 병오와 정우와 경화에게 살그머니 그걸 한 개씩 나누어 주었다. 갯수가 많으면 다른 아이들에게까지 골고루 나누어 주었겠지만 그럴 수 없어 몹시 안타까웠다.

남옥혜는 생끗 웃으면서 받았다. 두 볼에 살짝 파이는 보조개가 참 귀여웠다. 병오와 정우와 경화는 이게 웬일인가 싶어 눈을 휘둥그레 뜨면서 받았다. 병오와는 그전부터 친하게 지냈고, 정우와 경화는 의지가지없는 삼신보육원 원생들이어서 늘 애틋하게 느껴졌다. 특히 경화는 공부를 잘 해서 나하고 1, 2등을 다투는 사이였다.

해가 설핏해질 무렵이었다. 학교 일과를 마치고 집에 돌아와 (큰)아버지 내외분에게 칠이옥 이야기를 하면서 여태까지 아껴 두었던 눈깔사탕 두 개를 꺼내 한 개씩 드렸다. 내가 귀빠진 뒤로 그 어른들께 드린 최초의 선물이었다. 그러자 (큰)아버지 내외분은 고마워했다. (큰)아버지께서 내게 말했다.

"이걸 먹지 않고 가져왔구나."

"아뉴. 저는 학교에서 한 개 먹었어유. 이건 아부지 엄니 드릴라구 역부러 남겨온 거예유. 어서 잡수세유."

'역부러'는 '일부러'를 일컫는 말이었다. 나는 (큰)아버지와 (큰)어머니를 번갈아 쳐다보았다. (큰)아버지는 담뱃대 대꼬바리에 담배를 쟁였고, (큰)어머니는 쪽파를 다듬느라 흙 묻은 밑뿌리 껍질을 훌훌 벗겨 내고 있었다. 어느 사이엔가 (큰)아버지의 눈이 벌겋게 충혈되어 있었다. 당신이 말했다.

"기특하구나. 나는 네게 군것질거리 한 번 사 준 적이 없는디 너는 나를 위해 이걸 가져왔구나. 고맙다. 역시 임천댁은 괜찮은 사람이여. 참 뭐라구 말을 해야 할지 모르겄네. 애야, 윤복아. 나는 도저히 이걸 먹을 수가 없구나. 부탁이다. 이 사탕은 니가 먹어라."

(큰)아버지는 눈깔사탕을 내게 되돌려 주었다. 그러고는 눈물을 보이지 않으려고 애써 돌아앉으면서 라이터로 대꼬바리에 담뱃불을 댕겼다. 당신은 지난날 한때 떵떵거리며 풍요를 누린 적도 있었다. 하지만 집안이 처참하게 결딴나 곤두박질친 이후로는 입에 풀칠하기도 어려운 실정이었다. (큰)아버지는 그날부터 몇 달 동안 술을 끊었고, 당신으로부터 되돌려 받은 눈깔사탕을 먹을 때 이번에는 내가 눈물을 흘렸다.

명문대가의 후손인 당신이 천하 한량 애주가라는 사실은 세인이 다 알고 있었다. 그러나 사시사철 1년 내내 쌈지 여건이 워낙 빈약하다 보니 됫술은 고사하고 낱잔으로 파는 잔술 한 잔 마음 놓고 마실 수가 없었다. 물론 칠이옥이나 논산옥처럼 '옥' 자 붙은 고급 술집에는 처음부터 출입할 처지가 못 되었다. 당신은 방에 들어앉는 그런 음식점이 아닌, 옹색한 술청에 서서 대폿잔을 기울이는 선술집을 이용할 수밖에 없었다. 운수가 좋은 날에는 누군가를 만나 왕대포 한 잔 나눌 수 있었지만, 일진이 좋지 않은 날에는 친구들을 만나지 못해 술을 쫄쫄 굶어야 했다.

십자거리에는 윤씨 댁이 있었고, 새다리에는 백씨 댁이 있었다. 두 집 모두 간판조차 없는 허름한 주막이었다. (큰)아버지는 주로 그곳에서 지인들과 권커니 잣거니 저렴한 술을 드시고 외상으로 달아놓았다. 안주는 술에 덤으로 따라 나오는 김치와 깍두기가 고작이었다. 당신은 때와 장소를 가릴 것 없이 막걸리든 소주든 뭐든 술을 굶지 않는 것만으로도 큰 다행이라 여겼다. 밥 대신 술이라고나 할까, 그 어른은 막걸리 한두 잔 드시면 식사를 건너뛰었고, 당장 끼니거리가 없으면서도 술이라면 결코 사양하는 법이 없었다.

그때 나로서는 집보다 학교를 훨씬 더 좋아했다. 집에 있으면 (큰)아버지의 주정이다 술타령이다 뭐다 주위가 산만해서 공부하기가 힘들었다. 그 반면 학교에 가면 공부에 몰입할 수 있었다. 더구나 우리 학급은 선생님의 열정으로 항상 활기에 넘쳤다. 선생님은 교과 과목 숙제 이외에도 식물 채집과 곤충 채집과 자연 관찰 등 다양하고 광범위한 과제를 많이 내주었다. 그러면서 독서를 적극 권장했고, 정리 정돈 습관을 생활화하도록 지도했다.

청소와 환경 미화는 기본이었다. 장학사가 나올 때에는 더 말할 나위가 없었다. 우리는 대청소에 들어가 교실과 복도에 묻어난 먼지를 한 점도 남김없이 모조리 쓸어냈다. 먼저 총채로 위에서부터 아래로 먼지를 탈탈 턴 다음 창틀에 내 짝꿍 남옥혜와 마주 보고 올라앉아 유리에 입김을 호호 불어가면서 알콩달콩 손걸레로 유리에 묻어난 얼룩과 때를 말끔히 문질렀다. 그래도 유리에 뭔가 남아 있을 때에는 아예 창호를 통째로 떼어 벽에 세워 놓고 안팎 양면을 닦았다.

물청소를 할 때에는 동료들이 우물에서 양동이로 물을 길어 날랐다. 걸레를 빨고 남은 물은 교실 밖 화단 나무 밑동에 버렸다. 남옥혜의 깔끔한 성정 못지않게 나 또한 너저분한 꼬락서니를 완벽하게 척결하지 않고서는 못 배기는 체질이었다. 우리 반 아이들은 내 말을 잘 따라 주었다. 나는 급우들과 어울려 마음에 쏙 들 때까지, 더 이상 닦을 것이 없다고 판단될 때까지 구석구석 쓸고 닦았다.

교실 바닥에 들깻묵으로 들기름을 먹이고 양초를 입혀 파리가 잘못 앉았다가 쭐떡 미끄러져 나가떨어질 만큼 반들반들하게 광택을 냈다. 교실 뒤쪽 게시판과 전후좌우 벽면도 알차게 장식했다. 정우는 우리에게 유익한 어린이 신문 기사를 스크랩해서 게시판에 붙였고, 그림 솜씨가 뛰어났던 경화는 멋들어진 수채화와 포스터로 교실 분위기를 밝게 띄웠다.

나는 붓글씨를 써서 벽면에 붙였으며, 남옥혜는 병오가 태조산에서 꺾어온 야생화로 꽃꽂이 작품을 만들었다. 실내 화분 화초에는 물뿌리개로 알맞게 물을 뿌려 주었다. 교탁 위 어항에서는 앙증스런 금붕어들이 장식용 수초 사이로 살랑살랑 지느러미를 흔들며 얌전하게 노닐고 있었다. 선생님은 기분이 좋아서 싱글벙글 행복한 웃음을 멈추지 못했다.

그해 봄이었다. 선생님께서 능산리 백제 왕릉 소풍 계획을 발표했을 때, 다른 아이들은 신나서 일제히 환호성을 올렸지만 나는 그 순간 이루 말할 수 없는 두려움에 휩싸였다. 홀딱 까놓고 고백컨대 나는 소풍과 운동회를 가장 싫어했다. 도시락과 군것질거리를 준비하지 못해 다른 아이들 앞에서 차마 낯을 들 수가 없었기 때문이었다. 그것은 '절대 빈곤'으로 살아가는 우리 집의 민낯이자 속살이었다. 소풍과 운동회 날만 되면 부끄럽고 창피하고 쪽팔려서 죽을 지경이었다.

1학년 가을 운동회 때였다. 다른 학생들이 집에서 가져온 맛있는 음식을 푸짐하게 먹을 때 나는 삶은 고구마 두 개로 끼니를 때운 뒤 우물에 가서 두레박으로 샘물을 퍼마시며 남몰래 눈물을 훔친 적이 있었다. 3학년이었던 작년 봄 정각사로 소풍을 갔을 때에는 '회푸대' 종이로 둘둘 말아 싼 '감밥' 한 뭉치로 주린 배를 채웠다. '감밥'은 밥을 짓고 나서 솥단지 바닥에 눌어붙은 누룽지를 달챙이, 즉 모지랑숟가락으로 닥닥 긁어 둘둘 뭉친 보잘것없는 주먹밥이었다.

하여간 그런 일이 누적되어 마음의 상처와 정신적 충격이 컸고, 그것은 운동회와 소풍 기피증이랄까 가공할 공포심으로 증폭되었다. 소풍에 나섰다가 내가 진정 마음속으로 좋아하는 남옥혜에게 가난의 실상을 들키면 어쩌나 싶어 온몸이 바짝 오그라들었다. 다른 아이들은 들뜬 기분으로 까불고 있었지만, 나는 남모르게 하루하루 우울한 나날을 보냈다. 소풍 전날 선생님이 내게 말했다.

"윤복아. 매일 내 도시락 날라 주느라 수고 많제? 내일은 말이야… 내가 특별히 네 점심을 마련할 테니 너는 따로 도시락 지참하지 말고 맨몸으로 나오거라. 그러면 칠이옥에서 도시락 두 개를 싸놓았다가 줄 거야. 하나는 내꺼, 또 하나는 네꺼… 무슨 뜻인지 알겠냐? 그걸 챙겨 가지고 학교로 오너라."

"그래도 되는 건가요?"

"내가 칠이옥에 그렇게 당부를 해놨으니까 너는 조금도 걱정하지 말거라."

선생님은 혹여 내가 다른 날도 아닌 소풍날 점심을 쫄쫄 굶을까 봐 임천댁에게 미리 똑같은 도시락 두 개를 부탁해 놓은 것은 물론 내 자존심을 건드리지 않으려고 미세한 부분까지 극도로 신경을 기울이는 것이었다. 그 이튿날이었다. 칠이옥에 들르자 임천댁은 도시락 두 개를 2층으로 포개 분홍색 보자기에 싸서 들기 좋게 준비해 놓고 있었다. 임천댁이 내게 말했다.

"윤복아. 네 벤또(べんとう)도 싸놨응께 선생님이랑 맛있게 먹거라. 부잣집에 태어났더라믄 좋았을 텐디, 그렇게 재주 좋은 애가 허구한 날 배를 곯아서 어쩐댜. 아이고, 참 나…"

"고마워유. 아주머니 덕택에 점심 잘 먹겠습니다."

"그려. 잘 댕겨오거라."

나는 도시락을 들고 학교로 직행했다. 날씨가 우중충했으나 비가 올 것 같지는 않고 곧 갤 것처럼 보였다. 우리는 선생님을 따라 소풍 길에 올랐다. 능산리 백제 왕릉은 능미고개, 일명 지경고개 너머에 있었다. 능미고개의 '능미'는 능뫼, 능뫼는 능산陵山으로 즉 능묘陵墓를 일컫는 말이었다. 지경고개의 '지경地境'이란 옛 부여군과 석성현의 경계라는 뜻에서 비롯된 이름이었다.

그곳에는 가파른 고개가 있었다. 학교에서 왕릉까지의 거리는 제법 먼 편이라고 말할 수 있었다. 남학생들에게는 별 문제가 아니었지만, 상대적으로 연약한 여학생들에게는 얼마간 무리가 따를 수도 있지 않을까 염려되었다. 논산 방향이 원중산부터 탁 트인 개활지로 전개되는 반면 부여 방향으로는 아랫숯골부터 인후지지咽喉之地를 이루어 국도만 성문처럼 빠끔하게 뚫려 있었다.

우리는 두 사람씩 손에 손잡고 선생님의 호루라기 소리에 발을 맞추어 학교 운동장을 벗어난 뒤 삼신보육원 앞으로 나아갔다. 밭에는 볏짚 검불 사이로 마늘 싹이 돋아나 있었고, 잡풀이 솟아나는 밭두렁 언덕에는 앵두꽃과 개나리꽃이 한창이었다. 까치들이 감나무 사이를 비행하며 우리 일행을 반겨주고 있었다.

우리는 이내 부여 논산 간 제4호 국도로 들어섰다. 그런 다음 논산 방향이 아닌, 부여 방향을 향해 걸어 나갔다. 도로변 표지판에는 '차 조심'이라는 큰 글씨 밑에 작은 글씨 두 줄로 '사람은 좌측통행 차는 우측통행'이라 적혀 있었고, 흙과 모래와 잔돌로 다져진 신작로에는 어른들 주먹 크기의 자갈들이 울퉁불퉁 불거져 있었다.

이따금 버스나 트럭이 지나갈 때에는 우당탕퉁탕 자갈이 튀면서 흙먼지가 굴뚝 청솔가지 연기처럼 희뿌옇게 일어났다. 우리는 날아드는 자갈을 민첩하게 피하면서 흙먼지를 마시지 않으려고 잠깐 숨을 멈춘 채 코로 큼큼거렸다. 가로수들은 어느 나무를 가릴 것 없이 밀가루처럼 뽀얀 흙먼지를 뒤집어쓰고 있었다. 그만큼 날씨가 오래 가물었다.

십자거리부터 부여 방향 감나무골까지는 엿가락처럼 이리저리 휘면서 굽이치는 협곡이었다. 왼쪽에 아스라이 드높은 태조산 절벽이 있었고, 오른쪽으로 군장동과 전진바위를 비롯한 덩치 큰 산줄기가 줄줄이 이어지고 있었다. 파진산波鎭山 쪽 금강 뱃길이 아닌 육로로는 어김없이 그 요충을 통과해야만 사비도성을 출입할 수 있었다. 일찍이 계백 장군도 최후의 5천 결사대를 이끌고 도성 동문을 나선 뒤 그곳 협곡을 거쳐 황산벌로 진군했다.

선생님은 우리를 군장동 맞은편 갓길 안전한 편데기에 집합시켜 놓고 인원을 점검했다. 문득 '돼지들의 소풍' 이솝 우화가 생각나 쿡쿡 헛웃음이 나왔다. 군장동은 좁고 긴 골짜기인데 안으로 들어갈수록 굴곡이 많고 공간이 넓어 백제가 군사 1만여 명의 군사를 매복시켜 놓았다가 사비도성으로 진입하는 신라군의 후미를 물밀듯이 들이쳤다는 전설의 현장이었다.

주위의 높은 산봉우리들이 우리를 내려다보고 있었다. 태조산이 해를 가려 주변이 일식을 하듯 컴컴한 느낌이었다. 지금까지 걸어온 길이 양달이었던 반면 이곳은 햇볕이 잘 들어오지 않는 응달이었다. 태조산 발치 아래로 정각천이 흘렀고, 우리 동네 윤구병씨 소유의 작은 자갈논들이 전진바위 협곡을 따라 길게 이어져 있었다. 춘래불사춘春來不似春이라고나 할까, 저쪽 양달에는 봄이 왔건만 이쪽 응달 언저리는 봄이 왔어도 봄 같지 않게 바람 끝이 서늘했다.

육중한 바위 틈새 삐뚜름하게 옆으로 드러누운 개복숭아나무 가지에 아기 젖꼭지 같은 꽃봉오리가 몽올몽올 맺혀 필까말까 망설이고 있었다. 응달에는 아무래도 봄이 더디 오는 것 같았다. 그곳은 바위투성이 박토인 데다 일조량까지 모자라 식물이 자랄 수 없는 환경이었지만, 개복숭아나무는 강인한 생명력으로 굳세게 버티면서 그 나름대로 꽃을 피우고자 아등바등 안간힘을 쓰고 있었다.

불쌍했다. 옥토를 쌨게 놔두고 하필이면 박토 중의 박토라 할 바위틈에 뿌리를 박은 개복숭아나무. 꽃이 피었다 지고 나면 제대로 결실이나 할 수 있을는지 걱정되었다. 마음 같아서는 얼른 그 나무를 캐어 다른 곳으로 이식하고 싶었지만, 여러 가지 정황상 그럴 수 없는 현실이어서 안쓰럽기 짝이 없었다. 그저 개복숭아나무가 끝까지 잘 버텨주기만을 바랄 따름이었다.

인원 파악 결과 아무 이상이 없었다. 우리는 2열 종대로 대오를 정렬하여 다시 왕릉을 향해 출발했다. 대부분의 급우들이 간편 복장 차림이었고, 보이스카우트연맹 대원인 호식이와 두병이는 다리미로 깔끔하게 다린 단복을 입고 있었다. 소지품은 구구각각이었다. 어떤 아이들은 보따리나 가방을 들었고, 또 어떤 아이는 배낭이나 망태기를 둘러메기도 했다.

몸에서 촉촉하게 땀이 나기 시작했다. 우리는 윗숯골 감나무골을 거쳐 능미고개에 이르렀다. 눈으로 들어오는 풍경들이 모두 새로웠고, 그때쯤 해서는 끄무레했던 구름이 완전히 걷혔다. 우리는 평평한 공터 아까시나무 아래에서 한 번 더 쉬는 가운데 선생님의 지휘 아래 동요 〈고향의 봄〉을 합창했다.

"나의 살던 고향은 꽃피는 산골 복숭아꽃 살구꽃 아기진달래 울긋불긋 꽃 대궐 차린 동네 그 속에서 놀던 때가 그립습니다…" 노래를 마친 우리는 능미고개 내리막길로 접어들어 능안골을 지났고, 왕릉이 보이는 지점에 이르러서는 줄곧 걸어온 좌측 길을 버린 뒤 우측 야산 쪽으로 신작로를 건넜다. 우리를 압도하는 거대한 봉분 주위에는 소나무와 참나무들이 듬성듬성 서 있었다. 잠시 휴식을 취한 뒤 선생님이 우리들에게 말했다.

"얘들아, 잘 들어라. 소지품은 한쪽에 잘 내려놓고 지금부터 왕릉 내부를 관찰한다. 선생님이 먼저 안으로 들어가서 기다리고 있을 테니까 너희들은 짝꿍끼리 차례차례 안으로 들어와. 알겠지?"

"네."

"대답이 시원찮다. 더 크게 대답해 봐. 알겠지?"

"넷!"

일제 강점기에 무참히 도굴당한 왕릉은 처녀분이 아니었고, 그때까지만 해도 일부 학계에서나 작은 관심을 두고 있었을 뿐 거의 방치되어 있었다. 가장 먼저 왕릉 현실玄室로 들어간 선생님은 연도羨道 가장자리 구석에 꼽추처럼 자세를 한껏 낮추고 쪼그려 앉아 우리를 맞이했다. 이윽고 내 차례가 되었다. 나는 남옥혜와 함께 무슨 동굴 탐험가나 되는 듯이 조심조심 현실로 발길을 들이밀었다.

선생님이 손전등으로 경이로운 채색 벽화를 비쳐주었다. 벽면의 사신도四神圖 이외에도 천장에 아름다운 연꽃무늬와 구름무늬가 멋지게 그려져 있었다. 거기, 이제껏 말로만 들어왔던 백제의 역사가 실증적으로 살아 숨 쉬고 있었다. 정말 뇌리에 박히고 피부에 와 닿는 생생한 현장 학습이었다. 우리가 직접 내부를 관람한 왕릉은 동하총(東下塚, 1호분)이었다. 공주 송산리 무령왕릉이 발굴되기 이전이었다.

황홀했다. 선생님은 소풍을 통해 우리가 백제의 후예라는 것을 각인시켜 주었고, 그날 이후 나는 부여 출신이라는 그 자체만으로도 변방에서 중심으로 옮겨 앉은 기분이라고나 할까 아무튼 어깨가 으쓱해질 만큼 무한한 긍지와 자부심을 느꼈다. 저쪽으로 나성의 일부가 보였다. 그 너머 안쪽은 바로 백제 고도 사비도성이었다.

봉분 앞 경사면에는 융단 같은 잔디가 곱게 깔려 있었다. 우리는 잔디밭에 모여 닭싸움, 술래잡기, 수건돌리기, 보물찾기를 하며 즐겁게 뛰놀았다. '태조봉 다람쥐'라는 별명을 가진 병오가 몸을 비스듬히 눕혀 제절 앞 경사면으로 떼굴떼굴 구르자 정우와 경화도 함께 구르며 즐거워했다.

점심시간이 다가오고 있었다. 나는 선생님께 도시락을 전해드린 다음 뒤로 물러섰다. 그때였다. 남옥혜가 배낭에서 꺼낸 사이다 한 병을 내게 슬그머니 내밀었다. 전혀 생각지도 않은 뜻밖의 선물이어서 약간 당혹스러웠지만 걔는 눈을 끔적끔적하며 얼른 받으라고 채근했다. 내가 걔를 좋아하듯 걔도 나를 좋아하는 모양이었다.

나는 급우들과 삥 둘러앉았다. 각자 가져온 보따리를 한자리에 풀어놓자 먹을 것이 넘쳐났다. 하얀 쌀밥은 물론이고 떡에다 계란에다 빵에다 과자에다 오징어에다 초콜릿에다 캐러멜에다 눈깔사탕에다 박하사탕에다 양갱에다 엿에다 사이다에다 콜라에 이르기까지 눈으로 보기만 해도 배가 불렀다. 매일 이렇듯 걸판지게 차려놓고 배불리 먹을 수만 있다면 여한이 없을 것 같았다.

그러나 나는 칠이옥에서 챙겨준 도시락만 닥닥 긁어 먹었을 뿐 정작 아무것도 내놓지 못했다. 기가 막혔다. 나도 누군가에게 뭔가를 베풀고 싶었지만, 사정이 사정이고 형편이 형편인 까닭에 개뿔이나 베풀기는커녕 이건 뭐 처음부터 끝까지 빈대처럼 빌붙는 신세여서 이만저만 불편한 것이 아니었다. 오늘 얻어먹은 만큼 이다음에 성공하면 언젠가는 누군가에게 기필코 답례하고야 말리라는 비장한 각오를 다지고 또 다졌다.

며칠 뒤 일요일이었다. 병오와 나는 태조산 산행에 나섰다. 한바탕 비가 지나간 뒤끝이라 날씨가 한층 더 맑고 화창했다. 산비탈 곳곳에는 진달래꽃과 철쭉꽃이 흐드러지게 피어 요란뻑적지근한 꽃 잔치를 벌여놓고 있었다. 깎아지른 낭떠러지 아래로 천연 요새 군장동과 전진바위 협곡이 보였다. 자칫 발을 헛디뎠다가는 수십 길 아래로 굴러 떨어질 것만 같았다.

뻐꾹 뻐꾹 뻑뻐꾹 뻑꾹… 이 골짝 저 골짝에서 뻐꾸기끼리 주거니 받거니 노래를 부르고 있었다. 얼마 후 우리는 태조산 상봉, 즉 태조봉 꼭대기 가장 높은 날망으로 올라섰다. 그곳에는 돌로 박아놓은 도근점이 있었다. 시원한 바람이 불어왔고, 온몸에 줄줄 흐르던 땀이 시나브로 잦아들고 있었다.

주변 경관은 천혜의 절경이었다. 와! 야호! 저절로 감탄사가 터져 나왔다. 저 멀리 계룡산과 대둔산을 비롯하여 굽이굽이 물결치는 금남정맥이 일대 장관을 이루고 있었다. 나는 천지사방 동서남북을 바라보았다. 물론 지난번 소풍 갔던 왕릉과 나성 쪽으로도 눈길을 던졌다. 산등성이에 가려 그 현장이 직접 보이지는 않았지만, 사비도성으로 이어지는 지형지세 전모가 한눈에 들어왔다.

시계가 좋은 데다 지표까지 꽤 널찍하고 평퍼짐한 태조산 정상. 여기 어디쯤 백제 시대의 장대將臺 또는 군영지가 있었을 법도 하지만 표면상으로는 주목할 만한 단서를 발견하기 어려웠다. 아쉬웠다. 만일 심층 조사를 한다면 언젠가는 세상이 깜짝 놀랄 만한 문화유산이 발굴될 수도 있지 않을까 기대되었다. 병오가 말했다.

"윤복아. 오늘은 정각사 쪽으로 돌아가 볼까."

"거 좋지."

우리는 정각사 비탈로 내려갔고, 나는 대웅전 뒤꼍의 약수를 바가지로 푹 떠서 벌컥벌컥 들이켰다. 속이 후련했다. 나한전 뒤쪽의 마애삼존불은 마멸이 심해 불상의 모습을 알아보기 어려웠다. 부처님도 긴 시간이 흐르면 풍화 작용을 견디다 못해 자연으로 돌아가는 모양이었다.

우리는 절골 방향으로 발길을 옮겼다. 바람이 불면 산기슭에서 벚꽃이 하르르 하르르 흩어지고 있었다. 눈이 부셨다. 계곡에는 맑은 시냇물이 졸졸졸 흐르고 있었다. 병오가 골짜기로 성큼성큼 내려가더니 나더러 내려오라고 손짓했다. 나는 무슨 영문인지도 모르면서 물가로 내려갔다. 병오가 말했다.

"오매, 여기 가재가 겁나게 많네."

"가재?"

"응. 한 번 잘 볼래?"

병오가 쪼그리고 앉아 살짝 돌멩이를 들쳤다. 그러자 돌 밑에 있던 가재 한 마리가 깜짝 놀라 부리나케 뒷걸음질 치며 달아나고 있었다. 뿌연 흙탕물이 일고 있었다. 병오는 다른 돌멩이를 들쳤다. 이번에도 가재가 흙탕물을 일으키며 재빨리 뒷걸음질을 쳤다. 가재는 어찌하여 앞으로 달아나지 않고 뒤로 달아나는지 그것 또한 이상하고 신기했다.

나도 허리를 굽히고 병오처럼 돌멩이를 들쳤다. 아니나 다를까, 가재는 돌멩이 밑 어느 곳에나 지천으로 널려 있었다. 가재를 잡고 들어보면 복부에 새까만 알을 싣고 있었다. 우리는 가재가 잘 산란할 수 있도록 방생했다. 시냇물에는 송사리와 피라미들이 정각사 상류 쪽으로 헤엄치고 있었다. 더러는 올챙이도 눈에 띄었다.

잡목들 사이로 햇살이 들어오고 있었다. 빗살무늬를 그리며 흘러가는 시냇물 양쪽 가장자리에는 푸른 이끼가 파래처럼 끼어 살랑거렸다. 돌과 돌 사이로 드러난 고운 모래알들이 보석처럼 반짝였다. 어디에선가 금방 선녀가 나타날 것 같았다.

각종 초목에 한창 물이 오르는지라 산야 전체가 푸르러지고 있었다. 갓점 쪽 밭고랑에는 초록빛 통통한 보리 싹이 싱그러웠다. 이렇듯 태곳적 원시의 땅처럼 전혀 오염되지 않은 정각사 골짜기에서 얼마 동안 맑은 공기를 마시자 영혼까지 청정해지는 느낌이었다.

우리는 곧 산자락을 벗어나 갓점 방향이 아닌 윗숯골로 나왔고, 제4호 국도로 들어선 다음부터는 뒤도 돌아보지 않으면서 걸음걸이 속도를 높였다. 망월산 비탈에는 시끌벅적 만발했던 아까시꽃이 시들시들 시들어가고 있었다. 논두렁에도 봄이 와서 자잘한 잡풀들이 앞을 다투어 고개를 치켜들고 있었다.

뜸, 뜸, 뜸뜸, 뜸뜸, 뜸북, 뜸북… 저쪽 산 아래 어느 논에서 연신 뜸부기가 울고 있었다. 모내기에 대비해서 일찌감치 물을 철렁하게 가두어 놓은 무논에서는 살랑살랑 불어오는 바람결에 물고기 비늘 같은 윤슬이 반짝거리고 있었다. 우리는 협곡 사이로 하늘만 높이 열려 있는 전진바위와 장군동을 지난 뒤 삼신보육원 앞에서 헤어졌다.

토요일 방과후였다. 병오와 나는 우렁을 잡으려고 구례들 둠벙에서 만났다. '우렁'은 우렁이를, '둠벙'은 웅덩이를 일컫는 우리 고장 말이었다. 우렁 넣은 된장 음식을 '우렁된장'이라고 했지 '우렁이된장'이라고 말하지는 않았다. 태조산에 오를 때에는 내가 병오를 만나러 십자거리 학교 뒤 우물로 나갔지만, 아랫숯골에는 우렁 잡을 만한 들판이 없어 이번에는 병오가 나를 만나러 우리 동네 구례들로 찾아온 것이었다.

구례들에는 우렁이 흔했다. 우리는 올방개까지 캐먹으면서 두어 시간 만에 소쿠리를 우렁으로 가득 채웠다. 구례들은 아직 경지 정리 이전이어서 논의 높낮이와 형상이 일정치 않았다. 큰 논, 작은 논, 높은 논, 낮은 논… 논두렁도 직선이 아닌, 뱀처럼 구불구불한 곡선으로 이어져 있었다.

하늘바라기 논에는 클로버와 뒤엉켜 자운영이 붉게 피어 있었고, 논두렁과 논바닥에 걸쳐 질펀하게 자라난 뚝새풀이 통통한 모가지를 내밀고 있었다. 코끝을 스치는 바람결이 간지러웠다. 이제 머지않아 어떤 논이든 쟁기로 무논을 갈아엎고 써레로 논바닥을 고르면서 모내기를 하게 될 것이었다.

그날 저녁 때였다. (큰)어머니가 우렁을 넣고 끓인 된장찌개는 얼마나 맛있던지 입에 착착 붙었다. 주식은 비록 희멀건 보리죽일지라도 부식만큼은 맛깔스런 우렁된장에 향긋한 쑥국이며 상큼한 냉이를 송송 썰어 넣은 간간한 간장이라든가 아무튼 자연산 건강음식 일색이었다. 수라상 산해진미가 부럽지 않았다. 그로부터 꼭 사흘 뒤 5·16 군사 정변이 터졌다.

봄이 가고 여름이 오나 했더니 어느덧 선들바람이 불어와 누런 단풍잎이 뚝뚝 떨어지고 있었다. 농민들은 서둘러 추수를 끝냈고, 집집마다 김장을 담그느라 바빴다. 며칠 전에는 눈까지 내려 대지를 새하얗게 뒤덮었다. 학예회를 앞두고 우리 학급은 선생님의 지도 아래 방과후 연습에 모든 열성을 쏟아 부었다.

매사는 뿌린 만큼 거두게 마련이었다. 이번 학예회에서도 우리 학급은 단연 두각을 나타냈다. 선생님의 열정이 제자들의 노력과 맞물려 우리 반은 다른 학급이 따라올 수 없는 가장 기발하고 독창적인 무대를 선보일 수 있었다.

우리가 공연할 때에는 임석하신 교장 선생님 이하 모든 선생님을 비롯하여 학부형(학부모를 일컫는 그 당시의 호칭)과 선후배 재학생들의 아낌없는 박수갈채가 쏟아졌다. 나는 남옥혜와 손발을 맞추어 더 좋은 학급, 더 좋은 면학 분위기를 조성하기 위해 최선을 다했다. 우리 두 사람은 환상의 조합이라고 말할 수 있었다.

그런데 웬걸 학예회가 끝나고 곧 겨울 방학으로 들어갈 즈음 뜻하지 않은 변고가 발생했다. 교장 선생님께서 돌연 논산군(지금의 논산시) 관내 다른 학교로 전근 발령을 받아 가족 전체가 그곳으로 이사 가게 된 것이었다. 새 학년 새 학기가 아직 조금 남아 있었는데 웬일인지 알 수가 없었다. 남옥혜와 헤어질 때 여간 섭섭한 것이 아니었다.

낙화유수였다. 지금까지도 사이다 병만 보면 조건 반사처럼 자동적으로 남옥혜가 떠오르지만 그때 헤어진 후로는 두 번 다시 만나지 못했다. 나는 1964년 1월 27일 석양국민학교 제7회 전교 수석으로 졸업했다. 당해 학년도 우등상과 개근상, 충청남도교육감상과 6년 개근상을 받았다. 쪼르륵 쪼르륵 배를 곯으며 이룩한 성적이었다. 부모님들과 동기간 모두가 기뻐했다.

그러고 보니 정진후 선생님에게는 역시 미래 지향의 선견지명이 있었다. 왕릉은 내가 6학년으로 올라가기 직전인 1963년 1월 대한민국 사적 제14호로 지정되었고, 관계 당국은 철제 출입문에 주먹만 한 자물통을 채워 일반인의 내부 출입을 막았다. 그 후로 왕릉 벽화는 실물이 아닌 사진판이나 모사품으로만 만날 수 있게 되었다.

꿈인가 생시인가 1993년 12월 왕릉과 인접한 능산리 사지에서 백제 문화의 극치 백제금동대향로가 출토되었다. 지구촌 전체가 깜짝 놀란 백제의 부활이었다. 백제인의 사상과 철학이 총체적으로 응축된 예술혼의 정수 백제금동대향로는 1996년 5월 당당히 국보에 올랐다. 경사 중의 경사었다.

우리가 소풍 가서 고분 벽화와 처음 만났던, 마음껏 뒹굴며 뛰놀던 그곳으로부터 엎어지면 코 닿을 지점에서 천 3백여 년의 긴 잠을 떨치고 벌떡 깨어난 백제금동대향로는 아아 5대양 6대주에 원자 폭탄 이상의 어마어마한 충격파를 던져주었다. 그 소식이 국내외 언론에 대서특필되었을 때 감격과 감동이 얼마나 컸던지 나는 하마터면 기절해서 뒤로 나자빠질 뻔했다. 문민정부, 즉 김영삼 대통령 시절이었다.

백제의 영광은 그것으로 끝난 것이 아니었다. 왕릉은 2015년 여름 부여 공주 익산 3개 지역에 분포한 8개 고고학 유적지와 더불어 유네스코 백제역사유적지구로 지정되는 대망의 쾌거를 이룩했다. 명칭도 왕년의 왕릉에서 '능산리고분군'으로 바뀌었다가 2021년 9월 다시 '부여왕릉원'으로 변경되었다. 백제 왕릉이 본래의 위상을 되찾은 것이었다.

한편, 나는 스무 살 때 객지로 나선 이후 저 옛날의 백제 유민처럼 정처 없이 유랑했다. 풍찬노숙과 와신상담과 분골쇄신은 일찌감치 예정된 인생행로라고 말할 수 있었다. (큰)아버지의 '절대 빈곤'을 세습한 나는 생사의 기로에서 끝까지 살아남으려고 악을 쓰며 바리작거렸다.

정말이었다. 내가 맞닥뜨린 모진 세파의 파고는 예상보다 훨씬 더 높고 험난했다. 벼랑 끝에서 하루살이처럼 근근이 살다 보니 현실적으로 정 선생님을 비롯한 여러 은사님을 찾아뵐 겨를이 없었다. 젊은 날의 고생은 사서라도 한다는 말이 있지만, 그건 진짜 고생이 어떤 것인지를 모르는 자의 허황된 잠꼬대에 지나지 않았다. 내 처지는 장군동 응달 바위 틈새에 위태롭게 뿌리를 박았던, 그런 환경에서도 꽃을 피우려고 죽도록 몸부림치던 개복숭아나무와 다를 바 없었다. 나는 이날 입때까지 피눈물로 얼룩진 형극의 길을 걸어왔다.

두 말할 나위도 없이 고향을 떠날 때의 내 목표는 어디까지나 입신양명 금의환향이었다. 하지만 그 꿈을 이루기에는 사실상 역부족이었다. 어린 시절 이래로 주위의 고마운 이웃들에게 이런저런 신세를 많이 져서 어떻게 해서든 조금이나마 그 은혜를 갚으려고 깜냥껏 절치부심했다. 그것 또한 쉽지 않았다. 젊은 시절 살인적인 중노동에 시달리면서 골병이 들었고, 결국 별 볼일 없는 백면서생으로 전락해 빌빌거리다가 어느덧 인생의 오후를 맞이했다.

정 선생님 소식은 졸업 이후 한 번도 들은 적이 없었다. 병오는 오래 전 타계했고, 정우는 어디에서 무엇을 하고 있는지 연락이 두절되었다. 경화는 대전의 어느 극장에서 영화 간판을 그리며 열심히 살다가 요절했다. 호식이도 영영 돌아오지 못할 황천길을 떠났고, 두병이는 현재 고향에서 땅을 일구며 농업에 종사하고 있었다.

세월이 반세기 이상 훌쩍 흐르는 동안 십자거리는 몰라보게 달라졌다. 칠이옥과 논산옥과 차부집은 추억의 뒤안길로 사라졌고, 과거 석성리에 있던 면사무소가 1984년 이곳으로 이전해 와서 십자거리는 마침내 면 단위 행정의 중심지가 되었다. 지서는 당초의 위치에서 조금 떨어진 면사무소 언덕 밑으로 옮겼다. 명칭도 석성지서가 아닌, 석성파출소로 바뀌었다.

그런가 하면 몇 년 전 십자거리 외곽으로 곧게 뻗은 국도 제4호 왕복 4차선이 새로 개통되었다. 부여에서 논산으로 운행하는 차량들은 사비터널을 벗어나 태조산과 국사봉 사이를 관통하면서 사비문을 빠져 나가고 있었다. 저 옛날 계백 장군이 출정했던, 부여왕릉원 앞을 지나는 구불구불한 종래의 국도 제4호는 신설 4차선 개통 이후 군도 제10호로 등급이 바뀌었다. 그 반면 지방도 제799호는 예나 지금이나 달라진 것이 없었다.

지난봄 고향에 갔을 때였다. 날씨가 아주 쾌청했던 그날, 가장 아끼고 사랑하는 후배를 앞세우고는 우리 모교 석양초등학교의 뒷길을 거쳐 태조산 태조봉으로 향했다. 과거 병오와 오르내리던 산길이었다. 불현듯 국민학교 4학년 때의 소풍 추억이 꿈결처럼 되살아나고 있었다. 나는 잠시 걸음을 멈추고 개복숭아나무가 죽을 동 살 동 고생하던 장군동 쪽 협곡을 물끄러미 내려다보았다. 후배가 내게 물었다.

"선배님, 뭘 그렇게 쳐다봐유?"

"응? 그 뭐… 아무것도 아녀."

나는 대충 얼버무렸다. 우리는 다시 발걸음을 재촉하여 태조산 태조봉 정상에 올랐다. 도근점 가까운 국기 게양대에서 태극기가 바람에 펄럭거리고 있었다. 부여군이 지난 2009년 심혈을 기울여 건립한 '금관루錦觀樓'에는 내가 찬문한 '금관루기錦觀樓記' 편액도 걸려 있었다. 누가 뭐래도 우리는 자랑스러운 백제의 후예였다. 부여읍과 청마산성, 나성과 왕릉 쪽으로 굽이치는 산세가 수려했다.

금수강산이었다. 구름 한 점 없이 맑고 높은 하늘에는 태양이 빛나고 있었다. 저 무변광대한 대자연의 산하가 참으로 장엄했다. 금남정맥 연봉이 백제의 웅혼한 기상으로 이리 꿈틀 저리 꿈틀 에서 불끈 제서 불끈 힘차게 용틀임하고 있었다. 어디에선가 나비 한 쌍이 날아와 너울너울 춤을 추었다. 온갖 기화이초가 만발한 산기슭에서 산새들이 줄기차게 지저귀고 있었다. (『문학시내』 2024. 여름호)

당산堂山

우리 고향 원중산 마을에는 당산이 있었다. 시루봉에서 마주 보이는 산이었다. 야트막한 그 야산에는 둥그렇게 세운 토담 벽에 볏짚이엉으로 지붕을 덮은 산제당이 있었다. 당산이라는 산명도 사실은 그 산제당에서 비롯된 것이었다. 산제당 언저리에는 왕소나무 몇 그루가 드문드문 서 있었다. 당산 끝자락과 대식이네 뒤꼍 대나무 울타리 사이로 좁다란 샛길이 나 있었다.

산제당에서 멀지 않은 당산 너머 새뱅이 쪽 후미진 곳에는 상여집이 있었고, 그 밑으로는 몇몇 밭뙈기와 용보들까지 이어지는 크고 작은 논배미들이 조각보처럼 올망졸망 흩어져 있었다. 용보들은 마을 앞을 지나면서 시루봉을 끼고 돌아 구례들로 이어지고 있었다. 내가 종가의 후사, 즉 (큰)아버지 내외분 슬하로 출계하여 자라난 양가는 앞재너머 말랭이 시루봉 들머리에 있었다. 우리 집에서 바라보면 당산과 용보들이 부챗살처럼 펼쳐져 있었다.

산제당은 나지막한 단칸 초막이었다. 주먹만 한 돌멩이와 깨진 사발 굽 따위가 듬성듬성 박힌, 볏짚 여물까지 뒤섞인 토담 벽 한쪽 모서리에는 대나무와 갈대로 얼기설기 엮어 만든 덜렁덜렁하는 문짝이 달려 있었다. 대개 산제당이라면 산신을 모셔 놓고 산신각 또는 산신당이라고도 불렀지만, 우리 동네 산제당에는 산신도나 위패는 봉안되지 않았고, 마을 공동 제사 때 쓰는 각종 제기와 시루와 옹기솥만 보관되어 있었다. 제기는 광주리에 담겨 있었으나, 시루와 옹기솥은 나무로 깎아 만든 받침대 위에 놓여 있었다.

산신은 없고 제기만 존재하는 이 자그마한 토담집의 경우 엄밀히 말하자면 산제당이라기보다는 제기고祭器庫라고 말할 수 있었다. 그런데도 대부분이 까막눈인, 너 나 할 것 없이 논밭을 일구어 먹고사는 농민 일색인 동민들은 별 깊은 생각 없이 그저 산제당이라 불렀다. 하긴 동제를 당산에서만 올리는 것은 아니었다. 산신제는 당산에서 지냈고, 기우제는 시루봉에서 봉행했다. 산제당의 기물은 제사 때만 꺼내서 사용하는 마을 공동체의 공유 재산이었다.

지난번에도 밝혔다시피 원증산 마을은 본래 시루봉에서 질빵너머와 당산을 거쳐 도라무텡이까지 활처럼 둥그렇게 휘어나간 능선 안에 삐잉 돌아 형성돼 있었다. 앞재너머 말랭이에서 남쪽을 바라볼 경우 시루봉에서 신작로 쪽으로 뻗어나간 한 자락이 좌청룡, 질빵너머에서 잿무덤부리로 뻗어나가 신작로와 맞닿은 또 다른 한 자락이 우백호에 해당되었다. 그곳에는 윤구병씨네 집과 외딴집 두어 채가 있을 뿐이었다.

하지만 질빵너머에서 동쪽을 바라보면 도라무텡이 쪽이 좌청룡, 시루봉 쪽으로 뻗은 줄기가 우백호라고 말할 수 있었다. 마을 전체가 삼태기 또는 말발굽 같은 형국이었다. 어떻게 보면 새둥우리 같기도 하였다. 그 안에 여러 가구들이 살고 있었다. 이곳이 바로 원증산 마을의 중심이자 모체인 셈이었다. 우백호 쪽의 양가가 북향인 반면, 좌청룡 쪽의 친가는 남향이었다.

우리 원증산의 경우 비록 부촌은 아니어도 몇 대씩 내려오는 토박이들이 오순도순 살아가는 인심 좋고 평화로운 마을이었다. 더욱이 원중산에는 역사와 전통과 예의범절과 미풍양속이 있었다. 도라무텡이로 나가는 길목에 물 맛 좋고 수량 풍부하기로 유명한 오래된 우물이 있었다. 어떤 가뭄에도 마르지 않고 지하수가 샘솟는 우물이었다.

내가 석양국민학교(지금의 석양초등학교)에 입학하기 전이었다. 추운 겨울날, 원중산 주민들은 산신제를 올리기 위해 본격적인 준비에 착수했다. 산신제는 조상 대대로 이어져 내려오는, 동민 모두의 안녕과 풍년을 기원하는 마을 공동체 제례 의식이었다. 집안에서 지내는 기제보다 훨씬 더 규모가 크고 차원 높은 제전이라고 말할 수 있었다.

산신제에는 엄격한 법도와 절차가 있었다. 원중산의 제일祭日은 예부터 정월 초엿새날로 못박혀 있었다. 주민들은 섣달그믐날 마을 회의를 열었고, 구장(지금의 이장) 홍사철씨를 유사라 부르는 제관으로 선출했다. 홍 구장은 인품과 덕망이 뛰어난, 동네에서 가장 생기복덕한 인물로 산신제 주관의 적임자라고 말할 수 있었다. 만장일치 결정이었다.

축관으로는 윤현중씨를 발탁했다. 그는 원중산 갑부 윤구병씨의 외아들이었다. 윤씨네 토지는 임야와 전답을 통틀어 광범위하게 분포돼 있었다. 어느 누구라도 우리 고장에서 그 집 땅을 밟지 않고서는 돌아다닐 수가 없었다. 농토만 하더라도 문전옥답은 물론 구례들 고래실에다 태조산 태조봉 아래 전진바위 협곡 자갈논과 몽돌밭에 이르기까지 여러 곳에 산재해 있었다.

말랭이 그 집 땅에 오두막집을 지은 양가의 (큰)아버지는 한 해 네 개의 품으로 텃도지를 물고 있었다. 우리가 워낙 가난하다 보니 현물이 아닌 노동으로 텃도지를 바치기로 약조한 것이었다. 윤구병씨 부자는 도량이 넓고 너그러웠다. 우리는 그분들로부터 많은 도움을 받고 있었다. 윤현중씨가 축관으로 지명된 것은 어쩌면 아주 당연한 선택이라고 말할 수 있었다.

산신제의 총괄 책임자인 홍 구장은 그날부터 예비 제관으로서의 근신에 돌입해 매일 냉수로 목욕재계하고 외출을 삼가는 가운데 일체 궂은일에 가담하지 않았다. 몸에 밴 일상생활을 절제한다는 것이 결코 쉽지 않았다. 내외간 동침을 피하고자 그의 부인은 저녁밥을 먹자마자 이웃집으로 마실 가서 따로 취침하고는 아침 일찍 귀가했다.

홍 구장은 가족 간에도 대화를 차단하기 위해 아예 광목천으로 입을 가리고 지냈다. 비린내 나는 음식을 피했고, 마당이나 댓돌 등 밖에 있다가 뭐든지 물건을 가지고 방 안으로 들어갈 때에는 반드시 부지깽이로 먼저 문을 톡 톡 톡 두들긴 뒤 방문을 열었다. 유사와 그 가족들이 지켜야 할 금도는 한두 가지가 아니었다.

초사흗날이었다. 어른들이 한지를 길게 엮어 말랭이에서부터 당산까지 금줄을 쳤다. 앞재너머 마을 입구, 당산 입구, 제관 집 대문과 앞재너머 이외의 마을 밖으로 드나드는 다른 길목에도 왼새끼 금줄을 치고 좌우로 황토 세 무더기를 다문다문 놓아 산신제 개시를 고지하는 한편 부정한 사람의 출입을 막았다.

그때부터 모든 이의 왕래가 금지되었다. 객지에 나갔던 사람은 산신제가 끝나야 마을에 발을 들여놓을 수 있었고, 동네 안에 머무는 사람들 또한 산신제가 종료되어야만 밖으로 나갈 수 있었다. 방문객도 예외가 아니었다. 누구네 집에 손님으로 왔다 하더라도 산신제기 막을 내리기 전에는 꼼짝달싹 할 수가 없었다.

동민들은 산신제 기간에 불미스런 일이 발생하지 않도록 극도로 조심했다. 살생과 출혈은 금기 중의 금기였다. 가축의 도살을 금하는 것은 물론 행여 손가락이라도 다쳐 피를 흘릴까 봐 산으로 땔나무 하러 가는 것까지 자제했다. 모두가 심신을 정결하고 경건하게 유지하느라 애썼다.

주민들은 미리 샘물을 길어다 두멍 가득 식수와 생활용수를 충분히 챙겼고, 동네 우물을 모두 품어 바닥까지 박박 긁어 낸 뒤 산신제에 사용할 최고의 정화수를 확보하기 위해 철저히 대처했다. 둥그런 우물 난간에 막대기로 얼개를 만들어 올려놓고는 그 위에 맷방석을 덮어 산신제에 쓸 물을 취하기 이전까지는 어느 누구도 함부로 우물에 손을 댈 수 없게끔 엄중히 방비했다.

홍 구장 내외는 동민들이 십시일반 갹출한 금품으로 주과포혜酒果脯醯 등 제수 장만에 온갖 정성을 기울였다. 가장 기본적인 제물은 백설기 석 되 세 홉, 삼색실과, 메, 쇠고기 산적, 어포, 미역국, 식혜, 탕 등이었다. 그중에서 떡과 메, 탕 등 일부 음식은 산신제 당일 제관이 당산 산제당 앞에서 직접 지어 올리는 것이 오랜 관행이었다.

마을 회관이 생기기 훨씬 이전, 식구가 단출하면서도 말랭이에서 가장 가까운 우리 집에는 각종 동네 공용 물품들이 보관돼 있었다. 두레 때 쓰는 농기農旗 깃대는 집 뒤꼍 윗방과 아랫방을 가로지르는 처마 밑 '뜰팡'에 길게 드러누워 있었고, 장끼 꼬리털로 장식한 기꼭지를 비롯하여 '農者天下之大本'이라는 일곱 글자가 크게 들어간 기폭은 차곡차곡 접힌 채 나 혼자 쓰는 공부방에 잘 간수돼 있었다.

꽹과리 징 장구 북 따위의 풍물들은 물론 돌모와 버꾸에다 벙거지까지 있었다. 긴 나팔과 새납은 물론이고, 삼지창三枝槍을 곧추 세워 위엄이 넘치는 깃대하며 푸른 비단 기폭에 붉은 색으로 '슈' 자를 수놓은 영기令旗가 있었다. 그런가 하면 옛 군영을 연상케 하는 창인槍刃 깃대와 창蒼 백白 적赤 흑黑 황黃 등 오방색 기치들도 있었다. 기폭 가장자리는 거의 예외 없이 지네발 같은 천으로 치장돼 있었다.

이윽고 제일이 다가왔다. 해가 져서 어둑어둑 땅거미가 내릴 무렵 말랭이에 모인 주민들은 내 방의 풍물들을 꺼내 현장에서 풍물패를 구성했다. 원중산 농악의 기량은 근동에서 다 알아줄 만큼 정평을 얻고 있었다. 하늘에는 구름이 잔뜩 끼어 별 한 점 보이지 않았다.

누군가가 횃불을 들고 있었다. 동민들의 얼굴이 횃불에 어리어 얼룽얼룽하였다. 날씨가 무척 추웠고, 허연 입김이 훌훌 날아다녔다. 참가자들 일행이 말랭이에서 출발했다. 의관을 정제한 제관과 축관을 선두로 풍물패가 그 뒤를 따랐다. 언제나 과묵하신 우리 아버지께서는 상쇠 뒤에서 징을 치고 있었다.

제관 행렬은 금줄을 따라 당산으로 직행했다. 현장에서는 부녀자들 몇이 딴솥에 불을 지펴 제사상에 올릴 음식을 장만하고 있었다. 장정들은 물지게를 지고 우물에 가서 물을 길어왔다. 그들은 우물을 품고 나서 새로 샘솟은, 제단에 올릴 가장 청결한 정화수는 더 말할 나위도 없거니와 제사 전후 산제당에서 쓰고 버릴 허드렛물까지 져 날랐다. 부녀자들은 시루나 솥에 안칠 쌀을 비롯하여 제기와 각종 그릇을 씻을 때에도 방금 길어온 물만 사용했다.

시루에서 푸짐한 김이 무럭무럭 올랐다. 소두방이 들썩거리던 솥에서는 음식에 뜸이 돌았다. 풍물패가 풍장을 멈추었고, 제관이 산제당 제기에 제물 진설을 시작했다. 밤이 깊어가고 있었다. 제사가 진행되는 동안 참가자들은 추위를 견디느라 으들으들 떨면서도 숙연하게 숨을 죽이고 있었다. 윤씨가 독축할 때에는 왕소나무 가지들이 쉬익쉬익 스산한 바람소리를 내며 울부짖었다.

소지 올리는 순서였다. 제관이 마을의 번영과 태평을 발원하는 동민 전체의 대동소지大洞燒紙를 올린 다음 각 가정의 소지를 한꺼번에 모둠으로 불살랐다. 한지가 호르륵호르륵 타올랐고, 불꽃이 검은 꼬리를 흘리며 휘 늘어진 왕소나무 가지 위로 획획 사라지고 있었다. 풍물패가 다시 풍물을 두들기기 시작할 때는 호롱불까지 흥겨워 추썩추썩 춤을 추고 있었다.

참가자 전원은 한마음 한뜻으로 산신제에 몰입했다가 첫닭이 울 때 풍물패를 앞세우고 당산에서 내려왔다. 새털 같은 눈발이 흩날리면서 매서운 칼바람이 옷깃을 파고들었다. 동민들은 홍 구장 집에 당도하여 화톳불을 피워 놓고 왁자지껄 시끌벅적 웃고 떠들면서 산신제 지낸 음식으로 음복했다. 그러고 나서 남은 음식은 세대별로 한 몫 한 몫 나누어 공정하게 배분했다.

마을 공동체의 산신제와는 별도로 윤현중씨네와 강도현씨네처럼 몇몇 넉넉한 집에서는 '마짐시루'를 가외로 진상했다. 마짐시루란 산신제를 지내는 날 각 가정에서 산제당을 향해 추가적으로 올리는 개인별 떡시루를 의미했다. 마짐시루의 떡도 동민들이 골고루 나누어 먹었다.

원증산 주민들은 바야흐로 산신제가 진행되는 동안 남녀노소 전원이 혼연일체로 똘똘 뭉쳐 있었다. 어디에서 그런 결속력이 나오는지 참으로 놀라웠다. 개인이 아닌, 마을 공동체의 위력이 피부로 느껴졌다. 인간은 역시 홀로 사는 존재가 아니라, 마을이라는 집단을 이루어 서로 돕고 살아가는 사회적 동물이었다.

자고로 원증산의 청장년들은 어르신들을 깍듯이 공경했고, 어르신들은 어르신들대로 젊은이들을 당신네 살붙이처럼 아꼈다. 매일 아침 어른들을 대할 때의 첫 문안 인사도 판에 박힌 듯 고정돼 있었다. 손아랫사람이 몸을 낮추고 고개 숙이며 "진지 잡수셨슈?" 하고 여쭈면 어른 쪽에서는 "어흠, 먹었어. 자네는 밥 먹었는감?"하고 화답했다. 그 수인사는 산수 구구단보다도 훨씬 더 앞자리를 차지하는 불변의 기본 공식이었다.

가난은 어쩌면 단군 이래의 숙명인지도 몰랐다. 우리 조상들이 얼마나 제때 밥을 못 먹고 굶주렸으면 끼니를 주제로 한 인사말이 가장 우선적으로 통용되었을까. 우리 동네 사람들은 이렇듯 수인사를 통해서라도 서로가 서로를, 이웃이 이웃을 보듬고 챙기는 따뜻한 미덕을 가지고 있었다.

대여섯 살 안팎의 연배들끼리는 호형호제하면서 절친하게 지냈다. 부녀자들도 마찬가지였다. 당내간이면 당연히 촌수와 항렬에 따른 호칭이 있지만, 그렇지 않은 타성끼리는 나이에 따라 형님 동생 하면서 소통했다. 어떻게 보면 동민들 모두가 한 가족이라 해도 과언이 아니었다. 그런데 웬걸 어느 날 갑자기 외지의 왈패들이 들어오면서 마을의 인화에 금이 가고 공기가 급속도로 혼탁해지기 시작했다.

국민학교 5학년 새 학기 때였다. 아직 바람 끝이 차가웠다. 그날도 나는 당산과 광대골 사이의 샛길로 들어선 뒤 조금이라도 추위를 달래기 위해 거의 뛰다시피 헐레벌떡 서낭당 고개를 지나 십자거리 마을 한복판을 가로질러 학교로 치달았다. 교문으로 들어설 때에는 손등에서 촉촉한 땀이 배어나올 만큼 온몸이 훈훈해졌다. 교실에 들어가 책가방을 내려놓고 잠시 숨고르기를 한 뒤 조회가 열리는 운동장으로 나갔다.

우리는 교감 선생님의 구령과 호루라기 소리에 맞춰 학년별 학급별로 조회 대형을 형성했다. 기준! 앞으로 나란히, 좌우로 나란히… 앉아! 일어서! 열중쉬어! 전체 차렷! 우리가 질서 정연하게 정렬을 마치자 지난해 연말 새로 부임하신 교장 선생님께서 단상으로 올라 훈화를 시작했다.

"…이 세상에는 많은 사람들이 있습니다. 하지만 사람이라고 해서 다 똑같은 사람이 아닙니다. 사람 중에는 꼭 필요한 사람, 있어도 그만 없어도 그만인 사람, 별로 필요하지 않은 사람들이 있습니다. 이웃과 나라를 위해 열심히 일하는 사람은 꼭 필요하지만, 아무것도 하지 않으면서 굳이

나 보고 떡 얻어먹자는 듯이 구경만 하는 사람은 있어도 그만 없어도 그만인 사람이고, 우리 사회에 해독을 끼치는 나쁜 사람이라면 필요하지 않은 사람입니다. 우리 학교 학생 여러분은 어느 자리에 있든 꼭 필요한 사람이 되어야 하겠습니다….”

조회를 마치고 교실로 돌아온 나는 잡기장 한 귀퉁이에 답안지 작성하듯 '① 꼭 필요한 사람, ② 있어도 그만 없어도 그만인 사람, ③ 필요하지 않은 사람'을 필기했다. 연필심이 흐릿해서 침을 발라가며 꾹꾹 눌러 글씨를 썼다. 그러면서 나 스스로 꼭 필요한 사람이 되자고 다짐했다.

사실 교장 선생님의 훈화는 사람 됨됨이와 쓰임새에 관한 담론으로 여러 책에도 나와 있었다. 새로운 이론이 아니었고, 누구나 흔히 할 수 있는 말이었다. 하지만 그 말씀을 해주신 분이 교장 선생님인 데다 때가 조회 때이고 장소가 학교 교정이었던 만큼 큰 울림으로 다가와 가슴에 박혔다.

맞는 말씀이었다. 내 눈으로 보기에도 우리 동네 주민들 중에는 꼭 필요한 사람, 있어도 그만 없어도 그만인 사람, 필요하지 않은 사람이 있었다. 더 나아가 꼭 필요한 사람 중에는 없어서는 안 될 사람이 있었고, 필요하지 않은 사람 중에는 아예 퇴출되어야 할 사람까지 있었다.

가령 홍사철씨와 윤현중씨가 없어서는 안 될 분들이라면, 우리 (큰)아버지 형제분과 강도현씨도 이웃을 위해 꼭 필요한 어른들이었다. 홍씨는 당신 개인의 일보다도 불철주야 동네를 위해 헌신 봉사했으며, 윤씨는 남모르게 음덕을 베풀어 만인의 귀감으로 손꼽히고 있었다. 강도현씨는 탁월한 침술로 누군가가 병이 났다 하면 즉석에서 고쳐 주었다. 나도 급체했을 때 그 어른의 침을 맞고 고통으로부터 회복한 적이 있었다.

양가 (큰)아버지와 친가 아버지께서는 언제나 동네일에 적극적이었다. 특히 손기술의 명장인 아버지는 동네 석축을 도맡았고, 해마다 산제당 지붕을 새로 해 일 때 이엉과 용구새를 엮었다. 나머지 절대다수는 대체로 무해 무덕한, 그러면서도 남에게 큰 폐를 끼치지 않고 성실히 살아가는 선량한 민초들이었다.

본래 빛이 밝으면 어둠 또한 짙은 법이었다. 세상을 밝게 비추는 도덕 군자들의 뒷전에는 자나 깨나 짙은 어둠을 만들어 내는 악덕 파괴 분자들이 있었다. 야바위꾼 최씨가 별로 필요치 않은 저질이라면, 무턱대고 '묻지 마 범행'까지 자행하는 박 서방과 악명 높은 노름꾼 마도팔이야말로 백해무익한 불한당 중의 불한당이었다.

박 서방은 논산 은진인가 어디에서 머슴을 살다가 식솔들 거느리고 처가살이 들어온 작자였다. 인상이 험악했다. 그가 이사 온 뒤 동네에서 쌀이며 보리며 콩이며 닭이라든가 이것저것 도둑맞는 일이 빈번해졌다. 인근 다른 마을에서는 그런 일이 없는데 유독 우리 동네에서만 그런 도난 사고가 자주 발생했다.

동민들은 어느 놈 소행인지 다 알고 있었다. 다만 후환이 두려워 입 밖으로 말을 꺼내지 않고 쉬쉬할 따름이었다. 동네에서 뭔가 도둑을 맞았다 하면 마땅히 손버릇 고약하고 행실 나쁜 박 서방이 단연 용의자 우선순위로 떠올랐다. 그 자신 시도 때도 없이 못된 짓을 많이 하는 터라 합리적 의심을 피할 길 없었다.

시거든 떫지나 말지 그는 가끔 동네 회의 때 나타나 마을 일에 동참하는 척 어쩌구저쩌구 한마디씩 제법 희떠운 소리를 늘어놓았다. 참 가관이었다. 제 딴에는 언제든지 동네를 위해 뭔가 공헌을 할 용의가 있다고 떠벌였다. 하지만 남들은 속이 훤히 들여다보이는 그의 말을 개 풀 뜯어 먹는 소리만큼도 알아주지 않았다.

그 밥에 그 나물이라고나 할까, 그의 아들 녀석 또한 제 애비를 닮아 싸가지가 없었다. 봄날 새 둥지에서 새알을 꺼내 잔인하게 깨뜨리는 것은 보통이었고, 허약해 보이는 아이들만을 골라 아무런 이유도 없이 주먹으로 두들겨 팼다. 아직 미성년이어서 그게 얼마나 큰 죄업인가를 잘 모른다 해도 타고난 본성 자체가 포악하기 이를 데 없었다.

딸년도 별종이었다. 걔는 살쾡이보다도 더 사나웠다. 다른 집 아이들과 말다툼을 하다가 이빨로 얼굴이나 손등을 물어뜯은 적도 한두 번이 아니었다. 아무튼 그 집 남매는 툭탁 하면 크고 작은 사고를 저질렀고, 걔들 남매 이야기만 나왔다 하면 동네 사람들 모두가 혀를 내두르면서 넌더리를 냈다.

본래 될성부른 나무는 떡잎부터 알아본다고 했다. 그 반면 못된 송아지 엉덩이에 뿔난다고 했다. 그런가 하면 되지 못한 똥 덩어리는 똥구멍에서 나오기도 전에 꼬부라진다는 말이 있었다. 그 집 애새끼들이 바로 그 모양 그 꼴이었다. 걔들은 아예 밖으로 내놓은, 두엄자리 쓰레기만도 못한 후레자식들이었다. 다른 건 다 속여도 씨는 속일 수가 없었다.

동네에 빈집이 한 채 방치돼 있었다. 윤현중씨의 먼 인척이 공주로 이사 가면서 비워둔 집이었다. 마당에서 돋아난 풀이 추녀 끝까지 웃자라 늑대가 새끼 칠 지경이었다. 회색으로 썩어가는 초가지붕에는 움푹움푹 물고랑이 나 있었다. 곧 귀신이 튀어 나올 것 같은 흉물이었다.

박 서방이 마도팔에게 폐가나 다름없는 그 집을 소개했고, 마도팔은 쌀서너 가마 값으로 소유권을 넘겨받은 뒤 마당이다 지붕이다 뭐다 여기저기 대충 개수하고 나서 이사 와 입주했다. 악질이 또 다른 동료 악질을 불러들인 것이었다. 박 서방네 집과 마도팔네 집은 대각선으로 삐따닥하게 쳐다보고 있었다.

털북숭이 마도팔은 본래 천안에서 부모로부터 물려받은 논밭이며 뭐며 재산깨나 가지고 그런대로 밥술이나 먹었는데 노름으로 다 날리고 패가망신한 백수건달이었다. 그는 알거지나 다름없었다. 하지만 노름판에서는 자타가 다 알아주는 타짜인지라 그의 배후에는 뒷돈을 대주고 딴 돈을 나눠먹는 물주들이 있었다.

마도팔은 낯가죽이 두꺼웠다. 그의 사전에는 애당초 인간의 도리니 뭐니 그런 것이 존재하지 않았다. 못된 짓을 하다가 들켜도 부끄러워하기는커녕 안면에다 철판을 깔고는 동네 안팎을 제멋대로 휘젓고 다니는 전형적인 파렴치한이었다. 비위 또한 얼마나 좋은지 노래기 회쳐 먹고도 남을 무뢰배였다.

그의 자식들 또한 박 서방네 애새끼들처럼 개차반이었다. 그 집 딸년은 온다 간다 말도 없이 집을 나가 연락조차 두절되었고, 아들 녀석은 책가방을 둘러메고 학교 가는 척하다가 새뱅이나 사기장골쯤 중도에서 박 서방 아들놈과 어울려 땡땡이치는 날이 더 많았다. 사람 되기는 영 글러먹은, 대가리 피도 마르기 전에 싹수가 노란 녀석들이었다. 박 서방도 그렇고 마도팔도 그렇고 자식 농사를 초장부터 사그리 조져버린 것이었다.

박 서방이 그러하듯 마도팔도 가끔 동네 회의에 얼굴을 내밀고 따따부따 말도 안 되는 잡설을 늘어놓았다. 제 자식 하나 제대로 단속하지 못하는 주제에 무슨 말이 그렇게도 많은지 동민들은 그의 말을 염병에 까마귀 짖는 소리쯤으로 간주했다. 결국 그들의 궤변과 억지는 씨도 먹히지 않았고, 토박이들은 박 서방과 그를 싸잡아 똥 진 막대기 정도로 취급했다.

유유상종이라 했던가, 그들은 동네에 무슨 현안이 떠오를 때마다 한통속으로 합작하여 사사건건 따따부따 트집 잡고 까탈 부리면서 반대를 위한 반대로 일관했다. 그들의 농간으로 말미암아 조상 전래의 마을 기풍이 부쩍 혼탁해지고 있었다.

두 놈 모두 무례하기 짝이 없었다. 구르는 돌이 박힌 돌 뽑는다는 말이 있지만, 그들이야말로 오랜 세월 원중산을 지키며 살아온 근엄한 터줏대감들 앞에서 깃털처럼 가볍게 감히 감 놔라 배 놔라 오두방정을 떨고 있었다. 분별이 없는, 말하자면 동서남북이나 대소변조차 못 가리는 놈들이었다.

폐일언하고 그들은 막말과 질시와 불화와 오만불손과 발목잡기의 화신이었다. 어쩌다 남의 동네에 비집고 끼어들었으면 몸을 낮추어 조신하게 지내도 인심을 얻을까 말까한 마당인데 그들은 하룻강아지 범 무서운 줄 모르고 물색없이 짓까불었다. 나이까지 어슷비슷한 두 놈은 서로 배알이 잘 맞아 짝짜꿍 단짝으로 지내고 있었다. 박 서방의 전공이 절도이고, 마도팔의 주특기가 도박인 점을 감안하면 두 사람의 관계는 도둑놈과 노름꾼의 절묘한 조합이라고 말할 수 있었다.

마침내 봄이 오고 있었다. 나는 신작로에 나갔다가 돌아오던 중 말랭이에서 별로 만나고 싶지 않은 얼굴들과 마주쳤다. 거기, 쥐엄나무 아래 박 서방과 마도팔이 마주보고 서서 뭐라 숙덕거리고 있었다. 마도팔은 마치 만화나 영화에 나오는 산적처럼 봉두난발인 데다 구레나룻이며 콧수염과 턱수염까지 더부룩해서 여간 볼썽사나운 것이 아니었다.

그런 마도팔과 마주치는 순간 불현듯 화투 섰다판이 떠올랐다. 나는 언젠가 동네 초상집에서 어른들이 화투장으로 섰다 하는 것을 본 적이 있었고, 마도팔이 노름꾼이라는 것을 알게 된 이후로는 그를 보면 저절로 섰다판이 연상되는 것이었다. 나는 그들에게 하는 척 마는 척 거의 건성으로 인사했다.

"안녕하세유?"

그들 역시 처음에는 나를 본 척 만 척 했다. 보아하니 그들은 뭔가 좋지 않은 음모를 꾸미는 듯했고, 마도팔은 노름하느라 며칠 밤을 지새웠는지 약간은 초췌해 보였다. 얼굴에 혈색이 없고 거무튀튀하였다. 그가 담배 연기를 내뿜으며 내게 말했다.

"잘 지냈냐? 윤복아, 느이 큰아부지 얼마 전 십자거리에서 술 마시더라."

그 순간 피가 거꾸로 확 치솟았다. '느이'는 '너의(네)'를, '큰아부지'는 '(큰)아버지'를 일컫는 말이었다. 내가 큰집으로 출계한 것은 세 살 때의 일로서 박 서방이나 마도팔이 우리 동네로 이사 오기 훨씬 이전이었다. 그들은 내 입양 과정을 직접적으로는 알지 못하는 화상들이었다.

나는 양가의 (큰)아버지 내외분을 지칭할 때 '큰' 자를 붙이지 않고 그냥 아버지 어머니라고 불렀다. 친가의 부모님을 호칭할 때에는 새삼 설명할 필요가 없었다. 나에게는 (큰)아버지도 아버지요, 아버지도 아버지요, (큰)어머니도 어머니요, 어머니도 어머니였다. 그렇건만 그는 쥐뿔도 모르면서 어깨너머 귀동냥으로 뭘 좀 안다는 듯이 '큰' 자에 힘을 주어 주접을 떨고 있었다.

더군다나 그 작자의 주둥아리에서 튀어나온, 얼마 전 (큰)아버지께서 술 마시던 상황 언질도 내게는 결코 유쾌한 입놀림이 아니었다. 마음 같아서는 그 낯짝에 가래침이라도 탁 뱉어 주고 싶었지만 꼰대들에게 차마 그럴 수는 없었다. 그들은 자기들끼리의 대화를 이어나갔다. 호기심 많은 나는 약간 떨어져서 그들이 무슨 말을 주고받는지 귀를 쫑긋 세웠다. 박 서방이 마노할에게 말했다.

"머리가 겁나게 기네. 이발 좀 해야겠어."

"아직은 안 돼. 우리 기술자들은 이발을 함부로 하지 않는당게."

마도팔이 씨익 웃었다. 그가 말하는 '기술자들'이란 전문적인 노름꾼들을 의미했다. 나는 암호 해독하듯 그의 표정과 '우리'와 '기술자들'을 종합하여 '기술자들'이 곧 노름꾼들을 뜻하는 은어라는 것을 단박 알아차렸다. 하지만 머저리보다도 더 아둔한 박 서방은 그 말이 무슨 뜻인지 잘 모르는 모양이었다. 박 서방이 마도팔에게 되물었다.

"기술자?"

"허허… 자네가 내 말을 못 알아듣네그려. 아직도 눈치 못 챘나?"

그러면서 마도팔은 검지 위에 엄지를 얹고 밑으로 끌어내리는, 즉 섰다판에서 화투장을 훑어 내리며 끗발 재는 듯한 시늉을 해보였다. 손톱이 길게 자라 있었다. 내가 알기로 노름에는 여러 종류가 있지만, 그 손가락 놀림으로 볼 때 마도팔은 아마도 섰다 기술자인 모양이었다. 박 서방이 말했다.

"아, 그거… 인자 알았네."

"우리 기술자들은 거 뭐시냐… 수염과 손톱도 안 깎는걸. 내 몸에서 뭔가가 새어나가면 끗발이 안 스고 판돈도 빠져나가거든."

'스고'는 '서고'를 일컫는 말이었다. 박 서방과 마도팔은 자기들끼리 키들거렸다. 비록 짧은 시간이었지만, 나는 그들의 대화를 엿들으면서 노름꾼들의 징크스랄까 금기가 무엇인지를 알아냈다. 그러나 소위 노름판 끗발이라는 것이 도대체 두발 수염 손톱 따위와 무슨 인과 관계를 가지고 있는지 그것만은 도저히 이해할 수가 없었다. 아마도 그들만의 미신인 모양이었다.

어느 사이엔가 집 뒤꼍에 만발했던 개나리꽃이 하나 둘 지면서 가지마다 푸른 잎이 피어나 무성하게 우거지고 있었다. 하지만 날씨가 워낙 가물어 한낮이 되면 이파리가 더운 물에 푹 삶은 나물처럼 축축 처져 늘어지는 것이었다. 다른 초목들도 수분 부족으로 맥을 못 추고 있었다. 한낮에는 시루봉에서 날아온 송화가루가 허공 속에 뿌옇게 떠서 안개처럼 이리저리 유영하고 있었다.

 농번기에 들어와 밭일을 거의 다 마쳤지만, 논농사는 하루하루 심각한 국면을 맞이하고 있었다. 가뭄이 장기화되는 바람에 망종芒種 하지夏至를 지나 소서小暑가 가까워지도록 모내기를 할 수가 없었다. 라디오 일기예보에도 비 온다는 소식은 없었다. 십자거리에는 부여군청에서 내건 '우리 다함께 한해를 극복하자'는 플래카드가 축 늘어져 있었다.

 큰일이었다. 논바닥이 거북 등처럼 쩌걱쩌걱 갈라지고 못자리판에서는 껑충하게 키만 웃자란 모가 시들삐들 뒤틀리면서 말라 가고 있었다. 연일 땡볕이 쨍쨍 내리쬐어 머리가 벗겨질 지경이었다. 앞냇갈 뒷냇갈이 모두 바닥을 드러냈다. 가뭄에 폐사한 물고기들이 악취를 풍기며 썩어가고 있었다.

 관개 수리 시설이 미비했던 그때 그 시절 농민들은 하늘만 쳐다보면서 요때나 조때나 비가 내려주기를 학수 고대했다. 하지만 비는 내리지 않았고, 농심이 새카맣게 타들어 가고 있었다. 일부 농민들은 비를 기다리다 못해 논에 대체 작물로 콩을 대파했지만, 푸르러야 할 콩잎마저 누렇게 말라비틀어지고 있었다. 윗집으로 찾아온 아버지에게 (큰)아버지가 말했다.

 "날이 너무 가물어 큰일이구먼. 며칠 있으믄 소서인디 이러다가 모를 못 심으면 어떡하나."

 (큰)아버지에게는 농사지을 농토가 없었고, 노골적으로 말하자면 날이 가물든 비가 내리든 직접적인 영향을 받는 것이 아니었다. 그 반면 아버지는 논농사를 엿 마지기 남짓 짓고 있었다. (큰)아버지는 당신 아우뿐만 아니라 다른 농민들의 농사까지를 통틀어 염려하고 있었다. 아버지가 말했다.

 "증말 큰일이랑께유. 지우제라두 지내야 할라나 참…"

195

'중말'은 정말, '지우제'는 기우제를 일컫는 우리 고장 발음이었다. 그 이튿날 홍 구장이 마을 회의를 열어 한해 극복 대책을 공론에 부쳤다. 가뭄을 걱정하는 탄식이 높았지만, 그렇다고 무슨 묘안이 떠오르는 것도 아니었다. 주민들의 중론이 기우제를 지내자는 쪽으로 모아지고 있었다. 그때 박 서방과 마도팔이 중뿔나게 불거져 나와 극력 반대하고 나섰다. 마도팔이 눈을 부라리며 말했다.

"지우제는 무슨 얼어 죽을 지우제란 말요? 그건 미신이오. 그 따위 짓거리를 한다고 해서 비가 내릴 것 같수?"

"옳소! 도팔이 말대로 뭐하러 그런 쓰잘데기 없는 짓을 한단 말이오?"

박 서방이 이죽이죽 맞장구를 쳤다. 그들은 서로 죽이 잘 맞았다. 마도팔이 발언하면 박 서방이 편들었고, 박 서방이 입을 놀리면 마도팔이 역성들면서 북 치고 장구 치고 자기들 마음대로 떠들었다. 그들은 초지일관 미신 타파를 부르짖으면서 돼지 멱따는 소리로 고래고래 목청을 높였다. 누군가가 그들에게 일침을 가했다.

"박 서방과 도팔이는 개갈 안 나는 소리 그만하게. 계속 똑같은 소리를 해봤자 입만 아플 뿐잉께 조용히 하라 이 말이여."

'개갈'은 우리 고장에서 자주 쓰는 말이었다. 개갈이 났다고 하면 하려던 일이 시원하게 풀린 것을 뜻하지만, 개갈이 안 난다고 하면 언행 따위가 섞갈리거나 졸가리가 안 맞아 종잡을 수 없을 때 또는 문제가 안 풀려 해법이 마련되지 않을 때를 의미했다. 마도팔이 말했다.

"개갈 같은 소리 하고 있네. 우주선이 달나라를 가는 마당인디 아직도 미신을 믿어? 미신은 뿌리를 뽑아야 한당께."

그는 바득바득 우기며 핏대를 올렸다. 언어도단이었다. 다른 사람들은 전부 미신 타파를 외칠 수 있어도 마도팔이야말로 그런 말을 입 밖에 내서는 안 될 장본인이었다. 그 자신 노름판 끗발이 떨어질까 봐 두발 수염 손톱도 건드리지 않는 사람이기 때문이었다. 미신에 흠뻑 사로잡힌 미신의 화신이 미신 타파를 외치고 나서다니 이건 뭐 자가당착도 보통 자가당착이 아니었다.

기가 막혔다. 동민들은 그들의 주장을 조목조목 반박하면서 장시간 토론을 거쳐 일단 소서까지 기다려보다가 그때까지도 비가 내리지 않을 경우 대서 이전에 시루봉에서 기우제를 지내기로 결론을 도출했다. 소서는 7월 6일, 대서는 7월 22일이었다. 음력으로는 소서가 6월 초닷새, 대서가 6월 스무하룻날이었다.

대서 하루 전날인 7월 21일, 음력으로 6월 스무날은 초복이었다. 옛 어른들이 이르기를, 벼 줄기의 세 마디는 초복 중복 말복 등 복날마다 한 마디씩 생긴다고 했다. 그렇다면 못자리판 모에서 벼 마디가 생기기 전에 하루라도 빨리 이앙을 앞당기는 것이 상책이라고 말할 수 있었다. 모가 자라면 자랄수록 모내기로 옮겨 심은 뒤 뿌리를 내리고 생장할 때 몸살이 심할 것이었다.

원래 소서가 지나면 새각시도 모를 심는 법이었다. 소서 모는 지나가는 행인까지 달려든다 했고, 7월 늦모는 원님도 말에서 내려 심어 주고 간다고 했다. 통상 소서 전에 모내기를 마쳐야 하므로 신분을 따지지 말고 모두 힘을 합쳐 모내기에 전력투구해야 한다는 말이었다. 달리 해석하자면 농시 일정이 그만큼 급박하다는 뜻이었다.

소서가 지났다. 여전히 불볕더위가 기승을 부리고 있었다. 부진부진 초복이 다가오고 있었다. 이제는 더 이상 머뭇거릴 여유가 없었다. 동민들은 제헌절 다음날인 7월 18일 기우제를 지내기로 확정했다. 그날은 논산 장날이었다.

산신제와 마찬가지로 기우제에도 필히 준수해야 할 예법과 격식이 있었다. 이번에는 윤현중씨를 제관으로, 홍사철씨를 축관으로 내정했다. 산신제 때의 역할을 맞바꾼 셈이었다. 모든 동민들이 부정 탈 일을 삼갔으며, 기우제 비용 마련을 위해 집집마다 쌀 한 되씩 추렴했다. 어떤 집에서는 두 되를 내기도 했다.

하지만 박 서방과 마도팔은 끝까지 추렴을 거부하면서 어떻게 하면 기우제를 못 지내게 방해할 것인가 골몰하고 있었다. 그들의 내면에는 무서운 음모가 싹트기 시작했다. 그러거나 말거나 부녀자들은 기우제 사흘 전부터 매일 저녁때 키[箕]를 가지고 말랭이에 집결했다. 키가 식구 수보다 모자라 키를 지참할 수 없는 사람은 키 대신 병에 솔가지를 꽂아들고 나왔다. 그들은 곧 풍장을 치며 십자거리 우물로 가서 키에 물을 받았다. 병을 가진 사람들은 병에 물을 담았다.

이렇게 남의 동네에 가서 물 받아 오는 의식을 '물 달아 온다'고 표현했다. 십자거리 마을에서 기우제를 지낼 때에는 대개 우리 동네로 와서 물을 달아 갔다. 키에 물을 담아 머리에 이면 마치 비가 내리듯 물방울이 뚝뚝 떨어지는지라 단비를 갈구하는 마음으로 옛날부터 그런 연극을 꾸며 온 것이었다. 물을 달아 가지고 발길을 돌릴 때에도 역시 풍장을 이어갔다.

말랭이로 되돌아온 부녀자들은 시루봉으로 올라가 키를 까부르며 "비 온다!" "비 온다!"를 연호했다. 물병을 가진 사람들은 물을 땅에 쏟으면서 "비 온다!" "비 온다!"고 소리쳤다. 구전에 이르기를, 여자들이 큰 소리로 싸우면 비가 온다고 했다. 부녀자들은 그 속설을 좇아 이른바 날궂이를 연출하는 것이었다.

기우제 당일이었다. 윤씨 부인과 홍 구장 부인은 아침 일찍 논산 장에 가서 조율이시棗栗梨柿 등 각종 제수를 구입해 왔다. 저녁 때 우리 (큰)어머니와 어머니는 가장 먼저 시루봉으로 올라가 딴솥을 걸어놓고는 과일이나 건어물이 아닌, 굽거나 찌거나 삶거나 지지거나 볶거나 끓이거나 익혀야 하는 제사 음식을 마련했다. 푹푹 찌는 날씨에 불을 피워 놓고 일을 하다 보니 온몸에서 땀이 줄줄 흘렀다.

어둑어둑 땅거미가 내릴 무렵 말랭이 쥐엄나무 아래에서 대기 중이던 부녀자들은 제관 윤씨와 축관 홍 구장을 모시고 풍물패를 따라 시루봉으로 올라갔다. 구름 한 점 없는 하늘에는 별들이 초롱초롱했다. 해가 져서 밤이 되었는데도 온종일 햇볕에 달구어진 대지가 후끈후끈하였다.

제관이 온 정성 다해 정갈하고 풍성한 제물을 진설했다. 비를 기다리는 동민들의 간절한 염원. 제관이 절을 올리고 축관이 독축하는 동안 참가자 일동은 입을 굳게 다물었다. 독축이 끝나자 부녀자 서너 사람이 짚단을 세워놓고 불을 질렀다. 그 의식은 화기가 올라가야 비가 내린다는 믿음에서 비롯된 것이었다.

(큰)어머니가 부녀자들 대표로 한지에 불을 붙여 천신소지天神燒紙를 올리면서 무당처럼 "그저 비를 억수같이 퍼부어 주시어 풍년 들게 해주소서" 하고 축수했다. 그러자 다른 부녀자들도 차례차례 소지를 올렸다. 불붙은 한지 조각들이 산지사방으로 어지럽게 흩어져 사라졌다.

치성이 끝나자 참가자들은 음복을 시작했다. 늘 배고픔에 시달리던 동민들에게는 제물이야말로 자주 대하기 어려운 색다른 음식이었다. (큰)어머니와 어머니는 음복하고 남은 음식을 사구별로 몫몫이 골고루 나눈 뒤 누르딩딩한 '회푸대' 종이에 싸서 돌렸다. 각 가정에 전달하는 봉송이었다.

기우제를 지내고 나서 꼭 사흘 뒤 우연인지 필연인지 기적처럼 장대비가 쏟아졌다. 물꼬마다 물이 콸콸 넘쳐흐르고 있었다. 우리 학교에서는 사흘간 농가 일손 돕기 특별 휴업을 실시했다. 풍족한 강우량으로 극심했던 한해가 일거에 해갈되자 주민들은 남녀노소 가릴 것 없이 일제히 환호성을 올리며 용보들과 구레들 논으로 달려들었고, 쟁기질과 써레질과 쇠스랑질로 논바닥을 고르면서 키만 웃자란 늦모의 우듬지를 싹둑싹둑 잘라내고 모 포기를 심었다.

논바닥에 모를 쪽쪽 꽂는 손가락이 날렵했고, 못줄을 잡는 사람이나 모쟁이들까지 모두 신바람이 나서 흥겹게 일하고 있었다. 보슬보슬 보슬비가 내리고 있었다. 어른들 중에는 도롱이를 쓴 사람도 있었지만, 대부분은 날비를 맞으며 흙탕물이 흥건한 논바닥에 늦모를 꽂아대고 있었다.

친가 모내기를 모두 마치고 나서 그 다음날 나는 (큰)아버지 (큰)어머니를 따라 태조산 아래 전진바위 모퉁이에 있는 윤구병씨네 자갈논으로 갔다. 전진바위 논에는 자갈이 워낙 많고 바닥이 단단하여 손가락이 아닌 호미로 구덩이를 파고는 고추나 가지 모종 식재하듯 늦모를 심었다. 속도가 더딜 수밖에 없었지만, (큰)아버지 내외분과 나는 윤씨네 논이 곧 우리 논이라 생각하면서 온 정성 다해 이틀 동안 자갈논 여러 배미를 늦모로 채웠고, 이렇게 모내기를 함으로써 그해 텃도지를 전부 해결하는 것은 물론 더 나아가 자투리 품삯까지 받았다. 즐겁고 행복했다.

단비가 내린 뒤 산야가 달라졌다. 흙빛이었던 원중산 들판이 연둣빛으로 물들었다. 지성이면 감천이라, 하늘은 역시 스스로 돕는 자를 도왔다. 올챙이가 개구리로 변신하듯 모는 곧 뿌리를 내리고 땅내를 맡으면서 벼 포기로 거듭나 우쭐우쭐 거무룩하게 자라 올랐다.

그 당시에는 통상 모를 내고 보름쯤 후 호미로 논을 맨 다음 대략 열흘 내지 보름 간격으로 두세 차례 더 맸다. 김매기는 논밭 모두에 해당하는 말이지만, 논의 풀을 뽑는 것은 논매기였고, 밭의 풀을 뽑는 것은 밭매기였다. 논매기의 경우 맨 처음 매는 것을 초벌, 두 번째 매는 것을 두벌, 세 번째 매는 것을 세벌이라 했다. 네 번째 맨 마지막으로 매는 것을 망시라 했다.

우리 고장에서는 흔히 초벌을 '아시'라 했고, 망시를 '만물'이라고 했다. 초벌과 두벌은 호미로 매지만, 세벌과 망시는 호미 대신 손으로 더듬기 때문에 '맨다'보다 더 적절한 '훔친다'는 표현을 썼다. 주민들은 두레를 조직해 집단적으로 논을 맸고, 논매기를 다 마친 다음에는 통돼지를 삶아 놓고 '꼼뱅이'를 먹었다.

두레는 농민들의 공동 협업 조직이었고, 꼼뱅이는 한여름 논매기를 마치고 나서 노동의 피로와 시름을 떨쳐 내기 위해 마음껏 먹고 마시며 즐기는 마을 전체의 대규모 축제였다. 우리 고장에서는 이날을 '꼼뱅이 먹는 날'이라고 일컬었다. 꼼뱅이 먹는 날 동민들은 말랭이에 큰 농기를 세워놓고 꾸다당 땅땅 꾸당 꾸당 꾸다당 땅땅 신바람나게 풍장을 쳐서 한껏 흥을 돋우었다.

원증산에서 꼼뱅이를 먹을 때에는 십자거리 주민들도 자기 동네 농기를 앞세우고 와서 열두 발 상모를 돌리며 함께 어울렸다. 두 마을이 합세하여 넋이 쑥 빠지도록 화끈하게 두들기는 당대 최고의 풍장이 절정으로 치달을 때에는 그야말로 덩실 덩실 더덩실 어깨춤이 절로 났다. 그해 농사는 사상 최고의 대풍이었다.

어느덧 겨울이 왔다. 방학을 맞이한 나는 그닐도 초저녁부터 내 방에 들어앉아 공부에 몰입하고 있었다. 그런데 오메 이게 웬일일까, 뒷간에 다녀오던 (큰)아버지가 느닷없이 내 방문을 활짝 열어젖히면서 다급하게 말했다.

"윤복아, 그 징 얼릉 이리 가져와라!"

"징유?"

"그려. 당산에 불났다! 빨리 줘!"

"여깄어유."

나는 얼른 징과 징채를 꺼내 드렸고, (큰)아버지는 징을 치며 허둥지둥 말랭이로 뛰어 나갔다. 지잉, 지잉, 지잉… 당신께서 마을 한복판을 향해 연신 외마디소리를 질렀다.

"불이야! 불이야! 당산! 당산!"

(큰)아버지는 계속 징채로 징을 쳤다. 지잉, 지잉, 지잉… 나도 덩달아 말랭이로 뛰어 올라가 (큰)아버지를 응원했다. 산제당이 활활 붙타고 있었다. 시뻘건 화염이 뭉클뭉클 하늘로 솟구치며 널름널름 어둠을 베어 물고 있었다. 긴급 상황에 놀란 동민들이 일제히 집에서 쏟아져 나왔다.

(큰)아버지와 나는 숨을 몰아쉬며 줄곧 "당산! 당산!"을 외쳤고, 동민들도 "당산! 당산!"을 복창으로 전파하면서 물통이나 양동이에 물을 담아 들고 득달같이 화재 현장으로 들이닥쳤다. (큰)어머니도 물동이를 머리에 이고 당산으로 질주했다. 장정들은 물지게를 짊어졌고, 쇠스랑이나 도리깨 같은 농기구를 챙겨들고 달리는 사람도 있었다.

마을 전체가 발칵 뒤집혔다. 박 서방네와 마도팔네 떨거지들을 제외한 동민들이 노인들부터 어린이들까지 너도 나도 한 사람도 빠짐없이 벌 떼처럼 화재 현장으로 총출동했다. 하여간 원증산 토박이들의 단결력은 세계 최고라 해도 틀린 말이 아니었다.

(큰)아버지와 내가 당산에 도착했을 때에는 불길이 잡히고 자잘한 잔불에서 연기가 피어오르고 있었다. 하지만 산제당은 이미 전소돼 있었다. 바싹 건조돼 있던 볏짚 지붕은 재가 되었고, 출입문 문짝은 새까만 숯이 되어 있었다. 이엉과 용구새가 모두 아버지 작품이어서 더욱 가슴이 아

팠다.

 물세례를 받아 물렁해진 토담 일부가 스르르 무너져 내리자 그 위에 건성으로 걸쳐 있던 시커먼 서까래가 우지끈 거꾸러지고 있었다. 흠뻑 젖은 토담 흙덩이에서는 김이 모락모락 피어올랐고, 불꽃의 습격을 받은 왕소나무 가지에서 매캐한 냄새가 풍겨나고 있었다. 그나마 산불을 막은 것이 다행이라면 다행이었다.
 화재 원인은 명백한 방화였다. 현행범인 박 서방과 마도팔은 보란듯이 당당하게 버티고 서 있었다. 내 예측이 적중했다. 그들은 결코 우리 사회에 존재해서는 안 될, 영원히 격리되어야 할 버러지만도 못한 말종들이었다. 홍 구장과 윤현중씨가 노발대발 그들의 천인공노할 만행을 질타하고 있었다. 홍 구장이 그들에게 호통쳤다.
 "이놈들! 이게 무슨 짓이냐?"
 마도팔이 태연자약하게 빈들거리면서 대꾸했다.
 "미신이잖어유, 미신!"
 "야, 이놈아. 입 닥치지 못할까. 뭐? 미신? 어허, 이런 정신 나간 놈이 있나. 산제당이 미신인가? 여기 있는 그릇이 미신인가? 네놈들이 우리 동네 역사와 전통을 알어? 네놈들 말대루 미신이라구 치자. 안 믿으면 그만이지 산제당에 무슨 잘못이 있다구 불을 질러? 천벌을 받아 마땅할 불상놈들 같으니라구…"
 그 말을 받아 박 서방이 삿대질을 하며 대늘었다.
 "미신을 없애는 게 뭐가 잘못이우?"
 "시끄러! 이 개새끼야. 개소리 그만혀."
 누군기가 박 서방에게 냅다 욕설을 퍼부었다. 잿더미에서 탄내가 등천하는 가운데 동민들의 분노가 하늘을 찔렀다. 어떤 사람은 그들을 당장 지서에 고발하겠다고 고래고래 고함을 질렀다. 장정들 몇이 멱살을 거머쥐려고 나서자 박 서방과 마도팔도 주먹을 들먹들먹하며 난투극을 불사할 기세로 살기등등했다.

주민들의 격앙된 감정이 임계점을 넘어서고 있었다. 이처럼 서슬 시퍼런 반목과 갈등이 나타난 것은 우리 마을이 생긴 이래 처음이었다. 일찍이 6·25전쟁 때 인공 치하에서도 볼 수 없었던 최악의 극한 대립이었다. 박 서방과 마도팔은 눈에 쌍심지를 박은 채 지랄 발광을 하고 있었다.

일촉즉발 건곤일척의 아슬아슬한, 너 죽고 나 죽는 막장 사생결단이 폭발하기 직전 홍 구장과 윤현중씨가 가까스로 장정들을 진정시켰다. (큰) 아버지와 아버지도 격노할 대로 격노하여 두 시러베 잡놈들을 호되게 꾸짖었지만, 극악무도한 개망나니들은 도리어 식식거리면서 꽝꽝 큰소리를 쳤다. 시루봉에서 부엉부엉 부엉이가 울고 있었다.

그 이튿날 오전 홍 구장 집에서 마을 회의가 열렸다. 동민들은 약속이라도 한 듯 박 서방과 마도팔을 와글와글 집중적으로 성토했다. 범법자들에게는 티끌만큼도 정상 참작의 여지가 없었다. 하지만 마을의 위상과 동민들의 체면을 고려한 대승적 차원에서 형사 고발만은 잠시 멈추기로 중지를 모았다. 산제당 복원 문제를 심도 있게 논의한 끝에 당분간 보류하기로 합의했다.

그 대신 동민들은 회의가 끝나자마자 당산으로 올라가 화재 현장을 말끔히 치웠다. 불타다 만 잔해들을 완전히 소각했고, 얼어붙은 토담 흙뭉치를 삽이나 괭이로 잘게 부수어 평지에 깔았다. 누렇고 검게 그을린 왕소나무 가지들도 손질했다. 날카로운 사금파리 파편들을 긁어모아 땅속 깊이 파묻었고, 토담에서 나온 돌멩이를 한군데로 모았으며, 산제당 안에 있던 물건 중 파손되지 않은 기명器皿만 골라 홍 구장 집으로 가져왔다. 사발

대접 접시 시루 옹기솥 등 거의 모든 그릇들이 거뭇거뭇 검댕이를 뒤집어 쓰고 있었다.

　방화 사건의 후유증과 파장은 간단치 않았다. 마을 인심이 급격히 사나워졌고, 오죽하면 두 악마 꼴 보기 싫어 타동네로 이사 가야겠다는 주민들까지 나왔다. 선현들이 말하기를, 모난 돌이 정 맞는다고 했다. 동민의 일원이기를 포기한 박 서방과 마도팔은 이웃들로부터 집단 따돌림을 당했다. 오죽하면 모두가 그들을 외면하면서 다시는 인간으로 상대해 주지 않았다.

　박 서방과 마도팔은 몽둥이 뜸질이 아닌, 여론의 뭇매에다 눈총의 집중 사격을 받아 궁극적으로는 우리 동네에서 더 이상 발을 붙일 수 없게 되었다. 공은 닦은 데로 가고 죄는 지은 데로 가게 마련이었다. 박 서방이 먼저 가솔 나부랭이들을 이끌고 야반도주하듯 대전으로 떠나갔다. 그로부터 한 달쯤 뒤에는 마도팔이 제 피붙이들과 함께 달구지에 이삿짐을 싣고 어디론가 달아났다. 그리고는 이내 종적을 감추었다. (『한국작가』 2024. 가을호)

바느질

여러 차례 밝혔다시피 내게는 아버지 두 분, 어머니 두 분이 계셨다. 나는 세 살 때 젖을 떼자마자 큰집, 즉 (큰)아버지 내외분 슬하로 출계했다. 기구한 운명이었다. 나는 당초 그분들이 친부모님인 줄 알고 자랐다. (큰)아버지는 친아버지가 아니면서 아버지였고, (큰)어머니는 친어머니가 아니면서 어머니였다. 나는 그 어른들의 친아들이 아닌 조카였지만, 그러나 생후에 인위적으로 친자식 같은 양아들이 되었다.

(큰)아버지 내외분은 내가 태어나기 훨씬 이전부터 나보다 아홉 살 더 많은 작은누님을 먼저 데려다 키웠다. 그리하여 윗집 양가에는 (큰)아버지 내외분과 작은누님과 나, 이렇게 네 식구가 살았다. 소년 시절 나는 저 아래 친가에도 무상으로 들락거렸다.

그곳에는 당연히 나를 낳아주신 부모님을 비롯하여 작은누님보다 세 살 위인 큰누님이 있었고, 내 밑으로 3남 1녀의 동생들이 잇따라 태어났다. 결과적으로 4남 3녀 7남매가 친가와 양가에 흩어져서 자랐다. 양가와 친가 두 집 모두 끼니거리를 잇기 어려울 만큼 곤궁했다. 내가 석양국민학교(지금의 석양초등학교)에 들어가 4학년으로 올라갔을 때 작은누님이 출가했고, 그 이후로는 (큰)아버지 내외분 슬하에 달랑 나 혼자 남게 되었다.

전후 사정을 감안할 때 내가 윗집을 벗어나 아랫집에 들락거린다 한들 (큰)아버지 내외분으로서는 뭐라 할 말이 없었다. 설령 해가 저문다 해도 당신들은 굳이 나를 불러들이지 않았다. 그곳이 본래 나의 집인 까닭이었다. 양가가 몸에 딱 들어맞지 않는 옷처럼 어딘지 모르게 어색하고 자연스럽지 못한 반면 친가는 아무런 거리낌도 없이 편안했다.

나는 이따금 친가에 머무르며 하루나 이틀씩 자고 나서 윗집에 돌아오기도 했다. 내가 친가에서 외박 아닌 외박을 할 때마다 (큰)아버지 내외분이 배신감과 함께 매우 섭섭하게 생각했다는 불편한 심기를 알게 된 것은 훨씬 뒤의 일이었다.

그랬다. 내 유년의 길목에 (큰)아버지 내외분이 계셨다. (큰)아버지는 일찍 첫 번째 부인 무안박씨와 사별한 뒤 두 번째 부인 진주강씨를 맞이했다. 무안박씨의 친정은 논산군(지금의 논산시) 노성이었고, 진주강씨는 본래 대덕군 진잠(지금의 대전광역시 유성구 진잠동) 태생이었다. 노성과 진잠은 일찍이 왕조 시대에 읍치를 설치하고 현감을 두었던 유서 깊은 고을이었다. 그곳에는 관아와 향교와 장시가 있었다.

무안박씨는 아주 일찍 소싯적에 작고하셨다. 따라서 나는 그 어른을 뵌 적이 없었고, (큰)아버지 내외분의 회고담을 통해서 그분의 존재를 알고 있을 따름이었다. (큰)아버지의 새로운 배필로 들어오신 진주강씨의 존함은 '일만 만萬' 자, '순할 순順' 자였다. 당신은 경술생庚戌生, 즉 1910년 출생으로 생일은 음력 3월 초이렛날이었다. 그런데 무슨 끼닭에선지 호적상 생년월일은 1897년 2월 15일로 등재되어 있었다.

그분은 아기를 낳지 못했다. 병오생丙午生, 즉 1906년에 태어나신 (큰)아버지와 네 살 아래이신 (큰)어머니 내외분은 금슬이 무척 좋았다. 두 어른 사이에는 불화가 존재하지 않았다. 두 분은 어떤 경우에도 언성을 높이

거나 상호 낯을 붉힌 적이 없었다. 그분들은 살인적인 궁핍 속에서 한평생 서로 상대방을 위로하며 참 정답게 살았다. 먹어도 같이 먹고 굶어도 같이 굶는 그런 삶이었다. 두 분이야말로 천생연분이라고 말할 수 있었다.

(큰)어머니의 오른팔에는 어깨에서부터 팔꿈치까지 어마어마한 화상 상흔이 있었다. 흉터가 얼마나 대단한지 보기만 해도 끔찍했다. 남의 집 부엌데기 소녀 시절 가마솥에서 펄펄 끓는 쇠죽을 물동이에 퍼 담아 외양간 구유 쪽으로 운반하고자 머리에 이던 중 왈칵 엎질러 쏟는 바람에 그렇게 되었다는 것이었다.

막말로 죽지 않고 살아난 것이 다행이었다. 그렇게 무시무시한 화상을 입을 때의 충격을 상상할라치면 저절로 몸서리가 쳐지면서 온몸이 오그라드는 것만 같았다. 당신은 흉터를 노출시키지 않으려고 한여름에도 긴팔 옷을 입었다. 참빗으로 곱게 빗어 머리카락 한 올 불거지지 않은 당신의 쪽진 머리 한복판에는 앞가르마가 똑바로 일직선을 긋고 있었다.

내가 아주 어렸을 때였다. 그날 아침 우리 식구들은 희멀건 강냉이죽을 먹었다. 아직은 옷깃을 파고드는 바람 끝이 차가웠고, 저 멀리 상락골 산기슭 응달에는 희뜩희뜩 잔설이 남아 있었다. 흐린 하늘에는 차가운 조각달이 떠 있었다. 설거지를 마친 (큰)어머니가 내게 말했다.

"윤복아. 조금 이따가 십자거리로 우두 맞으러 가자."

'우두'라는 말을 듣는 순간 저절로 전신에 소름이 쫙 돋았다. 우두란 천연두 예방을 위한 종두 백신 접종 시술을 의미했다. 작년에도 우두를 맞은 적이 있는데, 이번에도 또 우두를 맞으라니 지레 겁부터 나는 것이었다. 오른팔 어깨에는 우두 맞은 자국이 낙인처럼 뚜렷하게 박혀 있었다. 내가 되물었다.

"예? 작년에 맞었는디 또 맞어유?"

"한 번 가지구는 안 된댜. 또 우두 맞으라고 구장(지금의 이장)이 통지서를 가져왔당께."

"그 아픈 걸 또 맞는다구유?"

"아퍼도 맞어야지 어떡하겄냐. 우두를 안 맞으면 마마 앓고 곰보 되는 겨. 너, 곰보 될래?"

"아뉴."

"그렁께 아프더래두 꾹 참고 우두를 맞어야지."

잠시 후 (큰)어머니가 겉옷을 갈아입으며 출발 준비를 서둘렀다. 나는 아까부터 잔뜩 쫄아 있었다. 우두를 맞는 동안 그 아픔을 어떻게 참고 견딜 것인가 두렵기 때문이었다. 곧 (큰)어머니께서 방을 나섰고, 나도 뜰팡에서 내려와 검정 고무신을 신었다. 아름드리 감나무 아래 마당에서는 닭들이 뾰족한 부리로 흙 부스러기를 쪼며 한가로이 놀고 있었다.

(큰)어머니와 나는 곧 집을 벗어났다. 그런 다음 신작로가 아닌, 동네 안길을 가로질러 십자거리로 이어지는 지름길을 택했다. 우리는 윗샘을 거쳐 당산으로 올라선 뒤 광대골 뒷길을 따라 부지런히 걸었다. 당산 소나무 가지에서는 바늘처럼 뾰족뾰족한 솔잎들이 시린 바람에 떨고 있었다. 십자거리로 넘어가는 고개 길목 서낭당에는 돌무더기가 적석총같이 불룩하게 쌓여 있었고, 요 며칠 사이 누군가가 치성을 드리면서 오리나무 가지에 매단 5색 천과 새하얀 한지 오라기들이 풀럭풀럭 휘날리고 있었다.

저쪽 정면으로 태조산 태조봉이 우뚝 솟아 있있고, 오른쪽으로 고개를 돌리면 채종말과 고추골이 시야에 들어왔다. 왼쪽 사기장골 끄트머리 신작로에는 트럭 한 대가 가로수 사이로 뿌연 흙먼지를 일으키며 지나가고 있었다. 그 건너편 귀신보와 꾸억산과 마르디가 보였다. 인적 없는 들녘과 벌거벗은 산들이 허허롭고 황량했다. 길가 작은 잡목들 사이로 멧새들이 푸릉푸릉 날아다니고 있었다.

(큰)어머니와 나는 예배당 아랫길을 거쳐 십자거리로 들어섰다. 십자거리는 부여와 논산, 공주와 강경을 잇는 도로가 '열 십+' 자 모양으로 교차하는 네거리 교통의 요충이었다. 구전에 의하면 십자거리 분기점 중심에서 부여, 논산, 공주, 강경 경계까지 사방 약 20리라고 알려져 있었다.

진작부터 전기가 들어온 그 동네에는 학교와 지서와 방앗간과 버스 정류장과 몇몇 음식점과 점방들이 멋진 간판을 내걸고 있었다. 간판 상단 갈고리처럼 구부정한 구조물 장치에 백열등이 달려 있었다. 야간에 간판을 비춰주는 조명 전등이었다.

나는 이미 번갯불에 콩 굽듯 한글을 깨친 뒤 천자문을 배우고 있었던 터라 아주 어려운 한자가 아니라면 웬만한 간판쯤이야 척척 읽을 수 있었다. 십자거리는 농가 일색인 우리 동네 원증산보다 한결 번화한 마을이었다. 우리 동네는 아직 전기 공급을 못 받아 밤이면 석유 등잔 꼬투리 심지에 불을 붙여 가까스로 어둠을 밝혔다. 해가 지고 달조차 뜨지 않거나 구름이 잔뜩 낀 캄캄한 밤에는 괜히 싸질러 돌아다니지 말고 집에 콕 틀어박히는 것이 상책이었다.

(큰)어머니와 나는 곧 보건 진료소에 도착했다. 그곳 헛간에는 낯모르는, 십자거리와 연화와 마르디와 숯골 등 다른 마을 어른들이 내 또래의 아이들을 데리고 와서 우두 시술 순번을 기다리고 있었다. 대략 사내아이와 계집아이가 반반쯤 되었다. 부모님의 손을 잡고 길게 늘어서 있는 아이들은 남녀를 가릴 것 없이 잔뜩 겁에 질린 나머지 거의 사색이 되어 있었다.

아이들이 차례차례 진료실로 들어갈 때마다 그 안에서 앗, 아얏, 깜짝 깜짝 놀라는 외마디소리와 으앙, 으앙, 자지러지는 울음소리가 터져 나왔다. 그런가 하면 시술을 받고 나온 어떤 아이는 탈지면과 반창고로 싸맨 팔뚝을 거머쥔 채 팔딱팔딱 뛰면서 엉엉 목 놓아 울어댔다. 두 눈에서는 영롱한 눈물방울이 뚝뚝 떨어지고 있었다. 나도 지난번에 접종을 받아봐서 걔들의 심정을 잘 알고 있었다. 방앗간 지붕 위로 비둘기 떼가 훨훨 날아다니고 있었다.

마침내 내 차례가 되었다. 나는 (큰)어머니의 손에 이끌려 실내로 들어섰다. 그 안에는 흰 가운을 입은 의사와 간호사가 입가에 엷은 미소를 머금은 채 기다리고 있었다. 나는 의사가 시키는 대로 윗옷을 벗고 나무 걸상에 앉아 오른쪽 팔뚝을 내밀었다. 머리끝이 찌릿거릴 만큼 더럭 겁이 났다. (큰)어머니께서 내 오른손 손목을 잡아 주었고, 나는 왼쪽으로 고개를 돌린 채 눈을 질끈 감았다. 무서웠다. 아무리 담력이 세다 한들 감히 시술하는 장면을 똑바로 바라볼 수가 없었다.

이미 수순은 정해져 있었다. 주사를 놓든 살을 째든 그건 내 일이 아니라 의사와 간호사의 몫이었다. 나는 그분들에게 기꺼이 내 몸을 맡겼다. 의사가 내 팔뚝을 슬그머니 당신 앞으로 잡아당겨 두어 번 만지작거렸다. 공포의 연속이었다. 의사의 손길이 부드럽고 따스하다고 느끼던 바로 그 순간이었다. 별안간 팔뚝이 따끔했다. 아마 주사 바늘로 콕 찌른 모양이었다. 나는 나도 모르는 사이 냅다 외마디소리를 질렀다.

"앗! 아얏!"

엄살이 아니었다. 정말로 아팠고, 일송의 소견 만사라고니 할까 거의 무의식중에 비명이 터져 나왔다. 의사가 뭔가로 콕콕 쪼아대는 듯 팔뚝 언저리가 줄곧 따갑고 뻐근했다. 아파서 즉사할 정도는 아니라 해도 순간적 고통의 무게를 감당하기가 쉽지 않았다. 접종인지 시술인지 의사가 의료 행위를 진행하는 동안 까짓것 죽기 아니면 까무러치기라는 식으로 비장하게 대처했다. 그런데도 '아, 아!' 하는 신음이 저절로 튕겨 나왔다. 그때 (큰)어머니가 내게 불쑥 말했다.

"그것도 못 참어?"

그 핀잔은 예리한 바늘처럼 내 가슴을 찔렀고, 순간적으로 눈물이 핑 돌면서 내면 저 깊은 곳으로부터 반항의 불길이 확 치솟았다. 나는 이를 악물고 아픔을 견뎠다. 그러던 중 자연 발생적으로 '아, 아!'를 신음처럼 토했던 것인데 (큰)어머니는 나를 위로해 주기는커녕 도리어 야멸찬 지청구로 염장을 질렀다. 당신의 귀에는 내 비명이 허풍으로 들린 모양이었다.

현장에 있던 분들이 잘 알다시피 나는 눈을 감은 데다 고개를 돌린 채 외면했던 터라 의사의 의료 행위를 직접 보지 못했다. 그분이 내 팔뚝에 주사 바늘을 꽂는지, 아니면 내가 알지 못하는 어떤 도구로 찔러대는지 전혀 실상을 파악할 수가 없었다.

나는 아프니까 아프다는 소리를 냈을 뿐이었고, 단언컨대 아프지도 않은데 거짓으로 아픈 시늉을 한 것이 아니었다. 팔팔 뛰면서 우는 다른 아이들에 비하면 나는 의연하게 잘 버틴 셈이었다. 그런데도 (큰)어머니는 나를 겁쟁이 또는 엄살쟁이 정도로 취급하는 것이었다.

억울했다. 우두 접종의 통증 호소는 명백한 진실이자 진심이었다. 하지만 (큰)어머니는 그걸 단칼에 무 자르듯 차갑게 무시하면서 내 여린 감수성을 자극했다. 본의 아닌 누명을 썼다고나 할까 분하고 폭폭했다. 내 진실에 대한 부정을 감내하기에는 인내심에 한계가 있었다. 기분이 잡쳐 울화통이 치밀었고, 나중에는 천불이 나서 도저히 견딜 수가 없었다.

나는 그날 때로는 진실과 진심과 진의가 액면 그대로 통하지 않을 수도 있다는 진리를 처음 깨달았다. 그 후 나는 우두를 두 차례 더 맞았고, 내 오른쪽 팔뚝에는 상하 좌우로 모두 네 개의 접종 자국이 남았다. 그러나

(큰)어머니의 엄청난 화상 상흔에 비하면 어릿광대의 애교 수준에 지나지 않았다.

내 내면에는 어느 사이엔가 저항의 싹이 자라나고 있었다. 당신의 '그것도 못 참어?'는 내게 반감과 반항과 반발을 일깨워준 단초이자 화근이라고 말할 수 있었다. 그 박정한 말씀 한마디로 인하여 나는 성장기를 거치는 동안 둘도 없이 강고한 반골로 변모했다. 누군가가 건드리면 벌처럼 쏘고 강압적으로 누르면 용수철처럼 튀어 올랐다. 물론 (큰)어머니에게도 정면으로 대립각을 세우고는 시도 때도 없이 몽니를 부리며 바락바락 대들었다.

부모님께 효도해야 한다는 원칙에는 아무런 이의가 없었지만, 내 심장에는 녹슬지 않고 성능 좋은 양날의 비수가 점점 세력을 키우고 있었다. 칼을 갈면 갈수록 칼날이 더욱 시퍼렇게 번득였다. 한쪽은 순종의 칼날이었고, 또 다른 한쪽은 항거의 칼날이었다. 정의에는 순명했지만, 불의 앞에서는 사정없이 저항했다. 그러다 보니 나는 필승의 검투사가 되었고, 못된 놈들의 싸가지 없는 짓거리를 보면 뿌리를 뽑아 아작을 내야만 직성이 풀리는 것이었다.

우두 맞은 날 저녁때였다. 심사가 울적했던 나는 친가로 향했다. (큰)어머니로부터 받은 상처를 친가 어머니로부터 치유받기 위한 발걸음이었다. 철렁한 물 위로 벼 그루터기가 삐쭉삐쭉 솟아 있는 수랑논에서 까마귀 떼가 껑충껑충 뛰어다니고 있었다 추위에 시달리던 물그죽죽한 미나리들이 푸른빛을 띠며 춘삼월을 기다리고 있었다. 사립문으로 들어서자 어머니가 반겨주었다. 당신이 말했다.

"어시 오너라. 우두 맞느라고 얼마나 고생했냐? 아이고, 딱하지. 얼마나 아팠어? 우리 윤복이는 착하니께 잘 참았을 겨."

그 따뜻한 말씀 한마디에 눈시울이 화끈하면서 콧날이 시큰했다. 뭉클해진 가슴까지 뻐근해지고 있었다. 우두 맞은 내 팔뚝을 그윽히 들여다보던 어머니의 눈에 반짝 영롱한 이슬이 맺혔다가 사라졌다. 당신은 솥에 넣어 두었던, 아직 열기가 채 식지 않은 따스한 고구마 한 개를 꺼내와 내게 주었다. 일종의 위문품이었다. 말하자면 (큰)어머니가 채찍을 휘두르고 어머니가 당근을 주는 형국이었다. 나는 물렁물렁한 고구마를 한 입 듬뿍 베어 물었다. 하지만 목이 메어 그걸 차마 목구멍으로 넘길 수가 없었다.

사실상 (큰)어머니와 어머니가 나를 대할 때의 차이점은 구태여 따로 설명할 필요가 없을 만큼 극명하게 갈렸다. (큰)어머니가 '그것도 못 참어?'로 꾸중했던 반면, 어머니는 '얼마나 아팠어?'로 내가 받았던 고통을 따뜻이 감싸 주었다. 사랑의 농도가 달랐다. 나는 그날 밤 양가로 귀가하지 않고 친가에서 묵었다. 보건 진료소에서 솟구쳤던 울분이 다소 해소되었다. 아침 일찍 일어났을 때 저 건너 시루봉 상공에 희끄무레한 새털구름이 높이 떠 있었다.

며칠 후 비가 내리더니 날씨가 확 풀렸다. 겨우내 얼었던 땅이 축축한 물기를 질펀하게 뱉어내며 녹고 있었다. 매화가 활짝 피었고, 뒤겻 개나리나무도 동면에서 깨어나 기지개를 켜고 있었다. 나는 겨울옷을 벗고 봄옷으로 갈아입었다. 그때쯤 해서는 우두 시술 부위의 검붉은 딱지가 떨어져 나가고 그 대신 콩알만 한 흉터가 생겨나 있었다. 제비 한 쌍이 개흙과 지푸라기 따위를 물어 나르며 안방 문설주 위에 열심히 집을 짓고 있었다.

그러던 어느 날이었다. 하루는 누런 암탉 한 마리가 추녀 밑 닭둥우리에 올라가 구구거리며 장시간 앉아 있었다. 재빨리 낌새를 알아챈 (큰)어머니께서 달걀 열두 개를 넣어 주었고, 그날부터 암탉이 매일 둥지에 들어앉아 눈을 꿈적거리며 알을 품었다. 당신은 암탉 턱밑에 모이와 물을 챙겨

주었다.

　암탉은 하루에 두어 번씩 볼 일이 있을 때만 잠깐잠깐 둥우리에서 내려왔다. 종족 보존의 본능이 거룩하게 느껴졌다. 스무하루째 되던 날 병아리들이 앞서거니 뒤서거니 일제히 알을 깨고 나왔다. 암탉은 신통하게도 한 개의 결손 없이 달걀 열두 개를 전부 병아리로 부화시킨 것이었다. (큰)어머니는 부드러운 천으로 갓 태어난 병아리의 물기를 조심조심 닦아주었다. 그러고는 병아리들이 아무 데로나 잘못 나뒹굴어 다칠까 봐 볏짚 메꾸리에 정성스럽게 옮겨 놓았다.

　당신 몸으로는 출산을 하지 못했던 (큰)어머니. 하지만 당신은 다른 동물들을 번성시키는 데 출중한 능력을 가지고 있었다. 제비들도 덩달아 새끼를 쳤다. 경사였다. 제비 새끼 다섯 마리는 둥지 난간 턱받이에 나란히 노란 주둥이를 내민 채 연신 짹짹거리고 있었다. 빈한하기 짝이 없는 오두막집에서도 이렇듯 새로운 생명들이 태어나는 것이었다.

　어미닭은 병아리들을 애지중지 키웠고, 병아리들은 종종걸음으로 어미닭을 따라다니며 귀엽게 잘 놀았다. 이따금 시루봉이나 당산으로부터 난데없이 새매나 솔개가 나타나 병아리를 채가려고 기웃거렸다. (큰)아버지 내외분은 맹금류가 병아리들을 노리고 저공비행을 할라치면 장대를 휘휘 내둘러 멀리 내쫓았다. 그러다가 외출할 일이 생기면 어미닭과 병아리들을 닭장 안으로 깊이 가두고는 야생 사냥꾼들이 범접하지 못하게끔 잘 방비했다.

　병아리들은 부쩍부쩍 자랐고, 알에서 갓 깨어났을 때에는 잘 분간하기 어려웠던 암수 구분도 확실하게 드러났다. 암평아리가 아홉, 수평아리가 세 마리였다. 색깔도 다양했다. 어떤 녀석은 벌겋고, 또 어떤 녀석은 검붉으면서 알록달록했다. 여러 종류의 잡종들이었다. 병아리들은 어느덧 토실토실한, 말하자면 약병아리로 딱 알맞은 영계가 되어 가고 있었다.

여름이 오고 있었다. (큰)아버지께서 곱게 꼰 새끼줄로 올가미를 만들었고, 약병아리들을 한 마리씩 붙잡아 발목을 묶은 뒤 닭장 문짝에 붙들어맸다. 귀여운 닭들은 난데없이 올가미에 포박되어 오글오글 몰려 있었다. 점심 새때쯤 십자거리에 사는 닭장수가 자전거를 타고 나타났다. 자전거 짐받이에는 닭이나 오리 또는 토끼나 개 따위의 가축들을 가둘 수 있는 철망 상자가 실려 있었다.

(큰)아버지 내외분은 그 닭장수에게 약병아리 열두 마리를 모두 팔았다. 닭장수가 예쁜 닭들을 철망 상자에 주섬주섬 주워 실을 때 여간 서운한 것이 아니었다. 나는 그때 하마터면 눈물을 흘릴 뻔했다. 허리에 찬 전대로부터 꼬깃꼬깃한 지폐 몇 장을 꺼내 (큰)어머니에게 건넨 닭장수. 그는 나하고 친하게 지내던, 내 친구나 다름없는 닭들을 싣고 앞재너머 신작로 쪽으로 바람처럼 사라졌다. 논산 장 하루 전날이었다.

나는 거의 습관적으로 닭장을 바라보았다. 수탉과 암탉 등 묵은 닭들이 횃대를 오르내리고 있었지만, 귀여운 어린 닭 열두 마리가 사라진 닭장 안은 텅 빈 느낌이었다. 때마침 황계 장닭이 목을 길게 늘여 뽑으면서 꼬끼요… 하고 울었다. 그러고는 두 날개를 제 몸통에 탈탈 털며 날갯짓을 하는 가운데 후렴으로 꼬르륵 꼬륵… 목청을 가다듬었다.

그날 저녁이었다. 우리 식구들은 밥 대신 밀가루 수제비로 끼니를 때웠다. 언제 남들처럼 쌀밥이나 보리밥을 먹을 수 있을는지 기약할 수가 없었다. 그나마 굶지 않고 수제비라도 먹을 수 있어서 행복했다. 시루봉으로부터 부엉부엉… 부엉이 우는 소리가 들려왔다. 부엌에서 설거지를 마치고 돌아온 (큰)어머니가 내게 말했다.

"윤복아, 낼 나하고 논산 장에 가자."

'낼'은 '내일'을 뜻하는 우리 고장 발음이었다. 귀가 번쩍 띄었다. 나는 그때까지 부여 방면으로 십자거리까지, 논산 방면으로 새다리까지 드나들었을 뿐 더 이상 멀리 가 본 적이 없었다. 말하자면 우물 안 개구리인 셈이었다. (큰)어머니는 닭 팔아 얼마간의 현금을 손에 쥐었을 때 장에 가서 당장 필요한 생필품을 장만하려는 것이었다. 내가 되물었다.

"예? 저두 논산 장에 가유?"

예부터 5일 6장이라 했다. 장이 닷새마다 한 번씩, 즉 한 달에 여섯 번 선다는 뜻이었다. 논산 장은 매 3일과 8일, 부여 장은 매 5일과 10일에 섰다. 부여 장의 경우 큰달에는 30일이 아닌 말일, 즉 31일에 섰다. (큰)어머니가 말했다.

"그려. 너도 이제는 논산 장을 구경할 때가 되었어. 너는 아직 차비를 안 내도 되니께 나랑 같이 가자꾸나."

'차비를 안 내도 된다'는 말은, 내가 아직 취학 이전의 '유아'에 해당하는지라 버스 요금을 면제 받을 수 있다는 의미였다. 바꾸어 말하자면 버스 요금도 큰 부담인 우리 집 사정에 비추어 차비 안 내고 공짜로 차 탈 수 있을 때 논산 장 구경을 시켜 주겠다는 뜻이었다.

(큰)어머니는 과거 논산 장을 볼 때 당연히 도보로 왕복했다. 설령 장보따리가 꽤 무거워도 버스를 탄 적이 없었다. 하지만 이번에는 애송이인 나로 하여금 먼 거리를 걷게 할 수가 없어 당신 몫의 차비를 부담하고서라도 버스를 타기로 계획한 것이었다. 그 말씀에 (큰)아버지와 작은누님은 입을 굳게 다문 채 묵시적으로 동의하고 있었다.

그 무렵의 요금 체계는 대부분 '대인'과 '소인'으로 구분돼 있었고, 버스는 영화관이든 소인에게는 대인 요금의 절반을 할인해 주었다. 나는 아직 소인 이전의 유아였고, 미구에 소인이 되면 대인 요금의 절반을 부담해야 할 것이었다. 그 후 경로 효친 사상 앙양이 사회적 화두로 떠오르면서 특정 연령 이상의 노인에게도 고궁 사찰 공원 입장료와 목욕 이발 등의 요금 할인 우대 혜택을 적용했다. 석유 등잔 꼬투리에서 불꽃이 가물가물 졸고 있었다.

그 이튿날 이른 아침이었다. 집을 나선 (큰)어머니와 나는 신작로 잿무덤부리에서 논산행 버스를 기다렸다. (큰)어머니는 면사무소로 배급 타러 갈 때 요긴하게 쓰는 왜포 자루를 챙겨들고 있었다. 귀빠진 뒤로 처음 버스를 처음 타 본 다는 생각에 사뭇 가슴이 설레었다. 구례들에서 뜸북뜸북 뜸부기가 울고 있었다.

얼마나 기다렸을까, 저 위 사기장골 쪽에서 뿌연 흙먼지가 일어나더니 버스가 질빵너머 모퉁이를 돌아 나오고 있었다. 논산과 부여 방면을 하루 한 차례씩 왕복 운행하는 눈 익은 차량이었다. 미군 GMC 화물차를 개조한, 불쑥 불거져 나온 보닛 앞 범퍼에 '충남 영 319'라는 번호판이 붙어 있었다. '영'은 영업용이라는 표시였다. 관용차에는 '관'을, 자가용에는 '자'를 붙이던 시절이었다.

(큰)어머니가 손을 들자 버스가 멈추었다. 일단 남자 조수가 내렸다. 아직은 여차장이 등장하기 전이었다. 버스 꽁무니를 따라오던 흙먼지가 연기처럼 퍼져나가고 있었다. 유리창 정면 중앙으로 운전석에 앉아 핸들을 잡고 있는 운전수가 보였다. 그는 챙 달린, 금테를 두르고 모표까지 붙인 멋진 모자를 쓰고 있었다. 초록색으로 도색한 차체 옆구리 노란색 테둘림에는 검정색 페인트로 쓴 '大韓旅客株式會社'라는 운수업체 상호 붓글씨가 선명했다.

(큰)어머니가 손바닥에 돌돌 말아 쥐고 있던 버스 요금부터 조수에게 건넸다. 그러고는 나를 불끈 들어 승강구에 들이밀었다. 버스는 만원이었

다. 여러 마을의 인근 주민들이 십자거리에 모여 있다가 왕창 탔기 때문이었다. 나는 간신히 어른들 틈새에 끼었지만 (큰)어머니는 아직도 승강구 난간에 아슬아슬하게 매달려 있었다. 조수가 올라타면서 운전수에게 냅다 소리를 질렀다.

"오라잇!"

버스가 출발했다. 개문 발차였다. 조수는 문간 좌우 손잡이를 꽉 틀어잡은 채 아랫배로 배치기를 하면서 (큰)어머니와 나를 안쪽으로 꾸역꾸역 밀어 넣은 뒤 기를 쓰며 출입문을 닫았다. 버스 안은 콩나물시루 같았고, 나는 명태포나 오징어포처럼 납작하게 눌리다가 자칫 잘못하면 깔려 죽을 수도 있겠다는 느낌을 받았다. 좌석에도 몇 사람씩 겹쳐 앉았고, 좌석과 좌석 사이 통로의 입석은 입추의 여지가 없었다.

무더웠다. 온몸에서 땀이 줄줄 흘렀고, 승객들 사이에서 시큼한 땀 냄새가 풀풀 피어오르고 있었다. 승객들이 밀고 밀리면서 괴로움을 참느라 끙끙 힘을 쓰고 있었다. 운전수는 체로 곡물을 치듯이 이리 덜컹 저리 덜컹 버스를 '갈 지之' 자로 흔들어대면서 승객들의 틈새와 위치를 고르게 정렬했다. 나는 좌석에 겹쳐 앉은 어른들 틈새로 빼꼼히 차창 밖을 내다보았다.

버스는 새다리와 섬말과 갈미를 거치면서 장꾼들을 더 태웠다. 그때마다 조수의 배치기와 운전수의 흔들기가 반복되었다. 이제 버스 안은 포화 상태였고, 한두 사람만 더 다면 버스 자체가 풍선처럼 부풀어 터질 것만 같았다. 승객 중의 누군가가 말했다.

"사람도 겁나게 많네. 아이구, 밀지 말어."

"밀긴 누가 밀었다구 그랴?"

"어허, 밀지 말랑께. 배 터져 죽겠어."

결코 악의가 없는, 웃어야 할지 울어야 할지 모르는 가벼운 말다툼이었다. 어떻게 보면 장날마다 연출되는 진풍경이라고 말할 수 있었다. 버스가 논산 시장 정류장에 이르자 승객들이 우르르 하차했다. (큰)어머니와 나도 그곳에서 내렸다. 버스 안에서 얼마나 시달렸던지 두 다리가 후들거릴 뿐만 아니라 온몸이 나른했다.

첫발을 디딘, 난생 최초로 목격한 논산은 어안이 벙벙할 만큼 경이로웠다. 한글을 깨치고 눈이 밝아졌던 것처럼 나는 그날 새로운 세계에 개안했다. 길목마다 인파가 북적거렸고, 버스와 화물차와 오토바이와 자전거도 분주히 오갔다. 붉은 벽돌 건물 높이 쌓아올린 굴뚝에 흰 페인트로 굵직하게 쓴 '朝花'가 눈길을 잡아끌었다. 그 건물은 저 유명한 논산의 특산품 청주 '朝花'를 생산하는 양조장이었다.

언제부턴가 항간의 농담 중에 '촌놈이 논산 장에 갔다 오면 사랑방 마실꾼들 잠을 못 자게 한다'는 말이 있었다. 틀린 말이 아니었다. 생동감 넘치는 논산 장의 서사에다 초 치고 된장 풀고 달착지근한 갖은 양념을 가미한다면 밤새도록 이야기를 풀어내도 끝나지 않을 것 같았다. 내가 본 논산은 이제까지 구경하지 못했던 별천지라고 말할 수 있었다.

넓은 도로가 일직선으로 뻗어 있었고, 그 도로망을 따라 큰 건물들과 점포들이 어깨동무하듯 줄지어 있었다. 기껏 십자거리에서나 보았던 몇몇 간판들과는 비교할 수도 없을 만큼 화려한 간판들이 많았다. '형제상회' '태평상회' '행운상회' 등등 이외에도 '논산라사' '대영라사' '한영라사' 등등 웬 '라사'가 그렇게 많은지 궁금했다. 그 간판들 좌우 양단에 거의 예외 없이 종서로 쓴 '신용본위' '박리다매'가 서로 대칭을 이루고 있었다. 내가 (큰)어머니에게 여쭤어 보았다.

"엄니, 저기 라사가 뭐래유?"

"나사가 어디 있는디?"

(큰)어머니는 '라사羅紗'를 '나사螺絲'로 잘못 알아들은 들은 것 같았다. 문맹자인 당신은 길게 늘어선 여러 '라사' 간판을 보면서도 그걸 읽지 못하는 것이었다. 점포들 유리창 안에는 모직 원단과 양복 완제품이 진열돼 있었다. 우리와는 하등 상관이 없는, 아마도 우리가 도저히 출입할 수 없는 딴 나라 특권층을 위한 점포인 것 같았다. 머리 위 간판을 가리키면서 내가 말했다.

"저기 '논산라사'라고 쓰여 있잖어유."

"나는 글자를 잘 모르는디 진열장에다 내놓은 물건을 보니께 양복점인개벼."

(큰)어머니는 어물어물 넘겼고, 나는 '라사'의 정확한 뜻을 몰라 줄곧 궁금증을 증폭시켰다. 날씨는 점점 더 더워지고 있었다. (큰)어머니는 시장으로 들어가 여기저기 점포에 들렸고, 우리 식구들의 속옷이며 치분과 칫솔은 물론 (큰)아버지 고무신 '만월' 표 10문7짜리 한 켤레를 구입했다. 당신은 그 물건들을 집에서 가져 간 왜포 자루에 차곡차곡 담았다. 시간이 흐를수록 자루가 점점 불룩해져서 일약 부자가 되어가는 기분이었다.

시장에는 이것저것 모든 물자가 풍족했다. 떡집에는 각양각색의 떡이 푸짐했고, 청과물 가게에는 먹음직스러운 온갖 과일들이 산더미처럼 쌓여 있었다. 음식점 앞을 지날 때에는 구수한 냄새가 코를 찔렀다. 입에 군침이 고였지만, 그러나 (큰)어머니와 나는 그걸 사먹을 처지가 못 되었다. 눈은 풍년인데 입은 흉년이었다. '그림의 떡'이란 이런 경우를 두고 하는 말이었다. 나는 집에서 기다리고 있을 (큰)아버지와 작은누님을 생각하면서 그저 눈요기만으로 만족할 수밖에 없었던 것이다.

(큰)어머니는 현명했다. 초장에는 별로 짐이 안 되는, 가볍고 훼손되지

않는 공산품부터 차례차례 산 뒤 최종적으로 무거우면서도 용해될 위험이 있는 소금과 양잿물을 구매했다. 공장에서부터 근사하게 포장된 다른 공산품들이 딱딱 규격을 맞추어 시중에 나와 널리 유통되는 반면 소금과 양잿물의 소매 방식은 특이했다.

소금은 축축한 가마니에서 말이나 됫박으로 퍼서 팔았고, 양잿물은 가게 주인이 국방색 탄통에서 조금씩 집게로 덜어낸 뒤 앉은뱅이저울에 올려놓고 (큰)어머니께서 요구한 만큼 무게를 달아서 팔았다. 하얀 양잿물 덩어리들은 마치 얼음조각 같았다. 독성이 강한, 단번에 사람 목숨까지 앗아갈 수 있는 무서운 위험 물질이었다. 가게 주인이 양잿물을 누런 '회푸대' 종이로 간동하게 포장하는 동안 불현듯 '공짜라면 양잿물도 큰 것으로 먹는다'는 우스갯소리가 떠올라 피씩 웃음이 나왔다. (큰)어머니가 내게 말했다.

"자, 이제 살 것 다 샀응께 소금하구 양잿물이 녹기 전에 서둘러서 집으로 가자."

(큰)어머니와 나는 약국 앞 정류장에서 부여행 버스를 기다렸다. 늘 그래왔듯이 점심을 거른 터라 배가 고팠다. 그때 포목전 모퉁이에서 하반신을 상실한 중증 장애인 행상이 나타났다. 그는 길바닥에 납작 엎드린 채 포복하면서 허리에 매단 딱딱한 미제 골판지 상자를 질질 끌고 있었다. 상자 안에는 수건 양초 고무줄 수세미 기저귀끈 따위의 자질구레한 상품들이 실려 있었다.

(큰)어머니는 두 말 않고 속곳 주머니를 뒤져 비상금을 꺼내더니 얼른 '비사飛獅' 표 덕용 성냥 한 통과 실 한 태래와 바늘 한 쌈을 팔아 주었다. 조금도 망설임이 없는, 앞뒤를 계산하지 않는 명료한 결정이었다. 둥그런 성냥통 뚜껑에는 상표인 비사, 즉 날개 달린 사자와 함께 '제조원 남성성

냉공업사'라는 생산 업체가 적시돼 있었다. 당신께서 돈을 치를 때 어제 닭장수에게 팔려가던 가엾은 닭들이 눈앞에 어른거렸다. 장애인 행상이 (큰)어머니에게 말했다.

"고마워유. 복 많이 받으세유."

(큰)어머니는 장애인 행상을 바라보며 쯧쯧 혀를 차고 있었다. 내가 보기에도 딱하기 짝이 없었다. 나는 그날 논산에서 또 다른 세계를 발견했다. 저 현란한 간판들의 뒤안길에는 지금까지 미처 알지 못했던, 극한의 병고에 신음하며 어렵게 살아가는 눈물겨운 이웃들이 존재한다는 현실을 실증적으로 확인했다. (큰)어머니야말로 끼니를 잇기 어려운 실정이었지만, 당신보다 더 힘든 사람들을 만나면 그냥 모른 체 하고 넘어가는 법이 없었다. 항상 약자 편이었던 당신은 그 이후에도 논산 장에 갈 때는 나를 몇 차례 더 데려 가셨다.

수십 년 전부터 해마다 가을이면 시루봉 상수리를 주워다 손수 상수리묵을 만드는 데도 일가를 이루신 (큰)어머니. 그날 당신은 논산에서 돌아오자마자 펄펄 끓인 물에 양잿물을 녹이고 고운 쌀겨를 부어 묵을 쑤듯 빨래방망이로 휘휘 저어 버무리고 벅벅 치대어 혼합했다. 그러고는 반죽이 꾸들꾸들 식어갈 때쯤 그걸 주먹밥이나 고추장 메주처럼 뭉쳐 비누를 만들었다. 작은누님이 그 일을 돕고 있었다. (큰)어머니는 시중의 상품을 구입할 형편이 못 되어 그렇게 원시적인 비누를 제조한 것이었다. 당신에게는 아예 유해물질이니 뭐니 그런 의식 자체가 없었다.

나흘 후였다. 그날은 아침부터 구름이 잔뜩 끼어 있었다. 나뭇잎 이파리 하나 움직이지 않았고, 닭장 안의 닭들은 혀를 길게 빼문 채 헐떡거리고 있었다. 닭장으로 들어간 참새 몇 마리가 닭들이 거들떠보지 않는 모이 부스러기들을 쪼아 먹고 있었다. 간혹 마당 감나무에서 땡감이 툭툭 떨어지고 있었다. (큰)어머니가 내게 말했다.

"윤복아. 머리 깎어야겠구나. 머리카락이 웃자라 마치 꺼치렁 밤송이 같네. 여기 앉어라."

나는 그 전에 그랬던 것처럼 닭장 옆 빨랫돌 위에 걸터앉았다. 그러자 당신은 바느질 가위로 사각사각 이발하기 시작했다. 그 어른의 가위질은 타의 추종을 불허했다. 바리캉이나 백고칼이 필요 없었다. 당신은 한 점 가위 자국도 없이 내 두발을 백고머리 뺨 칠 만큼 매끈하게 삭발했다. 그런 다음 일전에 만든 수제 비누로 까까머리 두상을 득득 문질러 씻어 주었다. 거울을 보면 모근까지 파르라니 내비치는 내 장배기가 기름칠이라도 한 듯 반들반들하였다.

십자거리와 새다리에 이발소가 있었다. 하지만 (큰)아버지와 나는 그 이발소에서 머리를 깎지 않았다. 이발 요금도 이발 요금이지만, (큰)어머니의 가위질이 워낙 특출했기 때문에 굳이 이발소를 찾을 이유가 없었다. 당신은 전문 이발사 이상으로 이발을 잘 했다. 그 어른께서는 아랫집 친가 동생들의 머리도 정성스럽게 다듬어 주시곤 했다.

그런 (큰)어머니는 천부적인 강골이었다. 체력이 대단했고, 임질의 저력은 실로 놀라웠다. 지게질이 남정네들의 몫이라면 임질은 아녀자들이 갖추어야 할 최소한의 필수 조건이었다. 당신은 우리 동네에서 무슨 짐이든 가장 잘 이는 분으로 정평을 얻고 있었다. 물동이를 이는 것은 아주 당연했고, 봇짐이든 나뭇짐이든 거의 모든 짐을 머리로 이어 날랐다.

당신은 언젠가 방앗간에서 갓 짠 참기름이 담긴, 병마개를 신문지로 꽁꽁 말아 꽂은 1.8리터짜리 대병을 머리에 이고 걸은 적도 있었다. 길쭉한 병이 백회혈 정수리 위에 수직으로 곧추 서 있는 것을 보면 참으로 감탄하지 않을 수 없었다. (큰)어머니는 병을 손으로 잡지도 않은 채 두 팔을 휘휘 내저으며 자유롭게 걸었다. 내가 볼 때에는 병이 곧 굴러 떨어질 것 같았지만, 당신은 아무렇지도 않다는 듯 곡마단의 곡예사처럼 여유롭게 걷는 것이었다. 경추와 대추가 똑바르지 않고서는 불가능한 일이었다.

그 어른은 땔나무도 잘 했다. 시루봉에서 솔가리든 가랑잎이든 갈퀴로 북북 긁어 한 전 두 전 착착 전 치는 것을 보면 웬만한 남자 나무꾼을 뺨치고도 남을 정도였다. 더욱이 그 땔나무를 새끼줄 망에 터지도록 담아 머리에 일 때에는 저절로 감탄사가 터져 나왔다. 당신은 망을 불끈 들어 올려 일단 나무 둥치에다 걸친 다음 자세를 낮추어 그 밑으로 들어가 머리에 올려놓고 똑바로 일어섰다. 그 연속 동작이 번개처럼 날렵했다. 땔나무의 부피와 무게는 지게로 지기도 녹록지 않았지만, 당신은 그 무거운 짐을 머리에 이고 가뿐히 귀가했다. 천하장사가 따로 없었다.

한편, 우리 집에는 제사가 참 많았다. 나는 국민학교에 들어가기 이전부터 집안 어른들의 생신날과 조상님들의 기일忌日을 전부 암기했다. 물론 선조님들 배위配位의 성씨 또한 확실하게 숙지하고 있었다. 설이나 한가위 명절 차례 때를 비롯하여 기제에는 늘 내가 지방과 축문을 썼다. 말하자면 장차 종가의 종통을 이어가야 할 몸으로서 기초 학습을 제대로 받은 셈이었다.

우리 직계의 경우 음력 2월부터 3월까지는 며칠 간격으로 어른들의 생신과 제사가 뒤얽혀 매우 복잡했다. 2월 스무하룻날은 할머니 전주유씨 세사, 스무엿새날은 둘째누님 생일, 스무아흐렛날은 (큰)아비지 생신, 3월 초사흗날은 어머니 생신, 초이렛날은 (큰)어머니 생신, 스무사흗날은 먼저 돌아가신 첫 번째 (큰)어머니 무안박씨 제사… 그런 식이었다. 물론 다른 달에도 생일과 제사가 줄줄이 이어졌다.

가난한 집에 제사 돌아오듯 한다는 말이 있지만, 우리 집이 꼭 그런 경우라고 말할 수 있었다. 당장 입에 풀칠하기도 어려운 판인데 웬 제사는 그렇게도 많은지 (큰)아버지 내외분의 시름이 깊었다. 나는 할아버지 할머니를 뵌 적이 없었다. 그 어른들은 내가 태어나기 전에 세상을 떠나셨고, 시대가 시대이고 가난이 가난인지라 사진이나 영정 한 장 남기지 못했다.

(큰)아버지께서는 굶어죽는 한이 있어도 제사만큼은 빠뜨리거나 건너뛸 수 없다는 확고부동한 신념을 가지고 있었다. 그것은 불변의 철칙이었다. (큰)아버지에게는 제사야말로 당신의 생명보다 더 소중한 가치라고 말할 수 있었다. 살림살이가 워낙 궁핍하다 보니 제수 장만에 등골이 휠 지경이었다. 하지만 비록 제주로 곡주 대신 냉수를 올릴지언정 제사 자체를 거른 적이 없었다.

(큰)어머니는 그 어떤 수고도 아끼지 않았다. 식량이 떨어지면 이웃집에 가서 쌀을 꾸어다가 제사에 대비했다. 당신께서는 심신이 고달파도 쓰다 달다 아무런 이의를 제기하지 않았다. 시계가 있을 리 만무했다. (큰)아버지와 아버지가 초저녁에 조율이시棗栗梨柿를 괴고, (큰)어머니와 어머니가 나물을 삶거나 탕을 끓여 만반의 채비를 마치고 있다가 첫닭이 울면 메를 지어 올렸다.

모든 제사에는 연화 당숙 어른들 3형제분까지 한 분도 빠짐없이 전원 참례했다. 뒷박만 한 방에 엉덩이 들이밀 틈도 없었다. 헌작을 맡은 제관, 즉 (큰)아버지와 아버지와 큰당숙 이외의 서열 낮은 참례자들은 '뜰팡'까지 죽 늘어서야 했다. 그럼에도 불구하고 당내간 일가들은 제삿날마다 우리 집에 모여 먼저 돌아가신 조상님을 받들어 숭모했다. 언젠가 한번은 할머니 제사를 모시고 나서 (큰)아버지가 내게 말했다.

"모름지기 사람이라면 조상님을 잘 모셔야 하느니라. 옛날에 땔나무를 해가지고 장에 내다 팔어서 근근이 먹고사는 어느 나무꾼이 있었더란다. 어느 해 즐기에는 눈이 하도 퍼 쌓여 나무도 못하고 장에도 못 가고 집에 갇혀 맨날 굶다시피 근근이 견디는디 부진부진 아부지 제사가 돌아오더라는 겨. 아무리 생각해도 제물을 장만할 대책이 없잖어. 궁리하던 끝에 나무할 때 쓰는, 가장 애지중지하는 도끼를 잘 닦아서 제사상에 올려놓고 제사를 지냈다는 겨. 아, 그러고는 그날 밤 자다가 꿈을 꾸었는디 아부지가 나타나 '참 고맙다. 네 성의가 가상하구나' 하시면서 날이 밝거들랑 어느 골짜기 바위 쪽으로 가 보라고 하시더랴. 그래서 그 다음날 날이 밝자마자 간밤 꿈에서 아부지가 가르쳐준 그 골짜기로 갔더니 금은보화가 산더미처럼 가득 쌓여 있어서 그걸 가져다가 큰 부자가 되었다는구나. 지성이면 감천이라, 나무꾼의 그 갸륵한 정성에 하늘도 감복한 거지. 우리가 그 뭣이냐… 그런 발복을 바라구 제사 지내는 것은 아니지만서두 사람의 도리를 다할라믄 조상부터 극진히 공경할 줄 알아야 하는 겨."

'어느 해 즐기'의 '즐기'는 '겨울께' 즉 '겨울에'를 뜻하는 우리 고장 말이었다. (큰)아버지는 기회 있을 때마다 그와 유사한, 전설이나 야담 같은 이야기를 들려주었다. 그 어른은 박학다식했고, 여필종부와 부창부수를 선험적으로 통찰한 (큰)어머니께서는 그런 바깥양반을 하늘처럼 섬겼다. 혹독한 빈곤을 숙명으로 받아들였던 (큰)어머니. 당신은 부엌일 이외에도 일거리가 주어지기만 하면 밭일이든 논일이든 뭐든 닥치는 대로 했다. 자타가 공인하는 만능 일꾼의 표양이었다.

그중에서도 당신의 주특기는 뭐니 뭐니 해도 단연 바느질이었다. 안방 시렁 위 대나무 고리짝과 댕댕이 반짇고리에는 다리미 인두 전반 자[尺] 실패 가위 골무 등 바느질 도구들이 가득했다. 단추를 달거나 옷고름을 달거나 동정을 다는 수고 따위는 수시로 하는 잔일이었다. 몸에 맞지 않는 옷을 늘리고 줄이고 뜯어 고치거나, 닳고 달아서 나들나들해진 저고리 팔꿈치와 바지 무릎 부분에 헝겊 쪼가리를 덧대어 짜깁기를 하는 작업 역시 일상의 한 부분이었다.

바느질의 귀재 (큰)어머니. 저고리 마고자 바지 치마 두루마기 도포 등 한복은 물론이려니와 형형색색의 갖가지 양복에 이르기까지 당신의 바느질은 상상을 초월했다. '라사'를 눈앞에 놓고서도 그 뜻조차 알지 못했던 당신은, 그러나 바느질을 하기 위해서 태어난 인물이라 해도 과언이 아니었다.

당신은 재단과 봉제 양면에 두루 능통했다. 원단을 자로 재고 가위로 슥슥 마름질을 한 뒤 바늘로 한 땀 한 땀 호아 가며 옷가지를 박는 공정에 만인이 탄복했다. 당신의 바늘이 지나간 자리에는 실이 촘촘하게 박히면서 일직선 또는 곡선으로 고운 선이 그어져 나왔다. 당신은 바느질에 도통한 달인이었고, 당신이 만들어낸 모든 제품은 한결같이 당대 최고의 일류 명품이었다.

누군가가 한 필이든 두 필이든 피륙을 가지고 와서 겉옷이든 속옷이든 옷가지를 만들어 달라고 요청하면, 당신은 바느질감의 치수 범위 안에서 종류를 불문하고 무엇이든 상대방의 희망대로 얼마든지 완벽하게 만들어 주었다. 옷감의 재질도 가리지 않았다. 마포든 광목이든 인조견이든 옥양목이든 비단이든 모직이든 뭐든 상관이 없었다. 나중에는 나일론까지 나와 인기를 끌었다.

당신의 손은 마법의 손이었다. 버선코를 깁든 치마 솔기를 달든 베갯모를 만들든 바느질을 마칠 때에는 실올을 돌돌 말아 감치고 옹쳐서 매듭을 지은 뒤 말끔하게 마감했다. 마무리가 얼마나 꼼꼼했던 것일까, 바느질이 어디에서 시작하고 어디에서 끝났는지 귀신도 그 자취를 알아낼 수가 없었다.

당신의 바느질 자체가 그만큼 정교했다. 거기, 명장 바느질의 진수가 있었다. 시중에서 대량으로 판매하는, 공장에서 재봉틀로 드르륵 박아낸 기성복 바느질과는 차원이 달랐다. 기성복에는 항용 박음질의 시작과 끝이 엉성하게 드러나 있었고, 재차 손질을 하지 않을 경우 얼마 안 가 실밥이 스륵 스르륵 풀리게 마련이었다. 하지만 (큰)어머니의 바느질에는 전연 그런 하자가 없었다.

당신은 동네 아이들의 옷도 자발적으로 수선해 주었다. 내 또래의 아이들이 찢어진 입성을 걸치고 다닐 경우 그 아이를 불러다 놓고 옷을 벗겨 보기 좋게 꿰매 주었다. 동네에 초상이 났다 하면 당신께서는 망자의 수의를 비롯하여 남녀 복인들의 상복과 굴건과 행전까지 모조리 도맡아서 지어냈다. 당신은 비녀로 가로지른 낭자머리에 세침 중침 대침을 골고루 꽂은 채 바느질을 하느라 밤을 지새우곤 했다. (큰)아버지와 아버지는 초상집 마당에서 볏짚에 삼 껍질을 꼬아 수질 요질을 만들고 짚세기를 삼았다.

(큰)어머니는 어느 누구로부터도 바느질삯을 받지 않았다. 어쩌다 후한 사람을 만나면 약간의 수고비 또는 쌀이나 보리쌀 두어 됫박을 받아 오기도 했지만 그걸 공임이라고 말할 수는 없었다. 나는 당신께서 바느질할 때 종종 바늘귀에 실을 꿰어 드리곤 했다. 비록 싸구려라 할지라도 (큰)어머니 덕택에 우리 가족의 복장은 어느 부자들 못지않게 언제나 깔끔하고 단정했다.

당신은 빨랫감을 도련하는 데에도 명인이었다. 뒷문 뜰팡에 다듬잇돌과 방망이가 있었다. 옷가지를 뜯어서 빨고 볕에 바랬다가 풀을 먹여 푸새한 뒤 다듬이질을 할 때의 감각과 기량은 고도의 예술이라고 말할 수 있었다. 방망이를 어느 각도로 어떻게 두들기느냐에 따라 또드락 또드락 또드락 딱딱 또드락 딱딱… 다듬잇소리의 고저장단과 가락이 달라졌다. 작은

누님과 마주 앉아 다듬이질을 할 때에는 화음이 더 아름다웠다. 겨우내 안방 무쇠화로에는 벌건 알불을 재로 덮어 다독거리는 부손과 화젓가락이 꽂혀 있었다.

다리미질과 인두질은 옷감 손질의 기본이었다. (큰)어머니는 입에 물을 가득 물고 푸우푸우 물안개를 뿜어내며 옷감을 매끈하게 다리곤 했다. 자근자근 밟고 포갬포갬 개고 다독다독 정갈하게 매만진 여러 조각들을 꿰어 맞추고, 솜이불에 호청을 씌워 가뿐가뿐 거침없이 홑이불을 시치면서 일사천리로 질주하는 바느질 솜씨가 문자 그대로 천의무봉이자 묘기 대행진이었다. 티끌만한 오차조차 허용하지 않는 완전무결한 입신의 경지에 눈이 부셨다. 누가 뭐라든지 바느질에 관한 한 당신이야말로 한 시대를 관통하는 천하제일 불세출의 최고봉이었다.

남들도 다 아는 일이지만, 재봉틀 한 번 만져본 적 없이 모든 바느질을 특유의 손기술만으로 해결했던 당신은 분명 시대를 잘못 태어난 어른이었다. 왕조 시대에 태어났더라면 궁중으로 초빙되어 능히 임금님 용포 등 궁중 의상을 제작하고도 남을 거장이었다. 당신은 미상불 인간문화재 이상의 탁월한 역량을 갖추고 있었다. 차라리 조금만 늦게 태어났더라면 재단과 봉제 등 국제 대회 의상 관련 종목에 참가해 세계를 제패할 수도 있었다.

하지만 하늘은 (큰)어머니에게 그런 기회를 허락하지 않았다. 당신이 태어난 환경 또한 박복했다. 자본이 조금만 있었더라면, 그리고 학교 문턱이라도 넘었더라면 봉제 공장이나 의상실을 차려 대성하고도 남았을 텐데 그러지 못해 애통하기 짝이 없었다. 웬만한 도회지에 태어났더라면 삯바느질로 최소한의 생계만큼은 꾸려갈 수 있었으련만, 생업으로 삼을 만한 바느질 일감이 전무한 촌간에서 살다 보니 평생 밥벌이도 못한 채 뼈저린 생활고를 벗어날 길이 없었다.

  당신들은 쫄쫄 굶으면서도 이 못난 양자만큼은 굶기지 않으려고 안간힘을 썼던 (큰)아버지 내외분. 나는 그 어른들 슬하에서 잔뼈가 굵어 오늘 여기까지 왔다. 바느질의 여왕 (큰)어머니는 그토록 처참하게 살면서 (큰)아버지와 함께 나를 지극정성으로 길러주신 양육의 은인이었다. (『창조문예』 2024. 12월호)

불화살

나는 석양국민학교(지금의 석양초등학교)에 들어가 많은 것을 배웠다. 보고 듣고 읽는 것 모두가 새로웠다. 1학년을 거쳐 2학년으로 올라갔을 때 새 담임은 송창근 선생님이었다. 키가 훌쩍 크고 체격이 석대한 데다 목소리까지 우렁우렁한 분이었다. 인품이 고매했던 선생님의 이마 한복판에는 부처님 백호처럼 큰 사마귀 하나가 툭 불거져 있었다. 우리 학급은 1분단부터 4분단까지 4개 분단으로 편성돼 있었다. 내 자리는 2분단 중간쯤에 있었다.

한편, 나는 그때까지도 내 출생과 '입양의 비밀'을 모르고 있었다. 좀 더 구체적으로 말하자면 나에게는 아직 천륜에 관한 개념이 없었다. 나는 당초 작은집인 친가에서 장남으로 태어나 어머니 젖을 떼자마자 후사를 두지 못한 큰집 (큰)아버지 내외분 슬하로 출계한 몸이었다. 무후로 끝나게 된 종가의 종통을 잇기 위한 방편으로 그렇게 된 것이었다. 우리 사회의 오랜 유습에서 비롯된 현상이었다.

나는 (큰)아버지 내외분이 친부모님인 줄 알고 자랐다. 따라서 내게는 아버지 두 분, 어머니 두 분이 계셨다. 나는 (큰)아버지 내외분에게 '큰' 자를 붙이지 않고 그냥 아버지 어머니라 불렀다. 두 말할 필요도 없이 친가 아버지 어머니의 호칭도 아버지 어머니였다. 우리 고향에서는 통상 아버지를 '아부지'로, 어머니를 '엄니'라고 불렀다. 말하자면 '아부지' '엄니'가 우리 고장의 '표준말'인 셈이었다.

나는 아주 어렸을 때부터 책을 좋아했다. 국민학교 입학 전 (큰)아버지로부터 한글과 천자문을 배운 뒤 우리 집으로 마실 오신 동네 어른들에게 얘기책을 읽어드리곤 했지만, 집안이 워낙 빈한한 터라 책을 사 보기는커녕 학업에 꼭 필요한 연필과 공책 등 필수 학용품을 조달하기도 버거운 실정이었다. 소설이든 위인전이든 만화든 뭐든 마음 놓고 책을 사 볼 수만 있다면 얼마나 좋을까. 하지만 그건 이룰 수 없는 헛된 소망이었다.

학교의 장서藏書도 열악했다. 우리 학교는 갓 개교한 신설 교육 기관으로서 이제 막 교사를 증축해 나가고 있었다. 전교생이 종종 대지 확장 작업에 동원되었고, 우리는 산기슭에서 파낸 흙을 운동장으로 실어 날랐다. 교실 자체가 부족하여 별도의 도서실을 개설할 만한 상황이 못 되었다. 물론 서가나 책장조차 없었다. 그 대신 교무실에서 가까운, 복도 창틀 아래 신발장 좌우 군데군데 여남은 권의 책들이 들쭉날쭉 비치돼 있었다. 일부 고학년 교실에는 명목상의 학급 문고가 따로 있었지만, 여기 이 책들은 학년이나 학급을 초월한 전교생 공용 도서인 셈이었다.

검정색 철끈을 모서리에 꿰어 못에 걸어 놓은 책들. 누구든지 희망자가 자율적으로 가져다 읽고 본래의 위치에 되돌려 놓는 구조라고 말할 수 있었다. 그 책들 중에는 위인전과 만화가 대종을 이루고 있었다. 모든 물자가 부족했던, 책이 보물처럼 귀하던 시절이었다. 책의 시설이나 인쇄 상태도 좋지 않았다.

복도 창틀 위 높은 곳에는 안중근 의사, 이봉창 의사, 윤봉길 의사, 유관순 누나… 등등 애국지사들의 흑백 사진이 일렬횡대로 걸려 있었다. 나는 일찍 한자를 배워 '의사義士'의 의미를 잘 알고 있었지만, 내 또래의 동무들 대부분은 안중근 이봉창 윤봉길 의사를 '의사醫師'로 잘못 받아들이고 있었다. 오죽하면 이 의사들을 내과 의사, 외과 의사, 치과 의사 등으로 오인한 나머지 독립운동가가 거의 모두 의료계 출신인 것으로 확신하는 친구들까지 있었다. 우리는 복도를 통행할 때 발뒤꿈치를 들고 사뿐사뿐 걸었다.

나는 곶감 빼먹듯 복도의 책들을 한 권 한 권 솔래솔래 가져다가 차례차례 독파했다. 기뻤다. 책을 읽고 새로운 사실을 터득할 때의 그 희열은 무엇과도 비교할 수가 없었다. 책 속에는 내가 미처 알지 못했던 놀라운 서사들이 있었다. 나는 독서를 통해 계백과 김유신과 세종대왕과 이순신과 한석봉처럼 만고 청사에 길이 빛나는 위인들을 만났다.

그러던 어느 날이었다. 7월 초순경이었던가, 나는 본의 아니게 큰 실책을 저지르고 말았다. 소년 소녀 갈릴레오 갈릴레이 위인전을 뽑아든 것이었다. 처음에는 특이한 인물 이름에 호기심이 발동해 별 생각 없이 덥석 잡아들었던 것인데 본문 내용이 너무 힘겨워 도무지 땅띔을 할 수가 없었다. 하룻강아지 범 만난 형세라고나 할까, 책이라면 무조건 좋아한 나머지 뭐 모르고 겁도 없이 잘못 덤볐다가 외통으로 걸려든 것이었다.

그 책은 읽으면 읽을수록 점점 더 어려워졌다. 그중에서도 코페르니쿠스의 지동설을 뒷받침하는, 즉 태양 주위로 지구가 돌고 지구 주위로 달이 돈다는 대목에 이르러서는 뭐가 뭔지 도저히 납득할 수 없었다. 상식적으로 생각할 때 지구가 둥글고 돌기까지 한다면 모든 사물이 똑바로 설 수 없을 뿐만 아니라 건물이든 사람이든 금세 미끄러지고 쏟아져서 허공으로 날아가야 할 판이었다. 그건 말도 안 되는 소리였다.

백보를 양보하여 만약 지구가 돈다면 집에서 학교까지, 학교에서 집까지 수시로 방향이 달라지면서 위치가 바뀌어야 하지 않을까. 그러나 동서남북은 변함이 없고 집과 학교 또한 언제나 똑같은 위치에 있었다. 지구가 돈다는 명제를 생각하고 또 생각하고 수백 번 생각해도 의문이 풀리지 않아 나중에는 아예 내 머리가 홰까닥 돌아버릴 지경이었다. 내가 숙맥이거나 아니면 갈릴레이가 엉터리 사기꾼이거나 둘 중의 한 사람은 정상이 아니라고 단정할 수 있었다.

나는 몇 번인가 중도에 그 책을 덮었다. 하지만 갈릴레이의 이론에 궁금증이 자꾸만 증폭되었다. 그리하여 다시 문제의 책을 억지로 물고 늘어지며 완독했다. 갈릴레이는 재판정을 나오면서 혼잣말로 '그래도 지구는 돈다'고 중얼거렸다. 그것이 결말이었다. 훗날 그 독백은 누군가 다른 사람이 창작하여 덧붙인 군말이라는 것을 알게 되었지만, 순진하기 짝이 없던 어린 시절의 나는 그 사족을 갈릴레이가 직접 한 말인 줄 철석같이 믿고 있었다.

나는 명색이 급장(지금의 반장)이었다. 더군다나 입학 이후 그때까지 줄곧 자타가 공인하는 '공부 왕'으로 알려져 있었다. 그런데 어쩌다 난데없이 갈릴레이라는 복병을 만나 더 이상 나아가지 못하고 이렇게 콱 막힐 줄이야 꿈에도 생각 못한 일이었다. 한마디로 말해 된통 쪽팔리는 노릇이었다. 나는 다른 아이들 앞에서 내 밑천이 들통 날까 봐 벙어리 냉가슴 앓듯 혼자서 괴로워했다. 실토하건대 문제가 이렇듯 심각해질 줄 알았더라면 애초에 그 위인전을 뽑아들지 않았을 것이었다.

난감했다. 나는 (큰)아버지의 가르침으로 천자문을 공부할 때 하늘천天 따지地 검을현玄 누를황黃 집우宇 집주宙 넓을홍洪 거칠황荒…을 달달 외웠다. 하지만 그것은 겨우 글자를 깨친 것에 지나지 않았다. '천지현황'과 '우주홍황'에 담긴 뜻, 천지만물과 우주 운행의 심오한 철리를 통찰하기에는 시기상조라고 말할 수 있었다. 나는 갈릴레이 위인전을 다 읽었으면서

235

도 그의 학설을 제대로 소화하지 못했다. 결과적으로 본질을 꿰뚫지 못한 채 수박 겉만 핥은 꼴이었다.

그렇다고 어영부영 뒤로 물러설 수는 없었다. 나는 저 맹랑한 갈릴레이 때문에 하루 이틀 골머리를 앓은 것이 아니었다. 남들도 다 알다시피 나는 본디 집요한 기질을 타고났다. 난해한 문제일수록 끝까지 파고들어 어떻게 해서라도 반드시 정답을 찾아내야만 직성이 풀리는 것이었다. 그러나 갈릴레이의 논제를 자력으로 끝장내기에는 역부족이었다. 나는 그 불가해한 책을 복도 제자리에 반납한 뒤에도 속으로 끙끙 앓으며 부대끼다가 수업 시간이 아닌 쉬는 시간을 이용해 선생님께 직접 질문하기로 작정했다. 망설이던 끝에 내가 말했다.

"선생님, 한 가지 여쭤 봐두 되나유."

"뭔데?"

"지구가 돌아유?"

"그럼! 지구는 지금 이 시간에도 돌고 있단다."

"정말로유?"

"물론이지. 윤복아, 그런데 넌 그걸 어떻게 알았니?"

선생님은 내 질문을 의외로 받아들이고 있었다. 2학년에게는 생소한, 아직 교과 과목에 태양계 관련 주제가 나오지 않기 때문이었다. 아마 내 또래 다른 아이들의 경우 갈릴레이의 '갈' 자와 태양계의 '태' 자는 물론 천동설이나 지동설은 더욱 더 잘 모를 것이었다. 내가 말했다.

"갈릴레이 위인전을 읽었는디 아무리 생각해도 잘 모르겠어유."

"그건 고학년도 이해하기 어렵지. 넌 아직 저학년이잖아. 이따가 수업 전부 마치고 종례 후 교무실로 오거라. 선생님이 잘 가르쳐 줄게. 알았지?"

"예."

그날 방과후 3분단 급우들만 남아 교실 청소를 하고 있을 때 나는 선생님께서 기다리는 교무실로 향했다. 마침 갑자기 나타난 땅벌 한 마리가 내 이마 앞을 스치고 지나갔다. 선생님 책상 위에는 15도로 삐딱하게 기울어진, 5대양 6대주가 여러 색깔로 알록달록 표시된 지구본이 준비돼 있었다. 나는 동그란 걸상에 다소곳이 앉았다. 선생님이 몸소 지구본을 살살 돌리면서 말했다.

"윤복아. 내 말 잘 들어라. 여기 이 지구는 이렇게 돌아. 이걸 자전이라고 해. 알았지?"

"예."

지구가 돈다는 것은 아직도 이해가 안 되었지만, 자전이라는 한자어의 뜻만은 이미 확실하게 알고 있었던 터라 나는 똑바로 대답했다. 교무실을 드나들던 몇몇 고학년 선배들이 선생님과 나를 힐끗힐끗 쳐다보곤 했다. 선생님이 창 밖 하늘 저 멀리 엇비스듬하게 동동 떠 있는 태양을 가리키면서 말했다.

"저기 태양이 있잖니? 이 지구가 태양을 향해 이렇게 돌고 있는 거야. 이걸 공전이라고 말하지."

선생님은 태양을 겨냥하면서 지구본을 번쩍 들어 올려 슬슬 돌렸다. 공전의 뜻도 잘 알고 있었다. 하지만 지구가 태양 주위로 돈다는 사실만은 이해할 수 없었다. 내 학습 능력이 거기까지 미치지 못한 탓이었다. 그 대신 연두색으로 그려진 한반도가 얼른 눈에 들어왔다. 나는 마음 속으로 여기가 곧 우리나라라는 것을 제꺼덕 알아차렸다. 한반도 주변에는 중국과 일본도 그려져 있었다. 내가 물었다.

"그럼 달은 어떻게 되는 거지유?"

"달은 지구 주위를 돌고 있지. 지구는 태양을 돌고 달은 이렇게 지구를 도는 거야."

　선생님은 일단 지구본을 내려놓은 뒤 푸석한 갱지에 연필로 원형의 태양을 표시한 다음 타원형으로 지구의 궤도를 주욱 그렸다. 그러고 나서 이번에는 지구 주위에 달의 행로를 명시했다. 태양과 맞물린 지구가 납작하면서도 둥그런 고리나 사슬로 테를 두른 것 같았다. 그래도 설명이 부족했다고 판단했던지 선생님은 지구본을 다시 번쩍 들고는 다른 한 손으로 저쪽 태양과 이쪽 지구본 사이의 운행을 시연했다.

　선생님의 강의는 점점 더 어려워지고 있었다. 나는 짐짓 선생님께 섣불리 질문한 것을 후회했다. 마치 혹 떼려다 혹을 더 붙이는 꼬락서니가 되고 있었다. 선생님의 설명이 계속 이대로 나가다가는 진도가 최종적으로 어디까지 치달을지 알 수 없었다. 진퇴양난이었다. 아직은 긴가민가했지만, 선생님의 말씀을 잘 새기고 곱씹으면 언젠가는 갈릴레이의 견해에 대한 의구심이 조금씩 풀릴 것 같기도 했다. 선생님께서 내게 거짓말을 하실 리 만무했다. 내가 말했다.

　"그렇구먼유."

　"오늘 당장 이해를 못해도 괜찮다. 고학년으로 올라가면 더 자세히 배울 테니까."

　선생님은 나를 위로해 주었고, 나는 떡 본 김에 제사 지내듯 지구본에 나타난 한반도를 유심히 살펴보았다. 우리나라는 소비에트 연방이나 캐나다나 중국이나 아메리카 합중국보다 월등히 적었다. 그래서 대내외적으로 우리나라를 약소국이라고 지칭하는 모양이었다. 최소한 오스트레일리아나 인도 정도만 되어도 좋으련만 우리나라 영토의 면적이 거기에 훨씬 못 미쳐 무척 안타까웠다.

　내 적성은 어쩌면 과학이 아닌 지리에 더 가까운지도 몰랐다. 염불보다

잿밥에 마음이 있었다고나 할까, 선생님으로부터 자세한 설명을 듣는 동안 태양계보다는 지구본의 지도에 부쩍 더 관심이 쏠리는 것이었다. 갈릴레이에 발목 잡혀 끌탕을 하면서도 지구본에 나타난 세계 각국의 위치만큼은 대뜸 한눈에 알아볼 수 있었다.

그날 학교에서 돌아왔을 때 (큰)어머니는 뜰팡에 앉아 싱싱한 열무를 다듬고 있었다. 밭에서 갓 뽑아온, 뿌리에 덕지덕지 흙이 매달린 열무의 이파리에는 숭얼숭얼 구멍이 뚫려 있었다. 벌레가 갉아먹은 흔적이었다. 열무 사이에는 더러 바랭이와 방동사니 같은 잡풀 나부랭이도 뒤섞여 있었다. 저녁에는 새로 담근 맛깔스런 열무김치를 먹을 수 있을 것 같았다. 내가 책가방을 내려놓으며 (큰)어머니에게 말했다.

"엄니, 학교 댕겨왔어유. 그런디 지구는 태양을 돌고 달은 지구를 돈대유."

"그게 뭔 말이여?"

"지구 있잖어유. 지구가 태양을 돈대유. 달은 지구를 돌구유."

"지구가 뭔디?"

"우리가 살고 있는 이 땅덩어리 말이어유."

"그럼 땅덩어리라구 하지 왜 지구라구 하는 겨?"

"참, 엄니두…"

"그건 그렇구, 땅덩어리가 돌면 우리가 어떻게 살어? 그건 말도 안 되는 소리여. 어떤 미친놈이 그런 헛소리를 하구 댕긴댜? 참, 나…"

어이가 없었다. 갈릴레이와 우리 선생님은 당신의 일언지하에 '미친놈'이 되고 말았다. 황당했다. 내 딴에는 새로 배운 태양과 지구와 달의 관계가 하도 신비로워시 (큰)어머니에게 슬쩍 운을 뗀 것이었다. 다른 한편으로는 지금까지 새까맣게 모르고 지냈던 새로운 사실을 알게 되어 은근히 자랑하고 싶은 공명심도 없지 않았다. 하지만 당신은 관련자들을 사그리 미친놈으로 간주하면서 그들의 고귀한 견해를 일거에 '헛소리'로 깔아뭉갰다.

그 말을 시작한 나 또한 단박에 미친놈의 하수인 또는 똘마니로 전락했다. 하기야 당신은 낫 놓고 'ㄱ' 자도 모르는 까막눈이었고, 사실인즉 그런 당신에게 말을 꺼낸 내 불찰이 컸다. 그럴 줄 알았으면 애당초 입을 다물고 있어야 했는데 괜히 말을 건네 화를 자초한 것이었다. 후회막급이었다. 김이 새고 정나미가 확 떨어져서 더 이상 뭐라 할 말이 없었다. 내가 물었다.

"그럼 엄니는 갈릴레오 갈릴레이를 아세유?"

"뭐라구?"

"갈릴레이 아시느냐구유."

"그게 뭐디?"

(큰)어머니는 갈릴레이를 사람이 아닌 무슨 물건 정도로 착각하고 있었다. 아마 카스텔라나 캐러멜이나 초콜릿과 유사한, 서양 사람들이 들여온 모종의 과자류로 인식하는 것 같았다. 잘 모르긴 해도 우리 동네의 다른 어머니들 또한 대개 그럴 것이었다. 내가 볼멘소리로 말했다.

"그거 봐유. 갈릴레이가 누구인지두 모르시면서 무턱대고 미친놈이라고 하면 되나유."

말 한마디로 천 냥 빚을 갚는다 했건만, 당신께서는 어찌하여 차가운 언사로 내 가슴에 깊은 상처를 안겨 주는지 몰랐다. 울고 싶었다. 당신과 나 사이에 틈이 벌어지고 있었다. 기분이 잡쳐서 입을 굳게 다물고는 더 이상 말을 하지 않았다. 어느 사이엔가 나의 내면에서는 부글부글 부아가 치밀고 있었다.

(큰)어머니는 본래 성정이 곱고 잔정이 많은 어른이었다. 당신 스스로가 아주 어려운 처지임에도 불구하고 딱한 사람들을 보면 작으나마 뭐라도 도움을 주곤 했다. 힘이 장사여서 논일이든 밭일이든 못하는 것이 없었고, 특히 바느질 솜씨가 워낙 뛰어나 '바느질 여왕'으로 널리 알려져 있었다. 그밖에도 당신 특유의 장점은 한두 가지가 아니었다.

하지만 당신에게는 벗어날 수 없는 당신 나름의 사고 체계와 옹고집이 있었다. 그것이 문제였다. 당신은 평생 그 고질적인 틀에 갇혀 있었다. 간혹 불쑥불쑥 토해내시는 박정한 말씀들이 내 염장을 질렀고, 그것은 걷잡을 수 없는 저항의 씨앗이 되어 막심한 불효의 거목으로 쑥쑥 자라났다. 나는 생래적으로 반골이 될 수밖에 없었다.

그날 해 질 무렵이었다. 나는 울분을 삭히다 못해 굴렁쇠를 굴리며 친가로 내려갔다. 굴렁쇠는 자전거 바퀴 림(rim)이었다. 림이란 튜브와 고무 타이어를 끼워 두르는 금속제의 둥근 테를 의미했다. 그것은 (큰)아버지께서 부여인가 논산인가 어느 자전거포에서 구해 오신 소중한 물건이었다. 나는 동네 고샅길을 뛰어다닐 때마다 서너 뼘 길이의 곧은 막대기로 굴렁쇠를 굴렸다. 길가에 나와 있던 어머니가 반겨주었다.

"아이고, 우리 윤복이 어서 오느라."

"엄니, 안녕하셨어유?"

"그럼."

그때 마침 밀짚모지를 쓰신, 지게에 싱싱한 풀을 한 짐 가득 짊어진 아버지께서 샘과 이어진 삼거리 길목으로 다가오고 있었다. 그곳에 작은 암거가 있었고, 콘크리트 관로 수멍으로는 짜잘짜잘 도랑물이 흐르고 있었다. 아버지가 한 발 한 발 발을 떼어 놓을 때마다 바지게 밖으로 늘어져 나온 풀잎들이 나풀나풀 춤을 추고 있었다. 나는 아버지에게도 인사했다.

"아부지, 풀 벼 오세유?"

"그랴. 오늘도 학교 가서 공부 잘 하고 왔냐?"

'벼'는 '베어'를, '그랴'는 '그래'의 우리 고장 '표준말'이었다. 아버지는 풀을 두엄자리에 부린 뒤 지게를 벗어 헛간에 세웠다. 그러고 나서 일부 흩어진 풀들을 낫으로 주섬주섬 걷어 올려 두엄더미를 깔끔하게 정리했다. 아버지께서 손대는 일에는 한 치의 오차도 없었다. 두엄무더기가 마치 나무나 돌을 깎아 켜켜이 쌓아올린 구조물처럼 완전무결했다. 밀짚모자를 벗은 당신의 이마에서 땀이 줄줄 흐르고 있었다.

나는 친가에서 저녁밥을 먹고 하룻밤 묵었다. 열무김치고 뭐고 그런 것은 안중에도 없었다. 친가는 언제나 편안했다. 무슨 말을 하든 누군가의 눈치를 살피지 않아도 되었다. 아버지와 어머니가 늘 포근하게 감싸주었다. 동생들도 잘 따라주었다. 톡 까놓고 말하자면 친가는 (큰)어머니로부터 상처를 받을 때마다 찾아가는 피난처 같은 곳이었다. 내게는 그런 친가가 있어 행복했다.

날이 밝자 아침밥까지 먹었다. 아직 (큰)어머니에 대한 불만과 반발이 덜 풀렸지만, 부랴부랴 윗집으로 가서 책가방을 챙겨 들고 학교로 향했다. (큰)어머니한테 들은 '미친놈'이란 막말이 지워지지 않아 기분이 매우 찝찝했다. 날씨가 무더워지고 있었다. 그래도 학교생활은 항상 즐겁고 흡족했다.

여름 방학 때였다. 뒤꼍 화단에 노란 원추리꽃과 붉은 참나리꽃이 피어 있었다. 가난한 집에서도 꽃이 피어나다니, 식물은 빈부를 차별하지 않는 것 같았다. 아침부터 햇볕이 쨍쨍했고, 말랭이 쥐엄나무에서는 매미들이 귀청 따갑도록 시끌짝하게 합창하고 있었다. 맴맴 맴맴 맴맴… 쏴르쏴르 쏴르 쏴르… 저쪽 당산의 뻐꾸기가 뻐꾹뻐꾹 시를 읊으면 이쪽 시루봉의 꾀꼬리가 꾀꼴꾀꼴 노래로 화답했다. (큰)어머니가 내게 말했다.

"윤복아. 날 모리 팥거리 좀 댕겨오자."

'날 모리'는 '내일 모레'였다. 내일은 8월 3일 논산 장날이었고, 모레는 그 다음날인 8월 4일 화요일이었다. 음력으로는 7월 초하루였다. 내가 물었다.

"팥거리라구 하셨슈?"

"그려. 두계 말이다."

'팥거리'는 '팥[豆]갈[磨]이' 즉 논산군(지금의 논산시) 두마면(나중에 계룡시로 편입)을 의미했다. 두마면에 두계리가 있었다. 거기 당신의 남동생 강기석씨 일가가 살고 있었다. (큰)어머니의 친정이었다. 나는 당신의 소생이 아닌 양자인 터라 그곳을 외갓집이라고 딱 부러지게 특정할 수는 없었다. 그 집 역시 무척 가난했다. 친가 어머니의 친정, 즉 부여군 세도면에 있던 내 본래의 외갓집은 아주 오래 전 전북 익산군(지금의 익산시) 망성면으로 솔가했다. 그곳에 혈육상의 진짜 외삼촌 가족이 살고 있었다.

나는 (큰)아버지 내외분의 말씀을 좇아 강기석씨를 그냥 '아저씨'라고 불렀다. 무난한 호칭이었다. 강씨 아저씨 쪽에서 종종 서신이 왔다. 수취인은 당연히 (큰)아버지였다. 강씨 아저씨의 서찰은 어디 내놓아도 손색이 없을 만큼 가장 모범적인 격식과 정중한 예의를 갖추고 있었다.

나는 그 서한을 통해 은연중 편지 작성 요령을 곁눈질할 수 있었다. 그분은 먼저 이쪽의 안부를 여쭙고 또한 당시 일가의 최근 소식을 사세히 전했다. 필체도 단정했다. (큰)아버지의 말씀에 의하면, 문맹자 천지였던 그때 그 시절 그분은 일찍이 한학에 눈떠 적어도 『통감通鑑』까지 읽었다는 것이었다. 나는 (큰)아비지 내외분의 뜻을 받들어 몇 차례 강씨 아저씨 앞으로 (큰)아버지 명의의 답신을 썼던 경험이 있는지라 그곳 주소를 똑똑히 기억하고 있었다.

언젠가 강씨 아저씨가 어린 막내아들 승수를 데리고 우리 집을 방문한 적이 있었다. 귀한 손님들이었다. 청년 시절 해소를 호되게 앓아 목이 쉬어버린 강씨 아저씨는 참 공손한 분이었다. (큰)아버지에게 '매형'이라 부르고 (큰)어머니에게 '누님'이라 부르면서 깍듯이 공경하는 범절이 곡진했다. 내가 (큰)어머니에게 물었다.

"두계까지는 거리가 얼마나 돼유?"

"아마 한 칠십 리는 될 거여."

"그렇게나 멀어유?"

"멀지. 논산에서 부적 연산 개태사를 거쳐야 하니께."

"그럼 어떻게 가유?"

"그건 걱정하지 말어. 차 타면 됭께. 니가 태어나기 전, 나는 거기까지 걸어 갔다가 하룻밤 자구 다시 걸어온 적두 있다. 이번에는 버스 타구 기차 타구 그렇게 갈 겨. 낼은 논산 장날이니께 버스가 미어터질 것 같어. 그래서 고생 좀 덜 할라구 일부러 낼 모리로 날을 잡았당께. 그리구 7월 초닷새날 네 증조할머니 제사 지내구 나면 곧 칠석이잖어. 그렇게 낼 모리가 딱 좋아."

(큰)어머니는 역시 치밀했다. 친정에 가는 날을 아무렇게나 설렁설렁 대충대충 눈깜땡깜으로 택일한 것이 아니었다. 당신께서 바느질할 때 한 땀 한 땀 완벽하게 호아 나가듯이 정확하게 앞뒤를 재어 결정한 것이었다. 우선 내 방학을 참작했고, 할머니 제삿날과 칠석과 논산 장날까지를 감안하여 가장 합리적인 날짜를 잡은 것이었다. 그런 어른이 무슨 억하심정으로 갈릴레이를 그토록 무자비하게 배척하는지 알다가도 모를 일이었다.

이틀 뒤, 즉 8월 4일 아침나절이었다. 나는 (큰)어머니를 따라 잿무덤부리 신작로로 나갔다. 흰 치마저고리 차림의 (큰)어머니는 작은 보퉁이를 머리에 이었고, 쑥색 반바지에 반팔 셔츠를 걸친 나는 가벼운 책가방을 들고 있었다. 당신은 팔뚝의 끔찍한 화상 상흔을 감추려고 항상 긴팔 옷을 입었다. 한여름에도 몸을 씻을 때 이외에는 그 어마어마한 상흔을 드러낸 적이 없었다. 길가 버즘나무의 무성한 가지가 하늘을 찌르고 있었다. 논에서는 벼들이 짙푸르게 자라고 있었지만, 저 넓고 기름진 들판에 우리 논은 단 한 마지기도 없었다.

얼마 후 버스가 뿌연 흙먼지를 이끌고 나타났다. 차량 번호는 '충남 영 438'이었다. 버스의 옆구리에는 '한흥여객'이라는 네 글자가 선명했다. '大韓旅客株式會社'의 '충남 영 319'와 더불어 눈에 익은 친근한 정기 노선버스였다. 당시 부여와 논산 방면을 왕복 운행하는 노선버스 중에는 '충남 영 51' '충남 영 52'도 있었다. 나는 동무들과 잿무덤부리에서 어울려 노는 동안 우리 동네 신작로를 내왕하는 버스들의 차량 번호를 유심히 눈여겨보곤 했던 것이다.

(큰)어머니가 손을 들자 버스가 멈추었고, 출입문을 연 조수가 숙련된 동작으로 자갈길에 나비처럼 사뿐히 내렸다. 흙먼지가 매콤한 냄새를 풍기며 달려들어 버스와 우리를 에워싸고 있었다. (큰)어머니는 조수에게 손바닥에 쥐고 있던 지전부터 건넸다. 당신과 나의 승차 요금이었다. '대인'인 당신은 전액이었고, '소인'인 나는 반액 할인 요금이었다. 얼마 전까지만 해도 요금을 면제 받는 '유아'였는데, 어느덧 소인이 되어 내인의 반액을 지불하게 된 것이었다.

(큰)어머니와 나는 논산 차부, 즉 시외버스합동정류소에서 내렸다. 그곳에는 대전행 이리행 공주행 부여행 등 여러 도시를 운행하는 노선버스들이 일정한 간격으로 나란히 도열해 있었다. 조수들이 버스 앞에 서서

"노성 상월 화마루 계룡…" 행선지를 줄줄이 주워섬기며 승객들을 불러 모으고 있었다. 또 어떤 조수는 후진하는 버스 옆에서 "빠꾸, 빠꾸, 오라잇!"을 외치면서 운전수에게 수신호를 보내고 있었다. (큰)어머니와 나는 뒤를 돌아볼 겨를도 없이 논산역으로 갔다. 역전 광장 느티나무 그늘 밑에 서는 지게꾼 서넛이 고객을 기다리고 있었다.

매표소 창구 위에 둥근 벽시계가 있었고, 오른쪽 개찰구 상단 벽면에는 상행선 하행선 열차시간표와 여객운임표가 나란히 걸려 있었다. (큰)어머니가 두계행 차표 두 장을 샀다. 당신 차표가 대인용 온표인 반면, 내 차표는 그보다 작은 소인용 반표였다. 약간 도톰하고 갸름한, 푸르스름한 색상의 직사각형 차표 표면에는 두 역명 '논산'과 '두계' 사이에 '↔'로 양방향 화살표가 인쇄돼 있었다.

(큰)어머니와 나는 대합실 강생회 매점 맞은편 팥죽색 긴 의자에 앉아 상행선 기차를 기다렸다. 'ㄱ' 자로 꺾어진 벽 쪽 긴 의자에도 대인들 몇 사람이 더 앉아 있었다. 소인, 즉 어린이는 나 한 사람이었다. 제복 입은 역무원이 개찰구로 나와 플랫폼 출입 통제 칸막이를 열고 개찰을 시작했다. (큰)어머니와 내가 빳빳한 차표를 내밀자 역무원이 펜치로 콕 찍어 한 부분을 삭둑 도려냈다.

(큰)어머니와 나는 몇 가닥의 철길을 가로질러 플랫폼으로 이동했다. 우리 뒤 몇 사람이 줄을 서서 개찰을 받았고, 그들 또한 앞서거니 뒤서거니 플랫폼으로 들어왔다. 반질반질한 선로에 부딪친 햇빛이 눈부시도록 반사되었고, 역사 건너편 연변에는 측백나무 울타리가 길게 이어져 있었다. 그 너머 넓은 들에서는 각종 농작물이 검푸르게 자라고 있었다.

흰색 페인트 역명판에는 '논산'이라는, 검은색 붓글씨로 크게 쓴 현지 역명 좌우에 이웃 역명인 '부황'과 '채운'이 약간 작은 글씨로 명시돼 있었다. 역명은 모두 종서였고, '부황' 밑에는 '←'로, '채운' 밑에는 '→'로 기차 진행 방향을 알려주는 화살표가 그려져 있었다. 부황은 상행선 역이었고, 채운은 하행선 역이었다. 플랫폼에는 잘게 바순, 밤톨처럼 자잘한 잔돌들이 깔려 있었다.

마침내 채운역 방면으로부터 육중한 기차가 기적을 울리며 들어왔다. 웡 웡 워윙… 칙칙폭폭 칙칙폭폭… 증기 기관차의 앞머리 원통 한복판에는 '파시5' '23'이라 쓰여 있었다. 기관차 차종 '파시5형'의 일련번호 '23호'라는 표시였다. 다른 차종으로는 '미카'가 있었다. '파시5' '23'의 굴뚝 꼭대기에서 검은 연기가 뭉클뭉클 치솟고 있었다. 그 뒤편으로 객차들이 길게 연결돼 있었다.

기차가 멈추자 몇몇 승객이 내렸고, (큰)어머니와 나는 승강구 발판을 딛고 객차 안으로 들어섰다. 촌놈이 머리 털 나고 처음 타보는 기차. 객차 안은 헐렁했고, 여기저기 빈자리가 많았다. (큰)어머니와 나는 고운 솜털이 보송보송한, 무슨 재질인지는 잘 모르지만 하여간 매끈매끈하면서도 내구성 높은 초록색 원단으로 덧씌운 푹신한 좌석에 나란히 앉았다. 어떤 승객은 한 가족인 듯 앞쪽 정방향 의자를 180도 뒤로 돌려 또 다른 정방향과 역방향으로 일행 네 사람이 마주 앉아 있었다. 눈에 보이는 것이 모두 경이로웠다.

위로 절반쯤 들어 올린 창문을 통해 시원한 바람이 불어왔다. 논산역을 떠난 기차가 부황역 연산역 광석역을 지나는 동안 이제까지 구경하지 못했던 낯선 풍경들이 시야에 들어왔다. 연산역에는 증기 기관차에 물을 공급해 주는 급수탑이 있었다.

감색 제복에 빨간 완장을 착용한 여객전무가 승객들의 차표를 한 장 한 장 일일이 검표하면서 펜치로 톡톡 구멍을 뚫었고, 강생회 판매원들은 수시로 통로를 왕래하며 도시락과 담배와 소주와 땅콩과 삶은 달걀과 오징어와 눈깔사탕과 양갱과 엿과 껌과 대중 잡지 따위를 팔았다. 번개처럼 불쑥 나타난 행상들이 철도 승무원들의 눈을 피해 부랴부랴 벼락치기로 김밥을 팔다가 잽싸게 사라지기도 했다. 터널을 지날 때에는 매캐한 석탄 연기가 창문으로 밀려들어와 코를 찔렀다.

(큰)어머니와 나는 두계역에서 내렸고, 역무원에게 차표를 제출한 뒤 역 출찰구를 벗어났다. 증기 기관차는 쾅 쾅 시쿠당 쾅쾅… 억센 곰배팔로 바퀴를 잡아 돌리면서 원정역을 향해 떠나가고 있었다. 윙 윙 위엉… 기적을 울릴 때에는 기관차 지붕 꼭대기 분사구에서 허연 수증기가 치익치익 치솟아 하늘로 흩어졌다. 칙칙폭폭 칙칙폭폭… 기관차 몸통과 바퀴 쪽으로도 수증기 몇 조각이 풀풀 날아가고 있었다. 둥근 해가 높이 떠서 활활 타오르고 있었지만, 나는 아직도 갈릴레이로부터 받은 과제를 풀지 못해 전전긍긍하고 있었다.

우리는 누군가의 송덕비가 서 있는 언덕길을 올라갔다. 그 마을에서도 매미들이 요란뻑적지근한 합창 경연 대회를 치르고 있었다. (큰)어머니와 내가 사립문으로 들어서자 마루에 걸터앉아 할랑할랑 부채질을 하고 있던 강씨 아저씨가 깜짝 놀라 미처 신발도 신지 않은 채 굴러 떨어지듯 부리나케 마당으로 달려 내려왔다. 그분이 (큰)어머니에게 허리를 구부려 인사했다.

"아이구, 누님! 어서 오세유. 이 더위에 먼 길 오시느라고 얼마나 고생하셨슈?"

"고생은 무슨… 버스와 기차가 여기까지 데려다 주었어. 잘 지냈는감?"

"예, 즈희들이야 누님 덕택에 다 잘 지냈슈. 윤복이 너도 어서 오너라. 참 반갑구나."

'즈희들'은 '저희들'이었다. 허리 구부정한 아주머니가 허둥지둥 부엌에서 나왔고, 해가 저물 때 밖에 나갔던 자제들도 하나 둘 돌아와 (큰)어머니와 나를 반겨주었다. 강씨 아저씨 내외분은 슬하에 7남매를 두었는데, 장녀는 이미 출가외인이었고, 그 집에는 어른 두 분과 미혼인 4남 2녀 6남매가 대가족을 이루고 있었다. 그들은 대부분 나보다 나이가 많은 형 또는 누나였다. 그중에서 여섯째가 내 동갑이었고, 일곱째이자 막내인 승수만 나보다 서너 살 어려 아직 취학 전에 있었다. 모두 선량한 사람들이었다.

나는 강씨 아저씨 댁에 머물던 2박 3일 동안 낮에는 형들을 따라다니며 놀았다. 밤에는 방학 숙제를 하고 일기도 썼다. 두마국민학교(지금의 두마초등학교) 뒷동산에 올라가면 철길과 기차의 전모를 바라볼 수 있었다. 저 멀리 위왕산 뒤쪽에서 기적을 울리며 나타난 기차가 두계천을 따라 두계역 쪽으로 다가왔고, 그 반면 두계역을 벗어난 기차가 시커먼 연기를 뿜어 올리며 두마국민학교 모퉁이를 거쳐 위왕산 뒤쪽으로 돌아 들어가 꼬리를 감추기도 했다.

둘째 날 오전 나는 승수를 앞세우고 두계역 일대를 정밀 답사했다. 두계역 앞으로 논산과 대전을 잇는 국도가 지나고 있었다. 그 도로변 방앗간 곁에는 함석으로 덮개를 씌운 펌프 우물이 있었다. 바가지로 마중물을 붓고 손잡이를 아래위로 눌렀다 올렸다 펌프질을 하면 동그란 꼭지 아가리로 샘물이 콸콸 쏟아져 나왔다. 신기했다. 주민들이 물지게를 지고 와서 양철 물봉에 식수를 비롯한 생활용수를 받아가고 있었다. 우리 동네에서는 아직까지 우물에서 두레박으로 물을 긷고 있었는데, 펌프로 물을 좍악 좍악 자아올리는 이 동네 주민들은 우리 고장 사람들보다 한 발 먼저 개명한 모양이었다.

(큰)어머니는 두계에서도 날마다 당신 올케를 도와 바느질에 집중했

다. 식구들 수만큼 바느질감도 많았다. 당신은 역시 어느 누구도 부인할 수 없는, 달리 말해서 자타가 공인하는 당대 최고 천하제일 '바느질 여왕'이었다. 당신은 미상불 바느질을 위해 태어났는지도 몰랐다.

그해 가을이었다. 남해안에 상륙한 태풍 사라호가 한반도 내륙과 남해안 도서를 휩쓸며 전국을 강타했다. 9월 17일은 음력으로 8월 보름 추석날이었다. 그날 우리 고장에는 사상 유례없는 폭풍우가 휘몰아쳤다. 초가집 지붕이 홀러덩홀러덩 뒤집혀 날아갔다. 감나무 가지가 뚝뚝 부러졌고, 마당에는 조홍감과 땡감이 질펀하게 떨어졌다. 물난리를 만나 벙벙하게 침수된 용보들과 구례들 농경지가 일망무제의 바다를 연상케 했다.

나는 그때쯤 천동설과 지동설의 핵심을 확실히 파악했다. 해법의 비결은 발상의 전환이었다. 틀에 박힌 고정 관념을 허물자 알쏭달쏭했던 태양과 지구와 달의 관계까지 모든 난제가 한꺼번에 확 풀렸다. 낮과 밤의 교차 원리도 극명하게 깨달았다. 잔뜩 밀렸던 숙제를 다 마친 것처럼 날아갈 듯 홀가분했다. 나는 숙맥이 아니었고, 갈릴레이 또한 결코 엉터리 사기꾼이 아니었다. 다만 그의 학문을 이해하기에는 내가 너무 어렸던 터라 약간의 시간이 필요했을 뿐이었다. 그러나 (큰)어머니에게는 두 번 다시 갈릴레이 이야기를 꺼내지 않았다. 괜히 입을 잘못 열었다가 무슨 면박을 당할지 모르기 때문이었다.

그 후 나는 국민학교 시절 몇 차례 더 (큰)어머니를 따라 강씨 아저씨 댁을 방문했다. 중학교를 거쳐 고등학교에 다니는 동안에는 거의 두계에 갈 기회가 없었다. 그 무렵 광석역은 개태사역으로 역명이 바뀌었다. 강씨 아저씨는 승수를 대동하고 우리 집에 와서 하루나 이틀 유숙하며 (큰)아버지 내외분과 친밀한 우애를 다지곤 했다. 그 어간에 장성한 자제들은 대부분 성혼하여 제금났고, 그 내외분은 미혼인 나머지 두 아들과 함께 두

마면을 떠나 양촌면 명암리 보도골 가평이씨加平李氏 재실 모원재慕遠齋로 이사했다. 남의 문중 종산 관리인이 되어 그 종중의 묘소에 딸린 위토를 경작하게 된 것이었다.

각설하고, 나는 근근이 고등학교를 졸업한 뒤 강호에 나섰지만 고향에는 이렇다 할 생계 수단이 없어 개나 걸이나 모두 올라가는 서울에 도전장을 내밀고 객지 생활에 뛰어들었다. 처음에는 입에 풀칠이라도 하면서 버티다가 어느 정도 안정 단계에 이르면 청운의 꿈을 펼칠 작정이었다. 그런데 웬걸 몇 해 동안 여기저기 맨땅에 박치기하며 몸을 막 굴린 까닭에 미처 생각지도 못한 골병이 들었다.

머리끝부터 발끝까지 안 아픈 곳이 없었다. 주야장천 팔다리가 쑤시고 허리가 부러지는 것만 같았다. 병원에서도 병명을 알지 못했다. 설령 병명을 안다 한들 병원 치료를 받을 입장도 못 되었다. 건강 보험이 도입되기 이전이었다. 엎친 데 덮친 격으로 이번에는 화병까지 들어 불행하게도 꼼짝없이 몸져눕는 신세가 되었다. 꿈을 이루려 했지만, 그 꿈은 점점 더 멀리 달아나는 것만 같았다. 그리하여 모든 일을 접은 채 본격적인 투병에 들어갔다.

1974년이었다. 장충동 국립극장 광복절 경축 식장에서 재일 교포 문세광이 박정희 대통령 내외를 저격했다. 박 대통령은 가까스로 위기를 모면했지만, 총탄을 맞고 쓰러져 병원으로 옮겨진 육영수 여사는 끝내 절명하고 말았다. 그 며칠 뒤 나는 병든 몸으로 요양 길에 올랐다. 2보 전진을 위한 1보 후퇴라고나 할까, 몸을 돌보기 위해 눈물을 삼키며 찾아간 곳은 논산군 양촌면 명암리 보도골에 있는 강씨 아저씨 댁이었다. 모원재 우측 묘지 언덕에는 배퉁나무꽃이 한창이었다.

그곳은 절간보다 더 한적했다. 전기도 들어오지 않아 밤이면 호롱불로 어둠을 밝혔다. 낮에는 책을 읽거나 가만가만 주변을 산책하는 것으로 소일했다. 뒷동산 고압선 철탑 아래로 양촌면과 연산면의 경계가 지나고 있었다. 그곳에 오르면 눈에 들어오는 풍광이 수려했다. 저쪽 또 다른 철탑 근방에 두 지역을 넘어 다니는 여우고개가 있었다. 어린 시절 여름 방학 때 두계에서 그랬던 것처럼 승수는 이곳 모원재 주변 곳곳을 안내해 주었다.

내가 그곳에서 몸을 추스르는 동안 (큰)어머니는 나를 살려내기 위해 정성을 다해 백방으로 수소문하여 갖가지 약을 구해왔다. 약 중에는 별의별 약이 다 있었다. 워낙 궁핍한지라 돈 주고 약국에서 구입한 양약이 아닌, 당신께서 손수 약초를 뜯어 건조한 명칭조차 알 수 없는 민간 처방 생약들이었다. 계절이 바뀔 때에는 새 이부자리를 가져다주었다.

몸이 점점 좋아지고 있었다. 당초 예상보다 훨씬 신속한 회복이었다. 하루는 승수한테 자전거를 빌려 타고 연산 사거리로 나가 신작로를 따라 개태사까지 왕복한 적도 있었다. 선들바람이 살살 불어오기 시작한 가을에는 산기슭을 펄펄 날아다니며 승수와 함께 상수리 열 가마를 주워 연산장에 내다 팔기도 했다. 보도골에 겨울이 오고 있었다. 그해 연말 나는 건강을 되찾아 보무도 당당히 개선장군처럼 재차 상경했다. 그러고는 또 다시 온갖 시련을 겪으며 희망의 고지를 향해 돌진했다.

하지만 내 젊음의 길목에는 험난한 가시덤불과 거대한 걸림돌들이 너무 많았다. 가난이 원수였다. 소도 언덕이 있어야 비빈다는데, 의지가지없는 타관에서 맨몸으로 황무지를 개척하여 지평을 넓히기란 지난날 갈릴레이가 가로막았던 그 벽을 넘기보다 수백 수천 배 더 어려웠다. 산 너머 산, 강 건너 강… 대형 악재와 액운과 변고들이 간단없이 따라왔.

1975년 (큰)아버지, 1977년 아버지, 1979년 어머니께서 이태 간격으로 돌아가셨다. 청천벽력이었다. 나는 그 와중에 바보처럼 마음씨 착한 여성을 만나 결혼했다. 아직 최소한의 기반조차 닦지 못해 살인적인 생활고에 시달리며 좌충우돌하던 20대 청년 시절이었다. 가혹한 현실이 얼마나 목덜미를 옥죄던지 곧 질식해 죽을 것만 같았다.

(큰)어머니가 말랭이 윗집에서 홀로 기거했고, 아랫집에는 차복 아우와 어린 동생들이 올망졸망 힘겹게 살고 있었다. 나는 (큰)어머니에게 매달 약소한 생활비를 보내드렸다. 서글펐다. 나는 그때까지도 (큰)어머니의 입에서 나온 '미친놈'과 '헛소리' 등등 일련의 차가운 구설을 잊지 못하고 있었다. 매몰찬 언설에 풍덩 함몰된 이후 애증의 질곡으로부터 벗어나지 못한 탓이었다. 삶과 죽음, 사랑과 미움, 만남과 헤어짐은 언제나 동전의 양면이었다.

1986년 가을, 고향의 차복 아우로부터 다급한 전화가 걸려왔다. (큰)어머니의 병환이 심각할 만큼 깊어졌다는 것이었다. 병명은 폐암이었다. 나는 급거 고향으로 달려가 당신을 서울 양천구 목동 우리 집으로 모셔왔다. 백약이 무효였다. 이제는 병원에서도 손을 쓰지 못할 만큼 당신의 병세가 막바지 말기에 이르러 있었다. 그러던 어느 날 안방에 몸져누우신, 퉁퉁 부어오른 당신이 가쁜 숨을 헐떡이면서 내게 간신히 말했다.

"며칠… 못… 살… 것… 같구나… 내가… 죽더라도… 잘… 지내거라."

당신은 주르륵 눈물을 흘렸다. 나로서는 전신이 마비되는 듯한 뼈저림 속에서 어금니를 으스러지도록 깨물었다. 입이 열 개라도 뭐라 드릴 말씀이 없기 때문이었다. 몹쓸 병마와 사투를 벌이던 당신은 그로부터 열흘 뒤, 정확하게 말하자면 1987년 1월 8일 오전 10시 30분 조용히 운명하셨다. 음력으로는 섣달 초아흐렛날이었다. 향년 77세. 네 분 부모님 중에서 마지막으로 한 많은 일기를 마쳤다. 발인 날 목동을 떠난 영구차가 고향 귀신보 장지를 향해 고속 도로로 질주하는 동안 더께더께 쌓였던 회한들이 북받쳐 나는 통곡을 멈출 수가 없었다. 차창 밖 산야에는 앞이 보이지 않을 만큼 엄청난 눈보라가 휘몰아치고 있었다.

　탁월한 바느질로 입신의 경지에 오르고서도 시대를 잘못 타고나 한평생 호강 한 번 못해 보고 저 쓰라린 가시밭길을 걷다가 비참하게 이승을 떠나가신 (큰)어머니. 자녀를 생산하지 못해 나를 양자로 데려다가 친자식처럼 키워주신 양어머니. 당신께서는 완고한 의식 구조와 무뚝뚝한 언어로 가끔 내 의기를 망가뜨렸지만, 그러나 그 어른이야말로 나를 지성으로 키우고 혼신의 힘으로 가르쳐 주신 망극한 은인이었다. 나는 당신의 은혜에 백분의 일도 보답하지 못했다.

　동사무소에 (큰)어머니의 사망 신고를 마치던 날 억장이 무너졌다. 길바닥이 온통 꽁꽁 얼어붙어 있었다. 그날따라 강풍이 얼마나 살벌하던지 불현듯 국민학교 2학년 때의 태풍 사라호가 떠올랐다. 몇 년 후 강씨 아저씨 내외분이 타계했고, 자제들 또한 진작 강경과 서울과 대전 등지로 뿔뿔이 흩어졌다. 이로써 두계는 물론 보도골과의 발길도 자연히 멀어지게 되었다.

　세상이 급변했다. 서울에 있던 육군 해군 공군 3군 본부가 계룡산 신도안으로 이전하여 계룡대로 자리매김하면서 2003년 계룡시가 출범했다. 두마면은 계룡시로 편입되었고, 역사를 대대적으로 신축한 두계역은 계룡역으로 재탄생했다.

　증기 기관차는 디젤 기관차에 밀려 퇴역했고, 그 뒤를 이어 쏜살같은 축지법으로 전국을 주름잡는 최첨단 전기 기관차가 등장했다. 계룡역이 KTX 고속 열차까지 정차하는 3등급 역으로 격상된 반면, 논산시 관내 개태사역과 부황역은 유명무실한 간이역으로 격하되었다. 연산역의 경우 급수탑 등록문화재 지정 이후 최근에는 철도 문화 체험 현장으로 각광을 받게 되었다. 대전광역시 소재 원정역은 폐역되었다.

아날로그 시대가 저물고 디지털 시대가 도래하면서 각 역의 차표 발권이 온라인 전산망으로 완전 자동화되었다. 승차권의 규격과 용지와 인쇄 방법도 판이해졌다. 개찰구가 철폐되었고, 누구든지 플랫폼을 자율적으로 출입하게 되었다. 차내 검표 역시 사실상 수명을 다했다. 강생회 매점은 홍익회 매장을 거쳐 코레일유통 스토리웨이 편의점으로 변신했다. 역과 역 사이에서 재빨리 타고 내리던 행상들은 한 시대의 일화를 남기고 멀리 자취를 감추었다.

이렇듯 흘러간 세월의 길이에 비례하여 애환의 부피도 솜뭉치처럼 부풀어 올랐다. 나는 이날 입때껏 단 하루도 네 분 부모님을 잊은 적이 없었다. 송창근 선생님도 그리웠다. 과거 열차 편으로 논산역을 거쳐 고향에 오르내릴 때마다 두계역, 아니 계룡역을 지나면서 어린 시절의 추억을 회상했다. 연산역을 지날 때에는 당연히 저쪽 여우고개 쪽을 바라보며 보도골에서의 투병 생활을 반추했다. 그러나 천안 논산 간 고속 도로가 개통된 뒤로는 논산행 열차보다는 주로 부여행 고속버스를 이용하게 되었다.

엊그제였다. 책장 서랍을 정리하다가 우연히 (큰)어머니 유품 한 점을 발견했다. 충청남도에서 제작 보급한, (큰)어머니께서 살아생전 소지했던 노인 우대증 지갑이었다. 밤색 표지의 군청색 글자들이 희미하게 퇴색돼 있었고, 지갑 안에는 보건사회부 장관이 발행한 '경로우대증'과 부여군수 녕의의 '유의사항' 이외에 당신의 '사망진단서' 두 통이 들어 있었다. 경로우대증과 유의사항은 원본이었고, 당신께서 돌아가신 이후 내가 네 겹으로 접어 끼워 놓은 미농지 사망진단서는 사본이었다.

경로우대증에 부착된 (큰)어머니의 사진을 뵙는 순간 사지가 벌벌 떨리는 미증유의 전율과 함께 왈칵 피눈물이 쏟아졌다. 나는 바느질의 전설이자 신화이신 당신과 이렇게 재회했다. 누군가가 내 폐부를 바늘로 쪼아대는 듯했다. 나를 위해 인생의 전부를 희생했던 (큰)어머니. 하지만 나는 당신의 '미친놈' '헛소리' 등등 거칠고 자극적인 말씀에 앙심을 품고는 뻔뻔하게도 오늘 여기까지 살아왔다.

빈말이 아니었다. 나는 천벌을 받아 마땅한 불효자였고, 당신에게 지은 죄가 너무 많아 용서조차 구할 수가 없었다. 내 골수에는 당신 팔뚝의 화상 상흔보다도 열 배 백 배 더 큰 죄업의 화인이 박혀 있었다. 그 움직일 수 없는 응보 앞에서 아무리 뉘우치고 후회한들 부질없는 짓이었다. 노골적으로 말하자면 어느 은밀한 곳에 가서 아무도 모르게 칵 죽어버리고 싶은 심정이었다.

그날 밤 (큰)어머니께서 잠깐 현몽했다. '바느질 여왕'의 귀환이었다. 당신께서는 느닷없이 바늘 여러 개를 공중 높이 뿌렸고, 그 바늘들은 순식간에 불화살로 탈바꿈하면서 내게로 휙휙 날아왔다. 깜짝 놀라 벌떡 일어났을 때, 벽시계의 시침과 분침이 직각을 이루며 새벽 세 시를 가리키고 있었다. 두 개의 짧고 굵은 바늘 위로 똑딱 똑딱 길고 가느다란 초침이 돌고 있었다.

나는 비몽사몽간에 얼마 동안 바늘과 불화살의 계시를 따져 보려고 전전반측 엎치락뒤치락했다. 하지만 길몽인지 흉몽인지 그 꿈을 해몽할 방도가 없었다. 다만, 분명하고 확실한 결론은 나야말로 장차 지옥으로 직행하여 극형에 처해질 최악의 중죄인이라는 사실이었다. 목이 말랐다. 창문으로 아파트 단지의 보안등 불빛이 뿌옇게 스며들고 있었다. (『스토리문학』 2025. 상반기호)

참외

(큰)아버지와 아버지는 공동 운명체였다. 형제분은 본래 시루봉 너머 연화 마을에서 출생했다. 팔자가 순탄했으면 그곳에서 남부럽지 않게 사실 분들이었다. 하지만 두 분은 성년이 될까 말까한 푸른 시절에 모진 풍파를 겪었다. 집안 어른들과 형제들이 잇따라 죽어나가는 줄초상 속에 전답은 물론이고 가옥을 포함하여 재산이라는 재산은 모조리 누군가의 손으로 넘어갔다.

비참했다. 대대로 호의호식하며 떵떵거리던 양반의 후예들이 어느 날 갑자기 쪽박을 차게 되었으니 실로 땅을 치며 통곡할 일이었다. 예나 지금이나 한 가문이 융창하기는 어려워도 곤두박질치는 것은 하루아침이었다. 양반이고 뭐고 그런 걸 따질 계제가 아니었다.

그 와중에 (큰)아버지와 아버지만 천우신조로 간신히 살아남았고, 형제분은 피눈물을 삼키며 부랴부랴 누대의 세거지 연화를 떠나 들판 건너 시루메 마을로 피접했다. 시루메의 한자 명칭은 원중산이었다. 두 분이 아주 머나먼 타관으로 떠나지 않고 지척에 주저앉은 것은 선대 조상님들의 산소가 우리 일족의 근거지라 할 연화를 중심으로 근동의 여러 산록에 산재해 있기 때문이었다.

(큰)아버지는 소싯적부터 양반의 후예라는 확고한 자긍심과 투철한 숭

조崇祖 사상을 가지고 있었다. 예부터 양반은 물에 빠져도 개헤엄을 치지 않았다. 설령 얼어 죽는 한이 있더라도 곁불을 쬐지 않는 법이었다. 집안이 송두리째 폭삭 망했을지언정 당신은 언제 어디서든 결코 비굴하거나 얍삽하게 처신한 적이 없었다. 아버지 또한 어느 누구 앞에서든 저자세로 굽실거리지 않았다. 물론 책잡힐 일도 하시지 않았다.

항상 가문의 명예와 자존심을 생명처럼 지켰던 (큰)아버지. 당신은 제례와 성묘와 벌초와 일가 돈목敦睦에 온갖 정성을 쏟았다. 허둥지둥 연화를 떠날 때 당신 형제분의 생각은 단순했다. 일단 인근에 자리 잡고 조상님 산소 잘 지키면서 일가들과 돈독히 지내는 가운데 아들 딸 낳아 가문의 명맥을 이으면서 재기의 발판을 마련할 요량이었다.

그러나 (큰)아버지에게는 인력으로 도저히 극복할 수 없는 불가항력의 업장이 있었다. 혈맥을 계승할 후사가 없어 큰일이었다. (큰)아버지가 첫 번째 부인과 사별하고 두 번째로 맞이한 (큰)어머니께서 자녀를 출산하지 못했다. 이 무슨 운명의 저주인지 알다가도 모를 일이었다. 종가의 종통이 끊길 판이었다. (큰)아버지는 그걸 가장 한탄하면서 하늘을 원망했다. 아무리 박복하기로소니 종통을 잇지 못한다는 현실이 천형처럼 느껴졌다.

(큰)아버지는 일신의 영달보다 가문의 번성을 더 중시하고 있었다. 그렇건만 종가가 무후할 마당인지라 이건 뭐 심각해도 보통 심각한 사안이 아니었다. 만일 재산이라도 넉넉하면 소실을 두어 서출이든 뭐든 후사를 취할 수 있겠지만 그럴 처지가 못 되었다. 당신은 앉으나 서나 절손의 자책감과 조상님들에 대한 죄의식에서 벗어나지 못하고 있었다. 젠장 남들은 입에 발린 말로 무자식 상팔자니 뭐니 개떡 같은 개소리를 늘어놓았지만, (큰)아버지는 하루라도 빨리 꿈같은 기적이 일어나 절체절명의 숙원

인 계대繼代 문제가 시원하게 해소되기를 간구했다.

  그럴 즈음 아버지께서 파격적인 용단을 내렸다. 당신 형님의 고적함을 달래 위안을 드리려고 둘째딸, 즉 내 작은누님을 낳아 젖 떨어지자마자 윗집에 양녀로 보냈다. 큰누님은 1939년생, 작은누님은 1942년생이었다. 아버지의 결정에 이웃 주민들이 찬사를 아끼지 않았지만, 어린 딸을 떠나보낸 어머니의 가슴에는 피멍이 들었다. 그나마 불행 중 다행이라면 두 집이 한 동네에 있는지라 친가 부모님께서 둘째딸이 자라는 모습을 몸소 눈으로 지켜볼 수 있다는 사실이었다.

  하지만 (큰)아버지 내외분에게는 근심 걱정 떠날 날이 없었다. 우선 먹고살 것이 없어 근심이었고, 앞으로의 그 무슨 대책조차 보이지 않아 걱정이 태산이었다. 윗집은 근동에서 가장 가난했다. 오죽하면 저 넓고 많은 땅 중에 (큰)아버지 땅이라곤 한 뼘이 없었다. 촌간에서의 땅은 곧 농토라고 말할 수 있었다. 두 말할 필요도 없이 농토는 농민의 생명이나 다름없었다. 윗집의 경우 땅이 없으니 농토가 없고, 농토가 없으니 필연적으로 궁핍할 수밖에 없었다. 폐일언하고 윗집은 극빈 중의 극빈이었다.

  (큰)아버지의 유일한 주특기는 사방 공사 감독이었다. 하지만 사방 공사란 연중무휴가 아닌, 봄과 가을에만 한시적으로 시행되는 사업이었다. 감독은 봄에 얼마 벌어 여름까지 먹고, 가을에 얼마 벌어 겨울까지 먹고살아야 하는 별 볼일 없는 비정규직이었다. (큰)아버지는 구호 대상자, 최하층 빈민이었다. 목구멍에 거미줄 치지 않는 것이 다행이었다.

  하기야 당초 (큰)아버지 형제분이 급거 연화를 떠나 시루메에 첫발을 디뎠을 때에는 아무것도 가진 것이 없었다. 적수공권이었다. 두 분에게는 집도 절도 없었다. 남의 집 곁방에 몸을 들이밀고 겨우겨우 곤고한 삶을 지탱했다. 잘 나가던 양반 가문의 후예들이 이런 고초를 겪게 될 줄이야

가위 어느 누구도 생각 못한 일이었다.

그럼에도 불구하고 면밀히 살펴보면 (큰)아버지께서 곤궁을 면치 못하는 데는 그럴 만한 사유가 있었다. 모두가 다 알다시피 당신은 농사꾼도 아니고 학자도 아닌 반농반학半農半學의 어중간한 한량이었다. 사무직으로 종사하기에는 붓대 길이가 짧았고, 머슴을 살거나 막노동을 하기에는 일이 서툴러 기용해 주는 데가 없었다.

그렇다고 소위 '빽'이 있는 것도 아니었다. 견문이 넓었지만 정작 발등의 불은 끄지 못했고, 두주를 불사했지만 생일이나 돈벌이에는 소질이 없었다. 어쩌면 가문이 추락하기 직전까지 호의호식하며 호사를 누렸던 응보로 그 졸경을 치르는지도 몰랐다. 천지사방을 둘러보아도 형편이 나아질 기미조차 보이지 않았다.

그 반면 아버지는 붓대와 전혀 관련이 없는, 아침부터 저녁까지 일밖에 모르는 일꾼 중의 만능 일꾼이었다. 당신은 근면과 성실을 무기로 가난과 정면 대결을 벌였다. 힘든 작업을 하면서 막걸리를 드실 때에는 딱 한 잔으로 만족했고, 담배는 봉초로 포장되어 나오는 '풍년초'를 신문지에 돌돌 말아 피웠다. 간혹 궐련이 생기면 한 개비를 통째로 피우는 법이 없었다. 아버지는 그걸 아끼느라 절반으로 나누어 꺾은 다음 한 번에 반 토막씩 물부리에 끼워 피웠다. 다른 사람의 한 개비는 아버지에게 두 개비가 되는 셈이었다.

(큰)아버지께서 줄곧 빈곤의 구렁텅이에서 허우적거리고 있을 때 아버지는 시루메 마을 한복판에 자그만 살림집을 마련했다. 석성면 증산리 766번지였다. 비록 토담집이었지만, 빈손으로 떠나와 드디어 내 집을 장만했다는 것은 그만큼 살림살이가 나아지고 있다는 증거이기도 했다. 집 뒤에는 능구렁이 같은 정 서방네가 살고 있었다. 악질로 소문난 정 서방은

경계선에 나뭇가지로 섶 울타리를 쳐놓고 있었다.

호사다마라 했던가, 아버지 어머니는 토담집에서 내리 젖먹이 3남매를 잃었다. 자녀들이 태어나자마자 잇따라 아침이슬처럼 사라지는 것이었다. 아버지는 아기가 태어날 때마다 면사무소에 가서 출생 신고를 했지만, 그러고 나서 얼마 안 가 이번에는 사망 신고를 하지 않으면 안 되었다. 기괴한 일이었다. 출생 신고와 사망 신고가 되풀이되는 동안 아버지와 어머니는 갓난아기들을 가슴에 묻었다.

그 무렵 (큰)아버지는 시루봉 들머리 감나무 곁에 오죽잖은 오두막집을 지었다. 시루메 갑부 윤구병씨네 땅이었다. 지주 윤씨가 특별히 편의를 봐줘 그곳에 집을 지은 것이었다. 번지도 울타리도 없었지만, 그러나 마당에는 우람한 감나무가 수호신처럼 서 있었다. 그 집에서 (큰)아버지 내외분과 작은누님이 살았고, 3남매를 잃은 토담집에서는 부모님과 큰누님이 살고 있었다.

윤구병씨는 우리 집에서 가까운 앞재너머 함석집에 살고 있었다. 모든 가옥이 초가집 일색이었던 그때 그 시절 오로지 윤씨네 저택만 비까번쩍하는 함석집이었다. 우리 동네 주민들의 경우 그 집 땅을 밟지 않고서는 돌아다닐 수가 없었다. 윤씨는 시루메 일대에 방대한 농토와 임야를 소유하고 있었다. 전답 중에는 과수원까지 있었다.

그런 만큼 그 집에는 사시사철 일거리가 많았다. (큰)아버지는 텃도지로 연간 품 네 개를 물고 있었다. 명목상의 텃도지라고나 할까 아주 저렴한 헐값이었다. 만약 윤씨네 땅이 아닌 다른 집 땅에 집을 지었더라면 그보다 더 비싼 텃도지를 물어야 할 것이었다. (큰)아버지 내외분은 텃도지 몫의 날품 이외에도 시루봉 관리 등 그 부잣집 대소사에 직간접으로 관여했다.

다른 집은 몰라도 그 집에서 논일이든 밭일이든 대대적인 농사일이 벌어질 때에는 많은 일꾼이 필요했다. 거짓말 좀 보태자면 동네 남녀노소가 총동원된다 해도 지나친 말이 아니었다. 그럴 때 (큰)아버지는 주로 일꾼들을 뒤에서 돕는 허드렛일을 했고, (큰)어머니는 대규모 인원의 먹새를 장만하느라 그 집 부엌일을 도맡다시피 했다. 때로는 아직 소녀였던 작은누님까지 그 집 일을 도와드렸다.

윤씨는 (큰)아버지 내외분에게 텃도지의 이외의 품삯을 꼬박꼬박 계산해 주었다. 물론 작은누님의 품삯도 챙겨 주었다. 작은누님의 품은 온품이 아닌 반품이었고, 품삯 또한 어른들 품삯의 절반이었다. (큰)아버지 내외분과 작은누님이 받아온 품삯은 생계에 큰 보탬이 되었다. 윤씨가 우리 집에 물심양면으로 큰 시혜를 베풀어준 셈이었다. 얄팍한 이해타산보다는 푸근한 인정이 더 존숭되던 좋은 시절이었다.

그러나 이 땅에 가공할 참극의 시간이 다가오고 있었다. 1950년 한국전쟁이 발발했고, 총성과 포성이 지축을 흔드는 가운데 쌕쌕이가 하늘을 찢으며 날아다녔다. 그 이듬해 내가 태어났다. 음력으로는 4월 그믐날, 양력으로는 6월 4일이었다. 그때 아버지 연세는 이미 불혹을 넘어서고 있었다. 평균 수명이 단명했던 시대인 점을 감안한다면 나는 장남이면서도 일응 늦둥이라고 말할 수 있었다.

아버지는 당분간 내 출생 신고를 유보했다. 이 젖먹이도 필경 얼마 못 가 죽을 것 같은 불길한 예감 때문이었다. 더군다나 나는 한밤중에도 종종 경기를 일으켜 까무러치곤 했다. 그때마다 우리 부모님은 나를 살려내기 위해 용하다는 의원을 찾아 사방팔방으로 득달같이 뛰었다. 아버지는 심사숙고 끝에 우리 가족을 이끌고 죽음의 그림자가 얼씬거리는 토담집을 벗어나 저 위쪽 이영우씨네 집 행랑채로 이사했다. 갓 태어난 나를 살리기 위한 불가피한 선택이었다.

그 후 가세가 시나브로 나아지고 있었다. 하늘은 스스로 돕는 자를 돕는다고 했다. 강경에서 자전거포를 열어 크게 성공한 외삼촌이 찾아와 아버지에게 마르디로 건너가는 '질안배미' 논 엿 마지기를 사주었다. 빈 집에 소 들어온 형국이었다. 논이 기름진 데다 아버지가 워낙 농사를 잘 지어 해마다 평년작 이상의 소출을 올렸다.

아버지는 그 여세를 몰아 당산 너머 새뱅이에 있는 봉천지기 다락논 두 마지기를 더 손에 넣었다. 비록 남의 땅 소작이긴 하지만, 신작로 잿무덤 부리로 나아가는 길목과 시루봉 너머 자그마한 돼지밭도 경작했다. 티끌 모아 태산이라, 당신은 근검절약으로 한 동네에 있는 중산리 764번지 번듯한 삼간집을 사서 입주했다. 그러고는 종래의 토담집을 헐어낸 뒤 그 자리를 남새밭으로 조성했다.

결국 아버지의 방책은 적중했다. 나는 죽지 않고 새록새록 자라났고, 아버지는 마침내 면사무소에 찾아가 출생 신고를 마쳤다. 1953년 3월 20일이었다. 그 결과 내 호적에는 얼토당토않은 생년월일이 등재되었다. 나이는 두 살 줄었고, 생일 또한 엉뚱한 날로 기록되어 두고두고 애로를 겪어야 했다.

어쨌든 그 어간에 아버지는 또 다시 남들이 상상하기 어려운 일생일대의 중대 결단을 내렸다. 내가 젖을 떼자마자 당신의 형님께 후사로 보낸 것이었다. 작은누님에 이어 나까지 떠나보낸 아버지 어머니의 심정은 어떠했을까. 밥술이나 먹는 좀 더 부유한 집으로 보냈어도 심히 불안하고 우려되는 일이건만 끼니거리조차 없는 최하 밑바닥 극빈 환경으로 보냈으니 억장이 무너질 노릇이었다. 더구나 내리 3남매를 잃고 뒤늦게 얻은 귀하디귀한 장남을 큰집에 '빼앗긴' 부모님으로서는 애간장이 녹아났을 것

263

이었다.

특히 그 시점에서는 내 뒤로 자녀를 더 출산하게 되리라는 보장도 없었다. 그런 마당에 (큰)아버지와 아버지는 오직 종가의 종통 계승을 위해 나를 주고받은 것이었다. 그와 동시에 우리 가문 한 지파의 7대 종손이 되었다. 작은누님과 나 사이의 나이 차이가 무려 아홉 살이나 벌어진 것은 중간에 영아 3남매가 일찍 하늘나라로 떠난 탓이었다.

다행히 친가에 경사가 이어졌다. 1954년 남동생 차복, 1957년 여동생 옥희, 1959년 남동생 선복, 1961년 남동생 계복… 이렇게 세 살 내지 두 살 터울로 4남매가 더 태어나 아버지 어머니에게 큰 위안이 되었다. 그렇다고 부모님께 골수에 사무치는 통한을 안겨드린 내 원죄까지 사면된 것은 아니었다.

한편, 나는 그런 내막조차 모르고 (큰)아버지 슬하에서 너덧 살 때부터 한글과 천자문을 배웠다. 내 나이 여섯 살 때 섣달 대목이었다. 설을 앞두고 (큰)아버지 내외분은 차례상에 기본적으로 갖추어야 할 최소한의 주과포혜酒果脯醯조차 마련할 길 없어 한숨만 푹푹 내쉬고 있었다. (큰)아버지는 명절 때와 선조님 제사 때 가장 곤경에 처했다.

결국 아버지께서 자진하여 논산 장에 가서 제수를 장만해 오셨다. 당신께서는 큰집, 즉 형님 일을 당신 일이라 생각하며 설은 물론 추석 때, 그리고 선조님 기제사 때에도 거의 예외없이 몸소 제물을 부담했다. (큰)아버지는 당신 아우로부터 노상 신세를 지면서 뭔가 보답할 길이 없어 참담한 세월을 보냈다.

설날이었다. 나는 아침 일찍 일어나 세수부터 하고 나서 벼루에 먹을 갈아 세필로 지방과 축문을 썼다. 신위의 위격은 당연히 제주이신 (큰)아버지 기준이었다. 예컨대 고조는 나의 고조가 아닌 (큰)아버지 형제분의 고조였다. 훗날 선대 어른들이 돌아가신 뒤에는 위격이 내 중심으로 바뀌었다.

'顯高祖考學生府君神位 顯高祖妣孺人善山金氏神位' '顯曾祖考學生府君神位 顯曾祖妣孺人全州李氏神位' '顯祖考學生府君神位 顯祖妣孺人安東金氏神位' '顯考學生府君神位 顯妣孺人全州柳氏神位'… 갸름하게 재단한 한지에 2행 종서로 쓰되, 좌우의 글자 수가 다른지라 자간으로 대위를 잘 조절했다. 상단의 '顯' 자는 좌우 머리를 맞추고, '府君'의 '君'과 유인의 '氏' 자를 딱 맞춘 뒤 약간 떼어 '神位'가 상호 대칭을 이루도록 나란히 썼다. 엎드려 지방을 쓰고 있는 내게 (큰)아버지가 말했다.

"윤복아, 너는 증말 재주가 비상하구나. 그만하믄 명필이여. 어린 니가 늙은 나보다 희낀 낫다."

'증말'은 '정말'을, '그만하믄'은 '그만하면'을, '어린 니'는 '어린 네(너)'를, '희낀'은 '훨씬'을 일컫는 우리 고장 '표준말'이었다. 극찬이었다. 친가 아버지께서도 또박또박 써놓은 내 글씨를 보며 탄복을 아끼지 않으셨다.

"으른들 뺨치는구나."

'으른들'이란 '어른들'의 우리 고장 발음이었다. 이렇듯 (큰)아버지와 아버지는 내가 쓰는 지방과 축문을 보시고 매우 흡족해 하셨다. 나 또한 설날 아침부터 어른들의 칭찬을 받아 여간 기쁜 것이 아니었다. 워낙 빈한한 살림인지라 차례상은 초라했지만, 어른들을 비롯한 우리 식구들의 정성만큼은 이느 부잣집 누구와도 비교할 수가 없었다.

나는 그해 정월에도 우리 집으로 마실 오는 동네 어른들에게 흥미진진한 얘기책을 읽어드렸다. 하지만 아버지는 농한기에도 낮이나 밤이나 한시반시 쉬는 적이 없었다. 지게로 두엄을 짊어져 논에 부렸고, 똥지게로 걸쭉한 분뇨를 지어 날라 보리밭에 뿌리기도 했다. 당신께서는 이런 일 저런 일 가리지 않고 무슨 일에든 등골이 빠지도록 온몸을 던졌다.

언젠가도 밝혔지만, 어린 시절 나는 (큰)아버지를 따라가서 석성면 현내리 옥녀봉 사방 공사 현장을 견학한 적이 있었다. 시루봉 기슭 우리 집에서 꽤 먼 옥녀봉에는 백제 시대의 산성이 있었다. 석성면의 '석성', 즉 돌[石]로 쌓은 성城이라는 지명도 이 산성에서 유래했다. 현내리의 '현내'는 현縣의 안[內]이라는 뜻으로 과거 왕조 시대 석성현 관아가 있었기에 붙여진 명칭이었다. 옥녀봉 아래 탑동 마을이 있었다.

석성은 백제 수도 사비泗沘의 관문이자 요충이었다. 계백 장군의 결사대가 황산벌에서 신라와 대적할 때 이곳 석성산성에서는 백제 상비군 주력이 당나라와 맞서 사생결단을 벌였다. 결과는 중과부적이었고, 황산벌 패전 비보가 날아든 이후 백제의 용사들은 장렬히 산화했다. 최후의 보루가 무너지는 순간이었다. 백제 의자왕 20년, 신라 태종무열왕 7년, 단기 2993년, 서기 660년 음력 7월 상순이었다.

가만히 있어도 숨이 턱턱 막히는 염천에 갑옷 입고 투구 쓰고 혼신의 힘으로 창검을 휘두르며 적을 무찌르던 용맹무쌍한 백제의 장병들. 옥녀봉은 바로 백제의 피어린 역사가 살아 숨 쉬는 필사의 격전지였다. 산기슭에는 아직도 허물어진 성벽이 그대로 남아 그날의 끝장 혈투를 뚜렷하게 증언해 주고 있었다. 옥녀봉 정상에 오르면 그 너머로 백마강의 전모가 시야에 들어왔다.

날씨가 몹시 써늘했던 그날, 아버지는 사방 공사에 나온 여러 인부들 중에서 유일하게 석축을 전담하고 있었다. 산사태와 토사를 막기 위한 작업이었다. 아버지는 무거운 돌을 들었다 놓았다 하면서 해머로 깨고 망치로 다듬고 정으로 쪼아 각을 세운 뒤 허술한 산고랑에 성벽 같은 축대를 쌓았다. 골짜기에는 메마른 가랑잎이 굴러다니고 있었다.

아버지는 돌 다루기를 마치 무 조각이나 나무토막 다루듯 하였다. 깰 때는 깨고, 각을 세울 때는 각을 세우고, 다듬을 때는 다듬고… 어쩌면 그렇게 돌을 자유자재로 다루는지 저절로 탄성이 쏟아져 나왔다. 당신은 단순한 일용직 날품팔이 석공이 아니라, 흔해빠진 석재를 격조 높은 작품으로 승화시키는 예술가라고 말할 수 있었다. 나는 그 현장에서 이제까지 알지 못했던 아버지의 또 다른 면모에 다시 한 번 고개를 숙였다.

아버지의 별명은 '참봉'이었다. 당신보다 연세가 많으신 손위 노인들이나 동년배 친구들이 아버지를 지칭할 때에는 본명보다 별칭을 더 선호했다. 아버지보다 서너 살 연하의 손아래 사람들은 '참봉 어른'이라 불렀다. 새까만 아이들은 까마득한 어른의 존함이나 별명을 함부로 부를 수가 없었다.

물어보나 마나 아버지는 종9품 참봉 관직과 하등 관련이 없었다. 그 벼슬 근처에 가본 적도 없었다. 하지만 그 별호의 밑변에는 내밀한 은유와 당신의 위상이 그대로 투영돼 있었다. 당신의 처지로 말하자면 비록 이름은 없는 민초에 불과할지라도 태생적으로 양반 가문의 후예인 데다 인품과 능력으로 볼 때 최소한 참봉 정도의 예우를 받아 마땅한 인물이라는 뜻으로 그런 별명이 붙은 것이었다. 아버지는 그 별칭을 쓰다 달다 아무런 말씀 없이 염화시중의 미소로 받아들였다.

조금만 학력을 쌓았더라면 능히 고관대작의 반열에 오르고도 남았을 아버지. 당신은 능히 그럴 만한 도량과 덕망을 갖추었고, 무슨 일이든 손을 댔다 하면 큰일에서 작은 일에 이르기까지 어느 것 하나 한 치의 오차가 없었다. 아버지의 사전에는 '실수'나 '빈틈'이라는 단어가 존재하지 않았다. 그 대신 오직 '완벽'이 있을 뿐이었다.

비근한 예를 들자면 한여름 풀을 베어다 두엄더미를 쌓더라도 항상 가장자리를 수직으로 반듯하게 정리했다. 심지어 나뭇짐도 예외가 아니었다. 지게 위 나뭇짐에 바늘 들어갈 만큼도 엉성한 구석이 없었다. 마당에 노적가리를 쌓거나 논두렁에 줄가리를 치면 다른 집 볏가리보다 월등히 정연하면서도 짜임새가 탄탄했다.

아버지가 숫돌에 칼이나 낫을 갈면 대장간에서 벼린 것처럼 서슬이 시퍼래졌다. 담장 밑에 무시래기를 엮어 매달 때에도 당신 특유의 성품이 고스란히 배어 나왔다. 초가지붕 맨 꼭대기에 덮는 용구새를 엮을 때에는 명실공히 당대 최고의 문화재급 명품을 만들어 냈다.

해가 바뀌어 또 다시 새 봄이 오고 있었다. 대동강 물 풀린다는 우수 경칩이 지나자 겨우내 꽁꽁 얼어붙었던 땅이 녹느라 길바닥이 질척거리기 시작했다. 3월 삼짇날에는 날쌘 제비들이 나타나 이리저리 획획 날아다녔다. 산천초목에 물이 올라 푸른빛이 감돌았고, 시루봉에서는 노고지리가 높이 떠서 재재골재재골 우짖었다.

보릿고개였다. 절량농가가 속출했다. 윗집은 겨우내 배를 곯으며 여기까지 왔지만, 웬만큼 농토를 가진 중농이라 해도 양식이 떨어져 쩔쩔맸다. 쌀은 추곡秋穀, 보리는 하곡夏穀이라 했다. 지난해 추수한 쌀이 바닥났고, 햇보리는 아직 여물지 않아 어떻게 해볼 재간이 없었다. 우리 식구들은 시래기와 나무껍질과 풀뿌리로 주린 배를 채웠다.

한편, 날씨가 풀린 이후 아버지는 본격적인 농사 준비를 서둘렀다. 항아리에 씨나락을 담갔고, '질안배미' 모서리 물꼬 가까운 위치에 못자리를 만들었다. 그런 다음 논두렁에 흙을 붙이고 가랑까지 내어 잘 방비한 뒤 논에 물을 철렁하게 가두어 모내기에 대비했다. 마파람이 불어오면 논물에 물고기 비늘 같은 윤슬이 생거나 반짝반짝 찰랑찰랑 하늘하늘 춤을 추었다. 논두렁에는 쇠뜨기와 둑새풀을 비롯한 여러 잡풀들이 퍼렇게 자라

나고 있었다.

그러던 어느 날이었다. (큰)아버지 내외분이 윤구병씨네 과수원으로 일을 나가게 되었다. 그 집은 매년 다른 농가들을 제치고 가장 먼저 농사일을 서둘렀다. 워낙 부농인지라 그렇지 않고서는 영농 일정을 제대로 맞추기 어려웠다. 여느 중농이나 영세농과는 비교할 수가 없었다. 그날 아침 (큰)어머니가 내게 말했다.

"윤복아. 이따가 함석집으로 오거라."

"왜유?"

"내가 거기서 일하니께 즘심을 같이 먹자."

'즘심'은 점심이었다. 그 시대에는 어른들이 일하러 가면 아이들까지 덩달아 따라가서 그 집 밥을 먹는 것이 관행처럼 되어 있었다. 식량이 부족해서 밥 굶는 사람들이 지천으로 널려 있던 시절인지라 그건 흉도 아니었다. 하지만 나로서는 그게 몹시 마땅찮게 느껴졌다. 내가 말했다.

"엄니, 거기보다는 아랫집에 가믄 안 돼유?"

"아랫집? 그럼 그렇게 하든지…"

(큰)어머니는 더 이상 말하지 않았다. 나는 점심 때 함석집이 아닌 아랫집으로 갔다. 집에서 이것저것 잔일을 하고 계시던 아버지 어머니가 반색하며 반겨주었다. 동생 차복은 마당에서 통탕통탕 뛰어 놀았고, 큰누님 등에 업힌 옥희가 생글생글 웃었다. 점심 때 우리 식구들은 어머니가 차려주는 구수한 시래기죽을 맛있게 먹었다.

아랫집에는 언제부턴가 윗방 앞 서까래에서 돼지우리 뒤쪽 가죽나무까지 대각선으로 가로지르는 꽤 긴 빨랫줄이 있었다. 아버지가 질긴 삼으로 쇠밧줄보다 더 튼튼하게 꼬아 매어놓은 빨랫줄이었다. 바지랑대에는 굴비 두름이 디룽디룽 매달려 있었다. 모내기 때 일꾼들에게 내놓을 반찬거

269

리였다. 가죽나무 꼭대기에 개발자국만 한 새순이 몽글몽글 돋아 오르고 있었다. 돼지우리 앞에는 과거 새우젓 독으로 쓰다가 이가 빠지고 금이 가서 용도를 변경한 구정물통이 있었다.

산야가 전부 푸르렀다. 싱그러운 신록의 계절이었다. 아버지는 시루봉 너머 보리밭에서 어머니와 함께 누렇게 익은 보리를 베었다. 두 분은 금슬이 좋았다. 평생 목소리를 높이거나 얼굴 한 번 붉힌 적이 없었다. 내외분은 세상에 둘도 없는 일심동체라고 말할 수 있었다.

날씨가 점점 더워지고 있었다. 아버지 어머니가 낫질을 하며 지나간 자리에는 보리 그루터기 밭고랑이 드러나고 있었다. 두 분은 보릿대를 낫자루로 휘어감아 즉석에서 매끼를 만들었고, 그렇게 해서 만든 매끼로 간동하게 묶어낸 보릿단이 점점 더 늘어나고 있었다. 저쪽 신작로에는 가끔 부여와 논산을 오가는 버스나 트럭들이 뿌연 흙먼지를 일으키며 손에 잡힐 듯 나타났다가 가뭇없이 사라지곤 했다.

구례들 건너로 연화 매봉재가 보였다. 매봉재는 야트막한 일자문성 능선이지만, 그래도 연화에서는 표고가 가장 높은 그 동네 주산이었다. 말하자면 시루메의 시루봉에 비견되는 산이었다. 매봉재는 지형이 매의 머리와 같다고 해서 붙여진 이름이었다. 그곳 산자락 밭뙈기에서도 누군가가 보리를 베고 있었다.

매봉재 자락에 사챙이가 있었다. 사챙이는 '사창四倉'의 와음으로 백제시대에 네 개의 군창軍倉이 있던 곳이었다. 그 너머 연화 안동네에 종조모와 당숙 어른들과 춘복 형을 비롯한 재종형제들이 살고 있었다. 우리 조부가 큰집이었고 연화 종조부가 작은집이었다. 생존하신 어른 중 가장 높으신 종조모를 큰당숙께서 극진히 모시고 있었다. 당숙들은 아버지보다 연세가 낮았다.

보리 베기가 끝나자 아버지는 지게를 언덕 아래 낮은 곳에 세워 놓고 언덕 위 높은 곳에 올라서서 보릿단을 어긋매김으로 얹었다. 지게에는 보릿단이 대나무 꼬작 끝까지 까마득하게 높이 올라가고 있었다. 꼬작이란 짐을 더 많이 지기 위해 지게뿔 위에 깃대 모양으로 높이 덧세운 두 개의 나무 막대기를 의미했다. 당신은 집까지 여러 차례 왕복하며 보릿단을 져 날랐다.

어머니는 갓난아기 업어 줄 때 허리에 두르는 광목천으로 보릿단을 몇 단씩 합쳐 꽁꽁 묶은 뒤 머리로 이어 날랐다. 나는 아버지께서 만들어 주신 새끼줄 멜빵으로 보릿단을 짊어지고는 집까지 몇 차례 왔다 갔다 내달렸다. 까끌까끌한 까끄라기가 살갗에 닿으면 가시처럼 콕콕 찔러 여간 고약한 것이 아니었다. 고된 작업이었다.

사흘 뒤 6월 5일은 절기상으로 망종이었다. 아버지가 동네 회의 때 쌍품 나지 않도록 이웃들과 상호 조율하여 오래 전에 잡아 놓은 모내기 날이었다. 쌍품이란 같은 날 두 집 이상 품앗이가 겹치는 경우를 뜻하는 말이었다. 다른 집들도 최대한 쌍품을 피해 각자 모내기 날짜를 잡았다.

아버지는 역시 날짜를 잘 선택했다. 준식이 아버지가 소를 몰아 죽죽 써레질을 해주었고, 아버지는 품앗이가 나온 동네 어른들과 더불어 못자리의 모를 쪄서 논 전체로 옮겨 심는 이앙에 착수했다. 우리 집과 준식이네는 평소 가깝게 지냈다. (큰)아버지는 준식이 할아버지와 절친했고, 아버지와 준식이 아버지는 호형호제하는 사이였다. 아버지가 형님, 준식이 아버지가 아우였다. 논에는 올챙이들이 여기저기 숱하게 바글거리고 있었다.

날씨가 아주 좋았다. 엷은 구름이 오락가락하는 데다 코끝을 간질이는 향긋한 바람까지 살랑살랑 불어와 땀을 식혀 주었다. (큰)아버지는 준식이 할아버지와 마주보며 양쪽 논두렁에서 못줄을 잡았다. 두 분은 못줄을 넘길 때마다 "어잇! 어잇!" 목청을 높이며 신호를 주고받았다. 호흡이 척척 잘 맞았다.

아버지를 비롯한 농민들은 못줄 눈꽃에 맞추어 부지런히 어린모를 심었다. 한 손에 모춤을 한 움큼 꼭 틀어쥐고 다른 한 손으로 한 모심씩 쪽쪽 떼어 질퍽한 무논에 콕콕 찔러 모를 심는 손길이 무척 빨랐다. 한 줄을 다 심으면 일꾼들이 일제히 뒷걸음질을 쳤고, (큰)아버지와 준식이 할아버지가 "어잇! 어잇!" 외치는 가운데 동시적으로 못줄을 불끈 들어 연신연신 한 칸씩 떼어 넘겼다.

나는 모쟁이가 되어 모 심는 어른들 뒤에다 열심히 모춤을 날랐다. 거머리가 종아리에 달라붙으면 손톱으로 비틀어 가차없이 떼어낸 뒤 멀리 집어던졌다. 어떤 어른의 장단지에서는 피가 흐르고 있었다. 눈 깜짝할 사이 거머리에 뜯긴 것이었다. 꾸억산이나 사기장골이나 광대골에서 뻐꾸기와 꾀꼬리가 줄기차게 노래 부르고 있었다.

'질안배미' 옆 마르디 사람 논에는 어제 갓 꽂은 가녀린 모들이 뿌리를 내리느라 힘겨운 몸살을 앓고 있었다. 저쪽 구레들에서 연화 사람들이 무리를 이루어 열심히 모내기를 하고 있었다. 그곳에서도 못줄 넘기는 목소리가 우렁찼고, 내 또래 아이들이 모쟁이를 하느라 부산하게 움직이고 있었다. 농번기에는 어른이든 아이들이든 눈코 뜰 새가 없었.

한낮이 되었을 때 어머니와 (큰)어머니가 광주리를 머리에 이고 신작로를 건너왔다. (큰)어머니 뒤에는 우리 개 메리까지 졸래졸래 따라오고 있었다. 어머니와 (큰)어머니는 논두렁이 '열 십+' 자로 교차하는 너부죽한 모래 언덕 근처에 밥과 반찬을 펼쳤다. 아버지와 (큰)아버지와 일꾼들 전원이 손발에 묻어난 진흙을 훌훌 씻고 한자리로 모였다. 아버지가 먼저 밥을 한 숟갈 듬뿍 떠서 논으로 뿌리며 외쳤다.

"고수레!"

그러고 나서 전원이 점심을 먹기 시작했다. 어른들은 반주로 막걸리까지 곁들였다. 나는 어른들 틈에 끼어 밥을 먹었다. 수라상 진수성찬이 부럽지 않았다. 흘린 땀의 분량만큼 음식 맛도 꿀맛이었다. 나는 지금까지 그렇게 맛있는 밥을 먹어본 적이 없었다. 메리는 운 좋게 밥 한 숟갈이라도 얻어먹으려고 눈망울을 굴리며 줄곧 혀를 날름거리고 있었다. 나는 메리에게 두어 숟갈 밥을 나눠 주었다.

그 이튿날 아버지와 어머니는 마당에 나란히 홀태를 세워 놓고 보리를 훑었다. 엊그제 시루봉 너머 밭에서 베어온 누런 보릿단이 헛간 앞에 높이 쌓여 있었다. 아버지 어머니가 보릿단을 홀태 옆에 옮겨 놓고 한 움큼씩 쥐어 홀태 갈기에 끼운 다음 죽죽 잡아당길 때마다 목 잘린 보리 이삭이 홀태 밑으로 똑똑 떨어져 내렸다.

우리 고장에서는 이삭을 곧잘 '모감댕이'라고 표현했다. 벼 이삭은 벼 모감댕이, 수수 이삭은 수수 모감댕이였다. 모감댕이는 목, 즉 동물이나 식물의 모가지를 일컫는 말이었다. 닭 모가지는 닭 모감댕이였다. 예컨대 닭의 모가지를 비틀 때에는 닭 모감댕이를 비튼다고 말했다. 하지만 소나 돼지처럼 목이 굵고 튼실한 짐승에게는 구태여 그런 말을 쓰지 않았다.

일부 몰상식한 부류는 동물뿐만 아니라 사람에게도 모가지와 모감댕이를 그대로 끌어들여 손목을 손모가지니 손모감댕이로, 팔목을 팔모가지나 팔모감댕이로, 발목을 발모가지나 발모감댕이라 일컬었다. 모가지든 모감댕이든 상대방을 얕잡아 깔아뭉개는, 어떻게 보면 거의 욕설에 가까운 부적절한 비속어라고 말할 수 있었다. 심지어 누군가와 다툴 때 무슨무슨 모감댕이를 확 분질러 놓겠다고 협박하는 작자들까지 있었다.

나는 아버지 어머니 홀태 옆에 수시로 보릿단을 옮겨다 놓아드렸고, 홀태 밑으로 수북하게 쌓이는 보리 이삭을 갈퀴로 북북 긁어냈다. 그러면서 아버지 어머니가 집어던진 보릿대를 주섬주섬 거둬 한쪽으로 치웠다. 마당 한복판에는 보리 이삭이 점점 불어났고, 아버지 어머니 뒤로는 이삭을 떼어내고 내려놓은 보릿짚이 자꾸 쌓여갔다. 날이 궂으면 할 수 없는 일이었다.

그날 오후 새때 조금 지나 홀태질이 모두 끝났다. 아버지는 보리 이삭을 마당에 골고루 펴 널었다. 그 이튿날은 날씨가 끄무레했다. 아버지와 어머니는 비가 내릴까 봐 서둘러 도리깨질을 했다. 이른바 보리 바심, 다른 말로는 보리타작이었다. 아버지 내외분이 도리깨를 후려칠 때마다 뭉그러지는 보리 이삭에서 보리알이 톡톡 불거져 나오고 있었다. 보리는 쌀 다음으로 중요한 식량이었다.

다행히 타작을 마칠 때까지 비가 내리지 않았다. 아버지는 알곡을 그러모아 가마니에 담았다. 이제 곧 방아를 찧으면 보리쌀이 나올 것이고, 보릿짚과 검불은 시일을 두고 잘 말려서 땔감으로 쓸 것이었다. 나는 실팍한 보릿대로 여치집을 엮었다. 날씨가 점점 더 우중충해지고 있었다. 여치집이 얼추 다 만들어졌을 때 어머니가 말했다.

"아이구, 우리 윤복이는 못 하는 것이 없네. 오매, 저걸 어떻게 만들었을까."

"쉬워유."

"쉬워?"

"야. 아부지 엄니 일하시는 것보다는 훨씬 쉬워유."

"참, 말도 이쁘게 하네."

어머니의 눈동자에 사랑이 가득했다. 나는 여치집 꼭지를 굵은 비료 부대 실로 단단히 묶어 손잡이까지 만들었다. 몸을 비틀며 층층이 올라간 여치집은 멋이 있었다. 나는 그걸 팔목에 걸고 삘닐리리 삘닐리리 보리피리 불면서 남새밭으로 갔다. 여치를 잡아 가두어 놓고 면밀히 관찰할 생각이었다.

내가 밭 귀퉁이로 들어섰을 때 별안간 물뱀 한 마리가 나타나 깜짝 놀랐다. 머리끝이 찌릿했다. 좌우간 뱀이란 놈은 독사가 아니라 해도 물뱀이든 유혈모기든 뭐든 한결같이 징그러웠다. 나는 퉤퉤 침을 뱉었고, 뱀은 정 서방네 섶 울타리 사이로 꿈틀꿈틀 미끄러져 들어갔다.

나는 뱀이 또 나타날까 봐 촉각을 곤두세우면서 남새밭 한복판으로 발걸음을 떼어놓았다. 거기, 상추 아욱 쑥갓 가지 고추 감자 등이 싱싱하게 자라고 있었다. 아버지와 어머니는 작은 밭에다가 이렇듯 알뜰살뜰 여러 작물을 골고루 가꾸고 있었다. 밭에는 잡초 한 포기 눈에 띄지 않았다. 나는 여치 여러 마리를 잡아 여치집에 가두어 가지고 밭에서 나왔.

며칠 후 단비가 내릴 때 아버지는 새뱅이 봉천지기에 호락질로 늦모를 심었다. 땅이 촉촉해지자 아버지와 어머니는 시루봉 너머 보리 벤 밭에 콩을 심었고, 두 번째 비가 내리던 날에는 잿무덤부리로 나아가는 길 위쪽 밭에 고구마 싹을 꽂았다. 두 분은 고구마 밭 한쪽에 들깨 모종까지 옮겨 심었다.

농사는 아무나 짓는 것이 아니었다. 자고로 상농작토上農作土 중농작곡中農作穀 하농작초下農作草라 했나. 상급 농부는 토양부터 기름지게 만들고, 중급 농부는 작물을 잘 가꾸고, 하급 농부는 곡식 농사짓는다는 풍신이 잡초만 우거지게 방치한다는 뜻이었다. 아버지는 상농이었다. 농토가 적은 것이 철천지한이었다. 당신의 경우 만일 농토만 웬만큼 있다면 능히 천하제일 대농으로 우뚝 서고도 남을 만큼 땅과 기후와 자연의 섭리를 정확히 꿰뚫고 있었다.

아버지는 그때그때 절기와 날씨를 잘 맞추면서 최적 영농에 심혈을 기울였다. 여름 내내 논밭을 매 가꾸었고, 벼이삭이 황금물결을 이룰 무렵에는 혼자 피사리를 했다. 시루봉 너머 밭에서 콩이 통통하게 여물었고, 잿무덤부리로 나가는 길목 고구마 밭에서는 땅 속의 고구마 몸집이 커지면서 넝쿨 사이의 땅 거죽이 쩍쩍 갈라졌다. 그해 농사는 대풍이었다.

1958년 정초였다. 내 또래의 다른 아이들에게는 석양국민학교(현재의 석양초등학교) 취학 통지서가 나왔는데 나에게는 감감무소식이었다. (큰)아버지는 학교에 찾아가 어떻게 된 까닭인지 경위를 파악했다. 그 결과 호적 나이가 두 살 적어서 그렇게 되었다는 것을 알게 되었다. 사실 관계를 확인한 학교 당국에서는 법정 학령과 관계없이 선처를 베풀어 입학을 허가해 주었다.

그리하여 나는 그해 3월 아무 차질 없이 학교 문턱을 넘을 수 있었다. 호적상의 나이를 따져 굳이 말하자면 만 5세 이전에 조기 입학한 셈이었다. 키는 중간쯤 되었다. 누차 밝혔다시피 그 후 3학년인가 4학년 때쯤 이르러 '입양의 비밀'을 알게 되었다. 차라리 큰집이 아주 먼 곳에 있었더라면 내 입양의 비밀이 영원한 비밀로 남게 되었을지도 몰랐다.

그러나 생가와 양가가 한 마을에 있었던 터라 나의 입양은 결국 '공지의 비밀'이 되고 만 셈이었다. 피맺힌 사연이 흉기처럼 가슴을 찔렀다. 하지만 흘러간 과거를 현재나 미래로 되돌릴 수는 없었다. 그것은 불가역적인 내 운명이었다.

국민학교 2학년 때 가을이었다. 추석 전후 태풍 사라호가 전국을 덮쳐 피해가 막심했지만, 우리 학교는 지난해와 마찬가지로 성대한 추계 운동회를 개최했다. 나는 백군이었다. 운동장에는 청색과 백색이 혼재돼 있었다. 청군 진영에는 청색 깃발, 백군 진영에는 백색 깃발이 휘날렸다.

청군은 하얀 모자에 청색 테두리를 두르고 있었지만, 우리 백군은 그냥 아무것도 표시하지 않은 흰 모자를 쓰고 있었다. 계주를 할 때 청군은 청색 바통, 백군은 백색 바통을 주고받으며 내달렸다. 오자미 던지기 바구니 역시 청색과 백색으로 구분돼 있었다. 우리는 오전 내내 그동안 갈고 닦은 기량을 발휘했고, 학부형(학부모를 일컫는 그 당시의 호칭)들도 자녀들과 뒤섞여 이인삼각이나 공굴리기 등 합동 경기를 벌였다.

마침내 내가 가장 싫어하는 점심시간이 되었다. 그날도 다른 아이들은 푸짐한 음식을 펼쳐놓고 신나게 먹었다. 하지만 나로서는 개뿔이나 내놓고 먹을 것이 없었다. 눈은 풍년인데 입은 흉년이었다. 그렇다고 거지처럼 누군가에게 빌붙어 얻어먹고 싶지도 않았다. 우울하고 서러웠다. 나는 집에서 (큰)어머니가 챙겨준 햇고구마와 옥수수로 그럭저럭 허기를 메웠다.

그때였다. 아버지께서 한껏 풀 죽은 나를 향해 성큼성큼 다가왔다. 전혀 예측 못한 일이어서 나는 깜짝 놀랐다. 큰누님은 지난해 출가했고, 작은누님은 과년한 처녀로서 이런 데 잘 나타나지 않았다. 동생들은 아직 취학 전이어서 학교와는 별로 상관이 없었다. 작년에는 (큰)아버지 내외분이 학부형 자격으로 운동회를 참관했는데, 이번에는 (큰)아버지 내외분이 불참한 대신 아버지께서 오신 것이었다. 내가 벌떡 일어나 인사했다.

"아부지, 언제 오셨어유?"

"좀 전에 왔다. 날 따라 오너라."

나는 아버지를 따라 나섰다. 운동장 상공에 만국기가 휘날렸고, 백군과 청군 응원석에서는 누군가가 각기 백색과 청색 깃발을 풀럭풀럭 휘젓고 있었다. 아버지는 교정 모퉁이 공터 자갈밭에서 멈추었다. 거기 늙수그레한 농민이 바지게를 받쳐놓고 철 지난 참외를 팔고 있었다.

알다시피 참외는 무더운 한여름이 제철이었다. 아마도 지금 나온 참외는 끝물인 모양이었다. 아직 시설 원예업, 즉 비닐하우스가 보편화되기 이전인지라 채소류와 청과류는 거의 죄다 노지에서 생산되었다. 싸릿대로 촘촘히 엮어 만든 지게 발채에는 먹음직스런 참외가 가득했다. 참외에서 단내가 뭉클뭉클 풍겨나고 있었다.

그때까지만 해도 우리 고장에는 참외가 참 귀했다. 가격도 비싼 편이었다. 참외 장수가 아버지에게 공손히 인사했고, 아버지는 어른 주먹보다 훨씬 큰 한 참외 한 개를 사서 내게 주었다. 얼룩무늬가 선명한, 몸통이 둥그스름하게 잘 생기고 배꼽이 툭 불거져 나온 개구리참외였다. 아버지는 아끼고 아낀, 꼭꼭 접어 깊이 간수해 두었던 쌈짓돈 중에서 지전 한 장을 꺼내 농민에게 참외 값을 치렀다. 내가 아버지에게 물었다.

"이걸 왜 제게 주세유?"

"먹어라. 얼마나 배고프냐."

"아부지는 점심 잡수셨슈?"

"그럼, 먹었지. 어서 이 참우 먹어라."

아버지는 점심을 건너뛰었으면서도 일부러 빈 말씀을 하시는 것 같았다. '참우'는 '참외'를 일컫는 말이었다. 내가 참외를 통째로 손에 쥐어본 것은 난생 처음이었다. 나는 목이 메어 도저히 참외를 먹을 수가 없었다. 내가 말했다.

"지금은 속이 안 좋아서 못 먹겠어유."

"왜 속이 안 좋아?"

"아까 고구마 먹은 것이 얹혔내벼유. 이 참우는 이따가 속 가라앉으면 먹을게유."

나는 임기응변으로 어영부영 둘러댔고, 내 속내를 뻔히 들여다보신 아버지께서는 입을 굳게 다물었다. 하늘은 높고 햇볕은 따사로웠다. 나는 참외를 만지작거리면서 백군 응원석으로 돌아왔다. 눈물이 앞을 가렸다.

막말로 내 양육에 관한 일차적 책임은 나를 양자로 맞아들인 윗집 (큰)아버지 내외분에게 있었다. 하지만 당신들에게는 나를 먹여 살릴 능력이 부족했다. 아버지는 배곯는 나를 가엾게 여긴 나머지 뭐라도 사 먹이기 위해 일부러 학교에 오신 것이었다.

오후 서너 시쯤 고학년 선배들이 풍금이며 뜀틀처럼 덩치 큰 장비들을 교실과 복도로 옮겼다. 운동회가 끝나자 교정을 가득 메웠던 군중이 뿔뿔이 흩어졌다. 텅 빈 운동장에는 만국기만 펄럭이고 있었다. 나는 참외를 챙겨 윗집으로 가져왔고, (큰)아버지 내외분과 작은누님과 내가 4등분으로 나눠먹었다. 참 달고 맛이 있었다.

눈물겨운 세월이 유수처럼 흘러갔다. 오래 전 (큰)아버지 내외분과 아버지 어머니께서 한 많은 일기를 마치고 돌아가셨다. 그 후로는 사실상 양가와 생가의 구분이 희미해졌다. 그 반면 내 소임과 사명감은 더 막중해졌다. (큰)아버지의 종통을 이어받은 나는 우리 동기간과 전국 각지로 흩어진 연화 재종들에 이르기까지 종종 소통하면서 당내간 결속과 일체감 조성을 위해 나름대로 안간힘을 썼다.

내가 볼 때 숭조와 돈목은 동전의 양면이었다. 우리 대소가는 항상 조상님을 높이 받들고 서로 두터운 정을 나누며 화목하게 지내왔다. 특히 일가친척의 경조사에는 지친들이 벌 떼처럼 모였다. 나는 아버지 제삿날 조율이시棗栗梨柿와 더불어 반드시 참외를 제사상에 올렸다. 어언 큰누님이 유명을 달리했고, 나머지 동기간 6남매는 노년에 들어섰다. 머리에 희끗희끗 서리가 내리는 동안 고향에도 많은 변화들이 있었다.

지난 2015년이었다. 부여군이 석성면 현내리 탑동 마을 옥녀봉 초입에 백제무명용사충혼비를 건립하고 그 주변을 쾌적한 공원으로 조성했다. 이와 함께 뜻있는 지역 주민들이 자발적으로 석성산성보존회를 결성하여 석성산성 보존에 애써왔다. 만시지탄이 없지 않지만, 높이 상찬 받아 마땅한 일이었다.

여기에 동참한 관계자들은 대부분 어린 시절부터 나하고 가깝게 지내온 석양국민학교 선후배들이었다. 그분들은 매년 가을 이 충혼비 앞에서 충혼 문화제를 올렸고, 이 행사는 무명용사의 넋을 기리는 제례 이외에도 민속놀이 등 다양한 공연을 펼쳐 이제는 석성면의 새로운 문화로 자리매김했다.

재작년 어느 무더운 여름날이었다. 나는 고향 원중산에 갔다가 현내리 탑동 충혼비를 찾았고, 숨 막히는 폭염 속에 막판까지 백절불굴의 전투 의지로 사력을 다해 용전분투하던 백제의 무명용사들 영령 앞에 경건한 예의를 갖추었다. 그러고는 일찍이 (큰)아버지와 아버지가 사방 공사를 하던 옥녀봉 기슭으로 눈길을 돌렸다.

알다시피 지금의 옥녀봉은 지난날의 옥녀봉이 아니었다. 헐벗을 대로 헐벗었던, 그리하여 희뜩한 속살까지 적나라하게 드러냈던 옥녀봉 일대는 짙푸른 숲으로 울창하게 우거져 있었다. 그 숲에는 필경 과거 (큰)아버지께서 인부들과 함께 식재한 수목들도 허다할 것이었다.

나는 즉각 그 현장으로 올라가서 (큰)아버지의 숨결을 느끼며 왕년에 아버지가 쌓은 석축 유적을 찾아보고 싶었지만, 산기슭에 나무와 풀이 겹겹으로 뒤엉켜 감히 발을 들이밀 수도 없었을 뿐만 아니라, 설령 산에 들어간다 한들 어디가 어딘지 분간하기조차 어려울 것 같았다. 자칫 산에 잘못 들어갔다가 멧돼지의 공격을 받거나 뱀에 물리거나 벌과 쐐기에 쐴 수도 있었다.

나는 그런 핑계로 입산을 포기했다. 본격적인 장마가 시작되려고 날씨까지 푹푹 쪄서 가만히 서 있는데도 비지땀이 줄줄 흘렀다. 나는 고향에서의 일정을 마친 뒤 곧바로 귀경을 서둘렀다. 아니나 다를까, 그날 저녁 억수 같은 장대비가 쏟아졌다. 번개가 번쩍번쩍 눈앞을 베고 지나가면 그 뒤를 이어 천둥이 우르릉 꽝꽝 밤하늘을 사정없이 두들겨 부쉈다.

며칠 전이었다. 무심코 아파트 상가 청과물 가게 앞을 지나다가 우연히, 실로 우연히 아주 오랜만에 얼룩덜룩한 개구리참외를 발견했다. 놀라웠다. 신품종 노란 참외에 밀려 개구리참외가 완전히 멸절된 줄 알았는데 그게 아닌 모양이었다. 그 참외를 발견한 순간 국민학교 2학년 가을 운동회 때 학교로 찾아오셨던 아버지가 떠올라 콧날이 시큰하면서 눈시울이 화끈했다.

마치 지게 발채처럼 생긴, 각양각색의 청과물이 산더미처럼 쌓여 있는 진열대에서는 단내가 등천했다. 나는 배꼽이 툭 불거진 개구리참외 몇 개를 사들고 집으로 돌아왔다. 가족을 위해, 가정을 위해, 형님을 위해, 가문을 위해 신명을 바치신 아버지. 한평생 모든 일을 완전무결하게 처리했던, 그리하여 이론이 아닌 실천으로 인간이 추구해야 할 가치와 법도를 극명하게 가르쳐 주신 당신이 그립고 또 그리워 가슴이 미어졌다. 하지만 이승에는 참외를 받아주실 아버지가 계시지 않았다. 서글픈 계절이었다. (『국보문학』 2025. 3월호)

용구새

우리 동네 원중산은 조용하고 아기자기한 마을이었다. 부촌은 아니어도 20여 호의 농가가 옹기종기 모여 앉아 오순도순 정답게 살아가고 있었다. 인근 십자거리와 연화와 마르디에는 고래 등 같은 기와집과 양철집이 한두 채 있었다. 원중산의 경우 앞재너머 윤구병씨네 주택만 함석집이었고, 나머지 올망졸망한 가옥들은 전판 초가집 일색이었다. 말랭이에 올라서면 마을의 전모가 한눈에 들어왔다.

일찍이 이 마을에서 태어난 나는 1960년 현재 석양국민학교(지금의 석양초등학교) 3학년 재학 중이었다. 지난 1학기 기말고사 때에는 애석하게도 산수에서 딱 한 문제를 틀리고 말았다. 그것만 아니라면 전 과목 만점을 기록할 수 있었는데 두고두고 여간 꺼림직한 것이 아니었다. 나는 다가오는 학년말 시험에서 꼭 1학기 때의 실점을 만회하리라 벼르면서 정신 똑바로 차리고 학업에 열중했다.

그러나 나에게는 치명적인 약점이 있었다. 혹독한 가난이었다. 교과서 이외의 전과나 수련장은 그림의 떡이었다. 부잣집 아이들은 책가방 속에 공책이며 크레파스 등등 좋은 학용품을 넉넉하게 가지고 다녔다. 나는 몽당연필을 대나무 깍지에 끼워 쓰는 실정이었다. 크레파스 살 돈이 없어 미술 시간마다 슬금슬금 이 눈치 저 눈치 살피면서 잠깐잠깐 동료들 물건을 빌려 쓰곤 했다.

　남들은 이해하기 힘들겠지만, 나에게는 윗집 양가와 아랫집 친가가 있었다. 자녀를 두지 못한, 연세 많으신 윗집 (큰)아버지 내외분에게로 출계했기 때문이었다. 아주 어렸을 때의 일이어서 나는 그런 내막을 전혀 알지 못했다. 어머니 젖 떼자마자 입양한 작은누님과 나는 (큰)아버지 내외분 슬하에서 성장했다. 우리 식구들은 시루봉 들머리 다 찌그러진 오두막집에서 굶기를 밥 먹듯 했다.

　코흘리개 어린 시절 나에게는 양가 부모님과 친가 부모님이 똑같은 부모님이었다. (큰)아버지도 아버지, 아버지도 아버지였다. (큰)어머니와 어머니도 다를 바 없었다. (큰)어머니도 어머니, 어머니도 어머니였다. 그러다가 나중에야 비로소 '입양의 비밀'을 알게 되었다. 그렇다고 해서 그 이전과 달라진 것은 아무것도 없었다. 내 의지와는 관계없이 종가 계대繼代를 위해 그런 기구한 운명이 결정된 것이었다.

　아랫집에는 아버지 어머니를 비롯하여 내 바로 밑의 남동생 차복과 여동생 옥희와 남동생 선복이 있었다. 큰누님은 이미 출가했고, 막내 남동생 계복은 아직 태어나기 전이었다. 윗집은 북향, 아랫집은 남향이어서 손에 잡힐 듯 빤히 건너다보였다. 나는 이틀이 멀다 하고 아랫집에 드나들면서 밥을 먹거나 때로는 잠까지 자곤 했다.

　천자문에 이르기를 추수동장秋收冬藏이라 했다. 가을에 수확하고 겨울에 저장하는 것은 만고불변의 진리였다. 하지만 윗집에는 수확하고 저장할 것이 없었다. 농토가 없으니 농사를 못 짓고, 농사를 못 지으니 수확할 것이 없고, 수확할 것이 없으니 개뿔이나 저장하고 자시고 할 것이 없었다. 추수동장에 인생의 주기와 장래를 덧입혀 철학적으로 해석하기에는 우선 코앞에 닥친 현실이 더 화급했다.

어른들 말에 의하면, 그해 농사는 평년작을 훨씬 뛰어넘는 대풍이었다. 하지만 (큰)아버지 내외분은 빈손이었다. 농토가 없어 농사를 짓지 못했으니 풍년이든 흉년이든 알곡은커녕 아예 지푸라기 검불조차 손에 들어오는 것이 없었다. 친가 아버지는 논 엿 마지기에서 기대 이상의 소출을 거두었다. 그러나 여러 식구들이 겨울 지나고 보릿고개를 넘어 햇곡 나올 때까지 먹고살기에는 턱없이 부족한 식량이었다.

윗집 등 너머에 널찍하고 비까번쩍하는 윤구병씨네 저택이 있었다. 집터가 널찍했다. 원중산 갑부 윤씨는 마음 씀씀이가 후덕한 분이었다. 우리는 그분으로부터 이래저래 큰 혜택을 입고 있었다. 윤씨네 집 안마당과 바깥마당에는 사시사철 볏짚가리가 산더미처럼 우뚝 솟아 있었다.

볏짚은 벼이삭 낟알을 탈곡하고 남은 짚풀이었다. 짚이란 벼와 보리와 밀과 조 따위의 이삭을 떨어낸 줄기와 잎을 가리키는 말이었다. 볏짚은 유용한 자원이었다. 지붕 이엉과 새끼줄과 땔감과 소여물과 거름에 이르기까지 지푸라기 한 오라기도 버릴 것이 없었다. 벼농사를 지으면 쌀 이외에도 이런 볏짚까지 생기는 것이었다.

(큰)아버지는 며칠 전 지게를 지고 윤씨네 집에 가서 볏짚 한 짐을 얻어 왔다. 다른 농가와는 달리 윤씨네 집에는 볏짚이 풍부한지라 한두 짐 덜어낸다고 해서 크게 문제될 것이 없었다. (큰)아버지께서 말씀하시면 윤씨는 얼마든지 볏짚을 내주시고도 남을 분이었다. 그러나 (큰)아버지는 항상 적정량만 도움을 얻었을 뿐 무리한 요구를 한 적이 없었다. 윤씨 또한 (큰)아버지의 그런 정서를 잘 알고 있었다.

가령 우리가 지붕을 새로 해 이을 때에는 비록 자그마한 오두막집이라 할지라도 상당한 볏짚이 필요했다. 물어보나 마나 논이 없어 벼농사를 짓지 못하는 우리로서는 볏짚 마련이 난감할 수밖에 없었다. 다행히 해마다 자발적으로 도움을 주시는 분이 있었다. 자수성가한 연화 큰당숙이었다. 그 아저씨는 (큰)아버지 형제분의 4촌 제씨 3형제 중 맏이로서 짱짱한 알부자였다. 그 어른은 우리에게 물심양면으로 많은 도움을 주었다.

(큰)아버지는 윤씨네 집에서 얻어온 볏짚으로 매일 굵은 새끼를 꼬았다. 물을 살짝 뿜어 촉촉하게 적신, 약간 나긋나긋해진 지푸라기를 양쪽 손바닥에 끼워 잡고 마주 비벼 꼬면 거미꽁무니에서 거미줄 나오듯 새끼줄이 주욱 이어져 나왔다. 손바닥이 건조해질 때마다 툽, 툽, 툽… 침을 튕겨가며 사그락사그락 새끼를 꼬는 당신의 능수능란한 손동작이 매우 눈부셨다. 내가 여쭈었다.

"아부지, 산내끼를 언제까지 꼬실 거예유?"

'아부지'는 '아버지'를, '산내끼'는 '새끼'를 일컫는 우리 고장 '표준말'이었다. 학교에 들어간 뒤 이른바 표준어라는 것을 배우게 되었지만, 교과서에 나오는 그걸 일상생활에 그대로 옮겨다 쓰기에는 여간 어색한 것이 아니었다. 서울에 가보지도 않은 촌놈이 서울말로 '그랬니?' '저랬니?' 한다는 것 자체가 어설프고 거북살스러운 노릇이었다. (큰)아버지가 말했다.

"얻어온 볏짚이 다 없어질 때까지 꽈야지."

'볏짚'은 '볏짚'을 일컫는 말이었다. 당신은 곧 입을 굳게 다문 뒤 새끼 꼬기에만 몰두했다. 볏짚을 비비는 손길이 이마 높이까지 불쑥 치솟아 오르면 잠시 두 손을 멈추고 새 지푸라기를 서너 가닥씩 잇댄 뒤 다시 비벼서 감아 돌리기를 반복했다. 지푸라기 굵기에 따라 이어내는 가닥수가 달라졌다. 당신의 손바닥에는 볏짚 물기에서 묻어나온 검은 때가 누더기처럼 덕지덕지 끼어 있었다.

당신은 애연가였다. 잠시 담배를 피울 때와 뒷간에 갈 때를 제외하고는 똑같은 자세를 유지했다. 고수의 진면목이었다. 당신은 중간중간 둔부를 들썩거리면서 꼬아진 새끼줄을 몸 뒤쪽으로 쭉쭉 빼냈다. 새끼줄이 얼마나 매끈한지 볏짚을 잇댄 이음매가 보이지 않았다. 무릎 옆에 챙겨 놓은 볏짚이 줄어들수록 당신 뒤쪽의 새끼줄 분량이 점점 그들먹하게 쌓여가고 있었다. 내가 다시 여쭈었다.

"손바닥 아프지 않으세유?"
"괜찮다. 걱정해 줘서 고맙다."
"좀 쉬시면서 하세유."

잠시 후 당신은 지금까지 꼰 새끼를 서리서리 추려서 타래를 만들었다. 그러고는 새끼 타래 뭉치가 풀어지거나 헝클어지지 않도록 가느다란 새끼줄로 간동하게 묶었다. 이틀째 되던 날, 학교에서 돌아왔을 때 새끼줄이 안방 윗목에 다섯 타래나 쌓여 있었다. 그런데도 당신께서는 여전히 새끼를 꼬고 있었다.

누구나 다 알다시피 새끼는 농촌의 필수품이었다. 새끼를 이용한 생활용품은 각종 밧줄을 비롯하여 빨랫줄이며 우물 두레박줄에 이르기까지 한두 가지가 아니었다. 새끼는 볏짚 가공의 기본 재료이기도 했다. 새끼가 있어야 섬과 가마니, 멍석과 맷방석, 삼태기와 망태기, 메꾸리와 씨오쟁이와 도롱이 등등 다양한 가재도구들을 만들 수 있었다. 새끼를 얼기설기 엮어 나무할 때 가랑잎 쓸어 담는 둥그런 망과 심지어 농우 주둥이에 씌우는 앙증맞은 망을 만들기도 했다.

새끼 없이는 용구새도 엮을 수 없었다. 용구새는 옛 조상들의 획기적인 발명품으로서 용마름이라고도 하는데, 모든 나래를 다 얹은 뒤 지붕 맨 꼭대기 용마루에 덮개처럼 얹는 지네 모양의 최종 마감재였다. 새끼줄에다 볏짚을 요모조모로 잘 엮어야 용구새가 만들어지는 것이었다. 그밖에도 새끼의 쓰임새는 하도 광범위해서 일일이 열거하기 어려웠다. 새끼는 모든 볏짚 제품의 핵심 소재라고 말할 수 있었다.

(큰)아버지는 명실공히 손기술의 대가였다. 굵은 새끼, 가는 새끼 가릴 것 없이 무슨 새끼든 그때그때 용도에 걸맞은 새끼를 자유자재로 꼬았다. 볏짚이나 밀짚이나 왕골로 만드는 물건이라면 못 만드는 것이 없었다. 동아줄을 꼬는 데도 명수였다. 지게 멜빵을 엮거나 짚세기와 쇠신을 삼는 것은 일도 아니었다. 짚세기는 짚신이었고, 쇠신은 소가 수레를 끌 때 발에 신기던 일종의 신발로서 발바닥 보호 장구였다. 당신은 해마다 망태기와 삼태기와 메꾸리와 멍석과 밀짚 방석 등을 엮어 가까운 이웃에 골고루 나눠 주었다.

누가 뭐래도 당신은 불세출의 명장이었다. 청올치로 노끈을 꼬아 돗자리와 왕골자리를 맸고, 기막힌 연금술로 쇠붙이를 두들겨 낫이며 호미 등속의 각종 철제 연장까지 기똥차게 만들었다. 자재만 확보되면 무엇이든 척척 생산했다. 당신께서 제작한 작품은 한결같이 천하제일 명품 일색이었다. 하지만 그런 수제품들은 날마다 바닥나는 대량 소모품이 아니었을 뿐더러 시중에 상품화되지도 않아 돈벌이와는 무관했다. 당신은 열두 가지 재주를 가졌으면서도 평생 곤궁하게 살았다.

(큰)아버지와 쌍벽을 이루는 또 한 분의 거장이 있었다. 친가 아버지였다. 당신은 본래 석축의 달인이었고, 볏짚 가공에서도 타의 추종을 불허하는 인간문화재라고 말할 수 있었다. 단단한 돌 다루기를 물렁한 떡 주무르듯 했고, 뻣뻣한 볏짚 다루기를 유연한 머리카락 나루듯 하였다. 좌우간 두 어른의 천부적인 재능은 헤아릴 길이 없었다. 그 형님에 그 아우였다.

당신들의 체내에는 한산이문韓山李門 조상님으로부터 대대손손 물려받은 천재성 유전 인자가 흐르고 있었다. 두 어른의 지능은 학력을 초월했다. (큰)아버지는 석성보통학교(지금의 석성초등학교)를 중퇴했고, 아버지는 학교 문턱조차 밟아 보지 못했다.
 하지만 두 분의 두뇌 용량은 어느 누구도 측정할 수가 없었다. (큰)아버지와 아버지는 동네 각 세대의 제삿날에서부터 남녀노소 동민 전체의 생년월일까지 떠르르하게 꿰뚫고 있었다. 소위 머리깨나 좋다고 자처하는, 근동에서 예 간다 제 간다 하는 식자층도 두 분 앞에서는 깨갱 하고 꼬랑지를 내렸다. 만약 당신들께서 어느 정도 정규 교육을 받아 그럴싸한 졸업장을 소지했더라면 육조 배판을 하고도 남았을 것이었다. 돌대가리 둔재들은 죽었다 깨어나도 감히 그 근처에 범접할 수조차 없었다.
 아무튼 두 어른에게는 상상을 뛰어넘는 초인적 마법의 손이 있었다. 당신들께서는 손대는 일마다 최대한 공을 들이고 처음부터 끝까지 치열한 열정을 불어넣었다. 삶은 극도로 고단했다. 그렇지만 돌이든 볏짚이든 왕골이든 쇳물이든 당신들께서 손을 댔다 하면 줄줄이 희대의 걸작이 나왔다.
 거두절미하고, (큰)아버지 형제분은 전무후무한 당대 최고의 인간 국보라고 말할 수 있었다. 명불허전名不虛傳이었다. 두 분이 공통적으로 보유한, 특유의 지능과 감성과 감각이 절묘하게 어우러진 일련의 작품이야말로 세계무대를 주름잡고도 남을 독보적 압권이었다. 현대에 태어났더라면 국제 기능 경기 대회 제패뿐만 아니라 학계나 산업 분야에서 일세를 풍미하실 분들이었다.
 그러나 두 분은 시대를 잘못 만나 이렇다 할 빛을 보지 못하고 있었다. 진흙 속의 보석이었다. 안타깝기 짝이 없었다. 특출한 머리와 신기에 가까운 소질을 타고났으면서도 비장의 무기를 활용할 이 계통의 일자리가 전무했다. 그때 그 시절에는 영농 이외에는 그 어떤 발군의 기량도 생업으로 삼을 수가 없었다. 우리나라는 언필칭 전형적인 농업 국가였고, 농토를 갖지 못한 영세민은 아무리 기술력이 뛰어나도 설 자리가 없었다. 그런 재능이 사장된다는 것은 국가적 손실이었다.

간혹 두 분의 역량을 비교하는 사람들이 있었다. 장삼이사의 눈으로 볼 때에는 두 분의 실력이 워낙 팽팽하여 우열을 가릴 수가 없었다. 굳이 전문성으로 말하자면 (큰)아버지가 연금술과 돗자리와 왕골자리 부문에서 앞섰고, 아버지는 석축과 이엉과 멍석과 용구새 분야에서 조금 더 우위에 있었다. 나머지 섬과 가마니, 멍석과 맷방석, 삼태기와 망태기, 메꾸리와 씨오쟁이와 도롱이, 밀짚 방석에다 여타 소품 만들기에서는 용호상박이었다.

토요일 오후였다. 새끼줄이 여남은 타래나 쌓여 있었다. 하찮다면 하찮은, 아궁이에 들어가 재가 될 뻔했던 지푸라기들이 귀중한 실용품으로 재탄생된 것이었다. (큰)아버지는 굵은 새끼 대신 이번에는 두어 단 남은 볏짚으로 가는 새끼를 꼬고 있었다. 굵은 새끼는 확보할 만큼 확보했으니까 최종적으로 가는 새끼까지 꼬아 비축해 놓을 요량이었다. 볏짚도 거의 소진되고 있었다. 이제 금명간 새끼 꼬는 작업이 마무리될 것이었다.

방안 공기가 혼탁했다. 당신께서 자오록한 담배연기를 내보내려고 잠깐 뒷문을 열었을 때 나는 깜짝 놀랐다. 나도 모르는 며칠 사이 뒤꼍 화단에 노란 국화가 소담스럽게 피어 있었다. 우리처럼 궁핍한 집에서도 저렇듯 우아한 꽃이 피어나다니 신선한 충격으로 다가왔다. 개천에서 용 난다는 말은 들어보았지만, 빈곤한 집에서 꽃 핀다는 말은 들어본 적이 없었다.

그날 저녁 나는 밀가루 수제비로 끼니를 때우자마자 앉은뱅이 책상머리에 붙어 앉아 여러 과목 숙제를 단숨에 끝냈다. 석유 등잔 호롱불이 가물가물 졸고 있었다. 나는 내친 김에 예습까지 다 마쳤다. 덥지도 춥지도 않은, 그야말로 공부하기 딱 좋은 계절이었다. 숙제와 예습을 모두 완료하자 마음에 여유가 생기고 기분이 홀가분해져서 금세 날아갈 것만 같았다.

그 이튿날 아침나절이었다. 날씨가 청명했다. (큰)아버지는 새벽부터 가는 새끼를 꼬았고, 얼마 후 방에 남아 있던 나머지 볏짚이 모조리 바닥났다. 드디어 새끼 꼬기가 완료되었다. 당신께서 끄응 하면서 일어날 때 두 무릎에서 우두둑 하는 소리가 새어 나왔다. 다른 일 다 제쳐놓고 며칠 동안 꼬박 새끼를 꼰 당신의 집중력이 사뭇 놀라웠다. 당신이 말했다.

"윤복아. 산내끼 다섯 타래만 아랫집으로 가져가거라."

"왜유?"

"내가 작은집에 줄 거라구는 산내끼밖에 없구나. 곧 지붕 해 일고 마무리할 때 산내끼가 많이 필요할 겨."

당신께서 하루도 쉬지 않고 연일 새끼를 꼬아 대량으로 축적한 데에는 깊은 속뜻이 있었다. 당신은 아랫집 이외에도 함석집 윤씨와 연화 큰당숙 몫을 따로 떼어 놓았다. 말하자면 빈자의 선물이었다. 윤씨네의 경우 함석지붕에 구태여 손댈 일은 없지만, 과수원이나 논밭에서 새끼를 써야 할 데가 허다했다. 연화 큰당숙네는 머지않아 지붕을 새로 갈아 이어야 할 것이었다.

나는 새끼 한 타래를 불끈 들어 무게를 가늠해 보았다. 무끈했다. 내 힘으로는 한꺼번에 다섯 타래를 나를 수가 없어 한 번에 한 타래씩 가뿐하게 다섯 차례 왕복하기로 마음먹었다. 내가 첫 번째 뭉치를 어깨에 둘러메고 아랫집에 갔을 때 아버지께서는 마당에 멍석을 깔고 앉아 볏짚으로 이엉을 엮고 있었다. 당신께서 반겨주었다.

"어서 오너라."

"아부지, 진지 잡수셨슈?"

"나야 먹었지. 윗집에는 별 일 없냐?"

"야. 윗집 아부지가 이 산내끼 갖다 드리라구 했어유."

'야'는 '예'를 일컫는 우리 고장 표현이었다. 사랑방 댓돌 위에는 어제부터 엮은 이엉 타래들을 둘둘 말아 뭉친 두루뭉술한 두루마리 여러 덩어리가 둥시렇게 쌓여 있었다. 하늘은 높고 푸르렀다. 겨울이 오기 전에 초가지붕을 새 이엉으로 갈아 이는 것은 농가의 연례행사였다. 아버지가 말했다.

"고맙구나. 그래서 니가 심부름 왔냐?"

"야."

"밥은 먹었어?"

"풀때 먹었어유."

'풀때'는 '풀떼기'를 일컫는 말이었다. 풀떼기란 잡곡을 섞어서 쑨, 범벅보다는 묽고 죽보다는 된 음식이었다. (큰)어머니가 호박과 밀가루를 섞어 쑨 풀떼기에는 강낭콩이 드문드문 섞여 있었다. 우리는 그런 풀떼기로 아침 끼니를 때웠다. 아버지가 되물었다.

"풀때?"

"야. 호박풀때 먹었는디 겁나게 맛 있었구먼유."

그 순간 아버지의 안색이 어두워지고 있었다. 이 풍성한 가을에 쌀밥을 먹지 못하고 겨우 호박풀떼기를 먹었다는 소식에 가슴이 아린 듯했다. 나로서는 굶지 않은 것만으로도 감지덕지할 따름이었다. 아버지는 나를 당신의 형님께 후사로 보낸 뒤 속으로 피눈물을 흘리고 있었다. 하지만 나는 아직 어려서 그 아픈 내면을 제대로 헤아리지 못했다.

때마침 어머니가 부엌에서 밤색 플라스틱 함지박을 들고 나왔다. 설거지통이었다. 내가 얼른 인사하자 어머니도 활짝 웃었다. 언제 뵈어도 인자하고 온화하신 어머니. 당신은 돼지우리 앞 수채에 개숫물을 냅다 버리고는 함지박을 절구통 위에 엇비슷이 올려놓았다. 그런 다음 손에 묻어난 물기를 앞치마에 슬쩍슬쩍 문질러 닦았다. 어머니가 내게 물었다.

"잘 지냈냐?"

"야."

"숙제는 다 했어?"

"야."

"아이구, 산내끼 가져오느라구 얼마나 애썼을까. 우리 윤복이는 착하기두 하지."

어머니가 내 머리를 쓰다듬어 주었다. (큰)어머니께서 종종 날 돈친 지청구로 내게 상처를 주었던 반면, 어머니는 어디에서나 칭찬 일색으로 푸근한 사랑을 베풀어 주었다. 나는 (큰)어머니의 몸이 아닌, 어디까지나 어머니의 몸에서 태어난 자식이었다. (큰)어머니와 어머니에게는 필설로 형언하기 힘든 미묘한 온도 차이가 있었다. (큰)어머니는 냉정했고, 어머니는 다정했다.

이윽고 아버지가 이엉 한 타래를 마감한 뒤 둘둘 말았다. 이엉 뭉치를 잘 말아야 사다리를 놓고 지붕으로 올릴 때 간편하게 다룰 수 있었다. 우리 고장에서는 사다리를 '사닥다리'라고 불렀다. 아버지는 두루마리 뭉치를 번쩍 들어 기왕에 쌓아 놓은 두루마리 뭉치들 위에 반듯하게 포개 올렸다. 그러고 나서 다른 짚단을 헐었다.

아버지가 쉼 없이 이엉을 엮는 동안 나는 윗집에서 아랫집까지 새끼 다섯 타래를 모두 날랐다. 처음에는 별로 힘드는 줄 몰랐지만, 막상 여러 차례 왕복하다 보니 나중에는 이마에 끈적끈적한 땀이 묻어났다. 제비들이 공중에서 이리저리 날아다니며 한바탕 요란빽적지근한 군무를 펼치고 있었다. (큰)아버지께서 몸소 지게에 새끼를 짊어지고 구례들을 가로질러 연화 큰당숙네 집에 가져다주었고, (큰)어머니께서는 새끼 타래를 묶어 머리에 이고 앞재너머 윤씨네 집에 전했다.

나는 아버지 곁에 앉아 볏짚을 한 움큼씩 차곡차곡 가지런히 섬겨드렸다. 아버지의 손길이 한결 빨라지고 있었다. 과거 현내리 사방 공사 석축 작업 현장에서 이런저런 연장을 챙겨드렸던 것처럼 아버지 곁에서 작으나마 일손을 도와드리다 보니 저절로 기쁨이 넘쳤다. 아버지 또한 나를 기특하게 여기면서 매우 흡족해 하셨다.

동생들은 따스한 햇볕을 쬐며 재미있게 놀았다. 참새 떼가 날아와 우리 집 참죽나무에 앉았다가 울 너머 강도현씨네 집 지붕으로 신바람나게 파그르르 내리꽂혔다. 참새들도 보릿고개보다는 풍성한 가을을 더 좋아하는 것 같았다. 우리 닭들은 아까부터 갓집과 경계를 이루는 수수깡 울타리 밑에서 뭔가를 콕콕 쪼고 있었다. 아버지가 내게 말했다.

"애야, 이리 오너라. 이걸 이렇게 잡아라."

나는 아버지가 가르쳐 주신 대로 짚단을 부챗살 모양으로 펴서 마당에 깔고는 짚풀 모가지를 두 손으로 꽉 거머쥐었다. 그러자 아버지는 갈퀴로 볏짚 꼬랑이를 북북 긁어 엉성한 검불을 빼냈다. 여느 이엉보다 훨씬 더 중요한 용구새를 잘 엮기 위한 전단계로서 야무진 알속 줄기만을 추려내고자 푸석한 허접쓰레기를 긁어내는 작업이었다.

어느 사이엔가 짚단에서 빼낸 검불이 불룩하게 쌓였다. 나는 그 검불을 부엌 나뭇간으로 치웠고, 아버지는 잘 가다듬은 짚풀을 추려 한군데로 모았다. 검불을 빼내기 전까지만 해도 거칠거칠했던 볏짚 꼬랑이가 반들반들했다. 아버지는 미리 준비해 두었던 굵은 새끼줄을 길게 늘여놓은 뒤 그걸 엉덩이로 깔고 앉았다. 그러고는 마침내 노련한 솜씨로 용구새를 엮기 시작했다.

아버지의 용구새는 단순한 짚풀 엮음이 아닌, 신성한 영혼과 고도의 기술이 빚어내는 걸출한 작품이었다. 우리 고장에서는 이엉을 흔히 '나래'라고 일컬었다. 그렇다고 용구새까지 나래라고 하지는 않았다. 간단히 말해서 나래가 보통 이엉이라면, 용구새는 이엉 중의 이엉이자 모든 이엉을 대표하는 이엉의 아버지라고 말할 수 있었다.

용구새의 쓰임새는 다양했다. 지붕 마감 이외에도 외줄기 흙담 위에서는 용구새가 지붕 역할을 하면서 담장 전체를 눈비로부터 지켜 주었다. 용구새 기법으로 볏짚을 댕기머리 땋듯 엮어 김장독 덮개와 닭둥우리까지 만들었다. 양봉 농가에서는 겨울철에 용구새로 벌집을 덮어 벌들을 보호해 주었다. 용구새는 비와 눈과 우박과 서리와 추위를 막아주는 필수불가결한 다용도 다목적 생필품이었다.

일반 이엉은 나 같은 소년도 얼마든지 엮을 수 있었다. 하지만 용구새는 아무나 엮는 것이 아니었다. 용구새야말로 개나 걸이나 개똥이나 쇠똥이가 다 엮는 여타의 보통 이엉과 여러 측면에서 난이도의 격차가 컸다. 모름지기 용구새에는 물샐 틈이 없어야 했다. 만일 용구새에서 물이 새면 그 아래 이엉은 여름철 폭우가 쏟아지는 장마 때나 겨울철 두툼하게 쌓인 눈이 녹을 때 저절로 물을 먹어 쉬이 썩게 마련이었다. 용구새야말로 초가지붕의 벼리이자 물매를 양면으로 갈라 주는 명실상부한 분수령이었다.

아버지의 손길은 거침이 없었다. 새끼줄에 볏짚을 걸어 손아귀 악력으로 착착 감아 돌리는데 당신 특유의 현란한 기교를 감히 어느 누구도 모방할 수가 없었다. 당신께서는 짚풀을 가지고 놀듯이 마음대로 다루었다. 각을 세워 잡아 꺾고, 지푸라기를 몇 가닥씩 빼내 한 코 한 코 땋으며 신들린 듯 일사천리로 나아가는 연속 동작에 저절로 감탄사가 터져 나왔다.

시간이 흐를수록 볏짚은 줄어들고 용구새는 용틀임을 하면서 점점 더 길게 늘어났다. 나는 시작 지점에서 미리 길게 뽑아 놓은, 나중에 지붕으로 올려 서까래에 붙들어 맬 새끼줄을 잡아당겨 용구새를 '한 일一' 자로 바로잡았다. 그림책에 나오는 상상의 동물 용과 흡사한 용구새는 빗으로 빗어 곱게 땋은 가시내 댕기머리를 쩝 쪄 먹고도 남을 만큼 매끈했다. 중뿔나게 불거져 나온 보풀이나 터럭 한 점이 없었다. 용구새 날망 꼭지에서 번쩍번쩍 광채가 나고 있었다.

그처럼 야무지고 탄탄한, 바늘구멍만 한 틈새조차 허용하지 않은 용구새는 어떤 폭우와 폭설에도 끄떡없이 견디게 마련이었다. 실지로 아버지가 철두철미하게 틀어 만든 용구새에서는 화살촉처럼 강도 높은 소나기 빗방울까지도 꽂힐 틈새를 찾지 못한 채 톡톡 튀어 저 멀리 달아났다. 아버지의 그 경이로운 솜씨 앞에서 동네 안팎 주민들은 저절로 탄복을 자아내곤 하였다.

아버지는 마침내 본채 지붕 용마루 길이와 딱 맞아떨어지는 용구새를 완성했다. 그런 다음 헛간채 용구새까지 엮었다. 계산기나 잣대 따위가 필요치 않았다. 당신은 목측만으로 이엉의 물량과 용구새의 척수를 척척 산출했다. 귀신도 당신 앞에서는 울고 갈 수밖에 없었다. 아버지께서 용구새를 엮는 동안 나는 감화와 감동과 감격과 감탄을 실증적으로 체험했다.

해가 두어 발 남아 있었다. 당신은 사다리를 놓고 지붕에 올라가 낫으로 회색빛 묵은 용구새를 벗겨냈다. 그 아래 이엉도 한 꺼풀 깆이냈다. 본격적으로 지붕을 해 이기 위한 사전 준비 작업이었다. 그러고 나서 새로 엮은, 한 타래씩 풀어서 쓸 이엉 뭉치들을 지붕 꼭대기 용마루로 메어 올려 켜켜이 쌓아 놓았다.

그 다음날 아버지는 준식이 아버지와 함께 지붕을 새 이엉으로 덮었다.

295

자칫 잘못하면 지붕에서 미끄러져 떨어질 수 있는 아슬아슬한 위험이 도사리고 있었다. 두 분은 조심조심 차례차례 새 이엉을 펴서 깔고 용구새로 마감한 뒤 이엉이 바람에 뒤집히지 않도록 굵은 새끼줄로 그물처럼 떠서 결박했다. 그 새끼줄은 (큰)아버지께서 꼰, 바로 내가 윗집에서 어깨로 메어 나른 것이었다.

아버지와 준식이 아버지는 지붕 위에 여기저기 어지럽게 흩어진 지푸라기 나부랭이를 빗자루로 싹싹 쓸어냈다. (큰)아버지도 지원에 나서서 두 분을 열심히 도왔다. 내가 학교에서 돌아왔을 때 아랫집 지붕은 완전히 황금색으로 개수돼 있었다. 아버지가 예리한 낫으로 가다듬은 추녀 끝이 먹줄로 튕겨서 재단한 듯 눈곱만한 편차도 없이 쪽 곧은 일직선을 이루고 있었다. 동네방네 자랑하고 싶을 만큼 아름다웠다. 그날 밤 살짝 비가 내려 푸석하게 들뜬 새 이엉을 차분하게 잠재워 주었다.

아버지의 실력 발휘는 그것으로 끝난 것이 아니었다. 당신께서는 윗집을 제외한 원증산 모든 농가의 용구새를 전담했다. 윗집의 경우 (큰)아버지께서 몸소 용구새를 틀었고, 나머지 절대다수 다른 초가지붕 용구새는 예외없이 아버지의 작품이었다. 동네의 지붕들이 일제히 노랗고 산뜻한 단체복으로 갈아입은 것 같았다.

여하튼 두 말 하면 잔소리였다. 당신께서는 무슨 일이든 건성건성 대충대충 넘어가는 법이 없었다. 아버지 손길이 닿은 곳이면 어디라 할 것 없이 명인의 체취가 따라다녔다. 우리 마을 가가호호 초가지붕 용마루에는 아버지의 정갈한 예술혼이 짙게 응결돼 있었다. 당신은 석축과 용구새의 황제였다.

한편, 나는 학년말 고사 때 전 과목 만점을 기록했다. 이로써 1학기 기말고사 때의 실점을 보기 좋게 만회했다. 4학년 때에는 작은누님이 출가했고, 우리 집에는 (큰)아버지 내외분과 나, 이렇게 세 식구가 살았다. 5학년 때까지 무탈하게 공부했지만, 6학년 2학기에 접어들어 중학교 진학 문제로 큰 혼란과 시련을 겪게 되었다. 어느 날이던가 담임이었던 이양우 선생님이 내게 말했다.

"윤복아. 무조건 중학교에 입학하거라."

"안 돼유."

"뭐야? 왜 안 돼?"

"선생님께서 아시는 것처럼 즈이 집은 너무 가난해유."

"어허, 가난하면 네 부모님이 가난한 거지 네가 가난한 건 아니잖아. 일단 중학교에 들어가야 이다음에 크게 성공할 수 있어. 이유 없어. 무조건 시험을 봐."

선생님은 어떻게 해서라도 나를 중학교에 밀어 넣으려고 엄명을 내렸다. 어쩌면 내가 국민학교 재학 중 줄곧 우등생으로 달려와서 그런지도 몰랐다. 선생님께서는 직접 입학원서까지 사다가 자필로 써주셨다. (큰)아버지 내외분은 가타부타 아무런 의사 표시를 하시지 않았다.

우리는 부여군에 살고 있었지만, 주민들 대부분이 부여보다 논산 쪽으로 더 자주 왕래했다. 장을 보더라도 부여 장이 아닌 논산 장을 선호했다. 중학교나 고등학교도 부여보다는 논산으로의 선택이 대세라고 말할 수 있었다. 나는 선생님의 강권에 못 이겨 어쩔 수 없이 논산대건중학교 입학시험에 응시했다.

정부의 공식 발표가 말해주듯 우리 동기생은 전쟁 중에 태어난 터라 다른 선후배에 비해 인구수가 적은 편이었다. 그런 만큼 우리 또래가 입시를 치를 때에는 정원 미달이 수두룩했다. 서울의 일류 학교 응시가 아니라면 합격은 떼놓은 당상이나 마찬가지였다. 합격자 발표 날, 나는 하릴없이 학교에 가서 합격증과 입학 안내 서류 일습을 받아왔다. 다른 사람들은 어떻게 생각할지 모르지만, 나로서는 소위 합격이라는 것이 별로 달갑지 않았다.

입학금이 문제였다. 나는 중학교를 가느냐 마느냐 기로에 서 있었다. 공부를 조금 더 잘했더라면 당연히 국비 장학생으로 선발될 수도 있었겠지만 내 성적이 거기까지는 미치지 못했다. 논산대건중학교는 천주교 대전교구에서 설립한, 인문계 고교인 논산대건고등학교와 동일 대지에 병설되어 있는 사립 교육 기관이었다. 그 당시 논산대건중고등학교는 논산읍 부창동에 있었다.

그야 어떻든 아침에 점심 걱정하고, 점심에 저녁 걱정하며 근근이 살아가는 마당에 무슨 얼어 죽을 중학교인가. 못 올라갈 나무는 애당초 쳐다보지 않는 것이 정답이었다. 국민학교는 의무 교육이니까 그렇다 치더라도 중학교 이상은 내게 정말 어울리지 않았다. 사실 내 동기생들 중에도 절반 가량은 중학교 진학을 포기하고 있었다.

사정이 이러할진대 내가 중학교에 들어간다는 것은 누가 보더라도 분수에 넘치는 과욕이었다. 막말로 만일 내가 중학교에 입학한다면 아버지가 아닌, 나를 양자로 맞아들인 (큰)아버지께서 학비를 부담하는 것이 원칙이었다. 하지만 (큰)아버지 내외분에게는 그럴 능력이 없었다. 희망이 절벽이었다. 그렇다면 나로서는 진학을 접고 다른 길로 진출하는 것이 올바른 선택이었다.

나는 내 분수를 잘 알고 있었다. 당장 내가 종사해야 할 최적의 업종은 두 말할 나위도 없이 '지게 운전수'였다. 지게 운전수란 지게를 운전하는, 즉 지게질 하며 먹고사는 노동자를 의미했다. 여학생들에게는 '소두방 운전수'라는 말이 통용되고 있었다. '소두방'은 솥뚜껑을 일컫는 우리 고장

말로서, 소두방 운전수란 소두방을 운전하는, 요컨대 솥뚜껑을 열었다 닫았다 밥 짓고 국 끓이는 부엌데기를 가리켰다.

춘래불사춘春來不似春이었다. 입춘이 지났지만 동장군이 연일 맹위를 떨치고 있었다. 2월 13일 설을 쇠고 나자 국민학교 남녀 동기 동창 중 누구누구가 논산대건중학교와 논산중학교와 쌘뽈여자중학교 입학 수속을 마쳤다는 소식이 들려왔다. 김건래는 논산대건중학교, 강성종은 논산중학교, 이정임은 쌘뽈여자중학교, 조재숙은 논산여자중학교 입학 절차를 밟았다. 그러거나 말거나 나는 일찌감치 진학을 포기했다.

입학 수속 마감일은 2월 말일이었다. 본래 2월 말일은 28일이었지만, 마침 윤년이어서 날짜가 29일까지 하루 더 연장돼 있었다. 나는 마음을 비우고 홀가분하게 지냈다. 국민학교 졸업도 부모님들에 비하면 어마어마한 고학력이었다. 실지로 그 시절에는 글을 깨친 사람보다 까막눈이 더 많았다.

나는 마음을 비웠다. 중학교 교문으로 들어가 입학시험까지 치른 것만 해도 좋은 경험이었다. 그런데 전혀 뜻하지 않은 기상천외한 사건이 발생했다. 아버지께서 장고 끝에 중대 결단을 내린 것이었다. 등록 마감을 하루 앞둔 28일이었다. 해 질 무렵 아버지가 윗집으로 오셔서 다짜고짜 내게 말했다.

"윤복아, 중학교에 들어가거라."

"아부지, 그건 안 돼유."

"왜 안 되냐?"

"돈이 없잖어유."

"그거야 마련하믄 되지. 낼 나하고 논산 장에 가자."

'낼'은 '내일'이었다. 본래 논산 장은 3일과 8일이었다. 정식으로 따지면 그날이 장날이었지만, 그러나 앞에서도 말했다시피 날짜가 29일까지 존재하는지라 장이 자동으로 하루 순연되었다. 그건 오랜 관행이었다. 날이 밝자 나는 아버지를 따라 논산 장으로 갔다. 손이 시릴 만큼 바람 끝이 차가웠다.

대교동에 몇몇 미곡상이 몰려 있었다. 우리 고장에서는 미곡상을 통상 '미방'이라 일컬었다. 아버지는 나를 데리고 '충남미곡상'으로 들어가 십자거리 출신의 지인 김은중씨를 만났다. 그분은 빵빵한 재산가로 널리 알려져 있었다. 아버지는 농사 져서 가을에 갚기로 하고 김씨로부터 고리채를 얻었다.

당신께서 고액권 몇 장을 수중에 넣을 때 나의 내면에서는 고마움과 두려움이 쌍곡선을 긋고 있었다. 이 못난 자식을 챙겨주시는 온정이 고마웠고, 아버지께서 빚 구덩이에 빠지면 어머니와 동생들이 굶주리게 될 텐데 그 후환이 사뭇 두려웠다. 나는 눈물을 참느라 얼마 동안 똥마려운 강아지처럼 낑낑댔다. 아버지는 김씨에게 과도한 빚을 지었고, 나는 아버지에게 엄청난 부채를 떠안게 되었다. 내가 말했다.

"아부지, 저는 증말 중학교에 들어가고 싶은 마음이 없어유."

"쓸디없는 소리 그만하고 그 서류 가지구 어서 앞장서라."

'쓸디없는'은 '쓸데없는'이었다. 아버지는 문맹인지라 학교에서 나온 입학 안내 서류를 읽을 수가 없었다. 그런 까닭에 나더러 앞장서라고 채근한 것이었다. 내 손의 서류들에 명시된 대로 입학 수속과 준비물을 확보하려면 기본적으로 학교에서 지정한 '국민은행'과 '서울양복점'과 '논산모자점'에 들러야 했다. 교과서만큼은 한푼이라도 절약하고자 헌책을 사기로 마음먹었다.

아버지와 나는 논산군 논산읍 거주자가 아닌 부여군 석성면 주민이었다. 따라서 논산읍 지리에 밝지 못했다. 과거 (큰)어머니를 따라 몇 차례 논산 장에 내왕한 적이 있었으나 그것만으로는 논산 바닥 구석구석을 정확히 알 수가 없었다. 나는 아버지를 모시고 서류를 보면서 릴레이식으로 연줄연줄 길을 물어 더듬더듬 여러 곳을 찾아다녔다.

충남미곡상에서 국민은행 위치를 물었고, 국민은행에서 서울양복점 위치를 물었으며, 서울양복점에서 논산모자점 위치를 물었다. 사거리 국민은행에 입학금과 1기분 수업료와 기성회비를 납부했다. 그런 다음 서울양복점에서 교복을 샀고, 논산모자점에 들러 중학생 모자를 구입했다. 가는 곳마다 아버지가 따박따박 현찰을 지불했다. 모자점에서는 덤으로 모자의 크라운과 챙 사이에 테처럼 두르는 백선을 끼워 주었다.

이번에는 간판도 없는 어느 헌책방으로 가서 국어 영어 수학 국사 지리 생물… 등 그곳 주인이 일러주는 대로 논산대건중학교 신입생에게 꼭 필요한 각 과목 교과서 일습을 장만했다. 주인은 어느 학교에서 무슨 교과서를 채택 사용하는지 빠삭했다. 교과서는 국민학교 때와 달리 국정과 검인정이 혼재돼 있었다. 나는 너덜너덜한 책들 중에서 가급적 깨끗한 책을 골랐다. 아버지가 책값을 치르자 책방 주인이 교과서 뭉텅이를 새끼줄로 둘둘 묶어 주었다. 책 권수가 많아 제법 무거웠다.

아버지와 나는 논산읍내 이 거리 저 거리를 헤매며 적지 않은 발품을 팔았다. 나야 팔팔하고 내 자신과 직결된 일이니까 무슨 어려움이든 거뜬히 극복할 수 있지만 아버지께서는 발바닥 굳은살과 밀가루 티눈으로 걸음걸이에 큰 고통을 겪고 있었다. 빚지고, 고생하고… 그런데도 당신께서는 아무런 내색을 하지 않았다. 역시 피는 물보다 진했다.

아무튼 1964년은 내 인생의 변곡점이었다. 나는 그해 1월 석양국민학교를 제7회 전교 수석으로 졸업했다. 그때쯤에는 아우 차복이 4학년으로 올라갈 차례였고, 그 아래 여동생 옥희가 입학을 앞두고 있었다. 선복과 계복은 아직 어려서 취학할 나이가 아니었다. 내가 아버지의 빚으로 중학교 입학 등록을 마쳤다는 것은 어머니와 동생들에게 무척 송구한 일이었다. 백골난망이었다.

새 학년도가 시작되는 3월 초 나는 논산대건중학교에 입학했다. 학번은 '1124'였다. 1학년 1반 24번이라는 뜻이었다. 1반은 입학시험 석차 1등부터 60등까지 끊어서 편성한 소위 특수반이었다. 24번은 신장순으로 매긴 번호인데, 내 키는 전체 60명 중 30명 이하로 중간보다 약간 작은 편이었다. 학교에서 단체로 제작해 나눠준 하얀 명찰을 교복 왼쪽 새끼주머니 위에 달았다. 그 후 나는 어찌어찌 우여곡절 끝에 억지춘향으로 1970년 1월 논산대건고등학교 졸업장까지 거머쥐었다.

결과적으로 나는 부모님과 동생들에게 돌이킬 수 없는 대죄를 지었다. 아버지는 나 때문에 빚을 갚느라 진땀을 흘렸고, 어머니는 허리띠를 더 졸라매야 했으며, 차복과 옥희는 겨우 국민학교 졸업으로 학업을 멈추었다. 내가 어쩌다 부모님과 동생들에게 이런 피해를 입혔는지 알 수가 없었다. 그리하여 나는 지금까지도 두 동생들 앞에서 낯을 들 수 없게 되었다.

고등학교를 졸업하던 해였다. 새마을운동이 전국 방방곡곡으로 요원의 불길처럼 번졌다. 세상이 급변하고 있었다. 초가집도 없애고 마을길도 넓히고… 새벽부터 새마을노래가 확성기를 타고 쩌렁쩌렁 울려 퍼지는 가운데 초가집이 속속 헐려 나가면서 슬레이트 지붕이 대거 전면으로 등장했다. '새롭게 바꾸자'는 구호 아래 흙담 또한 사그리 시멘트 블록 담장으로 바뀌었다.

한때 쌔기 꼬는 기계와 가마니 짜는 장비가 출현한 적이 있었다. 그렇지만 기계제품은 수제품보다 훨씬 거칠었다. 밧줄과 빨랫줄과 두레박줄은 나일론 줄로 바뀌었고, 각종 물건을 묶을 때에도 비닐 끈이 새끼줄 역할을 대신했다. 볏짚으로 엮은 섬과 가마니와 삼태기와 메꾸리와 씨오쟁이와 도롱이는 농가에서 박물관으로 자리를 옮겼다. 고무신이 등장한 이후 하루아침에 뒷전으로 밀려난 짚세기는 일부 초상집 복인들이나 신는 장례 물품이 되었다. 쇠신도 오래 전에 자취를 감추었다.

일찍이 경험하지 못한 전대미문의 변화가 급물살을 타고 세차게 밀려왔다. 다수확 품종인 통일벼가 등장해 우리나라 벼농사의 신기원을 이룩했다. 이 품종은 종래의 다른 품종들과 달리 생산성이 뛰어나 단군 이래의 식량난을 일거에 해소해 주었다. 그러나 볏짚만 떼어놓고 보면 내구성이 모자라 생활용품을 만들 수가 없었다.

새마을운동과 통일벼는 농촌의 전통문화를 송두리째 갈아엎었다. 초가집이 사라지자 이엉이며 용구새도 세월의 저쪽으로 멀어져 갔다. 볏짚의 영토를 화학 제품이 정복했다. 수제품 대신 공산품이 넘쳐나는 동안 (큰)아버지와 아버지의 전성시대도 막을 내렸다. 그 대신 두 어른은 전설의 주인공으로 남았다.

공자 가라사대 온고지신溫故知新이라 했다. 어린 시절 이후 나는 새끼와 용구새에 특별한 관심을 기울였다. 새끼를 보면 (큰)아버지가 떠올랐고, 용구새를 보면 아버지가 떠올랐다. 어떤 때는 (큰)아버지와 새끼줄과 아버지와 용구새가 동시다발적으로 떠오르기도 했다. 아버지를 흠모하면 흠모할수록 용구새와 관련한 추억과 애착이 되살아나 한층 더 강렬하게 증폭되었다.

예부터 용마루 밑 도리의 상량문 양단에는 '용 룡龍' 자와 '거북 구龜' 자를 대칭으로 쓰고 그 어간에 태세太歲와 월일과 시간과 상량기를 적었다. 상량문은 계층과 가문 등 상황에 따라 얼마든지 다를 수 있겠지만,

'용'과 '구'만은 거의 필수적이라 해도 과언이 아니었다. 종교에 따라 일부 특별한 문자를 쓰는 경우도 있었다.

내가 알기로 볏짚과 이엉과 새는 밀접한 연관이 있었다. 새끼의 '새'를 비롯하여 해묵어 썩어버린 이엉을 '썩은새'라 했고, 지붕을 새로 일 때 물매를 잡거나 푹 꺼진 고랑을 메우기 위해 슬쩍슬쩍 끼워 넣는 볏짚을 '군새'라 했다. 이엉의 보완재인 셈이었다.

삼척동자도 다 알다시피 '초가'의 한자는 '풀 초草' 자 '집 가家' 자였다. 짚이나 갈대 따위의 풀로 지붕을 이은 집이라는 뜻이었다. 몇몇 야생초 명칭에 '새' 자가 붙어 있었다. 가령 솔새 개솔새 억새… 등이 대표적인 사례라고 말할 수 있었다. 이들 여러해살이풀은 대체로 다른 잡초들보다 키가 훌쩍 큰 데다 줄기가 억세고 질겼다. 가축의 먹잇감으로는 적절치 않았고, 땔감으로는 짚풀보다 훨씬 나은 편이었다.

어느 해던가 제주도 서귀포에 갔을 때 저명한 향토사학자를 만난 적이 있었다. 그분은 조상 대대로 서귀포에서 살아온 토박이 터줏대감이었다. 그분과 나는 서귀포 바닷가 찻집에서 많은 대화를 나누었다. 새연교를 놓기 전이었다. 그분이 건너편 섬을 가리키면서 말했다.

"저게 새섬입니다."

"무슨 뜻입니까."

"우리 서귀포 사람들은 지붕 해 일 때 배를 타고 저 섬에 건너가서 자생하는 억새를 베어다 썼지요. 새섬의 '새'는 날짐승 새가 아닌 지붕에 덮었던 새입니다. 초가집을 잘 모르는 사람들은 단순하게 날아다니는 새들의 섬인 줄 착각합니다. 새들이 저 섬에서만 삽니까. 아니죠. 새들은 다른 섬에 더 많이 서식합니다. 새섬의 새는 오랜 세월 이 고장 토박이들의 주거 생활에 큰 유익을 주었지요. 서귀포의 역사와 전통을 잘 보전하고 이해하려면 새섬의 새를 잘 가꾸어야 합니다. 하지만 현실은 그렇지 못합니다. 향후 새섬이 '새의 섬', 즉 '조도鳥島'로 왜곡되지나 않을까 몹시 걱정됩니다."

그분은 서귀포 지킴이를 자처하면서 열변을 토했다. 그밖에도 그분으로부터 얻어들은 '새'와 관련된 일화는 용구새를 이해하는 데 중요한 단서가 되었다. 나는 그분의 증언을 통해서도 용구새가 '용구'와 '새'의 합성어라는 심증을 한층 더 굳힐 수 있었다.

재작년 가을이었다. 나는 어느 전통문화 관련 심포지엄에 나가 전통 마을 초가집 보존 문제를 놓고 열띤 토론을 벌인 적이 있었다. 그런데 웬걸 주제 발표자 중에는 용구새가 뭔지도 모르는 엉터리 대학교수가 있었다. 깡통이었다. 그를 초빙한 주최 측도 그렇고, 잘 알지도 못하면서 참석한 당사자도 그렇고 한심하기 짝이 없었다. 하기야 일상 속에서 누군가와 대화를 나누다 보면 우리 주위에는 용구새의 '용' 자도 모르는 사람들이 지천으로 널려 있었다.

며칠 전에는 가까운 친구들과 근교의 한 전통 마을 답사에 나섰다가 이만저만 실망한 것이 아니었다. 이 무슨 해괴한 장난인가, 전통 마을에 전통은 없고 몇 푼 돈벌이에 눈먼 날라리 싸구려 장사꾼들만 들끓고 있었다. 분노가 치밀었다. 초가집은 말만 초가집이었을 뿐 섬유 강화 플라스틱으로 복제한 가짜 짝퉁 초가집이었다. 기절초풍할 눈속임이었다. 불현듯 돌아가신 (큰)아비지와 아버지가 떠올라 목구멍이 울컥하면서 명치끝이 뻐근해 왔다.

곰곰이 생각해 보면 어디라 할 것 없이 진짜보다 가짜가 더 판치는 세상이었다. 이 근래 '볏짚 공예' 또는 '짚풀 공예'라는 용어까지 생겨났지만, 당신들께서는 일찍이 그 이상의 격조 높은 예술 작품을 창조했나. 나의 내면에는 말 못할 회한이 사무쳤다. (큰)아버지에 대한 죄업은 지난번 다른 자리에서 충분히 이실직고했다. 그 반면 아버지에게는 아직 반성문이나 참회록을 쓰지 못했다.

고백하건대 나는 불효자 중의 막심한 불효자였다. 오죽하면 아직까지도 중학교 입학 때 당신에게 진 거액의 채무를 갚지 못했다. 그날 아버지를 모시고 여기저기 논산 바닥을 헤매던 일이 뇌리를 스칠 때마다 뼈마디가 저려왔다. 유구무언有口無言, 즉 입이 열 개라도 할 말이 없었다.

그랬다. 옷깃 여미고 올려다보면 (큰)아버지와 아버지에게서는 본받을 점이 참 많았다. 당신들은 극한의 적빈에 부대끼면서도 세상을 원망하지 않았고, 오히려 백척간두의 온갖 역경을 뛰어넘어 볏짚과 석축과 연금술 등 다양한 분야에서 완전무결한 입신의 경지에 도달했다. 가정도 모범적으로 잘 이끌었다. 그러나 나는 국민학교 3학년 1학기 기말고사 때 산수 한 문제를 틀려 속앓이 했듯 항상 어딘가 미진하고 모자라서 비틀거리며 살아왔다.

바보가 따로 없었다. 내가 바로 바보 중의 바보였다. 한 살 두 살 나이를 먹는 사이 천지가 개벽했다. 부모님들은 후진국에서 태어나 후진국에서 살다가 후진국에서 일기를 마치고 돌아가셨다. 춥고 배고픈 일생이었다. 나는 후진국에서 태어나 개도국을 거쳐 선진국 국민으로 신분을 바꾸었다. 비록 영세민일지언정 최소한 끼니 걱정은 모면했다. 지난 세월 당신들이 헐벗고 굶주리며 뼈마디가 물러나도록 잘 닦아놓은 번영의 토대 위에서 상상하지도 못한 이런 홍복을 누리게 되었다.

결코 빈말이 아니었다. 아버지께서 엮어냈던 명작 용구새는 땀과 눈물로 얼룩진 당신 생애의 상징이었다. 만고풍상을 거뜬히 이겨내는, 실용과 예술이 합일을 이루어 불멸의 혼으로 응축되었던 세계 최고의 용구새. 그 반면 내가 이날 입때까지 걸어온 길은 허름한 검불처럼 보잘 것이 없었다. 마음 같아서는 원증산 말랭이에 근사한 초가집 한 채 복원한 뒤 아버지 형제분 기념비를 나란히 세워드리고 싶었지만 아직 그것조차 실현하지 못했다.

역부족이었다. 순전히 아버지 덕택으로 과분하기 짝이 없는 고등학교까지 나왔건만, 나는 살인적인 적자생존에 급급하여 부모님과 동기간의 기대에 티끌만큼도 부응할 수가 없었다. 치사한 변명이 아닌, 움직일 수 없는 사실이었다. 동생들을 제대로 돕지 못했고, 아내와 자식들에게는 저 쓰라린 상처만 안겨주었다. 일모도원日暮途遠이었다. 이제 와서 이것저것 곱씹어본들 해는 저물고 갈 길은 멀어 어떻게 해볼 재간이 없었다.

간밤에는 아버지가 그리워 도저히 잠을 이룰 수가 없었다. 부끄럽고 죄송했다. 나는 어영부영 허송세월하다가 이처럼 아무 짝에도 쓸모없는 반거충이 백면서생에 머물렀다. 훗날 저승에 가서 아버지를 무슨 낯으로 뵈어야 할지 마땅한 해답을 찾지 못해 막막했다. 이제 우리 동네 원증산에서는 초가지붕의 흔적조차 찾을 수 없게 되었다. (『지구문학』 2025. 봄호)

고구마와 호박죽

저 옛날이었다. 한산이문韓山李門 일파 우리 선조님들은 충남 부여군 석성면 증산리 연화 마을에서 세거했다. 그러던 중 조부님 때 가족들 여럿이 연쇄적으로 급사하는 기괴한 참변 속에 가세가 무참히 곤두박질쳤다. 흥하기는 어려워도 망하기는 쉬웠다. 그때 마지막까지 살아남은 형제분이 있었다. 형님과 아우는 다섯 살 터울이었다. 우애가 참 좋았다.

형님은 집안이 몰락하기 직전, 논산군(지금의 논산시) 노성면 안골 태생의 무안박씨務安朴氏와 혼인했다. 조혼이었다. 그런데 웬걸 모진 풍파의 와중에 태아를 분만하던 새댁 박씨가 극심한 산고를 견디다 못해 목숨을 잃었다. 산모와 신생아가 동반 절명한, 참으로 상상하기 어려운 끔찍한 비극이었다.

막판 끝장이었다. 형님은 주체하지 못할 충격에 휩싸였다. 태산이 무너지고 강물이 역류하는 것 같았다. 넋이 빠졌다. 하루하루가 시퍼런 작두날 위를 걷듯 위태위태하였다. 전대미문의 만고풍상을 겪는 동안 논밭이며 임야며 뭐며 모든 재산이 순식간에 날아갔다. 형님과 아우는 사상 최악의 가공할 횡액을 피해 황급히 구례들 건너 시루봉 자락 원증산 마을로 이거했다. 형제분은 이 동네를 환란의 피난처로 삼았다.

선대의 부귀영화가 일장춘몽이었다. 형님은 허구한 날 가슴을 치며 형극의 길을 헤매다가 몇 년 뒤 대덕군 진잠면(지금의 대전광역시 유성구 진잠동) 출신의 진주강씨晉州姜氏를 두 번째 부인으로 맞이했다. 남달리 바느질 솜씨가 뛰어났던 강씨 부인. 그러나 그 어른은 아기를 잉태하지 못했다. 잘 모르긴 해도 선천적 불임인 듯했다. 형님 내외분은 금슬이 아주 좋았다.

하지만 형님에게는 차마 드러내 놓고 말하지 못할 절체절명의 중대한 고민이 있었다. 그 어른은 휘諱 '낙洛' 자 '일一' 자 선조님 이래 일파의 6대 종손이었다. 앞날이 캄캄했다. 가세가 밑바닥으로 추락할 데까지 추락한 데다 혈육까지 끊기는, 누대에 걸쳐 떵떵거리며 유복하게 살던 양반 가문이 송두리째 결딴나는 절망 앞에 뼈마디가 녹아날 지경이었다. 그렇다고 그 어디 소실을 두어 자녀를 얻어낼 처지도 못 되었다.

당신은 남몰래 실의와 좌절의 한복판에서 번민했다. 불행이 또 다른 불행을 낳고 있었다. 형님은 이따금 폭음으로 대취한 뒤 천지신명을 원망하며 집안의 몰락과 후사의 절손을 탄식했다. 면면히 이어가야 할 종가의 세계世系가 보나마나 무후로 끝날 판이었다. 미치고 환장할 노릇이었다.

형님은 생래적으로 일신의 안녕보다 가문의 재기와 번창을 더 염원했다. 그럼에도 불구하고 사태는 점점 더 난마처럼 뒤엉켜 걷잡을 수 없는 방향으로 흘러가고 있었다. 이미 거덜 날 대로 거덜 난, 목숨 이외에는 더 이상 내줄 것도 없는 막다른 벼랑 끝에 멸문지화를 부채질하는 악귀가 허연 이빨을 드러낸 채 으르렁거리고 있었다.

백척간두에 선 형님이 철천지한을 품고 자학으로 몸부림치는 동안 아우는 묵묵히 근로에만 매달려 근동에서 가장 성실한 일꾼으로 정평을 얻고 있었다. 그분은 정직하고 정확했다. 매사에 빈틈이 없었다. 길이 아니면 가지를 않았다. 석축石築에다 멍석과 삼태기 만들기, 초가지붕 용마루

엮기에서는 단연 명장의 경지에 올라 있었다. 바야흐로 우리 문중에 기사회생의 작은 불씨가 살아나고 있었다.

한편, 강 건너 세도면 파평윤씨坡平尹氏 일문에 조실부모한 천애 고아 3남매가 있었다. 첫째와 셋째는 여아였고, 둘째는 남아였다. 집안이 빈한한 데다 홀어머니까지 돌아가시자 어린 3남매는 의지할 데가 없었다. 돌봐 줄 일가친척도 없었다. 그 시절에는 고아원 또는 그와 유사한 복지 시설이 흔치 않았다. 당장 입에 풀칠할 방도가 없었다.

3남매는 소위 먹여주고 재워주는, 몸만이라도 의탁할 보금자리를 찾아 어디론가 뿔뿔이 흩어졌다. 첫째와 둘째 두 남매는 반조원나루에서 돛단배에 올라 금강 하류 강경 방면으로 떠났고, 가장 어린 셋째는 홀로 떨어졌다가 어느 중년 여인에게 이끌려 다른 나룻배에 올랐다. 그러고는 백마강을 건너서 석성면 파진산 자락 봉무정나루에 내린 다음 초촌면 추양리로 향했다.

최후의 각자도생이었다. 그들 3남매는 그렇게 이산가족이 되었고, 아무런 연고도 없는 생면부지의 타관으로 떠나갔다. 언제 다시 만난다는 기약조차 없었다. 우리 가문이 속절없이 몰락했듯 그 집안 또한 비참하게 파탄을 겪은 것이었다. 그저 흥망성쇠가 무상하고 가혹한 운명이 야속할 따름이었다.

예부터 하늘이 무너져도 솟아날 구멍이 있다고 했다. 셋째 고아, 즉 막내 소녀는 중년 여인을 따라 추양리 한복판 고추골 마을에 당도했다. 고추골은 꽤 큰 마을이었다. 짚세기를 신었던 발가락이 짓무른 데다 넓적다리 안쪽에 탱탱한 가래톳 망울이 서서 여간 뻐근한 것이 아니었다. 어린 아이가 걷기에는 워낙 먼 길을 걸은 탓이었다.

남달리 착했던 그 아이는 어느 부잣집에 들어가 잔심부름과 허드렛일을 하는 부엌데기가 되었다. 강경으로 아스라이 멀어져 가던 언니와 오빠는 어떻게 되었는지 생사조차 알 길이 없었다. 백마강을 도강할 때 힘차게 노 젓던 뱃사공의 노랫소리만 귓가에 가물거리고 있었다. 소녀는 새록새록 자라 알뜰하고 부지런한 큰애기 살림꾼이 되었다.

인연이란 정말 오묘했다. 원증산의 성실한 일꾼이 고추골의 부지런한 큰애기 살림꾼을 신부로 맞아 백년가약을 맺었다. 우리 부모님이었다. 아버지는 신해생(辛亥生, 1911), 어머니는 임술생(壬戌生, 1922)으로 11년의 연세 차이가 있었다. 아버지 입장에서는 만혼이었지만, 어머니 쪽에서 보면 딱 알맞은 혼기라고 말할 수 있었다. 내외분은 증산리 766번지 토담집에서 신접살림을 시작했다.

두 분의 성혼은 천생연분이었다. 어머니의 함자는 '큰 대大' 자 '순할 순順' 자였다. 외숙의 휘가 '불꽃 병炳' 자 '매울 열烈' 자로 '불꽃 병' 자 항렬인 점을 고려할 때 반조원나루에서 헤어진 파평윤씨 고아 3남매는 틀림없이 대언공파代言公派 33세손이었다. 외숙의 아들딸, 즉 외사촌들은 '무거울 중重' 자 돌림이었다.

누가 뭐래도 3남매는 뼈대 있는 명문의 후예였다. 그렇건만 부모님이 일찍 세상을 떠나시는 바람에 초년부터 고생길로 들어서서 험난한 가시밭길을 헤쳐 나온 것이었다. 어머니의 생신날은 음력 3월 초사흗날이었다. 제비가 강남에서 돌아온다는 이른바 3월 삼짇날이었다. 겨울이 가고 봄꽃이 꽃망울을 터뜨릴 무렵이었다.

우리 부모님은 총 10남매를 낳아 3남매를 잃고 7남매를 키웠다. 하필이면 둘째누님 동생 3남매가 젖먹이 때 연거푸 사망했다. 그리하여 둘째누님, 즉 작은누님과 내 나이가 무려 아홉 살 차이로 벌어졌다. 아버지 어머니는 작은누님이 아주 어렸을 때 큰집에 양녀로 보냈다. 자녀를 두지 못한

311

(큰)아버지 내외분의 시름을 달래드리기 위한 특단의 결정이었다.

그 뒤 아버지 연세 마흔하나에 내가 고추 달고 태어났다. 장수 시대가 아닌, 환갑에도 잔치를 벌이던 그 시절의 기준으로 비추어 본다면 아버지 춘추 불혹을 넘어서 출생한 나야말로 금지옥엽金枝玉葉이라고 말할 수 있었다. 더군다나 내리 3남매를 줄줄이 잃고 나서 얻은 맏아들이었다.

그런데도 아버지 어머니는 내가 젖을 떼자마자 큰집에 후사로 바쳤다. 종가의 계대繼代를 위한 고육지책이었다. 내 인생은 이렇듯 부모님과의 생이별로 시작했다. 출발부터 운명이 뒤틀린 것이었다. 도대체 맨 처음 누가 양자 제도와 관행을 만들었는지 그건 참 알다가도 모를 일이었다. 나는 6대 종손이신 (큰)아버지의 뒤를 이어 7대 종손이 되었다.

사실 아버지 어머니가 나를 큰집으로 보낼 그 시점에서는 내 뒤를 이어 아들딸이 더 태어난다는 보장조차 없었다. 설령 아기를 더 낳는다 해도 나보다 먼저 태어난 3남매가 그랬듯 언제 어떻게 될지 모르는 위험 부담까지 있었다. 큰누님이 있긴 했지만, 막말로 큰집 후손 이으려다가 당신들 자손이 끊길지도 몰랐다.

그런데도 우리 부모님은 가타부타 거두절미하고 일생일대의 중대 결단을 내렸다. 아무나 할 수 있는 일이 아니었다. 파격 중의 파격이었다. 다행히 내 밑으로 4남매가 더 태어나 무탈하게 잘 자랐지만, 막상 작은누님과 나를 떠나보낸 아버지 어머니의 심정은 어떠했을 것인가.

이쯤에서 톡 까놓고 말하자면 나는 이래저래 숙명의 애물단지였다. 나로 말미암아 아버지 어머니의 애간장이 새까맣게 타서 썩어문드러지고 있었다. 두 분은 한평생 통한의 피눈물을 삼켜야 했다. 따라서 나는 죽는 날까지 부모님께 지은 원죄와 업보로부터 벗어날 수가 없었다. 나는 이미 그때부터 불효자의 길로 들어섰다.

누구 말마따나 귀빠질 때부터 팔자가 드세었던 나에게는 역마살까지 끼어 있었다. 우리 부모님은 내가 태어나자마자 과거 (큰)아버지 형제분이 연화를 벗어날 때처럼 부랴부랴 이사를 단행했다. 3남매를 내리 잃은, 불길하기 짝이 없는 토담집을 버리고 저 위쪽 생기가 좋다는 이영우씨네 행랑채로 거처를 옮겨 곁방살이를 시작한 것이었다. 갓 태어난 나를 지켜내기 위한 전격적인 선택이었다. 내가 자라난 두 번째 집이었다.

그 무렵이었다. 어머니 생신날, 양복을 말끔하게 차려 입은 점잖은 외지인 한 분이 신작로 잿무덤부리 버스 정류장에 내렸다. 양복 자체는 미군 부대에서 암암리에 흘러나온 제품인데, 미국인보다 작은 한국인 체형에 맞도록 정밀하게 개조한 군청색 모직 정장이었다. 넥타이가 화려했고, 구두 코끝이 유난히도 반질거리고 있었다. 촌간에서는 보기 어려운 멋쟁이 신사였다.

그분은 곧장 동네 어귀로 들어섰다. 낯선 방문객의 출현에 깜짝 놀란 동네 개들이 일제히 컹컹 짖어대고 있었다. 옷깃을 파고드는 꽃샘바람이 불어왔다. 앞재너머 말랭이를 통과한 그 손님은 과거 반조원나루에서 헤어졌던 3남매 중의 둘째로서 나의 외숙이었다. 훤칠한 외모에서 부티가 나고 있었다.

그 어른은 그동안 천지사방으로 동기간의 행방을 수소문했다. 기회 있을 때마다 자전거를 타고 논산과 부여와 공주 일대를 샅샅이 누비기도 했다. 그 과정에서 누님은 비교적 쉽게 찾았지만, 그러나 누이동생은 아무리 찾아도 행선지가 묘연했다. 외숙은 남매가 최종적으로 헤어졌던 반조원나루와 봉무정나루 언저리를 수십 번이나 드나들며 재회의 실마리를 찾으려고 안간힘을 썼다.

지성이면 감천이라고 했다. 며칠 전이었다. 외숙은 마침내 당신의 누이

동생, 너무 어린 나이에 헤어져 어쩌면 홀로 몸부림치다가 죽었을지도 모른다고 지레짐작했던 우리 어머니의 소재를 파악했다. 그러고는 대망의 3월 삼짇날, 꿈에도 그리던 누이동생의 생일을 맞아 직접 찾아온 것이었다. 귀인 중의 귀인이었다. 아직은 바람 끝이 꽤 썰렁한데도 제비 한 마리가 나타나 날렵하게 하늘을 휘젓고 있었다.

영화나 드라마에서 볼 수 있는 장면이 현실 속에서 연출되고 있었다. 꿈이 아닌 생시에 일어난 사건이었다. 어렸을 때 헤어진 동기간은 어언 자식들을 거느린 어른이 되었고, 20여년 만에 극적으로 상봉한 오누이는 얼싸안은 채 눈물바다를 이루었다. 아버지를 비롯하여 내 누님들까지 감격에 북받친 나머지 눈두덩이 퉁퉁 붓도록 울었다. 바깥마당 두엄자리 곁에 살구꽃이 활짝 피어 있었다.

인생 유전이었다. 이윽고 천지간에 3남매의 행적이 하나씩 밝혀졌다. 돛단배 타고 강경으로 떠나갔던 두 남매는 모두 건재했다. 첫째이신 우리 어머니의 언니, 즉 이모는 혼인한 이후 몇 년 동안 청양군 구봉광산 사택에서 살았는데 금광 광원이었던 이모부가 갑자기 작고했다. 그 바람에 이모는 딸들을 데리고 강경으로 돌아와 금강 줄기 황산나루 인근에 거주하고 있었다.

둘째이신 외숙은 강경에서 수년 동안 양조장 막걸리 배달부로 먹고살았다. 그러면서 틈틈이 독자적으로 자전거 수리 기술을 배웠다. 눈썰미와 재주가 비상했다. 타이어 펑크를 때우거나 부품을 교체하는 것은 식은 죽 먹기보다 더 쉬웠다. 그분은 자전거를 자유자재로 분해하고 조립했다. 그 결과 왕년의 막걸리 배달부가 급기야 강경 일대를 주름잡는 당대 최고의 자전거 기술자로 변신했다.

뜻이 있는 곳에 길이 있었다. 그분은 전북 익산군(지금의 익산시) 망성면 신작리 무네미 도로변에 자전거포를 열었다. 대규모 자전거 대리점이었다. 중고 자전거 수리도 수리지만, 신품 자전거를 판매하여 재미를 톡톡히 보았다. 자전거포가 날로 번창하고 있었다. 무일푼으로 자수성가한 것이었다.

외숙은 그 여세를 몰아 훗날 오토바이까지 취급하면서 사업 영역을 대폭 확장했다. 그때부터는 돈이 수도꼭지에서 물 쏟아지듯 했다. 농토도 부쩍부쩍 불어났다. 그분은 일약 짱짱한 알부자로 올라섰다. 눈부신 인간 승리였다. 우리나라에서 자동차를 본격적으로 생산하기 전이었다.

나룻배로 떠나온 어머니 또한 굳세게 살아남아 가정을 이루고 있었다. 외숙은 우리 부모님에게 선뜻 '질안배미' 논 엿 마지기를 사주었다. 아버지는 그걸 밑천으로 논밭을 조금씩 늘려 나가고 있었다. 당산 너머 새뱅이 작은 천수답 한 다랑이도 더 장만했다. 외숙 덕택에 우리 부모님의 형편이 조금씩 나아지고 있었다.

그때쯤 아버지는 타동네로 떠나는 윤점병씨네 집을 사서 가솔들을 이끌고 다시 이사했다. 증산리 764번지였다. 먼저 살던 토담집과는 비교할 수 없을 만큼 훨씬 크고 번듯한 집이었다. 나에게는 세 번째 집이었다. 그 어간에 나는 (큰)아버지 내외분 슬하로 출계했다. 양가는 울도 담도 번지도 없는 오두막집이었다. 나는 그 네 번째 집에서 스무 살 때까지 살았다.

그건 그렇고, 유년 시절 나는 입후 내막을 전혀 인식하지 못했다. 시루봉 들머리 윗집 양가와 저 건너 우물 쪽 아랫집 친가가 손에 잡힐 듯 빤히 마주 보고 있었다. 양가 마당에는 감나무가 있었고, 친가 굴뚝 모퉁이 울타리에는 가죽나무와 느릅나무와 호두나무가 있었다. 두 집의 거리는 약 2백 미터쯤 되었다.

가난했다. 윗집은 극빈 중의 극빈, 아랫집은 빈농 중의 빈농이었다. 윗집에는 땅 한 뼘이 없었다. 집터는 우리 동네 갑부 윤구병씨네 땅이었다. 아랫집은 외숙이 사준 논배미 엿 마지기를 포함하여 무논 예닐곱 마지기와 손바닥보다 조금 큰 밭뙈기 서너 자리를 가꿔 근근이 살아가고 있었다. 윗집의 좌향은 북향이었고, 아랫집의 방위는 남향이었다. 두 집 모두 초가집이었다.

나는 석양국민학교(지금의 석양초등학교) 들어가기 전, (큰)아버지의 가르침으로 한글을 떼고 천자문을 배웠다. 그날도 나는 천자문을 배우고 있었다. 다스릴치治 근본본本 어조사어於 농사농農 힘쓸무務 이자자茲 심을가稼 거둘색穡… 글은 배울수록 재미가 있었다. (큰)아버지가 말했다.

"윤복아. 오늘은 아주 중요한 것을 배웠다. 치본어농治本於農이라, 정치는 농사를 근본으로 삼아야 하느니라. 무자가색務茲稼穡이라, 농사에서는 때를 놓치지 말고 심고 거두는 일에 힘써야 하느니라… 잘 알겠지?"

"야. 저는 무자가색을 읽으면서 가정稼亭 선조님의 호號 첫 글자 '심을 가' 하구 목은牧隱 선조님의 휘 '거둘 색' 자를 생각했구먼유."

'야'는 '예'를 뜻하는 우리 고장 표현이었다. 가정 선조님의 휘는 '곡식 곡穀' 자였다. 그 아드님이 바로 목은 선조님이었다. 나는 시조 호장공戶長公 '윤允' 자 '경卿' 자 선조님의 28세손, 가정 선조님의 23세손, 목은 선조님의 22세손, 양경공良景公 선조님의 21세손, 집의공執義公 선조님의 20세손, 병사공兵使公 선조님의 14세손이었다. 그동안 (큰)아버지로부터 하도 많이 들어서 그 정도는 훤히 꿰뚫고 있었다. (큰)아버지가 말했다.

"맞다. 너는 증말 대단하다. 한 가지를 가르쳐 주믄 서너 가지를 깨닫는구나."

'증말'은 '정말'이었다. (큰)아버지의 칭찬에 날아갈 듯 기뻤다. 당신께서는 조상님들 제사와 묘소를 잘 챙겼고, 아랫집 가족들은 물론 더 나아가 당내간 일가친척 전원을 끔찍이 애지중지하셨다. 그런 점에서 당신은 숭조 돈목崇祖敦睦의 표양이라고 말할 수 있었다.

당신께서는 평소 과묵했다. 손기술도 특출해서 재료만 있으면 무엇이든 못 만드는 것이 없었다. 우리 집에는 솥뚜껑이든 창칼이든 송곳이든 등잔 바탕이든 뭐든 (큰)아버지의 수제품이 참 많았다. 동네 공용 사다리도 당신께서 제작한 것이었다. 당신의 뛰어난 잠재력에 관해서는 주위 사람들 모두가 공인하고 있었다.

하지만 당신에게는 예측불허의 결점이 있었다. 술이었다. 아무리 주량이 대단해도 술을 잔뜩 마시면, 그리하여 인사불성으로 무각무인無覺無認 상태에 이르면 실수와 주정을 빚어 양반으로서의 품위를 잃곤 했다. 취중에 본심이 나온다고 했던가, 아무튼 통음한 날에는 내면에 부글거리던 원한들이 활화산처럼 폭발하는 것이었다. 나로서는 (큰)아버지의 그런 면모가 싫었다.

그해 늦봄이었다. 보리가 누릇누릇 익어가고 있었다. 하지만 수확을 하기에는 아직 일렀다. 농사깨나 짓는 집에서도 식량난으로 쩔쩔매고 있었다. 입에 풀칠하기 바쁜, 초근목피로 근근이 연명해 나가는 보릿고개였다. 절량농가가 속출하여 주민들 대부분이 기아선상에서 허덕이고 있었다. 그중에서도 우리는 굶기를 밥 먹듯 하고 있었다.

그러던 어느 날이었다. 하루는 (큰)어머니가 윤구병씨네 집에 가서 바느질을 해주고 고구마 한 삼태기를 얻어 왔다. 바느질삯인 셈이었다. 살인적인 춘궁기에 그 귀한 고구마가 삼태기째 들어오다니 이게 웬 떡인가 싶었다. 모처럼 포식을 기대하게 된 것이었다. (큰)어머니는 깨끗한 물에 담근 고구마들을 부드러운 솔로 알뜰살뜰 싹싹 씻어 솥에 안쳤다.

그날 저녁이었다. 밥상에는 당초 짐작대로 밥이나 죽 대신 삶은 고구마가 올라왔다. 고구마는 일종의 대용식이라고 말할 수 있었다. 건건이는 짠지와 싱건지였다. 투실투실한 고구마가 얼마나 먹음직스러운지 쳐다보기만 해도 흐뭇했다. 나도 모르는 사이 목구멍으로 꼴깍꼴깍 군침이 넘어가고 있었다.

나는 예의를 갖추어 어른들이 먼저 드시기를 기다렸다. 드디어 (큰)아버지께서 길쭉한 고구마에 손을 댔고, (큰)어머니도 둥그스름한 고구마를 집어 들고는 끄트머리부터 홀홀 껍질을 벗겼다. 두 어른이 고구마에 짠지를 얹어 맛있게 먹기 시작했다. 고구마와 짠지는 서로 잘 어울리는 식품이었다.

작은누님도 동글동글한 고구마를 집어 들었다. 나는 이때다 싶어 얼른 갸름한 고구마 한 개를 들고 한 입 덥석 베어 물었다. 촉감이 물컹했다. 그런데 이게 웬일일까, 고구마는 여간 뜨거운 것이 아니었다. 손가락 끝에 뜨끈한 열기가 느껴지는 순간 재빨리 고구마를 밥상 위로 떨어뜨리면서 그와 동시에 입에 들어갔던 고구마 한 덩이를 확 뱉어냈다.

"앗 뜨거!"

저절로 외마디소리가 터져 나왔다. 잇몸이 물러 이가 빠지는 것만 같았다. 혓바닥에서 확확 불이 났다. 고구마에서는 김도 나지 않았고, 사실 고구마가 그렇게 뜨거우리라고는 미처 상상하지 못했다. 제기랄, 그럴 줄 알았으면 조심했어야 하는 건데 뭣 모르고 잘못 덤볐다가 외통으로 걸려든 것이었다.

나는 부리나케 숟가락으로 싱건지 국물을 떠마셨다. 화기가 다소 가라앉는 듯했지만, 입천장과 혓바닥은 여전히 워럭워럭하였다. 고통스러웠다. 내가 혓바닥을 식히느라 헐헐 숨을 내쉬고 있을 때 (큰)어머니가 꿀밤 먹이듯이 핀잔을 주었다.

"그것도 못 참어?"

그 순간 눈에서 번쩍 불꽃이 튀었다. 눈알이 뒤집혔다. 분하고 억울해서 머리끝이 하늘로 쭈뼛 솟구쳤다. 울화통이 터졌다. 눈물이 핑 돌았고, 뼛속 칼집에서 반항의 칼날이 튕겨져 나왔다. 헤까닥 돌아버릴 것만 같았다.

나는 분명 입천장과 혓바닥을 데었다. 만약 고구마를 뱉지 않았다면 목구멍까지 왕창 델 뻔했다. 그렇건만 (큰)어머니는 나를 겁쟁이나 엄살쟁이로 취급하고 있었다. 누명을 쓰고 싶지 않았다. 나는 치받치는 불뚝 성깔을 이길 수 없어 냅다 숟가락을 집어던지며 바락바락 악을 썼다.

"아이고, 입천장이 홀딱 벗겨졌슈."

어쩌려고 숟가락을 내동댕이쳤는지 정말 알 수가 없었다. 이제 나는 인류를 저버린 망나니로 전락했다. 삽시간에 벌어진 망동이었다. 후회해도 소용이 없었다. 내 작태는 이미 엎질러진 물이요 시위 떠난 화살이었다.

그때 퍼뜩 '주리'와 '귀양'이라는 어휘가 떠올랐다. 동네 어른들이 나를 붙들어다가 주리를 틀고 귀양살이를 보낸다 해도 뭐라 변명할 여지가 없었다. 천벌을 받아 마땅한, 어떤 명분으로도 씻을 수 없는 불경죄를 저지른 것이었다. (큰)어머니의 목소리도 한층 높아졌다.

"그래도 참어야지. 그 정도 뜨거운 걸 가지구 숟가락을 내던져?"

(큰)어머니는 까칠하게 눈을 흘겼다. 내가 미워서 즉각 귀싸대기라도 휘갈길 기세였다. (큰)아버지는 아무런 말씀을 하지 않으셨고, 작은누님이 숟가락을 챙겨 내 밥상머리에 놓아 주었다. 하지만 나는 그걸 거들떠보지도 않은 채 부엌으로 가서 바가지로 살강 밑의 두멍 물을 떠마셨다.

고구마고 나발이고 기분이 확 잡쳐서 입맛까지 싹 달아났다. 나는 울분을 달래려고 슬그머니 집을 벗어난 뒤 말랭이로 올라갔다. 내친 김에 부여

나 논산으로 훌쩍 도망치고 싶었다. 까치들이 마당의 감나무와 말랭이 쥐엄나무 사이를 오락가락하고 있었다. 윤구병씨네 집 맞은편 은행나무 꼭대기에 까치집이 있었다.

때마침 잿무덤부리 쪽에서 나타난 치범이가 이쪽으로 건들건들 걸어오고 있었다. 보아하니 어디 가서 못된 짓을 하다가 돌아오는 모양이었다. 나보다 세 살 더 많은 걔는 작년부터 석양국민학교에 다니고 있었다. 들리는 소문에 의하면 학교에서도 문제아로 찍혔다는 것이었다.

그 녀석은 별쭝맞기로 악명 높은 개차반이었다. 걸핏하면 다른 아이들을 두들겨 패곤 했다. 그런가 하면 남의 과수원에 숨어 들어가 과일을 마구 털었다. 지난 겨울 방학 때에는 부모 몰래 공주로 가출한 적도 있었다. 걔가 나에게 물었다.

"왜 여기 혼자 나와 있냐?"

"그냥…"

나는 대충 얼버무렸다. 그 따위 말썽꾼하고는 긴 말을 나누고 싶지 않았다. 걔는 아직 학교에 들어가지 않은 나를 애송이로 얕잡아 볼 수도 있었다. 하지만 나는 도리어 그 사고뭉치를 우습게 여기고 있었다. 그런 잡놈과는 구태여 상종할 필요가 없었다.

치범이네 집 바로 아래에 재용이네 집이 있었다. 둘은 거리상으로 가장 가까운 이웃인 데다 나이까지 동갑이었다. 학교에서는 동급생이었다. 그런데도 치범이는 재용이를 잡아먹지 못해 안달을 하고 있었다. 그놈은 구제불능의 말종이었다.

그 괴물을 보기 싫어 고개를 살짝 돌리자 저쪽으로 아랫집과 우물과 우리 남새밭이 한눈에 들어왔다. 아랫집 어머니가 우물에서 두레박으로 물을 긷고 있었다. 당신은 연신 허리를 굽혔다 폈다 하면서 물동이에 물을 퍼 담고 있었다. 그러더니 마침내 물동이를 머리에 이고 샘터를 벗어나 집으로 향했다.

고백컨대 그때까지만 해도 나에게는 양가니 친가니 뭐니 그런 개념이 없었다. 윗집 부모님과 아랫집 부모님이 똑같은 부모님인 줄 알고 자랐다. 그러다가 한 살 두 살 나이를 먹으면서 점점 윗집 부모님과 아랫집 부모님의 온도 차이를 체감하게 되었다. 뭔지 이상했다. 두 집 부모님 사이에는 말로 표현하기 힘든 모종의 간극이 있었다.

아랫집 어머니는 항상 친절하건만 윗집 어머니는 가끔 왜 이다지도 쌀쌀맞게 내 속을 들쑤시는지 도통 이해할 수가 없었다. 윗집 어머니가 꾸중을 하실 때마다 당신과 나 사이에는 감정의 골이 깊어지고 있었다. 윗집 아버지께서 작취미성으로 주정을 하실 때에는 아랫집 아버지가 그리웠고, 윗집 어머니가 뭐라 언짢은 말씀을 하실 때에는 아랫집으로 달려가 어머니 품에 안기고 싶었다. 윗집 어머니가 냉정한 반면 아랫집 어머니는 온정에 넘쳤다.

돌아보고, 또 돌아보고, 냉정히 거듭 돌아봐도 나로서는 하등 잘못한 것이 없었다. 고구마가 뜨거우니까 뜨겁다고 했을 뿐이었다. 그것도 너무 뜨거워서 입에 들어간 고구마를 뱉어내면서 참기 어려운 고통을 겪은 것이었다. 뜨거운 것을 차갑다고 말할 수는 없었다. 그런데도 (큰)어머니는 괜히 나를 거짓말쟁이쯤으로 깔아뭉개면서 내 자존심에 불을 질렀다.

두 말할 필요도 없이 (큰)어머니는 평소 나를 무척 아껴 주었다. 인품 또한 의심할 여지가 없었다. 그러나 어쩌다 생각 없이 불쑥불쑥 내뱉는 매정한 말씀에 그만 정나미가 뚝뚝 떨어졌다. (큰)아버지가 주정으로 인격 손실을 자초한다면 (큰)어머니는 뜬금없는 말씀으로 공든 탑을 허물고 있었다.

말 한마디로 천 냥 빚을 갚는다고 했다. 그러나 당신은 무심한 말씀 한 마디로 당신이 지닌 여러 미덕을 모조리 상쇄시키고 있었다. 어쩌면 당신 몸으로 아기를 출산하지 못해 그런지도 몰랐다. 어린 나에게 당신의 차가운 말씀들이 비수처럼 날아와 꽉꽉 꽂히면서 참기 어려운 시련을 안겨주곤 했다. 그날 저녁은 쫄쫄 굶었다.

잘 알다시피 지난번 십자거리 보건 진료소에서 우두 맞을 때 나는 "앗! 아얏!" 하고 소리를 지른 적이 있었다. 오른쪽 어깨 시술 부위가 따끔할 때 조건 반사처럼 튀어나온 자동식 비명이었다. 하지만 (큰)어머니는 내게 온화한 위로 대신 "그것도 못 참어?"로 박정한 꾸지람을 퍼부으면서 무자비하게 염장을 질렀다. 천불이 나서 견딜 수가 없었다.

서러웠다. 우두 맞을 때의 별것 아닌 아픔쯤이야 눈 깜짝할 사이에 지나갔다. 하지만 우두 자국이 평생 지워지지 않는 흉터로 남았듯 (큰)어머니의 지청구 '그것도 못 참어?'는 가슴속의 옹이로 박혀 앙심과 반항을 키웠다. 나는 청개구리 이상으로 삐딱해지고 있었다. 누군가로부터 내 본의와 거리가 먼 오해를 받을 때에는 끝까지 대거리를 해야만 직성이 풀리는 것이었다.

어느 사이엔가 나는 승부사가 되었다. 진실의 왜곡을 묵과하지 않았다. 불의 앞에서는 타협하거나 물러서지 않았다. 부당한 언동에는 일전을 불사했다. 어느 놈이든 싸가지 없이 까불다가 걸려들었다 하면 결코 가만두지 않았다. 시답잖은 도전이 들어올 경우 때와 장소를 가리지 않고 언제 어디에서나 기꺼이 응전했다. 아니꼽고 수틀리면 가차 없이 결정타를 날려 치명상을 안겨 주었다.

그 대신 나는 항상 말과 행동을 각별히 조심하면서 내 신상을 철저히 방비했다. 유비무환이었다. 내게는 다양한 방어 기제가 마련돼 있었다.

자칫 방심했다가 적수에게 한 번 약점을 잡히면 언제 무슨 공격을 당할지 모르기 때문이었다. 나는 약자 앞에서 한없이 나약했다. 하지만 강자 앞에서는 백절불굴의 강력한 전투 의지를 발휘했다.

반격에도 법칙이 있었다. 잡치기에는 되치기가 약이었다. 눈에는 눈으로 이에는 이로… 만일 어떤 빌어먹을 놈이 내 심기를 건드리면 여지없이 급소와 아킬레스건을 찔러 삭신을 못 쓰게 만들었다. 혹여 상대방이 비겁하게 도주할 경우에는 지옥까지라도 쫓아가서 작살내고야 말겠다는 필사의 독기를 키웠다. 여차하면 이 한목숨 미련 없이 내던질 각오 또한 확고부동했다. 내가 이처럼 포악해지는 줄도 모르고 당신은 또다시 '그것도 못 참어?'로 오장육부에 확 불을 지르는 것이었다.

며칠 뒤였다. 고구마에 데어 벗겨졌던 입천장은 거의 아물었다. 하지만 (큰)어머니에 대한 반감과 분개는 가시지 않고 있었다. 나는 진정 당신을 잘 모시고 싶었다. 그렇건만 당신은 어찌하여 나를 자꾸만 불효자의 길로 내모는 것일까. 생각하면 생각할수록 문제가 더욱 심각하게 꼬여서 마땅한 해답을 찾을 수가 없었다.

나는 굴렁쇠를 굴리며 아랫집 친가를 향해 달려갔다. 길바닥 여기저기 쇠똥 무더기가 흩어져 꾸들꾸들 말라가고 있었다. 나는 막대기로 그걸 슬슬 긁어 한군데로 모았다. 그런 다음 아랫집으로 가서 삽을 가져왔고, 그 쇠똥을 삽으로 퍼 날라 모조리 우리 남새밭에 넣었다. 아까운 거름이었다. 남새밭 한쪽 귀퉁이에는 마늘이 튼실하게 자라고 있었다.

나는 평소 소변 한 방울이라도 남의 땅이 아닌 우리 농토에 떨어뜨리려고 힘썼다. 언제부턴가 몸에 밴 내 행동 양식이었다. 그런 나를 보면서 아랫집 아버지 어머니는 칭찬을 아끼지 않았다. (큰)아버지도 나를 항상 응원해 주었다. 하지만 (큰)어머니만 유독 격려에 인색했다.

나는 삽을 헛간 제자리에 세웠다. 그러고 나서 어린 동생들을 데리고 놀았다. 바로 아래 남동생 차복은 내 말을 아주 잘 들었고, 막 걸음마를 시작한 여동생 옥희는 뭐라 쫑알거리며 한창 재롱을 떨어 여간 귀여운 것이 아니었다. 그 동생들과 놀다 보면 얼마나 재미있는지 시간 가는 줄 몰랐다. 아직 또 다른 남동생 선복과 계복이가 태어나기 전이었다. 해가 저물 때 어머니가 내게 말했다.

"윤복아. 어차피 늦었으니께 저녁 먹고 가거라."

"야, 알었슈."

우리 고장에서는 예나 지금이나 '알었슈' 한마디면 더 이상 긴말이 필요 없었다. 아버지와 어머니와 큰누님과 나는 둥글넓적한 두레반에 삥 둘러앉았다. 차복이가 내 곁에 앉아 있었고, 옥희는 벙싯벙싯 웃으며 아장아장 우리 주위를 돌아다니고 있었다. 횃대에는 어른들 저고리며 바지 같은 옷가지가 치렁치렁 걸쳐 있었다.

약간 거무죽죽한, 그러면서도 옻칠이 희뜩희뜩 벗겨진 둥그런 두레반에는 호박죽과 짠지와 싱건지와 간장이 올라와 있었다. 우리 집 사정으로는 수랏상 못지않은 진수성찬이었다. 식량이 귀했던 시절, 죽과 수제비는 주식처럼 자주 먹는 음식이었다. 고구마에 비하면 훨씬 윗급이었다.

호박죽은 너부데데한 사기대접에, 짠지와 싱건지는 그보다 작은 보시기에, 간장은 '卍' 자 청화 문양이 들어간 동그란 종발에 담겨 있었다. 종발은 절에서 쓰던 물건인 모양이었다. 어머니는 4월 초파일뿐만 아니라 철이 바뀔 때마다 저 멀리 계룡산 신원사에 가서 불공을 드리곤 했다.

황금색 호박죽은 자못 푸짐했다. 말갛고 노르스름한 죽에 희뜩희뜩 싸라기 알갱이가 얼비치고 있었다. 본래 보기 좋은 떡이 먹기도 좋다고 했다. 호박죽은 보기 좋은 때깔만큼이나 먹기도 좋고 맛도 좋을 것 같았다.

입 안에 군침이 고이고 있었다.

배가 고팠다. 오죽하면 뱃속에서 꼬르륵 꼬르륵 피라미 여울 넘는 소리가 새어나오고 있었다. 드디어 아버지와 어머니가 호박죽을 잡숫기 시작했다. 그러자 큰누님과 거의 동시에 시장기를 참던 나 또한 죽을 한 숟가락 듬뿍 떠서 입에 넣었다.

그 순간이었다. 앗차, 입천장과 혓바닥에 불이 붙은 듯 하도 뜨거워서 얼른 죽을 토해 냈다. 먼젓번에는 고구마한테 데었는데 이번에는 호박죽에 시껍한 것이었다. 이번에도 외마디소리가 터져 나왔다.

"앗 뜨거!"

그때 화들짝 놀란 어머니가 얼른 뒤로 몸을 잦혀 나를 당신 곁으로 끌어당겼다. 어머니의 동작은 번개를 뺨치고도 남을 만큼 민첩했다. 아버지는 내 손목을 잡은 채 걱정스런 눈길을 보내오고 있었다. 아버지의 손에서 포근한 온기가 느껴졌다. 어머니가 말했다.

"아이고, 이걸 어쩐댜? 큰일 났네. 자, 우선 이 싱건지 국물부터 입에 물고 있거라."

어머니는 어쩔 줄 몰라 쩔쩔매면서 허둥지둥 숟가락으로 내 입에 싱건지 국물을 떠 넣었다. 어떻게 보면 나보다 어머니가 더 고통스러워하는 것 같았다. 나는 엉겁결에 싱건지 국물을 꿀꺽 마셔버렸다. 그러고는 손바닥으로 입술 언저리를 감싸 쥐면서 말했다.

"언니, 디었나(데었나) 봐유."

"얘야, 싱건지 국물을 벌컥 마시지 말고 입에 물고 있어. 그래야 뜨거운 기운이 가라앉을 것 아니냐."

어머니는 재차 숟가락으로 싱건지 국물을 떠서 내 입에 넣어 주었다. 어머니의 숟가락에 모정이 가득 담겨 있었다. 나는 상큼한 싱건지 국물을 얼마 동안 물고 있었다. 숨이 차고 두 볼이 불룩하게 불거져 나왔지만 괴로움을 견디면서 참는 데까지 꾹 참았다. 국물을 삼키고 나서 내가 말했다.

"얼마나 뜨거운지 죽는 줄 알었슈."

"뜨거운 음식을 먹을 때에는 가생이부터 이렇게 살살 걷어 가지고는 호호 불어 가면서 먹어야 하는 겨."

'가생이'는 '가장자리'를 일컫는 말이었다. 어머니는 숟가락으로 그릇 언저리부터 살살 걷어낸 죽을 호호 불면서 입으로 가져갔다. 당신 스스로 시범을 보이면서 죽 먹는 방법을 가르쳐 주신 것이었다.

당연했다. 아무리 뜨거운 음식이라도 그릇과 닿은 언저리 부분은 안쪽보다 상대적으로 쉬이 식게 마련이었다. 그 부분을 먼저 떠가지고 입으로 호호 불면 그만큼 열기를 줄일 수 있었다. 그 반면 열기 발산이 더딘 한복판 깊은 부분은 뜨거울 수밖에 없었다. 나는 너무 어려서 그걸 잘 모르고 있었던 것이다.

어머니가 눈물겹도록 고마웠다. 재수가 없으려면 뒤로 넘어져도 코가 깨진다지만 나는 불과 며칠 사이에 똑같은 망신을 당했다. 순전히 내 불찰이었다. 나는 아버지 어머니께 먼젓번 고구마에 덴 일을 말씀드릴까 하다가 끝내 입을 굳게 다물었다. 부끄러움은 둘째 치고 (큰)어머니의 '그것도 못 참어?'가 떠올라 또 다시 분노가 확 치밀었기 때문이었다.

얼마 후 얼얼하던 입천장과 혓바닥이 다소 진정되었다. 고구마에 데었을 때보다는 훨씬 수월하게 넘어간 편이었다. 어쩌면 아버지 어머니께서 응급조치를 잘 해주시어 그런지도 몰랐다. 나는 어머니께서 가르쳐 주신 대로 조심조심 호박죽을 먹었다. 꿀맛이었다. '앗 뜨거'에 다가온 윗집 (큰)어머니와 아랫집 어머니의 대응은 천양지차였다.

나는 그날 이후 밥이든 죽이든 반찬이든 좌우간 입으로 들어가는 그 무엇인가를 대할 때마다 항상 신중하게 접근했다. 펄펄 끓는 음식을 마주하면 살살 걷어 호호 불어서 먹었고, 어렸을 때의 실책을 두 번 다시 되풀이하지 않았다. 아랫집 부모님은 뭐가 달라도 확실히 달랐다.

어린 자식의 작은 아픔을 보고 자식보다 몇 십 배 더 아파했던 아버지와 어머니. 단언컨대 당신들은 구세주처럼 무한하게 인자하고 거룩했다. 두 어른의 사전에는 애당초 '회초리' '매' '손찌검' '핀잔' '꾸중' '꾸지람' '지청구' 등등의 우중충한 낱말들이 존재하지 않았다. 아버지와 어머니는 우리 동기간을 지극정성으로 길러 냈다.

어느덧 내 심저에는 두 어머니의 영향이 쌍곡선으로 자라나고 있었다. (큰)어머니의 날 돋친 말씀 앞에 사나운 독사가 되었지만, 어머니의 따뜻한 자비와 자애 앞에서는 순한 양이 되었다. 역시 피는 물보다 진했다. 내가 어린 시절 (큰)아버지 내외분으로부터 적지 않은 상처를 받았던 반면, 친가의 다른 동기간들은 부모님의 온전한 보살핌을 받으며 아무런 구김살 없이 곱게 성장했다. 인간이라면 누구나 환경의 지배를 받을 수밖에 없었다.

호박죽 소동이 벌어진 그 다음날이었다. 일요일이었다. 치범이가 재용이에게 몽둥이를 휘둘러 중상을 입혔다. 코뼈와 팔목이 부러진 재용이는 논산 박애병원으로 실려 갔다. 잠시 후 석성지서(지금의 석성파출소) 경찰관이 자전거를 타고 나타났다. 김 순경이었다. 그는 다짜고짜 치범이를 잡아갔다

동네가 발칵 뒤집혔다. 불행 중 다행이라면 재용이의 생명에는 지장이 없었다. 하여간 치범이는 고약한 놈이었다. 우리 동네 주민들은 그전에도 버르장머리 없는 그 녀석만 보면 쉬쉬하면서 혀를 내두르곤 했다. 그놈이 이번에 기어이 무지막지한 대형 사고를 저지른 것이었다.

보슬비가 내리고 있었다. 오랜 가뭄 끝에 내리는 단비였다. 빗줄기가 하늘과 땅 사이에 죽죽 수직선을 긋고 있었다. 추녀 끝에 맺혔다가 똠방똠방 떨어지는 영롱한 낙숫물이 조개껍질처럼 옴폭옴폭한, 댓돌 난간 아래 마당을 따라 일렬횡대로 나란히 파여 생겨난 빗자국에 잘람잘람 고인 빗물과 투닥투닥 부딪쳐서 왕관 모양의 물방울을 튕기고 있었다. 어머니가 내게 말했다.

"윤복아. 너는 착해서 어른 말 잘 듣지? 오늘 치범이란 놈이 못된 짓을 했잖냐. 너는 절대로 그러지 말어라. 누가 때리거들랑 차라리 맞어 줘. 맞은 사람은 두 다리 뻗고 자지만, 때린 놈은 다리를 오그리고 자는 겨. 죄는 지은 데로 가고 공은 닦은 데로 가는 벱이거든."

'벱'은 '법'이었다. 어머니의 언변은 달변이었다. 토씨 하나 어긋나지 않고 구구절절 막힘이 없었다. 자고로 학벌이 높다고 학식까지 높은 것은 아니었다. 당신은 비록 학교 문턱에도 가보지 못한 까막눈이었지만 어떤 식자층을 능가할 만큼 유식했다. 기억력까지 탁월했다. 어머니가 다시 말했다.

"아무리 화가 나도 참아야 하는 겨. '참을 인忍' 자 셋이면 살인도 면한다고 했으니께 무슨 일이 있더라도 발칵 화내지 말고 참어야 혀."

놀라웠다. 어머니는 '참을 인' 자가 어떻게 생겼는지 알지 못했다. 그런데도 인내심을 가르쳐 주기 위해 어깨너머로 들었던 '참을 인' 자를 소환한 것이었다. 그 말씀을 듣는 순간 낯이 후끈했다. 지난번 고구마를 먹으려다 숟가락 팽개친 망나니 행위가 떠올랐기 때문이었다. 어머니의 말씀이 이어졌다.

"애야, 너는 이다음에 커서 어느 누구에게도 빚지지 말거라. 이 읎으믄 잇몸으로 살아야지 빚을 내서 쓰기 시작하믄 한도 끝도 읎어. 빚은 잠도

안 자구 새끼 치는 거여. 에미가 새끼 치구 새끼가 새끼 치믄 빚이 눈뭉치처럼 불어나는 벱이란다. 그러구 빚을 지믄 빚쟁이한테 코를 꿰게 되는 겨."

변사 쯤 쪄 먹는 청산유수였다. '읎으믄'은 '없으면'이었다. '에미'는 원금을, '새끼'는 이자를 의미했다. 맛깔스런 비유였다. 부채 원금의 이자에다 이자의 이자까지 기하급수로 증대한다는 뜻이었다. 당신의 경제 이론이었다. 어머니는 아무리 쪼들려도 그 어느 누구에게 빚을 얻은 적이 없었다. 어머니의 말씀이 꼬리를 물었다.

"옛날부터 고진감래苦盡甘來라 했다. 쓴 것이 다 지나가믄 반드시 단 것이 오게 돼 있느니라. 초년고생은 사서라도 하는 겨. 이 엄니는 니가 얼마나 배곯고 고생하는지 다 알고 있단다. 하지만 그걸 잘 이겨내야 큰사람이 되는 겨. 나는 너를 확실히 믿는다."

그 대목에서 나는 콧날이 시큰해짐을 느꼈다. 당신께서는 내가 큰집에서 어떻게 자라나고 있는지 예의주시하며 지내온 것이었다. 자나 깨나 앉으나 사나 늘 근심걱정 떠날 날이 없었다. 나를 종가의 후사로 보냈다고 해서 결코 모자의 인연까지 끊어버린 것이 아니었다.

목이 메었다. 당신은 나의 영원한 어머니였고, 나는 당신의 영원한 아들이었다. 내가 만약 큰집으로 출계하지 않았더라면 아버지 어머니의 애틋한 사랑 속에 온순하면서도 인간미 철철 넘치는 귀공자로 반듯하게 자랐을 것이었다. 당신은 (큰)아버지 내외분의 옳고 그름이나 여타 다른 소회에 관해서는 일절 언급하지 않았다. 시루봉에서 소쩍새가 울고 있었다.

세월이 강물처럼 흘렀고, 양가와 친가 부모님이 앞서거니 뒤서거니 머나먼 하늘나라로 떠나셨다. 특히 아버지와 어머니는 속병을 앓다가 돌아가셨다. 내가 판단컨대 그건 단순한 우연이 아닌, 내가 부모님과 생이별할 때부터 진작 예고된 필연이었다. 내 불효가 부모님의 수명에 치명타를 안겨드린 것이었다.

외숙은 내가 중학교 들어가던 해 돌연 별세했고, 이모는 당신의 동생들보다 오래 사시다가 타계했다. 이승에 태어날 때에는 순서가 있어도 저승에 갈 때에는 순번이 없었다. 외숙이 돌아가시자 외갓집 재력이 급격히 쇠퇴했다. 외사촌들은 외숙모가 돌아가신 뒤 얼마 남지 않은 유산을 정리하여 객지로 떠났다.

돌이켜보면 나는 이 나이 먹도록 갈팡질팡 좌충우돌 죽을 고생을 하면서 하릴없는 백면서생으로 살아왔다. (큰)아버지를 통해 천자문에서 배운 치본어농 무자가색에 둔했다. 기본에 충실하지 못했을 뿐더러 때맞춰 씨 뿌리고 거두는 노력에도 게을렀다. 내 삶의 텅 빈 곳간에는 토실토실한 알곡이 아닌, 아무 짝에도 쓸모없는 푸석푸석한 쭉정이들만 죽치고 나자빠져 있었다.

기복 많은 삶이었다. 내가 지나온 길에는 허망한 후회만 산더미처럼 높이 쌓였다. (큰)아버지 내외분과 부모님 살아생전 효도 한 번 하지 못했다. 아버지와 어머니의 10분의 1만 따라갔어도 진정 인간다운 인간으로 대성했을 텐데 그러지 못한 것이 서글픈 회한으로 남았다. 그러고 보니 이제는 고구마와 호박죽에 얽힌 사연도 옛날이야기가 되었다. (『문학미디어』 2025. 여름호)

쌍무지개

우리 부모님은 10남매를 낳아 셋을 잃고 7남매를 키웠다. 산아 제한이니 가족계획이니 핵가족이니 1인가구니 인구 절벽이니 인구 소멸이니 뭐니 그런 낱말 자체가 등장하기 이전이었다. 작은누님과 나 사이의 3남매가 갓난아기 때 사망했다. 이에 따라 작은누님과 내 나이 차이가 무려 아홉 살 터울로 훌쩍 건너뛰었다. 나는 7남매 중 통산 셋째였고, 내 밑으로 4남매가 있었다. 아들만으로 따지면 장남이었다. 큰집으로 출계한 이후에는 (큰)아버지의 종통을 계승하면서 한산이문韓山李門의 한 지파를 대표하는 7대 종손으로 자리매김했다.

작은누님과 나는 양가에서 자랐지만, 종종 친가에 가서 애꿎은 식량을 축내곤 했다. 양가와 친가 사이에는 그 무슨 경계나 허물이 없었다. 두 집의 부모님이 똑같은 부모님이듯 양가와 친가가 모두 '우리 집'이었다. 도랑에 든 소라면 양다리를 걸치고 왼쪽 언덕, 오른쪽 언덕 풀을 곱빼기로 뜯어먹을 수 있었다. 하지만 양가와 친가가 모두 민망해서 뜯어먹고 자시고 할 풀이 없었다.

우리는 영세민이었다. 내가 석양국민학교(지금의 석양초등학교) 들어가던 해 큰누님이 공주군(지금의 공주시) 이인면으로 출가했다. 그로부터 3년 뒤 둘째누님은 당초 충북 중원군(훗날 충주시로 통합) 주덕면으로 시집갔지만, 매형이 철도 공무원으로 취직하게 되자 향리를 떠나 경기도 군포를 거쳐 수원으로 솔가했다. 누님들이 순차적으로 혼인하여 멀리 떠나갈 때 어린 나는 이별이 슬퍼서 엉엉 울었다.

내가 큰집으로 입후한 이래 친가에서 세 살 또는 두 살 터울로 남동생 차복, 여동생 옥희, 남동생 선복과 막내 남동생 계복이 차례차례 태어났다. 차복은 1954년생, 옥희는 1957년생, 선복은 1959년생, 계복은 1961년생이었다. 머리 좋고 착하고 성실하고 부지런하고 어느 것 하나 나무랄 데 없는 동생들. 그들은 누님들처럼 이 세상 어디에 내놓아도 결코 손색이 없을 만큼 자랑스러운 동기간이었다. 간혹 연세 많으신 누님들이 친정에 오면 이만저만 반가운 것이 아니었다.

우리 7남매의 이름은 모두 (큰)아버지께서 지었다. 그 어른의 최종 학력은 석성보통학교(지금의 석성초등학교) 중퇴로 끝났지만, 어쨌든 네 분 부모님 중에서 유일하게 학교 문턱을 밟아보신 분이었다. 나는 국민학교에 들어가기 전 일찍부터 당신으로부터 한글과 천자문과 각종 예절을 배웠고, 당신께서는 갓 한글을 깨친 어린 내게『춘향전』『심청전』『흥부전』『홍길동전』『삼국지』『유충렬전』『장국진전』등 얘기책 읽는 요령까지 일깨워 주었다.

1학년 겨울 방학 때였다. 음력으로 섣달 초순이었다. 해동까지는 아직 멀었지만, 겨울 날씨 치고는 바람 한 점 없이 포근한 날이었다. 며칠 전에는 무시무시한 북풍한설이 휘몰아치더니 그날따라 언제 그랬느냐는 듯 솔밭 사이에서 잔설이 추적추적 녹고 있었다. 나는 양지 바른 말랭이에서 내 또래의 다른 아이들과 두어 시간 연을 날렸다. 그러다가 얼른 연을 내 방에 갖다 두고는 굴렁쇠를 굴리며 친가로 내려갔다.

마침 아버지는 뒷간에서 분뇨를 푸고 있었다. 당신은 날씨가 잠깐 풀린

틈을 타서 변소 치우기에 나선 것이었다. 아버지는 똥바가지로 똥독의 인분을 퍼서 양동이 모양의 헌털뱅이 똥통에 옮겨 담고 있었다. 당신은 완벽한 성품 그대로 분뇨 한 방울 허투루 흘리지 않은 채 두 개의 똥통을 가득 채우고 있었다. 내가 아버지에게 인사했다.

"아부지, 안녕하셨어유?"

"그려. 어서 오너라. 잘 지냈냐?"

"야."

'야'는 '예'를 일컫는 우리 고장 말이었다. 어머니는 뒤꼍 장독대의 장독들을 물행주와 마른행주로 번갈아가며 씻어내고 있었다. 반들반들한 옹기에 스며드는 따스한 햇볕. 차복과 옥희는 어머니 곁에서 얌전하게 놀고 있었다. 아직은 선복과 계복이 태어나기 전이었다. 사랑방 앞 추녀 안쪽 서까래에는 무시래기가 치렁치렁 매달려 있었다. 어머니가 내게 말했다.

"아이구, 우리 윤복이 왔네. 즘심은 먹었냐?"

'즘심'은 '점심'을 일컫는 말이었다. 양가도 그렇고 친가도 그렇고 우리는 늘 식량난에 허덕였다. 보릿고개에는 굶는 날도 많았다. 먹는 게 먹는 것이 아니었고, 사는 게 사는 것이 아니었다. 어머니 말씀에 가슴이 아릿아릿 아려왔다. 당신께서는 내가 윗집에서 점심을 굶었을까 봐 그렇게 물으신 것이었다. 내가 공손히 대답했다.

"야."

"뭐 먹있어?"

"수제비 먹었슈."

"수제비? 쯧쯧… 얼마나 배고플까."

"괜찮어유."

그 말을 미처 마치기도 전에 내 뱃속에서 꼬르륵 쇼르륵 피라미 어울

넘는 듯한 소리가 새어나왔다. 어머니의 표정이 어두워지고 있었다. 아직 이것저것 철모르는, 갓 젖 뗀 어린것을 곤궁하기 짝이 없는 큰집으로 떠나보낸 친가 아버지 어머니의 심정은 피맺힌 철천지한으로 썩어 문드러지고도 남을 노릇이었다.

나는 그때 이미 돌이킬 수 없는 불효자가 되어 있었다. 돌아올 수 없는 강을 건넌 불효자. 그렇건만 당신들은 아무런 내색도 하지 않은 채 1년 365일 하루도 변함없이 나를 끔찍이도 아껴 주었다. 나는 팥 바구니에 쥐 드나들 듯 친가에 자주 들락거렸다.

아버지가 똥지게를 진 채 뒷간을 벗어나 사립문 쪽으로 나가고 있었다. 똥지게 좌우 끄트머리 갈고리에는 묵직한 똥통이 매달려 있었다. 아버지는 똥물이 출렁거리지 않도록 양쪽 어깨의 균형을 수평으로 맞추면서 가만가만 발자국을 떼어놓고 있었다. 당신께서 볏짚 똬리를 틀어 똥통 똥물 표면에 살짝 얹어 놓았던 터라 똥물은 잘람잘람하면서도 전혀 밖으로 튀지 않았다.

구린내가 푸짐했다. 거름이라 생각하면 향기였고, 분변이라 생각하면 악취였다. 우물 쪽에서 샛길로 들어오다가 아버지와 정면으로 마주친, 별쭝맞은 사고뭉치로 악명 높은 치범이가 지독한 구린내에 놀라 코를 감싸쥐고는 재빨리 뒤돌아서서 벌 쏜 강아지처럼 후다닥 달아났다. 똥줄이 빠지게 도망치는 그 녀석이야말로 경망스럽기 짝이 없었다. 어머니가 나에게 말했다.

"윤복아. 너는 쟤처럼 분뇨, 다른 말로 똥오줌을 드럽게 생각하믄 안 된다. 어른 앞에서 저렇게 자발머리없이 오두방정을 떨어서두 안 되구… 어느 누구래두 지 몸에서 나온 똥오줌을 지 입으로 도로 먹지 않구서는 살 수가 읎는 겨. 사람이라면 적어도 3년에 한 번씩은 반드시 지 똥오줌을 되받아 먹는 벱이란다. 치범이 저 녀석도 결국은 지 똥오줌을 먹고 자라는 놈이여."

어머니는 학교 문턱을 밟아보지 못한, 그래서 낫 놓고 'ㄱ' 자도 모르는 까막눈이었다. 하지만 언제 어디에서 누구한테 어떻게 얻어 들었는지 '분뇨'라는 어려운 한자어를 썼다. 그러고는 내게 다소 어렵게 느껴질까 봐 얼른 '똥오줌'으로 번역하는 것이었다. 나는 이미 천자문을 뗀 데다 얘기책, 즉 고전 소설까지 여러 권 읽어 웬만한 어휘들을 줄줄 꿰고 있었다.

당신의 말씀 중 '드럽게'는 '더럽게'라는 뜻이고 '지'는 '제'를 가리키는 것이며 '벱'은 '법'을 일컫는 표현이었다. 자기 오줌똥을 자기가 도로 먹는다니 그건 아무리 생각해도 납득하기 어려웠다. 아버지는 그날 변소에 가득했던 분뇨를 시루봉 너머 돼기밭으로 짊어져 날라다가 뿌렸다. 밭에서는 보리가 파랗게 자라고 있었다.

그때는 잘 몰랐지만, 어느 정도 철 든 뒤 가만히 생각해 보니 어머니의 말씀에는 깊은 사상과 철학과 교훈이 깃들어 있었다. 당신께서는 자연의 순환 원리를 그렇게 말씀하신 것이었다. 분뇨가 논밭에 들어가 거름이 되고, 그 거름을 먹고 자란 농산물이 식품으로 탈바꿈되면, 결과적으로 되받아 먹게 된다는 뜻이었다. 거기에는 인과응보의 철리까지 함축돼 있었다.

좌우간 어머니의 두뇌는 타의 추종을 불허했다. 일례를 들면 10년이나 20년 전에 딱 한 번 마주친 사람일지라도 언제 어디에서 처음 대면했는지 징확히게 알아맞혔다. 이웃집 제삿날과 주민들 생년월일은 물론이고 심지어 누구네 강아지 태어난 날까지 줄줄이 꿰뚫고 있었다. 당신은 뭔가 한 번 보고 들었다 하면 그걸 놓치지 않고 당신의 지식과 정보로 육화시켰다. 어머니는 누가 뭐래도 천재 중의 천재였다.

신기했다. 나는 비록 배고픔에 허덕일지라도 공부에 열중했고, 국민학교에 들어간 이후 시험만 봤다 하면 거의 만점을 기록했다. 내 사전에는 결석이나 지각이나 조퇴 따위가 존재하지 않았다. 동료들 중에는 등굣길에 슬쩍 샛길로 빠지는 아이들이 있었다. 한심한 녀석들이었다.

나는 줄곧 '공부 왕'으로 선두를 달리면서 학년말에 우등상과 개근상을 수상했다. 부상도 받았다. 생활 통지표에는 수·우·미·양·가 5단계 중 대부분의 과목이 '수' 일색인데 딱 하나 '보건' 과목에서만 '우'로 평가돼 있었다. 학교에서 상장과 상품과 생활 통지표를 받아 가지고 귀가했을 때 (큰)아버지 내외분께서 여간 기뻐하는 것이 아니었다. (큰)아버지가 내게 말했다.

"얘야, 중말 장하다. 제대로 먹지도 입지도 못하면서 우등상에다 개근상이라니… 네 뒤를 힘껏 밀어주지 못하는 내 처지가 너무 한심하구나."

'중말'은 '정말'이었다. 어느 사이엔가 당신의 눈이 벌겋게 충혈되어 있었다. (큰)어머니 또한 소매 끝으로 눈시울을 훔쳤다. 나는 상장과 부상과 생활 통지표를 들고 친가로 가서 아버지 어머니에게도 보여드렸다. 당신들은 글을 읽을 줄 모르면서도 우등상과 개근상과 생활 통지표에 담긴 의미를 정확히 간파했다. 어머니가 말했다.

"아이구, 우리 윤복이가 큰일을 해냈구나. 참 잘 했다. 본래 될성부른 나무는 떡잎부터 알아본다고 했느니라. 너는 장차 큰 인물이 될 재목이닝께 이 에미 말을 잘 듣거라. 요번에 성적이 잘 나왔다고 괜히 자만하지 말고 더욱 열심히 노력하기 바란다. 모름지기 천재는 하나를 배우면 열을 아는 겨. 그 대신 바보나 숙맥은 손에 쥐어줘도 뭐가 뭔지 모르는 벱이여. 너는 홉글 배워 됫글로 풀고 됫글 배워 말글로 풀고 말글 배워 섬글로 푸는 사람이 되거라. 아무쪼록 일취월장하기 바란다."

당신의 언변은 변사 뺨치고도 남을 만큼 절륜했다. 청산유수가 따로 없었다. 어머니의 말씀이 곧 청산유수였다. 비유든 은유든 속담이든 격언이든 뭐든 거칠 것이 없었다. 화법과 화술이 화환처럼 화려했다. 지난번에는 '분뇨'라는 단어를 쓰시더니 이번에는 '인물' '재목' '성적' '자만' '노력' '천재' '일취월장'처럼 대체로 식자층에서 선호하는 고상한 문자들을 막힘없이 구사했다.

문맹자로서는 죽었다 깨어나도 땅띔조차 할 수 없는 고품격 표현들. 어머니는 평소 과묵했지만, 한 번 입을 열었다 하면 실타래에서 실 풀어내듯 일사천리 사통오달 천의무봉으로 당대 최고의 명언을 술술 쏟아냈다. 그러면서 그 어떤 지식인 못지않게 난해하고 차원 높은 어휘들까지 총망라하여 적재적소에 적확하게 꽂아 넣었다. 충청도 사투리만 아니라면 언어 역량이 웬만한 전문 아나운서를 능가했다. 지금쯤 '우리말 겨루기' 같은 국어 관련 프로그램에 출연한다면 당연히 장원을 차지하고도 남을 것이었다.

홉글 됫글 말글 섬글은 십진법을 좇아 학업의 부가 가치를 극대화하라는 말씀이었다. 한 홉[合]만큼 배우면 한 되[升]만큼 깨치고, 한 되만큼 배우면 한 말[斗]만큼 깨닫고, 한 말만큼 배우면 한 섬[石]만큼 터득하라는 당부였다. 달리 말하자면 한 가지를 배워 열 가지 이상으로 확대 재생산하라는 뜻이었다. 우리 사회의 도량형度量衡이 척관법에서 미터법으로 바뀐 것은 훨씬 뒤의 일이었다.

누구나 공감하겠지만, 주위를 돌아보면 최고 학부까지 나왔으면서도 동서남북조차 못 가리는 얼뻘뻘한 바보 멍청이들이 수두룩했다. 그들은 홉글 배워 됫글로 푸는 것이 아닌, 그와는 정반대로 섬글 배워 말글은커녕 됫글이나 홉글로도 못 푸는 얼치기들이었다. 개뿔도 모르는 그런 무지렁이 깡통 졸부들이 코 묻은 돈 몇 푼 손에 쥐었답시고 오만방자하게 까불며 거들먹거리는 꼬락서니를 보면 참으로 가관이었다.

그 반면 어머니는 학벌이 없으면서도 말글이나 섬글 이상의 탁월한 학식으로 세인을 깜짝깜짝 놀라게 했다. 학력과 관계없이 식견이 높았고, 설사 견문이 넓지 못했을지라도 세상을 바라보는 안목이 광대했다. 무엇이든 어머니에게 여쭤보면 척척 정답이 나왔다. 나는 당신을 통해 학벌과 학식이 결코 비례하지 않는다는 불변의 철칙을 깨달았다.

그날 저녁 때 나는 친가에서 호박씨를 까먹다가 시래기죽으로 끼니를 때웠다. 동생들까지 여러 식구가 북적북적해서 그런지 윗집에서 단출하게 깨지락깨지락 수제비를 먹을 때보다는 훨씬 더 착착 입맛이 당겼다. 밖에는 어둑어둑 땅거미가 내리고 있었다. 우리 가족은 초저녁에 일찍 누워 잠자리에 들었다. 이불 한 채에 온 식구가 몸을 들이민 채 윗목 쪽으로 머리만 나란히 내놓고 있었다. 방바닥이 따끈따끈해서 참 좋았다. 시루봉으로부터 부엉부엉 부엉이 우는 소리가 들려왔다.

윗집에서 (큰)아버지 내외분이 나를 기다리겠지만 별로 개의치 않았다. 당신들께서 몸소 찾으러 오시는 것도 아니었다. 그전부터 나는 종종 친가에서 숙식했고, (큰)아버지 내외분들께서도 응당 그러려니 용인해 주었다. 최종적으로 어머니가 입으로 후, 하고 불어 석유 등잔 호롱불을 끈 뒤 아버지 곁에 누웠다. 나는 동생들 코 고는 소리를 들으며 이내 깊은 잠으로 빨려 들어갔다.

그 이튿날 새벽이었다. 이가 들끓는 통에 온몸이 근질근질 군시러웠다. 나는 잠결에 속옷 솔기를 손으로 살살 더듬어 이를 잡았다. 보리알만 한 이가 손끝에 걸리면 엄지와 검지 손톱으로 톡톡 눌러 죽였다. 부모님이나 동생들이 잠을 깰까 봐 무척 조심하면서 잇따라 이를 서너 마리나 잡아 터뜨렸다. 그때쯤 해서는 방구들이 식어 밑자리가 점점 더 썰렁해지고 있었다.

꿈인지 생시인지 뒤꼍 장독대 쪽에서 달그락, 돌바닥에 사기그릇 맞닿는 경쾌한 소리가 들려왔다. 이윽고 궁시렁 궁시렁 뭐라 주문 외우는 독백이 이어졌다. 무슨 일인가 싶어 뒷문 쪽으로 귀를 쫑긋 세웠다. 아니나 다를까, 어머니의 간절한 목소리가 캄캄한 어둠을 걷어내고 있었다.

"천지신명님, 대자대비 부처님, 저희 대주와 아이들을 보살펴 주시옵소서. 비나이다, 비나이다…"

어머니는 똑같은 주문을 반복하고 있었다. 닭장에서 꼬끼오 꼬끼오 닭이 울었다. 어머니는 날이면 날마다 꼭두새벽에 일어나 우물에 가서 아직 어느 누구도 손대지 않은 정화수를 떠다가 사기대접에 가득 담아 장독대 판판한 돌바닥에 올려놓고는 무엇을 그렇게도 잘못했는지 두 손을 싹싹 빌며 치성을 드렸다. 하얀 대접 안쪽 밑바닥 한가운데 '福' 자 청화 명문이 들어가 있었다.

낮이나 밤이나 앉으나 서나 때와 장소를 가리지 않고 일구월심으로 가족의 안녕을 발원했던 어머니. 본래 당신은 조실부모하고 하늘과 땅 사이에 뿔뿔이 흩어졌던 천애고아 3남매 중 막내였다. 어머니 위로 언니와 오라버니가 계셨다. 타관 객지 남의 집 부엌데기가 되어 알뜰한 살림꾼으로 성장한 당신께서는 천생연분이신 아버지와 백년가약을 맺고 우리 동기간을 낳으신 것이었다. 당신은 우리 가정을 지키는 파수꾼이었다.

그 이듬해 봄이었다. 날씨가 확 풀려 개나리꽃이 활짝 피었고, 복숭아나무에도 망울망울 꽃망울이 부풀고 있었다. 양달이냐 응달이냐에 따라 약간의 차이는 있었지만, 느릅나무에 뾰족뾰족 새움이 트는가 하면 수숫대로 엮어 만든 울타리 틈새에는 쑥과 몇몇 가녀린 잡풀들이 수줍게 고개를 내밀고 있었다.

어느 날이던가 하루는 아버지가 돼지우리 앞 수채와 잇닿은 빨랫돌 옆에 화덕을 놓고 쭈글쭈글 우그러진 대형 양은솥을 걸었다. 구장(지금의 이장) 집에서 빌려온, 음식 장만과는 상관없이 허드렛물을 끓이거나 빨래를 삶을 때 요긴하게 쓰는 허름한 솥이었다. 어머니는 솥에 양잿물을 넣고 겨우내 빨지 못했던 옷가지와 이불 호청 따위를 가득 담아 소 뼈다귀나 돼지 뼈다귀 삶듯이 푹푹 삶았다. 화덕 아궁이에서 장작불이 활활 타오르고 있었다.

어머니는 어린 차복과 옥희가 화덕 근처로 접근하지 못하도록 단단히 타일렀다. 장작불과 양잿물이 모두 다 위험하기 때문이었다. 나 또한 동생들이 그곳으로 가까이 다가서지 못하게끔 철저히 경계했다. 어머니가 빨래를 삶는 동안 나는 보초를 섰고, 동생들은 어머니와 내 말을 잘 따라 화덕 근처에는 얼씬거리지 않았다.

아까부터 돼지우리에서 돼지가 꿀꿀거리고 있었다. 배고픈 모양이었다. 어머니는 돼지우리 쪽으로 다가가 쌀뜨물 한 바가지에 보릿겨 한줌을 풀어 구유에 부었다. 그러자 돼지는 두 말 않고 푸우푸우 거친 숨을 내쉬며 그걸 열심히 먹어대고 있었다. 사람이나 짐승이나 배고픈 데에는 밥이 최고의 약이었다.

얼마 후 어머니가 점점 사그라지는 장작불을 껐다. 빨래가 삶아질 만큼 삶아진 것이었다. 우리 집에는 이럴 때 사용하는 집게가 따로 없었다. 어머니는 솥에 들어 있는 삶은 빨래를 부지깽이로 주섬주섬 건져 올려 밤색 플라스틱 함지박으로 옮겼다. 솥에서는 아직도 세탁물에서 우러나온 누리끼리하면서도 칙칙한 땟물이 펄펄 끓고 있었다.

당신은 곧 솥에 찬물을 철렁하게 가득 채운 뒤 빨래방망이로 휘휘 저어 폐수의 온도와 농도를 조절했다. 내 눈에는 그 장면이 잘 이해되지 않았고, 다른 한편으로는 버릴 물까지 소중히 다루는 어머니에게 저절로 고개가 숙여졌다. 솥에서 모락모락 피어오르던 김이 서서히 잦아들고 있었다. 내가 물었다.

"엄니, 구정물에 왜 찬물을 붓고 그렇게 휘저어유?"

"어서 식으라구 그러지. 이렇게 저으면 양잿물 성분도 좀 묽어지구 좋잖어?"

어머니의 입에서 '성분'이라는, 이른바 전문 용어가 아주 자연스럽게 흘러 나왔을 때 나는 혀를 내두르며 감탄했다. 어머니의 일거리는 빨래를 삶아냈다고 그것으로 다 끝난 것이 아니었다. 어머니는 물을 식히고 양잿물 성분을 희석시키기 위해 그런 별도의 수고를 거치는 것이었다. 내가 또 물었다.

"구정물을 수채에 그냥 확 쏟아버리면 되잖어유?"

"그러믄 안 되는 거여."

"왜유?"

"뜨거운 물을 함부로 버리믄 지렁이란 놈 눈이 멀어. 수채에는 지렁이가 많이 살으니께 조심해야지. 양잿물 독성이 그대로 흘러나가믄 땅속에 사는 작은 벌레들과 땅강아지들이 죽을 수도 있잖냐. 부처님 말씀에 살생하지 말라고 했는디 그 아까운 목숨을 해치믄 되겄어? 안 그려?"

신선한 충격이었다. 어머니는 수채에 서식하는 지렁이와 땅속의 다른 생명체들이 죽거나 나질까 븨 빨래 삶은 물의 열기와 양잿물의 독기에 각별한 신경을 기울이고 있었다. 나는 감히 거기까지는 생각하지 못했다. 그동안 내가 이와 빈대와 모기 등속의 물것들을 무자비하게 잡아 죽인 것이 잘한 일인지 잘못한 짓인지 간단없이 헷갈렸다.

어머니는 솥에서 건져낸, 플라스틱 함지박에 가득 담긴 빨래들을 깨끗

341

한 물로 재차 빨고 잘 헹궈서 빨랫줄에 널었다. 그리고 나서 완전히 식어 버린 오수를 수채 구멍으로 흘려보냈다. 살랑살랑 불어오는 훈풍에 바지랑대를 중심으로 주욱 길게 매달린 빨래들이 학교 운동회 날의 만국기처럼 기분 좋게 펄럭거리고 있었다.

한편, 내 유년 시절 우리 동네에는 여기저기 여러 그루의 감나무가 있었다. 그중에서도 우리 윗집 마당에 있는 감나무, 말랭이 너머 길가 언덕에 있는 감나무, 신작로 옆 잿무덤부리에 있는 감나무가 가장 대표적이었다. 주민들은 보통 윗집 감나무를 윗감나무, 길가 언덕 감나무를 가운뎃감나무, 잿무덤부리 감나무를 아랫감나무라 불렀다.

수령으로 말하자면 윗감나무가 단연 최고였고, 그 다음은 아랫감나무와 가운뎃감나무 순이었다. 윗감나무가 노년이라면 아랫감나무는 장년이요 가운뎃감나무는 청년이라고 말할 수 있었다. 시루봉과 질빵너머와 잿무덤부리에 이르기까지 우리 동네 일대는 뺑뺑 돌아가면서 거의 대부분 윤구병씨네 땅이었다. 감나무 세 그루 또한 그분 땅에 뿌리를 박고 있었다.

(큰)아버지는 윗감나무 곁에 집을 지었고, 친가 아버지는 윤씨의 특별한 배려로 가운뎃감나무 위쪽 산기슭 밭뙈기 한 필지를 경작했다. 양가와 친가가 공통적으로 그분의 은덕을 입고 있었다. 그분에게는 남아도는 유휴지라 할지라도 우리에게는 없어서는 안 될 금싸라기 땅이었다. 친가 부모님은 해마다 이 밭을 가꾸어 생계와 직결된 그 나름의 곡물 소출을 올리고 있었다.

그해 6월 초순이었다. 망종과 현충일을 전후해 학교에서 며칠간 농번기 방학을 주었다. 잠시 학교 수업을 멈추고 농가 어른들 일손을 덜어드리기 위해 시행되던 임시 휴업. 나는 양가 (큰)아버지 내외분과 보리를 베었고, 그 이튿날에는 친가 모내기를 도와드린 데 이어 사흘째 되던 날에는 아버지 어머니를 따라 가운뎃감나무 위쪽 산기슭 밭뙈기에서 콩 심기에 나섰다.

아버지와 어머니는 나란히 쪼그리고 앉아 앞으로 나아가면서 호미로 구덩이를 파고 콩을 넣은 뒤 슬쩍슬쩍 흙을 그러모아 투덕투덕 덮었다. 작은 바가지에 콩 씨앗이 담겨 있었다. 나는 어머니 곁에서 서툰 솜씨로나마 정성스레 콩을 심었다. 아버지도 그렇고 어머니도 그렇고 한 구덩이에 콩을 꼬박꼬박 세 톨씩 넣고 있었다. 나도 어른들을 따라 아무 생각 없이 그렇게 했다. 어쩌다 아차 실수로 두 톨을 넣게 되면 얼른 한 톨을 더 추가했다.

일을 한두 시간이나 했을까, 오금이 아프고 허리와 엉덩이까지 뻐근했다. 날씨까지 후텁지근해지고 있었다. 하지만 아버지와 어머니는 아무런 말씀도 하지 않으면서 뒤도 돌아보지 않은 채 콩 심기에만 몰두해 있었다. 당신들은 어쩌면 오로지 일을 하기 위해 태어난 분들인지도 몰랐다. 시루봉에서 소쩍새가 울면 구례들에서 뜸부기가 맞장구를 쳤다.

이상했다. 한 구덩이에 콩을 한 톨씩만 넣어도 그만일 텐데 어찌하여 굳이 세 톨씩 넣는 걸까. 궁극적으로 한 구덩이에서 콩 한 포기만 올바로 자라서 손실 없이 결실하면 성공이었다. 콩을 심는 데에도 아마 무슨 법칙이 있는 모양이었다. 내가 어머니에게 여쭈었다.

"엄니, 어째서 한 구뎅이에 콩을 세 톨씩 넣어유?"

'구뎅이'는 '구덩이'를 가리키는 표현이었다. 아버지는 밀짚모자를 썼고, 어머니는 머리에 흰 왜포 수건을 두르고 있었다. 밭둑 저쪽 도랑에는 토끼풀과 자운영이 뒤엉켜 서로 꽃 자랑을 하고 있었다. 어머니가 얼굴에 묻어난 땀을 수건으로 쓰윽 훔치면서 내게 되물었다.

"그게 그렇게두 궁금했냐?"

"야."

"아이구, 우리 윤복이는 얼마나 신통한지 모르겠네. 한 구뎅이에 세 톨씩 넣는 걸 유심히 보았던 모양이구나. 옛날부터 콩을 세 톨씩 심는 까닭이 있지. 한 톨은 땅 속에 사는 벌레 몫이고, 한 톨은 새나 짐승 몫이고, 나머지 한 톨이 사람 몫인 겨. 벌레와 짐승과 사람은 물론 천지만물이 함께 잘 엄당겨서 살아야 하지 않겄나. 그렇지?"

'엄당겨서'는 '어울려서' '조화롭게'라는 뜻이었다. 그 말을 듣는 순간 꿀밤을 한 대 얻어맞은 것처럼 머리가 띠잉 했다. 지난번에는 지렁이와 벌레의 생명에 빗대어 부처님 법문을 인용하셨는데, 이번에는 콩을 통하여 생태계의 공생과 천지만물의 공존공영까지 각인시켜 주었다. 만일 어머니가 좋은 환경에서 제대로 공부했다면 크게 성공했을 것이었다. 며칠 후 콩밭에서 튼실한 콩 싹이 땅거죽을 떠밀고 올라왔다.

각설하고, 어머니가 두 분이신 관계로 나에게는 외갓집도 두 곳에 있었다. 양가 쪽으로 따지면 논산군 두마면 두계리(지금의 계룡시), 친가 기준으로는 전북 익산군(지금의 익산시) 망성면 신작리 무네미에 있었다. 그곳에서 외숙이 자전거 대리점을 경영했고, 이모는 강경 금강변 황산나루 근처에 살고 있었다. 두마면 외갓집 진주강씨 가문이 가난했던 데 비해 망성면 외갓집 파평윤씨 일문은 부유했다. 다만, 이모네는 여러 모로 힘겹게 살고 있었다.

5학년 때 초가을이었다. 윗집 마당 한복판 아름드리 감나무에 주먹만 한 감들이 주렁주렁 매달려 있었다. 바람이 불면 가지 끝에 매달린 감들이 그네 타듯 흔들거렸다. 용보들이며 구례들에서는 벼들이 하루하루 점점 더 누런빛을 띠는 가운데 유례없는 대풍을 예고하고 있었다. 옥수수염이 시들고, 수수목도 고개를 숙이기 시작했다. 바야흐로 오곡백과가 야무지게 여물어 가고 있었다. 어느 날 해거름녘에 어머니가 내게 말했다.

"윤복아. 이번 주말에 나랑 같이 갱갱이 외갓집에 가서 하룻밤 자구 이모네 집까지 다녀오자. 농사일이 본격적으로 더 바빠지기 전에 댕겨오는 것이 좋겠구나. 어떠냐?"

'갱갱이'는 '강경'이었다. 당신은 강경에 인접한 익산 망성을 그냥 알아듣기 쉽게 강경으로 에둘러 통칭하고 있었다. 논산과 강경을 함께 아우를 때에는 '놀뫼 갱갱이'라 일컬었다. 이제 곧 추수기에 들어가면 눈코 뜰 새 없이 바빠질 것이었다. 내가 말했다.

"그려유."

"숙제가 많으믄 어떡하지?"

"그거야 지가 알아서 할게유."

"알았다. 그럼 그날 같이 가자."

어머니는 사나흘 동안 당신 동기간 집에 예의로 내놓을 선물을 준비하느라 여간 고심한 것이 아니었다. 벼르고 별러 실로 오랜만에 찾아가는 친정이건만 입에 풀칠하기도 바쁠 만큼 워낙 쪼들리는 살림이다 보니 도대체 가져갈 만한 것이 영 마땅치 않았다. 그렇다고 빈손으로 갈 수도 없는 노릇이었다. 엄격히 말하자면 '질안배미' 논 엿 마지기를 사주신 외숙에게는 일응 도조를 바치는 것이 원칙이었다.

마음 같아서는 손위 친족 동기간들과 손아래 조카들에게 따로따로 실용적인 선물을 마련하고 싶었다. 언니와 오라버니와 올케에게는 최소한 몫몫이 옷감 한 벌씩, 조카들에게는 신발과 양말을 한 켤레씩 선사하면 참 좋을 것 같았다. 그것도 아니라면 푸줏간에 들러 쇠고기라도 몇 근 뭉텅 베어가고 싶었지만 그럴 형편이 못 되었다.

빈자의 비애는 이루 말할 수가 없었다. 어머니가 최종적으로 챙긴 물품이란 논산 장 기름집에서 짜온 참기름과 남새밭에서 수확하여 잘 말린 알록달록한 강낭콩과 헛간에 매달아 두었다가 한두 시간 껍질을 까서 모은 마늘 알맹이가 고작이었다. 어머니는 그걸 두 몫으로 갈라서 묵은 신문지로 포장한 뒤 바리바리 보퉁이에 쌌다. 한 몫은 망성 외갓집 몫, 또 한 몫은 황산나루 이모네 몫이었다.

토요일이었다. 내가 학교에서 오전 수업을 마치고 돌아왔을 때 어머니는 무명 적삼과 몸뻬(もんぺ) 대신 깨끗한 치마저고리로 갈아입고 있었다. 당신은 곧 보퉁이를 머리에 인 뒤 사립문을 향해 휘적휘적 발길을 재촉했다. 나는 어머니를 따라나섰다. 아버지와 동생들이 신작로 잿무덤부리까지 나와 배웅해 주었다. 어머니와 나는 버스를 타고 논산에 닿았다. 논산 차부, 즉 시외버스합동정류소에는 대한여객 한흥여객 전북여객 등 여러 회사 소속 노선버스들이 들락날락하였다. 버스 꽁무니에서 시커먼 매연이 풀풀 뿜어져 나오고 있었다.

공주행 버스 옆에 강경행 버스가 나란히 서 있었다. 운전사가 차내 정면 한가운데 운전석에 올라 핸들에 열쇠를 꽂았고, 조수가 보닛 라디에이터 내부 엔진과 연결된 자동차 앞 범퍼 동그란 구멍에 꺾쇠 모양의 철제 스타팅 공구를 꽂아 넣고 부리나케 잡아 돌렸다. 버스가 그르릉 그르릉 가래 끓는 소리를 내다가 부릉부릉 부르릉 냅다 목청을 높였다. 시동이 걸린 것이었다. 그 당시 버스 보닛은 운전석 앞으로 불쑥 튀어나와 있었다.

어머니와 나는 버스에 올라 자리를 잡았다. 이미 공개했다시피 어머니는 간판이나 안내판 따위를 전혀 읽을 줄 몰랐다. 논산과 강경을 자주 왕래한 것도 아니었다. 그러면서도 어쩌면 그렇게 길을 척척 잘 찾아내는지 귀신도 두 손 들고 놀라자빠질 정도였다. 당신은 승차와 환승과 하차에도 능수능란했다.

곁에 있던 공주행 버스가 먼저 떠날 때 이쪽 버스가 갑자기 후진하는 것 같았다. 착시 현상이었다. 드디어 우리 버스도 출발했고, 어머니와 나는 강경 차부에서 내린 뒤 부지런히 걸었다. 어머니는 '만월표' 하얀 고무신을 신었고, 나는 '타이어표' 검정 고무신을 신고 있었다. 내가 어머니에게 말했다.

"엄니, 지가 그 보퉁이 좀 들어드리믄 안 될까유?"

"말은 고맙다만, 내가 이고 가는 게 희낀 마음 편하다. 잘못하믄 참기름 엎질러질 수도 있으니께."

'희낀'은 '훨씬'이었다. 어머니는 여전히 보퉁이를 머리에 인 채 나를 힐끗 쳐다보았다. 그때 나는 육감으로 어머니의 속내를 잽싸게 훔칠 수 있었다. 어머니는 내게 짐을 안겨주지 않으려고 참기름의 안전을 차용하면서 진짜 거짓말이 아닌 가짜 거짓말로 얼렁뚱땅 둘러댄 것이었다.

강경에는 젓갈 상점과 일제 강점기 일본인들이 살던 적산 가옥들이 많았다. 눈에 들어오는 풍경들이 매우 경이로웠다. 강경의 명소로는 옥녀봉, 명물로는 수문 개폐 장치를 꼽을 수 있었다. 좌우 도로변에는 가로수들 사이로 코스모스가 만발해 있었다. 용보들이나 구레들처럼 그곳 들판의 벼이삭에도 누르스름한 기운이 감돌고 있었다.

어머니와 나는 호남선 철길을 건너 전북 망성면으로 들어섰다. 강경은 충남이고 망성은 전북이었다. 아까 집을 떠난 뒤 부여군에서 논산군으로 군계郡界를 넘어 왔는데, 이제는 충남에서 전북으로 도계道界를 넘은 것이었다. 과거 몇 차례 부여군과 논산군, 즉 자군自郡에서 타군他郡으로 넘나든 적이 있지만, 충남 자도自道에서 전북 타도他道로 넘어선 것은 그때가 처음이었다. 우물 안 개구리가 그만큼 행동반경을 넓힌 셈이있다.

마침내 외갓집에 당도했다. 해가 서쪽으로 뉘엿이 기울어 가을볕이 한풀 꺾였지만, 제법 먼 길을 부랴부랴 걸었던 터라 얼굴과 목덜미에 땀이 진득하게 묻어나 있었다. 외숙 내외분과 외사촌 형제들이 얼마나 반색을 하는지 콧날이 시큰하면서 눈시울까지 화끈해졌다. 머리 위로 고추잠자리들이 무리를 이루어 하느작하느작 날아다니고 있었다.

도로변에 자전거 대리점이 있었다. 외숙의 사업장이었다. 점포 천장에는 거꾸로 매달린 신품 자전거들이 가득했고, 벽면 안쪽으로는 투명 비닐로 포장한 오토바이들이 즐비하게 세워져 있었다. 대리점 정문에서 바라보이는 논과 밭 전부 외갓집 땅이었다. 외숙이 크게 성공하면서 그 토지를 점진적으로 사들여 농지를 대폭 확장한 것이었다. 점포 건너편 기름진 밭에는 무와 배추가 통통하게 자라고 있었다.

우리는 외숙모의 안내를 받아 안채 살림집으로 들어갔다. 고래 등 같은 기와집이었다. 대청도 널찍했다. 저쪽 마당가에는 여태까지 손을 대지도 않은 볏짚가리가 산더미처럼 쌓여 있었다. 지난해 가을부터 땔감으로 볏짚을 쓸 만큼 썼는데도 그토록 엄청난 재고가 남아 있었다. 뒷문으로 보이는 배롱나무에 화사한 분홍 꽃이 만발했고, 보리똥나무에는 뿌옇고 벌건 보리똥 열매가 눈부실 만큼 다닥다닥 열려 있었다.

외숙모가 선풍기의 전원 스위치를 살짝 눌렀다. 그러자 선풍기 날개가 사르르 돌면서 속도를 점점 더 높였다. 마당가에는 여러 종류의 맨드라미가 피어 있었다. 어떤 맨드라미꽃은 마치 수탉 볏과 닮아 있었다. 나는 귀 빠진 뒤 처음으로 선풍기 바람을 쐬었다. 어머니가 보퉁이를 풀어 외숙모에게 미약하기 짝이 없는, 그러나 당신께서 손수 장만한 정성 가득한 선사품을 전했다.

그 무렵 우리 동네에는 전기가 들어오지 않아 가전제품이 전무했다. 여름 내내 주민들 모두가 부채로 더위를 식혔다. 설령 전기가 들어온다 한들 주민들의 대부분은 선풍기를 구입할 만한 여력이 없었다. 가전제품이 아닌, 다른 종류의 신문명 또한 희귀했다. 20여 가구 중 딱 두 부잣집에만 괘종시계와 재봉틀이 있었다. 선풍기는 갸우뚱 갸우뚱 고개를 좌우로 유연하게 돌리면서 시원한 바람을 골고루 배분하고 있었다.

그날 저녁이었다. 외숙모가 차려낸 저녁상은 상다리가 휘어질 지경이었다. 쇠고기와 돼지고기와 닭고기는 물론이고 해산물에다 나물에 이르기까지 산해진미가 넘쳐나고 있었다. 음식이 하도 많아서 입이 떡 벌어지는 데다 어느 것부터 먹어야 할지 대관절 종잡을 수가 없었다. 외숙이 내게 말했다.

"윤복아. 여기까지 오느라 고생했다. 많이 먹어라. 그동안 얼마나 배곯고 지냈냐. 나는 니 사정을 잘 알고 있다. 니가 내년에 중학교 들어가면 통학용으로 자전거 한 대 줄게."

그 말씀에 가슴이 울컥했다. 외숙은 파평윤씨 일파의 대들보 같은 인물이었다. 일찍이 내 친가에 '질안배미' 논 엿 마지기를 사주셨던 귀인 중의 귀인. 외숙 내외분은 어떻게 해서든 동기간을 가난으로부터 구제하려고 온갖 온정을 베풀었다. 나는 모처럼 배가 터질 만큼 포식했다.

그 이튿날 오전 외갓집 가족들과 작별 인사를 나누었다. 어머니는 조카들에게 겨우 구깃구깃 구겨진 소액권 한 장씩 나눠 주었다. 외숙은 어머니에게 빳빳한 고액권 지폐로 노자를 듬뿍 안겼고, 나는 외숙모로부터 이 세상에 태어나 지금까지 받아본 용돈 중에서 가장 많은 용돈을 받았다. 얼마나 고마운지 감루를 머금지 않을 수 없었다.

어머니가 친정에 하찮은 예물을 홉으로 내놓았다면 외갓집에서는 어머니와 나에게 고귀한 은혜를 섬으로 베풀었다. 어머니와 나는 황산나루 이

모를 찾아뵈었다. 제방 너머 선착장에는 나룻배들이 몸을 맞댄 채 뒤뚱거리고 있었다. 금강이 유장히 흘러가고 있었다. 어머니와 나는 이모네 가족들과 헤어진 뒤 집으로 돌아왔다. 나는 외갓집에 가서 받은 사상 최초 최고 최대의 감동적인 환대를 두고두고 잊을 수가 없었다.

우리 마을 어른들 사이에는 '촌놈이 장에 다녀오면 사랑방꾼 잠을 못 자게 군다'는 말이 있었다. 모처럼 누군가가 논산 장이나 부여 장에 다녀오게 되면 현지에서 새로이 보고 들은 화젯거리가 하도 많아 남이야 듣건 말건 사랑방꾼 잠 못 이루게 밤새도록 신나게 떠들어댄다는 뜻이었다. 나 또한 외갓집 방문 체험에다 초 치고 된장 풀고 갖은 양념 다해서 이야기보따리를 풀면 하루 이틀쯤은 족히 장광설을 늘어놓을 수 있을 것 같았다.

나는 그 이듬해, 즉 1964년 1월 석양국민학교를 전교 수석으로 졸업했다. 내 학업은 사실상 그것으로 끝난 셈이었다. (큰)아버지 내외분은 극빈이어서 나를 더 이상 가르칠 경제력이 없었다. 그때 일생일대의 대반전이 일어났다. 친가 아버지께서 거액의 빚을 내어 나를 논산대건중학교에 입학시켜 주신 것이었다.

'수석'이 화근이었다. 만약 내가 국민학교를 2등이나 3등으로 졸업했더라면 아버지께서 그런 무리한 선택을 하지는 않았을 텐데 어쩌다 수석을 하는 바람에 결과적으로 부모님께 큰 타격을 안겨드린 것이었다. 죄송하게도 나 한 사람 때문에 부모님과 동생들이 더 힘든 고생길로 들어섰다.

그 어간에 경천동지할 대형 변고가 발생했다. 외숙이 돌연 위암으로 돌아가신 것이었다. 마른하늘에 날벼락이었다. 그 시절에는 의술이 미진하여 누구든지 암에 걸렸다 하면 예외 없이 그대로 사망할 수밖에 없었다. 뭐 건강 보험이니 의료 보험이니 그런 것도 없었다. 외갓집 가세가 급격히 기울었고, 우리 가족은 가장 든든한 최후의 후원자를 잃었다. 외숙이 작고

했을 때 어머니는 실신했다가 정신을 되찾은 뒤에도 며칠 동안 식음을 전폐했다.

뱁새가 황새 따라가다 가랑이 찢어진다는 말이 있었다. 내가 중학교에 다니는 동안 우리 부모님은 가랑이가 찢어질 지경이었다. 외숙이 주신다던 자전거는 물 건너갔고, 나는 장장 30리 길을 도보로 통학했다. 학우들이 점심 도시락 뚜껑을 열 때 나는 운동장으로 나가 음수대에서 수도꼭지에 입을 대고 수돗물로 배를 채웠다.

집에서 학교까지의 거리가 녹록지 않았다. 어른들은 부여 논산 양방향 거리를 계산할 때 항용 우리 동네에서 부여까지 20리, 논산까지 20리라고 했다. 그러나 우리 학교는 부여 방면에서 볼 때 논산읍 초입이 아닌, 읍내 한복판을 관통한 저 멀리 부창동에 있어서 통학 거리를 산출하자면 20리에다 그만큼의 구간을 더 추가 산입하는 것이 옳았다.

통학은 힘들었다. 워낙 허기져서 체력이 고갈되었고, 가는 길 오는 길 길바닥에 시간을 너무 많이 빼앗겨 학업에 몰입할 수가 없었다. 하절기에는 해가 길어 별 걱정이 없었지만, 낮 길이가 짧은 동절기에는 등굣길에서 뜨는 해를 맞이했고, 하굣길에서 지는 해를 떠나보냈다. 집에 시계가 없어 등교 때 출발시간 가늠하기가 어려웠다.

집에서 학교에 도착하면 입에서 쓴내가 났고, 학교에서 수업을 마치고 돌아오면 초죽음이 되어 콧구멍에서 단내가 났다. 늦가을 추적추적 비 내리는 어스름에 성동면 공동묘지 옆을 지날라치면 어디선가 귀신이 뛰쳐나올 것 같아 머리끝이 찌릿거렸다. 비포장 신작로에는 크고 작은 자갈들이 울멍줄멍하였다.

여름철 흙먼지가 극심할 때에는 곧잘 정지리에서 원북리 방향으로 우회했다. 그곳에는 일제 강점기 논산 부여 간 철도를 부설하려고 지반 공사를 진행하던, 그러다가 일제가 패망하자 공사를 중단한 뒤 방치해둔 미완의 노선이 있었다. 직선으로 쭉 곧은 지반 한복판으로는 우마차 길이 나 있었다. 근방 주민들이 길가에 보리나 호밀 같은 농작물을 가꾸고 있었다. 나는 한 손에 책가방, 다른 한 손에 영어 단어장을 들고 사타구니에서 요령 소리가 날 정도로 열심히 걷고 또 걸었다.

본래 못 올라갈 나무는 쳐다보지도 말라고 했다. 하지만 나는 겁도 없이 논산대건중학교를 졸업한 뒤 논산대건고등학교로 진학했다. 중3 때의 담임이신 권길중 선생님의 강권에 못 이겨 그렇게 된 것이었다. 몸에 맞지 않는 옷을 입었다고나 할까, 나에게는 전혀 어울리지 않는 선택이었다. 짧은 혓바닥으로 침을 멀리 뱉으려고 덤비는 형국이었다.

사실인즉 내가 교복 입고 학교 다닐 때 동생 차복과 옥희는 허름한 옷가지를 걸치고 험한 일에 시달렸다. 동생들의 경우 국민학교야 의무 교육이니까 무난히 졸업할 수 있었지만 그 이상의 학업은 언감생심 기대 난망이었다. 머리가 나쁘거나 공부를 못해서 그런 것이 아니었다. 학비를 조달할 수 없어서 그렇게 된 것이었다. 선복과 계복의 앞날도 어떻게 될지 예측하기 어려웠다.

동생들에게 미안했다. 나만 높은 학교에 다닌다는 것은 아무리 생각해도 형평에 맞지 않았다. 참 면목 없는 일이었다. 훗날 선복과 차복은 상급 학교로 진학했지만, 차복과 옥희는 결국 국졸 학력으로 끝나고 말았다. 그로 말미암아 나는 내 바로 밑의 두 동생에게 큰 부채를 짊어지고 살아왔다.

실지로 어머니는 나를 가르치느라 더 많은 노고에 부대꼈다. 당신은 길쌈에다 바느질은 물론 논밭 농사일에 이르기까지 날이면 날마다 일에 파묻혀 살았다. 당신에게는 애당초 농한기니 뭐니 그런 것이 존재하지 않았다. 어머니는 어쩌면 오로지 일을 하기 위해 태어났는지도 몰랐다. 한여름에는 양잠 농가에 공급하는 잠망蠶網을 만들었고, 추수가 끝나면 윗방 베틀에 올라앉아 겨우내 모시나 삼베를 짰다.

말이 나왔으니까 얘기지만, 내가 학교에 다닐 즈음 염색 보세 가공의 중간 과정인 홀치기가 부녀자들의 농가 부업으로 크게 성행했다. 수건처럼 갸름한 홀치기 원단을 '시보리(しぼり)'라고 했다. (큰)어머니와 어머니는 밤을 지새우며 홀치기에 매달렸고, 거기에서 얻는 소득으로 가용에 보태는 것은 물론 내 학비까지 대주었다.

어느 해 겨울이었다. 그날 나는 숙제를 마쳐 놓고 잠깐 아랫집 친구로 내려갔다. 아버지와 어머니가 활짝 웃으며 반겨주었다. 어머니 주위에 동생들 전원이 올망졸망 모여 있었다. 날씨가 춥다 보니 그들은 나가 놀 수조차 없었다. 옷도 얇고 허술했다. 난데없이 동생들에게 측은지심이 들었다.

생래적으로 일복을 타고난 어머니는 콧잔등에 돋보기를 걸친 채 홀치기 작업을 하고 있었다. 다리 한쪽이 떨어져 나간, 그리하여 안경테를 굵은 실로 두루뭉술하게 연결한 구닥다리 돋보기. 어머니는 누군가로부터 얻어온 그런 고물 돋보기를 삐뚜름하게 쓰고 있었다. 문풍지가 부르르 부르르 떨고 있었다. 어머니가 내게 말했다.

"어서 오너라. 춥지?"

"괜찮어유. 견딜 만 해유."

"그렇다믄 다행이구나. 우리 윤복이는 장차 대성할 인재이닝께 엥간한 추위쯤이야 잘 참을 거. 거기 따뜻한 자리로 앉거라."

"엄니. 맨날 일만 하시믄 힘들지 않어유?"

"힘들지. 그렇지만 어쩌겄냐. 본래 새끼 많은 소가 멍에 벗을 날 읎다구 했느니라."

우문현답이었다. 당신은 어쩌면 그렇게 그때그때 구구절절 척척 적절한 말씀을 하시는지 절묘했다. 누가 뭐래도 당신의 처지는 미상불 새끼 많은 소와 판박이라고 말할 수 있었다. 아니, 소에게 새끼가 아무리 많다 한들 어머니에게 딸린 우리 동기간처럼 많을 수는 없었다. 당신이 소라면 우리 7남매는 당신 몸에서 태어난 송아지들이었다.

당신은 그야말로 죽도록 일만 하는 소처럼 살았다. 그러면서 힘겹기 짝이 없는 자식들 양육을 숙명으로 받아들였다. 생사람 잡는 극심한 치통으로 고통을 받으면서 치과에 갈 엄두조차 내지 못했고, 어쩌다 논산 장 또는 부여 장에 가서도 불어터진 자장면이나 라면 한 그릇 사먹지 못한 채 쫄쫄 굶었다. 내가 말했다.

"뭐라 드릴 말씀이 읎네유."

"괜찮다. 너는 우리 집 맏아들이자 가문의 종손이다. 니가 어린 동생들을 잘 보살펴 주거라. 차복아, 옥희야, 선복아, 계복아… 느이들은 항상 맏이를 아부지처럼 생각하거라. 만약 아부지가 돌아가시믄 그때부터 맏아들이 아부지 대신 가장으로 올라가게 되는 거란다. 아무쪼록 우애 좋게 지내거라. 동기간에는 콩 한 톨도 나누어 먹어야 하는 겨. 그러구 이웃 간에는 황소 한 마리 가지구두 다투어서는 안 된다. 알겠냐?"

"야."

동생들이 일제히 대답했다. 어머니는 천성적으로 너그러워 어느 누구와도 말다툼을 벌이거나 얼굴 붉히는 일이 없었다. 네 분 부모님은 나 한 사람을 가르치느라 등골이 휠 지경이었다. 나는 당신들의 고혈을 빨아 1970년 1월 논산대건고등학교를 졸업했다. 그와 동시에 초·중·고 통산 12년 개근이라는 불멸의 대기록을 작성했다.

내 졸업장에는 부모님과 동기간의 땀과 눈물과 피가 배어 있었다. 외람되고 과분한 일이었다. 그렇다고 당장 출세 길이 열리는 것도 아니었다. 누구나 다 알다시피 예나 지금이나 끗발 없는 민초들은 숙명적으로 가시밭길을 걸을 수밖에 없었다. 권문세가들이 풍요를 세습할 때 가난뱅이들은 궁핍을 대물림하게 마련이었다. 고등학교를 졸업했지만 부여나 논산 땅에서는 일자리를 구할 수가 없었다.

설상가상으로 호적 나이까지 잘못 등재되어 앞길이 콱 막혀 있었다. 내 나이는 우리 나이로 스무 살, 만으로 열여덟 살이었지만, 호적 나이로는 아직 열일곱 살에 머물러 있었다. 따라서 연령 미달인 터라 공무원 시험에 응시할 수도 없었다. 몇 해 전부터 농어촌에 상경 열풍이 불고 있었다. 나도 서울행을 결심했다. 서울에 가면 뭔가 꼭 좋은 일이 있을 것만 같았다.

그해 초여름이었다. 나는 맨몸으로 고향을 떠나 객지 생활로 들어섰다. 그런데 웬걸 이상과 현실 사이에는 괴리가 컸다. 서울에서는 일자리 대신 말 못할 시련이 기다리고 있었다. 나는 영등포에 첫발을 디딘 이래 생사의 경계를 넘나들며 뒈지게 고생했다. 객지 생활이 그토록 혹독할 줄은 미처 몰랐다. 인생에는 연습이 없고 실전이 있을 따름이었다.

살기가 죽기보다 더 힘들었다. 하지만 나에게는 비장의 무기가 있었다. 네 분 부모님께서 몸 전체로 보여주신 강인한 정신력이었다. 나는 어떤 난관 앞에서도 물러서지 않고 정면 대결을 벌였다. 고향에 계신 부모님 생각을 하면 저절로 무쇠 같은 용기와 강철 같은 투지가 솟구쳤다. 단도직입적으로 천명하건대 당신들이 아니었다면 나는 이 세상에 존재할 수가 없었다.

특히 어머니는 희생의 화신이었다. 한평생 가족 위해 모든 것을 아낌없이 다 바쳤던 어머니. 우리 동기간은 당신의 거룩한 헌신을 딛고 성장했다. 그중에서도 나는 어머니에게 가장 많은 피와 땀과 노고와 상처를 안겨 드린 애물단지였다. 그런 내가 함부로 인생을 포기할 수는 없었다. 어머니는 내 생명의 원천이었다. 객지로 나온 이래 나는 한시반시도 부모님과 동기간을 잊은 적이 없었다.

더 나아가 나는 한산이문의 후예였다. 양반은 얼어 죽어도 겻불을 쬐지 않을뿐더러 물에 빠져도 개헤엄을 치지 않는 법이었다. 길이 아니면 가지 않았고, 말이 아니면 하지 않았다. 하루하루 작두날 위를 걷듯 아슬아슬한 위기 속에 만고풍상을 겪으면서도 조상님을 욕보이거나 부모님 은공에 배은망덕할 수는 없었다. 나는 지난 세월 가문의 자존심을 지키며 골병이 들도록 사력을 다해 치열하게 살아왔다.

병법에 이르기를, 필사즉생必死卽生 필생즉사必生卽死라 했다. 이는 이순신 장군의 임전훈臨戰訓으로서 나에게 큰 교훈이 되어 주었다. 나는 전쟁에 나선 군인이 아니었다. 그럼에도 불구하고 모진 세파를 헤치기 위해서는 강력한 전투 의지가 필요했다. 나는 죽기 아니면 살기로 전인미답의 험난한 역경을 헤쳤다. 책도 읽을 만큼 읽었다.

그러나 내 인생의 성적표는 너무 초라했다. 어머니의 덕목과 지혜를 절반만이라도 확실하게 구현했더라면 당신 말씀처럼 큰 인물이 되어 대성했을 텐데, 이 못난 자식은 쓰디쓴 쓸개를 씹으며 죽을 둥 살 둥 모진 세파를 헤치기에 바빴다. 그 결과 나는 당신의 기대에 부응하지 못한 채 오늘 여기까지 왔다.

이래저래 여러 부면에서 턱없이 부족했다. 장남의 도리에 미흡했고, 종손 노릇 또한 역불급이었다. 나의 무능으로 아내와 아이들 3남매까지 필설로 형언할 수 없는 형극의 길에서 허덕였다. 내가 객지로 나선 지도 반세기 이상 훌쩍 흘러갔고, 그러고 보니 내 나이는 어느덧 고희를 거쳐 희수를 목전에 두었다. 내 인생은 이렇듯 쓸쓸한 허탕으로 어물쩍 황혼에 접어들었다.

　어제 오후였다. 지루한 장마가 끝나려는 것일까, 한강 둔치 저 너머로 쌍무지개가 높이 떴다. 세상만사가 말짱 부질없는 환상이었다. 빨·주·노·초·파·남·보… 두 겹의 현란한 무지개를 하염없이 바라보는 동안 (큰)아버지 내외분과 아버지 어머니와 동기간이 그리웠고, 덧없이 흘러간 세월이 너무 서글퍼 양쪽 눈가에 아롱아롱 영롱한 이슬이 맺히고 있었다.
(『신문예』 2025. 9월호)

얘기꾼의 발자국

누차 밝혔다시피 나는 세 살 때 친가를 떠나 종가, 즉 (큰)아버지 내외 분 슬하로 출계했다. 그런 까닭에 내게는 아버지 두 분, 어머니 두 분이 계셨다. 친가 부모님이야 두 말할 나위조차 없지만, 양가 (큰)아버지 내외분 또한 부모님이었다. 친가 부모님은 낳아주신 부모님이었고, 양가 부모님은 키워주신 부모님이었다.

윗집 양가와 아랫집 친가는 한 동네에 빤히 마주보고 있었다. 양가의 좌향은 북향이었고, 친가의 방위는 남향이었다. 동기간은 모두 7남매였다. 위로 누님 두 분, 나, 동생 네 사람이었다. 우리는 떼려야 뗄 수 없는 한 핏줄이었다. 윗집 양가는 가족이 단출했고, 아랫집 친가에는 여러 식구들이 북적거렸다. 그동안 기회 있을 때마다 이러한 사정을 여러 차례 언급했음에도 불구하고 오늘 초장부터 또 다시 그 사연부터 꺼내든 까닭인즉 이처럼 특수한 배경을 사전에 충분히 설명하지 않고서는 뒤에 이어질 담론 전개가 도저히 불가능하기 때문이었다.

대부분의 가정이 대가족을 이루어 왁자지껄 번잡했던 시절 양가는 식구가 적어 항상 고즈즈녁하고 한산했다. 비록 가난했지만, 양가는 여름에나 겨울에나 마실꾼들 모이기에 최적의 조건을 갖추고 있었다. 우리 원증산 마을의 요충지는 단연 말랭이라고 말할 수 있었다. 동네의 관문인 데다 지대가 높아 이곳에 올라서면 마을이 한눈에 내려다보였다. 양가는 쥐엄나무가 서 있는 말랭이와 맞닿아 있었다.

양가 마당에는 해묵은 아름드리 감나무가 있었다. 말랭이와 양가에는 여름 내내 나무 그늘이 아주 두툼하고 좋았다. 주민들 중에는 한여름 시원한 말랭이 쥐엄나무 아래에서 낮잠을 자는 사람들이 있었다. 밤에는 양가 마당에 밀짚 방석 펴놓고 적게는 서너 명, 많게는 예닐곱 명이 둘러앉아 한낮 땡볕 더위에 달궈진 몸을 식혔다.

(큰)아버지 내외분은 거의 매일 밤 마당 한쪽 구석에 모깃불을 놓았다. 마른나무에 불쏘시개로 불을 붙인 뒤 아직 덜 말라 약간 꾸들꾸들한 푸나무를 주섬주섬 쌓아 덮으면 매캐한 연기가 푸짐하게 퍼져 나갔다. 하늘에는 은하수 주위로 수많은 잔별들이 초롱초롱 빛나고 있었다. 시루봉과 말랭이 쥐엄나무 언저리에서 반딧불이가 반짝거렸고, 달밤에 하얀 박꽃 위로 푸릉푸릉 날아다니던 풍뎅이가 방향을 잘못 잡아 사람들 사이로 툭툭 떨어지곤 하였다.

양가는 한겨울에도 마실꾼 모이기에 안성맞춤이었다. 바깥 날씨가 아무리 추워도 방바닥이 절절 끓었다. 우리 동네 갑부 윤구병씨 소유의 시루봉을 관리하면서 솔가리며 삭정이 따위의 땔감을 충분히 확보할 수 있었기 때문이었다. 그리하여 연세 지긋한 동네 아저씨 서너 분이 저녁마다 우리 집으로 마실을 오곤 했다. 마음씨 좋은 분들이었다. 그분들은 좌상이신 (큰)아버지를 높여서 '형님'이라 불렀다.

나는 너덧 살 때 (큰)아버지로부터 한글과 천자문을 배웠다. 그 시절 몇몇 아저씨들이 논산 장이나 부여 장에 다녀올 때 번갈아가며 얘기책을 사왔다. 우리 동네에는 아직 전기가 들어오지 않아 석유 등잔 호롱불로 어둠을 밝혔다. 나는 가물가물 조는 듯한 호롱불 아래에서 어른들에게 얘기책을 읽어드렸다. 이를테면 어린 전기수傳奇叟라고 말할 수 있었다. 내가 맨 처음 얘기책을 읽을 때 (큰)아버지께서는 "거기는 띠구(떼고)" "거기는 붙이구(붙이고)" 하면서 독법을 가르쳐 주었다.

나는 당신을 통해 얘기책의 문장 원리를 정확히 알아차렸다. 운문이 아닌, 장황하게 이어지는 산문일지라도 거기에는 그 나름의 보이지 않는 운율이 있었다. 내재율內在律이었다. 그걸 터득하는 순간 책을 읽기가 훨씬 쉽고 편했다. 운율에 따라 고저장단으로 살짝살짝 가락을 맞추면 어떤 장문長文이든 막히지 않고 술술 읽어 내려갈 수 있었다. 감정을 섞어 그때그때 약간의 손짓 몸짓까지 보태가면서 신명나게 책을 읽을라치면 동네 어른들은 소설에 심취한 나머지 "어허!" "저런! 저런!" "아이고, 큰일 났네!" 하면서 추임새를 넣었다. 나 또한 책 속의 서사에 흠뻑 빠져 시간 가는 줄 몰랐다.

그 당시 얘기책의 체재와 지질은 거의 천편일률적이었다. 판형은 4·6판이었고, 본문 용지는 중질지였다. 제본은 우철右綴 호부장糊附裝이었다. 어떤 책은 철사 대신 바느질로 속장을 꿰맨 뒤 옛날 전적처럼 우측에 철끈 모양의 장식 선을 그려 고풍스런 분위기를 자아냈다. 표지 장정의 경우 제목과 함께 얘기책 내용 중 최고 절정에 이르는 장면을 회화繪畵로 표출하고 있었다.

본문 조판은 종조縱組 일색이었고, 어떤 책이든 예외 없이 전부 활판으로 인쇄했다. 색상은 흑색 단색이었다. 『삼국지』를 제외하고는 책의 부피도 얄팍한 편이었다. 그렇다고 단박에 독파할 수 있는 것은 아니었다. 초저녁에 두어 시간씩 읽을 경우 한 권 완독하려면 며칠씩 걸렸다. 아직 띄어쓰기가 정립되지 않아 본문 활자들이 다닥다닥 빼곡하게 붙어 있었다. 맞춤법 역시 구구각각이었다. 오죽하면 한 책자 안에서도 앞의 표기와 뒤의 표기가 서로 달라 혼선을 불러일으키곤 했다. 오자와 탈자와 깨진 글자가 수두룩했다.

나는 취학 전 유년 시절 『춘향전』 『심청전』 『흥부전』 『홍길동전』 『삼국지』를 전부 읽었다. 좀 더 정확히 말하자면 그때까지 동네 어른들이 수시로 한 권 한 권 낱권으로 가져오신 책들을 모조리 읽어 치워 이제는 더 이상 읽을 책이 없었다. 새 책이 들어올 때마다 하루도 거르지 않고 매일 밤 줄창 읽다 보니 재고가 바닥난 것이었다.

음력으로 섣달 중순께였다. 며칠 전부터 땅이 꽁꽁 얼어붙었고, 날마다 살을 도려내는 듯한 날 돋친 바람이 불어왔다. 부여 장에 갔던 아저씨 한 분이 이번에는 『유충렬전』을 사오셨다. 세창서관 판본이었다. 표지 우측 하단에 발행처를 알리는, 우체국 소인 모양의 '各種書籍大發賣元 ★振替17★ 世昌書館 主 申泰三 서울市 鍾路三街十'이라는 도안이 들어가 있었다.

표지에는 '劉忠烈傳'이라는 한자 제목 아래 '류충렬전'이라는 한글 토가 달려 있었다. 제목의 배경으로는 표지화가 전면을 꽉 차지하고 있었다. '劉忠烈이 鄭文傑을 베히고 明天子를 救하다'라는 화제畵題 아래 웅장한 성문에 신하를 거느린 명천자가 서 있었고, 주인공 유충렬이 언월도偃月刀로 정문걸의 목을 베어 말안장에서 떨어뜨리는 장면이 사실적으로 묘사돼 있었다.

나는 그날부터 동네 어른들을 상대로 새 책 『유충렬전』을 읽기 시작했다. 우리 집에는 시계가 없었다. 시계는 동네 전체를 통틀어 딱 두 부잣집에만 있었다. 물론 마실꾼 아저씨들 또한 회중시계나 손목시계를 소지할 형편이 못 되었다. 밤이 이슥해지면 일단 얘기책 읽기를 멈추었고, 어른들은 향후 속개될 사건을 기대하며 뿔뿔이 흩어져 집으로 돌아갔다. 어떤 날에는 (큰)어머니가 김칫독에서 꺼내온 동치미 국물을 나눠 마시며 출출한 속을 달래기도 했다. 그러고는 그 다음날 해가 저물고 어둠이 내릴 때 어른들이 한 분 두 분 커음커음 헛기침을 뱉으며 우리 집으로 모여들기 시작했다. 어느 아저씨가 (큰)아버지에게 말했다.

"형님, 윤복이 애는 참 조숙해유."

"나두 그렇게 생각하네."

"애으른이구먼유. 나이만 어렸지 으른 뺨치는 수재랑께유."

'애으른'은 '애어른'을, '으른'은 '어른'을 가리키는 우리 고장 '표준말'이었다. 그 말이 채 끝나기도 전에 다른 아저씨가 재빨리 한 술 더 뜨고 나섰다.

"수재? 내가 볼 때는 천재여."

"맞았어. 얘는 신동이랑께. 우리 마을에 문장 났어."

과찬이었다. 나는 단 한 번도 내 자신이 수재라거나 천재라거나 신동이라고 생각해 본 적이 없었다. 내 귀에는 그런 칭사가 달착지근한 외교적 췌사쯤으로 들려왔다. 이윽고 날마다 참석하는 단골 마실꾼 아저씨들이 전원 집합하여 바람벽 쪽으로 둥그렇게 둘러앉았다. (큰)아버지보다는 연하이지만, 마실꾼 중 가장 연세 많으신 어른이 내게 말했다.

"윤복아. 그럼 어제 읽었던 뒷부분부터 다시 시작해 보자."

그 말씀이 떨어지자마자 나는 목청부터 가다듬었다. 그러고는 어젯밤 중단했던, 책갈피 하단을 세모꼴로 살짝 접어놓았던 대목에서부터 연속하여 다시 읽어나갔다.

"…아모리즘생이라도명나라록을먹으니이런때힘을아니쓰고어느때에쓰리요바삐가자하니천사매귀를기우리고든더니주홍같은입을버리고벽력같이소리하여비룡같이달려들어순식간에양수에다르니천자는백사장에

엎더지고한담은칼을들고천자를치랴하며호통하는소리강수가뛰거날이때원수이경상을보고평생있는용맹과가진조화호통소리를모다합하고천사마도평생용맹을다하며장성금도삼십삼천어든조화를이때에다부리니원수달는앞에귀신인들아니울며강산도문너지고하해도뛰놀듯이벽력같이소리하여왈이놈만고역적정한담아우리천자를해치말라류충렬이여기왔다내호통소리에는태산도무너지고하해도끌는다하물며네놈이승천입지할터이냐하는소리에정한담이두눈이캄캄하며두귀가절벽되며또탓던천사마를돌려도망하려하더니천사마격구러지거날원수의장성검이번듯하며정한담에두팔이떨어지고장성대검이일시에부서져백사장에흩어지니…"

이 박진감 넘치는 장면에서는 어른들 모두가 마른침을 꼴깍꼴깍 삼키며 숨을 죽였다. 호롱불도 신바람이 나서 추썩추썩 춤을 추고 있었다. 소설은 후반부로 갈수록 흥미진진하게 전개되었다. 문자 그대로 점입가경이었다. 그때 나의 내면에는 얘기책의 내용과는 별개로 몇 가지 의문들이 꼬리를 물고 있었다.

'고대 소설'이란 무엇일까. 『유충렬전』의 표지 제목 '劉忠烈傳'이라는 네 글자 머리맡에 분명 '古代小說'이라고 명시돼 있었다. 나로서는 소설의 내용이 고대라는 뜻인지, 소설을 쓴 시대가 고대라는 뜻인지 고대 소설의 정의를 잘 알지 못했다. 이튿날 아침 『유충렬전』을 꺼내놓고 (큰)아버지에게 직접 여쭤 보았다.

"아부지, 고대 소설이 뭐예유?"

"고대 소설?"

"야. 여기 이렇게 '고대 소설'이라구 나와 있잖어유."

"그건 고대로부터 전해 오는 소설이라는 뜻이지."

"그럼 『유충렬전』이 언제부터 전해 내려왔어유?"

"그건 나도 잘 모르겠다."

뜻밖이었다. (큰)아버지께서는 다방면에 걸쳐 모르는 것이 없었다. 지금까지는 역사든 예절이든 뭐든 다 척척 가르쳐 주셨는데,『유충렬전』의 창작 연대에 관해서는 명쾌한 답변을 내놓지 못했다. 당신께서도 약간은 멋쩍게 부얼부얼한 수염을 쓰다듬고 계셨다. 어른 중의 어른이신 당신께서 모르시는 것이라면 다른 사람들에게는 더 이상 물어볼 필요조차 없었다. 호기심 많은 내가 다시 여쭈었다.

"그럼 이 이야기는 실지로 있었던 일인가유?"

"그럴 수도 있구, 그렇지 않을 수도 있겠지."

나는 또 다시 놀랐다. 평소 기면 기고 아니면 아니고 명징하게 말씀하셨던 (큰)아버지. 하지만 당신은 이것도 저것도 아닌, 아주 애매모호한 답변으로 말끝을 흐렸다. 최소한 당신께서는 그렇게 희미한 말씀을 하신 적이 없었다. 나는 뭐가 뭔지 사뭇 혼란스러워서 어리둥절할 수밖에 없었다. 의문은 또 있었다. 내가 당신께 여쭈었다.

"그럼 이 책을 지은 사람은 누구예유?"

"그것두 알 수가 읎어."

"왜유?"

"전해져 오지 않으니께 그렇지."

우문현답이었다. 그렇다면 어떻게 작자를 찾아낼 수 있을까. 내 뇌리에는 별별 생각이 다 들었다. 아무튼『유충렬전』을 완독하자 이번에는 다른 어른이 논산 장에 갔다가『장국진전』을 사가지고 왔다. 나는 그 책도 읽어드렸다. 하지만『유충렬전』과 관련한 의구심은 점점 더 눈뭉치처럼 불어나고 있었다.

(큰)아버지를 비롯한 동네 어른들은『유충렬전』의 주인공 이름을 시종

'유충열'이라 호칭했는데, 책 표지 한자 제목 아래 '류충렬전'이라는 한글 토가 달려 있었고, 본문에도 처음부터 끝까지 '유충렬'이 아닌 '류충렬'이라 적시돼 있었다. '유충열' '유충렬' '류충열' '류충렬' 중 어느 표기가 옳은지 사뭇 헷갈렸다. '劉'를 '류'로 표기한 것은 두음 법칙을 적용하지 않은 탓이었고, 훗날 『柳忠烈傳』 『兪忠烈傳』 등 주인공의 성씨가 각각 다른 필사본 목판본 활자본 등 50여 종의 이본이 존재한다는 것을 확인했다.

그때쯤 해서는 고대 소설의 범주도 명쾌하게 이해할 수 있었다. 고대 소설이란 대체로 19세기 이전에 창작된 소설을 가리키는 말이지만, 일반적 시대 구분으로 고찰할 때 19세기까지를 '고대古代'에 포함시키는 것은 부적절했다. 그렇다면 차라리 신소설新小說 출현 이전까지의 소설을 고전소설古典小說이라 지칭하는 것이 합리적이라 생각되었다. '고대'의 '대代' 자를 '전典'자로 바꾸어 표현하면 간단히 해결되는 것이었다.

아니나 다를까, 언제부턴가 고대 소설이라는 말이 서서히 뒷전으로 자취를 감추면서 고전 소설이란 용어가 그 자리를 차지했다. 나는 신문관新文館에서 발행했던 육전소설六錢小說의 내력까지도 소상히 알아냈다. (큰)아버지의 말씀처럼 소설이란 사실일 수도 있고, 그렇지 않을 수도 있었다. 온통 거짓말일 수도 있지만, 이것저것 여러 가지를 뒤섞은 것일 수도 있었다.

그건 그렇고, 나는 1958년 3월 석양국민학교(지금의 석양초등학교) 입학 이후 학교 공부에 몰입했다. 그러면서 어떻게 하면 『춘향전』 『심청전』 『흥부전』 『홍길동전』 『삼국지』 『유충렬전』 『장국진전』처럼 재미있는 얘기책을 쓸 수 있을 것인가 궁리했다. 나는 막연하게나마 장차 얘기꾼이 되고 싶었다. 수업 시간에 글짓기를 하면 매번 선생님으로부터 칭찬을 들었다. 그때마다 기분이 좋아서 괜히 어깨가 으쓱해졌다.

그러는 사이 귀신에 걸렸는지 도깨비에게 홀렸는지 아니면 눈에 북어 껍질이 쓰였는지 어쨌든 글과 얘기와 책에 대한 관심은 날이 갈수록 가일층 증폭되고 있었다. 그 반면 내가 학교에 다니기 시작한 이후 마실꾼들의 발길도 서서히 뜸해졌다. 그 아저씨들 중에는 타지로 이사 간 분도 있었다.

1964년 1월 석양국민학교를 전교 수석으로 졸업한 나는 그해 3월 겁도 없이 논산대건중학교에 입학했다. 친가 아버지께서 큰 빚을 졌고, 그 바람에 어머니와 동생들이 더 힘든 고생길로 들어섰다. 우리 집안 사정으로 볼 때 중학교 입학은 분명 잘못된 선택이었다. 나야말로 국민학교 졸업과 동시에 밥벌이로 나서는 것이 옳았다.

하지만 나는 아버지의 파격적인 결단에다 국민학교 때의 선생님들과 동네 어른들의 강권에 등을 떠밀린 나머지 얼떨결에 중학생이 되었다. 두 집 부모님들은 학비를 대느라 달걀이든 병아리든 닭이든 하여간 돈이 될 만한 것이면 무엇이든 논산 장이나 부여 장에 내다 팔았다. 어떤 때는 동네를 찾아오는 중간상에게 얼마 되지 않는 소량의 콩이나 팥이나 참깨 같은 곡물을 넘기기도 했다.

사실 내가 중학교에 다닌다는 것은 일종의 호사이자 사치였다. 양가와 친가가 사력을 다해도 내 학비를 조달하기에는 족탈불급이었다. 누님들은 이미 출가외인이 되어 있었지만, 나 한 사람 때문에 부모님은 물론 동생들까지 입을 것 못 입고 먹을 것 못 먹으며 이만저만 고생하는 것이 아니었다. 차마 그걸 눈 뜨고 볼 수가 없어 마음속 갈등이 복잡했다.

모름지기 동기간이라면 먹어도 같이 먹고, 굶어도 같이 굶고, 살아도 같이 살고, 죽어도 같이 죽는 것이 올바른 도리였다. 하건만 내가 뭐 잘 났다고 부모님과 동생들 앞에서 특권을 누려야 할까. 나는 결코 귀족이 아니었고, 신의 점지를 받은 존재도 아니었다. 나 한 사람만 중뿔나게 높은 학교에 다닌다는 것은 아무리 생각해도 형평에 맞지 않았다. 그런데도 나만 특별 대우를 받아 여간 송구한 것이 아니었다.

내가 말끔한 교복 입고 등교할 때 부모님과 동생들은 구질구질한 헌옷 입고 일터로 나갔다. 나는 운동화를 신었지만 동생들은 고무신을 신고 있었다. 양심의 가책에 가슴이 저려왔다. 부모님과 동생들이 땅 파느라 피땀 흘리고 있을 때, 숙제한답시고 손발에 흙 한 점 묻히지 않고 땀 한 방울 흘리지 않으면서 방구석에 죽치고 있을라치면 가시방석에 올라앉은 기분이었다. 나는 중학교 입학 이후 죽도록 희생하는 부모님과 동생들에 대한 죄의식으로부터 벗어날 길이 없었다.

괴로웠다. 부여군 석성면 증산리 우리 집에서 논산군(지금의 논산시) 논산읍 부창동 학교까지는 장장 30리 길이었다. 하숙이나 자취는 언감생심 꿈도 꿀 수 없었고, 버스나 자전거로 통학할 처지도 못되었다. 방법은 딱 하나, 도보 통학이었다. 그것 이외에는 달리 선택의 여지가 없었다. 부여에서 논산에 이르는 길은 일찍이 계백 장군께서 5천 결사대를 이끌고 황산벌로 진군하던 길이었다.

나는 일요일과 법정 공휴일과 방학 때를 제외한, 각 학년 수업 일수만큼 그 머나먼 길을 연일 걸어서 왕복했다. 등굣길에는 집을 나선 뒤 동구 앞 잿무덤부리에서 제4호 국도(지금의 제10호 군도)를 따라 새다리를 지나 군계를 넘었고, 숯말과 말무덤을 거쳐 길미 방앗간 앞으로 활처럼 휘어나가 공동묘지 내리막길로 내려선 다음, 선들부터 광석들을 가로실러 논산대교를 건넜으며, 논산읍내를 관통하여 부창국민학교(지금의 부창초등학교) 담 모퉁이를 돌아 우리 학교에 닿았다.

그때 논산읍내 한복판 가로에는 아스팔트가 깔려 있었지만, 그곳을 제외한 모든 외곽 국도는 당연히 비포장도로였다. 주먹만 한 자갈들이 울퉁불퉁하였다. 한여름 트럭이나 버스가 지나갈 때에는 우당탕퉁탕 돌멩이가 튀어 올랐다. 장마철에는 웅덩이에 고여 있던 물이 자동차 바퀴에 치여 쫘악쫘악 물보라를 날렸다. 길가에는 군데군데 가로수가 서 있었고, 도로 보수 공사 때 쓰려고 예비해둔 자갈 무더기가 일정한 간격으로 길게 줄지어 있었다.

나는 운동화 밑창에서 고무 탄내가 나도록 두 발로 번갈아 가며 길바닥을 잡아채 긁어댔다. 논산 장날에는 광석면이나 성동면 근방에서 만나는 장꾼들과 우마차를 잰걸음으로 앞지르면서 부리나케 걸었다. 여름철에는 땀으로 멱을 감았고, 겨울철 추운 날 학교에 도착해 모자를 벗으면 밥솥이나 떡시루에서 뿌연 수증기 솟구치듯 정수리에서 더운 김이 무럭무럭 번져 나왔다.

점심은 쫄쫄 굶었다. 점심시간에 학우들이 도시락 뚜껑을 열면 반찬 냄새가 진동했다. 나는 운동장 한쪽 모퉁이 음수대로 가서 수도꼭지에 입을 대고 물로 배를 채웠다. 여남은 살 소년이 하루에 두 차례씩 그 머나먼 길을 걸어 다녔다니 지금 생각해도 전신에 닭살이 돋을 만큼 딱한 일이었다. 폭우나 폭설이 내릴 때에는 가끔 버스를 타기도 했지만, 학비 마련하느라 고생하시는 부모님을 생각하면 그때마다 버스 요금이 아까워 가슴이 미어지는 것만 같았다.

우리 학교는 중고등 병설 교육 기관이었다. 교문 좌우 기둥에는 '論山大建中學校'와 '論山大建高等學校' 간판이 나란히 부착돼 있었다. 대리석에 음각한 서체가 단정했다. 교문에 다다를 때에는 중1부터 고3까지 전교생이 구름처럼 몰려들었다. 논산 거주 학생들과 하숙생 또는 자취생의 경우 엎어지면 코 닿을 거리에서 등교했다.

자전거를 타고 씽씽 달려오는 학생들은 대부분 논산군 내 강경읍 연무읍 은진면 성동면 광석면 노성면 상월면 채운면 부적면 연산면 거주 선후배들이었지만 개중에는 부여군 석성면 초촌면 출신 학우도 여러 명 뒤섞여 있었다. 우리 동네 김건래를 비롯하여 이웃 마을 신구영 이호식 조태웅 등 몇몇 사람은 바로 석양국민학교 동기 동창들이었다. 그들은 나보다 훨씬 늦게 집에서 출발했으면서도 꼭두새벽에 집을 나선 나를 기세 좋게 뒤로 따돌리면서 일제히 교문을 통과했다.

하굣길에는 등굣길의 역순으로 되짚어 걸었다. 교문을 나설 때에는 자전거 통학생들이 먼저 썰물처럼 빠져 나갔다. 버스나 열차로 통학하는 학생들은 논산시외버스합동정류소와 논산역으로 이동했다. 읍내 학생들은 걷고 자시고 할 것도 없었다. 그 반면 나는 수업 종례와 함께 그때부터 허리띠를 졸라매고 본격적인 장거리 도보의 첫걸음을 떼어야 했다.

통학은 그 어떤 중노동 못지않게 힘들었다. 집에서 학교까지 가면 파김치가 되었고, 학교에서 귀가하면 초죽음이 되었다. 길바닥에서 코피를 터뜨리며 쓰러질 뻔한 적도 한두 번이 아니었다. 1등을 하고 싶어도 길바닥에서 소모하는 시간이 너무 많아 학업에 전념할 수가 없었다. 마음으로야 얼마든지 1등을 할 수 있었지만, 사정이 사정인지라 예습과 복습 시간은 물론 숙제할 시간조차 절대적으로 부족했다.

동료 학우들이 공부방에서 학업에 열중할 때 나는 길 위에서 헐떡거렸다. 만일 전교생 장거리 걷기 대회를 한다면 단연 우승할 자신이 있었다. 노골적으로 말해서 이건 뭐 걸어 다니기 위해서 학교에 학적을 두고 있는 것인지 공부를 하기 위해서 걸어 다니는 것인지 분간이 안 되는 것이었다.

그린 악조건 속에서 나는 결석이나 지각이나 조퇴 한 번 하지 않고 1학년부터 3학년까지 줄곧 1반을 지켰다. 1반은 석차 1등에서부터 60등까지의 학생으로 편성된 학급인데 일명 특수반이라 불렀다. 1학년 때 담임은 미술을 가르치던 송상기 선생님, 2학년 때 담임은 국어를 가르치던 박사석 선생님, 3학년 때 담임은 지리를 가르치던 권길중 선생님이었다.

중3 때였다. 1학기를 마치고 7월 하순 여름 방학에 들어가면서 고등학교 진학에 대비한 보충 수업이 시작되었다. 공식 학사 일정과는 무관한, 상급 학교 진학률과 합격률을 높이기 위한 학교 차원의 비공식 과외라고 말할 수 있었다. 보충 수업에는 별도의 수업료가 필요했다. 우리 집 사정으로는 죽었다 깨어나도 감당할 방도가 없었다.

톡 까놓고 말해서 나는 1학년 입학 때부터 공식 수업료와 기성회비를 제때에 납부하지 못해 매번 곤경을 치렀다. 학우들 앞에 고개를 들 수가 없을 만큼 부끄러웠다. 공부고 나발이고 당장 학교를 때려치우고 싶은 생각이 간절했다. 사정이 이렇건만 보충 수업료까지 추가로 내야 한다니 이건 뭐 엎친 데 덮친 격이었다. 내게는 학교를 그만두라는 통보나 다를 바 없었다. 두 집 부모님들도 막바지 한계에 다다라 이제는 더 이상 학비를 마련할 수 없게 되었다. 땅을 치며 통곡해도 시원찮을 판이었다. 나의 학업은 막을 내렸고, 지금까지 기를 쓰고 쏟아 부은 학비만 허공에 날린 꼴이었다.

나는 보충 수업을 접으면서 자퇴까지 결심했다. 막말로 이토록 죽을 고생을 해가며 그까짓 중학교 졸업장을 받는다 한들 무슨 소용이 있으랴. 얼른 학교를 그만두고 차라리 다른 계통으로 나아가는 것이 훨씬 성공을 앞당길 수도 있잖아. 나는 그때까지 위인전에서 만났던, 그중에서도 정상적으로 학교를 다니지 못하고서도 대성한 위인들을 떠올렸다.

돌이켜보면 그동안 죽자 살자 집과 학교 사이를 오간 것이 말짱 수포로 돌아가게 되어 일응 억울한 것도 사실이었다. 하지만 모든 것을 작파해버리자 얼마나 홀가분한지 몰랐다. 가난이 원수였다. 끼니를 잇기 어려운, 빼지도 박지도 못할 그 막다른 골목에서 연로하신 부모님 봉양이 더욱 시급하고 절박했다. 동기생 전원이 보충 수업에 들어갔을 때 나는 학생용 운동화 대신 다 닳아빠진 허드레 검정 고무신을 신고 남의 집 일판에 나아가 날품을 팔았다.

언젠가도 말했다시피 윤구병씨네 집에는 이런저런 일거리가 참 많았다. 어떤 날에는 콩밭 매러 다녔고, 또 어떤 날에는 과수원에 지게로 거름을 져 나르기도 하였다. 박박 깎고 다녔던 까까머리 두발이 꺼치렁 밤송이처럼 자라 꺼벙머리가 되어 있었다. 하루 일을 마치고 나서 저녁 때 꼬박꼬박 품삯을 챙겨 받는 재미가 쏠쏠했다. 최소한 삼시 세 끼 걱정은 면할 수 있었다.

그러던 어느 날이었다. 동기생 김건래가 자전거를 몰고 찾아왔다. 나하고 석양국민학교 동기 동창인 걔는 논산대건중학교에도 함께 입학했다. 서로 학급만 달랐다. 내가 3개 학년 동안 줄곧 1반에만 속해 있었던 반면 걔는 2반과 3반을 오락가락하였다. 집안 형편을 보면 아주 부자는 아니어도 중농 정도의 먹고살 만한 수준이었다. 나이는 걔가 나보다 한 살 더 많았다.

김건래가 중학교 입시에 합격하자 그의 부모는 걔에게 비까번쩍하는 새 자전거를 사주었다. 핸들에 갸름한 거울까지 장착한 최신형 자전거. 그때 나의 친기 아버지는 내 입학금을 마련하느라 논산 미곡상米穀商에서 거액의 빚을 냈다. 내가 중학교 중퇴를 작심했을 때 걔는 고등학교 진학을 전제로 이른바 보충 수업을 받고 있었다. 걔가 말했다.

"윤복아. 오랜만이다. 잘 지냈냐?"

"응. 잘 지내고 있어."

"근디 권길중 선생님이 너를 학교에 데려오라고 하시더라."

"나를?"

"그랴. 내일 학교에 가서 꼭 선생님을 만나 봐."

"나는 이미 학교를 그만두기로 작정했는걸."

"그래두 그렇지, 니가 내일 학교에 가지 않으믄 나는 어떻게 하라구. 내가 선생님 심부름을 안 한 게 되잖어."

그 말에 일리가 있었다. 전화를 비롯한 통신 수단이 열악해서 대개 인편으로 소통하던 시절이었다. 두 말할 필요도 없이 걔는 권 선생님의 특별한 지시를 받고 나에게 찾아온 것이었다. 내가 가장 존경하는 권길중 선생님께서 무슨 일로 나를 호출하셨을까. 나는 내친 김에 선생님을 찾아뵙고 공식적으로 자퇴서를 제출하리라 단단히 마음먹었다. 내가 걔에게 말했다.

"알았어. 내일 학교에 갈게."

그 이튿날이었다. 나는 아침 일찍 학기말 때 신었던 운동화를 챙겨 신고 집을 나섰다. 앞마당 감나무와 말랭이 쥐엄나무에서 매미들이 무슨 살판을 만났는지 맴맴 맴맴 맴맴… 쏴르쏴르 쏴르 쏴르… 소리 높여 합창하고 있었다. 몇 발짝 걷지도 않았는데 벌써부터 목덜미에 끈적끈적 땀이 배어 나오고 있었다.

나는 곧 잿무덤부리 제4호 국도에 이르러 논산으로 방향을 잡았다. 눈부신 햇살 아래 산야가 푸르렀다. 새다리를 지났다. 버스와 트럭이 흙먼지를 일으키며 교행하고 있었다. 신의 계시였을까, 부여군에서 논산군으로 군계를 넘어서려는 찰나 느닷없이 떠오르는 위대한 인물이 있었다. 내가 가장 흠모하는 계백 장군이었다. 누구나 다 알겠지만, 장군께서는 백제의 국운이 기울었을 때 처자의 목을 벤 뒤 5천 결사대를 이끌고 지금 내가 걷고 있는 이 길로 황산벌에 나아가 신라의 5만 대군과 최후의 일전을 벌였다.

아, 계백 장군! 장군 중의 장군, 명장 중의 명장, 영웅 중의 영웅, 만고 청사에 길이 빛날 그 천하의 계백 장군은 신라군보다 먼저 황산벌에 도착하여 즉각 험준한 곳에 3영營을 설치했다. 한 치도 양보할 수 없는 최후의 방어선. 만약 이곳을 지켜내지 못한다면 백제의 운명이 송두리째 결딴날 것이었다. 풍전등화와도 같은 절체절명의 순간이었다. 각 군영으로 병력을 분산 배치하기에 앞서 장군이 전군 장졸들에게 외쳤다.

"장졸들은 들어라. 이제 우리는 불공대천의 숙적 신라의 주력과 피차 양보할 수 없는 일전을 겨루게 되었도다. 제병諸兵이 알다시피 조국 백제의 운명이 여러 용사들의 두 어깨에 달려 있느니라. 일찍이 월왕 구천은 5천 군사로 오왕 부차의 70만 대군을 무찔렀노라. 평소 우리가 갈고 닦은 기량을 유감없이 발휘하면 얼마든지 적을 격멸할 수 있으리라 믿어 의심치 않는 바이다. 우리 모두 분려결승奮勵決勝하여 국은에 보답하자. 알겠는가?"

장군의 사자후獅子吼가 고막을 찢는 듯했다. 환청이었다. 장군은 열 배나 많은 적군을 맞아 네 번 싸워 네 번 모두 이겼지만, 종당에는 중과부적으로 분패하여 부하들과 더불어 장렬히 전사했다. 장군의 우국충절을 생각하자 두 눈에서 눈물이 뚝뚝 떨어졌다. 대의멸친의 화신이신 계백 장군에 비한다면 지금 내가 겪고 있는 고난은 아무것도 아니었다. 학교에 도착했을 때 권 선생님은 내게 연민의 눈길을 보내왔다. 선생님이 말했다.

"그동안 어떻게 지냈나?"

"부잣집에 일하러 다녔습니다."

지난번에도 밝혔던 것처럼 나는 어렸을 때부터 몸에 밴 우리 고장 '표준말'과 국민학교 입학 후 교과서에서 배운 서울 표준어를 자유자재로 구사할 수 있었다. 부모님과 동기간과 학우들을 비롯한 토박이들과는 우리 고장 '표준말'을 썼지만, 선생님이나 외지인 앞에서는 꼭꼭 교과서에 나오는 서울 표준어를 썼다. 선생님이 말했다.

"그랬구나. 보충 수업은 빠진다 해도 2학기 개학하면 학교에 나와."

"네? 저는 아예 학교를 자퇴하려고 합니다."

"뭐야?"

"선생님께서도 제 형편을 잘 아시지 않습니까. 부모님은 연세가 많으셔서 노동을 할 수가 없습니다. 제가 부모님을 봉양해야 합니다. 저 자신 연일 먼 길을 걸어서 통학하기도 너무 힘들었습니다. 차라리 학교를 그만두겠습니다."

"네 사정 잘 알고 있어. 하지만 공부는 아무 때나 하는 게 아니야. 네가 지금 학교를 그만두면 다시는 중학교에 입학할 수가 없어. 내가 볼 때 너는 지능 지수가 아주 높아. 가정 환경이 안 좋아서 그렇지 대통령도 시험 쳐서 선출하는 것이라면 도전해 볼만 한 두뇌를 가지고 있어. 여러 말 하지 말고 무조건 학교에 나와. 이발부터 하고 말이야."

"저는 학비를 마련할 길이 없습니다."

"내가 마련해 주면 되잖아. 그건 걱정 말고 학교에 꼭 나와."

선생님께서는 엄명을 내리셨고, 나는 그만 선생님의 위압에 주눅이 들고 말았다. 그렇게 해서 2학기 개학 때 쭈뼛쭈뼛 학교에 나갔다. 하지만 한 번 흥미를 잃어버린 공부에는 별 관심이 없었고, 선생님과의 약속을 지키기 위해 마지못해 나간 것이었다. 학우들이 나를 이상한 눈길로 바라보고 있었다. 내 인생행로가 바뀌던 날이었다.

그날 선생님께서는 줄판[일본어로 '가리방(がり-ばん, がり版)']과 철필과 '사자표' 등사 원지謄寫原紙 한 통을 주시면서 연습 문제지 필경을 하며

했다. 나는 일찍이 국민학교 6학년 때부터 원지를 긁었던 터라 필경에는 자신이 있었다. 문제는 시간이었다. 학교 일과를 마치고 집에 돌아와 원지를 필경하려면 늘 시간이 모자랐다. 밤마다 녹초가 되었지만 선생님께서 시키신 일을 중도에서 어영부영 그만둘 수는 없었다. 선생님의 은혜가 하해와 같았다.

석유 등잔 호롱불에서는 까만 그을음이 치솟았다. 나는 밀려오는 졸음을 하품으로 몰아내며 열심히 원지의 촛농을 긁어냈다. 살그랑살그랑… 줄판에 철필 긁히는 경쾌한 소리가 끊임없이 이어졌다. 원지 필경을 마치고 나서 숙제까지 하려면 시간은 어느덧 자정이 되어 지서支署로부터 통행금지 사이렌 소리가 들려오곤 하였다.

살짝 눈을 붙이고 나면 이번에는 통금 해제 사이렌이 울렸고, 닭 우는 소리와 함께 건넛마을 예배당에서 종 치는 소리가 들려왔다. 억지로 눈 비비고 일어나 서둘러 세수한 뒤 밥인지 죽인지 허둥지둥 조반을 해결한 다음 책가방을 싸들고는 부랴부랴 등굣길을 재촉했다. 나는 그렇게 필경 고학으로 근근이 중학교를 졸업할 수 있었다. 국민학교 6년 개근에 이어 중학교도 3년 개근했다.

중학교를 졸업하자 이제는 모든 것을 접고 내 길을 갈 때가 되었다. 그런데 웬걸 권길중 선생님께서는 나를 거의 강제로 논산대건고등학교에 밀어 넣었다. 나는 결국 내 의지와는 별 관계없이 엉겁결에 고등학생이 되었다. 선생님들께서는 나를 기없고 기특하게 여기셨던지 이번에는 교내 협동조합 구매부에 일자리를 마련해 주셨다. 나는 명실상부한 '근로 장학생'이 되었고, 수업료를 전액 면제받을 수 있었다.

선생님들께서는 중학교 때 그랬던 것처럼 수시로 연습 문제지 필경을 맡겨 주었다. 그때부터 나는 수업료를 면제받는 데다 별도의 필경료까지 받아 돈을 벌면서 학교에 다니는 독특한 학생이 되었다. 알뜰살뜰 필경료를 모아 참고서와 학용품을 구입하는 것은 물론 등하교 때 종종 버스를 탈 수도 있었다. 특히 필경 일감이 많은 날에는 작업 시간 확보를 위해 만사 제쳐놓고 버스를 이용했다.

하지만 공부하랴, 협동조합 일 보랴, 필경하랴, 1인2역 또는 1인3역을 감당하다 보니 항상 눈코 뜰 새가 없었다. 날이면 날마다 집에 돌아와 필경에다 숙제까지 하느라 거의 곤죽이 되었다. 심지어 어떤 때는 뜬눈으로 밤을 지새웠다. 그러고는 잠이 쏟아져 꾹꾹 찌르는 눈을 손등으로 문지르며 집을 나섰다. 만약 쓰러지더라도 교문 안에 들어가 쓰러지면 출석이었고, 교문으로 들어서지 못하고 밖에서 쓰러지면 결석이었다.

그런 과정을 거쳐 나는 1970년 1월 논산대건고등학교를 졸업했다. 고등학교 3년 과정도 개근했다. 이로써 국민학교부터 고등학교까지 연속 12년 개근이라는 진기록을 세웠다. 기록은 깨지기 위해 존재하는 것이라지만, 내가 세운 기록은 영원히 깨질 수 없는 불멸의 기록이었다. 나처럼 제4호 국도 부여와 논산 구간을 가장 지속적으로 걸어서 왕복한 사람은 그 이전에도 그 이후에도 존재하지 않았다. 동네 어른들은 그런 나를 가리켜 악담인지 덕담인지 '앉은 자리에 풀도 나지 않을 독한 놈'이라고 논평했다.

그러나 당장 먹고살 일이 시급했다. 윤구병씨네는 상머슴을 두었고, 농번기라면 몰라도 연중무휴로 날품팔이 일꾼을 고용하는 것은 아니었다. 내 나이는 호적상 두 살이 줄어 아직 18세 미만의 미성년에 지나지 않았다. 주민등록증이 있을 리 만무했다. 연령 미달로 공무원 시험 응시 자격조차 없었다. 더욱이 부여나 논산에는 내가 이력서를 내고 취업할 만한 일자리가 전무했다.

나는 급기야 그해 6월 5일 청운의 꿈과 비장한 각오를 안고 상경했다. 하지만 서울은 그렇게 녹록한 곳이 아니었다. 서울은 야박했고, 자본주의는 가혹했다. 의지가지없는 외톨이 촌놈에게는 기댈 언덕이 없었다. 사돈의 팔촌도 살지 않는, 혈연도 지연도 학연도 아무런 연고도 없는 이 도시에 발을 붙이기란 맨땅에 박치기하기나 다름없었다. 돈 없고 '빽' 없는 민초들이 죽어나던 시절이었다. 빽을 얼마나 염원했으면 파리나 모기도 죽을 때는 '빽'하고 죽는다는 말이 유행했다.

부익부 빈익빈이었다. 최소한의 밑천이 있으면 노점이라도 차릴 수 있었을 텐데 그럴 처지가 못 되었다. 적수공권이었다. 부자들이 손에 흙 안 묻히고 떵가떵가 배때기를 두들길 때, 빈민들은 죽으나 사나 주린 배를 움켜쥔 채 더위 먹은 똥개처럼 헐떡헐떡 혀를 빼물고 밑바닥을 박박 길 수밖에 없었다. 내가 이러려고 고등학교까지 다녔나 생각하면 저절로 장탄식이 나왔다.

막막했다. 구로 공단 곳곳을 기웃거리며 일자리를 알아보았지만 번번이 퇴짜만 맞고 돌아섰다. 나는 무엇이든 하고 싶었다. 구직자 신세에 찬밥 더운밥 가릴 계제가 아니었다. 하지만 붙여주는 데가 없어 나로서는 어떻게 옴치고 뛸 방도가 없었다. 나는 서울특별시민이 아닌, 서울보통시민 근처에도 기웃거리지 못하는 최하층 서울특별빈민이자 오갈 데 없는 낭인이었다.

그러다가 어찌어찌 영등포구 구로동(현재는 구로구 구로동) 구로국민학교(지금의 구로초등학교) 인근 주택가 상호와 간판조차 없는 구멍가게 점원으로 들어갔다. 먹여주고 재워주는 조건이었다. 급료니 보수니 그런 것은 기대할 수조차 없었다. 그저 숙식을 해결해 주는 것만으로도 감지덕지할 따름이었다. 그때는 서울특별시 한강 이남 지역이 전부 영등포구였다. 나중에 영등포구를 모체로 여러 구가 분구되었고, 얼마 후 분구된 구들이 점점 비대해지자 일부 구가 재차 파생되는 한편, 세칭 영동 지구 개발과 맞물려 강남 일대 몇몇 구들이 생겨났다.

목이 좋아 장사가 잘 되었다. 내 역할은 매일 자전거 타고 영등포시장 도매상에서 각종 생필품을 구입해다가 점포 안에 진열해 놓고 판매하는 일이었다. 유통 수단이 발달하기 전이었다. 자전거에 짐을 산더미처럼 높이 싣고 경인가도를 달릴 때에는 여간 위험한 것이 아니었다. 도로 좌우 양측에는 플라타너스 가로수가 각각 일렬종대로 도열해 있었다.

아스팔트로 포장된, 두어 뼘이나 될까 말까 별로 여유 공간이 없는 비좁은 도로 난간을 따라 아슬아슬하게 자전거를 몰다 보면 마치 곡마단에서 곡예를 하는 기분이었다. 여러 자전거 짐꾼들이 그 도로에서 자동차에 치여 죽거나 크게 다쳤다. 눈 깜짝할 사이에 이승과 저승을 넘나드는 귀신 붙은 길이었다.

내 경우 적어도 1주일에 한두 번은 영등포시장을 하루 두 탕씩 뛰었다. 장사가 잘 되면 잘 될수록 영등포시장 왕복이 잦았고, 거기에 비례하여 자전거에 싣는 짐 더미도 커졌다. 비참했다. 상경 이후 내가 영등포 바닥에 흘린 땀과 피와 눈물이 얼마인지 나 자신도 측정할 길이 없었다. 내 앞에는 오직 삶과 죽음의 갈림길이 있을 뿐이었다.

인심이 사나워 죽을 고비도 여러 차례 만났다. 살아야 했다. 몇 번인가 스스로 목숨을 끊을까 독한 마음을 먹은 적도 있었지만 부모님과 동기간을 생각해서라도 차마 그럴 수는 없었다. 나는 뼈가 마디마디 물러나는 중노동에 시달리면서 아무쪼록 호적 나이가 하루 빨리 18세에 이르기를 갈망했다. 오죽하면 나이를 더 부풀려 다른 사람들의 눈을 속여 보려고 일부러 향토예비군 얼룩무늬 군복을 입고 다녔다.

서러웠다. 누군가 말하기를 부모 곁을 떠나봐야 효자가 된다고 했다. 맞는 말이었다. 부모님뿐만 아니라 멀리 출가하신 누님들과 어린 동생들이 그리웠다. 나는 해 질 무렵 슬래브 지붕에 올라가 저 멀리 고향 하늘을 바라보며 동요 〈고향땅〉과 〈고향 생각〉을 부르곤 했다. 뜨거운 눈물이 뺨을 타고 입으로 흘러들었다. 눈물 맛은 건건찝찔했다. 나는 두 주먹으로 눈물을 훔쳐내며 언젠가는 꼭 성공해 고향에 돌아가리라 다짐했다.

1971년 4월이었다. 호적 나이가 가까스로 18세를 살짝 넘어섰을 때 피맺힌 구로동을 떠나 신도림동 소재 타이어 공장에 제조부 임공으로 취업했다. 생산직 직급에는 임공과 견공과 공원이 있었다. 임공은 임시 공원, 견공은 견습 공원을 일컫는 말로서 일정 기간 소정의 과정을 거쳐야 정식으로 공원이 되는 것이었다. 똑같은 작업복을 입었다고 해서 직급까지 동일한 것은 아니었다. 현장 근로자 사이에는 엄격한 서열이 있었다.

나는 포장실에 배치 받아 최종 공정인 '시아게[仕上げ]'와 완제품 포장 업무를 담당했다. 성형실이나 가류실보다는 노동 강도가 다소 수월한 편이었다. 우리 포장실에는 왕고참 반장을 비롯해 공원, 견공, 임공이 골고루 뒤섞여 있었다. 동료들 중에는 '수리修理' 담당자와 '빠우(버핑)' 전담자도 있었다. 공장은 06:00시부터 14:00시까지, 14:00시부터 22:00시까지, 22:00시부터 06:00시까지 3교대로 돌아갔다. 교대 주기는 1주일 단위였다.

통행금지 시간과 출퇴근 시간을 정확히 지키면서 수면 시간 확보 이외에도 식사와 세탁 등 필수적 사생활까지 영위하려면 산술적으로 계산하더라도 공장 가까이에 사는 것이 상책이었다. 실지로 3교대 생산직 종사자들 대부분이 근거리에 거주하고 있었다. 나는 정처 없이 신도림동 일대에서 동가식서가숙으로 유랑했다. 주거가 불안정하여 고충이 많았다. 남자 공원을 공돌이, 여자 공원을 공순이라 부르던 시절이었다.

1972년 1월 나는 마침내 어느 대중 잡지 기자로 취직했다. 상경한 지 햇수로 3년째 되던 해였다. 이를 계기로 나는 종래의 육체노동에서 정신노동으로 직종을 바꾸었다. 일단 희망의 첫 단추를 잘 꿰었다고나 할까, 책 만드는 일에 투신하게 된 것만으로도 한량없이 기뻤다. 비로소 적성에 잘 어울리는 직장을 갖게 된 셈이었다. 내가 쓴 기사들이 착착 활자화되어 매월 잡지 지면을 장식했다.

그 회사는 퇴계로5가에 있었다. 나는 선배 기자의 주선으로 동대문구 답십리동에 작은 거처를 마련했다. 마치 벌집 모양으로 칸칸이 막은, 문턱 밑에 연탄아궁이가 딸린 허름한 방 한 칸을 월세로 얻어 자취를 시작했다. 영등포 일대에서 빈민굴을 찾아다니며 방랑할 때보는 꽤 진일보한 셈이었다. 하지만 겉과 속은 판이했다. 잡지사 기자야말로 빛 좋은 개살구였다. 겉보기에는 일면 괜찮은 직역이라고 말할 수 있겠지만, 실상을 들여다보면 봉급이 워낙 적어 내 한 입에 풀칠하기도 빠듯했다.

여기에서 나는 예기치 못한 걸림돌을 만났다. 학력이었다. 과거 타이어 공장에서는 학력보다 연공서열에 따른 호봉제를 적용하고 있었다. 그러나 사무직에서는 학력을 우선시하고 있었다. 다른 기자들은 전부 대졸이고 유독 나만 고졸이었다. 대졸이 범털이라면 고졸은 개털에 지나지 않았다. 근로기준법의 적용을 받지 않는 영세 사업장인 터라 임금 체계 자체가 주먹구구식이었다. 엿장수 맘대로, 사용자가 뭐 꼴리는 대로 결정했다.

내 봉급은 대졸자 급여의 절반 수준이었다. 아니꼽고 더러웠다. 돈도 돈이지만 자존심이 상해 오장육부가 벌컥 뒤집어졌다. 봉급날마다 분하고 억울해서 독한 소주로 병나발을 불며 자학했다. 개나 걸이나 대졸자라고 해서 월등히 유능한 것도 아니었다. 대졸자 중에는 '빨치산'을 산 이름으로, '복상사'를 절 이름으로, '낙성대'를 대학 명칭으로 확신하면서 바득바득 우기는 얼간이들까지 있었다.

그런 엉터리 기자들 틈바구니에서 나는 대졸 이상의 실력을 입증하고자 백방으로 노력했다. 하지만 처우는 조금도 개선되지 않았다. 세상은 능력 위주가 아닌, 별 볼일 없는 졸업장 위주로 돌아가고 있었다. 극단적으로 말하자면 고졸 천재보다 대졸 둔재가 상위에 있었다. 지극정성으로 눈물겹게 학비를 마련해서 나를 고등학교까지 가르쳐 주신 우리 부모님께서 아시게 된다면 자진 복통할 노릇이었다.

그렇지만 나로서는 마땅히 대처할 만한 방도를 찾지 못했다. 정말 삶의 현장에는 온갖 눈꼴사나운 악습과 부조리뿐이었다. 별것도 아닌 저질 졸부들이 돈 좀 있네 뻐기고, 함량 미달의 돌대가리 시정잡배들이 졸업장을 앞세워 학벌 자랑하며 목에 힘을 줄 때에는 저절로 눈알이 뒤집혔다. 어디를 가나 기득권 세력의 발호가 극심했다. 울화통이 터졌다. 마음 같아서는 혁명가가 되어 쟁기로 논밭 갈아엎듯 세상을 사그리 갈아엎고 싶었지만 그건 불가항력이었다.

아무리 좌고우면해 봐도 나에게는 퇴로가 없었다. 고향이 있다 하나 이대로는 돌아갈 수가 없었다. 나는 쓸개를 씹을 때마다 계백 장군을 떠올렸고, 임전무퇴臨戰無退와 백전불굴百戰不屈과 파부침주破釜沈舟와 배수지진背水之陣 등 거창한 화두를 내걸고 끊임없이 되새겼다. 사나이 대장부가 칼을 뽑았으면 무 토막이라도 베어야지 그'냥 칼집에 되꽂을 수는 없었다. 나는 이미 루비콘 강을 건넌 상황이었다.

1973년 징병 검사 통지서를 받고 1차 연기했다. 그러고 나서 그 이듬해 7월 30일 고향에 내려가 부여중학교에서 징병 검사를 받았다. 체격 등위는 갑종, 징집 등급은 4급으로 그해 11월 1일 보충역 징집 종결 처분이 나왔다. 그 후 충청남도지방병무청장이 발급한 1975년 4월 21일자 소집 면제 통고서를 수령했다. 소집 면제 사유는 '극빈'이었다.

이런 가운데 나는 이 잡지사 저 출판사를 전전하며 대접 아닌 푸대접을 받았다. 어디를 가나 비주류 찬밥 신세를 면치 못했다. 대관절 그까짓 학벌이 뭔지 대학 졸업장만 생각하면 이가 갈렸다. 그러던 중 1977년 여름 바보처럼 순진한, 아예 죽도록 고생하려고 작정한 듯 속없이 착한 여성을 만나 짧은 연애 끝에 1978년 봄 결혼까지 했다. 내 나이 스물여덟, 아내는 스물일곱 살이었다. 결혼 이후에도 온갖 시련이 따라왔다. 운명일까 아니면 팔자소관일까 여전히 춥고 배가 고팠다.

항간에 옛날얘기 좋아하면 가난하게 산다는 말이 있었다. 내 경우 재물과는 거리가 멀었다. 어렸을 때부터 얘기책을 많이 읽어서 그랬던 것일까, 아니면 전문적으로 얘기책을 쓰는 얘기꾼의 길로 들어서서 그랬던 것일까, 좌우간 숨통을 조여 오는 빈곤으로부터 벗어날 수가 없었다. 1978년 첫 딸이 태어났고, 그 이듬해 둘째딸이 연년생으로 출생했다. 그러고 나서 1996년 놀랍게도 늦둥이 아들이 세상에 나왔다. 둘째딸과는 무려 17년 터울이었다. 다행히 아이들은 건강하게 잘 자라 주었다.

나는 이제껏 사랑하는 가솔들에게 변변한 외식 한 번 베풀지 못했다. 더 나아가 지난 세월 나 혼자 겪어야 할 고통을 아내와 1남 2녀 아이들에게까지 파급시킨 형국인지라 입이 열 개라도 뭐라 할 말이 없었다. 부모님과 동기간에게 진 빚을 갚지도 못했는데, 거기에 덧대어 이번에는 아내와 아이들에게 또 다른 채무를 짊어진 꼴이라고 말할 수 있었다. 나는 잡지사나 출판사가 아닌 다른 직장에 근무할 때에도 주로 원고 작성 또는 편집과 관련한 업무를 담당했다.

이런 우여곡절 속에 '절대 빈곤'으로부터 탈출하여 필사의 혈로血路를 여는 사이 네 분 부모님과 큰누님이 돌아가셨고, 둘째누님은 병명을 알 수 없는 희귀병으로 갑자기 쓰러진 뒤 병석에 누워 10여 년째 투병해 왔다. 지난봄 '스승의 날'에는 몽매에도 잊지 못할 참스승 권길중 선생님을 시내 한 음식점에 모시고 조촐한 점심 한 끼 대접해드렸다.

그러고 보니 내가 고향을 떠나온 지도 어언 반세기 이상 훌쩍 지나갔다. 나 또한 어느덧 늙마에 이르러 고희를 넘기고 희수를 바라보게 되었다. 우리 부모님이 그랬듯 나는 이 나이에 이르도록 죽을 동 살 동 만고풍상을 겪으며 곤고한 인생길을 힘겹게 지탱해 나왔다. 어떻게 보면 지금까지 살아남은 것이 기적이었다.

빈 말이 아니었다. 나는 객지로 나온 이후 오늘날까지 입신양명 금의환향을 목표로 인간답게 살아보려고 안간힘을 썼다. 물론 영광과 환희와 성취의 시간도 있었다. 그러나 한평생 내가 걸어온 길에는 입신과 양명과 금의와 환향이 아닌, 얘기책 속의 그 어떤 얘기보다 훨씬 더 가혹하고 파란만장한 실의와 좌절과 절망과 슬픔과 불행의 역경 속에 피눈물로 얼룩진 발자국들이 점철되어 있었다. 시절 인연으로 만났던 주위의 많은 사람들에게는 이 한몸 죽는 날까지 변상할 수 없을 만큼 막심한 폐를 끼쳤다.

그런 업보 때문이었을까, 십자가는 무겁고 고해는 험난했다. 고백하건대 나는 이날 입때까지 부모님께 짊어진 부채를 상환하지 못했고, 동기간에게 아무런 도움을 주지 못해 죄의식으로부터 벗어날 길이 없었으며, 아내와 아이들 3남매에게 가장으로시의 소임을 제대로 이행하지 못했다. 나는 불효자, 못난 동생, 못난 형, 못난 오빠, 못난 남편, 못난 애비일 뿐이었다. (큰)아버지의 종통을 이어받은 종손으로서 문중에도 전혀 기여하지 못한 채 뼈아픈 회한만 남겼다.

그럼에도 불구하고 나는 소싯적 이래 오늘날까지 초지일관 얘기책 쓰는 얘기꾼으로 살아왔다. 본업만으로는 생계를 유지할 수 없을 만큼 막다른 궁지에 몰렸을 때 부득불 위기 모면 차원에서 잠깐잠깐 직장에 한쪽 발을 담그고 밥벌이를 했을 따름이었다. 남들이 듣거나 말거나 정신 똑바로 차리고 뭔가 하고 싶은 얘기를 하다 보면 세태에 찌든 영혼이 청정한 시냇물처럼 말끔히 정화되는 느낌이었다. 왕후장상이 부럽지 않았다. 나의 얘기는 절망을 희망으로, 슬픔을 기쁨으로, 불행을 행복으로 뒤집으려는 처절한 몸부림이었다. (『문학저널』 2025. 가을호)

[부록] 소설가 이광복(李光馥) 연보

| 약력 |

1951년 음력 4월 30일(양력 6월 4일) 충남 부여군 석성면 증산리 원증산 마을에서 부친 이진구(李辰求, 一名 喜成) 님과 모친 윤대순(尹大順) 님의 4남 3녀 중 장남으로 출생. 본관은 한산(韓山). 누님 두 분과 동생 넷이 있음

1953년 종가의 후사로 백부 이창구(李昌求) 님과 백모 강만순(姜萬順) 님에게 출계(出系)하여 같은 마을에서 자람. 유년기에는 이 같은 사실을 모르다가 나중에야 알았음

1964년 석양초등학교 졸업(제7회)

1967년 논산대건중학교 졸업(제17회)

1969년 서라벌예술대학 전국 고등학생 문예작품 현상모집 희곡부문 가작1석 입선

1970년 논산대건고등학교 졸업(제19회)

1972년 노동청(현 고용노동부) 공보담당관실 근무

1973년 문화공보부 문예창작 현상모집 장막희곡 입선

1974년 극작워크숍 제2기 동인

1974년 동아일보사 『신동아』 논픽션 현상모집 당선

1975년 한국문인협회 『월간문학』 편집부 기자

1976년 『현대문학』 9월호 단편소설 초회추천

1977년 『현대문학』 1월호 단편소설 완료추천

1979년 『월간독서』 장편소설 현상모집 당선

1983년 독립기념관건립추진위원회 전문위원

1989년 한국소설가협회 사무차장

1991년 한국소설가협회 사무국장

1992년 한국문인협회 이사(제19대~제23대 연임)

1993년 한국소설가협회 운영위원

1994년 한국소설가협회 『한국소설』 편집위원

1995년 한국소설가협회 감사

1995년 국제PEN클럽한국본부 이사(제28대~제34대 연임)

1995년 중경공업전문대학(현 우송대학교) 문예창작과 강사

1996년 '문학의 해' 조직위원회 행사분과 위원

1997년 해군사관학교 제52기 순항훈련 참관

1999년 한국소설가협회 중앙위원

2000년 김동리-박목월문학관 건립추진위원회 발기위원

2001년 국제PEN클럽한국본부 이사, 문화정책위원장 겸 사무처장

2001년 한국소설가협회 이사

2001년 문학의집·서울 창립 회원

2003년 대한민국 명예해군(제7호, 현)

2005년 한국문인협회 편집국장(사무처장 대우)

2007년 한국문인협회 소설분과회장(제24대)

2007년 월간 『문학저널』 주간

2009년 재경부여군민회 자문위원

2010년 한국소설가협회 부이사장(제10대)

2011년 한국문인협회 부이사장(제25대) 겸 상임이사

2011년 『월간문학』 주간

2011년 『계절문학』(2015년 가을호부터 『한국문학인』으로 제호 변경) 주간

2011년 안수길전집간행위원회 편집위원

2011년 (재)나누리장학재단 창립 이사

2012년 서울남부지방검찰청 시민위원(제4기)

2013년 한국문인협회 평생교육원 소설창작과 교수

2013년 서울남부지방검찰청 시민위원(제5기)

2015년 한국문인협회 부이사장(재선, 제26대) 겸 상임이사

2015년 제1회 세계한글작가대회 집행위원회 위원

2015년 문학신문 고문

2016년 한국소설가협회 부이사장(재선, 제13대)

2016년 한국문학진흥 및 국립한국문학관건립공동준비위원회 위원장

2016년 제2회 세계한글작가대회 집행위원회 위원

2016년 전라남도 남도문예 르네상스 자문위원

2017년 문화체육관광부 문학진흥정책위원회 위원

2017년 국립국어원 말다듬기위원회 위원

2017년 국제PEN한국본부 자문위원(현)

2017년 사비신문 고문

2017년 한국현대문학희망포럼 대표(현)

2017년 서울남부지방검찰청 시민위원(제9기)

2017년 전라남도 남도문예 르네상스 자문위원(연임)

2018년 한국소설가협회 부이사장(3선, 제14대)

2018년 국립한국문학관건립운영소위원회 위원

2019년 한국문인협회 이사장(제27대)

2019년 『월간문학』『한국문학인』 발행인 겸 편집인

2019년 월간문학출판부 발행인 겸 편집인

2019년 한국문인협회 서울지회장(겸임)

2019년 한국문인협회 평생교육원 원장

2019년 한국예술문화단체총연합회 부회장(제27대)

2019년 한국문예학술저작권협회 이사

2019년 국립한국문학관 이사(제1기)

2019년 6·15민족문학인남측협회 대표회장

2019년 제3회 아시아문학페스티벌 조직위원회 위원

2020년 한국예술문화단체총연합회 이사(제28대)

2020년 제6회 세계한글작가대회 조직위원장

2020년 한국문인협회 문단실록간행위원회 위원장

2020년 통일부 제10기 통일정책최고위과정 수료

2021년 국립한국문학관 이사(연임, 제2기)

2021년 목포문학박람회 자문위원

2022년 서울문화재단 서울문화예술포럼 운영위원

2023년 한국문인협회 명예회장

2023년 한국소설가협회 최고위원

2023년 재경부여군민회 고문

2023년 서울고등검찰청 시민위원

2023년 한산이씨대종회 편집위원

2025년 서울고등검찰청 시민위원(연임)

2025년 한국문인협회 부여지부 고문

| 작품 활동 |

1978년 장편소설 『풍랑의 도시』(고려원) 간행

1979년 장편소설 『목신(牧神)의 마을』(월간독서 출판부) 간행

1979년 장편소설 『목신의 마을』 KBS-R 연속극 제작 방송

1980년 제1창작집 『화려한 밀실』(도서출판 금박) 간행

1980년 제2창작집 『사육제(謝肉祭)』(도서출판 열쇠) 간행

1980년 장편소설 『폭설』(신현실사) 간행

1980년 제1콩트집 『풍선 속의 여자』(육문사) 간행

1986년 제3창작집 『겨울여행』(문예출판사) 간행

1986년 전래동화 『에밀레종』(일신각) 간행

1988년 중편소설집 『사육제』(고려원) 간행

1989년 장편소설 『열망』(문예출판사) 간행

1990년 장편소설 『술래잡기』(문이당) 간행

1991년 장편소설 『목신의 마을』(문성출판사) 재간행

1991년 장편소설『폭설』(민문고) 재간행

1991년 제2콩트집『슈퍼맨』(예원문화사) 간행

1992년 단편「절벽」KBS-2TV 미니시리즈 극화 방영

1993년 장편소설『겨울무지개』(우석출판사) 간행

1994년 장편소설『바람잡기』(남송문화사) 간행

1995년 연작소설『송주임』(자유문학사) 간행

1995년 장편소설『이혼시대(전3권)』(자유문학사) 간행

1995년 광복 50년 기록영화『시련과 영광』(120분. 국립영화제작소) 대본 집필. 세종문화회관 상영, KBS-TV 방영

1996년 남미 이민 기록영화『꼬레야 꼬레야니』대본 집필. K-TV 방영

1997년 장편소설『삼국지(전8권)』(대교출판사) 간행

1998년 항해일지『태평양을 마당처럼』(도서출판 지혜네) 간행

1998년 정부수립 50년 기록영화『아, 대한민국』(120분. 국립영상제작소) 대본 집필. 세종문화회관 상영, KBS-TV 방영

1999년 장편소설『한 권으로 읽는 삼국지』(대교출판사) 간행

2000년 장편소설『안개의 집』(이노블타운) 발표

2001년 제4창작집『먼 길』(행림출판사) 간행

2001년 장편소설『사랑과 운명』(행림출판사) 간행

2002년 시베리아 횡단철도 기록영화『한러친선특급』대본 집필. K-TV 방영

2003년 시사평론집『세계는 없다』(도서출판 연인) 간행

2004년 장편소설『불멸의 혼-계백』(조이에듀넷) 간행

2005년 정인호 애국지사 전기『끝나지 않은 항일투쟁』(도서출판 신원기획) 간행

2007년 소설선집『동행』(청어출판사) 간행

2010년 교양서적『금강경에서 배우는 성공비결 108가지』(청어출판사) 간행

2011년 교양서적『천수경에서 배우는 성공비결 108가지』(청어출판사) 간행

2011년 장편소설『계백』(『불멸의 혼』 개작, 청어출판사) 간행

2012년 장편소설『구름잡기』(새미출판사) 간행

2013년 장편소설『안개의 계절』(뒤뜰출판사) 간행

2016년 장편소설『황금의 후예』(청어출판사) 간행

2017년 교양서적『문학과 행복』(도화출판사) 간행

2018년 연작소설『만물박사(전3권)』(청어출판사) 간행

2020년 산문집『절망을 희망으로』(도화출판사) 간행

2021년 산문집『슬픔을 기쁨으로』(도화출판사) 간행

2022년 산문집『불행을 행복으로』(도화출판사) 간행

2025년 소설집『뿌리』(도화출판사) 간행

| 상훈 |

1987년 대통령표창 수상

1990년 제7회 동포(東圃)문학상 수상

1992년 제2회 시(詩)와시론(詩論)문학상 수상

1994년 제20회 한국소설문학상 수상

1995년 제14회 조연현문학상 수상

1995년 대통령표창 수상

2005년 제1회 문학저널 창작문학상 수상

2005년 제19회 한국예총 예술문화상 공로상(문인부문) 수상

2007년 노동부장관 표창 수상

2012년 제28회 국제PEN문학상 수상

2014년 제14회 들소리문학상 수상

2014년 부여 100년을 빛낸 인물(문화예술부문) 수상

2016년 제30회 한국예총 예술문화대상(문인부문) 수상

2016년 제3회 익재(益齋)문학상 수상

2017년 제9회 정과정(鄭瓜亭)문학상 대상 수상

2017년 한국지역연합방송(KNBS) 대상 수상

2017년 문화체육관광부장관 표창 수상
2022년 제35회 대한민국예술문화대상 수상
2022년 대한민국예술문화공로상 수상
2023년 충청남도교육감 표창 수상
2024년 제61회 한국문학상 수상
2025년 제21회 창조문예문학상 수상

| **기념물** |

2022년 이광복문예비 건립(충남 보령시 주산면 문예공원)
2022년 이광복문학비 건립(충남 부여군 부여읍 선화공원)

뿌리

초판 1쇄인쇄 2025년 9월 30일
초판 1쇄발행 2025년 10월 2일

저　　자　이광복
발행인　박지연
발행처　도서출판 도화
등　　록　2013년 11월 19일 제2013-000124호
주　　소　서울시 송파구 중대로34길 9-3
전　　화　02) 3012-1030
팩　　스　02) 3012-1031
전자우편　dohwa1030@daum.net
인　　쇄　(주)유진보라

ISBN | 979-11-92828-97-8 *03810
정가 17,000원

잘못 만들어진 책은 교환해 드립니다.
저자와 출판사의 허락 없이 책의 전부 또는 일부 내용을 사용할 수 없습니다.

도화道化, fool는
고정적인 질서에 대한 익살맞은 비판자,
고정화된 사고의 틀을 해체한다는 뜻입니다.